Ayla Dade nutzt am liebsten jede freie Minute zum Schreiben. Die Seiten ihrer New-Adult-Romane füllt die beliebte Buchbloggerin mit großen Gefühlen an zauberhaften Schauplätzen. Ihre Winter-Dreams-Reihe war ein überwältigender Erfolg: Die Bände standen wochenlang auf der SPIEGEL-Bestsellerliste und haben für immer einen Platz in den Herzen ihrer Leser*innen. In ihrer neuen Frozen-Hearts-Reihe macht sie einen luxuriösen Hotelpalast im verschneiten St. Moritz zum Zentrum von Glamour, Intrigen und einem Feuerwerk an Emotionen.

Begeisterte Stimmen über Ayla Dades Romane:

»Wenn ihr nach einer faszinierenden Geschichte und einem unwiderstehlichen Setting sucht, müsst ihr *Blackwell Palace* lesen!« Anna Todd

»Zum Wegträumen schön!« Lilly Lucas über *Like Snow We Fall*

Außerdem von Ayla Dade lieferbar:

Die Winter-Dreams-Reihe:
1. Like Snow We Fall
2. Like Fire We Burn
3. Like Ice We Break
4. Like Shadows We Hide

Die Frozen-Hearts-Reihe:
Blackwell Palace. Risking it all
Blackwell Palace. Wanting it all
Blackwell Palace. Feeling it all

www.penguin-verlag.de

AYLA DADE

BLACKWELL PALACE

Feeling it all

Roman

PENGUIN VERLAG

MIX
Papier | Fördert gute Waldnutzung
FSC® C014496

Penguin Random House Verlagsgruppe FSC® N001967

1. Auflage

Neumarkter Straße 28, 81673 München
Dieses Werk wurde vermittelt durch die Literarische Agentur Thomas Schlück GmbH, 30161 Hannover.
Das Zitat auf Seite 393 stammt aus:
Paul Maar: Eine Woche voller Samstage, Oetinger Verlag 1973.
Lektorat: Steffi Korda, Hamburg
Illustrationen: Christin Neumann
Umschlaggestaltung: ZERO Werbeagentur, München
Umschlagabbildung: Collage unter Verwendung von Motiven von shutterstock.com
Abbildungen: Adobe Stock: Notizzettel (VRD, GrafKoks)
Gesamtherstellung: GGP Media GmbH, Pößneck
Printed in Germany
ISBN 978-3-328-11108-5
www.penguin-verlag.de

Playlist

Hotel – Cassidy, R. Kelly
Mercy (Acoustic) – Shwan Mendes
Something Just Like This (Acoustic) – Missy & Blonde, Julia Ross
Wake Me Up (Acoustic) – Aloe Blacc
What About Us (Acoustic) – Thomas Daniel
Naked (Acoustic) – James Arthur
Love Story – Taylor Swift
Let Me Love You – DJ Snake, Justin Bieber
Boyfriend – Justin Bieber
So Sick (Acoustic) – Ne-Yo
What Do You Mean (Acoustic) – Justin Bieber
I Want It That Way – Landon Austin & Julia Sheer
See You Again – Wiz Khalifa, Charlie Puth
Lay Low – Tiësto
Hold Of Me – Dean Lewis
Replay – Iyaz
So High – Wiz Khalifa, Ghost Loft
Do Wah Diddy – Manfred Mann
Love The Way You Lie – Rihanna, Eminem
FourFiveSeconds – Rihanna, Kanye West, Paul McCartney
Highway To Hell – AC/DC
Tokyo Drift – Teriyaki Boyz
Another Love – Tom Odell
Sweet Dreams – We Rabbitz, Moon Roses
Not About Angels – Birdy
Smells Like Teen Spirit – We Rabbitz
Jealous – Labrinth
I Hate U, I Love U (Acoustic) – We Rabbitz, Chelsea Collins

Liebe Leser*innen,

dieses Buch enthält potenziell triggernde Inhalte. Deshalb findet sich auf S. 590 eine Triggerwarnung. Achtung: Diese enthält Spoiler für das gesamte Buch. Wir wünschen allen das bestmögliche Leseerlebnis.

Ayla Dade und der Penguin Verlag

Für dich, Mama

I am because you are
Jedes Wort dank dir
Jedes Wort für dich

no rain,
no flowers

OF SOAPS & POLYPS

Blair

»Fünfzehn Sekunden?«

»Hm, nein, nie im Leben.« Lisbeth sitzt mir gegenüber, wackelt mit dem Fuß und knabbert an einer Sesamstange, die Happy im Saftladen neuerdings verkauft. »BeautyBex hat denselben Sound benutzt und bei ihr waren es, warte …« Sie schnappt sich ihr Handy, öffnet TikTok und sucht das Video. »Dreißig Sekunden.«

»Okay.« Ich stelle die Länge ein und positioniere mich vor dem Stativ. Wir sind im alten VIP-Raum des Blackwell-Palace-Casinos, für das ich glücklicherweise den Schlüssel habe, weil ich hier arbeite. Obwohl er momentan wegen Renovierungsarbeiten geschlossen ist, kriecht eine Aura von Glamour und Eleganz durch jede Ritze des Raums. Der dunkelrote Teppich ist mit goldenen Ranken verziert und erstreckt sich majestätisch über den ganzen Boden. Die Wände sind cremefarben und besitzen den noblen Stil des restlichen Palasts. Die perfekte Kulisse für meine TikTok-Videos. »Aber sag mir dieses Mal Bescheid, wenn Anneli durch das Türfenster guckt.«

»Ich hab das Schnaufhorn doch auch erst im Video bemerkt!«

Anneli, private Haushälterin des Westflügels und Tante von Edward Blackwell, hat einige seltsame Angewohnheiten. Dazu zählt, unaufhörlich zu schnauben, aus Angst, in ihrer Nase könnten sich Polypen bilden.

»Was macht sie eigentlich im Casino?« Nachdenklich sehe ich zur Uhr. Annelis Housekeeping-Schicht müsste längst zu Ende sein – wie auch Lisbeths. »Ich wusste nicht, dass Anneli zockt.«

»Keine Ahnung. Ich weiß vieles nicht über diese Frau.« Sie verzieht das Gesicht. »Und ich glaube, ich will auch gar nicht tiefer in ihr Polypenleben einsteigen. Neuerdings ist sie der Meinung, ihre Polypen würden Angst vor ihren Schnaubern haben.«

»Hätte ich auch. Schlaue Dinger. Bleibt fern, ihr schleimigen Klümpchen, bevor der Wirbelsturm euch mitreißt!«

»Neulich im Pausenraum hat sie es gesagt.«

»Dass der Wirbelsturm sie mitreißt?« Ich schiebe das Stativ herum, um das beste Licht zu finden.

»Nein, sie hat auf die Zeitschriften auf dem Tisch … du weißt schon.«

»Weiß ich nicht.«

»Na ja, die lagen offen, und sie hat …«

»Wieso ruckelst du so mit dem Kopf?«

»Damit ich es nicht aussprechen muss und meine Gestik für sich spricht.«

»Deine Gestik sagt mir, ein Kerl konnte sich bei einem Dr.-Sommer-Artikel in einer alten Bravo nicht zurückhalten.«

»Igitt!« Lis steht auf und tritt zur Seite, um den Platz vor dem Fenster frei zu machen, dann verzieht sie das Gesicht. »Nein. Sie hat die Zeitschrift getroffen. Mit ihrem Popel.«

»Boah, Lis!«

»Du bist schuld.« Ungerührt zuckt sie die Achseln. »Du wolltest meine Gestik ja nicht lesen.«

»Irgendwann wird sie zur lokalen Legende der Apotheke, mit eigenem Regal samt Polypen-Schnaub-Werkzeug.«

Kichernd setzt Lis sich auf den alten Blackjack-Tisch. »Frau jagt Polypen mit spektakulärem Schnauben davon.«

»Ihr Slogan: HATSCHI, Polypen, macht besser, dass ihr Land gewinnt!« Ich übe den TikTok-Tanz vor der Kamera, um sicherzugehen, dass ich jeden Schritt kann. »Und mein Testimonial: Seitdem ich Annelis Schnaubspektakel erlebt habe, bin ich polypenfrei!«

»Okay, hör auf, ich kann nicht mehr!« Lis wischt sich Lachtränen aus den Augen. »Ich kriege ein schlechtes Gewissen.«

»Aber sie lacht doch selbst darüber. Mit uns zusammen.«

»Ja, stimmt.«

»Okay, ich glaube, ich kann den Tanz.« Ich stelle den Timer ein, gehe in Position und warte, bis der Swiftie-Cruel-Summer-Sound losgeht. Dann tanze ich, das Seifenstück der Kooperation in der Hand, und ende damit, dass ich das Ding in die Kamera halte, ehe ich zu Lisbeth blicke. »Gut so?«

»Perfekt.« Sie hüpft vom Blackjack-Tisch, um sich das Video mit mir anzusehen. Während der Clip läuft, muss ich mir angestrengt das Lachen verkneifen. Es ist eine Seife. Ein rundes, klumpiges Stück, das einem durch die Finger glibbert, sobald es in Berührung mit Wasser kommt. Aber ich widme diesem Zeug, das nach Rose riechen sollte, stattdessen jedoch einer chemisch gereinigten Toilettenschüssel gleichkommt, einen Hip-Hop-Dance der Extraklasse – inklusive laszivem Blick, mit dem ich auf sugardaddy.com sicher mehr Kohle einstreichen würde, aber auch widerliche alte Säcke, die mich gern in Hexenuniform in ihrem Bett hätten, um mit mir ein perverses Slytherin-Gryffindor-Rollenspiel zu starten.

»Yep«, sagt Lis. »Geht klar. Suarez' Family kann zufrieden sein.«

»Die werden das eh nie sehen.« Suarez ist der Sohn eines international berühmten Fußballspielers, der gemeinsam mit seiner Frau eine Firma für Bioseife führt. Witzigerweise die, die ich gerade beworben habe. Manchmal begegne ich ihm im Hotel – er ist ein Freund der Blackwells –, aber wir reden nie.

Ich schiebe das Stativ zusammen und lege es zu meinen Sachen. Die Liveband im Casino spielt angenehme Jazzklänge, die bis in den Pausenraum dringen. »Nur die Marketingabteilung.«

»Egal. Hauptsache, es bringt dir was. Lieb von Finn, dass er dir das möglich gemacht hat.« Sie wirft mir einen unauffälligen Seitenblick zu, während sie sich ihren Rucksack aufsetzt. »Wie läuft's eigentlich zwischen euch?«

Finn ist der Sohn eines ranghohen deutschen Politikers, Bruder des bekannten Models Lena Gerbensteyn und war eventuell mein Freund. Vielleicht. Das weiß niemand. Nicht einmal er selbst.

»Von meiner Seite aus läuft gar nichts mehr«, sage ich. »Das habe ich ihm klargemacht, nachdem er erst Edward und dann Paola so widerlich behandelt hat.«

Der Gedanke an Paola versetzt mir einen schlimmen Stich, weil *ich* sie genauso widerlich behandelt habe. Seit Silvester vor zwei Wochen haben wir nicht mehr gesprochen, und dafür bin ich der Grund. Oder besser gesagt das TikTok-Video, das ich mit Edwards Handy von ihr und ihm hochgeladen habe, als sie in Dankenhaal rumgemacht haben.

Ich bin froh, dass Lis noch mit mir redet, mir durch unsere

Freundschaft einen Vertrauensvorschuss gewährt, obwohl auch sie nicht weiß, warum ich es getan habe. Niemand weiß das. Würde ich es jemandem verraten, wäre das mein gesellschaftlicher Tod.

Und vielleicht nicht nur das.

NOBODY KNOWS WHO I AM NOT EVEN MYSELF

Blair

Das Casino ist überfüllt. Wahrscheinlich denken die Leute, mit einem neuen Jahr käme auch neues Glück. Was für eine missglückte Hoffnung. Spoiler Alert: Hinter jeder Ecke wartet Scheiße, die kein Feuerwerk der Welt explodieren lassen kann. Sie ist da, ihr tretet rein, müsst sie loswerden, fertig. Es ist immer dasselbe Spiel, und es *stinkt,* verdammt, es stinkt.

Ich richte die goldene Fliege, schließe den oberen Knopf des schwarzen Blackwell-Palace-Casinoblazers und werfe im Vorbeigehen einen letzten prüfenden Blick in die opulenten gold gerahmten Spiegel, die sich über die cremefarbenen Wände ziehen und den Raum damit nicht nur optisch vergrößern, sondern auch das Glitzern der Kristallluster und das Funkeln der Kristallprismen auf die Gesichter aller Anwesenden verteilen. Wie ein goldenes Meer in den Augen der Reichen, damit sie aussehen wie Heilige, während sie leben wie Sünder.

Mein herzförmiges Gesicht ist perfekt geschminkt. Highlighter, Rouge, Lipgloss und Mascara auf den gelifteten Wimpern. In meinen Ohren stecken funkelnde Diamanten, die ich für zwei Dollar bei Ali Express gekauft habe. Außer meiner juckenden Haut, die mit Pusteln gegen das Billomaterial protestiert, checkt das keiner.

Ich nähere mich der luxuriösen Theke, die aussieht wie ein Glitzermeer, weil die vielen Gläser auch hier das Licht reflektieren. Mein Kollege Giuliano hebt den Kopf. Als er mich entdeckt, sacken seine Schultern erleichtert hinab. »Gott sei Dank bist du da.« Wie ich war er früher im Service und ist seit Neujahr im Casino eingeteilt. Aber im Gegensatz zu mir steht er hinter der Theke. Ich bin Dealerin. »Kannst du mir schnell sagen, was ich machen soll, wenn ich der Meinung bin, jemand sollte keinen Drink mehr bekommen?«

»Das weißt du doch«, sage ich. »Wie im Service auch: verneinen.«

Er verzieht das Gesicht. »Und wenn der Person das Hotel gehört und sie darauf besteht, weil sie meint, sie könne dir sonst kündigen?«

In mir brandet Zorn auf. »Du meinst Edward?« Es kann nur Edward sein. Charles würde sich niemals im Casino betrinken. Erst recht nicht jetzt, wo Paola mit ihrem Bruder in seine Suite eingezogen ist. Mit plötzlich rasendem Herzen sehe ich mich in dem großen Saal um, lasse den Blick über die Köpfe an den Spielautomaten und Tischen wandern. »Wo ist er?«

»Da hinten.« Giuliano nickt in die hintere Ecke zum Blackjack-Tisch. Da sitzt der jüngste Blackwell-Erbe in einem dunklen Long-Tee-Shirt, schwarzen Docs und einer rückwärts aufgesetzten Cap auf dem weißblonden Haar und schiebt einen großen Haufen Jetons über den Tisch. Neben ihm hockt Laxon Caville, Sohn der Geschäftsführer von Spiderflix, einer weltweit erfolgreichen Streamingplattform.

Ich stöhne. »Das ist meiner.«

Giuliano zapft ein Bier. »Was?«

»Mein Tisch.« Entnervt verdrehe ich die Augen. »Ich löse den Dealer gleich ab.«

»Oh.« Giuliano schiebt das Bier beiseite und wischt übergelaufene Tropfen mit einem Stück Papier sauber. »Vielleicht könntest *du* ihm sagen, dass er …«

»Auf keinen Fall«, protestiere ich. »Es ist ein offenes Geheimnis, dass wir uns hassen, Giuliano.«

hassen oder so was in der art da waren gefühle in irgendeinem winkel meines körpers den ich noch nie entdeckt habe mit schatten aber kerzen und flügelschlägen und ich dachte es wären schmetterlinge aber dann hat er mir den krieg angesagt ist in mein schattenreich marschiert hat alle lichter zerschlagen und plötzlich waren die schmetterlinge ratten und jetzt ist das reich in mir düster und alle kerzen sind kaputt und wir hassen uns

»Ja, ich weiß. Verdammt.« Giu nimmt sich den Lappen, wischt abwesend über die Theke und starrt dabei in Edwards Richtung. »Bei mir dreht er bestimmt durch. Aber wenn du ihn ein bisschen mit deinen großen braunen Katzenaugen anklimperst …?«

Meine großen Katzenaugen. Das ist das Einzige, was die Leute sehen. Auf TikTok lese ich es andauernd.

OMG Blair, deine Augen, WTF

Wenn ich diese Augen hätte, wäre mein Leben gerettet

Die benutzt bestimmt einen Filter, so groß sind die never in echt

Voll nice und soooo eine schöne Farbe, echt wie ein kleines Kätzchen!

Die hatte locker ne OP, Fox Eyes, traurig wenn man so was macht, echt

Größter Wunsch: die bläst mir einen und guckt mich so an, slayyyyyy

niemand sieht die übergeschminkten ringe die meine augen einfassen niemand weiß was für eine dunkelheit in ihren tiefen herrscht niemand erkennt wie ich mir tag für tag eine maske überschminke um die hässlichkeit meiner vergangenheit zu verdecken denn die wahrheit in diesem spiel ist

keiner

weiß

wer

zur

hölle

ich

bin

nicht

einmal

ich

selbst

Schnaubend wende ich mich ab, starre das Marmormuster in der Theke nieder. »Das Einzige, das der sich denkt, wenn er mir in die Augen sieht, ist, wie er sie mir besonders schmerzhaft aus dem Kopf reißen kann.«

Giuliano seufzt. »Wenn er nicht so heiß wäre, würde ich ihn jetzt eiskalt aus dem Casino schmeißen.«

Ich werfe ihm einen Seitenblick zu. »Stress mit Kokos-Kora?«

»Scheiße, ja.« Er schnaubt. »Sie akzeptiert nicht, dass ich auch auf Typen stehe, und hat Schluss gemacht.«

»Ich hatte eh kein gutes Gefühl bei euch beiden.« Kokos-Kora ist ein exzentrisches High-Society-Girl, das irgendwie zu der ganzen Lena-Max-Charles-Ed-Etc.-Clique dazugehört und irgendwie auch nicht. Ihre Eltern sind sehr bekannte Sexualtherapeuten und haben einen Haufen Asche, die Kora liebend gern für abgefahrene Showeinlagen auf Partys ausgibt. Einmal hat sie einen auf Miley Cyrus gemacht und sich mit einer nachgestellten Abrissbirne von der Galerie geschwungen. Ich bin mir nicht sicher, ob die ganzen High-So-Kids sie mögen oder Angst vor ihr haben. Zu mir war sie immer cool, aber … keine Ahnung. Sagen wir mal, ich habe Ehrfurcht vor ihr. »Diese Frau ist mit ihren Kokosschalen auf der Silvesterparty erschienen und hat sich für die Fotos eine Arielleflosse über die Beine gezogen. Und *Gerüchten* zufolge soll sie in diesem Aufzug Max während der Party einen geblasen haben.«

»Das glaubst du doch wohl selbst nicht.« Giuliano unterbricht sich, um einen Gast zu bedienen, und kommt zurück. »Er würde Lena niemals betrügen. Die beiden sind schon *so* lange zusammen. Und es gibt keinerlei Beweise.«

Nein, *dafür* nicht.

»Wenn du meinst.«

»Ja.« Er lächelt. »Glaub nicht immer alles, was die Leute erzählen, Blair.«

Oh, tue ich nicht, Giuliano. Ganz und gar nicht. Ich glaube nur das, *was ich mit Gewissheit* weiß.

WALLS OF LONELINESS ARE HIGH AND STEEP

Edward

Mein Leben fühlt sich an wie ein beschissenes Rockkonzert, auf dem die Verstärker durchdrehen und die Zuschauer beschließen, von jetzt auf gleich das Genre zu wechseln und mit Holikreide um sich zu werfen.

~~alles ist laut und bunt weil ich in farben ertrinke damit ich nicht an meiner eigenen seele ersticke~~

Die Jazzband im Hintergrund dröhnt in meinem Schädel nach, Laxons Stimme klingt wie ein Presslufthammer und die Jetons, der Blackjack-Tisch, die Karten … all die grellen Farben verwischen vor meinen Augen.

»Vielleicht solltest du lieber schlafen gehen.« Ich höre den vorsichtigen Ton in Laxons Stimme heraus. Er besitzt etwas, das ich nicht habe: Feingefühl. »Morgen ist ihre Beerdigung und …«

»Ist mir egal.« Die Worte kommen mir nur mühevoll über die Lippen. Es klingt wie ein Krächzen, weil mein Brustkorb von einem Drahtseil zerquetscht wird. »Ich werde nicht hingehen.«

»*Was?*« Laxon wartet die nächste Karte ab, überlegt kurz und schiebt die Karten schließlich in die Mitte, weil er aussteigt. »Ed«, raunt er. »Tu das nicht. Das wirst du bereuen, Mann.«

»Sicher.« Ich setze ein abfälliges Grinsen auf. »So wie April es bereut hat, mir nichts von meinem Kind zu erzählen.«

»Edward.« Mein alkoholisierter Schädel hämmert. »Das kannst du nicht …«

»Ich will nichts mehr davon hören.« Plötzlich vibriert mein iPhone. Ich ziehe es aus der Tasche, werfe einen Blick aufs Display und verdrehe die Augen. Eine E-Mail von meiner Managerin.

… von Spiderflix erfahren, dass die Kandidatinnen für A Royal Romance *feststehen. Ich weiß, du wolltest an der Entscheidung be-*

teiligt sein, aber in dem Format geht es ja vor allem darum, die Frauen vorher nicht sehen zu dürfen. Das Aussehen sollte nicht im Vordergrund stehen. Der Sender hat darauf geachtet, eine wilde Mischung an Eigenschaften auszuwählen, damit …

Weiter lese ich nicht. Das kann ich mir jetzt nicht geben. In letzter Zeit hat es gut funktioniert, auszublenden, dass diese Show tatsächlich existiert. Ich weigere mich, auch nur eine Sekunde anzunehmen, dass ich in einer Woche eine verkackte High-Society-Version des Bachelors drehen soll, um am Ende dieser Show mein Leben mit einer Frau zu teilen.

Wieso, um alles in der Welt, habe ich dieser Sache bloß zugestimmt?!

~~weil du deine ex abfucken wolltest als sie verschwunden war und du dachtest sie würde dir nur wieder eins reinwürgen wollen aber dann kam das leben um die ecke tada mit einer axt rammt es mir in den schädel und sagt überraschung april ist tot und du machst jetzt den bachelor~~

Mit angespanntem Kiefer stecke ich das Handy weg. »Bin gleich wieder da.«

»Aber das Spiel, es …«

»Bin raus.« Ich schiebe meine Karten beiseite, nehme meinen Gewinn und gehe zur Toilette. Der Boden ist in einem komplexen Mosaik aus Marmorfliesen gestaltet, die kunstvoll miteinander verschlungen sind und ein geometrisches Muster ergeben. In diesem Hotel besteht *alles* aus Luxus. Sogar das Klo erstrahlt in goldenen Tönen. Deckenhohe Spiegel, eingefasst in goldenen Barockrahmen, schleudern mir etliche Klone der Leute entgegen, die hier mit ihrer Pisse Kreise in die Schüssel malen. Der Ort, an dem die Leute kacken gehen, könnte locker mit einer Privatbank mithalten.

»Hey, Bro.« Neben mir pinkelt Misha ins Pissoir. »Alles klar?«

Ich entgegne nichts.

»Du siehst fertig aus«, fügt er hinzu.

Fast hätte ich gelacht.

Fast.

»Müde«, sage ich, schüttle meinen Schwanz ab und gehe zum Waschbecken. »Das Unternehmen macht Stress.«

»Verstehe.« Misha wäscht sich neben mir die Hände, ehe er ein kleines Tütchen aus seiner Hosentasche zieht. Das Pulver sieht aus wie gemahlene Kreide. »Willst du?«

Ich bin am tiefsten Punkt angekommen, denn ich spüre, wie mein Herz vor Freude in Flammen aufgeht. Mit einem warmen Gefühl der Vorfreude reiße ich ihm das Kokain förmlich aus der Hand. »Danke.«

»Kein Ding, Mann.« Misha klopft mir auf die Schulter. »Bin beim Roulette, falls du noch was brauchst.«

Ich nicke, bevor ich in der Kabine verschwinde. Ich ziehe das Pulver durch die Nase und genieße das Kribbeln, das mich dabei durchfährt. Dann verlasse ich die Toilette wesentlich klarer, als ich sie betreten habe.

Entschlossen steuere ich unseren Blackjack-Tisch an, gerade als die hübsche Servicekraft mich erreicht.

Sie lächelt. »Martini, Signore?«

»Ja. Danke, Zoe.«

»Natürlich.« Sie klimpert mit ihren aufgeklebten Wimpern. »Ich weiß doch, was Sie mögen.«

Bevor ich antworten kann, höre ich ein Schnauben neben mir. »Du hast echt keine Ahnung, was Grenzen sind, Blackwell.«

Die Stimme wirkt wie ein Kübel Eiswasser, der über mir ausgegossen wird. Langsam, als hätte der Tod mich geschnappt, drehe ich den Kopf. Und da steht sie, als wäre nie etwas gewesen. Sie steht da, an *meinem* Blackjack-Tisch, als könnte sie das einfach *machen*.

Blair Wagner.

»Was willst du hier?« Breitbeinig setze ich mich auf den Hocker, nippe am Martini und sehe ihr über den Rand des Glases angriffslustig in die Augen. »Kann dein gebrochenes Herzchen immer noch nicht akzeptieren, dass ich dich nicht will?«

»In welcher Traumwelt lebst du?« Sie funkelt mich an. »Ich würde dich nicht mal mit den Zehen anfassen!«

»Ach, du stehst auf Füße?« Gehässig grinse ich sie an. »Ausnahmsweise, weil du es bist, werde ich das morgen in meinem TikTok erwähnen.« Ich nehme noch einen Schluck, rühre mit dem Schirmchen in der klaren Flüssigkeit herum. »Und dich verlinken. Da kommen sicher *einige* Interessierte, die dich von mir ablenken können.«

»Halt die Fresse«, zischt sie.

»Das würde ich an deiner Stelle besser nicht zu mir sagen.« Ich hebe den Blick. Lässig hebe ich eine Braue. »In *meinem* Hotel. In *meinem* Casino, in dem *du* nichts zu suchen hast.«

»Ich arbeite hier!«

Das ist mir neu. Und entfacht eine neue Welle der Wut, weil sie mir den einzigen Rückzugsort nimmt, an dem ich abschalten kann.

»Gut zu wissen«, sage ich langsam. Mit den Fingern trommle ich auf meinen Oberschenkel – direkt neben meinem Schritt. Mir entgeht nicht, wie sie immer wieder dort hinsieht. Genauso wenig wie die Röte, die ihre Wangen hinaufkriecht. »Dann tust du das bald nicht mehr.«

Sie schnaubt. »Fahr zur Hölle, Arschloch!«

»Verzeih, dich enttäuschen zu müssen, Prinzessin«, ich richte mich auf, ziehe einen Bündel Tausender aus der Hosentasche und schiebe ihn ihr grinsend über den Tisch, »aber da bin ich längst.«

LIFE BREAKS EVERYONE BUT IT'S ABOUT WHO IS STRONG IN THE BROKEN PLACES

Blair

Der Kerl sitzt auf diesem Hocker vor mir und denkt, er wäre der Geilste mit seiner Moncler-Cap und den muskulösen Armen, die aus den langen Ärmeln des Long-Tees rausschauen.

Ja, ich habe einen Fehler gemacht, als ich das Video von ihm und Paola in Dankenhaal exposed habe.

Ja, ich habe einen Fehler gemacht, als ich ihm nicht sagen konnte, weshalb ich es getan habe.

Und ja, ich verstehe, dass er wütend auf mich ist. Hätte er es dabei belassen, würde ich vermutlich jeden Tag auf Knien bei ihm angekrochen kommen und ihm beteuern, wie leid es mir tut.

Aber Edward hat sich das Video von @didntyouhearthat schicken lassen, auf dem ich zu sehen bin, wie ich ihn und Paola in Dankenhaal filme, es repostet und der ganzen Welt gesagt, ich wäre ein kranker Fan, den er nicht mehr loswird. Und nicht nur das ... er hat die *Edward-vs.-Blair-Challenge* ins Leben gerufen, die aus Clips besteht, wer gegen wen gewinnt. Laut der Kommentare der User steht es 1:1, weil ich ihn mit Paola exposed habe und er mich anschließend in der Luft zerrissen hat.

Meine Kommentare quellen über vor Hassnachrichten.

»Dann hoffe ich für dich, dass du dort bleibst«, antworte ich ihm. »Und dich die Höllenhunde fressen.«

»Die Höllenhunde.« Sein Mundwinkel zuckt. »Wenn's nur das ist.«

»Leute«, unterbricht Laxon unser Gespräch. »Was ist, können wir spielen?«

»Liebend gern.« Ich funkele Edward immer noch an, während ich ihm die Jetons seines Einsatzes beinahe aggressiv über den Tisch schiebe. Bei Laxon gehe ich professioneller vor. »Euer Einsatz?«

Edward schiebt Jetons im Wert von fünftausend Franken über den mit feinen Intarsien verzierten grünen Samt auf das BP-Logo. Laxon geht mit, und ich teile ihnen jeweils eine Karte aus.

so viel geld das sie hier wegwerfen so viel geld das ich gebrauchen könnte um zu leben um zu überleben um zu wissen was mein leben

ist

war

wird

»Wie wär's, Prinzessin ...« Edward spielt mit seinem Martinischirmchen, das er sich durch die Lippen gleiten lässt. »Lust auf eine Challenge?«

»Bedaure.« Ich lege meine erste Karte, die Dealer's Up Card. »Aber das Einzige, das ich in Verbindung mit dir bringe, wenn du über ›Lust‹ sprichst, ist, dich verschwinden zu lassen.«

»Du stehst also auf Machtspielchen?« Er hebt die Braue. »Interessant. Wie wäre es mit unseren Kerkern? Du könntest ewig dort schmoren und niemand würde dich je finden.« Etwas blitzt in seinen Augen. »Was für eine herrliche Vorstellung.«

von jetzt auf gleich bricht der boden unter meinen füßen ein freier fall in weite tiefe von der ich dachte sie überwunden zu haben in meinem kaleidoskop der möglichkeiten und regenbögen aus farben die ich niemals niemals niemals sehen durfte aber nur einmal edward nur einmal worte aus dem mund eines blackwells und das kaleidoskop geht zu boden und das glas bricht und die scherben treffen diesen tanz meiner

träume

Meine Hand, die gerade eine neue Karte zücken wollte, rutscht ab und stößt gegen Laxons Glas. Der Champagner ergießt sich auf seine Beine. Wütend springt er auf, zischt irgendetwas, aber es kommt nicht bei mir an.

nur entferntes rauschen über meinen ohren und ein tinnitus und ein schwindelerregender sturm der versucht mich mitzureißen

Verzweifelt versuche ich, mich am Blackjack-Tisch festzukrallen. Der Samt reibt über meine Fingerkuppen, der prächtige Spieltisch aus Mahagoni ist glatt, beides gibt mir ein Gefühl der Realität und erinnert mich daran, wo ich mich befinde.

komm zurück blair komm zurück zurück zurück

Schaukelnd, als würde ich mich auf einem brüchigen Segelschiff mitten im Ozean befinden, normalisiert sich mein Sichtfeld. Ein kalter Schweißfilm hat sich auf meiner Haut gebildet, in meinem Nacken stellen sich die feinen Härchen auf. Ich fühle mich, als wäre ich gerade oben ohne in einen Schneesturm gerannt.

»Verzeihung.« Meine Stimme klingt monoton, und es kostet mich alle Mühe, Laxon zu fokussieren. Giuliano ist bei ihm und drückt ihm mehrere Tücher in die Hand. »Das war ... Ich wollte nicht ...«

»Schon okay«, murmelt Laxon, aber ich kann hören, dass er angepisst ist. Und auch Giuliano wirft mir einen mahnenden Blick zu, der in etwa so was wie *bist du durchgeknallt?* sagt.

Und er hat recht. Als Dealerin im Casino vom Blackwell Palace sollte so etwas nicht passieren. Niemals. Hier arbeiten die renommiertesten, erfahrensten und professionellsten Menschen der Branche, während ich mich benehme wie eine Achtzehnjährige an ihrem ersten Tag in einer heruntergekommenen Assiviertel-Spielo.

»Wir sollten ...« Meine Finger zittern, als ich nach einer nächsten Karte greife und angestrengt versuche, Edwards Blick zu meiden. *Bleib professionell, Blair. Dieser Job hier ist lebenswichtig für dich.* »Lasst uns weiterspielen.«

»Mir kam gerade eine bessere Idee.« Edwards Stimme klingt merkwürdig. Nicht mehr angriffslustig wie eben, sondern dunkler. Als würde hinter den Worten etwas stecken, das er zu verbergen versucht. Als würde ihm tatsächlich leidtun, was er gesagt hat. Aber das ist lachhaft. Ich spreche von Edward Blackwell. Diesem Mann tut niemals irgendetwas leid.

Er tut, was er will, wann er will, und wie er es will, und dazu steht er.

Edward betrachtet seine neue Karte und hebt einen Mundwinkel. Eine Acht, ein Ass. Neunzehn Punkte. Sein nächster Spielzug entscheidet über Verlust oder Gewinn.

»Wenn ich verliere, lasse ich dich in Ruhe. Ab dann wirst du Luft für mich sein, und ich werde nie wieder auch nur deinen Namen in den Mund nehmen.« Er spielt mit einem blauen Jeton, dreht ihn wie einen Kreisel auf dem Tisch, ohne den Blick von mir abzuwenden. »Wenn du verlierst, musst du mit mir klettern.«

Kurz glaube ich, mich verhört zu haben. »Klettern?«

»Klettern. Das kannst du doch so gut, nicht wahr?« Sein Grinsen wird breiter. »Ein Spiel. Wir gegeneinander, an der Außenfassade des Hotels, wer zuerst die Terrasse über dem Poolhouse erreicht.«

Abschätzig sehe ich ihn an. »Und dann?«

Sein Mundwinkel hebt sich. »Wer langsamer ist, muss springen.«

»Klar.« Mit einem trockenen Lachen verdrehe ich die Augen. »Gott, bist du ein Dreckskerl.«

»*Nicht* auf den Boden«, stellt er klar. »Sondern in den Pool. Der ist an der Stelle fünf Meter tief. Da kann nichts passieren.« Ich zögere. »Was denn, traust du dich nicht?« Sein Blick wird gehässiger. Er beugt sich vor, raunt: »Bist du in Wahrheit ein kleiner Feigling, Wagner?«

Ich hasse es, dass er meinen Nachnamen akzentfrei ausspricht. Ich hasse es, dass er so perfekt ist, obwohl ich ihn mit jeder Faser meines Körpers verachte. Dieser Mistkerl hätte es verdient, auszusehen wie Gollum.

»Einfach nur klettern und springen?«, wiederhole ich.

Er nickt.

»Und wenn ich gewinne, lässt du mich in Ruhe?«

»Korrekt.«

Im Augenwinkel erkenne ich, wie Laxon unserem Gespräch interessiert folgt. Ich versuche, etwas in Edwards eisblauen Augen zu erkennen, einen Hinterhalt oder irgendetwas, das mir verrät, dass ich diesen Deal nicht eingehen sollte, aber er begegnet meinem Blick todernst.

»Ich kann hier nicht weg«, sage ich. »Ich bin für diesen Tisch zuständig.«

»Die Besucher werden ein paar Minuten ohne Blackjack auskommen.«

Ich runzle die Stirn. »Das bedeutet Gewinneinbußen für das Hotel.«

»Für *mein* Hotel. Und die verkraften wir.«

»Wenn dein Vater das wüsste, wäre er –«

»Mein Vater ist jetzt kein Thema.«

»Aber –«

»Ja oder nein, Blair?«

Ich zögere. Die Aussicht darauf, mich nicht mehr mit ihm herumschlagen zu müssen, ist verlockend. Meine Karte ist eine Dame. Zehn Punkte. Ich bräuchte mindestens eine Neun, um ihn zu schlagen. Klingt machbar. Und sollte ich verlieren, ist es nur ein Sprung, oder? Wenn ich richtig schätze, befindet sich die Terrasse keine vier Meter über dem Pool. Ich bin schon von höheren Brettern ins Wasser gesprungen. Was soll also schiefgehen?

»Okay«, sage ich. »Deal.«

Sein Grinsen wirkt dämonisch. Dieser düstere, hochattraktive Todesengel spielt mit mir, und ich lasse es zu.

Ich wende den Blick nicht von ihm ab, während meine Finger die nächste Karte ziehen. *Höher als Edward,* bete ich. *Höher als Achtzehn, nicht über einundzwanzig. Bitte, bitte, bitte …*

Ich lege die Karte und senke den Blick aufs Blatt.

MOST BROKEN BLACKWELL OF ALL TIME

Edward

Eine Zwei. In mir pulsiert das Blut schneller durch meine Venen. Ich vergöttere das Gefühl, zu gewinnen. Ganz besonders dann, wenn es meine Feinde sind, gegen die ich spiele.

Und, bei Gott, ich verachte *alles* an Blair.

Ihren feurigen Blick, als könnte das etwas in mir anrichten.

Ihr herzförmiges Gesicht.

Diese großen Katzenaugen, von denen meine Jungs immer labern, sie wären *so mega schön, Alter*, wenn sie besoffen sind.

Die vollen Lippen, über die nichts als Schwachsinn kommt, wenn sie den Mund aufmacht.

Wäre ich Julius Caesar, würde Blair Brutus sein. Nur mit dem Unterschied, dass ich nicht so dumm wäre und mich von ihr killen lassen würde. Aber der Hass ist derselbe. Sie hat mein Vertrauen missbraucht und mich verarscht. Meine Schwäche ausgenutzt, um mich zu hintergehen.

~~ich will dass sie sich entschuldigt dass sie wieder vor mir lacht damit hinter meiner brust alles warm wird weil dieses gefühl wie sonnenuntergänge in den bergen war zarte seide auf meiner erhitzten haut nach zu viel zorn weil der vulkan nicht aufhören konnte aus satten feldern verdorrte ebenen zu machen~~

Ich will diese Frau *brennen* sehen.

Lässig lehne ich mich zurück, nehme meine Cap vom Kopf und drehe sie zwischen den Fingern. »Schachmatt, Prinzessin.«

Blair gibt sich größte Mühe, keine Reaktion zu zeigen. Sie sieht mich nur mit der üblichen Abscheu an und tut unbeeindruckt. Aber mir entgeht nicht, wie ein Zittern durch ihren Körper fährt, wie sie Kiefer und Schultern anspannt und die Ader an ihrem Hals in einem rasenden Tempo pocht.

»Falls euch entgangen sein sollte, dass hier auch noch jemand sitzt, der Blackjack spielt«, Laxon tippt auf sein Kartenblatt, »Dame und König. Zwanzig Punkte. Ich habe gewonnen.«

Ganz langsam wendet Blair den Kopf in seine Richtung. Sie blinzelt, als hätte sie Laxon vergessen. Als hätte sie vergessen, dass es hier eigentlich um ein Kartenspiel geht, bei dem Menschen tagtäglich ihr Vermögen verzocken.

»Glückwunsch.« Sie räuspert sich. »Willst du weiterspielen?«

Er schüttelt den Kopf, wobei sein Blick an der blonden Lockenmähne einer Frau hängen bleibt, die sich in dieser Sekunde an den Pokertisch setzt. Bei näherem Hinsehen erkenne ich, dass es Emma ist. Angestellte des Hotels und Paolas beste Freundin. Sie spielt mit Lis. »Auszahlen, bitte.«

»Natürlich.« Blair überreicht ihm seinen Gewinn, wobei sie es vermeidet, mich anzusehen. In ihren Wangen hat sich eine gewisse Röte gesammelt.

»Man könnte meinen, ich würde leer ausgehen.« Ich setze die Cap rückwärts wieder auf und genieße die Anspannung in Blairs Gesicht. Sie hat Angst vor mir. Gut so, Miststück. Fürchte mich. Ich bin dein schlimmster Albtraum. Warnend beuge ich mich vor. »Aber wenn du gegen mich verlierst, ist das wie ein Rausch. Viel besser als Geld.« Meine Augen weiten sich vor Vergnügen. »Sogar besser als Sex.«

Ihr Kopf fährt zu mir herum. Mir entgeht nicht, wie sie die Hand auf dem grünen Samt zu einer Faust ballt. »Du bist krank, Edward!«

»Nenn es, wie du willst.« Grinsend lehne ich mich wieder zurück, kippe den letzten Schluck Martini und schiebe mir die Kirsche zwischen die Lippen. »Ich werde dich vernichten.«

»Das werden wir sehen«, zischt sie.

»Mutig.« Meine Lippen kräuseln sich. »Wir treffen uns in fünf Minuten an der Außenfassade vom Poolhouse.«

Kurz wankt die Entschlossenheit in ihren Zügen.

»Was?« Ich gebe ein freudloses Lachen von mir. »Hast du gedacht, ich würde dich liebevoll an die Hand nehmen und gemeinsam mit dir dorthin spazieren?«

Sie schnaubt. »Du kannst mich mal.«

»Nein, danke.« Abfällig verziehe ich den Mund, während ich mich vom Stuhl erhebe und das Martiniglas achtlos auf den Tisch stelle. »Da wäre sogar Kokos-Kora ein verlockenderer Gedanke. Sie steht wenigstens zu den Dingen, die sie abzieht.«

»Ich stehe auch dazu«, sagt sie.

»Ach ja? Dann bin ich gespannt.« Angriffslustig neige ich den Kopf, gehe auf sie zu, bis uns weniger als ein halber Meter trennt. Sie duftet nach Chanel N° 5. »Warum hast du das getan, Prinzessin?« Das letzte Wort spucke ich ihr förmlich vor die Füße. »Wieso verrätst du deine Freundin und den einzigen Typen dieses Hotels, der in dir kein Sexobjekt gesehen hat?«

Sie schnappt nach Luft. Urplötzlich hebt sie die Arme und will gegen meine Brust stoßen, aber ich schnappe mir ihre Handgelenke. Ich drücke fest zu, ehe ich sie grob an mich ziehe und ihr ins Ohr raune: »Einen *Scheiß* stehst du dazu. Und jetzt leb mit den Konsequenzen, den kaputtesten Blackwell unserer Dynastie als Feind zu haben, *Signorina* Wagner.«

IF I WOULD DIE THIS VERY MOMENT, I WOULD NOT FEAR

Blair

Das Poolhouse befindet sich draußen auf dem Hof, also über Dankenhaal im Keller. Eisige Luft legt sich auf meine Haut, als ich durch die Hintertür des Casinos nach draußen trete und die Stufen zum Hof hinaufgehe. Die laute Jazzmusik klingt nach. Fröstelnd schlinge ich die Arme um meinen Körper und setze mich in Bewegung. In der Ferne erstreckt sich die schimmernde Schönheit der majestätischen Alpen. Die Berge sind von einem zarten Schleier umhüllt, und die Spitzen der schneebedeckten Gipfel glitzern im Mondlicht wie Diamanten, während der schwarze Nachthimmel von funkelnden Sternen übersät ist.

Ich sehe den Pool in der Ferne. Die Sterne spiegeln sich in dem ruhig daliegenden Wasser, und von irgendwo dringt Musik und Stimmengewirr herüber. Ich kann nicht ausmachen, woher es kommt. Im Blackwell Palace finden das ganze Jahr über täglich Veranstaltungen in allen möglichen Eventräumen statt. Dieser Palast schläft nie. Es ist das New York der Hotels.

Unter meinen Fake-Loafers knirscht der Schnee. Mein Atem wird zu kleinen Wölkchen, die in der Luft schweben und sich dann auflösen. Mit jedem Schritt, den ich gehe, wird die Jazzmusik ersetzt von der winterlichen Stille der verschneiten Landschaft, bevor sie überlagert wird von anderen Klängen.

Als ich das Poolhouse fast erreicht habe, entdecke ich eine breite Silhouette im Schatten. Edward lehnt an der Wand, seinen Dior-Sneaker gegen die Fassade gelehnt, den Blick in die Sterne gerichtet. Sein Profil wird von den Bodenleuchten angestrahlt, und irgendetwas an ihm, irgendetwas an dieser rauen Schönheit zwingt mich dazu, stehen zu bleiben und den Atem anzuhalten.

Es ist, als würde ich einem Löwen begegnen. So majestätisch und nachdenklich aus der Ferne, ja, friedlich fast, aber kommst du ihm zu nahe, zerfleischt er dich unbarmherzig und eiskalt, bis er spürt, wie dein Herz zwischen seinen Zähnen vergeht.

Der Gedanke lässt mich schaudern. Und Edward, das Raubtier, das er eben ist, bemerkt die Bewegung *sofort*. Sein Kopf wirbelt herum, und als er mich in den Blick nimmt, bin ich wie erstarrt.

ich bin ein zartes reh auf dem offenen feld

kurz bevor es niedergemetzelt wird

»Wird auch Zeit.« Er stößt sich von der Wand ab und kommt auf mich zu. »Ich dachte schon, du würdest kneifen.«

»Ich stehe zu meinem Wort.« Außerdem würde ich mir die Blöße nicht geben, mich von Edward als Feigling betiteln zu lassen. Mein Blick gleitet an ihm vorbei zu der Fassade. Das Poolhouse ist Teil der alten Gemäuer, erbaut aus Ziegelsteinen, die hin und wieder kantig herausragen. Bei dem ursprünglichen Gebäude soll es sich um eine Burg gehandelt haben. Touristen lieben das historische Flair, und es gibt *etliche* Pinterest-Aesthetics vom Blackwell Palace. Jetzt gerade denke ich nur, wie dankbar ich den alten Landlords bin, weil mir diese Fassade mehr als gelegen kommt. So habe ich Klettern gelernt. An wahllosen Steinen in etlichen Formen. Vor meinem inneren Auge erscheint ein verschwommenes Bild, das mir den Hals zuschnürt.

ätzende säure sickert an den wänden meiner kehle entlang und droht mich zu verschlingen ich keuche blinzle versuche diese bilder zu vertreiben dieses widerliche grau grau grau eine herde aus elefantenhufe die mich zertrampeln mich töten verbluten lassen

tag für

tag für

tag

»Was?«, fragt Edward. »Angst?«

So sehr ich seine Stimme verachte, so sehr bin ich dankbar, sie gerade zu hören. Denn sie reißt mich aus meinen Gedanken, zerrt mich zurück ins Hier und Jetzt. Blinzelnd sehe ich in seine Richtung, bis seine breite Statur Farbe und Form annimmt.

vor der vergangenheit ja

vor der zukunft ja

vor der vergangenheit die meine zukunft wird ja

vor dir

~~ja~~

»Nein.« Ich mustere die Fassade, scanne jeden einzelnen Vorsprung, den ich mir zunutze machen kann, und blicke bis zur Terrasse des ersten Stockwerks hinauf. »Bereit?«

»Was heißt es schon, in diesem Leben bereit zu sein?« Er dreht mir den Rücken zu, geht vor der Fassade in Position. »Wir denken, wir wären es, bis die nächste Sekunde den vorherigen Moment ablöst und das Spiel neue Abgründe auftut.« Ich stelle mich neben ihn. Er riecht nach Lavendel und Rauch, zwei so gegensätzliche Düfte, dass ich mich frage, was hinter den Eiszapfen in seinen Augen steckt. Ein anderer Edward? Der, den ich im Theatersaal kennengelernt habe? Der, der die Finger über die Tasten gleiten ließ, sanfte Töne, die ihm über die sündhaft schönen Lippen kamen, eine melodische Bitte um Vergebung und Verständnis?

irgendwo tief in ihm versteckt er eine verletzliche seite hinter einem gewaltigen panzer aus stahl und für den bruchteil einer sekunde durfte ich einen blick dahinter werfen auf ausgerottete ebenen die er verzweifelt versuchte zum blühen zu bringen obwohl nichts als asche und tod zu sehen war

Aber jetzt ist diese Wand verschlossen. Ich muss ihm nur einmal in die Augen sehen und weiß, dass er jeden offenen Winkel zubetoniert hat.

»Welches Spiel?«, frage ich.

»Das Spiel des Lebens, Prinzessin.« Dieser Spitzname hat nichts Schönes an sich, denn Edward spricht ihn wie eine Beleidigung aus. Als würde er jede Silbe auskotzen. »Es ist dreckig, gewaltsam und brutal, und wir alle sind nichts weiter als Figuren, die über das Spielfeld geschoben werden, während eine höhere Macht uns auf die Probe stellt.« Starr sieht er zur Terrasse hinauf. In seinen Pupillen spiegeln sich die Sterne. »Ohne Rücksicht auf Verluste.«

Hinter meiner Brust stolpert mein Herz, weil er … o Gott, er hat so recht. Ich fühle jedes Wort von ihm. Aber alles in mir schreit danach, mich gegen Edward aufzulehnen, die Schlacht zu dominieren und ihn zu stürzen. Ich will mich ihm nicht verbunden fühlen. Ich will nicht, dass mein Herz sich von dem, was er von sich gibt, verstanden fühlt.

Was passiert in einem Kampf, wenn man anfängt, mit dem Feind zu sympathisieren? Man beginnt, wegzusehen. Ein fataler Fehler. Denn die Klinge wird kommen. Irgendwann wird sie kommen, und dann ist es zu spät.

»Wenn wir die Figuren in einem Spiel sind«, entgegne ich langsam, den Blick immer noch zur Terrasse gerichtet, »bist du mein Feind.«

»Ich bin nicht nur dein Feind, Prinzessin.« Im Augenwinkel erkenne ich, wie sich sein Mundwinkel hebt. »Ich bin der Endgegner, gegen den du nicht gewinnen kannst.«

»Dem Endgegner bin ich längst begegnet«, murmle ich, die Stimme so leise, dass ich nicht einmal weiß, ob er mich hören kann, »und das warst nicht du.«

Dann greife ich nach den ersten Ziegeln und ziehe mich an der Fassade hoch. Der Frost, der seit Wochen von den Bergen durch die Stadt zieht, hat sich an den Steinen festgesetzt. Innerhalb von Sekunden sind meine Finger eiskalt. Aber ich denke gar nicht daran, aufzugeben. Das hier sind nur ein paar Meter. Es ist leicht. Etwas, das ich schon Tausende Male gemacht habe. Nichts anderes als Fahrradfahren. Ich verlagere die Kraft in meine Beine und stoße mich von Kante zu Kante ab, klettere wie ein Gecko in dunkler Nacht an der Fassade hinauf.

Aber Edward ist größer, mit viel längeren Beinen. Und, verdammt, der Typ kann klettern!

Mit seiner rückwärts aufgesetzten Moncler, das Gesicht gelangweilt, als wäre das hier eine Vorlesung über Landschaftsgärtnerei, hangelt er sich von Ziegel zu Ziegel. Mein Vorsprung lag im Überraschungsmoment, ohne Startschuss loszuklettern, aber er hat längst zu mir aufgeschlossen. Wir sind fast gleichauf, mein Kopf befindet sich auf Höhe seiner Brust. Mein Puls hämmert in rasender Geschwindigkeit. Nicht vor Anstrengung, sondern weil mich das Adrenalin des Moments *überrennt*.

Das hier ist ein exklusives Level im Spiel des Lebens, ein Bonusding, nach dem man irgendetwas gewinnt, eine neue Superkraft oder einen exklusiven Stern, der einen an anderer Stelle weiterbringt, und ich bin *entschlossen*, es zu gewinnen.

Meine Arme brennen, mein Blut ist eiskalt und lässt meine Finger steif werden, aber ich klettere weiter, zwinge meine Beine zu funktionieren, für mich zu arbeiten. Komm schon, weiter, los jetzt!

Ich hole ihn ein. Im Augenwinkel erkenne ich, wie Edwards Gesichtszüge härter werden. Er spannt den Kiefer an, erhöht das Tempo. Aber ich auch. Wir sind wie zwei Eichhörnchen auf der Jagd nach dem letzten Zapfen vor dem Winterschlaf. Ich hangele mich hinauf, taste nach den Steinen, die immer unregelmäßiger und kleiner werden, werde angetrieben von dem schnellen Pumpen in meinen Ohren, strecke den Fuß nach dem nächsten Ziegel aus, aber er ist winzig, eine schmale Eckkante, und plötzlich …

Ich rutsche ab. Ein Ächzen entfährt mir, und es gelingt mir, mich mit den Händen und dem anderen Bein zu halten. Aber ich verliere mindestens fünf Sekunden. Wertvolle Zeit, die in diesem Spiel entscheidend ist. Als ich wieder Fuß fasse und weiter klettere, ist Edward mir einen ganzen Meter voraus. Seine Finger erreichen das schwarze Eisengeländer der Terrasse. Er zieht sich daran hoch, und plötzlich weiß ich, dass ich verloren habe.

verloren verloren verloren gegen

edward blackwell

Das Gefühl ist niederschmetternd. Eine heftige Enttäuschung, die alles in mir zu Boden ringt.

Edward schwingt sich auf den Vorsprung vor das Geländer, lässt die Beine baumeln und grinst auf mich hinab. Ich greife nach dem letzten Stein vor der Terrasse. Meine Muskeln brennen, als würden sie mich bersten lassen wollen. Mit letzter, zittriger Kraft wollen meine Schenkel und Arme mich hochziehen, aber meine Finger sind zu steif. Die Erkenntnis dauert nur den Bruchteil einer Sekunde: Das war's.

Der Schock gleitet durch mich hindurch. Meine Lippen öffnen sich zu einem stummen Schrei, und die plötzliche Leere unter meinen Füßen fühlt sich an wie ein Schürhaken, der mir den Magen entreißt. Das ist mein Ende.

besiegt von edward blackwell in einer schlacht die von anfang an aussichtslos war und ich

falle

THE LION KING HIMSELF HAS THROWN ME TO THE HYENAS

Blair

Raue Finger schließen sich um mein Handgelenk. Meine Augen weiten sich. Unter mir herrscht die gähnende Leere von über vier Metern. Der Boden könnte mein Tod sein.

Langsam lege ich den Kopf in den Nacken. Edward hält mich mit nur einer Hand. Die Finger der anderen umklammern die Eisenstrebe des Geländers, die Knöchel weiß vor Anstrengung, der Bizeps unter seinem Long Tee fest angespannt, genauso wie die Linien seines Kiefers. In seinen Augen tanzt ein Feuer, das ich noch nicht in ihnen gesehen habe.

als wäre der löwe plötzlich wütend auf sich selbst weil er mitleid mit dem reh hat

Wir sehen uns an. Zwei Sekunden, in denen der Hass zwischen uns ruht. Das Spiel wurde auf Stopp gestellt.

... bis die nächste Sekunde den vorherigen Moment ablöst und das Spiel neue Abgründe auftut.

Ein Ruck geht durch seinen Körper. Im ersten Moment denke ich, das hier wird eine abgefuckte Version von König der Löwen, er ist Scar, ich bin Mufasa, alles in mir erwartet meinen Lang-lebe-der-König-Abgang, aber plötzlich zieht er meinen Körper hoch. Nur ein paar Zentimeter, aber die reichen, damit ich nach dem Geländer greifen und meine Knie auf den Vorsprung schieben kann.

»O Gott.« Ich schließe die Augen, lehne meine schweißnasse Stirn an das eiskalte Eisen. Schwindel überkommt mich, und alles in mir zittert. »Fuck, fuck, fuck.«

Ich höre, wie Edward wortlos über das Geländer klettert. Seine Diors landen dumpf auf dem Beton. Ich zwinge mich, die Augen zu öffnen und es ihm gleichzutun.

»Was habe ich gesagt?« Edward steht da, den Kopf geneigt, während das Glitzern der Sterne sein bittersüßes Grinsen betont. »Gegen mich kannst du nicht gewinnen.«

Ich schnaube. Der kurze Moment, den ich eben zwischen uns zu spüren glaubte, hat sich in Luft aufgelöst. »Das war Glück.«

»Ja, sicher.« Er lacht trocken auf. »Ich hoffe, du kannst schwimmen, Prinzessin. Ein zweites Mal werde ich dich nicht retten.«

Zornig funkle ich ihn an, ehe ich einen Blick über das Geländer werfe. Der Pool befindet sich direkt unter der Terrasse. Ich habe oft genug bei Events hinter der Theke gestanden, um zu wissen, dass dieser Sprung harmlos ist. Die Leute hüpfen ständig von der Terrasse ins Wasser, wenn sie betrunken sind. Sie nutzen sie wie einen Springturm.

»Na los«, sagt Edward. »Oder traust du dich nicht?«

Andere wären vermutlich cleverer als ich. Sie würden Edward einen Vogel zeigen, auf das, was er sagt, scheißen und verschwinden. Aber Edward und ich, wir ergeben keine gute Kombi. Wir sind uns zu ähnlich. Beide zu lebensmüde, um das Leben zu spüren. Beide zu süchtig nach Adrenalin, um zu wissen, dass es noch etwas gibt, das uns in diesen Rausch versetzt, dieses Gefühl, Euphorie zu empfinden. Und wir sind beide zu ehrgeizig, zu *competitive*, als dass einer von uns auf die Knie fallen und die weiße Fahne schwenken könnte.

Edward und ich, wir bekämpfen uns auf grünen Feldern, und wenn wir fertig miteinander sind, wird nichts mehr übrig sein. Zerstörte Ebenen aus Schutt und Asche.

»Du denkst, niemand könnte es mit dir aufnehmen, Blackwell.« Ich lege meinen Blazer ab, knöpfe meine Bluse auf. Überraschung blitzt in seinen Zügen auf. Mir ist egal, was er von mir denkt. Wenn ich hiernach zurück zur Arbeit gehen will, brauche ich trockene Kleidung. »Aber dann kennst du mich noch nicht.« Ich streife mir den Rock über die Beine, schlüpfe aus Schuhen und Perlonstrumpfhose, bis ich in schwarzer Spitzenunterwäsche vor ihm stehe. Sein Blick wandert an mir hinab, und etwas in dem Blau seiner Iriden beginnt zu leuchten, bis er mir wieder in die Augen sieht, die Gesichtszüge fest angespannt. Ich sammle die Kleidungsstücke auf und nähere mich ihm, bis uns nur ein halber Meter trennt. Zwischen uns glüht eine magnetische Aura, und beinahe ist mir, als hätte Edward die Hand gehoben, um mich zu berühren. Doch schon in der nächsten Sekunde streift sie seine Hose, und ich bin mir sicher, es mir nur eingebildet zu haben. »Und ich kann es kaum erwarten, die Reue in deinen Augen zu sehen, wenn du dir wünschst, dich nie mit mir angelegt zu haben.«

Ein leises Lachen. »Träum weiter, Prinzessin.«

»Oh, das ist kein Traum«, raune ich. »Die Dame wird den König auf seinem Schlachtfeld stürzen, und das, mein Lieber«, ich recke das Kinn, sehe ihm tief in die Augen, »ist die pure, bittere Realität in diesem perfiden Spiel.«

Bevor er etwas entgegnen kann, gehe ich zum Geländer, werfe meine Kleidung neben den Pool und klettere über die Eisenstreben. Hinter meiner Brust pumpt mein Herz in enormer Geschwindigkeit.

Keine Angst, Blair. Das haben die anderen tausendmal gemacht. Dir kann nichts passieren. Du hast schon wesentlich schlimmere Dinge erlebt.

Ich halte die Luft an, stoße mich ab und springe
drei sekunden freier fall
keine finger die mich halten
ein angelhaken der an meinem magen reißt

Dann empfängt mich warmes Wasser, das meine eiskalte Haut wieder zum Leben erweckt. Noch während ich mich unter der Oberfläche befinde, wallt Euphorie in mir auf.

Ich hab's geschafft! Ich habe nicht gekniffen und mich bewiesen. Ihm gezeigt, dass ich keine Angst vor ihm habe. Dass ich ihm die verdammte Stirn bieten kann und er in mir eine würdige Gegnerin sehen sollte.

Aber als ich auftauche, erstirbt das Hochgefühl sofort. Und jetzt weiß ich auch, woher die entfernte Musik und das Stimmengewirr rührte. Die Front vom Poolhouse, ein Juwel aus Glas und Stein, strahlt mit seinen goldenen Lichtern wie Fackeln in der eisigen Winternacht. Und überall sind Leute.

Hier findet ein Event statt. Die Panoramafenster sind geöffnet, und im Inneren befinden sich bestimmt fünfzig Menschen, die mich alle anstarren wie eine außerirdische Erscheinung.

Unter ihnen Jake Blackwell.

Von jüngeren Personen werden Handys gezückt, Fotos und Videos gemacht von der halb nackten Angestellten, die gerade vom Himmel in den Pool gefallen ist und jetzt wie ein hässliches Karpador im Wasser plantscht.

Langsam, als wüsste ich, dass über mir der Tod wartet, lege ich den Kopf in den Nacken. Der Schock der Erkenntnis hat meine Lippen geteilt.

Edward hat sich locker über das Geländer gelehnt, ein siegessicheres Grinsen auf dem Gesicht, in der Hand sein iPhone, das er auf mich gerichtet hält.

Er wusste es, denke ich.

Dieses Arschloch wusste, was mich erwarten würde.

Ich habe mich geirrt. Es war nicht Scar, der mich in den Abgrund stürzen wollte.

Der König der Löwen höchstpersönlich hat mich den Hyänen zum Fraß vorgeworfen.

EVERY TIME I CLOSE MY EYES, IT'S LIKE A DARK PARADISE

Edward

»Edward, hörst du mich?« Ein Klopfen an der Tür. »Mir ist klar, dass du da drin bist, Zwerg.«

Zwerg. Anneli nutzt noch immer den Spitznamen, den sie mir gegeben hat, als ich fünf war. Inzwischen bin ich zwei Köpfe größer als meine Tante, aber das interessiert sie nicht. Sie fühlt sich ohnehin wie eine Giraffe mit ihrem Ich-recke-den-Hals-und-sehe-alles-was-in-diesem-Hotel-vor-sich-geht-Modus.

»Und willst du auch wissen, warum ich das weiß?« Ich liege auf dem Sofa, starre die Decke an und rege mich nicht. »Weil ich seit fünf Stunden vor deiner Tür hocke und mein Durchfallgefühl ignoriere, um zu warten, dass du da rauskommst.«

Das tut sie wirklich. Ich habe gehört, wie sie vor Stunden zum ersten Mal angeklopft hat. Seitdem lausche ich ihren Worten, ohne etwas zu entgegnen. Es hat etwas Beruhigendes an sich, das Schnauben dazwischen ist wie eine Meditation.

»Also, wenn dich später ein sonderbarer Geruch erreichen sollte, einzuordnen in die Kategorie mittelstark bis ungesund, weil ich gestern zwei superfettige Burger hatte, ist das *nicht meine Schuld*, verstanden?« Belustigung regt sich in meiner Brust, räkelt sich wie ein kleines Monster, das am ganzen Körper verklebt ist und nun versucht, sich zu befreien. »Ich kann auch singen, wenn dir das lieber ist.« Meine Tante räuspert sich, ehe ihre schiefe Stimme zu mir hereindringt. »O Edward, mein Zweeeerg, jetzt bin ich am Weeeerk, dich mitzunehmen von hieeer, obwohl das nicht ist mein Bieeer.«

Meine Mundwinkel heben sich einen winzigen Millimeter.

»O Edward, mein Zweeeerg, lass mich dich bringen zum Beeeerg, ich weiß, es wird haaaart, aber vielleicht auch ein Neustaaaart.«

Das Minilächeln erlischt. Ich schlucke. Meine Finger krallen sich in das Long Tee, das ich seit gestern Abend nicht gewechselt habe.

»Okay, letzte Strophe, bevor ich diese Tür eintrete«, sagt Anneli. »Und du weißt, dass ich das kann. Ich trage Schuhe mit Stahlkappen, die sogar Mega Man stolz machen würden. Ich weiß, er ist dein Lieblingsheld. Du hast etliche Versionen dieses Eierkopfroboters in deiner pubertären Kassettenwand. Also los. Mimimi-Mimi.« Sie räuspert sich. »Sorry, bin nicht richtig eingesungen, aber klinge trotzdem gut, finde ich.«

Zum ersten Mal seit Stunden rolle ich mich auf die Seite. Ein zerfranster Winnie Puuh liegt da und starrt mich aus zerkratzten Augen heraus an. Meine Mutter hat ihn mir als Baby geschenkt. Ich kralle meine Finger in seinen rauen Stoff, als würde ich ihn erwürgen, fest, fester, bis meine Finger schmerzen. Als ich loslasse, lebt er immer noch.

Anneli fängt an zu singen. »O Edward, mein Zweeeerg, du weißt, mein Schuhweeeerk, wird eintreten, diese Tüüür, dann verlange ich von dir eine Mautgebüüüühr, weil ich hocke in diesem Stockweeeeerk seit fünf Üüüüühr, und vielleicht noch Schmerzensgeeeeeld, weil wenn ich die Tür eingetreten haaaabe, wie ein verwirrter Raaaabe, bin ich nur noch eeeeeeein«, sie holt tief Luft, wird lauter, »traurigeeeeeeer«, sie brüllt, holt noch mal Luft für den finalen Schlag, der beinahe die Wände erzittern und ihre Stimme brechen lässt, »Fleischbeeeeeeeeeerg!«

Anneli hält inne. Wartet. Aber ich rege mich nicht. Ich bin zu sehr damit beschäftigt, Winnie Puuh zu töten. Er hat kein Recht darauf, unbesiegbar zu sein, wenn ich innerlich krepiere.

»Gut, jetzt kommt mein Abgang. Das mit der Tür war nur ein Erpressungsversuch. Aber ganz offensichtlich habe ich vergessen, dass du ein Blackwell und damit immun gegen jegliche Form von Hinterhalt bist.« Anneli schnaubt. Entweder wegen ihrer Verschwindet-aus-meinem-Körper-ihr-widerlichen-Polypen-Zwänge oder weil sie einsehen muss, verloren zu haben. Ich höre, wie sie sich aufrappelt, dann aber zögert. Als sie wieder spricht, klingt ihre Stimme wärmer. Sanfter. »Ich bin sicher, sie hätte gewollt, dass du dich verabschiedest, Zwerg.«

Ein weiteres Zögern, dann geht sie. Ich kralle meine Finger erneut in Winnies Stoff, presse meine Stirn gegen seine und lasse zu, dass seine Nase in mein Auge sticht. Ich will nicht weinen. Alles, bloß nicht weinen. Nicht um eine Frau, die mich zwei Jahre meines Lebens manipuliert, hintergangen, verarscht und psychisch missbraucht hat. Meine Tränen würden bedeuten, dass ihr Tod nichts geändert hat. Dass ich immer noch in ihren Klauen gefangen bin, meine Gefühle nichts weiter als ein Spielball in ihren Händen. Fest presse ich die Zähne zusammen, spüre die Anspannung in meinem Kiefer, als würde er jede Sekunde brechen und zu Staub zerfallen. Ich schließe die Augen, konzentriere mich auf meine Atmung und lausche dem Ticken der Uhrzeiger. Mit jedem *Tick, Tack* kommt ein neuer Gedanke.

Das, was April und ich hatten, war keine Liebe. Es war eine krankhafte Abhängigkeit, sie eine Schlange, die ihre Zähne immer wieder in mich gegraben und ihr Gift verteilt hat. Erfolgreich.

Warum sollte ich mich von ihr verabschieden?

~~weil sie auch erinnerungen in mir gemalt hat die sich nicht radieren lassen farben in mein herz gesprüht die sich nicht übermalen lassen zwischen all dieser toxischen scheiße die wir waren in dieser ganzen geschichte die als kristallglas begonnen hat bevor es am boden zersprungen ist gab es auch glitzernde scherben an denen sich niemand schneiden konnte~~

Langsam richte ich mich auf. Es kommt mir vor, als hätte ich drei Tage durchgesoffen. Meine Glieder sind schwer. Wie nach einem Extremlauf durch die Berge, obwohl ich mich seit gestern Abend auf diesem Sofa nicht mehr gerührt habe.

Die letzte Bewegung waren meine Finger, die das Video von Blair auf meinem TikTok-Account gepostet haben. Caption: 2:1, Prinzessin. Danach hat mein Handy ununterbrochen geleuchtet, bis ich es ausgeschaltet habe.

Mein Blick huscht zur Uhr. Kurz nach neun. Die Trauerfeier hat begonnen. Ich stehe auf. Wanke ins marmorne Badezimmer, in dem alles glänzt, als wären es die Schlafgemächer eines Königs. Als ich aufsehe, begegne ich meinem Spiegelbild.

Tiefe Ringe schwärzen die helle Haut unter meinen Augen. Meine Lippen sind blutrot, weil ich seit Stunden darauf herumkaue, und in meinen Augen erkenne ich blaues Gewässer, das vom Teufel beherrscht wird. Den Devil's Pool. Der tiefste Abgrund Sambias.

~~ich ertrinke in meinen augen weil hinter ihnen das ende lauert~~

Ich ziehe mich aus, gehe unter die Dusche und lasse eiskaltes Wasser über meinen Körper laufen. Ich lehne den Kopf zurück und genieße, wie die Temperatur meine Haut schockt. Sie bringt das Blut in mir in Wallung und reinigt es von Aprils Gift~~, das noch immer in meinen adern pumpt~~

Als ich die Dusche verlasse, fühle ich mich lebendiger. Ich streife mir ein Shirt mit gesticktem New-York-Yankees-Logo auf der Brust über, ziehe mir eine Cargohose und Tommy-Hilfiger-Boots an und setze mir meine Moncler falsch herum auf den Kopf.

Ich greife nach meinem Autoschlüssel und verlasse die Suite.

THE BOUNDARIES WHICH DIVIDE LIFE FROM DEATH ARE THE BEST SHADOWY AND VAGUE

Edward

Die Räder meiner schwarzen Mercedes-G-Klasse bringen mich mühelos durch das verschneite Gebirge. Dieser Wagen ist wie ein Panzer, der alles niederwalzen könnte.

~~alles außer meine gedanken die sich in albträume verwandeln sobald ich die augen schließe~~

Ich erkenne sie in der Ferne. Die Menge an Menschen, in schwarze Kleidung gehüllt, mitten auf dem verschneiten Berghang, die Köpfe gesenkt. Ein innerer Hagelschauer erfasst mich, als ich den eleganten Sarg vor ihnen entdecke. Blank poliert, weiß. Die obere Klappe ist geöffnet.

Übelkeit überkommt mich. Ich würge den Motor ab, drücke mich in den Sitz und umklammere das Lenkrad so fest, als würde ich es entzweibrechen wollen. So sitze ich einige Sekunden, starre durch die Heckscheibe und versuche angestrengt, nicht zu kotzen. Immer wieder muss ich den Brechreiz herunterschlucken, und hinter meiner Brust rast mein Herz wie auf Speed. Schweiß bildet sich in meinen Handflächen. Zittrig atme ich aus, zähle bis fünf, dann bis zehn.

»Du kannst das«, murmle ich. *»Du kannst das hier, fuck!«*

Langsam, ganz langsam, wende ich den Kopf. Es ist so schwer. Wie zwei gleiche Magnetpole, die einander abstoßen. Denn das waren wir. April und ich waren uns *so* ähnlich. Und selbst jetzt noch, während sie leblos in diesem Sarg liegt, pulsiert ihre Aura über die Ebenen, arbeiten die Magnetpole unserer Seelen gegeneinander. *Sie ist tot*, denke ich. *Aber ihre Seele ist noch hier. Überall.* Aprils Aura nimmt die ganzen Berge ein, selbst dann noch, wenn sie längst nicht mehr da ist.

Mein Blick wandert über die Köpfe der Personen. Da sind Suarez,

Laxon, Max, Finn, Misha, Lena, Xenia. Ein paar ihrer alten Freundinnen, mit denen ich weniger zu tun hatte. Kokos-Koras Eltern, die Flinschs. Leopold. Auch mein Bruder. Er sitzt neben unserem Vater in der zweiten Reihe. Seine Schultern sind angespannt, sein Blick ist gesenkt.

Und dann sehe ich sie. Aprils Mutter Kingsley. Mit geradem Rücken sitzt sie da, das Kinn gereckt, als wäre das hier nichts weiter als eines ihrer verfickten Businessmeetings, wegen denen sie ihre Tochter so gut wie nie gesehen hat.

Sie so gut wie gar nicht kannte.

Hin und wieder tupft sie sich mit einem obligatorischen Taschentuch über die Augenwinkel. Am liebsten würde ich es ihr aus der Hand schlagen und sie *anbrüllen*, hier, vor allen Leuten, im Namen Aprils, dass sie eine verdammte Heuchlerin ist.

Ihre Stimme klingt durch mein Gedächtnis, leise, zerbrechlich, in diesen seltenen Momenten, in denen April sich mir geöffnet hat.

Meine Mutter hasst mich. Sie sagt es mir, wenn sie mich sieht.

Bestimmt nicht, Babe.

Doch. Ich bin ihr größter Fehler.

Du könntest niemals *der Fehler für irgendjemanden sein.*

Für sie bin ich das. Weil ich ihr die Freiheit genommen hätte, meinte sie. Obwohl sie doch nie da ist, oder?

Stimmt.

Was nehme ich ihr schon weg, wenn sie mich hier im Hotel platziert wie eine Spielfigur, die sie besuchen kommt, wann immer ihr wieder einfällt, dass sie eine Tochter hat, Ed?

Nichts, Babe.

Wenigstens habe ich dich. Versprich mir, mich nie zu verlassen, okay?

Niemals.

Und wir werden immer ehrlich miteinander sein, ja?

Immer.

Tja, April. Im Gegensatz zu dir habe ich meine Versprechen gehalten. Was für eine dreckige Ironie, dass sie sich verzweifelt nach den Dingen gesehnt hat, zu denen sie selbst nicht in der Lage war. Ich öffne die Autotür einen Spaltbreit, um zu hören, was der Trauredner über April erzählt.

»… war eine starke, bewundernswerte, liebevolle Frau, die immer das Beste für ihre Mitmenschen wollte.« Seine Worte sind wie ein heftiger Schlag ins Gesicht. Über wen redet der? Sicher nicht über meine narzisstische Ex-Freundin. »Der Welt wurde eine herzensgute Tochter, loyale Freundin und ein lebenslustiger Diamant genommen, und ihr Lachen wird auf ewig in unseren Herzen strahlen.« Fast hätte ich laut aufgelacht. *Herzensgut?* Wenn sie denen drohte, die nicht machten, was sie sagte, sie mit einem Besen in den Arsch zu ficken? April erfüllte es mit *Glück,* andere niederzuwalzen. Je schlimmer, desto besser. Sie hatte jemanden zum Weinen gebracht? *Bringet den Champagner, öffnet Instagram, prost ihr Säcke!* Sie hatte jemanden bloßgestellt? *Cheers, thanks to my ego, das sich nun so viel besser anfühlt*! Nicht wahr, Ape?

Oh, und du sollst loyal gewesen sein? Ja, sicher. Wenn Loyalität bedeutet, deine Freunde gegeneinander aufzubringen, jeden Einzelnen zu verraten und am Ende eines jeden Tages fremd zu ficken, dann klar.

Und lebenslustig? Falsch, ganz falsch. Du warst lebens*müde*, besessen von all den Dingen, die dich in den Abgrund gestürzt haben, dort, wo es so richtig dreckig und dunkel war.

Du, liebe April, hast alles geliebt, was der Hölle entsprungen ist.

Der Redner spricht weiter, aber ich höre ihm nicht mehr zu. Seine Stimme wird zu einem steten Summen, während die Sicht vor meinen Augen verschwimmt. Der Grund dafür zerrt an meiner Kehle, hinterlässt unangenehme Stiche, die ich nicht vertreiben kann. Obwohl ich April hassen will, kann ich es nicht. Obwohl ich will, dass mir das hier alles egal ist, mich vielleicht sogar erleichtert, spüre ich nichts als Schmerz. Einer der widerlichsten Sorte. Level 11 von 10. Es geht tief.

~~ein wolf der sich gnadenlos an meinen nerven labt klaffende wunden hinterlässt von denen er weiß dass sie nie genäht werden können die verwüstung treibt das tier an denn es lebt davon *überlebt* in mir während ich von tag zu tag verrecke denn es war nicht nur april die gestorben ist~~

Es wäre ein Mädchen geworden, Edward.

Ich presse die Zähne zusammen, um einen verzweifelten Laut zu unterdrücken, lege den Kopf in den Nacken, beiße in die Wange, aber er entweicht mir trotzdem. Schiebt sich einfach durch die Lippen, als könnte ihn nichts aufhalten.

Ein Mädchen, Edward.

Dreizehnte Woche.

Ein Mädchen.

Wankend erhebe ich mich, stapfe durch den Schnee auf die Menge zu. Ich merke es kaum. Meine Beine finden den Weg von allein. Ich erreiche die anderen. Köpfe drehen sich zu mir um.

»Edward«, höre ich meinen Bruder leise sagen.

Ein aufgeregtes Murmeln beginnt. Der Redner unterbricht sich in seiner *lächerlichen* Rede. Und ich taumele auf diesen Sarg zu ~~als wäre er mein letzter anker bevor ich untergehe~~. Mein Hals ist zugeschnürt, ein imaginäres Drahtseil, das mir in die Kehle ritzt, mich an meinem eigenen Blut ersticken lässt, getränkt von Aprils Gift, das mich gefangen hält.

Ein verzweifelter Laut kommt mir über die Lippen, als meine Finger sich um den Sarg klammern.

Und da liegt sie.

April ist kreidebleich. Die überwiegenden Minusgrade im leeren Wassertank haben dafür gesorgt, dass die Verwesung nicht stark ist. Von ihren sonst lebendigen Sommersprossen ist jedoch nichts mehr zu sehen. Ihre Wangen sind eingefallen, die Haut runzlig. Ihre Haare wurden eingeflochten, ein Kranz aus Strähnen, wie ein Diadem.

Eine gefallene Königin.

»Edward«, wiederholt mein Bruder in der angehaltenen Stille. Er will für mich da sein, aber gerade ist das, als würde er ein kleines Pflaster auf ein zerstückeltes Herz legen.

Der Wolf hat das Organ zerfetzt. Es verblutet, und das Pflaster ersäuft.

»Ihre Lippen.« Meine Stimme zittert. »Sie sind aufgerissen.« Pause. Dann –

»Jemand muss ihr die Lippen eincremen!«

Niemand sagt etwas. In der Ferne kreischt eine Eule. Die Sicht verschwimmt vor meinen Augen, aber die Risse in ihren Lippen sehe ich gestochen scharf. Das ist nicht sie. Das kann nicht April sein. Niemals. Nicht *so*. »Sie sind ausgetrocknet. Das war … das will sie nicht. Und der Lipgloss.« Meine Zähne klappern aufeinander, weil ich sie fest zusammenbeiße, obwohl alles an mir zittert. Ich wimmere. »Wo ist ihr Lipgloss?« Panisch sehe ich mich um, sehe zu meinem Vater, meinem Bruder, dann zu ihrer Mutter. Jeder Atemzug schmerzt. Ich kriege keine Luft mehr. *Helft mir!* Seht ihr nicht, dass ich sterbe? »Jemand muss ihr den Lipgloss auftragen! Sie ist doch sonst nicht glücklich! Sie …«

»Edward.« Diesmal mein Vater. Er hat sich erhoben, macht einen Schritt auf mich zu. »Genug.«

»Und ihre Wimpern«, krächze ich. »Sie hat ihre hellen Wimpern gehasst. Man sollte ihr die Wimpern aufkleben! Man sollte … ihre Wimpern …«

»Ed, komm schon.« Die Hand meines Vaters legt sich auf meine Schulter. »Komm, wir gehen.«

»Nein!« Ich reiße mich los, stoße meine Knöchel an dem harten Sarg. Ich japse nach Luft, während mir Tränen über das Gesicht rennen. Eine salzige Spur, deren Wärme den Frost auf meinen Wangen vertreibt. Ich weine. Vor all diesen Menschen. Der Wolf hat gewonnen. »Klebt ihr die Wimpern auf!« Verzweifelt ziehe ich die Luft ein, aber es kommt nichts an. »Und ihre Lippen! Sie will anders nicht rausgehen! Cremt sie ein! Das … April … IHRE LIPPEN SIND SCHWARZ!«

Charles' Arme legen sich von hinten um mich. »Ich bin bei dir, Bruder. Ich bin bei dir.«

»SIE WILL SO NICHT GESEHEN WERDEN!« Ich trete um mich, aber Charles weicht aus, hält mich fest. »Und wo ist mein Baby?« Ich winde mich. »WARUM IST MEIN BABY NICHT BEI IHR?« Ich entwinde mich seinem Griff, falle neben den Sarg auf die Knie und schaufle mit den Händen durch den Schnee, weiter, immer weiter, will den Boden berühren, die Erde aufreißen. »WO IST SIE?«, brülle ich, ein zerrissenes Echo in den Bergen, während die Tränen mein Gesicht hinabrennen. »ICH WILL MEIN BABY HALTEN! GEBT MIR MEIN BABY!«

»Sie ist an einem anderen Ort«, höre ich Charles leise an meinem Ohr. »Sie ist in Frieden, Edward.«

»Meine Tochter«, schluchze ich. »Ich will … meine Tochter … in den Arm nehmen, ich … meine …«

»Ich weiß.«

Ich sacke an seinem Brustkorb zusammen. Etwas in mir gibt auf. Ich merke kaum, wie mein Bruder mich zu meinem Wagen bringt. Als die Heizung auf dem Beifahrersitz anspringt, überfällt eine verschlingende Schwärze meine Augen.

Etwas in mir ist abgestürzt.

Der Devil's Pool rauscht über mich hinweg.

Ich könnte schwören, dass ich April lachen höre.

AND NOW THE TIMES ARE CHANGING

Blair

»Kannst du wenigstens den Sound leiser stellen?« Giuliano sitzt mir gegenüber, auf seinem Schoß sein Wildschweinbaby, das er überall, wirklich *überall* mit hinnimmt, seitdem die Mutter das Tier abgestoßen hat, und streichelt seinen gestreiften Fellrücken. »Son Gohan erschreckt sich.«

Über meinen uralten Gameboy Color werfe ich ihm einen trockenen Blick zu und hebe die Augenbraue. »Sorry, aber ich kann einen Typen, der zu Hause eine Wildschweinfarm hat, nicht ernst nehmen.«

»Ich finde die Namen der Tiere schlimmer«, entgegnet Lis. Sie sitzt neben Giuliano und lektoriert einen Text ihrer Frauenbewegungsgruppe. »Welcher Anime war das noch?«

»Dragon Ball. Aber das ist cool.« Ich konzentriere mich auf meinen Gameboy, weil die kriegerische Musik mir gerade mitteilt, dass ich im hohen Gras auf ein wildes Pokémon getroffen bin. »Und sein Vater ist Son Goku, oder? Das fette Hängebauchschwein, das neulich ausgebüxt und ganz St. Moritz auf Trab gehalten hat?«

»Yep. Aber ernsthaft, Blair«, Giuliano lässt seinen Blick durchs Coffee o' Clock schweifen, »die gucken schon alle wegen deiner Musik.«

»Die gucken, weil du ein Schwein auf dem Schoß hast«, kontert Lis.

»Die gucken, weil Edward mich gestern vor aller Welt bloßgestellt hat«, erwidere ich.

Giu runzelt die Stirn. »Wie meinst du das?«

»Hast du das Video noch nicht gesehen?« Lisbeth schaut kurz von ihrem Paper auf. »Gestern war ein wichtiges Abendevent. Es sollen wohl potenzielle Geschäftspartner anwesend gewesen sein, die Jake Blackwell überzeugen wollte.«

»Bis ich in Unterwäsche in den Pool gehüpft bin wie ein gefallener Strauß«, sage ich. »Graa, graa!«

»Oh, fuck.« Giuliano hat sein Handy gezückt und klebt nun über dem Display, während das Schwein locker in seine andere geschmiegt ist. »*Das* ist also passiert, nachdem er dich gestern vom Blackjack-Tisch geholt hat.« Er steckt sein Handy weg und sieht mich mitfühlend an. »Sorry. Ich hätte ihn einfach wegschicken sollen.«

Bei dem Gedanken lache ich auf. »Als ob er gegangen wäre.«

»Und wie geht es dir jetzt damit?«, fragt Lis.

»Unverändert.« Ich zucke die Achseln. »Ich hasse ihn, er hasst mich, Ende.«

»Heute war Aprils Beerdigung.« Giuliano beugt sich vor. Dabei schützt er Son Gohan, damit das Fellknäuel nicht auf den Teppich fällt. »Und ich habe gehört, dass …«

»Hey.« Wir unterbrechen uns, als Emma an unseren Tisch tritt. Sie versucht sich an einem neutralen Lächeln, aber es verrutscht, weil niemand von uns weiß, wie wir miteinander umgehen sollen. Und das alles nur wegen mir. Weil ich dumm war. Feige. Weil ich eine beschissene Panik hatte, von der ich niemandem etwas erzählen darf.

Denn das wäre mein Ende.

Buchstäblich.

Emma räuspert sich und steckt eine widerspenstige Locke hinter das Ohr. Das gemütliche Licht wird von ihrem Lippenpiercing reflektiert. »Was kann ich euch bringen?«

»Für mich eine Matcha Latte«, sagt Lis.

»Ich nehme eine Chai Latte mit Keksgeschmack.« Plötzlich zieht Giuliano eine Babyflasche aus seinem Beutel und deutet auf Son Gohan. »Und könntest du das Fläschchen für meinen Kleinen kurz aufwärmen?«

Emma blinzelt, als hätte sie das Borstending jetzt erst entdeckt. Ich kenne sie so gut, dass ich ihr drei Sekunden gebe, bis sie den Verstand verliert.

Drei.

Zwei.

Eins.

»Oh mein Gott!«, quietscht sie. Yep, there it is. Emma schlägt sich die Hände vor den Mund und beugt sich vor. Ihre blauen Augen glitzern verzückt. »Wie süß ist der denn? Ja, hallo, du kleiner süßer Kerl, ja, wie süß bist du, oh, du willst mein Fingerchen, du willst mein Fingerchen? Wirklich? Okay, hier, schlabber schlabber, ja, du süßer kl… hey!« Schnell zieht sie ihren Finger zurück und sieht Giu an. »Dein Schwein wollte mich beißen!«

»Er ist verspielt.« Giuliano lächelt. »Aber du darfst ihn streicheln, wenn du willst. Er ist zahm.«

»Ich tue so, als hätte ich diesen Satz niemals gehört«, murmle ich.

»Ach!« Vor Staunen sackt Emma die Kinnlade herunter. »Du bist der Sohn der Marinos, oder? Euch gehört die Engadiner Alp Farm?«

»Yep. Wir haben vor ein paar Jahren angefangen, verletzte Tiere aufzunehmen und zu pflegen. Ein paar von ihnen behalten wir. Die Farm ist riesig, die Tiere können sich frei bewegen, kriegen Futter und sind glücklich.«

Emma nickt zum Schwein. »Und das ist ein kleiner Nachzügler?«

Giuliano hebt das Schweinchen in die Höhe wie Rafiki den neugeborenen Simba. »Bulma hat ihn abgestoßen.«

Lis runzelt die Stirn. »Bulma?«

»Son Gohans Mutter«, erkläre ich. »Du würdest sie mögen.«

»Wieso?«

»Sie hat kurze violette Haare.«

»Das Schwein hat violette Haare?«

»Nein, in dem Anime. Dragon Ball.«

»Ah.«

»Jedenfalls müssen wir ihm das Fläschchen geben«, sagt Giuliano.

»Verstehe.« Emma nimmt das Fläschchen entgegen und dreht sich dann zu mir. Ihr Lächeln wirkt fest, ihre Züge betont freundlich. »Heiße Ovomaltine, Blair?«

»Ovomaltine«, wiederhole ich lächelnd, »wie immer.«

»Ja, wie immer.« Emma schluckt, sieht mich noch einen Moment an und geht.

Ich spüre Lisbeths sengenden Blick auf mir. Starr konzentriere ich mich auf den Gameboy-Bildschirm und greife das wilde Taubsi mit einer Feuerattacke an.

»Ignoriere mich nicht«, sagt Lis.

»Glumanda hat's drauf.«

»Glumanda kann mich mal.« Sie schiebt ihre Papiere zurück in den Jutebeutel. »Wann wirst du mit Paola reden?«

»Bald«, sage ich, obwohl ich keine Ahnung habe, wie ich das machen soll. Ich muss ihr erzählen, warum ich sie verraten habe, damit sie versteht. Damit sie mir verzeiht. Aber es ist so schwierig.

Es hängt *so viel* an dieser Entscheidung.

Das Taubsi zieht sich zurück, denn ich hab's diesem Vogelding lvl. 13 voll gegeben, und mein verpixelter Kopf streift weiter durch das hohe Gras. »Sie wollte mir schreiben, wenn sie sich bereit fühlt.«

Plötzlich bricht neben uns schallendes Gelächter aus. Stirnrunzelnd sehe ich von meinem Gameboy auf und entdecke Max, Finn und Misha in den Ohrensesseln am Kamin. Misha isst eine Rüblitorte, aber Max und Finn hängen über dem Handy und lachen so laut, dass das halbe Café sich zu ihnen umdreht.

»Raten wir, was die sich da angucken?«, fragt Giuliano. »Der Gewinner bekommt eine kostenlose Nasenreflexzonenmassage von Anneli. Säuberung inklusive.«

In dem Moment höre ich den Ton, der aus dem Handy dringt, und spüre einen festen Hieb in meinen Solarplexus.

Oh, she's sweet but a psycho, a little bit psycho, at night she's screaming … I'm-ma-ma-ma out of my mind.

»Wir müssen nicht raten«, presse ich hervor. »Es ist das Video von mir. Von gestern.«

Edward hat sich Mühe gegeben. Der Clip besteht nicht nur aus dem Video, das er gemacht hat, sondern aus einem Zusammenschnitt mit anderen Perspektiven. Vermutlich hat er bei Leuten rumgefragt, von denen er wusste, dass sie auf diesem Event waren.

Dieses Arschloch.

»Warum hattest du diese Unterwäsche nie an, als wir noch gevögelt haben, Blair?«, brüllt Finn lauthals durch das Café.

Mir stockt der Atem. Vor Scham werden meine Wangen heiß. *Das hat er nicht ernsthaft getan, oder?* Vielleicht habe ich es mir eingebildet. Aber nein. Sein arrogantes Grinsen spricht Bände. Finn streckt sich, verschränkt die Hände hinter dem Kopf und hebt das

Becken, als würde er die Luft vögeln. »Vielleicht hätte ich dich dann nicht abgeschossen!«

Ich brenne vor Wut. Der Gameboy in meiner Hand zittert. Er rutscht von meinem Schoß in das Sitzkissen, als ich mich vorbeuge. »Nur damit das klar ist, Finn.« Meine Stimme tönt laut durchs Coffee o' Clock. Jedes Gespräch ist verstummt. Die ganzen Blicke der sensationsgeilen Horde ruhen auf mir. »*Ich* habe *dich* abserviert, weil ich allergisch gegen dein affenähnliches Neandertalerhirn bin.«

»Schlampe«, zischt Finn. »Du kannst nur nicht ertragen, dass du austauschbar warst.«

»Ja, sicher.« Ich verdrehe die Augen. »Du kannst so oft mit deinen haarigen Eiern schaukeln, wie du willst, aber die weibliche Spezies riecht deinen Urzeiterbsenverstand auf tausend Meter Entfernung.«

»Uhhhh!«, grölt die Menge.

»Slay«, sagt Misha.

Finns Augen weiten sich. »Du ...«

»Finn«, warnt Max. »Nicht hier.« Der Blick des Unternehmersohns wandert abschätzig zu mir. »Weiß doch eh die ganze Welt, dass du über sie rübergerutscht bist und Edward sie hasst. Die hat verloren und wird irgendwo im Dreck enden. Also scheiß auf die Schlampe.«

Der Puls rattert gegen meine Brust.

»Verpisst euch hier«, zischt Giuliano.

»Halt's Maul, Schweinejunge«, entgegnet Finn.

»Ihr seid widerlich«, versetzt Lisbeth. »Und du, Max.« Sie verengt die Augen und ich spüre die sengende Hitze der Feuerpfeile, die sie auf ihn pfeffert. »Nennst Blair eine Schlampe, obwohl *du* es bist, der im Clubhaus eine Angestellte vögelt, während Lena nur ein paar Meter entfernt auf dich wartet.«

Jeder kennt das Gerücht. *Jeder.* Auch Lena. Aber sie ignoriert es.

Max springt auf. Dabei stößt er seinen Kaffee um, der Misha auf die Hose spritzt. »Ey, Mann!«, brüllt dieser, aber Max übergeht ihn. Mit wutverzerrtem Gesicht macht er einige Schritte auf uns zu, hebt den Finger und deutet auf Lis. »Halt die Fresse«, zischt er. »Was denkst du, wer du bist, so eine Scheiße zu erzählen?«

Sie hält seinem Blick stand wie eine Kriegerin. »Jemand, der die Wahrheit schätzt.«

»Und ich bin jemand, der es schätzt, Leute zu vernichten, die glauben, sich in mein Leben einmischen zu können. Wusstest du das?«

»Bedaure, aber dein Leben ist mir viel zu dreckig«, kontert Lis. »Ich lege Wert auf Sauberkeit.«

Badumm-tss. Ladies & Gentlemen, may I present?

Lilibet Lisbeth, slay.

»Ja, schon klar.« Das böse Grinsen, das auf Max' Gesicht erscheint, gefällt mir nicht. »Deshalb wirst du auch nie mehr als eine armselige Haushälterin sein, die meine Kondome entsorgt.«

Lis erstarrt.

»Okay, das reicht!« Emma ist hinter der Theke hervorgekommen, unsere Getränke auf dem Tablett. Die Schwingtür zur Küche schaukelt noch vor und zurück. Auf Emmas Wangen sammeln sich rote Zornesflecken. »Raus hier oder ich rufe das Sicherheitspersonal, du dreckiger Scheißkerl!«

»Das Sicherheitspersonal«, spottet Finn, aber Misha bringt ihn mit einem wütenden Blick zum Schweigen und nickt zum Ausgang. Sobald sie verschwunden sind, geht ein Raunen durch den Raum. Alle tun schockiert, aber ganz ehrlich? Das ist es doch, was sie haben wollen. Ich sehe es in ihren glitzernden Augen. Sie sprechen darüber, wie krass das war, wie ekelhaft, aber in ihren Zügen blitzt unverhohlene Faszination. Diese Menschen *gieren* nach Unterhaltung, in welcher Form auch immer, um sich das Maul darüber zu zerreißen, damit sie sich bloß nicht mit ihrem eigenen verkümmerten Leben beschäftigen müssen.

»Alles okay?« Lisbeth legt mir eine Hand auf das Knie. »Wir könnten mit Signore Blackwell darüber sprechen, wenn du willst.«

»Oder«, Giuliano beugt sich vor, den Kiefer fest angespannt, seinen Frischling in beiden Händen, »wir betäuben sie, verfrachten alle in unseren Traktoranhänger und werfen sie zu den Schweinen!«

»Bulma wäre beglückt«, murmle ich. »Die muss sieben Kinder ernähren und hat sicher Hunger.«

»Klar«, sagt Lis. »Wenn sie schon ihren eigenen Frischling fressen wollte.«

»Es würde besonders schmerzhaft werden«, entgegnet Giu, aber sein aufgeregter Blick passt nicht zu diesen morbiden Worten, »Freezer fehlen zwei Beine und er hat sich angewöhnt, sich mit seiner Fettwulst auf die Beute zu stürzen, sie mit den Vorderpfoten einzukesseln und zu ersticken, während er ihr die Kehle zerfetzt.«

»Okay, jetzt machst du mir Angst«, sage ich.

»Wenn ich nicht wüsste, dass dich Horrorfilme faszinieren und du dir Quentin Tarantino zum Einschlafen gibst, würde ich mir Sorgen machen.«

»Gerade deshalb mache ich mir Sorgen! Aber ja, das klingt gut. Freezer wird unser Held.«

Ich stoße die Luft aus, reibe mir die Stirn glatt und versuche, die unverhohlenen Blicke auszublenden. Aber es geht nicht. Sie gaffen mich alle an, wissen alle, wer ich bin, und wenn sie Videos von mir machen, Clips, in denen das Hotel zu sehen ist, ruiniert das mein Leben. Es könnte mich umbringen, verfickte Scheiße!

»Entschuldigt mich kurz.« Zittrig erhebe ich mich. »Ich bin ... ich komme gleich wieder.«

»Okay.« Lis klingt besorgt. »Wenn du mich brauchst, sag Bescheid.«

Ich drücke ihr meinen Gameboy in die Hand. »Fang nur kurz das Smogmog für mich, ja?«

»Smogmog?« Lis wirkt überfordert. Mit spitzen Fingern nimmt sie das alte Ding entgegen. »Ich weiß nicht mal, welcher Knopf welcher ist.«

»Ich helfe dir.« Giuliano beugt sich zu ihr rüber. »Es ist ganz leicht. Du musst nur ...«

Ihre Stimmen verblassen zwischen dem angenehmen Coversong im Hintergrund, während ich mich zur Toilette durchkämpfe. Die Blicke kleben an mir wie hartnäckige Blutegel, die darauf spekulieren, mich aussaugen zu können.

Als ich in der Kabine verschwinde, fällt ein tonnenschwerer Druck von mir ab. Erschöpft lasse ich mich auf den Klodeckel fallen. Mein ganzer Körper zittert. Aber ich weiß, was ich tun will.

Entschlossen zücke ich mein Handy aus der Tasche. Es sind nur ein paar Klicks, die heutzutage innerhalb von Sekunden ein Leben zerstören können. Plötzlich wehen mir Edwards Worte von gestern wieder durch den Kopf. *Das Spiel des Lebens ist dreckig, gewaltsam und brutal, und wir alle sind nichts weiter als Figuren, die über das Spielfeld geschoben werden, während eine höhere Macht uns auf die Probe stellt. Ohne Rücksicht auf Verluste.*

Mein Daumen schwebt über dem roten Knopf. Eine Viertelsekunde, in der ich überlege, ob ich besser bin als das. Aber dann rauscht eine bitterböse Stimme durch den Nebel meiner Angst, verschwommene Worte auf Karopapier, die mir wie ein giftiger Schürhaken den Magen entreißen.

Eckstein, Eckstein, Blairchen muss ver(re)steckt sein.

Ich brauche jeden Cent, den mir dieser Klick ermöglicht.

für meine sicherheit
für mein leben
für das licht das mir verwehrt wurde
für mein herz das ich beschützen muss

Mein Daumen landet auf dem Knopf. Kurz warte ich, bis ich sicher bin, dass es funktioniert hat, dann schließe ich die App.

Eine WhatsApp von Lis leuchtet auf.

Lis: Das Smogmog ist mir entwischt!!! Omg, sorry! Ich habe mir so eine Mühe gegeben, aber zwei Pokébälle sind wieder aufgesprungen, und dann wollte ich einen Hyperball nehmen, aber Giuliano meinte, du killst mich, wenn ich den für ein Smogmog verschwende, dann wollten wir das Rauchding noch mehr schwächen für den letzten Ball, aber plötzlich ist es abgehauen!

Lis: Ich suche ein neues. Ich hasse es, wenn man sich nicht auf mich verlassen kann. O Gott, das setzt mir richtig zu. Ich werde dieses Spiel analysieren und dann weiß ich alles darüber, das versichere ich dir!

Lis: Warum spielst du eigentlich einen Mann? Kann man da auch eine Frau auswählen?

Lis: Giuliano sagt Nein. Das finde ich sehr sexistisch. Vergiss, was ich gesagt habe. Ich möchte das Spiel doch nicht mehr anal sehen.

Lis: analysieren****!!!! Scheiß Autokorrektur

Ich lächle. Gerade will ich das Handy wegstecken, um zu ihnen zurückzugehen, als ein Anruf reinkommt. Die Nummer kenne ich nicht. Stirnrunzelnd gehe ich dran. »Hallo?«

»Ja, hi! Feli hier, von Spiderflix International. Spreche ich mit Blair Wagner?«

Mein Herz setzt aus. *Literally*. Es setzt einfach aus. Ich wusste nicht, dass so was geht. Und es dauert sogar drei Sekunden, bis es weiterschlägt. Meine Fresse, was für ein Kick.

»Äh, ja?«

»Ah, nice! Mega, dass ich dich erreiche.« Sie ist definitiv Gen Z. »Du hast dich letztes Jahr für *A Royal Romance* beworben, und es tut uns sehr leid, dass so lange keine Rückmeldung kam, aber zugegebenermaßen war es mit der Hauptperson etwas, na ja, sagen wir ... schwierig und niemandem war klar, wie jetzt weiter verfahren wird, aber ...« Sie holt tief Luft. »Nun haben wir alle Bewerbungen gesichtet, bald geht es los, und du, liebe Blair, wurdest auserwählt als eine von zehn Kandidatinnen!«

Stille. Ihr aufgeregtes Quietschen hallt in meinem Ohr nach, während ich mit offenem Mund auf der Kloschüssel hocke wie ein Karpador auf Petrificus Totalus.

»Blair?«, horcht Feli nach einer Weile nach. »Bist du noch dran?«

»Ich weiß nicht«, murmle ich. »Vielleicht habe ich mich aufgelöst.«

Feli lacht, dabei war das kein Witz. Das ist nicht lustig. Es ist eine Katastrophe. Wieso, um alles in der Welt, *lacht* sie?

»Verstehe voll, dass das überwältigend ist. Vor allem so kurzfristig. Für uns war es definitiv ein Vorteil, dass du im Blackwell Palace arbeitest, da dies ja der Drehort sein wird. Aber das steht alles in den Verträgen und im Briefing, das gleich per E-Mail kommen wird.«

Ich blinzle. »Also ist das ... kein Scherz?«

»Ein Scherz?« Wieder lacht Feli. »Glaub mir, mein Tag ist zu kurz für Scherze. Wenn ich mir das erlauben könnte, würde ich auf einer Yacht im Mittelmeer schwimmen.« Im Hintergrund höre ich, wie etwas anspringt. Anschließend eine Art Mahlen. Vermutlich eine Kaffeemaschine. »Gib mir bitte bis morgen Bescheid, ob du final dabei bist, ja? Damit wir zeitnahen Ersatz finden können, falls du abspringst.«

Fahrig reibe ich mir über die Brust. »Ich weiß nicht. Ich …«

»Das ist natürlich alles jetzt sehr kurzfristig, und ich kann deine Nervosität nachvollziehen. Deshalb geben wir auch allen die Möglichkeit, das noch einmal zu überdenken. Wie gesagt, es ist deine freie Entscheidung.«

Warum habe ich mich noch einmal für die Show beworben? Ach ja, eine dumme Impulsentscheidung, weil im Castingtext die Rede von einem finanziellen Gewinn pro bestandener Runde stand.

Und als hätte Feli meine Gedanken gelesen, spricht dieses kleine Marketing-Genie genau das an. »An dem Basishonorar hat sich nichts geändert. Es gibt eins für die allgemeine Teilnahme und dann noch mal Kohle pro weitergekommener Runde. Plus einen Bonus für das Finale.«

Geld, das ich brauche. Auf das ich angewiesen bin. Gerade jetzt, da ich immer mehr in die Öffentlichkeit rücke und jeder weiß, wo ich bin.

»Lass es dir durch den Kopf gehen«, unterbricht Feli meinen Gedanken. »Aber wir würden uns alle sehr freuen, wenn du dabei bist, Blair. Unser ganzes Team ist der Meinung, dass du sehr mit dem King matchen würdest.«

Dem King. Allein der Titelname des Typen beunruhigt mich. Es hat eine Zeit gegeben, in der ich nichts lieber gewollt hätte als so einen Eliteboy. Jetzt wünsche ich mir ein Mew, damit dieses Alien-Pokémon seine berstenden Schallwellen zwischen diese Kerle und mich bringt – Giulianos Schweine inklusive.

»Dürfen wir Teilnehmerinnen wissen, wer der King ist?«, frage ich.

»Nein«, protestiert Feli. Plötzlich klingt sie streng. »Auf keinen Fall. Das ist der Kick dieser Show. Vor der Begrüßung wird keine der Prinzessinnen erfahren, welcher Mann sie am Ende zur Queen machen wird.«

»Verstehe«, murmle ich, schließe die Augen und atme tief durch. »Gut, ich melde mich dann morgen.«

»Mach das, Blair. Bis dann!«

»Bis dann.«

Ich lege auf, lasse das Handy sinken und starre an die Klowand. Das Display leuchtet ununterbrochen auf, aber ich sehe nicht nach. Mir ist bewusst, was für Benachrichtigungen das sind. Aber dann ploppt eine Nachricht von Lis auf.

Lis: Dieses sexistische Spiel macht süchtig.
Nimm es mir weg.

Ich atme tief durch, verstaue Felis Zusage im hintersten Winkel meines Hirns – dorthin, wo es kein Licht gibt – und versuche, nicht mehr daran zu denken, dass dieser seltsame Toilettenbesuch mein Leben von jetzt auf gleich ins Chaos gestürzt hat.

BITTERSWEET REVENGE

Edward

Die Vorbereitungen für die Show laufen auf Hochtouren. Vor mehr als drei Stunden hat man mich in den Salon zitiert, der von der Lobby abgeht und von den Gästen an verregneten und verschneiten Tagen für Tee- und Kaffeerunden genutzt wird, und ich habe immer noch keine Ahnung, warum ich eigentlich hier bin. Jedenfalls werde ich nicht gebraucht, obwohl meine Privatassistentin mich mit Telefonterror aus dem Bett gerissen und gemeint hat, ich zitiere, *deine Anwesenheit dort ist unerlässlich, Edward, un-er-läss-lich.*

Jetzt sitze ich auf dem Chesterfield-Sofa, beobachte, wie die Crew von Spiderflix ständig mit dem Hotelpersonal aufgrund der Möbelanordnung aneinandergerät, und hänge am Handy.

Unter meinem Video von Blair scrolle ich eine Weile durch die Kommentare.

@jungewasgeht die ist hottttttt
@folg_mir_ich_folg_backkk aba das is die die edward und paola gefilmt hat, kuck mal auf der fy wenn du eingibst paola cortessa edward blackwell, denn kommt das oder auch bei @didntyouhearthat
@klopapier_dreilagig_kamille ich muss sagen ich verfolge die blackwells jetzt schon lange und edward scheint nix ernst zu meinen ich glaube er hat bindungsprobleme
@edwardblackwellfanpaggge und ich glaube du hast SCHEISS probleme!!!!
@edwardblackwellfanpaggge wenn du dich wie ein klopapier nennst pech für dich aber lass edward in ruhe verstanden!!!!!!!!!
@gwentastic nawww, @oscating, die waren nachts zusammen auf einem Dach – I can't! *-*

@oscating du bist ein kleines shippinggirl, cheesecake
@figureskatinggirll omg @spreadeagleskating GWEN UND OSCAR haben hier kommentiert, das sind die ECHTEN, die haben einen blauen haken!!!
@figureskatinggirll könnt ihr mir folgen bitte???
@knobibrotmitsose edward nur so ein rat ne hör auf sie zu posten weil weist du warum .... sie kriegt durch dich folower ...... guck mal bei ihr auf ihr account @blairoderwer vor euren streit hatte sie 5000 folower jetzt 170 tausend wegen dir du hilfst ihr ...... nur tip von mir ....
@janeonplane o lord, rettet die menschheit.

»Hier, für dich.« In meinem Sichtfeld erscheint ein großer wiederverwertbarer To-go-Becher aus dem CoC, dahinter mein Bruder. Charles lächelt leicht. »Schümli mit Sojamilch.«

Ich nehme ihm den Kaffee aus der Hand, nippe daran und genieße den süßen Geschmack auf meiner Zunge. »Danke.«

Charles nickt. »Dachte, du könntest Koffein gebrauchen.« Er lässt sich mit einem Seufzen neben mir sinken und sieht sich im Salon um. Als sein Blick zur leichten Empore wandert, die den halben Morgen aufgebaut worden ist, hebt er die Brauen. »Ist das ein Thron?«

»Yep.« Ich trinke noch einen Schluck, den Blick auf die fein gearbeiteten Ornamente in dem vergoldeten Stuhl gerichtet. »Der Stuhl und ich haben eine besondere Bindung. Er war der einzige Grund, weshalb ich heute dieses Sofa verlassen habe.«

»Weil du probesitzen musstest?«

Statt einer Antwort proste ich ihm mit dem Kaffeebecher zu.

»Wow«, sagt Charles. »Vielleicht solltest du ihn zur Königin nehmen.«

»Habe ich auch schon überlegt. Damit verstoße ich nicht gegen die Regeln.« Ich neige den Kopf. »Er ist Teil des Ganzen. Ich meine, wie geil wäre das,« trocken lache ich auf, »wenn ich im Livefinale vor den beiden Frauen stehe, die ganze Welt hält den Atem an, und plötzlich drehe ich mich um und überreiche die Krone diesem wunderbaren Thron, *the one and only*, der mir von Anfang an einen Sinn gegeben hat.«

»Hm.« Charles überlegt. »Zumindest würde es niemanden überraschen.«

»Warum?«

Er sieht mich an, als läge die Antwort auf der Hand. »Weil *du* der Hauptdarsteller bist.«

»Stimmt.«

»Edward«, ruft Jenna, die Produzentin dieser ganzen Show. Sie hat einen Afro, trägt einen eleganten Jumpsuit und Stiefeletten mit hohen Absätzen. Den ganzen Morgen klackert das Geräusch schon durch meinen müden Schädel. Gerade läuft sie mit einem Klemmbrett von meiner geliebten Signorina Samtthron zu mir. »Wir überlegen noch, wie wir die Begrüßung angehen«, sagt Jenna, als sie vor uns steht. »Die ist besonders wichtig. Jetzt die Frage.« Sie kommt vor uns zum Stehen und tippt mit ihrem Kugelschreiber auf das Eisending des Klemmbretts, als würde es hier um die lebenswichtige Entscheidung der Welterhaltung gehen. »Willst du stehen oder sitzen, wenn die Prinzessinnen die Treppe runterlaufen?«

Perplex blinzle ich. *Das* soll besonders wichtig sein? »Sorry, Jenna, aber das ist mir echt scheißegal.«

Frustriert schiebt sie das Kinn vor. »Danach habe ich nicht gefragt. Such dir einfach eine Position aus.«

»Hmmmm.« Nachdenklich presse ich die Lippen zusammen und tue, als würde es hierbei um mein Leben gehen.

»Meine Antwort hängt davon ab, ob Step 2 ein Blowjob ist.« Ich zwinkere. »Falls ja, würde ich lieber sitzen.«

Sie verdreht die Augen.

Grinsend trinke ich einen Schluck Kaffee. »Ich stehe.«

»Hervorragend.« Das Wort passt weder zu ihrem angepissten Ton noch zu dem starken Druck ihres Kulis, mit dem sie etwas auf das Klemmbrett kritzelt. »Damit du Bescheid weißt: Die Prinzessinnen werden von dort in einer Reihe auf dich zukommen«, sie deutet auf die breite Treppe, die der im Prunksaal ähnelt, auch wenn dieser Raum wesentlich kleiner ist, »und nacheinander zu dir treten, um sich vorzustellen. Du begrüßt sie schließlich mit einer der zehn Tiaras. Jede von ihnen hat eine andere Farbe, und du entscheidest, welche Prinzessin deiner Meinung nach welche Aura ausstrahlt, zu der die von dir gewählte Farbe passt. Verstanden?«

»Ich war bei Tiara raus.« Jenna setzt einen Killerblick auf, und ich lache. Ergeben hebe ich die Hände. »Zehn Tiaras, zehn Farben, zehn Mädchen, irgendwelche suspekten Auren. Schon kapiert.«

»Gut.« Wieder notiert sie etwas, als würde sie das Papier zerreißen wollen, und macht dann einen stolzen Abgang mit ihren Louboutins.

Klack, klack, klack.

»Was für ein Aufriss.« Charles' Blick verliert sich in dem Raum, ehe er kaum merklich seufzt. »Wie geht es dir?«

»Gut.«

Er neigt den Kopf. »Lüg mich nicht an.«

Mein Blick ruht auf zwei Personen, die seit zehn Minuten den legendären Thron um Millimeter verschieben, nur um ihn jetzt mit öligen happy faces auf seiner Ursprungsposition zu lassen und sich einzureden, sie hätten eine weltbewegende Veränderung getroffen. »Die Beerdigung war gestern«, sage ich leise. »Und du weißt, ich lebe von Tag zu Tag, Charly.«

»Du hast Fürchterliches erlebt.« Jetzt sieht Charles mich direkt an. Sein Blick ist eisern. »Es ist keine Schande, Hilfe anzunehmen.«

»Es ist auch keine Schande, einfach weiterzumachen.«

»Aber gefährlich.«

»Was?«

Jetzt schimmert in seinen Augen Verzweiflung. »Du bringst dich selbst in Gefahr, Edward. Je länger du verdrängst, desto schlimmer wird es.«

Einen Moment halte ich den Blick, dann wende ich mich ab. Schweigend sehe ich zu, wie pompöse Deko herumgeschoben, sich Dinge zugerufen und von den Kameraleuten nach dem perfekten Winkel für die Übertragung gesucht wird.

»Ich habe es dir oft gesagt, und ich sage es dir immer wieder, Bruderherz«, ich beuge mich vor und stütze mich mit den Ellbogen auf meine Knie ab. »Das Leben ist ein Spiel. Jedes neue Level verlangt eine bessere Version von uns. Eine stärkere. Cleverere. Das, was passiert ist, war eine Herausforderung. Ich habe sie gemeistert. Und jetzt geht's weiter, neue Ebenen, die nächsten Level, bis das Spiel endet.«

»Aber wenn das Leben ein Spiel ist«, entgegnet Charles langsam, »dann sei jemand, der die Regeln *ändert*, statt mitzumachen. Sei derjenige, der es infrage stellt. Es gibt schon genug Spieler, die einfach durchrennen und ihre eigenen Gegner besiegen, ohne sich umzusehen und diejenigen zu erkennen, die im Schatten lauern und die Welt zerfressen.«

»Scheiße, du und deine Poesie.«

Er hebt einen Mundwinkel. »Paola hat einen guten Einfluss auf mich.«

»Als ob.« Ich kippe den letzten Schluck Kaffee runter. »Ihr Weirdos hattet beide von Anfang an euren Jane-Austen-Schrein, den ihr nur angucken musstet, um geil zu werden.«

Charles lacht. Und plötzlich tue ich es auch. Es fühlt sich seltsam an. So unbeschwert und … *gut.* Amüsiert schüttle ich den Kopf. Zum ersten Mal seit Ewigkeiten habe ich das Gefühl, Charles und ich gehen wieder aufeinander zu, und das macht etwas mit mir. In meinem Inneren rauschen Kindheitserinnerungen vorbei, zwei pubertierende Jungs, die sich aus dem Bett schleichen, um bis in die Nacht Playstation zu zocken und Zweifel-Chips zu essen. Jungs, die das Polospielen lernen und jedes Mal vom Pferd springen, wenn der andere gefallen ist. Einfach, weil es so sein sollte. Solidarität.

~~der eine bruder fällt nicht ohne den anderen~~

So war das früher, bis das Band gerissen ist. Zwei fransige Seile, von denen ich dachte, sie könnten nie wieder zusammenwachsen. Aber jetzt, Faser für Faser, scheint eine Fusion stattzufinden.

»Hey.«

Ich sehe von meinem Kaffeebecher auf. Laxon steht vor uns, in einem eleganten Hemd und schwarzer Hose, eine Hand in die Hosentasche geschoben. Besorgt mustert er mich. Er war auch auf der Beerdigung. Eine Erinnerung, die ich am liebsten aus meinem Gedächtnis löschen würde. Aber unmöglich. Sie hat sich dort eingebrannt, und ich weiß, *ich weiß*, sie wird bleiben.

Unwiderruflich. Zerstörerisch. Auf ewig.

~~diese beerdigung war mein innerer kopfschuss~~

»Alles okay bei dir, Ed?«

»Klar«, lüge ich.

Er nickt. Sein Blick wandert einmal durch den Salon, ehe er den Mund verzieht. »Ich habe versucht, meiner Mutter das hier auszureden.«

Ich hebe eine Braue. »Hast du?«

»Ja. Mehrmals.« Er seufzt. »Aber Vertrag ist Vertrag. Und sie weiß, wie hoch die Einschaltquote sein wird, deshalb –«

… bist du jetzt wohl ein Trashobjekt der Gesellschaft, Ed. Ganz egal, was du willst, wenn die Einschaltquote hoch ist, bist du kein Individuum mehr. Du bist ein Besitz.

Laxon zuckt die Achseln, zückt sein Handy und wendet sich uns zu. »Habt ihr es schon mitbekommen?«

»Was mitbekommen?«, fragt Charles.

»Mit Max.«

»Was ist mit ihm?«, frage ich.

Laxon entsperrt sein Handy. »@xoxogossipgirl hat ein Video gepostet. Hier.«

Er reicht es uns. Es ist ein verpixelter Clip, der aussieht, als wäre er von einer Überwachungskamera aufgenommen worden. Ich erkenne den Ort sofort. Es ist das Polo-Clubhaus, die obere Etage, in der Loungeecke. Das weiß ich so genau, weil er der geheime Partyspot ist, wenn man für ein paar Minuten mit jemandem verschwinden will. Ich bin *unzählige* Male in dieser Ecke gewesen.

Das Video muss von der Party letztes Wochenende sein. Und dann ist da Max, der mit einer Frau rummacht, ihren Körper mit den Händen erkundet. Ein Textfeld ploppt im Video auf:

Na, na, Max von Hansing, das ist aber unschicklich, hm? ;)

In dem Moment verändern die beiden ihre Position, und ich kann die Haarfarbe der Frau erkennen. Braun. Ein weiteres Textfeld erscheint. Das Gesicht bleibt unerkannt.

Und ist das etwa nicht *Lena Gerbensteyn?*

Der Clip endet, als er die Finger unter ihren Rock schiebt.

»Ist das …« Das Video startet erneut, und ich sehe es mir genauer an. »… das ist echt nicht Lena, oder?«

»Nope.« Laxon nimmt mir das Handy ab. »Lena soll völlig fertig sein.«

»Wenigstens weiß sie jetzt Bescheid«, sagt Charles. In seinen Augen blitzt blanke Wut. »Es gibt nichts Ekelhafteres als die Person, die man *angeblich* liebt, so zu verarschen. Die beiden waren ewig zusammen. Das ist dreckig.«

»Ich will wissen, wer diese @xoxogossipgirl ist.« Angestrengt starre ich geradeaus. »Und wie sie immer an diese Videos kommt.«

»And who am I?«, ahmt Laxon die Stimme der Fernsehserie nach. »That's a secret I'll never tell. Xoxo, Gossip Girl.«

Charles' Handy vibriert. Er wirft einen schnellen Blick drauf. »Paola hat geschrieben. Gabe ist nicht zu seiner Therapiestunde aufgetaucht.« Er schaut zu mir. »Warum sehe ich zu viele Parallelen zwischen dir und dem Jungen?«

Ich verdrehe die Augen. »Mir geht's gut, Charles.« Mit der Hand schwenke ich den leeren Becher. »Ich hatte gestern wunderbaren Sex mit einer brünetten Schönheit, die das Ganze später wiederholen will, und durfte meinen Arsch heute auf einen vergoldeten Thron pflanzen. Mein Leben ist ein rotes Samtparadies.«

»Du kannst deine Probleme nicht mit Sex verdrängen«, murmelt Charles.

»Das sagst *du* mir?« Ich lache. »Sorry, wenn ich dich nicht ernst nehmen kann, aber vor ein paar Wochen sah das anders aus.«

»Die Zeiten sind vorbei.«

»Du lebst dein Leben, Charles, ich lebe meins.« Mein Blick heftet sich auf die großen goldenen Buchstaben, die jetzt an der Wand hinter dem Thron angebracht werden. A Royal Romance. Ich verziehe das Gesicht. »Und das beinhaltet definitiv keine feste Beziehung.«

Charles öffnet den Mund, um etwas zu sagen, aber Laxon kommt ihm zuvor. »Ach. Du. Scheiße.« Sein Blick klebt am Display seines Handys. Plötzlich hebt er den Kopf. Entsetzt sieht er mich an. »Das ist nicht dein *Ernst*, Ed!«

»Was?«, fragen Charles und ich gleichzeitig, jeder von uns in einem anderen Ton. Ich neugierig, er beinahe panisch. Ich kann seine Gedanken bis hierher *riechen*.

Was hat mein kleiner, rebellischer Bruder jetzt schon wieder angestellt?

Laxon nickt in meine Richtung. »Check dein Handy. Blairs neues Video.«

Dieser Name versetzt meinem Herz einen Kick. Aber keinen guten. Eine Mischung aus Hass, Zorn und … Nervosität. Ich ziehe mein iPhone aus der Tasche und sehe die Benachrichtigung auf meinem Display.

@Blairoderwer hat ein neues Video gepostet.

Mit angehaltenem Atem öffne ich es. Es ist auf einer Hochzeit gefilmt, die im Prunksaal des Blackwell Palace stattfindet. Ich weiß, wer sich dort heute die ewige Treue schwören will. Ein französischer Minister wollte seine Freundin an dem Ort zur Frau nehmen, an dem er die schönsten Erinnerungen seines Lebens gesammelt hat.

Die Braut schreitet gerade den Mittelgang zu ihrem Bräutigam empor, als ein Video an die Wand hinter dem Altar projiziert wird.

Und darauf bin ich zu sehen.

Ich, wie ich die brünette Schönheit von gestern in einem Raum im Casino vögle, um zu vergessen.

Ich, wie ich sie um den Verstand bringe, um meine Gedanken zu betäuben.

Ich, wie ich *meine Probleme mit Sex verdränge.*

Doch besagte Schönheit ist, wie sich jetzt herausstellt, die Braut.

Fuck!

Ein kollektives Keuchen geht durch den Saal im Video, die Gäste schlagen die Hände vor den Mund. Die Braut ist vor Schock stehen geblieben, und als der Bräutigam die Reaktionen registriert, dreht er sich zu der Projektion um. Das ganze Blut entweicht seinem Gesicht, als er sieht, wie ich seine Frau ficke.

Fuck, fuck, fuck!

»Das wusste ich nicht«, stoße ich aus. Meine Finger krallen sich um den Kaffeebecher. »Ich schwöre, ich hatte keine Ahnung, wer sie ist!«

Charles ist erstarrt, als wäre er der Bräutigam. Mit geweiteten Augen starrt er auf das Handy, ehe er den Kopf plötzlich in die Hände sinken lässt und die Luft ausstößt. »Edward«, höre ich ihn gedämpft fluchen. »Warum ist jeder Tag deines Lebens ein verdammtes Kardashian 2.0?«

Ich entgegne nichts.

Es war die Frau des französischen Ministers.

Heilige Scheiße!

Wie, zur Hölle noch mal, ist Blair an das verfickte Video gekommen?!

Mein Blick huscht zu ihrer Caption.

Darling, I can play your game too.

2:2, Blackwell.

Jetzt werfe ich den Becher beiseite, den Kiefer fest angespannt. Meine Fresse, bin ich angepisst. ~~Und fasziniert.~~ Ich ~~vergöttere~~ *hasse* diese Frau.

»Das wird sie bereuen«, zische ich.

WHAT IF EDWARD WILL SAY HI

Blair

»Warte, Pen, bleib dran.« Ich lege das Handy auf die Bank der Umkleidekabine und schlüpfe aus meiner Casino-Uniform. Aus den Lautsprechern höre ich die Hintergrundmusik meiner kleinen Schwester. Sie ist nur ein Jahr jünger, weshalb wir immer eine enge Bindung zueinander hatten, und jeder Tag, den ich nicht bei ihr bin, schmerzt. Letztes Jahr hat sie mich einmal besucht, und ich habe sie mehr als einmal angefleht, auch herzukommen, aber sie hat gerade erst ihr Journalismus-Studium begonnen und braucht noch eine ganze Weile. Schnell ziehe ich mir den gerippten Body über den Kopf, streife die beige Schlaghose über die Beine und die Buffalos über die Füße. Dann drücke ich mir das Handy wieder ans Ohr. »Bin wieder da. Also, was war mit dem Typen, der aussah wie Justin Bieber?«

»Er ist nicht aufgetaucht.«

»Nicht dein Ernst?!« Mit der Schulter stoße ich die Tür der Umkleidekabine auf und steuere den Ausgang in Richtung Dankenhaal an. Es ist früher Abend, ich habe eine zehnstündige Schicht als Dealerin hinter mir, eine dauerhafte Anspannung im Nacken, aus Angst, Edward könnte plötzlich hinter mir auftauchen, und musste die unangenehme Feststellung machen, dass man den Schweiß mancher Menschen aus zwei Metern Entfernung riechen kann. Spoiler Alert: Man gewöhnt sich auch nach Stunden nicht an dieses penetrante Eau de Sweat, 150 ml, gratis, inkl. MwSt. »Er hat dich doch wochenlang angefleht, mit ihm Essen zu gehen! Oder war das One Piece Joe?«

»Nein. One Piece Joe habe ich an ein Cosplaygirl verloren, das er auf der Comic Con kennengelernt hat.«

»Also hat Ruffy nach fast eintausend Folgen endlich seinen Schatz finden können.«

Pen schnaubt. »Wenn *der Schatz* bedeutet, es handelt sich um eine Frau, die sich als Ohngesicht verkleidet hat, fühle ich mich verarscht von den Producern.«

»Ohngesicht?«

»Dieser seltsame Geist aus *Chihiros Reise ins Zauberland.*«

»Ach ja.« Ich habe meine halbe Kindheit mit Pen vor dem Fernseher verbracht. Es war die einzige Aktivität, die mir vergönnt war, und meine einzige Möglichkeit, der grausamen Realität zu entkommen. Schnell schüttle ich den Gedanken ab. »Na ja, sein Pech.«

»Aber ich vermisse sein Nippelpiercing. Und er sah Justin Bieber wirklich *so* ähnlich.«

»Deine Obsession mit diesem Sänger muss aufhören, Pen.«

Sie seufzt. »Na ja, was ich eigentlich fragen wollte: Was ist da los auf TikTok?«

Ich habe die Tür erreicht. »Was meinst du?«

»Die öffentliche Schlammschlacht mit Edward Blackwell?«

mein

herz

verrutscht

in

alle

richtungen

»Hast du ...« Ich kriege keine Luft. »Hast du es ihnen erzählt?«

»Bist du *irre*?« Plötzlich klingt Pens Stimme schrill. »Sie haben keine Ahnung, dass wir Kontakt haben, Blair!«

Ich spüre kalten Schweiß im Nacken. »Schwörst du?«

»Natürlich!«

Das iPhone in meiner Hand zittert. Irgendwie gelingt es mir, den Türknauf zu umfassen und die angenehmen Jazzklänge durch einen heftigen Elektrobass zu ersetzen, indem ich mich in Dankenhaal hineinschiebe. Erst hier erlaube ich es mir, gegen die Wand zu sacken, weil meine Beine mich kaum halten wollen. Der Boden erzittert, aber es könnte auch mein Herz sein, das diesen Bass erzeugt.

»Pen«, rufe ich, damit sie mich versteht, aber meine Stimme klingt erstickt. »Wenn sie herausfinden, wo –«

»Ich weiß, Blair!« Es gelingt meiner Schwester nicht, die Aufgebrachtheit in ihrer Stimme zu verbergen. Sie ist enttäuscht darüber, dass ich ihr nicht vertraue. Vielleicht sogar entsetzt. »Habe ich dich jemals hintergangen?«

Ich schüttle den Kopf, bis mir einfällt, dass sie das nicht sehen kann, und spreche es schließlich laut aus. »Nein.«

»Also.« Pen schnaubt. »Als ob ich zulassen würde, dass –«

»Pen, ich muss auflegen«, unterbreche ich sie.

ich kann das jetzt nicht dieses gespräch die gedanken und erinnerungen es ist über vier jahre her aber nur ein wort nur ein winziger rückblick wie ein ameisensprung und ein widerlicher schürhaken reißt mich zurück in die feuchtkalte vergangenheit

»Hören uns morgen, ja?«

»Aber du weißt noch nicht, was mit Pasta-Pete –«

»Hab dich lieb!«

Beinahe panisch drücke ich auf dem Display herum, als wolle ich eine krabbelnde Spinne killen, bis ich den roten Hörer treffe. Dann stoße ich die Luft aus und presse das Handy an meine Brust, während ich meine Atmung zwinge, sich zu beruhigen. »Das ist Vergangenheit«, murmle ich. »Niemand findet dich, Blair. Niemand weiß, wo du bist, außer *sie*, und das bedeutet gar nichts.«

Als ich die Augen öffne, liegt noch immer eine bleierne Schwere auf meiner Brust. Aber ich zwinge mir ein Lächeln aufs Gesicht, wippe den Kopf im Takt der Musik und tanze mich zur Bar durch. Lis und Giuliano sitzen auf den Hockern, jeweils zwei Maßgläser Palü vor sich. Als sie mich entdecken, winken sie, und ich hebe die Hände, strecke beide Zeigefinger in die Höhe und wackle mit den Hüften, als hätte ich den größten Spaß meines Lebens, während ich mich zu ihnen durchkämpfe.

nichts an mir lässt darauf schließen dass in mir erinnerungen wüten schwärzer als das seelenlager sadistischer geister

»Hey, Blondie.« Giuliano schiebt mir ein Palü über die Theke und grinst. »Feierst du deinen Sieg über Edward?«

»Noch hat sie nicht gewonnen«, sagt Lis. Sie hängt über ihrem Handy und tippt in Rekordgeschwindigkeit auf dem Display herum. »Außerdem … ich heiße nicht gut, was ihr zwei getan habt.«

Ich setze mich neben Giuliano und kühle meine staubtrockene Kehle mit dem Bier. »Es war das Richtige. Der Bräutigam hatte ein Recht darauf, es zu erfahren, bevor er sie zur Frau nimmt.«

»Trotzdem.« Lis rümpft die Nase. »Das war nicht der richtige Moment.« Sie wirft Giu einen mahnenden Blick von der Seite zu. »Und dass du deine Position ausgenutzt hast, um das Video an die Wand zu projizieren, finde ich fast noch schlimmer.«

Er verdreht die Augen. »Lis, komm schon. Diese Frau ist einen Tag vor der Hochzeit fremdgegangen. Wir haben ihrem Freund einen Gefallen getan.«

»Und ich konnte mich an Edward für dieses Dachvideo rächen«, füge ich hinzu. »Win-win.«

Sie schüttelt den Kopf. »Du solltest ihn einfach ignorieren. Das führt doch zu nichts.«

»Und du solltest endlich aufhören, mit Sofia zu schreiben«, halte ich dagegen. Lis hat mir erzählt, dass die beiden sich geküsst haben, Sofia ihr aber seitdem ein Rätsel ist. »Ernsthaft. Ihr textet euch gefühlt jede Sekunde, aber sie weicht jeder Frage nach einem Treffen aus? Da leuchten alle Red Flags bei mir.«

»Sie ist viel beschäftigt«, sagt Lis. »Diese Frau ist Tochter eines Schmuckimperiums, Victoria's-Secret-Model *und* Charles' öffentliche Ex-Freundin. Ich will mir gar nicht ausmalen, wie beschäftigt sie ist.«

»Zeit ist eine Frage der Prioritätensetzung«, sagt Giuliano.

Ich proste ihm zur Bestätigung zu, als mir die Frau mit den Kokosschalen auf der Tanzfläche auffällt. »Giu«, raune ich. »Da ist deine Ex.«

Er neigt kaum merklich den Kopf, ehe er die Achseln zuckt. »Sie ist oft hier.«

»Echt?«, fragt Lis. »Hab sie noch nie hier gesehen.«

»Doch. Meistens, wenn sie keinen Bock auf ihre Eltern hat.«

Ich streiche mir eine meiner langen Strähnen vom Oberschenkel. »Wer sind ihre Eltern noch mal?«

»Kennst du nicht. Stocksteife Fachanwälte für Sexualdelikte, die international tätig sind. Die haben wahrscheinlich schon die ranksten Sachen gehört, also könnt ihr euch den Kontrollzwang ihrer Tochter gegenüber sicher vorstellen. Deshalb macht Kokos …« Er stockt, als er merkt, dass er meinen Spitznamen für sie benutzt hat. »*Kora* ihr eigenes Ding.«

»Verstehe«, murmle ich. »Sie will ausbrechen.«

Er nickt, wobei er missmutig in sein Bier starrt. »Euer Freund war damals auch so verliebt in sie, oder?«

»Oh, ja.« Der Gedanke an Ignotus brennt sich in meine Brust. »Er war fasziniert von ihr.«

»Typisch Ignotus.« Lis seufzt. »Alles, was irgendwie aus unserer Zeit fällt, törnt ihn an.«

Die Bässe der Elektromusik lassen Wände und Boden erzittern, an den Stangen der Tanzfläche tanzen Leute, Frauen lecken Tequila von den Bäuchen durchtrainierter, braun gebrannter Stripper, auf den Ottomanen, an den Wänden, überall wird rumgemacht. Einen Augenblick beobachte ich Kokos-Kora, die mit ihrem grünen Vokuhila die Tanzfläche dominiert. Plötzlich öffnet sie die Augen und fokussiert mich mit eisigen Zügen. Meine Lippen teilen sich, aber sie wendet sich nicht ab. Ich glaube, sie blinzelt nicht einmal.

Perplex drehe ich den Kopf und …

… sehe direkt in große grüne Augen.

»Paola«, stoße ich aus. »Hi.«

Sie steht an der Theke neben Lis. Ein unsicheres Lächeln erscheint auf ihrem Gesicht. »Hey.«

»Wie geht's, ähm, deinem Bruder?«

»Unangenehm«, säuselt Giuliano so leise, dass nur ich ihn verstehen kann. »Äußerst unangenehm, Wagner.«

»Besser, denke ich«, sagt Paola. »Gabe ist stark. Es ist viel los, er muss einiges verarbeiten, aber er macht das gut.«

Ich lächle. »Das freut mich.«

Sie erwidert das Lächeln. »Danke, Blair.«

Gerade öffne ich den Mund, um sie zu fragen, ob wir noch einmal sprechen können, als die Thekenkraft vor ihr erscheint. »Hey, Kleine.« Beinahe liebevoll streicht sie Paola eine Strähne hinters Ohr. »Lange nicht gesehen. Geht's dir gut?«

»Ja. Danke, Jaime.« Tatsächlich strahlt Paola eine für sie seltene Zufriedenheit aus. »Machst du uns zwei Mojitos?«

»Klar.« Jaime rauscht hinter der Theke herum, um sich Gläser zu schnappen, und ich nutze den Moment.

»Autsch«, zischt Giuliano, weil ich mich an ihm vorbeibeuge und dabei seine Hand mit meiner Hüfte einquetsche. »Ich sag's dir, Wagner, heute Nacht wirst du Son Gohan grunzen hören.«

Ich übergehe das. »Paola, hast du kurz Zeit?«

Sie öffnet den Mund, schließt ihn wieder, wechselt einen Blick mit Emma. Diese sieht sie nur mit hochgezogenen Brauen an, als wolle sie sagen: *deine Entscheidung, Pao.*

Schließlich sacken Paolas Schultern hinab und sie nickt. »Ja, okay.«

In dem Moment schiebt Jaime ihre Mojitos über die Theke. Mit einem dankenden Nicken nimmt Paola die Drinks entgegen und deutet schließlich in den VIP-Bereich. »Kommt ihr mit? Ihr könnt als meine Gäste rein.« Und dann, mit einem Blick in meine Richtung, fügt sie hinzu: »Da ist nicht so viel los.«

»Oh mein Gott!« Gius Augen werden riesig, als er neben mir vom Hocker rutscht. »Die VIP-Ecke! Wir gehen in die VIP-Ecke!«

Auch mein Magen kribbelt. Die High Society wäre mein Eintritt in die Sicherheit. Steinreiche Menschen, gegen die keine Vergangenheit eine Chance hat. Eine uneinnehmbare Festung, hinter deren Mauern ich in Freiheit leben könnte.

Ich wechsle einen Blick mit Lis, auch sie wirkt nervös. Einen Moment später wird mir bewusst, dass Sofia dort sein könnte.

Und dann, mit nur dem Bruchteil einer Sekunde Verzögerung, trübt ein viel verheerender Gedanke meine Vorfreude:

Was, wenn Edward da ist?

JUST DANCE, GONNA BE OKAY

Blair

Der VIP-Bereich ist vom Rest Dankenhaals mit einer roten Kordel und mehreren Securitys abgetrennt. Paola spricht mit dem bulligsten von ihnen, woraufhin er seinen Bulldoggenkopf hebt und seinen kritischen Blick über uns wandern lässt.

»Er überlegt, ob er uns genüsslich schnabulieren oder lieber in einem Happs fressen soll«, murmle ich. Giu lacht, aber Lis sieht aus, als würde sie sich jeden Augenblick übergeben. Mein Highlight wäre, wenn sie die geleckten Pfötchen des Securitys besprenkeln würde.

Aber Rocky the bulldog überrascht uns alle, indem er die Kordel öffnet, beiseitetritt und uns einlässt.

Es ist derselbe Boden, nur abgetrennt durch ein lächerliches Band, aber ich könnte *schwören*, plötzlich verändert sich etwas. Die Luft scheint zu pulsieren, eine einflussreiche Aura wabert um meinen Körper und der eigentümliche Machtgeruch der High Society empfängt mich. Alles in mir kribbelt. Plötzlich fühle ich mich wie berauscht. Als wäre ich in einem Traum.

Die Personen in den wenigen Sitznischen besitzen alle die gleiche Ausstrahlung: schön, bewundernswert und *reich*.

»Es gibt etwas, das ihr unbedingt sehen müsst.« Emma teilt die eingeschüchterte Wand aus Lis und Giuliano und hakt sich bei ihnen ein. »Da hinten ist eine Playsi-5-Station mit Beat Saber.«

»Was ist Beat Saber?«, fragt Lis.

»Ein Spiel«, erkläre ich. »Du setzt eine Virtual-Reality-Brille auf und schneidest im Beat der Musik farbige Würfel durch.«

Lis verzieht das Gesicht. »Das klingt nach nichts, das mir –«

»Oh, du wirst es lieben, Süße«, unterbricht Emma sie, und schon im nächsten Augenblick sind sie hinter der Wand eines VIP-Raums verschwunden.

Der DJ spielt einen Remix von Belly Dancer, und plötzlich stehen Paola und ich unbeholfen wie zwei Sechsjährige nebeneinander, die gerade in die erste Klasse geworfen worden sind.

»Also«, beginnt sie, »wollen wir uns dahin setzen?« Mit dem Daumen deutet sie in eine Sitznische. Ich nicke und folge ihr. Es ist so seltsam. Mehrere Monate waren wir als Gruppe wie zusammengeschweißt und jetzt ist es, als hätten wir eine semi-laufende Geschäftsbeziehung, in der einer von uns gleich gekündigt wird – und beide es wissen.

»Dein Kleid ist schön«, sage ich, als wir uns setzen. Nicht nur, weil ich ihr ein Kompliment machen will, sondern weil es mir tatsächlich aufgefallen ist. Ein kurzes Schwarzes, mit tiefem Ausschnitt. »Das ist nichts, was du …«

»… was ich normalerweise trage, ja.« Sie lächelt verhalten. »Plötzlich ständig in der Öffentlichkeit zu stehen, bedeutet auch, rund um die Uhr von einer Styleberaterin belagert zu werden.«

»Oh.« Meine Augen leuchten auf. »Klingt traumhaft.«

Seufzend winkt sie ab. »Für dich vielleicht. Aber ich wusste, worauf ich mich einlasse.« Lächelnd deutet sie auf meine Ohrringe. »Die Vendergaards sind schön.«

»Sind gefälscht.«

Sie nickt langsam, das Lächeln auf ihrem Gesicht eine Spur trauriger. »Ich hab's nie jemandem erzählt, weißt du?«

»Dass ich gefälschte Sachen trage?«

»Ja.« Paola spielt mit dem Saum ihres Kleides. »Und das werde ich auch nicht.«

Das Bier in meiner Hand fühlt sich an wie ein Rettungsanker, während mich das schlechte Gewissen in die Tiefe reißen will. »Paola«, meine Stimme klingt verzweifelt, »es tut mir *so unendlich* leid.«

Sie starrt in ihren Mojito. »Es war nicht einmal das Video, das mich so fertiggemacht hat. Sondern die Tatsache, dass ich von einer meiner Freundinnen verarscht worden bin.«

Ihre Worte sind wie ein rostiges Messer, das mir in den Magen ritzt. »Ich wollte das niemals tun. Das musst du mir glauben, Pao. Es war …« Kurz schließe ich die Augen, schlucke. »Ich hatte keine Wahl.« Bei den letzten beiden Worten bricht meine Stimme. »Das heißt, okay, ich hatte eine, denn jeder hat *immer* eine Wahl, oder? Aber die Alternative wäre gewesen, dass … es wäre … etwas Schlimmes passiert, und …«

»Du musst es mir nicht verraten.« Langsam sieht Paola auf. Ihre Augen sind so stechend grün, unfassbar. »Ich weiß, wie es sich anfühlen kann, wenn man in die Ecke gedrängt wird.«

Ich spüre Tränen in meinen Augen glitzern. »Ich würde es dir so gerne sagen«, meine Stimme zittert, »aber ich habe *Angst*, Paola, da ist so eine Blockade, es ist so viel, ich weiß nicht, wo ich anfangen soll, *wie* ich –«

»Schon gut.« Sie lächelt traurig. Bebend holt sie Luft, sammelt sich, und dann … »Ich habe einen Zettel gefunden.«

Einen … »Was?«

»Einen Zettel«, wiederholt sie. »Nachdem wir im Musikzimmer darüber gesprochen haben, dass du mich und Edward gefilmt und es online gestellt hast.«

Meine Augen weiten sich. Und da fällt es mir wieder ein. Die Drohung, die ich verloren habe.

Eckstein, Eckstein, Blairchen muss ver(re)steckt sein.

ich versuche luft zu holen aber es kommt nichts an da ist eine eiserne wand aus blech und metall dessen streben sich in meine lunge bohren und das organ blutig zurücklassen und schwindel breitet sich in mir aus haltsuchend greife ich ins nichts merke wie mein oberkörper das gleichgewicht verliert und vorwärtskippt aber plötzlich ist da eine hand die mich stützt und paolas stimme dicht bei mir brauchst du was fragt sie brauchst du was soll ich dir ein wasser holen

»Geht …«, ich schlucke, kralle meine Fingernägel in ihre Oberschenkel, »geht gleich wieder.«

»O Gott, Blair«, flüstert sie, »was geht bloß vor in deinem Leben?«

nur die monster die schon immer da waren

»Es tut mir leid«, krächze ich, »es tut mir einfach so leid. Alles. Ich w-wollte das nicht. Ich –«

»Ich verzeihe dir«, sagt sie.

Langsam klärt sich das Bild vor meinen Augen, und ihr mitfühlender Ausdruck nimmt Gestalt an. Im Hintergrund dröhnt der

Bass, Menschen lachen, feiern, tanzen, während ich das Gefühl habe, das hier ist keine Disco, sondern ein Erdbeben, denn unter mir tut sich der Boden auf. Verschlingend, erbarmungslos und tief.

»Ich glaube dir, dass du es nicht aus freien Stücken getan hast. Vielleicht kannst du mir irgendwann mehr darüber sagen, Blair. Aber du sollst wissen, dass ich sehe, wie weh es dir tut. Und ich zweifle nicht daran, dass du das nie tun wolltest.«

»Ich bereue es so sehr.« Mein Kinn zittert, und auf meine Brust hat sich ein schwerer Druck gelegt, wie immer, wenn die Gedanken größer werden, als ich ihnen eigentlich zugestehe. »Es gibt nichts, das ich mehr bereue, Pao.«

»Mir geht es ähnlich, wenn ich daran denke, dass ich Charles hintergangen habe.« Ihr Blick ruht auf dem Rücken des Securitys, das Kinn stützt sie auf ihre Hand. An ihren Fingern glitzern Ringe, die ich noch nie an ihr gesehen habe, und die Fingernägel sind manikürt. Innerhalb kürzester Zeit an der Seite von Charles Blackwell sieht Paola aus wie eine Stilikone. In ihren Augen tanzen die Lichter, doch ich erkenne eine Geschichte, die sich darin auftut, während sie nachdenkt. »Wir alle haben in den letzten Wochen mitbekommen, wie kurz dieses Leben sein kann, und ich denke, uns bleibt keine Zeit für ungerechtfertigten Zorn.« Sie richtet sich auf, glättet ihr Kleid. »Charles hat gesehen, wie sehr mich dieser Druck in die Enge getrieben hat, wie schlimm der Schmerz seitdem war, ihm das angetan zu haben, und das Gleiche erkenne ich bei dir.« Sie macht eine kurze Pause. »Er hat mir verziehen, und ich sehe keinen Grund, es ihm nicht gleichzutun.«

Mir laufen zwei Tränen aus den Augenwinkeln, die ich rasch mit dem Handrücken beiseitewische.

Einer ihrer Mundwinkel hebt sich. »Blair Wagner«, sie streicht mir eine Korkenzieherstähne hinter das Ohr. »Du bist das schönste Mädchen, das ich kenne, und jetzt zerstörst du das für jemanden wie mich?«

Ich lache. »Gott, habe ich dich vermisst.«

»Same. Komm her, du TikTok-Sensation.«

»Ich?«, protestiere ich in ihre Mähne von Haaren, während sie mich an sich drückt. »Du bist Charles' Freundin und Gesprächsthema Nummer eins.«

Mit gehobener Braue löst sie sich von mir. »Ich würde lügen, würde ich behaupten, ich wäre nicht erleichtert gewesen, dass die For You in den letzten Tagen von dieser Kriegssache zwischen dir und Ed dominiert worden ist und ich endlich mal durchatmen konnte.«

»Leute!« Lis kommt um die Ecke, gefolgt von einer verschwitzten Emma. Lis' weißes Top klebt ihr am Körper, ihre Brüste zeichnen sich deutlich darunter ab. Sie trägt keinen BH. Auf ihren Wangen sind rote Flecken und in ihrer linken Hand schwingt sie ein Laserschwert. »Ihr müsst euch dieses Spiel ansehen. Das ist der absolute Wahnsinn! Ich habe das Gefühl, zum ersten Mal in meinem Leben möchte ich in eine Schlacht ziehen, und ich denke tatsächlich, dass ich wunderbare Chancen an vorderster Front hätte, solange es sich bei meinen Gegnern um bunte Kästchen handelt, die –«

»Lilibet?«

Blinzelnd unterbricht Lis sich. In der einen Hand ihr Laserschwert, in der anderen das Bier, sieht sie an uns vorbei zur Kordel. Dort, in einem atemberaubenden perlweißen Jumpsuit und exquisitem Goldschmuck an allen möglichen Körperstellen, steht –

»Sofia.«

Die Art, wie Lis ihren Namen ausspricht, hat etwas Fragiles an sich. Und diesen Ton kenne ich nicht von Lis. Es bewirkt, dass mir eine Gänsehaut über den ganzen Körper kriecht. Auch Paola schlingt die Arme um sich, ehe sie einen kurzen Blick mit mir wechselt.

Unbeholfen hebt Lis das Laserschwert. »Ich habe, ähm, bei Beat Saber gewonnen. Wir haben online gespielt, und JonWick99 aus Usbekistan meinte, ich wäre besser als sein, äh, sein Vater, und der ist wohl, also, der ist Profi, und, ja, genau, Profi.«

Sofia steht da wie eine Erscheinung, aber in ihrem Gesicht regt sich nichts. »Bei was hast du gewonnen?«

»Beat Saber«, wiederholt Lis. »Ein, ähm, Playsi-Spiel?« Beim letzten Wort wandert ihre Stimme ein paar Oktaven höher.

Ich beiße mir auf die Unterlippe und muss den Blick abwenden, so sehr schmerzt es mich, Lis' entblößte Gefühle auf der Haut zu spüren.

Ich weiß nicht, ob Sofia reagiert. Ob sie lächelt oder nickt, ihr irgendein Zeichen des Verständnisses gibt, aber eine Antwort kommt nicht. Da ist nur das Klackern ihrer Absätze, als Sofia an uns vorbeischreitet. Weil ich neugierig bin, wo sie hingeht, hebe ich den Blick. Sie setzt sich zu Lena, Xenia und ein paar anderen Mädchen.

»Lena sieht völlig fertig aus«, sage ich mit Bedauern in der Stimme.

»Ja.« Paola verzieht mitfühlend den Mund. »Sie war wohl den ganzen Tag in der Hotellobby an der Bar und hat sich betrunken.«

Ich beobachte, wie Lena sich erhebt und torkelnd in Richtung Toilette wankt. »Sie tut mir so leid.«

»Sie tut dir leid?« Die wiederholten Worte leeren einen Eiskübel in mir aus, denn diese raue Stimme ist mir nur allzu vertraut. »Dir sollte eher leidtun, was du heute Morgen getan hast, Prinzessin.«

Langsam, ganz langsam, wende ich den Kopf. Und da steht er. In Jeans, Nike Air Force und einem weißen Hoodie mit Balenciaga-Stickerei auf der Brust.

Oh, und natürlich seiner Cap. Edward Blackwell sieht man selten ohne Cap. Er steht da wie ein König, der sein Reich inspiziert. Ein Herrscher, der mit seiner bloßen Erscheinung die Zeit anhalten kann. Wenn Edward einen Raum betritt, werden Energien gebrochen, und niemand außer er selbst ist in der Lage, sie zu beeinflussen. Wenn Edward einen Raum betritt, entstehen Moleküle der Macht, und jedes von ihnen, jedes einzelne, wird von ihm angezogen wie ein Magnet. Ich könnte schwören, sie auf seiner Haut dunkel schimmern zu sehen. Wie zermahlener Onyx.

Das ist Edward.

Macht in Form von zermahlenem Onyx.

Neben ihm steht Charles. Sein Blick ruht auf Paola, als wäre er hungrig. Beinahe treibt es mir eine Gänsehaut über den Körper, wie er seinen Blick über sie gleiten lässt, heftig schluckt.

Sie erhebt sich von der Ottomane und schmiegt sich an ihn.

Ich fixiere Edward. »Mir tut nicht leid, dass ich den Typen davor bewahrt habe, eine untreue Frau zu heiraten.«

»Oh, nicht für *ihn* sollte es dir leidtun.« Edwards Mundwinkel hebt sich zu einem bitterbösen Grinsen. »Sondern für dich.«

Ich schnaube. »Für mich?«

In drei großen Schritten ist er bei mir. Urplötzlich streckt er die Arme vor, stützt die Hände auf die Lehne des Sofas, und ich bin eingekesselt zwischen ihm. Die Stoppeln seines Dreitagebarts kratzen über meine Haut. Wie eine stumme Warnung. »Ja, für dich, Prinzessin.« Sein Atem streift mein Ohr, und ich hasse meinen Körper abgrundtief dafür, dass er pulsierende Wellen in meine Mitte sendet. Es ist Edward, blöde Libido, wir *hassen* ihn, also aus!

Aber sie hört nicht auf mich. Kein bisschen. Dieses pubertierende Miststück ist sogar so aufmüpfig, dass das Prickeln stärker wird, als seine Lippe meine Ohrmuschel streift, ehe er flüstert: »2:2? Wohl kaum. Besser, du gibst auf, Babe, denn ich werde dich *vernichten.*«

A VIOLET BLOOM, WITHERING IN THE SMOKE

Blair

»Träum weiter.« Es kostet mich größte Mühe, den Blickkontakt zwischen uns nicht abzubrechen. Seine hellen Eisschollen sind nur wenige Zentimeter von meinen entfernt. Der geringe Abstand zwischen uns fühlt sich an wie eine hochexplosive Bombe, der ich in die Augen sehe. Aber Edward *will*, dass ich einknicke. Dieses muskulöse, hochattraktive Arschloch *will*, dass ich Angst vor ihm habe. Und das werde ich ihm nicht geben. Es gibt nur eine Sache, vor der ich mich abgrundtief fürchte. Und das ist meine Vergangenheit.

»Was denn, Edward«, säusele ich, fahre mit einem Finger über sein Kinn, seinen Hals hinunter bis zu der Kuhle unter seinem Adamsapfel, »sind wir etwa angepisst, weil die ganze Welt jetzt weiß, dass du einem Minister die Frau ausgespannt hast?«

Er packt meine Hand, bevor sie den Kragen seines Shirts erreicht, und lacht. »Wenn du denkst, dass mich das interessiert, kennst du mich schlecht.«

»Ah, perfekt«, ich hebe einen Mundwinkel und entziehe ihm meine Hand, die unter seiner Berührung zu brennen angefangen hat, »denn alles andere wäre eine Beleidigung für mich.«

Sein selbstgefälliges Grinsen fällt minimal in sich zusammen. Es ist kaum zu erkennen, ein winziges Zucken, aber er ist meinem Gesicht so nahe, dass ich jede rote Nuance seiner Lippen erkenne. Rosé und Rubin, Purpur und Granat. Er kann das verräterische Zucken nicht verstecken. Doch bevor ich ihm die Möglichkeit gebe, etwas darauf zu sagen, stoße ich seinen Arm beiseite, schnappe mir mein Bier, erhebe mich und durchquere erhobenen Hauptes den VIP-Bereich. Ich spüre seinen Blick in meinem Nacken. Es ist ein intensives Kribbeln, fast schon ein Brennen, das sich über meine Haut zieht, aber ich konzentriere mich auf jeden Schritt meiner Buffalos, bis ich Lis, Emma und Giu erreiche.

Sie trinken ihr Bier an einem Stehtisch, während der Bass eines Danza-Kuduro-Remixes die Wände erzittern lässt. Scheinwerfer betten die Leute in buntes Licht, grüne Wange, blaue Haare.

Ich erreiche den Tisch und fixiere Lis, die gerade in einer tiefen Diskussion über die Gender-Pay-Gap mit Giu und Emma steckt.

»Und *das* ist der Grund, weshalb ich mich für das Blackwell Palace entschieden habe, weil Charles niemals zulassen würde, dass Frauen benachteiligt werden.«

»Okay«, unterbreche ich sie, knalle mein Bier auf den Tisch und beuge mich vor, während ich die Zeigefinger an meine Schläfen lege. »Hier kommt der Laserblick.«

»Wie bitte?«

»Rate.«

»Ratte?«

»Manchmal ist dein Deutsch eine Katastrophe«, murmelt Emma. »Du sollst raten, Lis.«

Giu schmunzelt. »Das ist dieser südenglische Charme, dem ich erlegen bin.«

»Was soll ich raten?«, fragt Lis.

Ich verenge die Augen und bewege die Finger wie Schraubenzieher. »Warum ich die Laser auf dich schieße.«

Einen Moment betrachtet sie mich perplex, bis der Groschen fällt. »Du meinst Sofia?«

Ich nicke und nehme die Finger von meinen Schläfen.

Entnervt verdreht Lis die Augen. »Da gibt es nichts zu erklären.«

»Ja, sicher. Und mein Hase hoppelt in Timbuktu.«

»Was?« Blinzelnd betrachtet Emma ihr Bier. »Bin ich schon besoffen oder hast du gesagt, dein Hase hoppelt in Timbuktu?«

»Habe ich.«

»Du hast einen Hasen?«, fragt Giu.

»Klar. Hab ihm eine GoPro umgeschnallt und verfolge sein Hardcore-Wildlife-Abenteuer auf YouTube. 2 Millionen Follower.« Ungerührt nehme ich einen Schluck Palü. Als ich das Bier wieder absetze, füge ich hinzu: »Tempur on Tour. Kennt ihr nicht?«

»Hä, echt jetzt?« Lis zieht die Brauen zusammen. »Wieso weiß ich das nicht?«

Giu schwenkt sein Bier im Glas. »Ist Tempur nicht der Papst der Matratzenmarken?«

»Also ich feiere Emma One«, sagt Emma. »Weil sie heißt wie ich.«

»Du lebst im Palast«, entgegnet Giu. »Die haben hier nur Tempur. Wechsel nicht die Seiten.«

»Aber sie waren unerbittlich«, sagt Emma und fügt dann mit verstellter Darth-Vader-Stimme hinzu: »Komm auf die dunkle Seite der Macht, Emma, wir haben atmungsaktives Polyester und Memory-Schaum!«

»Leute, echt jetzt«, sage ich. »Tempur on Tour ist mein Reallife-Pokémon-Projekt. Mein wildes Rattfratz im hohen Gras.« Todernst nehme ich einen Schluck meines Biers und merke, wie der Alkohol mein Hirn verschleiert. Einen Moment genieße ich, wie meine Freunde mich teils verstört, teils glaubhaft anstarren, dann pruste ich in mein Bier. Ich bin mir sicher, ein bisschen Schnotter landet im Palü, und ich nehme mir vor, Anneli davon zu erzählen, damit sie besser von mir denkt. »Mann, als ob! Glaubt mir doch nicht jeden Scheiß.«

Emma verdreht die Augen und hebt die Hand, um mir eine imaginäre Schelle zu geben. »Dein Sarkasmus ist zu ernst, Blair.«

»Ich weiß. Ich beherrsche die Fähigkeit gut.«

Giu prostet mir zu. »Dir würde ich sogar glauben, wenn du sagst, dass du jetzt unter die Aliensektler gehst.«

»Was sind Aliensektler?«, fragt Lis. »Aliens, die Sekt trinken?«

»Imagine ein gemütliches Sit-in im Ufo, im Hintergrund diese Schallwellenmusik der Außerirdischen, und alle stoßen an mit ihrem Aperol Spritz.« Ich zwinkere meinen Freunden zu und mime eine Alienstimme. »Cheers.«

Lachend klirren unsere Maßgläser aneinander. Wir trinken, der Bass von *Maria, Maria* dröhnt durch die Disco und der VIP-Bereich ist voll mit Frauen und Männern, die ausgelassen und mit in die Luft gehobenen Gläsern ihr Leben feiern. Ich sehe zur Tanzfläche. Edward und Sofia stehen an der Bande, sie einen Martini in der Hand, er einen Shot samt Zitrone. Tequila. Er lässt die Zunge zwischen die Lippen gleiten. Ich kann mich nicht abwenden. Wie er sich über das volle Rot leckt ... ich schaudere. Plötzlich sieht er mich an. Ein böses Grinsen erscheint auf seinen Lippen, ehe er in anzüglicher Langsamkeit und ohne den Blick abzuwenden seine Zunge über den Handrücken gleiten lässt. Ein seltsamer Schauer rieselt über meine Wirbelsäule und ich schlucke, immer noch nicht imstande, wegzusehen. Ohne mit der Wimper zu zucken, kippt Edward das widerliche Zeug herunter und beißt in die Zitrone. Er verzieht nicht eine Miene. Dann knallt er beides auf die Bande, nimmt Sofias Hand und zieht sie auf die Tanzfläche.

Es ist nur eine unbedeutende Berührung. Nur seine Fingerspitzen, die ihre streifen, sein Daumen, der sich um ihren Knöchel legt, aber irgendetwas an dieser Geste schnürt mir kurz die Luft ab. Es wirkt so intim. So bedeutend für jemanden wie Edward Blackwell. Der Gedanke, seine Hand könnte sich mit einer anderen verbinden, wirkt beinahe wie ein verbotenes Gesetz. Etwas, das niemals passiert, weil es zu bedeutend wäre. Ich habe mir noch nie vorstellen können, dass Edward sich an jemanden schmiegt, seinen Kopf kraulen lässt oder den Arm einer anderen Person streichelt. Aus irgendeinem Grund wirkt er auf mich wie ein Antiheld. Wie jemand, der romantische Gefühle von sich stößt wie zwei gleiche Ladungen.

Edward und Zärtlichkeit sind wie das Coulombsche Gesetz, das Grundprinzip der Elektrostatik.

Die beiden tanzen zu einem heftigen Remix von Tom Odells *Another Love*. Mir ist klar, dass beide betrunken sind. Ich erkenne den verräterischen Glanz in Edwards Augen, aber auch Sofias gelockerte Züge. Die Beautyikone legt den Kopf in den Nacken, wirft einen Arm über den Kopf und lacht, während Edwards Hände an ihrem Körper entlanggleiten und sein Unterleib ihren berührt. Die beiden haben eine Sogwirkung auf mich, derer ich mich nicht entziehen kann. Wie ein entsetzlicher Beitrag in einer Doku, den man nicht sehen möchte, für immer vergessen will, stattdessen aber wie gebannt ist von diesen erschütternden Bildern. Ich merke nicht einmal, wie meine Lippen sich teilen, bis mich ein wildes Schiggy angreift. Ja, wirklich. Es attackiert mich mit seiner Aquaknarre, dieses blaue Biest.

Plötzlich klebt der Stoff meines weißen Bodys an meiner Brust. Edward löst sich von Sofia, als sie von einer Freundin mitgerissen wird, und lehnt sich gegen die Tanzfläche. Sein Blick gleitet zu mir, und ein animalisches Grinsen schleicht auf sein Gesicht. Ich weiß nicht, ob es die bunten Lichter sind, die seine Augen so funkeln lassen, oder …

Okay, nein. Es ist mein BH. Mein roter Spitzen-BH, der unter dem weißen nassen Body leuchtet wie ein Leuchtfeuer. Sauber, Schiggy. Damit hast du die Hälfte meiner EP gekillt.

»Fuck, sorry!« Lis schnappt sich ihr Bierglas, das herrenlos über den Tisch rollt. Jetzt dämmert mir, was passiert ist. Und es hilft mir, mich endlich von Edward abzuwenden, der mich immer noch ansieht als würde er mich gern zum Frühstück verspeisen.

»*Du* warst das Schiggy!«, stoße ich aus.

»Was?« Zerstreut sieht sie mich an, während sie mit einer durchweichten Serviette versucht, das gelbe Meer auf dem Tisch aufzusaugen.

»Wegen Sofia. Guck mich an, Lis, ich mache wieder den Laserblick.« Ich lege meine Finger an meine Stirn und verenge die Augen. »What's going on zwischen dir und der Schweizer Vliesfreundin?«

Emma grunzt wegen des Insiders. Eine ganze Weile hatte Lis das Victoria's-Secret-Model nur unter SV eingespeichert, für Sofia Vendergaard, während wir gerätselt haben, wer ihr heimlicher Chatpartner sein könnte.

Erst tut Lis unbekümmert und wirft das getränkte Papier in ihr Glas, aber schließlich knickt sie unter meinen Lasern ein. Kein Wunder. Sie sind krass. Richtig fetzig, diese Dinger. Eine rote Biene. Bling, bling, bssst.

»Sie steht auf Edward, denke ich«, rückt Lis endlich mit der Sprache raus.

Verwirrt fährt Emma sich mit einer Hand durch ihre blonde Lockenmähne. »Aber ihr habt euch geküsst, meintest du.«

»Ja. Dann ist sie abgehauen. Und seitdem ist es komisch.« Ein Deckenstrahler wirft Licht in Lis' Augen, färbt ihre Iriden lila, und ich erkenne die verzweifelte Traurigkeit darin, die sonst von ihrer Dunkelheit verschluckt wird. »Manchmal schreibt sie so viel, richtig euphorisch, und plötzlich antwortet sie mir mehrere Tage nicht mehr. Ein paarmal wollte ich sie treffen, zweimal hat sie zugesagt, nur um kurz vorher wieder abzusagen, und dann sehe ich sie so oft in der Lobby, beim Essen oder was weiß ich, wie sie Edward anstarrt.« Sie fährt sich durch ihren Pixiecut und zuckt die Achseln. »Diese Sache hat *vor* Charles angefangen, ging *während* Charles weiter und ist auch *nach* Charles niemals vorbei für sie.«

»O nein«, sage ich. »Ein *vor, während, nach* ist bitter.«

»Yep«, entgegnet Lis grimmig.

»Hmm, ich weiß nicht«, murmelt Giu. »Meinst du echt, sie steht immer noch auf ihn? Ich meine, sie hat es ja zugegeben. In diesem Video mit April. Aber ...«

»Aber das ist ein Jahr her«, entgegnet Emma skeptisch.

»Eben«, stimme ich zu.

»Dazwischen kam diese katastrophale Hochzeit mit Charles und die ganze Sache mit Paola«, fährt Emma fort. »Ich glaube, sie hatte seitdem ganz andere Prioritäten.«

»Ach ja?«, erwidert Lis. »Und was ist dann *das*?« Sie nickt zur Tanzfläche, und wir drehen uns alle gleichzeitig um.

Mir fällt die Kinnlade herunter.

Sofia hat sich vorgebeugt und lässt ihre Lippen an Edwards Hals hinabwandern. Das zu sehen, macht etwas mit mir. Ich weiß nicht, was. Es ist ein seltsames Gefühl. Wie eine schleimige Hand, die sich meinen Solarplexus krallt und zudrückt. Plötzlich tauchen Bilder vor meinem inneren Auge auf, die ich zu verdrängen versuche.

Edward hinter dem Flügel. Die sanften Klänge, die sich mit meiner Harfe vermischen. Unsere Stimmen, die zu einer gemeinsamen Melodie werden. Sein Lächeln, als unsere Blicke aufeinandergetroffen sind.

Ein *echtes* Lächeln.

Keuchend wende ich mich ab. Als ich die Blicke meiner Freunde auf mir spüre, wird mir heiß. Ich schüttle den Kopf und schnappe mir Lis' Ellbogen. »Da hilft nur eins«, sage ich, während ich sie mit mir ziehe. »Mach sie eifersüchtig.«

Lay Low von Tiësto wird gespielt. Ein darker Vibe, der zu den zuckenden Lichtern passt. Lis und ich erreichen die Tanzfläche, gefolgt von Giu und Paola. Ich ziehe sie in die Nähe von Sofia und rufe ihr ins Ohr: »Jetzt beweg dich wie eine Göttin! Als wäre sie dir scheißegal, Lis!«

Unsicher beißt Lis sich auf die Unterlippe, aber als ihr Blick wieder auf Sofia fällt, deren Hände ungeniert Edwards Körper erkunden, verändern sich ihre Züge zu einer eisernen Entschlossenheit. Sie beginnt, sich zu bewegen.

»Fuck!«, ruft Giu, »du tanzt heiß, Lis!«

»Yep, sie hat's drauf!« Emma wirft die Hände über den Kopf und schließt die Augen, während sie sich zur Musik bewegt.

Wir tanzen drei Songs durch, als Lena plötzlich auf der Tanzfläche erscheint, den Arm in die Luft gerissen, mit ausladendem Hüftschwung. Sie entdeckt uns, zeigt mit dem Finger auf mich, lacht und tanzt auf mich zu, als würde sie an einem imaginären Seil entlanglaufen. »Hi!« Sie nimmt meine Hände und bewegt sich mit mir. Ich erkenne sofort, dass sie absolut dicht ist. »Keine Sorge, ich bin auf deiner Seite. Wegen Finn!«, brüllt sie. »Mein Bruder kann ein Arschloch sein! Männer sind einfach scheiße, oder?«

»Gebe dir recht«, ruft Emma, wobei ihr Seitenblick Laxon streift. Die oberen Knöpfe seines Hemds sind geöffnet, der weiße Stoff klebt an seiner verschwitzten Haut. Er tanzt mit Isabella, einer Kollegin aus dem Housekeeping. Ich versuche, mich auf uns zu konzentrieren, aber immer wieder zwingt mich irgendein inneres Miststück, Edward abzuchecken. Wie ein Raubtier, das eine saftige Antilope entdeckt hat. Aber statt sie zu fressen, will es seinen Hintern an ihr reiben. Und das ist alles andere als gut, denn das ist, wenn ich mich nicht irre, *kein* erwünschtes Naturgesetz. Das Spiel zwischen Raubtier und Antilope heißt *friss oder stirb*.

Inzwischen tanzt Sofia mit ihrer Freundin Xenia. Zufrieden stelle ich fest, dass sie Lis entdeckt hat und immer wieder unauffällige Seitenblicke zu uns wirft, bis ich in der Bewegung innehalte. Der Grund dafür ist ein blonder Haarschopf in der Ecke der Tanzfläche, der sehr intensiv mit einer kleinen Schwarzhaarigen rummacht. Edward schiebt ihr *sehr* anzüglich, *sehr* wild und *sehr* leidenschaftlich die Zunge in den Hals.

Das Ganze versetzt mir einen Tritt in den Magen. Ein Gefühl, das ich weder steuern noch kontrollieren kann und *schon gar nicht* spüren will.

Frustriert wende ich mich von dieser Komm-ich-fress-dich-auf-Scheiße ab, gebe den anderen mit einem Nicken zur Bar zu verstehen, dass ich mir etwas zu trinken hole, und kämpfe mich zwischen den verschwitzten Leibern durch, was sich anfühlt wie ein Ninja-Warrior-Labyrinth im Wasserpark. *Go, Blair, mit dem Kopf durch die nassen Schaumkissendinger!*

Der Barkeeper huscht hinter der Theke herum. »Hi, Schönheit.« Er zwinkert. »Was kann ich dir bringen?«

»Irgendetwas, das meinen Verstand zur Vernunft bringt.«

»Sorry, ausverkauft.« Er lacht. »Ich hab nur Zeug, das deinen Verstand *ausschaltet*.«

Ich zucke die Achseln. »Solange es stark ist.«

»Sex on the Beach?«

»Ich habe *stark* gesagt.« Augenrollend binde ich mir meine Haare zu einem hohen Zopf. »Habt ihr Wodka Sour?«

»Für dich bestimmt.« Feixend macht er einen Abgang, um mir einen Drink zu mixen. Ich überlege gerade, ob ich abhauen und das Zeug auf dem Klo trinken soll, damit ich benebelt zurückkehre und in meinem Kopf kein verwirrter Gedanke zu Edward Blackwell mehr lebt, als er plötzlich neben mir auftaucht.

»Wollen wir etwa flüchten, Prinzessin?«

Durch meine Glieder sickert dieses benebelnde Gefühl, das mich immer überkommt, wenn er in meiner Nähe ist. Ich hasse es, dass er diese Wirkung auf mich hat. Das ist, als würde man auf einen Lehrer oder so reagieren, den man nicht ausstehen kann. Einfach nicht normal. Andererseits ist es nur Chemie, oder? Wie meine Schwester Pen, die einen Exorzisten kontaktiert hat, weil sie sich in ihren Mobber der Highschool verliebt hat und der festen Überzeugung war, ein Dämon hätte Besitz von ihr ergriffen.

Nawww, meinte der Exorzist am Telefon, dessen Nummer sie auf einer zwielichtigen Jimdo-Seite gefunden hat. *Du stehst auf den Bad Boy, Honey. Alles nur Chemie.*

»Komm wieder runter, Egoboy.« Die Armreifen an meinen Handgelenken klimpern, als ich mich von ihm abwende. »Nicht immer dreht sich alles um dich.«

»Nicht?«

»Nope.« Ein schmales Grinsen legt sich auf meine Lippen. Ich puste mir eine Strähne aus dem Gesicht und bewege die Hüften zu einem Remix von *Replay*. *Shawty's like a memory in my head that*

I can't keep out, got me singing like na-na-na-na, every day. »Ich weiß, schwer zu glauben. Wenn du willst, suche ich dir ein Buch über Halluzinationen und Realitätsverlust raus.«

»Gut, das wirst du brauchen.«

Ich lache auf. »Ich?«

»Du hast schon richtig verstanden.« Er lehnt sich mit dem Ellbogen auf den Marmortresen. Der Bizeps unter seinem T-Shirt spannt deutlich. »Dafür, dass du denkst, mich nicht ausstehen zu können, hast du dich auf der Tanzfläche ganz schön an mir sattgesehen.« Ich ignoriere ihn. Er nähert sich meinem Ohr. »Wie ein hungriges Lamm, das einen Löwen begehrt, obwohl es längst weiß, es niemals mit dem König aufnehmen zu können.«

Okay, er geht mir auf die Nerven. Ich kann ihn nicht länger ignorieren. Wütend fahre ich zu ihm herum. »Ich habe zu dir gesehen, weil ich fassungslos war!«

Er grinst. »Über meinen schönen Körper?«

»Dass es Frauen gibt, die sich tatsächlich zu einem Arsch wie dir hingezogen fühlen!«

»Wenn du *Frauen* sagst, meinst du damit dich selbst, nehme ich an?« Sein Grinsen wird breiter, aber es wirkt gehässig. Wie ein Feind, der seine besten Trümpfe ausspielt. »Lüg, so viel du willst, Blair. Deine Körpersprache *schreit* mich an, sie brüllt die Wahrheit so laut heraus, dass ich ganz genau weiß, du könntest mir nicht widerstehen.« Er kommt mir noch näher. Sein Atem auf meinen Lippen. Plötzlich spüre ich, wie meine Beine weich werden. Und dann …

O Götter!

Seine Lippen streifen meine. Hauchzart nur, ganz sanft, kaum eine Berührung, aber die Wirkung, die er damit in mir entfaltet, ist enorm. Mein Körper wird erschüttert von Elektroladung.

Plötzlich entfährt mir ein unkontrolliertes Wimmern. Ganz leise, nur sehr kurz, aber ihm entgeht nichts. Und dann lacht er rau. Er sieht mir in die Augen. »Was habe ich gesagt?«

Das bringt mich wieder zur Besinnung. Ich hebe die Hände und stoße ihm gegen die Brust. »Wichser!«

Er bewegt sich keinen Millimeter. »Wenn die Spieler des Lebens merken, dass sie dabei sind, zu verkacken, verlieren sie die Kontrolle.« Er hebt den Daumen, fährt über meine Unterlippe. Und wieder bin ich nicht imstande, mich zu bewegen. Mein Puls hingegen schon. Er rennt wie ein verdammter Jaguar, der Verräter. »Sie tun Unüberlegtes. Treten um sich. Verlieren die Kontrolle, und – *Zack!*« Von jetzt auf gleich hat er meinen Kiefer geschnappt, hält ihn fest, seine Lippen wieder nur Millimeter von meinen entfernt. Ein Schauer durchfährt mich. »Werden sie geschnappt.«

Es vergehen einige Sekunden, in denen wir uns in die Augen sehen. Erst das Geräusch von Glas, das auf die Theke trifft, bringt mich dazu, mich loszureißen.

Der Barkeeper lüpft die Brauen. »Wodka Sour.« Sein Blick wandert von mir zu Edward. Er schenkt ihm ein anerkennendes Grinsen. »Heißes Paar seid ihr. Man spürt eure Aura bis dahinten, Mann. Krasser Vibe zwischen euch.«

Sofort lässt Edward mich los und bringt so viel Abstand zwischen uns, dass plötzlich ein ganzer Ozean Platz hätte. Der jüngste Blackwell sieht aus, als würde er den Barkeeper mit seinem feurigen Blick niederbrennen wollen.

Ich hingegen bin völlig schockiert. Ein krasser Vibe? Wohl eher ein zerstörerischer.

Der Barkeeper rauscht zum nächsten Kunden. Edward neigt den Kopf zu mir und öffnet den Mund, um etwas zu sagen, aber ich komme ihm zuvor.

»Fick dich, Blackwell.« Angewidert sehe ich ihn an. »In keinem Leben würde ich dich *jemals* gut finden. Lieber würde ich Scheiße fressen.«

Sein Mundwinkel zuckt. »Gleichfalls.«

»Dann hör auf, mich anzumachen.«

»Ah, aber dieser Reiz, Prinzessin.« Er lehnt sich mit dem Rücken gegen die Bar. »Deine Lügen zu entlarven, weil dein Körper auf eine andere Weise mit mir kommuniziert.«

Schnaubend schnappe ich mir mein Glas, stoße ihn mit der Schulter an und verschwinde zurück zur Tanzfläche. Auf dem Weg ziehe ich mein Handy aus der Tasche und öffne meine E-Mails.

Jetzt bin ich überzeugt. Nichts kann mich mehr stoppen. Kann sein, dass dieser Gedanke meinem alkoholisierten Verstand entspringt, aber ganz ehrlich? Ich muss Blackwell Junior aus meinem Kopf vertreiben. Ich kann ihn nicht ausstehen. Mein Körper hingegen spielt verrückt. Und was ist der beste Weg, um das zu tun? Indem ich mich auf einen anderen Kerl konzentriere. Plus ich könnte an eine hohe Summe Geld gelangen, um hier abzuhauen, bevor *sie* mich holen. Diese Datingshow war mein Traum, seit ich mich beworben habe. Ganz ehrlich, wieso habe ich überhaupt gezögert?

Schnell öffne ich Felis Mail mit dem Briefing der Show und klicke auf Antworten. Es sind nur wenige Wörter, aber noch während ich sie tippe, spüre ich eine seltsame Mischung aus Euphorie und Angst.

Hey Feli,
ich wollte nur schreiben, dass ich dabei bin!
Liebe Grüße
Blair

Ich klicke auf Senden.

O Gott. O Gott, o Gott, o Gott. Jetzt gibt es kein Zurück mehr. Ich werde tatsächlich an der Royal-Romance-Show teilnehmen! Die ganze Welt wird wissen, wo ich mich befinde.

Das tut nichts mehr zur Sache, Blair, höre ich eine Stimme in mir. @didntyouhearthat weiß es. Sie weiß es, weil sie es ist, die mich bedroht. Ein einziges Mal hat sie mir online geschrieben, in meinen DMs, und die Nachricht danach sofort gelöscht. *Ich mach dich fertig, Bitch.* Danach kamen nur noch Zettelchen.

Nur habe ich keine Ahnung, wer sie ist, weil sie ihre Videos wie @xoxogossipgirl mit Voiceover dreht.

Sie könnte dich jederzeit verraten, denke ich. *Es ist nur eine Frage der Zeit, bis alles rauskommt, jetzt, da du öffentlich zerrissen wirst und durch Edward im Fokus stehst. Was du brauchst, ist Geld. Viel Geld. Du musst hier abhauen, Blair, und zwar*

SCHNELL!

Es war die richtige Entscheidung. Ich muss das tun. Edward aus meinem Kopf kriegen, finanziell auf die Beine kommen und verschwinden.

Gerade blinkt eine rote Meldung in meinem Spiel des Lebens, und die ist unmissverständlich: *Hau ab, wenn es zu heiß wird.*

Als ich Emma und Giu erreiche, deute ich mit geweiteten Augen auf Lis, die mit – ja, wirklich – Sofia tanzt. »Wann ist *das* passiert?«

»Als du Edward an der Bar mit Blicken ausgezogen hast!«, brüllt Giu.

Wütend funkle ich ihn an. »Noch ein Wort und ich verrate dem Girl dahinten, das du schon die ganze Zeit angeierst, dass du dir mit einem Schweinchen namens Son Gohan ein Bettchen teilst.«

»Dann erzähle ich Kokos-Kora von Tempur on Tour, die es Lena erzählen wird, die wiederum Sofia, die Charles, Charles Edward, und er wird daraus ein öffentliches Gerücht machen, dass du einen Pokémon-Fetisch hast, im Pikachu-Pyjama pennen gehst und dir deinen Reallife-Alabastia-Channel reinziehst.«

»Das ist –«

Ein kollektives Kreischen unterbricht mich. Einen Moment später erkenne ich den Grund dafür: Überall von der Decke schießt Schaum auf uns herunter. Innerhalb von Sekunden bin ich eingeweicht. Und ich trage einen *weißen* Body!

»Fuck!«, stoße ich aus, während ich mir das Zeug aus den Augen reibe.

»Okay, ich revidiere!« Giu krümmt sich vor Lachen. »Jetzt bist du kein Pikachu mehr, sondern ein Pandabär!«

Ich funkele ihn an. »Wo stand denn, dass das heute eine Schaumparty ist?!«

»Überall!« Emma lacht. Dann quietscht sie laut, weil Paola über die Tanzfläche auf uns zukommt. Auch ihre Haare hängen nass herunter, und ihre Schminke ist genauso wie meine verwischt. Sie kratzt über ihre von Neurodermitis entzündeten Handrücken, die von der Feuchtigkeit rot leuchten. »Ich habe versucht, Charles mitzuziehen!«, ruft sie. »Aber er zockt mit den Jungs Beat Saber, weil die Lis' Rekord brechen wollen! Wo ist sie eigentlich?«

»Da. Und nein, das ist keine Illusion.« Ich deute zu Lis, die im Takt des schnellen Remixes nahe an Sofias Körper tanzt. Ich erkenne deutlich, wie das Model schluckt und ihren Blick begierig über Lis' nasses Oberteil gleiten lässt, unter dem sie keinen BH trägt. »Gott«, sage ich, »ich wünschte, ich hätte Lis' Selbstbewusstsein.«

»Und ich glaube, ich trage immer noch die Virtual-Reality-Brille.« Paola blinzelt mehrmals hintereinander. »Das passiert nicht wirklich, oder?«

»Doch«, bestätige ich.

Emma verzieht den Mund. »Und *ich* wünschte, jemand würde mich so ansehen wie Sofia sie gerade.«

»Du meinst Laxon?« Paola wackelt mit den Brauen. »Er steht allein an der Bar. Na los, geh hin. Schnapp ihn dir.«

»Ja, los«, stimme ich zu. »Ich leih dir einen Hyperball, wenn du willst. Kaution: dein Haaröl von BeautyBex.«

»Bist du verrückt?«, stößt Emma aus.

»Paola oder ich?«

»Ihr beide«, entgegnet Emma. »Du, weil das Haaröl ein Vermögen kostet und es deinen Hyperball in jedem Pokéshop zu kaufen gibt, und Paola, weil«, fassungslos fixiert Emma sie, »der Kerl mich abserviert, ignoriert und mit mehreren anderen Frauen rumgemacht hat. Denkst du, ich renne dem hinterher?«

»That's the spirit we need.« Giu hebt die Hände, als ein *Green-green-grass*-Remix gespielt wird. »Son Gohan wäre stolz auf dich!«

Ich trinke die Hälfte meines Wodka Sours, schließe die Augen und bewege mich zum Takt, will die Musik und den Moment vollständig leben, *green green grass, blue blue sky, you better throw a party on the day that I die*, als ich plötzlich angerempelt werde. Der Wodka Sour rutscht mir aus der Hand und fällt zu Boden.

Ich reiße die Augen auf. Zum Glück zerspringt das Glas nicht. Es rollt über den Boden in die Ecke und verweilt dort sein tristes Dasein im Schatten zwischen Louboutins und Jimmy Choos.

»Oh, sorry!«

Der Klang der Stimme bewirkt, dass mein Herz einen Schlag verpasst. Vor mir, in schwarzem T-Shirt, Chino und Loafers, steht Finn.

Perplex starre ich ihn an. »Was willst *du* denn?«

Er verzieht den Mund, ganz der attraktive, reiche Politikersohn, der weiß, wie er jede Frau um den Finger wickelt. »Mich entschuldigen.«

Ich starre ihn an. »Dich entschuldigen?«, wiederhole ich fassungslos.

Er nickt. »Für das mit dem Glas. Und für die Sache im Coffee o' Clock. Einfach wie ich dich behandelt habe in letzter Zeit. Das war, na ja, dumm, oder?«

»Ja.« Ich gebe ein freudloses Lachen von mir. »War es.«

Verlegen fasst er sich in den Nacken. »Schätze, ich kann nicht damit umgehen, dass du mich zurückgewiesen hast.« Kurz blickt er in sein halbes Wodkaglas, ehe er es mir hinhält. »Sorry für den Drink. Willst du meinen?«

Skeptisch beäuge ich ihn. »Warum sollte ich?«

»Weil ich deinen runtergeschmissen habe.«

»Nein, dan...« Aber bevor ich den Satz ausgesprochen habe, fällt mein Blick auf Edward, der schon wieder mit chica-bonita-morena auf der Tanzfläche anbandelt. Und plötzlich setzt mein Hirn aus, denn ich schenke Finn ein breites Lächeln und schnappe mir sein Glas. »Ja, danke!«

Ich nehme mehrere Schlucke, ehe ich wieder anfange, die Hüften zum Takt der Musik zu wiegen. Finn ist ein Arschloch. Ich habe nicht vor, mit ihm Frieden zu schließen. Aber wenn er mir in diesem Moment nützlich sein kann, nur ein einziges Mal, damit ich meinen Kopf austrickse und von Edward ablenke ... warum nicht?

Ein paar Minuten tanzen wir eng miteinander. Finn lässt seine Hand über meine Hüfte gleiten, und als Edwards Blick auf meinen trifft, nehme ich noch einen Schluck Wodka, damit es mir egal ist, wie er mich ansieht. Oder *dass* er mich überhaupt ansieht. In meinem Kopf breitet sich ein merkwürdiges Wattegefühl aus, und meine Glieder werden schwer, als würde der Boden mich magnetisch anziehen. Ich merke kaum, wie Finns Hände die Linien meiner Brüste unter meinem weißen Body nachfahren.

Ich habe Spaß, und du interessierst mich kein Stück, Blackwell. Du –

Urplötzlich wird Finn von mir weggerissen. In der nächsten Sekunde höre ich das Geräusch von einer Faust, die auf Knochen trifft. Um uns herum schnappen die Leute nach Luft, aber ich muss mehrmals blinzeln, um durch den nebligen Schleier vor meinen Augen irgendetwas zu erkennen.

Bunte Farben blitzen auf, und ich registriere, dass Finn am Boden liegt, seine Hand an den Kiefer gepresst. Und neben ihm, mit aufgeplatzten Knöcheln, Edward.

Entgeistert starre ich ihn an. »Bist du *irre*?« Ich lalle. Und taumele. Halt suchend greife ich nach der Bande, fasse jedoch ins Nichts. »Warum *schlägst* du ihn?«

Fast verliere ich das Gleichgewicht, aber plötzlich packt mich eine feste Hand. Diesmal ist es nur sein Duft, an dem ich Edward erkenne.

Lavendel und Rauch.

Harmonie und Rebellion.

»Weil der Wichser dir etwas ins Glas gekippt hat!«, zischt er dicht an meinem Ohr.

»In mein … *was?*«

»In dein Glas«, wiederholt er.

Da wird es mir klar. Aber zu spät, denn meine Beine knicken weg. Wundersamerweise falle ich nicht hart, denn da sind zwei Arme, die mich fangen. Und dann eine feste Brust, an die mein Körper gedrückt wird.

Lavendel, Lavendel, Lavendel.

eine violette blüte, die im rauch verdorrt

SOME THINGS SCRATCH THE SURFACE, OTHERS STRIKE AT YOUR SOUL

Edward

Meine Pläne für heute Abend waren klar: betrinken, vergessen, repeat. Ein letztes Mal eskalieren, bevor diese Show beginnt und ich enthaltsam leben muss, damit die ganze Welt dahinschmelzen kann, weil ich mich nur noch den Prinzessinnen widme. Ganz sicher stand nicht auf meiner To-do, mit Blair Wagner in den Armen auf der Tanzfläche zu enden.

Der halbe VIP-Bereich starrt mich an. Auf jeden Fall die ganze Tanzfläche. Kein Wunder. Seit fast zwei Wochen bekriegen Blair und ich uns öffentlich vor den Augen der ganzen Welt, und jetzt stehe ich hier, ihren Körper an mich gedrückt, beide klitschnass von dieser verdammten Wet-T-Shirt-Party.

Ich halte Blair wie einen übergroßen Fisch, den ich zufällig gefangen habe und jetzt keine Ahnung habe, was ich tun soll. Sie schielt leicht, ist weggetreten. Finn rappelt sich auf und macht Anstalten, sich auf mich zu stürzen, aber ich bringe ihn mit einem einzigen warnenden Blick dazu, schnaubend abzuziehen.

Ich kämpfe mich durch die Tanzenden, bis ich Paola erreiche. Sie wirbelt mit einem breiten Lächeln zu mir herum, das sofort in sich zusammenfällt, als sie Blair sieht. »Oh mein Gott! Was ist mit ihr?«

»Finn«, sage ich nur, und sie versteht.

»Dieser Drecksack«, zischt Emma. Sie ballt die Hände zu Fäusten. »Wo ist er? Ich mach ihn fertig.«

»Nein. Er würde durchdrehen. Ich kümmere mich drum.« Mein Blick wandert weiter zu dem Typen, mit dem sie hier sind. Ich kenne ihn aus dem Casino, weiß aber seinen Namen nicht. Gerade überlege ich, ob ich es verantworten kann, sie in die Hände eines Wildfremden zu geben – selbst, wenn sie mit ihm befreundet ist –, oder ob ich meinen Bruder suchen soll, da schüttelt Blair plötzlich lethargisch den Kopf. Als hätte sie meine Gedanken gelesen. »Nein.« Mit ihren großen braunen Augen sieht sie von unten zu mir auf. Irgendetwas passiert dabei mit mir. Hinter meiner Brust spüre ich einen Ruck, und kurz darauf stolpert mein Herz. Als hätte ein Enterhaken mich gepackt und fortgerissen. Ich erschrecke mich so sehr über dieses Gefühl, dass ich ihren Blick nur schockiert erwidere, ehe sie hinzufügt: »Du.«

»Ich?«

Ihr Haar reibt über meinen Arm, als sie nickt. »Bring du mich.«

Sie ist nicht bei sich, Edward. Sie hasst dich. Morgen erinnert sie sich an nichts. Bring sie einfach in ihr Zimmer, hau ab und alles ist wie immer. Morgen kommt sie zu dir und wirft dir die nächste Beleidigung an den Kopf, keine Sorge.

Einen Moment steht der Fischer auf dem Boot, den Riesenfisch im Arm, und überlegt, ob er ihn einfach über Bord werfen soll.

Ich könnte sie ihrem Kumpel in die Arme drücken und verschwinden.

~~nicht mehr mein problem ciao~~

Aber dann verlässt ein weiteres Wort ihre vollen Lippen, kaum hörbar und so zart, dass es kaum möglich ist, wie heftig es mich erschüttert.

»Bitte.«

Bitte.

~~es befällt mich wie ein virus~~

~~schnell und heftig und unabwendbar~~

Frustriert schließe ich die Augen und atme tief durch. Als ich sie wieder öffne, fluche ich, denn ich habe meine Entscheidung getroffen. Entschlossen steuere ich den Ausgang an. Ich muss mich nirgendwo durchkämpfen. Die Leute machen mir Platz, wenn sie mich sehen. Und obwohl die Musik berstend laut, die Diskothek *überfüllt* ist, übersieht uns niemand.

Blair Wagner in meinen Armen, das ist ein Spektakel. Nach dieser ganzen öffentlichen Schlammschlacht ist das, als würde Justin Bieber plötzlich Händchen haltend mit Selena Gomez durch Hollywood spazieren. Frauen stupsen ihre Freundinnen an, Typen gucken uns neugierig hinterher. Überall wird sich etwas in die Ohren gerufen, damit sie trotz der Musik tuscheln können.

~~nur ein paar minuten dann bin ich sie wieder los~~

»Von unten sieht dein Kinn aus wie ein Marmeladenglas«, lallt Blair, als ich mit ihr aus Dankenhaal heraustrete. Die Musik rückt in den Hintergrund, die gaffenden Leute auch. Für einen kurzen Moment spült Erleichterung über mich hinweg. Der Schlüssel, der die Zelle aufschließt, ehe das Rattern der Öffnung die Freiheit verkündet.

Die Securitys vor der Tür werfen mir einen fragenden Blick zu, aber ich schüttle nur den Kopf und gehe die Treppe hoch.

»Wirklich!« Lachend hebt Blair eine Hand, aber ihr Arm wackelt bedrohlich. Schließlich landet ihr Finger schlaff an meiner Wange, rutscht daran herunter. Sie kichert. »Von hier aus ... wie ein Marmeladenglas ... Kirsche. Mag ich. Aber ohne«, sie kichert erneut, »Stückchen.«

Keine Ahnung, was genau er ihr ins Glas getan hat, aber Rohypnol kann es nicht gewesen sein. Da wäre sie längst weg. *Vermutlich Pilze*, denke ich.

Ich presse die Zähne zusammen, konzentriere mich auf den Weg, Stufe für Stufe, bis wir den versteckten Dienstbotengang erreichen. Meine Arme fangen an zu brennen. Von hier führt nur eine Treppe in den Flügel der Angestellten. Aber lieber so, als dass man uns in der Lobby zusammen entdecken könnte.

»Kennst du Leticia«, fragt Blair nach einer Weile. »Wolf?«

»Leticia Wolf?«, wiederhole ich.

»Ja. Kennst du sie?«

»Nein.«

»Der Name«, murmelt sie, »sagt dir nichts?«

»Nein.« Stufe für Stufe für Stufe. »Zimmernummer?«

Keine Antwort. Sie schielt. Ihre Augen sind wunderschön.

Fuck.

Ihre Augen sind ~~wunderschön~~ gewöhnlich.

»Zimmernummer, Blair.«

Keine Antwort. Als würde sie mich nicht mehr verstehen. Fluchend drücke ich sie fester an mich, um kurz eine Hand zu lösen und mein iPhone aus der Tasche zu ziehen. Fahrig tippe ich auf Paolas Kontakt.

Geh ran, geh ran, geh ...

»Edward!« Sie klingt atemlos. Im Hintergrund dröhnt der Bass durchs Telefon. »Alles okay mit Blair?«

»Ja. Welches Zimmer hat sie?«

»213, glaube ich. Oder, warte.« Sie ruft etwas im Hintergrund, dann ist sie wieder da. »Ja, 213.«

»Okay, danke.«

»Kriegst du das hin?« Sie muss brüllen, um die Lautstärke zu übertönen. »Oder soll ich Charles schicken?«

»Nein, schon gut. Danke.« Ich lege auf, stecke das Handy weg und nehme eine weitere Treppe zum nächsten Stockwerk. Inzwischen schnaufe ich.

»Blair«, sage ich, als wir ihren Flur erreicht haben. »Du musst mir sagen, wo deine Zimmerkarte ist.«

»In meiner Hosentasche«, murmelt sie.

»In deiner ...?« Ach, fuck.

Das Leben will mich verarschen, oder?

»Ja.« Ihr Kopf wackelt auf meinem Arm in alle Richtungen. »Kannst du ... rausholen?«

Ich spanne die Kiefer an, versuche, nicht auf ihre nassen Brüste zu starren, weil sie mich ~~heiß machen~~ absolut gar nicht interessieren, und ziehe die Karte aus ihrer Hosentasche. Dabei spüre ich ihren Hüftknochen an meinen Fingern und plötzlich regt sich etwas in mir, das sich wie ein schlimmes Ziehen im Magen anfühlt.

Kopfschüttelnd, um das Gefühl zu vertreiben, halte ich die Karte vor den Sensor. Es leuchtet grün, das Schloss springt auf, und ich öffne die Tür. Es ist dunkel. Ich schalte das Licht ein.

Jedes Fenster ist sperrangelweit geöffnet. Die Vorhänge wehen im Wind. Sogar ins Badezimmer zieht die kalte Luft rein. Die Wände sind beklebt mit Postern von Wolken und Sonnenuntergängen, Naturbildern, Ozeanen, Strand und Wäldern, alle Möbel stehen kreuz und quer, manche von ihnen sind übereinandergestapelt, und neben ihrem Bett liegt ein Brecheisen.

What the fuck?

Ich lege sie auf dem Bett ab. Da sehe ich, wie sie zittert. Natürlich. Sie ist klatschnass. Ich will die Fenster schließen, als sie ein verzweifeltes »Nein, nicht!«, ausstößt. Verwirrt drehe ich mich zu ihr um. Sie liegt da, kann sich scheinbar kaum bewegen, während sie mit grenzenloser Panik in den Augen versucht, den Arm nach mir auszustrecken. Ihre Zunge will ihr nicht gehorchen, und ich verstehe sie kaum, als sie noch einmal ansetzt. Dennoch höre ich die Verzweiflung aus den wenigen Silben heraus. »Bitte … nicht schlöllssn.«

»Was?«

»Nicht süßhörn.«

Ich blinzle, bis der Groschen fällt.

»Nicht schließen?«

Sie nickt langsam.

»Aber es ist kalt«, widerspreche ich. »Und du bist nass.«

Sie sieht mich an. »Sihh … mich … ummm?«

Ich starre sie an. Ich starre sie *sehr lange* an. In mir kämpfen zwei Martial-Arts-Fighter um die Entscheidung.

Nein, ich fasse dich nicht an, Blair.

Okay, ich helfe dir, Blair.

Das Letzte, was ich will, ist, dass du frierst, Prinzessin.

Fluchend fahre ich mir durchs Haar. Dann gehe ich zu ihrem Wandschrank. Auf den Bügeln hängen Kleiderstücke, eine teure Marke nach der anderen, von Balenciaga über Dior bis zu Chanel, bis mir plötzlich etwas ins Auge springt. Ich halte inne. Fahre mit dem Finger über die einzelnen Teile.

Der Stoff wirkt billig. Dünn. Die Nähte sind fahrlässig gesetzt, kreuz und quer. Verwirrt runzle ich die Stirn. Schließlich betrachte ich das Etikett der Kleidungsstücke genauer und da fällt der Groschen.

Diese Sachen sind gefälscht.

Ich bin mit Designerkleidung aufgewachsen, habe als Kleinkind in teure Hosen geschissen und auf erste Dior-Babypullis gekotzt. Ich weiß, wie diese Marken aussehen und sich anfühlen. Und *die hier* sind zu hundert Prozent gefälscht.

Interessant, Wagner.

Ich verstaue diese Entdeckung in einem hinteren Winkel meines Hirns, nehme eine Thermoleggins, zwei dünne Sweatshirts und einen dicken Teddyfellpulli aus ihrem Schrank und gehe zu ihr. Mit den Sachen stehe ich hilflos da und weiß nicht, was ich tun soll.

Was ist los mit mir?

Ich habe Frauen Hunderte Male die Klamotten ausgezogen. Da ist kein Zentimeter in mir, der nicht wüsste, wie das geht. Aber jetzt stehe ich mit den Sachen in den Händen da wie ein kleines Kind vor einem Fahrrad ohne Stützräder.

Blair fröstelt. Ihre Zähne klappern aufeinander. Schluckend beuge ich mich zu ihr herunter und beginne, ihr Oberteil über den Kopf zu ziehen. An ihrem BH zögere ich. Es ist schwierig. Wie eine magnetische Kraft, zwei Gegenpole, die mich von ihr stoßen.

»Mach … ruhig.« Ein Schauer durchfährt ihren Körper. »So kalt.«

Eine Gänsehaut rennt über meine Haut, als ich den Verschluss schließlich öffne und sie entblöße. Fahrig wische ich mir über das Gesicht, versuche, nicht hinzusehen, aber es ist unmöglich. Das hier kommt mir so verboten vor. Verbotener als alles, was ich je getan habe.

Sie ist *so* schön.

Nein, nein, nein.

Sie ist ~~so schön~~ nicht von Interesse.

Beharrlich fixiere ich die goldenen Honigtöne in ihren braunen Augen, damit ihre Brüste zu einem hautfarbenen Klecks in meinem Augenwinkel verschwimmen, und hebe ihren Kopf an. Schnell ziehe ich ihr die Sweatshirts über, dann den dicken Pulli. Erleichterung durchsickert mich, als sie eingepackt ist in dicke Wollschichten. Kein Stück hellweiße Haut mehr zu sehen, Halleluja.

Ich ziehe ihr die Schuhe aus und stelle sie neben das Bett. Blair trägt Sportsocken von Adidas, bis zum Schienbein gezogen.

Ich liebe Sportsocken an Frauen.

Schnell schüttle ich den Kopf.

~~Ich liebe~~ Sportsocken an Frauen sind mir egal.

Schließlich starre ich auf den Knopf ihrer Hose, als wäre er der Endgegner in diesem ganzen Leben. Ich kann ihn nicht anfassen. Er ist vergiftet. Wenn ich ihn berühre, sterbe ich. Ganz sicher.

Fuck, wirklich, ich kann das nicht. Ich kann sie nicht ausziehen. Irgendetwas in mir dreht völlig durch.

»Blair«, sage ich, klinge beinahe verzweifelt, »kannst du … das selbst machen, bitte?«

Der einzige Grund, warum ich zulasse, mich so verletzlich zu zeigen, ist, dass sie sich morgen an nichts mehr erinnern wird.

Blair hebt ihre Hand, versucht es, aber nach ein paar Millimetern fällt sie schlaff wieder zurück aufs Bett. Sie probiert es ein zweites

Mal, vergebens. Mir war klar, dass sie es nicht schaffen wird, aber, Gott, ich kann's auch nicht. Zwischen uns steht zu vieles. Ich will das hier nicht.

Ich fluche. Am liebsten würde ich abhauen. Sie hierlassen, und ich hätte meinen Job getan. Und ich denke, genau das sollte ich tun.

»Ich hole deine Freundin«, sage ich. »Sie hilft dir.«

»Nein«, murmelt Blair, immer noch mit schielenden Augen. »Bitte, du. Mir ist so ... kalt ... und ich mag es, wenn du ... berührst ...«

Ich presse die Zähne aufeinander und ignoriere die Hitze, die mir in die linke Brust schießt. *Das hast du gerade nicht gehört, Edward. Du hast es einfach nicht gehört. Blair ist deine Feindin, ihr hasst euch, und sie hat es nie gesagt, fertig.*

»Ich werde dich nicht ausziehen, Blair. Das mache ich nicht. Nicht in deinem Zustand, wenn ...« Ich hole tief Luft, weil ich nicht glauben kann, dass diese Situation gerade wirklich stattfindet. »Ich hole deine Freundin und sage ihr, sie soll über Nacht bei dir bleiben.«

Blairs Kopf rollt zur Seite. Ich weiß nicht, ob sie mich verstanden hat, aber ihre Augen sind weiterhin geöffnet. Sie blinzelt sehr, sehr langsam.

Entschieden gehe ich zum Ausgang. Als ich die Tür erreiche, leuchtet etwas daneben auf. Das Display ihres iPads. Automatisch sehe ich hin. Als ich die Meldung ihres persönlichen Newstickers lese, ziehe ich die Brauen zusammen.

Leticia Wolf – seit achtzehn Jahren vermisst. Wie ihre Familie an ihrem Geburtstag an sie denkt und warum sie die Hoffnung nicht aufgibt.

SAY GOOD BYE TO THE LIFE I KNEW

Blair

In einer Woche ist viel passiert.

Ich bin aufgewacht, mit einer verwirrten Lis neben mir, die mich gefragt hat, wieso mein Zimmer aussieht wie das Filmset von Maze Runner. Das Zimmer ist schon so, seit ich im Palast wohne, aber bisher habe ich nie jemanden zu mir reingelassen. Ich habe Schlafkleidung getragen, ohne jegliche Erinnerungen an die Hälfte des vorigen Abends, bis Lis erklärte, Finn hätte mich auf Drogen gesetzt, Edward mich anschließend ins Zimmer getragen, versucht, mich umzuziehen, dann aber abgebrochen und sie geholt.

Edward! Er hat versucht, mich umzuziehen und dann abgebrochen?! Wie viel von mir hat er gesehen?

Aber das ist noch nicht alles. Schlaftrunken habe ich einen Anruf von Feli entgegengenommen, die mir überschwänglich ihre Freude mitgeteilt hat, dass ich mich für die Teilnahme der Show entschieden hätte. »Das ist ja so super, Blair! Wir alle sind uns sooooo sicher, dass du und der King auf Anhieb matchen werdet!«

Als ich aufgelegt habe, war ich noch halb im Traum und völlig neben der Spur. Erst dachte ich, es muss ein Irrtum sein. Es dämmerte mir, als ich gerade auf der Schüssel saß und die Fußbodenheizung meine halb toten Zehen wiederbelebt hat, die ich nachts freigestrampelt und aus den Socken gewurschtelt haben muss.

Ich habe Feli betrunken eine E-Mail geschrieben.

Das war vor genau einer Woche. Ich habe überlegt, ob ich es rückgängig mache, aber Lis hat mir gesagt, ich soll eine Liste erstellen, und schließlich musste ich mir eingestehen, dass die Pros überwiegen:

– *meinem Körper auf die harte Tour beibringen, dass er auf den Mistkerl namens Edward nicht reagieren darf*

– (sehr viel) Geld für jede überstandene Woche
– mediale Aufmerksamkeit und damit Schutz & Sicherheit, falls ich plötzlich verschwinden sollte (aus Gründen)
– virale Reichweite der Show, in der die ganze Welt mich sehen kann (ebenfalls aus Gründen wichtig)

Das ist also der Grund, weshalb ich wie ein Nervenbündel am Tisch im Speisesaal sitze und erwäge, mich in meiner Sojalatte zu ertränken. Einerseits bin ich voller enormer Vorfreude, andererseits habe ich Angst vor der Offenbarung meines Aufenthaltsorts.

»Wann geht's noch mal los?«, fragt Lis, die sich gerade eine Gabel Rührei in den Mund schiebt. »Heute Abend?«

»Viel früher!« Emma wirft ihr einen entrüsteten Seitenblick zu. »Heute Abend ist die *Willkommensshow*! Die geht danach schon online auf Spiderflix. Bis dahin müssen die Prinzessinnen fertig sein.« Mit ihren manikürten Fingern hebt sie die Kaffeetasse mit dem BP-Logo an die Lippen und wendet sich an mich. »Vorher werdet ihr einquartiert, oder?«

Ich nicke. »Im Appartement-Stockwerk der oberen Etagen. Fünf Suiten in einem Wohnraum für die nächsten *zehn* Wochen!«

»Falls du so lange bleibst«, sagt Giu. Er pikt in seinen Pfannkuchen, taucht ihn in Schoggicreme, die seinen Teller *überschwemmt*, und schiebt ihn sich in den Mund. »Irgendwie kann ich mir noch nicht vorstellen, dass du das durchziehst.«

»Willkommen im Club.« Mein Magen rumort. Ich beobachte die Bläschen des Milchschaums in meinem Glas und wünschte, ich könnte genauso platzen – einfach *plopp!*, wie ein Kugelfisch, der zu viel gefressen hat –, damit ich die Nervosität in meinem Körper endlich loswerde.

»Das ist surreal«, murmelt Paola. In den Händen hält sie ihren grünen Tee. »Ich habe dich so kennengelernt, dass du alles geben würdest für ein Ticket in die High Society. Du warst die ganze Zeit heiß auf diese Show. Wieso jetzt so nervös?«

Die Drohungen, denke ich. Die Angst, plötzlich doch nicht das Richtige zu tun, indem ich die Aufmerksamkeit auf mich lenke. Indem ich gesehen werden will. Ja, ich zahle viel Geld für Sicherheit. Ja, das Blackwell Palace ist ein zusätzlicher Schutz. Ja, niemand wird hier reinspazieren und mir etwas antun können. *Aber was, wenn sie doch eine Möglichkeit finden?* Was, wenn mein Plan das Gegenteil von dem bewirkt, was ich erreichen will? Drei Jahre lang dachte ich, Aufmerksamkeit wäre der richtige Weg. Die High Society wäre der richtige Weg. Wenn mich jeder kennt, würde es auffallen, wenn ich nicht mehr da wäre. Wenn jedes Auge dieser Welt verfolgt, was ich tue, kann nichts passieren. Aber jetzt, wo es richtig ernst wird, kriege ich Panik.

»Keine Ahnung«, lüge ich. »Vielleicht Finn. Und diese Schlammschlacht mit Edward. Die Elitemänner sind mir zu anstrengend.«

»Meint ihr, Laxon ist auch so?« Emma sieht zu ihrem Schwarm, dem besten Freund von Charles und Edward Blackwell. Als ich ihrem Blick folge, bemerke ich, dass sie alle drei an einem Tisch sitzen. »Ich kann mir nicht vorstellen, dass Lax so schwierig ist.«

»Er hat dich um den Finger gewickelt, anschließend geghostet und die nächste Möglichkeit genutzt, um mit Isabella Olsen zu vögeln«, entgegnet Lis und hebt eine Braue. »Sag noch mal, du könntest dir nicht vorstellen, dass Lax schwierig ist.«

Theatralisch legt Emma eine Hand an die Stirn und den Kopf in den Nacken. »Vor Liebe geblendet!«

Unabsichtlich gleitet mein Blick wieder zum Tisch der Jungs, und als hätte Edward es gespürt, dreht er den Kopf und sieht mich an. Für den Bruchteil einer Sekunde bohren sich seine hellen Augen in meine, ehe er sich wieder seinem Frühstück widmet. Manchmal kommen sie zum Essen in den Speisesaal, um mit Hierarchien zu brechen. Charles und Lax lachen über irgendetwas, aber Eds Lippen sind zu einer schmalen Linie verzogen, und er starrt den Tisch nieder, als hätte er einen Hass auf ihn. Als wäre das Holzding ich.

Edward hätte mich während meines Absturzes filmen können. Er hätte irgendetwas von mir posten können, 3:2 in der Caption, und die Welt hätte sich über mich lustig gemacht. Aber er hat es nicht getan.

Warum?

»Blair?«

Blinzelnd wende ich mich ab und sehe zu Paola. »Ja?«

»Ich glaube, du musst los.« Sie deutet auf mein Handy, dessen

Bildschirm aufgeleuchtet ist. Darauf steht in einem voreingestellten Remindersticker: AUF IN DIE ARME DEINES KINGS!

Mein Kalender erinnert mich, dass ich mich in den Südflügel begeben muss. Zwölfter Stock. Die oberste Etage des Schlosspalasts, die sich wie eine königliche Empore in Richtung der Berge erhebt. Meine Sachen sind schon gestern abgeholt und hochgebracht worden.

»Okay, also …« Schluckend schiebe ich das nicht angerührte Bircher Müsli von mir, greife nach meiner Tasche und erhebe mich. »Wir sehen uns, ja?«

»Viel Glück!« Giu hebt seine Gabel wie eine Trophäe. »Ich bin mir sicher, der Kerl wird sich sofort in dich verlieben.«

i hope i hope i hope

und i hope i hope i hope dass mir dasselbe mit dem king passiert

»Wir sitzen heute Abend alle zusammen, Spiderflix & Chill, und feuern dich an«, fügt Emma hinzu.

»Obwohl ich das immer noch nicht cool finde«, murmelt Lis. »Nach dem, was mit Finn war, solltest du dich nicht direkt in das nächste HighSo-Abenteuer stürzen.«

Als ich nur die Achseln zucke und mich in Bewegung setze, hält Paola mich am Ellbogen zurück. »Kann ich dich kurz sprechen?«

»Äh, klar.«

Die anderen mustern uns argwöhnisch, weshalb Paola ihren Stuhl zurückschiebt und mich am Pulloverärmel mit sich zieht.

»Alles okay?«, frage ich, weil sie tief durchatmet und nervös wirkt.

»Ja, es ist nur …« Sie beißt sich auf die Unterlippe, sieht sich im Saal um, als würde sie jemanden suchen. »Gib dem Ganzen eine Chance, ja?«

Ich hebe eine Braue. »Dafür machst du so auf geheimnisvoll?«

Sie seufzt. »Brich einfach nicht direkt ab, falls der Kerl dir nach der ersten Begegnung nicht gefällt, okay?«

Verwirrt sehe ich sie an. Paola wirkt hin- und hergerissen, mehr zu sagen, als wüsste sie etwas, von dem ich keine Ahnung habe.

»Wenn es absolut nicht funkt, werde ich dem Typen nichts vorspielen«, entgegne ich.

»Sollst du auch nicht!«, beeilt sie sich zu sagen. »Er wird verstehen, wenn du ihn nicht magst.«

»Was?«

Rote Flecken breiten sich auf ihren Wangen aus. »Egal. Ich meine nur, also … okay, das ist jetzt vielleicht mies von mir, aber nach der Sache, die zwischen uns passiert ist, *bitte* ich dich um diesen Gefallen, Blair.«

»Du machst mir langsam Angst«, sage ich. »Was ist mit diesem Typen? Geht er noch zur Schule? Ist er drogensüchtig? Führt er eine öffentliche Kampagne gegen die gelbe Pokémon-Edition für den Gameboy Color? *Was?*«

»Nein, nichts davon. Glaube ich. Bei Pokémon bin ich mir nicht sicher.«

»Dann ist es zum Scheitern verurteilt«, sage ich. »Aus und vorbei, bevor das Märchen beginnen konnte, weil jemand mein Pikachu killen wollte. Nein, sorry, keine Chance.«

Paola errötet. »Ich meine nur, vielleicht ist er blöd, aber hinter seiner Fassade steckt sehr viel mehr. Stell dir vor, ich hätte Charles abgesägt, weil er nach außen hin so ein Arsch war?« Am Ende des Satzes klettert ihre Stimme eine Oktave höher, und jetzt bin ich sicher, sie verschweigt mir etwas.

»Spuck's aus«, sage ich.

»Was denn?«

»Da ist noch mehr.«

»Nein, wirklich.« Unschuldig hebt sie die Arme. »Keine Ahnung. Ich meine nur, lass dich drauf ein. Manchmal kommt alles anders, als man denkt.«

»Hast du das aus diesem Sprüchekalender, der in der Lobby steht?«

»Tatsächlich ja.«

Einen Moment sehe ich ihr in die Augen, versuche, eine andere Wahrheit zu ergründen. »Natürlich gebe ich ihm eine Chance.« Ich trete einen Schritt zurück. »Ich freue mich auf die Show. Und auf den King. Vielleicht finde ich meinen Seelenverwandten in diesem Casting.«

»Richtig.« Paola strahlt. »Die Mädels drücken dir später die Daumen!«

»Du schaust es nicht?«

Ihr Lächeln erlischt. »Ich, ähm, habe andere Pläne?« Schon wieder dieses Klettern auf der Oktavenleiter.

Ich runzle die Stirn. »Alles gut bei dir?«

»Ja!«, sagt sie sofort, das Strahlen zurück im Gesicht. Kurz drückt sie meine Schulter. »Hab Spaß, ja? Das wird so cool, ich meine, Spiderflix, und du mittendrin, wow, Blair, einfach wow!«

Ich öffne den Mund, weil ich der neugierigste Mensch der Welt bin und noch mal nachhaken will, aber mein Handy hält mich auf.

Der Soundtrack von Pokémon schallt durch den Saal.

Ich will der Allerbeste sein – düdüdüm!

Wie keiner vor mir war – düdüdüm!

Ganz allein schnapp ich sie mir, ich kenne die Gefaaaahr!

Schnell sehe ich aufs Display. Es ist Feli. Wahrscheinlich will sie wissen, wo ich bleibe. Ich hätte vor fünf Minuten im Appartement der Prinzessinnen sein müssen.

POKÉMON!

KOMM SCHNAPP SIE DIR!

Mein Daumen wischt über den Bildschirm und nimmt den Anruf an. »Sorry, bin auf dem Weg!«

Ich setze mich in Bewegung. Noch während ich mir das Handy ans Ohr drücke und Felis Drängen über mich ergehen lasse, dass wir anfangen müssen, weil das Stylingteam auf dem Weg ist, fällt mein Blick auf Edward.

Er hat sich im Sitz zurückgelehnt, nippt an seiner BP-Tasse und sieht mich an. Eine seiner dunklen Brauen wandert weit in die Stirn, und ich erkenne die ironische Frage in seinen hellen Augen, die er stumm durch den Raum wirft. *Pokémon, ja?*

»Fünf Minuten«, würge ich Feli ab, mache auf dem Absatz kehrt und verschwinde aus dem Speisesaal.

Oder aus dem Leben, das ich bis hierhin kannte.

WELCOME TO ELITE, PRINCESS

Blair

Es gibt nur eine einzige Tür auf dem Flur des zwölften Stocks. Sie ist groß, braun, verziert und hat einen goldenen Knauf. Sie sieht aus wie der Eingang ins Jenseits.

Mein Arm ist bleischwer, aber irgendwie gelingt es mir, zu klopfen. Keine Sekunde später wird die Tür aufgerissen, und ich stehe einer hochgewachsenen Frau in elegantem Seiden-Jumpsuit gegenüber. Auf dem Stoff prangt ein Namensschild: Jenna. Von ihr habe ich schon gehört. Sie ist die Produzentin. Jenna hat einen Afro, der ihr hervorragend steht, aber meine Begeisterung über ihr Erscheinungsbild wird im Keim erstickt, als ich ihrem Killerblick begegne.

»Erste Regel, die du dir für diese Show merken solltest: Ich *hasse* es, wenn mein Zeitmanagement durcheinandergerät.«

»Verzeihung«, murmle ich.

Jenna tritt beiseite. Mein Blick fällt in den Raum. Und was ich sehe, erschlägt mich!

Die Suite ist ein Meisterwerk der Extravaganz und Eleganz, das jeden Wunsch nach Luxus erfüllt. Polierter Marmorfußboden, funkelnder Kronleuchter, Stuck über der Designertapete und riesige Fenster.

Mein Blick gleitet über die perfekt gesetzte Deko und teuren Möbel, da erkenne ich sie. Die anderen Prinzessinnen. Die anderen Mädchen sitzen wie zusammengescheuchte Hühner in der opulenten Sitzgruppe. Einige von ihnen starren mich an, andere blicken auf ihre Knie oder die Tasche, die sie umschlungen halten, und knabbern nervös auf ihrer Unterlippe herum.

Dreimal bekommt mein Magen einen Hieb verpasst, denn ich kenne drei von ihnen.

Isabella Olsen, Service, allgemein bekannt als Mädchen, das nichts anbrennen lässt, sitzt eingequetscht neben Kokos-Kora – Gius merkwürdige Ex-Freundin und das Subjekt besessener Begierde von Ignotus, die bei jeder Gelegenheit Kokosschalen auf den Brüsten trägt. Echte Kokosschalen. In allen Variationen bemalt und verschönert. Die beiden starren mich mit einer Mischung aus Entsetzen und Unglaube an.

Aber das ist nicht alles.

Am Ende der burgunderfarbenen Wohnlandschaft, mit aufrechtem Rücken und einer Louis auf den Knien, hat Lena Gerbensteyn ihren diamantengepuderten Hintern gepflanzt.

Lena.

Gerbensteyn.

Was?!

Mir ist die Kinnlade heruntergefallen. Ihre auch. Sie starrt mich an wie eine Aussetzige.

»Du?!« Ihre dunklen Augen sind riesig. »Die haben dich ausgewählt?« Perplex blinzelt sie. »Vögelst du nicht meinen Bruder?«

Bevor ich irgendetwas sagen oder denken kann, spüre ich plötzlich eine zierliche Hand an meinem Rücken. »Hey Blair, schön dich zu sehen.« Ich wende den Kopf und blicke in ein rundliches Gesicht, umrahmt von brünetten Strähnen. Auf ihrem Pulli blitzen die goldenen Buchstaben ihres Namensschilds. *Feli.* »Setz dich erst mal zu den anderen, wir gehen die Regeln aus dem Briefing noch einmal durch.«

Meine Beine sind taub, als ich mich in Bewegung setze. Ich lasse mich am anderen Ende von Lena neben einem Mädchen in Schwitzanzug mit Neonstreifen und breitem Kreuz nieder. Sie sieht aus wie von einer 80er-Party geflohen. Ihre Haare sind pink. An ihrem Hals hat sie ein großes Tattoo. Es verrät allen, dass sie eine *beautyfull tradgedy* ist.

Ich kann nicht aufhören, sie anzustarren.

»Ist was?«, brummt sie.

Ich schüttle den Kopf und wende mich ab.

Die Suite ist riesig. Mehrere Rundbogenwände führen in andere Bereiche des Appartements, die Wände sind ein Traum von Stuck und weißen Holzvertäfelungen, und wie überall im Palast hängen auch hier schwere Messingleuchter von den hohen Decken. Alles in allem fühle ich mich einquartiert wie in King Charles' privatem Flügel.

Häusliches Wohlfühllevel so far: sehr gut.

»Herzlich willkommen in der Elite, meine Damen.« Jenna steht vor der Öffnung der Sitzgruppe, die Fingerspitzen ihrer Hände aneinandergelegt. Erst jetzt bemerke ich die Kameraleute, die wie Ameisen überall herumkrabbeln. Sie filmen noch nicht, aber werkeln an ihren Geräten herum, tuscheln über das Licht, verändern die Positionen der schweren Vorhänge.

Mein Magen kribbelt nervös.

»Nur noch wenige Stunden, und ihr werdet weltweit auf Spiderflix ausgestrahlt«, fährt Jenna fort. »Verabschiedet euch von dem Leben, das ihr bis hierher gekannt habt, denn nach heute Abend wird es nie wieder wie vorher für euch.«

Ich schlucke. Aus dem Augenwinkel erkenne ich, wie sich ein Mädchen mit Kniestrümpfen, hoch geschlossener weißer Bluse und einer Drahtbrille mit riesigen Gläsern panisch umsieht. Ich überlege, ob sie wohl nach einem Fluchtweg sucht.

»Das wird so aufregend«, raune ich der *beautyfull tradgedy* neben mir ins Ohr. »Ich kann kaum erwarten, wer der King ist, und du?«

»Weiß nicht«, entgegnet sie, ehe sie nervöse Blicke über ihre Schulter wirft und den Hals reckt, um in jede Richtung zu luschern. »Glaubst du, wir haben hier Sportmatten?«

»Was?«

»Sportmatten«, wiederholt sie. »Damit ich meinen Chicken Wing üben kann, schon klar, oder?«

»Äh.«

Aber bevor ich entscheiden kann, ob ich wissen will, was sie mit ihrem Chicken Wing meint, spricht Jenna weiter. »In den nächsten zehn Wochen werdet ihr Freundschaften schließen, möglichen Intrigen begegnen, mit außergewöhnlichem Stress konfrontiert werden und, möglicherweise, die Liebe eures Lebens kennenlernen.«

Ein paar Mädchen seufzen verträumt. Andere wie Lena, Kokos-Kora und ein Mädchen in Latzhose und gelben Gummistiefeln sitzen ausdruckslos auf ihren Plätzen.

»Es gibt einige klare Regeln, bei dessen Nichteinhaltung eine sofortige Disqualifikation vom Wettbewerb folgt«, sagt Jenna. Mein

Magen zieht sich zusammen und automatisch setze ich mich aufrechter. Mein Blick klebt an ihren Lippen. »Ihr werdet das Hotel nicht verlassen. Unter keinen Umständen. Die einzigen Aufenthaltsorte, die euch außerhalb dieser Mauern gestattet sind, beschränken sich auf den Innenhof und das Coffee o' Clock. Events und Veranstaltungen werden nur im Zuge der Show besucht, Partys genauso. Die Gefahr, dass ihr von Fans des Kings angegriffen werdet, ist zu hoch.«

Von Fans des Kings angegriffen. O Gott. Wie bekannt mag dieser Typ sein?

»Zweite Regel: Flirtereien, Intimitäten oder Dates während der Teilnahme sind nur mit dem King gestattet. Eine Zuwiderhandlung zeugt von Untreue.«

»Obwohl wir noch nicht mit ihm zusammen sind?«, fragt ein Mädchen mit brauner Haut und hellgrauen Augen. Irgendetwas an ihr kommt mir bekannt vor, aber ich komme nicht drauf. Sie hat die Haare zu zwei französischen Zöpfen geflochten; in ihrer Nase steckt ein goldener Ring. »Ist das nicht ein bisschen heftig?«

»Ihr seid hier, weil ihr sein Herz gewinnen wollt«, entgegnet Jenna. »Damit dankt ihr gedanklich anderen ab. Er soll eure einzige Option sein, solange die Chance besteht, dass er eine von euch erwählt.«

»Aber er darf doch auch mit uns allen rummachen«, erwidert eine in Baggyjogger und 2Pac-T-Shirt. Ihre oberen Strähnen sind zu einem Zopf gebunden, der sich über ihr offenes schwarzes Haar ergießt. »Wäre nur fair, wenn wir uns alle austoben dürften, um herauszufinden, was wir wollen.«

»Wie heißt du?«

»Selma.«

»Gut, Selma.« *Beautyfull tradgedy* beugt sich bedrohlich vor. »Wenn du noch herausfinden musst, ob du andere Schwänze willst, geh doch. Dich hält keiner auf, Schnecke, schon klar, oder?«

2Pac wirft ihr einen vernichtenden Blick zu.

»Es ist nicht gestattet«, sagt Jenna schlicht und geht dann über zum nächsten Punkt. »Die dritte Regel: Gewalt untereinander führt zum sofortigen Ausschluss. Ihr werdet euch nicht körperlich bekriegen, verstanden?«

Alle nicken.

»Schön. Weiter habt ihr unterschrieben, dass die Kameraleute euch zu jeder Zeit filmen dürfen – außerhalb der Badezimmer und eurer Schlafräume, versteht sich. Ihr seid verpflichtet, eine Verschwiegenheitsvereinbarung zu unterzeichnen, über alles, was ihr über den King erfahrt. Solltet ihr während oder nach des Castings private Dinge über sein Leben ausplaudern, wartet eine saftige Geldstrafe auf euch. Außerdem habt ihr euch dazu verpflichtet, für die Teilnahme am Casting eure Arbeitsstellen zu kündigen oder beurlaubt zu werden. Eine Anklage, euch um euren Job gebracht zu haben, falls der King euch abwählt, ist somit erfolglos. Nur damit ihr das im Hinterkopf habt.«

»Was gilt für Influencerinnen?« Ein großes Mädchen mit roten Haaren hat sich in einer nachdenklichen Geste einen zierlichen Finger ans Kinn gelegt. Das Lächeln auf ihren Lippen wirkt unschuldig und süß, aber ich könnte schwören, dass sie das komplette Gegenteil dieser Attribute ist. »Ich bin das Gesicht des sehr bekannten Lifestyle-Accounts @vicfromnewyork. Wird uns erlaubt sein, die Teilnahme am Casting und unser Leben hier auf den sozialen Medien festzuhalten und unsere Follower mitzunehmen?«

»Unbedingt«, sagt Jenna. »Diese Art von Werbung ist willkommen und pusht die Show.«

Die Influencerin nickt. Sie wirkt zufrieden.

»Ihr werdet bitte *pünktlich* zu Events erscheinen«, fügt Jenna hinzu. Dabei ruht ihr ernster Blick eine Weile länger auf mir als auf den anderen. »Die Stylisten dürfen eure Haare machen und euch schminken; falls sie der Meinung sind, färben oder schneiden zu wollen, dürft ihr natürlich ablehnen. Stimmt ihr diesem jedoch zu, sagt ihr damit euer Recht auf eine Anklage ab.«

»Eine Anklage?«, wiederholt Isabella mit gerunzelter Stirn. »Was denn für eine Anklage?«

Jenna öffnet den Mund, aber ich komme ihr zuvor.

»Körperverletzung.« Alle sehen mich an. Meine Kehle brennt und in mir stößt mein Smogmog-Pokémon eine düstere Wolke aus. »Niemand darf euch auf diese Weise anrühren, solange ihr es nicht genehmigt.«

»Woher weißt du, dass das Körperverletzung ist?«, fragt die mit der Latzhose und den gelben Gummistiefeln. »Warst du vor der Show Juristin?«

»Nein, das ist doch Blair«, entgegnet die Influencerin. »Blair Wagner, die schon lange im Hotel arbeitet.«

»Ah, dir gehört dieser TikTok-Account!« *2Pac* deutet mit einem Totenkopfringfinger auf mich. »@blairoderwer.«

»Ach!« Jetzt dreht auch *beautyfull tradgedy* sich zu mir um. Plötzlich hat sie so viel mehr Interesse an mir statt an ihrer Chicken-Wing-Sache. »Du bist das chewing gum!«

»Bitte?«, frage ich.

»Edward Blackwells chewing gum«, erklärt Kokos-Kora. Sie spielt mit ihrem grünen Rastazopf, der als einzige lange Strähne von ihrem Vokuhila abgeht. »Auf TikTok nennen dich alle so, weil er auf dir rumkaut, nur um dich danach auf den Boden zu spucken.«

Mit offenem Mund starre ich sie an. Warum habe ich von diesem Spitznamen nichts mitbekommen? »Wow.«

Niemand interessiert sich mehr dafür, weshalb ich weiß, dass unerlaubtes Haareschneiden eine Körperverletzung ist. Es ist nichts Besonderes. Neben der Tatsache, dass ich Edwards ausgespucktes *chewing gum* bin geradezu unbedeutend.

In der Sitzgruppe bricht aufgeregtes Gemurmel aus.

»Ruhe!«, ruft Jenna, und sofort verstummen alle. Innerlich bin ich ihr dankbar. »Das waren die wichtigsten Regeln. Den Rest könnt ihr im Briefing nachlesen, wann immer ihr wollt.« Sie wirft einen Blick auf ihre Armbanduhr. »Die Stylisten werden in Kürze eintreffen. Bis dahin könnt ihr euch die Schlafräume ansehen, eure Sachen auspacken und ankommen. Fühlt euch wie zu Hause, bedient euch an den Snacks, habt keine Hemmungen.« Jenna wirft ein strahlendes Lächeln in die Runde. »Willkommen in der Elite, Prinzessinnen!«

WHAT ABOUT A CHICKEN WING

Blair

Im Appartement bricht das Chaos aus. Es wird in die Zimmer gerannt, an denen Schilder mit den jeweiligen Namen hängen, ausgepackt, mit offenen Mündern alles bewundert. Ich war noch nicht in meiner Suite, weil ich zu sehr damit beschäftigt bin, die Veredelungen der Wände zu begutachten, die süßen Erkerfenster und den Ausblick in die Berge dahinter. An einer Wand sind in einer Reihe altertümliche Frisiertische aufgereiht, zehn Stück nebeneinander.

Jenna und Feli haben sich in einen hinteren Teil der Suite verzogen, gehen irgendwelche Listen durch und werfen immer wieder ernste Blicke durch die Gegend.

»Und das hier ist die Küche«, höre ich die Influencerin in ihr Handy sprechen. Sie strahlt vor der Kochinsel, hält das iPhone weit von sich und schwenkt es in der Luft, damit alle das extraordinäre Interior der Einbauküche bewundern können – ein Mix aus Regency und hochmodernem Glanz. »Hier werde ich in den nächsten zehn Wochen meine Açai-Bowl zu mir nehmen, mir beibringen, mit dieser Siebträgermaschine eine Matcha herzustellen.«

»Du weißt aber schon, dass ein Matcha nicht mit einer Siebträgermaschine hergestellt wird?«, sage ich.

Sie zuckt die Achseln. »Dann halt lernen, eine Matcha überhaupt erst zu mögen.« Ein übertriebenes Kichern, gefolgt von einer Drehung um die eigene Achse, wobei ihr Handy fast gegen den Kopf von Kokos-Kora schmettert. »Ist das nicht aufregend?«

»Warte mal, Victoria.« *Ah, Victoria also.* An der Wand prangt ein Ganzkörperspiegel in einem reich verzierten Goldrahmen. Davor steht *2Pac* und macht irgendwelche Hip-Hop-Schritte, die Arme hoch, ein Nicken mit dem Kopf, kurzer Moonwalkslide. »Wer sagt denn, dass du die ganzen zehn Wochen bleibst?«

»Ich *bitte* dich, Selma.« Die Influencerin schnaubt. »Wer nicht mit der Einstellung daran geht, das hier zu gewinnen, kann gleich wieder abziehen.« Sie wirft sich eine Strähne über die Schulter. »Mindset ist alles, Süße.«

»Ich finde keine Matten!«, brüllt *beautyfull tradgedy* vom anderen Ende des Appartements, ehe ihre Schritte wutentbrannt über das Parkett trampeln. »Wie soll ich hier meine Wrestlingwürfe trainieren?« Sie kommt in Sicht, die Fäuste in die Hüfte ihres Schwitzanzugs gestemmt, all den Zorn auf mich gerichtet, als wäre ich schuld an ihrem in Zukunft missglückenden Chicken Wing. »Ich brauche Matten, schon klar, oder?«

»Warum guckst du mich so an?«

»Weil du mir sagen sollst, wo ich Matten herkriege!«

»Wieso ich?«

»Weil du in diesem Schloss arbeitest, schon klar, oder?«

»Gearbeitet habe«, korrigiere ich, wobei sich ein schmerzhafter Stich in meiner Magengegend bemerkbar macht. Ich vermisse das Casino schon jetzt. »Ich bin für das hier beurlaubt worden, vergessen?«

»Und wie soll ich bitte trainieren?«

»Keine Ahnung«, entgegne ich, öffne den Kühlschrank und nehme mir eine Cola Zero raus. »Nimm dein Bett?«

»Mein Bett«, wiederholt sie nachdenklich, als wäre diese Idee eine in Erwägung zu ziehende Alternative. Dann blickt sie in die Runde. »Wer schläft mit mir im Zimmer? Die muss mit mir trainieren!«

Das ist die schlimmste Vorstellung meines Lebens.

»… denn wenn ich eins gelernt habe, ihr Lieben, dann, dass ihr immer auf euer Bauchgefühl hören müsst und …«

»Aufs Klo rennen solltet, wenn die Kackwurst kommt!«

»Hey!«

Kokos-Kora ist in Victorias Bild gehüpft und zerstört ihr Live-Video. Jetzt lehnt sie mit ihren Schalen an der Kochinsel, streckt dem Video die Zunge raus (ihr Piercing in Form einer Palme blitzt auf) und fügt hinzu: »Jo, ich bin Kora, @kokoskora, folgt mir alle für geileren Content als ihren Scheiß. Ich zeig euch, wie ihr richtig barzt, ohne dass es in den Lungen brennt!«

»Kannst du das Handy bitte in eine andere Richtung halten?«, sagt eine piepsige Stimme, die ich kaum verstehe, so leise redet sie. Das Mädchen mit der großen Drahtbrille sitzt am Fenster, Anna Karenina im Schoß, und reibt sich nervös den Arm. »Ich will nicht im Bild sein, wenn über so etwas Verruchtes gesprochen wird.«

»Verrucht?«, wiederholt Isabella, schwingt sich über die Sofalehne und stellt sich neben Drahtbrille. »Du findest, kiffen sei verrucht?«

Das Mädchen schiebt seine Brille die Nase hoch. »Ja. Natürlich.«

Isabella starrt es an wie eine außerirdische Erscheinung. »Dann musst du mich für ein Wesen aus der Hölle halten.«

»Setz dich doch woanders hin«, schlägt das Mädchen mit den französischen Zöpfen vor. »Da hinten ist ein Lesesessel.«

»Aber der Erker ist so schön«, nuschelt Drahtbrille.

»Wie kannst du jetzt überhaupt lesen?«, fragt Lena. Es ist das erste Mal, dass sie sich zu Wort meldet, und *fast* hätte ich sie vergessen, weil sie sofort in ihre Suite verschwunden ist. Jetzt kommt sie raus, ungeschminkt, und wirkt im ersten Moment wie ein Geist auf mich. Seit der Sache mit Max trübt ein grauer Schleier ihre Schönheit. Lena schiebt sich neben *2Pac* vor den Spiegel und beginnt damit, ihr porenfreies Gesicht auf nicht vorhandene Unreinheiten zu untersuchen. »Gleich kommen die Stylisten, in wenigen Stunden treffen wir auf den geheimnisvollen King, und du *liest*?«

Drahtbrille zuckt die Achseln.

»Lass sie doch«, sagt das Bauernmädchen, das im Schneidersitz auf dem Boden hockt und eine Yogaübung macht. Dabei trägt es immer noch die gelben Gummistiefel.

»Wieso bist *du* eigentlich hier?«, richtet Selma sich an Lena. »Du warst doch noch mit Max Cordelair zusammen, als die Bewerbungsphase gestartet ist.«

Lena zuckt zusammen. Nur kurz, und ich bezweifle, dass es irgendjemandem außer mir aufgefallen sein könnte, aber trotzdem. Mein geschultes Auge für solche Dinge hat es bemerkt und verstaut diese Beobachtung im Hinterkopf.

»Wurde angefragt, weil eine andere abgesprungen ist«, sagt sie tonlos. »Und ich habe nichts mehr zu verlieren, also why not? Schlimmer wird es nicht.«

»Was, wenn der King Max ist?«, fragt Isabella. »Wenn er das alles geplant hat?«

Ich lache bitter auf. »Als ob.«

Beautyfull tradgedy trampelt wieder zurück, vorbei an der Sitzgruppe und dem Kamin, über den Brokat-Teppich, und ich ahne nichts Schlimmes, während ich meine Dose öffne und dem Zischen lausche, als sie plötzlich vor der Tür einer Suite steht, »*Ha!*« ruft und ich mich an der Cola verschlucke.

Kokos-Kora klopft mir auf den Rücken, bis ich wieder lebe, ein achtes Weltwunder, Halleluja, aber ich heule immer noch, als ich aufsehe. Dann weiß ich nicht mehr, ob wegen der Cola – oder wegen *beautyfull tradgedy*, die mich fokussiert hat und den Mund öffnet, als würde sie mir wieder eine Mattenbeleidigung gegen den Kopf werfen wollen, weil ich nicht ihr Chicken Wing sein kann, in das sie so gern ihre Zähne rammen würde, *schon klar, oder?*

»Okay, ihr Süßen«, höre ich Victoria plötzlich neben mir sagen, das schwankende Handy neben meinem Kopf, »muss Schluss machen und melde mich später.«

»Chewing gum!« *There it is. Beautyfull tradgedy* trampelt ins Wohnzimmer wie ein Rhinozeros, obwohl sie schlanker ist als ich. »Hast du's schon gesehen?«

»Was gesehen?«

»Vic sagt Tschüss for now, das Stylingteam ist gleich da und dann nehme ich euch wieder mit, okay? Bye Bye, Küsschen, Mwah!«

»Du schläfst mit mir!«, brüllt *beautyfull tradgedy*.

»Bitte?«

»Oh, da mach ich mit«, trällert Kokos-Kora. »Eine Weiberorgie. Geil.«

»Ich schlafe mit niemandem.« Und sicher nicht mit einer grammatikalisch inkorrekt tätowierten durchtrainierten Wrestlerin.

»Oh mein Gott, wie das einfach stimmt!« Lena hat der Drahtbrille das Buch entrissen. Drahtbrille versucht, es wiederzubekommen, aber Lena dreht sich weg, um etwas daraus zu zitieren. »*Das Schreckliche ist, dass es unmöglich ist, die Vergangenheit auszurotten. Du kannst es nicht herausreißen, aber du kannst die Erinnerung an sie verbergen.*« Sie sieht über das Buch hinweg. »Ich wusste nicht, dass Bücher so wehtun können!«

»Und ob du mit mir schläfst«, ruft *beautyfull tradgedy.*

»Hä, wieso lädt meine Story nicht hoch?« Die Influencerin streckt ihr iPhone gen Decke, um Empfang zu suchen. »Ich brauche den WLAN-Code!«

In was für einem Irrenhaus bin ich hier gelandet?!

»Wir sind in einem Zimmer!«

»*Was?*«

Die Wrestlerin deutet mit einem Finger auf mich und lüpft die Brauen. »In den nächsten Wochen wirst du mein Wurfopfer, chewing gum.«

Oh. Mein. Gott.

»Was glaubt ihr, wer der King ist?«, fragt Isabella. Sie schnappt sich Anna Karenina aus Lenas Händen und gibt es Drahtbrille zurück, die ihr ein dankbares Lächeln schenkt. »Und aus welchem Land?«

»Vielleicht ein Star«, mutmaßt die mit den geflochtenen Zöpfen. Wieso kommt sie mir so bekannt vor? »Aus den USA. Ein Schauspieler, der verletzt worden ist und jetzt endlich die große Liebe sucht.«

»Oder ein echter Prinz«, überlegt das Bauernmädchen.

Weil ich *beautyfull tradgedys* Blick immer noch auf mir spüre, setze ich mich in Bewegung, an den Kameraleuten vorbei, die inzwischen angefangen haben, uns zu filmen, und laufe die Türen ab, bis ich das Schild mit meinem Namen entdecke und stehen bleibe.

Blair Wagner & Kriss Kross

Stirnrunzelnd drehe ich mich zu ihr um. Sie ist mir auf den Fersen gefolgt. »Du heißt Kriss Kross?«

»Steht da doch.«

»Ja, aber ist das dein richtiger Name?«

»Hä, ja?«

»*Kriss Kross?*«

»Willst du mich verarschen?«

»Das fragst *du* mich?«

»Es ist mein Name«, sagt sie, stößt die Tür auf und deutet ins Zimmer. »Und jetzt sag mir, ob die Matratzenhärte okay für dich ist.«

»Bitte?«

»Wenn sie dir zu hart ist, müssen wir schnell sein.«

»Schnell?«

»Ja, umdisponieren. Eine neue besorgen. Mein Gott, bist du schwer von Begriff. Im Wrestling wärst du eine Niete.« Sie schiebt mich ins Zimmer – ein wahrer Prinzessinnentraum mit altertümlichem Bettpfostenhimmel, Baldachin, Sekretären und Klauenfüßenschränken. Die Wände sind mit rotem Samt bezogen, und der Holzboden ist mit einem dicken Teppich bedeckt. »Teste mal.«

Verwirrt setze ich mich auf die Bettseite, neben der mein rosa XXL-Koffer steht. »Und jetzt?«

»Zu hart?«

»Zum Schlafen?«

»Zum *Werfen.*« Kriss Kross verdreht die Augen. »Ich muss den Chicken Wing üben. Für die Meisterschaft, schon klar, oder?«

»Das war dein Ernst?«

Trocken starrt sie mich an. »Sehe ich aus, als wäre ich lustig, chewing gum?«

»Nein.«

»Danke.« Sie sagt das, als würde sie es ernst meinen.

»Okay, hör zu.« Ich sehe ihr fest in die Augen. »Du wirst mich niemals, unter keinen Umständen, auf dieses Bett schmeißen, verstanden?«

»Auch nicht, wenn du schläfst?«

»*Erst recht nicht*, wenn ich schlafe!«

Sie blinzelt. Stille. Dann …

»Und auf den Boden?«

»Was?«

»Darf ich dich auf den Boden werfen?«

What the …?

Blinzelnd starre ich sie an, als plötzlich Jennas Stimme durch das Appartement tönt, gefolgt von einem scheuchenden Klatschen. »Alles klar, Mädels, herkommen!« Ich höre Schritte, aufgeregtes Quietschen, Räder, die über das Parkett rollen. »Das Stylingteam ist da!«

LIE, PINOCCHIO, LIE

Blair

»Es sind *vier* Prinzessinnen hier, die vorher im Blackwell Palace gelebt haben«, sagt Victoria, als sie vor einem der Frisiertische Platz nimmt. Ein Mann positioniert sich hinter ihr, begutachtet ihre braunen Strähnen und lässt die gesunden Spitzen mit anerkennendem Nicken durch seine Finger gleiten. »Findet ihr nicht, das ist Beschiss?«

»Es ist kein Beschiss«, entgegnet die, die mir so bekannt vorkommt. Die Stylistin ist gerade dabei, ihre dicken schwarzen Zöpfe zu öffnen. Das Mädchen verzieht kurz das Gesicht, als es ziept. »Ich weiß, dass der Ausleseprozess fair war und alle Bewerbungen sorgfältig geprüft worden sind.«

»Und woher weißt *du* das?«, fragt Selma. In ihrem Oversize-Shirt wird sie von dem Frisierstuhl beinahe verschluckt. *2Pacs* Gesicht schwebt knapp über ihrer Mumu. Ich frage mich, ob das Absicht ist.

»Weil meinen Eltern die Streamingplattform gehört«, entgegnet sie schlicht, als hätte sie uns nur verkündet, der Apfelsaft im Smoothie des Bauernmädchens wäre vergammelt.

»Deinen Eltern gehört Spiderflix?«, stößt Isabella neben mir schockiert aus, im selben Moment, in dem ich »Du bist Laxons Schwester?« rufe.

»Ts, ts«, macht mein Stylist, legt die Hände an meine Schläfen und dreht meinen Kopf, der sich sensationsgeil zu dem Zöpfemädchen herumgewirbelt hat, wieder zum Spiegel. »Deine Haare sind ein Traum von Seide«, höre ich ihn hinter mir murmeln, »ich werde nur ein paar Korkenzieher reindrehen, definitiv, oh ja.«

»Also bist du Ambre?«, fragt Kokos-Kora. Im Spiegel erkenne ich, wie ihre Stylistin verzweifelt an ihrem grünen Vokuhila zupft und nicht weiß, was sie tun soll.

»Ladies«, sagt Lena. »Bin ich etwa die Einzige, die das gewusst hat?«

»Nein, ich auch«, sagt Victoria. »Leute, mal im Ernst, lebt ihr hinterm Mond? Ambre spielt die Florence in *Wer wir gestern waren.*«

»Kenne ich nicht«, murmelt Drahtbrille. Sie sitzt auf meiner anderen Seite, rümpft das kleine Näschen und rutscht unruhig auf ihrem Stuhl hin und her, weil unsere beiden Stylisten beraten, ob es klug wäre, ihr einen frecheren Look mit Stufen im Haar zu verpassen, damit sie nicht mehr wie sechzehn aussieht. »Aber ich gucke auch kein Fernsehen.«

»Ich hab's gesehen, ist aber länger her.« Mein Haar wird durchgebürstet, als würden in ihm drei Vogelnester leben. »Sie kam mir von Anfang an bekannt vor. Aber du wohnst in Frankreich, oder?«

Ambre nickt und wendet sich dann Victoria zu, die irgendetwas von ihr wissen will.

»Wie heißt du eigentlich?«, frage ich das Mädchen neben mir.

»Hanna«, sagt Drahtbrille. »Hanna, die wünschte, sie wäre nicht hier.«

»Warum bist du es dann?«

Ihr Gesichtsausdrück verdüstert sich. Ich weiß nicht, ob wegen der Schere, mit der ihr Stylist jetzt auf ihr Haar losgeht, oder wegen meiner Frage. »Weil meine Mutter mich erpresst hat.«

Meine Strähnen werden mit dem Glätteisen eingedreht. »Wie bitte?«

»Ich wurde in Yale angenommen.«

»Was?« Erstaunt sehe ich sie an. Ganz zum Ärger meines Stylisten, der mich sofort wieder zum Spiegel dreht. »Glückwunsch! Also kommst du auch aus den USA?«

»Ja. Aus Boston.«

»Ich bin aus Kalifornien.«

»Ja, ich weiß.« Kurz lächelt sie, ehe sie seufzt. »Mom sagt, ich darf nur gehen, wenn ich vorher diese Erfahrung hier mitnehme.«

»Warum das denn?«, fragt Isabella. Aus dem Augenwinkel erkenne ich, dass ihr braunes Haar zu einem Longbob geschnitten wird. Sie verzieht keine Miene, als wäre ihr alles scheißegal. So kam mir Isabella schon immer vor: unbeschwert, Ich-nehme-alles-mit-was-mir-in-diesem-Leben-begegnet und der pure Inbegriff von

I-don't-give-a-fuck. »Was stimmt nicht mit deiner Mom? Yale wäre mein feuchter Traum.« Sie seufzt verträumt. »Wenn ich nur an all die coolen Filme und Serien denke, die da spielen.«

»Ich glaube manchmal, sie will, dass ich Dinge erlebe, die sie sich selbst für ihr Leben gewünscht hätte«, murmelt Hanna. Sie zögert. »Sind eure Eltern auch so?«

ihre worte treten mir in den magen

»Nö«, entgegnet Isabella. »Die leben in Norwegen, schaufeln den ganzen Tag Blodpudding in sich rein, und die Gedanken meiner Mutter sind viel zu sehr damit beschäftigt, Pläne zu schmieden, wie sie den König um den Finger wickeln und Papa trotzdem behalten kann.« Der erste Schnitt. Ihre langen Haare landen auf dem Boden. Sie zuckt die Achseln, als wäre nichts passiert. »In ihrer Vorstellung leben die drei eine glückliche Dreierbeziehung.«

Rede weiter, denke ich. *Rede immer weiter, Isabella, damit ich nicht antworten muss.*

»Und bei dir?«, fragt Hanna, und meine Hoffnung fällt zu Boden wie ein labbriger Luftballon. »Du bist schon länger im Hotel, oder? Das klingt traumhaft. Niemand da, der sich einmischen kann.«

»Ich ...« Ich schlucke. Mein Stylist löst das Glätteisen, legt es beiseite und stattdessen einen Finger unter mein Kinn, um mein Gesicht in alle Richtungen zu drehen. »Sie, ähm ...«

»Du bist sehr blass«, sagt er. »Konturen sind dringend nötig. Und Rouge, für mehr Farbe.«

»Ich vermisse meine Schwester«, entgegne ich schließlich. »Mit meinen Eltern war es, ähm, das ging eigentlich.«

lüge lüge lüge lüge lüge lüge

lüg pinocchio lüg

»Verstehe«, sagt Hanna.

»Oh, Schätzchen, deine *Augen.*« Das Gesicht meines Stylisten schwebt über mir, während er meinen Kopf in den Nacken gelehnt hat und mich begutachtet wie vor einer Laserbehandlung. »Wie ein Raubtier.« Seine Daumen tippen kurz über meine Haut an den Winkeln. »Sind da Nähte?«

»Warum sollten da Nähte sein?«

»Hast du sie mal anschrägen lassen?«

»Äh, nein?«

»Fox Eyes, meint er«, sagt Victoria. »Machen viele gerade. Ist voll der Trend. Zumindest bei den Influencerinnen. Ich habe auch überlegt, aber nein. Zu viel Schiss vor Entzündungen.«

»Boah, echt, da kann ich ein Lied von singen!« Kriss Kross weigert sich seit zehn Minuten, das Sportband aus ihren Haaren zu entfernen, damit ihre Stylistin sie herrichten kann. »Arbeite um das Band herum«, hat sie die ganze Zeit gesagt. »Das bleibt drin, das bin einfach ich, schon klar, oder?«

»Mein Auge war so hardcore oft entzündet, am häufigsten wegen Knock-out Maneater. Die Alte kann den Crossface einfach nicht. Jedes Mal zerquetscht die mein Auge. Aber glaubt ihr, die wird mal abgemahnt? Nee, doch nicht Knock-out Maneater, auf die sie alle abfahren wie 'ne Dogge auf Pansen.«

»Wieso fahren alle auf sie ab?«, fragt das Bauernmädchen. Sie trägt immer noch ihre Gummistiefel und ist sichtlich angepisst darüber, dass die Stylistin ihre zwei Zöpfe gelöst hat. Jetzt bekommt ihr dunkles Haar honigfarbene Strähnen.

»Weil sie geil ist, Greta!« Kriss Kross hat die Augen geschlossen und lässt ihr Gesicht bepudern. »Knock-out Maneater ist diese klassische Schönheit, ihr wisst schon, Lederkostüm, Netzstrumpfhose, Undercut und lila Palmenzopf.«

»Verstehe«, sagt Kokos-Kora, und sie sieht aus, als täte sie das wirklich.

»Schätze, ich muss meine Definition von klassischer Schönheit überdenken«, murmelt Lena.

»Wenn ihr sie sehen würdet, hättet ihr Ehrfurcht.«

»Wenn ich sie sehen würde, hätte ich Angst.« Ein Konturenpinsel malt Schattierungen auf Victorias Nase. »Ich würde vor dieser lila Palme flüchten, bevor sie mich erstechen kann.«

Ich lache auf. Dabei denke ich daran, wie Lis jetzt die Augen verdrehen würde, wäre sie hier. *Das ist so was von scheiße,* würde sie sagen. *Wie hier versucht wird, eine klassische Schönheit zu definieren. Jede Frau ist auf eigene Weise schön, kapiert? Da gibt es nichts zu verallgemeinern. Typisch, diese Kacke, echt. Geht mir so auf die Eierstöcke.*

»Ich werde deine Augen mit Eyeliner betonen«, sagt mein Stylist. Inzwischen habe ich sein Namensschild entdeckt und herausgefunden, dass er Jorge heißt. »Heute Abend wirst du dem King als wunderschöne Raubkatze gegenübertreten.«

Mein Magen flattert bei seinen Worten. *Dem King gegenübertreten.*

»Glaubt ihr, jede von uns kennt den King?«, frage ich. »Also meint ihr, der ist öffentlich bekannt?«

»Klar«, entgegnet Ambre.

Lena sieht zu ihr. »Weißt du, wer es ist?«

»Nö. Hab meine Eltern ein paarmal ausgequetscht, sogar versucht, ihr Computerpasswort zu knacken, aber keine Chance.«

Isabella seufzt. »Ich wüsste es so gern!«

»Spoiler: Heute Abend weißt du es.« Hanna hält den Blick in ihr Buch gesenkt, und ihr Stylist ist verzweifelt, weil er immer wieder versucht, ihr Gesicht anzuheben, um die Wimperntusche aufzutragen. Hannas Blick scheint jedoch magnetisch von den Seiten angezogen zu werden.

»Aber wenn wir es jetzt schon wüssten, könnten wir unser Makeup darauf abstimmen«, entgegnet Selma. »Vielleicht wäre uns dann klarer, auf was er steht.«

»Richtig«, murmelt Victoria. »So verlieren wir einen Vorsprung.«

»Schwachsinn.« Hanna blättert eine Seite um (*»Oh, Mädchen, bitte heb endlich den Kopf!«).* »Das Einzige, das die Ungeduldigen verlieren, ist Zeit.«

»Hä?«, sagt Kriss Kross. »Versteh ich nicht.«

»Ich auch nicht«, sagt Kokos-Kora.

Greta seufzt. »Warum habe ich das Gefühl, die nächsten Wochen könnten interessant werden?«

»Du sagst es«, entgegnet die Stylistin von Kriss Kross. Sie klingt, als hätte sie längst aufgegeben. »Es wird eine Herausforderung.«

»Es wird lustig!« Jorge klatscht aufgeregt in die Hände und betupft meinen Handrücken dann mit unterschiedlichen Make-up-Tönen. »So viele besondere Persönlichkeiten! Was wird passieren? Eine unerwünschte Liebe? Intrigen untereinander?«

Eine Wrestlerin, die mich killt, weil sie ihren Chicken Wing üben will?

Es wird noch eine Weile spekuliert, wer der King sein könnte. Ambre hält daran fest, dass es Zac Efron sein *muss*, weil er auch mal bei Tinder war und das zeigen würde, wie verzweifelt er nach seiner wahren Liebe sucht, während Kriss Kross glaubt, es könnte Rey Mysterio sein, ein fetter Wrestler und ihr, ich zitiere Hanna, *Subjekt ausgeprägter erotischer, düster-romantisierter Fantasievorstellungen während des Onanierens*; Greta hofft laut Lena auf einen Typen, der bei Bauer sucht Frau war, Selma will Channing Tatum, aber nur, wenn er aussieht wie bei *Step Up*, Isabella ist es egal, sie nimmt jeden, meint sie, und Kokos-Kora betet – sogar mit gefalteten Händen! – im Fünf-Minuten-Takt dafür, dass es der gruselige Frontsänger von Måneskin wird, der mit Kajal und fettigen Haaren. Sie hält daran fest, dass es Gel ist, und ich habe okay gesagt, aber ich glaube ihr nicht.

Ich hoffe, es wird Kay One, der Rapper, aber das sage ich niemandem. Ich stehe seit Jahren auf ihn, und da war mal diese Castingshow, in der er seine Prinzessin gesucht, aber nicht gefunden hat, und jetzt bete ich, er wiederholt das Ganze, weil ich ihn wirklich heiß finde.

»Es wird ein Elevator Boy.« Victoria ist so davon überzeugt, dass sie immer wissentlich lächelt und mit dem Kopf schüttelt, wenn wir andere Vermutungen aufstellen. »Es wird zu hundert Prozent ein Elevator Boy, Mädels. Wenn ich's euch doch sage.«

Ich habe ein bisschen Angst, dass sie recht hat. Immerhin haben die TikTok-Boys, die berühmt geworden sind, weil sie *immer wieder in einen Fahrstuhl gelaufen sind*, jetzt sogar einen Song veröffentlicht. Spoiler Alert: Sie können nicht singen.

Gegen Abend sind wir alle fertig. Jede von uns sieht atemberaubend aus. Kriss Kross strahlt heller als wir alle, weil sie ihr Schweißband im Haar behalten durfte. Ich könnte schwören, dass ich ihre Stylistin in unserer Küche heimlich einen Shot habe kippen sehen, verrate es aber niemandem.

Unsere Kleidersäcke werden geöffnet, und von überall höre ich aufgeregtes Quietschen. Nur Greta mault, sie würde gern ihre Latzhose anbehalten.

»Bereit?«, fragt Jorge mich, der viel zu viel Spaß daran hat, eine Show aus allem zu machen. Seine Finger ziehen am Reißverschluss, aber immer nur ein kleines bisschen. »Bereit, bereit, bereit?«

Ich kichere. »Jetzt mach schon!«

Mit einem Ratschen öffnet er den Sack. Plötzlich habe ich einen roséfarbenen, schulterfreien Chiffontraum vor mir, mit Ärmeln bis zur Armbeuge, zur Hüfte tailliert, danach frei fallend.

Ich atme ein, aber nicht aus.

»Wow«, hauche ich, streiche mit dem Finger über das feste Bustier. »Es ist wunderschön.«

»Und perfekt für meine Raubkatze«, schnurrt Jorge, nimmt das Kleid heraus und reicht es mir. »Zieh es an. Ich binde die Schleife am Rücken fest.«

Manche Mädchen gehen in die Badezimmer, um in ihre Kleider zu schlüpfen, aber ich ziehe mich einfach an Ort und Stelle aus und lasse mir von Jorge helfen, in dieses Wahnsinnsding zu schlüpfen.

Kriss Kross hat auch keine Hemmungen. Ich glaube sogar, sie fühlt sich in Unterwäsche sehr wohl, denn sie schlendert ganz gechillt in die Küche, schnappt sich einen Champagner von der Kochinsel und meint, sie bräuchte einen Moment, damit der Schweiß auf ihrer Haut trocknen könne.

»Vielleicht trägst du nächstes Mal keinen Schweißanzug«, sagt Lena.

»Muss bisschen Wasser rauskriegen.« Kriss kippt den Champagner wie eine Flasche Wasser nach ihrem Kampf. »Für die nächste Meisterschaft will ich eine Gewichtsklasse runter, du weißt schon, wegen Knock-out Maneater.«

»Verstehe«, sagt Kokos-Kora. »Hab sie eben gegoogelt. Könnte auch nicht klar denken, wenn ich gegen sie kämpfen müsste.«

»Kriss, du hast sie nicht mehr alle.« Victoria ist fertig angezogen und sieht in ihrem weinroten Abendkleid aus wie eine Königin, die seit zehn Jahren ein Land regiert. »Schneide ihr die Palme ab, wenn du den Titel willst. Zeig Macht!«

»Influencerinnen«, murmelt Greta und verdreht die Augen. »Ab durch die Wand, ohne Rücksicht auf Verluste.«

»Nein, meine Süße.« Victoria nippt lächelnd an ihrem Champagner. »Eine starke Frau, die weiß, wofür sie kämpft.«

»Okay, es geht los!« Jenna klatscht mehrfach in die Hände, die Kameras wuseln um uns herum, einige von ihnen versuchen, ein letztes Statement von uns zu bekommen. »Wie fühlt ihr euch?«

Die Stylistin beeilt sich, Kriss Kross in ihr Kleid zu zwängen, deshalb kommt ihr »bestens, hätten wir Sportmatten!« nur gedämpft bei uns an. Die anderen murmeln *super, nervös* und *weiß nicht*, andere, wie Hanna und Greta, stehen nur ausdruckslos da wie dekorative Anziehpuppen.

Ich bin eine von denen, die *nervös* haucht, dabei aber strahlt wie ein Kind an Weihnachten. Ich spüre meine Grübchen, so tief bohren sie sich in meine Wangen. Das wird der Wahnsinn. Heute wird der beste Abend meines Lebens. Endlich bekomme ich die Chance auf das, was ich mir immer gewünscht habe. Ein Leben in der High Society – und die große Liebe.

»Okay, perfekt«, sagt Jenna. »Wir werden nun durch einen verborgenen Gang zum Salon gehen. Der Bereich vor der Tür ist abgesperrt, aber seid vorbereitet, dass sich Schaulustige dort versammelt haben, ja?«

Von uns kommt ein kollektives »Okay«, während Hanna aussieht, als müsste sie jeden Moment kotzen, und Greta verärgert »*Schaulustige?*« wiederholt.

Weiß sie überhaupt, worauf sie sich hier eingelassen hat?

»Gut, dann«, Jenna lächelt ein breites Zahnpastalächeln, »auf in euer neues Leben!«

Wir laufen in unseren Abendkleidern wie Mädchen zu ihrem Debütantinnenball. Kaum eine von uns spricht ein Wort. Nur Kokos-Kora. Sie betet immer noch. »Bitte, Jesus, lass es Damiano David sein. Lass es den Måneskin-Frontsänger sein, wenn du mich je geliebt hast. Komm schon, Jesus, mach mich stolz, ja?«

»Also, wenn der es wird, bin ich weg«, höre ich Victoria sagen. »Vor dem habe ich Angst.«

»Ich finde den gut«, sagt Kriss Kross. »Erinnert mich an Tokio Hotel, und die fand ich auch geil.«

Hannas Gesicht läuft gräulich an. Ich versuche, mir dieses zierliche Nerdmädchen neben dem Rocker vorzustellen, aber es gelingt mir nicht.

Ich will es nicht laut aussprechen, aber ich wäre auch weg. Ganz egal, was ich Paola versprochen habe. Ich stehe nicht auf Goth.

Der Dienstbotengang endet, wir betreten den Seitenbereich der Lobby, und plötzlich werde ich geblendet. Von so viel Licht, so viel goldenen Tönen, den roten Absperrkordeln und stämmigen Securitys, aber am allermeisten von der Masse an Menschen, die sich versammelt hat und uns angeiert. Sie jubeln, manche strecken ihre Hände nach uns aus, fast alle machen Fotos oder Videos mit ihren Handys.

»O Gott«, murmelt Greta. Hanna klammert sich an ihrem Arm fest. Die Arme wird fast ohnmächtig.

Victoria winkt allen strahlend zu, beugt sich über die Kordel, um Fotos zu machen, und auch Selma fühlt sich pudelwohl. Unsere *beautyfull tradgedy* lacht bellend, jedes Mal, wenn sie einen klatschenden High Five gibt, Lena ist mit der Hälfte der Leute befreundet und beantwortet die häufigste Frage, was Max wohl sagen wird, wenn er das sieht, mit einer wegwerfenden Handbewegung und den Worten, er könne Bernd das Brot den Arsch lecken, jucke sie doch nicht.

Ambre ist am beliebtesten. Die meisten kennen sie aus ihren Serien und kreischen sich die Kehle wund. Ein paar Leute heulen, als sie sie sehen.

Isabella, Kokos-Kora und ich halten uns bedeckt, erwidern hin und wieder ein Lächeln, behalten aber hauptsächlich die verheißungsvolle Tür im Blick.

Die Kameras ebenfalls.

Jenna stellt sich daneben und umfasst den goldenen Türknauf.

Mein Herz pumpt wild in meiner Brust. Ich spüre es bis in den Hals. Hinter dieser Tür wartet der King. Hinter ihr wartet vielleicht die große Liebe meines Lebens.

»Vergesst nicht«, sagt Jenna mit ernstem Blick, »positioniert euch auf der Treppe in einer Reihe, wie es im Briefing stand und wir oben durchgegangen sind.«

Wir nicken.

»Die Reihenfolge ist euch bewusst?«

Wieder nicken wir alle. Stellen uns in eine Reihe, Victoria die Erste, ich die Letzte. Drinnen werden wir in einem Y auseinandertreten, uns in eine Reihe stellen und dann von innen anfangen, die Treppe zum King hinunterzuschreiten, wenn wir das Signal vom Kameramann bekommen.

»Ich bin so aufgeregt!«, flüstert Isabella vor mir.

»Ich auch«, murmle ich zurück. Schwindel legt sich über mich. Ein nervöser Nebel, der meine Glieder weich werden lässt.

Dann öffnet sich die Tür. Scheinwerfer strahlen in unsere Richtung. Ich achte auf meine Füße, trete ein, schere nach rechts aus, um meine Position einzunehmen, sehe gar nichts, *nichts*, weil alles blendet und ich so nervös bin, lila Wolken wie Knock-out Maneaters Palme, gehe weiter, ich höre die anderen Mädchen keuchen, wende den Blick, zum King, gehe weiter, fokussiere ihn, glaube, mich versehen zu haben oder zu halluzinieren, denn das *kann nicht sein*, kann es einfach nicht, und …

renne gegen die Wand.

BLAIR WAGNER, DARKEST OF PRINCESSES

Blair

Ein scharfer Schmerz zuckt durch meinen Kopf. Schwankend presse ich mir eine Hand an die Schläfe, als plötzlich jemand nach mir greift und mich in die Formation rückt.

»Für die Clips können wir das schneiden«, flüstert eine männliche Stimme. Er versucht tatsächlich, beruhigend zu klingen. Ernsthaft? *Für die Clips können wir das schneiden*? Niemanden interessiert, dass ich mir gerade eine halbe Gehirnerschütterung zugezogen habe. Das Einzige, was zählt, ist die Show. »Nimm die Hand aus dem Gesicht, Mädchen. Wir sind live.«

Ganz langsam lasse ich den Arm sinken und öffne die vor Schmerz zugekniffenen Augen. Und da sehe ich es.

Das ganze Ausmaß dieser Katastrophe.

Mein Hirn erlitt keine Halluzination.

Ich bin gegen eine Wand gerannt, weil das, was ich gesehen habe, keine Illusion war.

Dort unten, am anderen Ende des Salons und auf einem gold verzierten, aufwendig geschnitzten Thron, sitzt nicht Kay One.

Es ist Edward Blackwell.

Nein, denke ich. *Nein, nein, nein!*

Bitte nicht.

Bitte, Jesus, tu mir das nicht an.

Gib mir den Måneskin-Frontsänger. Ich flehe dich an, hol ihn her und gib ihn mir. Ich werde nicht maulen. Ich werde ihm die Füße küssen, das schwöre ich. Alles, *jeder*, nur nicht Edward.

Aber er bleibt da. In seiner Jeansjacke, Ankle-Hose und Docs. Er sieht aus wie ein König, der nachts heimlich in den Straßen rebelliert.

»Wow«, haucht Isabella neben mir. »Das hätte ich nicht erwartet.«

Ich auch nicht, meine Liebe. Ich auch nicht.

Alle sehen mit geweiteten Augen zu Edward hinab, einigen steht der Mund offen, denn *niemand* hat mit ihm gerechnet. Nicht nach dem, was das ganze letzte Jahr über mit April war. Nicht nachdem längst alle Welt weiß, dass Edward keine Beziehungen führt. Er ist derjenige, der sie *zerstört.*

Sogar Kriss Kross scheint es die Sprache verschlagen zu haben.

Und Edward …

Wer den Bachelor gesehen hat, sollte meinen, es wäre seine Aufgabe, allen Prinzessinnen ein so herzliches Willkommenslächeln zu schenken, dass ihre Slips in Sekundenschnelle feucht werden lässt. Aber nein. Da unten herrscht Trockendürre, denn er sieht zu mir.

Ausschließlich zu mir.

Und er wirkt genauso schockiert wie ich. Seine Züge sind entgleist. Ich kann deutlich erkennen, dass er schluckt, und seine Finger krallen sich an den Lehnen des Throns fest wie an einem Rettungsring.

Mein Gott, Edward.

Warum du? *Warum?*

Und warum *ich?*

Felis Worte kommen mir in den Sinn. *Ihr werdet so gut matchen, das wird fabelhaft.* Ja, klar. Will sie mich verarschen? Jetzt kann sie mir nichts mehr vormachen. Die haben mich extra ausgewählt, weil sie *wussten*, dass die Schlammschlacht zwischen uns alles interessanter machen würde. Höhere Einschaltquoten, stärkeres Interesse.

Aber Feli lag falsch.

Edward und ich, wir matchen nicht.

Edward und ich, wir *hassen* uns.

Ruckartig wende ich den Kopf ab, weil ich seinem sengenden Blick nicht standhalten kann, als ich plötzlich zum zweiten Mal in wenigen Minuten von einer Überraschung getroffen werde.

Dort an der Wand, neben Charles und Jake Blackwell, sitzt Paola. Die drei hocken da als wären sie die Königsfamilie, die ihrem verlorenen Sohn stolz bei seiner Vermählung zusieht. Schlagartig wird mir klar, was dieser Auftritt heute Morgen im Speisesaal sollte.

Ich meine nur, lass dich drauf ein.

Manchmal kommt alles anders als man denkt.

Vorwurfsvoll presse ich die Lippen zusammen, während sie entschuldigend den Mund verzieht. *Ich werde dich umbringen*, gebe ich ihr stumm zu verstehen. *Tut mir leid*, scheinen ihre Augen zu sagen, und dann ein verlegenes Achselzucken. *Ich durfte nichts sagen.*

Der Moment wird unterbrochen, als Selma sich als Erste in Bewegung setzt und die Stufen herunterschreitet. Es dauert fast die halbe Treppe, bis Edward den Blick von mir nimmt und zu ihr sieht. Schwer zu sagen, was er denkt. Sein Ausdruck ist leer.

Seine kühle Maske ist zurück.

Edward steht auf, kurz bevor Selma ihn erreicht. Dann nimmt er ihre Hand in seine und haucht einen zarten Kuss auf die Knöchel.

Ein kollektives Seufzen bricht in unserer Reihe aus.

Ich bin die Einzige, die fast kotzen muss.

Na ja, vielleicht noch Hanna. Wir sind jetzt Verbündete, glaube ich. Auch gegen einen Chicken Wing von *beautyfull tradgedy* hätte ich jetzt nichts mehr einzuwenden. Vielleicht sterben dabei ein paar Erinnerungen an diesen Moment.

Edward hebt eine der zehn Tiaras von dem Tisch neben sich. Jede besitzt Strass-Steine in unterschiedlichen Farben. Zehn Diamanten fehlen jedoch. Das sind die Steine, die wir am Ende jeder Woche hoffen zu bekommen.

Selmas Tiara ist blau. Lächelnd setzt er sie ihr auf das schwarze Haar. *Wenn er wüsste, dass sie vorhin noch 2Pac auf der Mumu hatte …*

Strahlend rauscht Selma durch die Seitentür in den anderen Raum, in dem später unser Get-together stattfinden soll.

Wieder krampft mein Magen. Auf dieses Treffen habe ich mich so gefreut, habe mir ganze Dialoge ausgetüftelt, Gespräche überlegt, die ich mit dem King führen kann, und jetzt war alles umsonst. Die Zeiten, in denen Edward und ich reden konnten, sind längst vorbei. Alles, was wir noch können, ist streiten und uns öffentlich bekriegen. In mir kriecht Wehmut hoch, als mir bewusst wird, dass es das jetzt war. Meine Hoffnung auf einen Seelenverwandten ist geplatzt.

Einfach so.

Victoria ist die Nächste, und Edwards Augen blitzen auf, als sie sich ihm nähert. Natürlich. Victoria ist groß, wunderschön und makellos: Sie passt genau in Edwards Beuteschema.

Als sie ihn erreicht, macht sie einen Knicks.

Wirklich.

Victoria macht einen *verdammten Knicks* vor dem unheiligsten Sünder dieser Weltgeschichte.

kotz kotz kotz

Fast glaube ich, Hanna empört schnauben zu hören. Ich verstehe das. Immer, wenn sie jetzt ihre dicken Wälzer von 1800 liest, muss sie Victoria vor Augen haben, die vor Edward Blackwell, *hust*, knickst.

Er überreicht ihr die goldene Tiara.

Natürlich.

Als Nächstes ist Kokos-Kora an der Reihe. Edwards Augen weiten sich. Er kennt sie. Jeder im Blackwell Palace kennt Kokos-Kora. Sie ist eine Legende, der personifizierte Inbegriff von Rave, sie ist die Person, die eine mittelmäßige Party zu einem *Fuck, Alter, was für eine kranke Scheiße ging da gestern noch ab?* am nächsten Morgen verwandelt.

Kokos-Kora ist vieles, aber sicher niemand, die Edward hier erwartet hätte.

Er begrüßt sie nicht mit einem Handkuss. Er lacht, weil auch sie lacht. Sie wirft ihm die Hand auf die Schulter, lacht noch heftiger, er auch, und das ist abgefahren, weil sie sich dabei an ihrem Menthol-Ricola verschluckt und heftig hustet, Edward ihr auf den Rücken schlägt, bis ihr das Bonbon aus der Kehle fliegt und samt Sabberspur über den Boden schleudert wie eine Schnecke auf einer Slidingbahn.

Der Kameramann sagt: »In den Clips später schneiden wir das raus.«

Edward gibt ihr die grüne Tiara. Wie ihr Vokuhila und wie das Ricola.

Greta kriegt die braune Tiara. Ich frage mich, ob Edward weiß, dass sie das Bauernmädchen ist. Jedenfalls wirkt Greta seit der Offenbarung des Kings weitaus zufriedener als vorher. Vielleicht hat die Sache mit Måneskin ihr Angst gemacht.

Kriss Kross schreitet die Treppe nicht herunter, nein, sie *rennt*. Es ist ein Spektakel: Die *beautyfull tradgedy* stürmt durch den Salon, einen Arm nach hinten gezogen, als würde sie einen Energieball sammeln, die stampfenden Heels klack-klack-klackern über das Parkett.

»Oh, mon dieu!«, murmelt Ambre.

Das wird ein waschechtes Ka-me-ha-me-ha, denke ich. *Giulianos Schweinchen Son Gohan wäre stolz auf sie.*

Plötzlich wirft Kriss Kross sich in ihrem Kleid vor Edward auf den Boden, ruft »Body Slam, *whuaaah!*«, springt wieder auf die Beine und macht eine seltsame Bewegung mit dem Kopf, wie ein Kerl, der einen anderen zu einer Schlägerei herausfordern will.

Edward starrt sie an. Er blinzelt, starrt weiter.

»Ich bin Kriss«, brüllt sie. Ich sehe Spucketröpfchen. »Kriss Kross! Vor keinem Kampf schrecke ich zurück, und schon gar nicht vor dem Kampf um dein Herz!«

Ich höre den Kameramann. »In den Clips später schneiden wir das raus.«

Entweder wirkt Edward verstört oder fasziniert. Ich kann es nicht einordnen. Jedenfalls hat er den linken Mundwinkel zu diesem Grinsen verzogen, auf das jede Frau reagiert. »Schön, dich kennenzulernen, Kriss.« Er überreicht ihr die rote Tiara. Rot wie Gefahr. Aber auch rot wie die Leidenschaft. Edward steht auf Adrenalin. Er steht auf verrückte Mädchen. Und es besteht die realistische Wahrscheinlichkeit, dass sie in sein Beuteschema passt.

Er setzt ihr das Glitzerding auf, sie boxt ihm grinsend gegen die Schulter und die Nächste schreitet die Treppe runter.

Ambre.

In ihrem cremefarbenen Kleid, das sich beinahe anbetungswürdig an ihre braune Haut schmiegt, wirkt sie wie eine Göttin. Wie Aphrodite.

Edward wird ruhig, als sie sich ihm nähert. Das ist sein Gefahrenmodus. Gefahr für sein Herz. Seinen Verstand. Uns ist allen klar, dass Ambre Männer innerhalb von Millisekunden um den Finger wickeln könnte.

»Hallo, Schönheit«, raunt er, ehe er auch ihren Fingerknöcheln einen Kuss schenkt.

Passend zu ihrem Schmuck, zu ihren grauen Augen, die denen ihres Bruders so ähnlich sind, erhält sie die silberne Tiara.

Während Hannas Weg mache ich mir Sorgen, dass sie ohnmächtig wird. Ich höre schon den angehaltenen Atem des Kameramanns hinter mir, darauf gefasst, seinen routinierten Satz zu bringen, aber das Mädchen mit der Drahtbrille schafft es.

Sie ist fast zwei Köpfe kleiner als Edward. Er mustert sie einen Augenblick, runzelt die Stirn und sieht zweimal von ihr zu Paola und zurück.

Ja, denke ich. *Mir fällt die Ähnlichkeit auch auf.*

Schließlich bekommt Hanna die gelbe Tiara. Gelb für rein. Gelb für unschuldig. Gelb für lieb.

Als Lena die Treppe herunterschreitet, werde ich unruhig. Nur noch Isabella und ich sind übrig. In meinem Magen bricht ein Krieg aus.

Edward lacht laut auf, als Lena ihn erreicht. »Ernsthaft, Gerbensteyn?«

»Er soll bluten«, antwortet sie. »Dieser Wichser.«

Der Kameramann sagt: »In den Clips später schneiden wir das raus.«

Lena bekommt eine weiße Tiara. Weiß für farblos, weil keine Chance.

»Oh, Scheiße, ich kann das nicht«, keucht Isabella. »Fuck, ich habe schon mit ihm geschlafen, ist das seltsam!«

Etwas in mir rumort bei ihren Worten.

Sie holt tief Luft, reckt das Kinn und setzt sich in Bewegung. Edward begrüßt sie mit einem breiten Grinsen. »Welch Freude«, raunt er. »Die schöne Isabella Olsen.« Er beugt sich vor, um ihr etwas ins Ohr zu flüstern, und Isabella wird schlagartig rot. Dann gibt sie ein süßes Kichern von sich.

Sie bekommt die roséfarbene Tiara.

Ich bin die Letzte.

ich stehe in der mitte der treppe zwischen mir und edward ein gewaltiger ozean den ich nicht überqueren will die ungeheuer warten nur darauf mich zu verschlingen eins von ihnen hat sich hinter meiner brust eingenistet ein angriffslustiger hai der wild gegen meine rippen schlägt

Isabella verschwindet hinter der Tür, und ich weiß, ich muss mich in Bewegung setzen. Aber ich kann nicht. Meine Beine sind wie gelähmt.

Edward und ich starren uns gegenseitig nieder.

Wehe, du kommst her, scheint er zu sagen.

Wehe, ich muss zu dir kommen, gebe ich zurück.

»Signorina Wagner«, zischt Jenna aus der Produktionsecke. »Los!«

Geld, sage ich mir. *Hierfür gibt es Geld, Blair. Viel, viel Geld, mit dem du in Sicherheit bleibst. Das du brauchst, um in Sicherheit zu bleiben. Du schaffst das. Übersteh die Runden, blende Edward aus, fertig.*

Schluckend schreite ich die Treppe hinab. Das Klackern meiner Absätze hallt laut von den hohen Wänden wider. Ich spüre alle Blicke brennend auf mir, Paolas, Charles, Jakes, die Kameras, Edwards.

Mein Kleid ist viel zu schön für das hier.

Meine Freude war viel zu maßlos für das hier.

Meine Hoffnung war viel zu groß für das hier.

Noch fünf Meter. Edward presst die Lippen zusammen.

Noch vier. Der Hai in meiner Brust erreicht meinen Hals.

Noch drei. Edward sieht weg, über meine Schulter, wirkt angepisst.

Noch zwei. In meinem Kopf blitzt ein merkwürdiges Bild auf; Edward, der mich durch die Flure des Hotels trägt, mich sanft auf meinem Bett ablegt und die Fenster schließen will, damit ich nicht friere. Was für eine lächerliche Wunschvorstellung.

Noch einer. Er sieht mich wieder an. Kurz verrutscht sein Zorn, geöffnete Tore in seinen Augen, und ich erkenne ein Piano neben einer Harfe, höre *Easy On Me* von Adele im Bariton und Mezzosopran.

Ein halber Meter. Ich bleibe stehen.

Ich weiß nicht, ob mein Herz lauter ist oder seins.

So ist das mit uns. Immer im Wettkampf, er und ich.

»Wagner«, zischt er.

»Blackwell«, entgegne ich.

»Du solltest nicht hier sein.«

»Ich bin überall, wo sich Geld verdienen lässt.«

Er schnaubt. »Steig aus.«

»Ich denk gar nicht dran.«

»Wenn du nicht gehst, kick ich dich.«

»Mach doch. Geht erst nächste Woche.«

»Das Geld einer Woche ist dir so wichtig, dass du dir das antun willst?«

Du hast ja keine Ahnung, Blackwell.

Edward merkt genau wie ich, dass die Kameraleute unruhig werden. Sie kommen näher, werfen sich nervöse Blicke zu.

Edward stößt die Luft aus und richtet sich auf. In seinem Gesicht erscheint ein Lächeln so falsch wie Schnee im Sommer. »Wie schön, dass du dabei bist«, presst er laut zwischen den Zähnen hervor. »Und was für ein hübsches Kleid.«

»Danke«, gebe ich bittersüß zurück.

Er nimmt die letzte Tiara vom Tisch. Mir ist sofort klar, dass er sie bis zum Schluss aufbewahrt hat. Von dem Moment an, in dem er mich gesehen hat, in dem ich gegen die Wand gerannt bin, wusste Edward es. Er wusste, dass ich die schwarze Krone bekommen werde.

Schwarz wie hoffnungslos. Schwarz wie weiß, wie farblos, weil keine Chance. Schwarz wie das Nichts, das zwischen uns lebt.

Meine Kopfhaut prickelt, als er die Tiara in mein Haar schiebt. Die dunklen Steine verhöhnen mein helles Haar, nehmen mich in Besitz und verleihen mir eine Aura, in die Edward mich gehüllt hat.

Das Gewicht der Krone ist fast so schwer wie der Druck auf meiner Brust, als ich mich erhobenen Hauptes abwende und die Tür zum Nebenzimmer ansteuere. Ich höre meine Hoffnung am Boden zersplittern und sehe die einzelnen Teilchen irreparabel im eisigen Nebel verschwinden.

Blair Wagner, die dunkle Königin.

HOW CAN I GO ON, PRETENDING DAY BY DAY?

Blair

Im Nebenraum werde ich von neun kichernden Frauen und einem weiteren Kamerateam empfangen. Es gibt ein Büfett mit Champagnerpyramide und Häppchen, die Sandsteinwände sind mit Blüten in den Farben unserer Kronen geschmückt, und ein angenehmer Schleier klassischer Klänge legt sich über uns. Die Tür fällt hinter mir ins Schloss, sperrt Edward aus, und sofort fühle ich mich besser. Erleichtert sacken meine Schultern hinab, als Victoria mich auch schon zu den anderen zieht.

»Oh mein Gott, er hat dir die schwarze Krone gegeben!« Ihre Kinnlade fällt herab. »Die sieht *so* edel aus!«

»Aber deine doch auch.« Ich stoße gegen Kriss Kross, die steinhart wie ein Fels ist, und wünschte, wenigstens würde diese bescheuerte Krone runterfallen und kaputtgehen, aber nein. Das Ding bleibt, wo es ist. »Du bist gold. Viel edler als schwarz.«

»Meinst du?« Victorias Augen funkeln entzückt. »Glaubst du, er hat sich bei der Auswahl etwas gedacht?«

Natürlich. Ich bin farblos. Ich bin nichts. *Natürlich* hat er sich dabei etwas gedacht. »Kann sein.«

Isabella seufzt. »Diese Enthüllung hätte nicht besser sein können.«

»Doch«, murmle ich. »Wenn Kay One auf diesem Thron gesessen hätte.«

»Kay One?« Isabella sieht mich an, als wäre ich gerade zum Alien mutiert. »Du stellst einen *Rapper* über Edward?«

»Nicht irgendeinen Rapper«, nuschle ich. »Nur Kay One.«

»Du stehst auf den?« Auch Greta wirkt entsetzt. »Weißt du, was für ein Bad Boy das ist?«

Ich lache laut auf. »Edward nicht?«

»Zugegeben, ich war auch erst enttäuscht, als es nicht mein Måneskin-Sänger war …« Kokos-Kora pustet sich die grünen Fransen aus der Stirn. »Aber als er mir dann wegen des Ricolas auf den Rücken geklopft hat, dachte ich, in ihm muss mehr stecken. Ich meine, wie süß war das?«

»Also ich war von der ersten Sekunde an überglücklich«, entgegnet Victoria in der Mitte der Prinzessinnentraube. Auf ihren Wangen schimmert eine leichte Röte, entweder vom Champagner, der Hitze, ihrem Rouge oder wegen Edward. »Er übertrifft alle meine Erwartungen.«

»Meine nicht«, murrt Lena. »Ich kenne ihn seit dem Kleinkindalter.« Sie verzieht das Gesicht. »Er ist kein Beziehungstyp, sondern der Beziehungskiller.«

»Dann steig aus«, sagt Selma. »Bessere Chancen für uns.«

»Nie im Leben.« Lena rümpft die Nase. »Max soll leiden für das, was er mir angetan hat. Und Edward ärgert ihn von allen wohl am meisten.«

»Was, wenn Edward sich in dich verliebt?«, fragt Ambre. »Du würdest mit seinen Gefühlen spielen.«

Lena lacht auf. »Edward wäre der Letzte, der sich in mich verlieben würde.« Nachdenklich zieht sie die Brauen zusammen. »Ich bezweifle, dass er sich *überhaupt* verlieben wird.«

Ich auch, aber das sage ich nicht.

»Also willst du behaupten, niemand von uns hat eine Chance?« Das Bauernmädchen, Greta. Scheinbar liege ich mit meiner Vermutung richtig: Seit sie weiß, dass es sich bei dem King um Edward handelt, ist sie all in. »Dass wir gleich alle wieder nach Hause fahren könnten?«

Lena zuckt die Achseln. »Ihr könnt ja auf ein Wunder hoffen, aber …«

»Nichts ist unmöglich«, sagt Kokos-Kora und zieht ein Stück Schweizer Käse von einem Spieß in den Mund. »Er war schon einmal verliebt, oder nicht?«

»Aber das war *April*«, entgegnet Lena, als würde das alles erklären. »Niemand von euch ist wie April.«

»Vielleicht ist er bereit, nach vorn zu schauen«, überlegt Ambre. Ihre Stimme besitzt diesen beruhigenden Ton, dem ich stundenlang zuhören könnte. »Ich denke nicht, dass er diese Show angezettelt hätte, wenn er es nicht wirklich versuchen wollen würde.«

Ich quittiere ihren Satz mit einem Grunzen, woraufhin mir Champagner durch die Nase spritzt. Anneli wäre stolz auf diese Spülung.

Alle sehen mich an.

»Sorry, aber«, ich wische mir über die Nase, »ich glaube, Edward zettelt einiges an, ohne vorher darüber nachzudenken.«

»Wenigstens eine, die kapiert hat, wie er tickt«, sagt Lena. »Auch wenn ich glaube, dass deine Chancen ebenfalls gen Null laufen, Blair. Nichts für ungut.«

Niemand widerspricht. Es macht den Anschein, dass fast alle hier mitbekommen haben, wie wir uns in den letzten Wochen öffentlich bekriegt haben.

Eine Weile nippen wir stumm an unseren Champagnergläsern. Einige blicken immer wieder nervös zur Tür, darauf wartend, dass Edward endlich zu uns stoßen wird.

»Ich finde es fies, dass Isabella einen Vorsprung hat«, kommt es plötzlich von Victoria. »Spiderflix hätte sie nicht auswählen dürfen.«

Isabella runzelt die Stirn. »Und warum?«

»Da lief doch schon was.« Victoria überprüft ihr Make-up in einem Handspiegel, ehe sie hinzufügt: »Ein paarmal hat @xoxogossipgirl über dich gebracht, dass du mit ihm gesichtet worden bist.«

Isabella wird rot. »Und was ist schlimm daran?«

»Du hast bessere Chancen.« Zu unserer aller Überraschung ist es Hanna, die antwortet. Sie ist die Einzige, die nicht mit in unserem Kreis steht, sondern in einem Ohrensessel neben einem Bücherregal versunken ist und vergilbte Seiten durchblättert. Ohne aufzublicken, zuckt sie die Achseln. »Nicht, dass es mich interessieren würde.«

»Der Meinung bin ich auch«, sagt Selma. Sie überprüft den Sitz ihrer Tiara, bevor sie Isabella anfunkelt. »Eigentlich müsstest du disqualifiziert werden.«

»Määäädels, jetzt bleibt mal auf dem Teppich.« Kriss Kross kippt einen giftgrünen Shot herunter, knallt ihn aufs Büfett und schnappt sich eine Serviette, um sich lauthals die Nase zu schnauben. Danach zerknüllt sie die Serviette in der Hand und lässt sie einfach dort. »Wir haben alle die gleichen Chancen bei unserer sexy Schnitte, okay? Mit Isabella hatte er was, schön, aber kann doch sein, dass ihn Neues mehr reizt?«

»Danke«, murrt Isabella.

»Sorry, aber ist so. Kann niemand wissen.« Ihre Lippen verziehen sich zu einem anzüglichen Grinsen. »Ich für meinen Teil glaube, zwischen uns hat es da draußen stärker geknistert als ein Magic Lollipop, schon klar, oder?«

»Mais qu'est-ce qu'un Magic Lollipop?«, fragt Ambre.

»Diese Dinger, die auf der Zunge prickeln«, erkläre ich.

»Die sind geil«, sagt Kokos-Kora. »Aber richtig magic wird es erst, wenn man Hanf dazu mischt.«

»Oh, erinnere mich nicht an diesen Abend.« Lena zwickt sich in die Nasenwurzel. »Ich war zwei Tage lang zugedröhnt und bin mit einem toten Tintenfisch im Arm aufgewacht.«

Kokos-Kora lacht. »Du hast ihn aus der Palastküche geklaut. Das weiß ich noch.«

»*Du* warst das?« Ich funkele Lena an. »Anneli hat am nächsten Tag ein Riesentheater gemacht, weil der Koch seinen Oktopus nicht finden konnte, und *mich* beschuldigt, weil ich an dem Abend als Servicekraft im Sternerestaurant war!«

»Upsi.«

»Aber warum dich?«, fragt Isabella. »Ihr seid doch viele im Service.«

»Anneli weiß von meiner Pokémonsucht«, entgegne ich. »Sie meinte, ich wollte den Tintenfisch, damit ich mir vorstellen könnte, es sei Tentacha und ich eine echte Pokétrainerin.«

»Ärgerlich«, sagt Kriss Kross. »Das war ein starkes Motiv.«

»Leute«, wieder Hanna aus ihrer Bücherecke, »euch ist aber schon bewusst, dass ihr die ganze Zeit gefilmt werdet, oder?«

Victoria versteift sich, Selma reckt das Kinn, Isabella beißt sich kurz auf die Unterlippe und Greta wendet sich ab, um sich mit aufgesetzt professionellem Blick einen weiteren Champagner vom Büfett zu nehmen. Ambre ist die Einzige, die von Anfang an mit gerader Haltung und erhobenem Haupt abgewogen hat, was sie sagt. Als Schauspielerin würde es ihr niemals passieren, Kameras auszublenden.

Plötzlich herrscht Stille. Keiner wagt es, irgendetwas zu sagen.

In dem Moment öffnet sich die Tür, und Edward tritt ein.

PICTURES OF YOU, PICTURES OF ME, HAND UPON THE WALL FOR THE WORLD TO SEE

Blair

Im Gegensatz zu seinem Bruder, der hinter ihm in einem grauen Zweiteiler samt Kragennadel erscheint, wirkt Edward wie der böse Sohn. Alles an ihm schreit nach Aufstand. Das kurze Haar, die Jeansjacke, Ankle-Hose und Docs. Nur die goldene Rolex an seinem Handgelenk verrät, woher er kommt.

Hinter Paola schließt Jake die Tür. Edwards drei Begleiter bleiben abseits, während der bescheuerte King dieser bescheuerten Show seine Prinzessinnen mit einem Zwinkern begrüßt. Ein paar der Mädchen seufzen entzückt. Ich werfe einen Blick zu Hanna. Es raschelt, als sie eine Seite umblättert. Wahrscheinlich hat sie nicht einmal mitbekommen, dass er den Raum betreten hat. Sie ist meine Queen.

»Meine Schönen«, sagt Edward, nimmt sich ein Champagnerglas von der Pyramide und prostet uns zu. »Auf einen unvergesslichen Abend.«

Victoria seufzt schon wieder, und Greta klebt an seinen Lippen wie Sekundenkleber an einer alten Schuhsohle. Ich muss sagen, ich hätte mehr von ihr erwartet. Sie ist seinem Charme bei der ersten Gelegenheit erlegen. Meine Favoritinnen sind Hanna und Kriss. Hanna, weil sie cool ist und Edward bändigen könnte, und Kriss, weil ich hoffe, sie könnte den Chicken Wing mit Ed machen und ihm ein paar Knochen brechen.

Edward fängt ein Gespräch mit Ambre an, und ich nutze den Moment, um mich in die Ecke zu Hanna zu verziehen. »Was liest du?«, frage ich.

Sie hebt das Buch noch höher vor ihr Gesicht, damit ich den Titel lesen kann. Der Alchimist.

»Das kenne ich sogar. Eine schöne Message.«

Hanna nickt. »Du sollst das Leben nicht träumen, sondern deinen Traum leben.« Seufzend lässt sie das Buch in den Schoß fallen. »Aber es deprimiert mich.«

»Weil du hier sein musst?«

Sie nickt.

»Na ja, im Alchimisten geht es auch darum, dass man Rückschläge und Risiken in Kauf nehmen muss, um ans Ziel zu gelangen. Und theoretisch tust du das mit dieser Show, oder nicht?«

Sie beobachtet Edward, der über etwas lacht, das Victoria gesagt hat, und ihr kurz eine Hand auf die nackte Schulter legt. Hanna schiebt die Drahtbrille höher auf die Nase und zuckt die Achseln. »Ich habe eher das Gefühl, dass ich einer den Platz wegnehme, für die das hier der Traum wäre.«

»Verstehe.« Mein Blick ruht auf Greta, die sich in diesem Moment zwischen Ambre und Victoria schiebt. Sie erzählt ihm, neulich einem Kalb auf die Welt geholfen zu haben. Es klingt süß, aber streng genommen prahlt sie gerade bei ihrem *wanna be lover* damit, eine Kuh mehr oder weniger aus dem Arsch einer anderen Kuh gezogen zu haben. So wie Edward das Gesicht verzieht, ist auch ihm das bewusst. Er sieht auf. Kurz treffen sich unsere Blicke. Schnell schaue ich weg. »Wobei ich mir nicht vorstellen kann, wie das hier wirklich der Traum von jemandem sein könnte.«

»Gefällt er dir nicht?« Zum ersten Mal wirkt Hanna interessiert. Als sie weiterspricht, wechselt sie ins Englische. »Mir schien, als hättest du dich auf die Show gefreut.«

»Sagen wir mal so«, seufzend kippe ich den Rest des Champagners hinunter, »Edward und ich haben unsere Vorgeschichte.«

»Ah ja, da war ja was.«

»Ja«, murmle ich abwesend. »Da war was.«

»Das haben wir sogar in Amerika mitbekommen. Edward ist da sehr beliebt.«

Ihre Worte sind wie ein Beil, das mir unbarmherzig in den Magen gerammt wurde. »Du meinst, für die, die TikTok nutzen?«

Sie schüttelt den Kopf, die Nase wieder in den staubigen Seiten vergraben. »Auch in den Newspapers. Ihr wart oft Thema in der *Yellow Press.*«

Eiskalte Finger schlingen sich um meine Kehle. »Ist das dein Ernst?«

Hanna muss den Schock in meiner Stimme wahrnehmen, denn als sie aufsieht, wirkt sie besorgt. »Dachtest du, Edward wäre nur in der Schweiz interessant?«

»Na ja, nein, aber –«

»Meine Schwester ist süchtig nach eurem Drama.« Sie verdreht die Augen. »Hat sich jede Zeitschrift gekauft, in der spekuliert wurde, ob aus Hass Liebe werden könnte.«

»*Was?*«

»Die halbe Welt fiebert mit euch mit«, entgegnet Hanna. »Du hast Paola abgelöst, die sich für Charles entschieden hat, und auf einmal mussten die Leute sich auf etwas Neues stürzen. Jetzt seid ihr wie Justin Bieber und Selena.« Sie blättert eine Seite um. »Verurteile mich nicht dafür, dass ich das weiß. Ich hätte mir auch gewünscht, beim Frühstück wäre es um anglistische Romane der Moderne und die Sabotage und Rettung des Genres gegangen. Stattdessen hatte ich schon vor meinen Eiern Ohrenschmerzen, weil Utah mir ins Trommelfell gekreischt hat, Edward hätte dich vom Dach gestoßen.«

»Habe ich da gerade meinen Namen gehört?«

Edward taucht neben uns auf. Ich versteife mich. Hanna hat nur einen kurzen Blick für ihn übrig, ehe sie auf die nächste Seite blättert. »Da musst du dich verhört haben. Ich sagte Eier, nicht Edward.«

»Ich verbinde das eine mit dem anderen«, entgegnet er. Sein Mundwinkel zuckt. »Zu ... großen Teilen.«

Ich verdrehe die Augen. »Hört dein Ego eigentlich jemals auf, anzuschwellen?«

Er übergeht das. Edward tut, als wäre ich Luft. Sein Blick gleitet über Hannas gelbe Krone und bleibt an ihrem Gesicht kleben. »Du bist außerordentlich hübsch«, sagt er.

Abrupt sieht Hanna auf. Als hätte sich plötzlich ein Nashorn vor sie gesetzt, starrt sie Edward an. »Bitte?«

»Du bist hübsch«, wiederholt er grinsend. »Woher kommst du?«

Ein misstrauisches Blinzeln. »Boston.«

Er neigt den Kopf, legt die Finger ans Kinn, als würde er nachdenken. »Ja, passt zu dir.«

»Warum?«

»Boston«, wiederholt Ed, als würde er das Wort auf der Zunge kosten, »Hauptstadt Massachusetts und eine zentrale Rolle im Kampf um die Unabhängigkeit. Du siehst aus wie ein Mädchen, das sich gegen alles aufgelehnt hätte, um ganz vorn zu stehen und eine Truppe anzufeuern, sich für die Gerechtigkeit einzusetzen.«

Eine besorgniserregende Röte kriecht in Hannas Wangen. Die Arme. Jetzt wird sie wütend und schreit ihn an, denke ich. Kann sie überhaupt schreien?

Ich warte noch auf den Ausbruch, aber er tritt nicht ein. Dafür aber ein leichtes Lächeln.

Warte, was?! Ich habe die Röte falsch eingeschätzt. Hanna ist nicht wütend, sondern verlegen! Oh, heiliges Mewtu, es hat keine zehn Sekunden gedauert, bis Edwards Charme in sie dringen konnte wie rosafarbenes, harmlos wirkendes Gift. Bitte, verlass mich nicht, Hanna! Bleib auf der dunklen Seite der Macht. Wie war das noch? Wir haben Kekse? Oder, in deinem Fall, alte Bücher mit vergilbten Seiten?

Als würde mein Gebet erhört, setzt sich Hanna aufrechter, gibt ein Räuspern von sich, das hoffentlich all das rosa Gift von sich schleudert, und widmet sich wieder dem Alchimisten. Gute Wahl, Hanni Banani, gute Wahl.

»Ich hätte diese Truppe nicht angeführt«, entgegnet sie trocken, »ich hätte die Schlacht allein gewonnen, weil ich es besser weiß.«

Edward verschränkt die Arme vor der Brust und lehnt sich an das Bücherregal. Es ist, als würde ich nicht existieren. Eigentlich gibt mir seine desinteressierte Du-bist-Luft-für-mich-Aura sehr deutlich zu verstehen, dass ich gerade das fünfte Rad am Wagen bin und verschwinden soll. Aber wieder einmal ist es Edwards verfluchte Macht, die meine Füße an den Boden klebt. Ich kann nicht aufhören, ihn anzusehen, hänge an seinen Lippen und warte auf jedes neue Wort, weil jede Situation mit ihm wie ein fesselnder Film ist.

»Was hättest du besser gewusst?«, fragt er.

Erneut blättert Hanna eine Seite weiter. »Dass es dumm wäre, eine Allianz zu bilden. Vor allem mit Menschen, die prädestiniert sind dafür, einen in den Abgrund zu stürzen.«

Yep, sie hat ihn gerade beleidigt. Und Edward weiß das. Aber er ist nicht angepisst. Im Gegenteil. Sein Grinsen wird breiter. »Aber vielleicht ist es im Abgrund viel lustiger, meine süße gelbe Prinzessin.«

Hanna schnaubt. »Das bezweifle ich.«

Meine Kehle ist rau wie Schmirgelpapier und ich weiß nicht, wieso. Je länger mein Blick an ihm klebt und beobachtet, wie interessiert er jeden Zentimeter von Hannas Gesicht mustert, desto schlimmer wird die Textur meiner Halswände. Diese Erkenntnis hilft mir, mich umzudrehen und meine weichen Knie in Richtung Büfett zu bugsieren. Ich hoffe inständig, die Taubheit kommt vom Alkohol.

»Psst«, sagt Selma, als ich das Büfett erreiche. Mit dem Kinn nickt sie in Hannas Ecke, in der Edward plötzlich ein Lachen von sich gibt, das mir in den Magen tritt. Seine Stimme macht mich wütend – und gleichzeitig panisch. Als wäre der nächste Angriff auf mich nicht weit entfernt. »Worüber reden die?«

»Er macht ihr Komplimente.« Ich nehme mir einen Champagner und leere das halbe Glas in einem Zug. »Und versucht sie um den Finger zu wickeln.«

»Verdammt.« Selma wirkt besorgt. Mit gespitzten Lippen wirft sie einen Blick durch den Raum. »Also, Greta hat mit ihrer Kuhstory verkackt, glaube ich. Aber Victoria und Ambre sind ganz oben bei ihm, hundertpro. Und hast du mitbekommen, wie Isabella ihm am Ohrläppchen gezupft hat?«

Ich werfe einen Seitenblick in ihre Richtung. Isabella unterhält sich mit Kriss Kross, die andeutet, sie in den Schwitzkasten zu nehmen und dann auf den Boden zu werfen. Scheinbar erklärt sie ihr einen Wurf. Isabella nickt, sieht aber immer wieder verstohlen zu den anderen. »Nein, nicht gesehen.«

»Und Kokos-Kora und er sind auf jeden Fall auf derselben Welle«, fährt sie fort. »Ständig lacht er über Sachen, die sie sagt, und stimmt ihr in allem zu.« Sie beugt sich näher zu mir. »Victoria hat erzählt, sie hätte mitbekommen, wie er Kokos-Kora gefragt hat, ob sie Lust hätte, mit ihm Klippenspringen zu gehen. In *Eiswasser*!«

»Und dann?« Eigentlich interessiert es mich nicht, aber der Tratsch lenkt mich ab, also mache ich mit. »Was meinte Kokos-Kora?«

»Ja, dass sie will, natürlich.« Frustriert wirft Selma sich eine Marzipanmöhre von der Rüblitorte in den Mund. »Ich frage mich, was sie anders macht als wir, dass er direkt sie fragt. Meinst du, es ist der Vokuhila?«

»Was?«

»Na ja, er schreit nach Rebellion, finde ich. Dieses Wilde, Selbstbestimmte. Bestimmt steht er drauf.«

»Edward hat sie gefragt, weil er weiß, dass Kokos-Kora *alles* mitmachen würde«, entgegne ich. »Das hat nichts mit ihrem Vokuhila zu tun. Sie kennt keine Grenzen.« Ich trinke den Rest Champagner und stelle zufrieden fest, wie ich immer betrunkener werde. »Genau das, was Edward braucht.«

»Wieso weißt du immer alles?«

»Weil ich seit drei Jahren in diesem Hotel lebe und die Augen offen halte.«

»Kannst du mir die Geheimnisse der anderen hier verraten?« Mit großen Kulleraugen sieht sie mich an. »Von Isabella und Lena? *Bitte*?«

»Und dann?«

»Wir könnten ein Team sein und die anderen ausstechen.«

»Es ist nicht mein Stil, Frauen zu hintergehen.«

»Meiner auch nicht«, zischt sie. »Aber das hier ist ein Wettkampf!«

»Ja, und am Ende würde ich neben dir stehen, und du«, ich stelle mein leeres Champagnerglas auf den Tisch und nehme mir ein neues, »würdest mich ohne mit der Wimper zu zucken aus dem Weg räumen.«

»Was? Nein!«

»Für Edward? Nachdem du die anderen mutwillig ausgestochen hast?« Ich hebe eine Braue. »Natürlich würdest du das, *2Pac.*«

»2Pac?« Sie verzieht das Gesicht. »Was ist los mit dir?«

»Ich habe ein Problem damit, wenn Frauen anderen Frauen nichts gönnen.«

»Noch mal: Das hier ist ein beschissener Wettkampf«, zischt sie. »Es ist unsere Aufgabe in der Show, besser als die anderen zu sein, um zu gewinnen!«

»*Gewinnen.*« Abwesend nippe ich an meinem neuen Champagner. »Ich dachte, es wäre eure Aufgabe, Edward kennenzulernen. Muss mich wohl getäuscht haben.«

»Und was ist mit dir?«

»Was soll mit mir sein?«

»Du hast eine deiner besten Freundinnen hintergangen, indem du sie mit dem King gefilmt hast!«

Dem King. Unter anderen Umständen hätte ich bei diesem lächerlichen Titel laut aufgelacht. Aber das, was sie sagt, verdreht mir den Magen, weil sie recht hat.

Ich öffne den Mund, nur um ihn wieder zu schließen.

»Ist ja auch egal«, sagt Selma, und plötzlich lächelt sie wieder. »Sag ihm, also, bitte sag ihm nicht, dass ich versucht habe, mich gegen die anderen zu verbünden, okay?«

O Gott. Diese Show wird der reinste Albtraum.

»Da ich nicht mit ihm rede, brauchst du dir keine Sorgen machen.«

Sie wirkt erleichtert. Wahrscheinlich, weil ich ihr gerade gebeichtet habe, schon fast aus dem Rennen zu sein.

»Ich frage mich, wieso du angenommen worden bist. Mit eurem Streit passt du nicht hierher.«

»Scheinbar *matchen* wir so gut.« Ich schnaube. »Ja, sicher. In einem Pokématch der letzten Arena vielleicht, damit mein Glurak sein Bisaflor niederbrennen kann.«

»Du bist seltsam.«

»Ich weiß.«

Verbissen blickt Selma zu Edward, der in dieser Sekunde das Buch aus Hannas Fingern schnappt und sich zu ihr herunterbeugt. »Meinst du, ihm würde es gefallen, wenn ich für ihn tanze?«

»Bestimmt. Aber nicht in deinem 2Pac-Shirt.«

»Hm, ja, der macht ihn vielleicht eifersüchtig.«

»Was?«

»Was?«

Ich blinzle. »Schon gut.« Kurz überlege ich, was Edward mögen könnte. »Vielleicht bestellst du dir einfach ein paar Dessous und Reiterstiefel und probierst es, wenn ihr allein –«

Jenna unterbricht mich. Sie schreitet in den Raum, und jede Unterhaltung erstirbt. Mit einem breiten Lächeln blickt sie in die Runde, die Hände hinter dem Rücken gefaltet. Der cremefarbene Jumpsuit bringt ihre anbetungswürdige Taille zur Geltung. »Zehn wunderschöne Prinzessinnen«, sagt sie. »Ein begehrter King.« Ein Lächeln in Edwards Richtung. »Nun wisst ihr Mädchen, um wessen Herz ihr kämpft, und der King, welch kostbare Frauen er kennenlernen darf.« Die Kameras wuseln im Raum herum, fangen unsere Blicke ein, Edwards Profil, Jennas hochprofessionelle Erscheinung. »Ihr alle habt eine bestimmte Tiarafarbe bekommen, die euch in den nächsten Wochen begleiten wird. In der Deko eurer Dates, euren Kleidern, eurem Make-up. Die ganze Welt wird mitfiebern, in welcher Farbe Edward Blackwells Herz nach zehn Wochen leuchten wird.« Ein romantisches Lächeln auf ihren Lippen. »Gelb? Rot? Silber? Wer immer es sein wird, auch die Zuschauer wollen wissen, welches Spektrum in der Tiara ihrer Favoritin glitzert. Darf ich euch also bitten«, Jenna dreht sich halb rechts und deutet mit ausgestreckter Hand auf die mit buntem Strass bestückte Wand; zehn Farben, zehn Streifen, jeder breit genug für zwei Personen, »euch vor eurer Farbe zu positionieren? Der King wird sich für ein Showbild zu euch gesellen.«

Selma und ich könnten eine Gefühlsdarstellung auf einem Projektor für eine Grundschule sein. *»Seht ihr das, meine lieben Kinder? Die Mundwinkel dieses Mädchens gehen rapide nach oben – Freude, ja Euphorie beinahe. Während die Lippen dieser hier, ja, wer kann es mir verraten?«*

»Das ist Abscheu, Sir!«

»Entsetzen!«

»Vielleicht auch Panik?«

»Vollkommen richtig, liebe Kinder. Vollkommen richtig.«

Absätze klackern über den Boden, während die Prinzessinnen sich verteilen. Nur widerstrebend setze ich mich in Bewegung. Im Augenwinkel erkenne ich, wie Hanna missmutig ihr Buch zurück ins Regal schiebt und zur gelben Wand geht. *Edward hat recht*, denke ich. *Sie marschiert wie eine Kriegerin.*

Ich stelle mich vor die Wand mit den schwarzen Steinen. Edward fängt am anderen Ende an; vor dem silbernen Streifen, bei Ambre. Im Kopf gehe ich meine Möglichkeiten durch, das hier zu überspringen. Ich könnte tun, als sei mir furchtbar übel, und sie bitten, schnell ein Foto von mir allein zu machen, in das sie Edward später reinretuschieren, oder ich täusche eine Ohnmacht vor. In beiden Fällen könnte es aber sein, dass sie das Foto nachholen wollen.

»Hey«, höre ich plötzlich eine Stimme an meiner Seite. Ich sehe auf und blicke in Paolas grüne Augen. Ihre Wimpern sind geschminkt, und auf ihrer Haut schimmert ein Hauch von Lidschatten. »Alles klar?«

»Nein.«

Sie seufzt. »Du musst dich ein bisschen drauf einlassen, Blair.«

»Worauf? Gegen einen Stein zu rennen?« Ich setze ein falsches Grinsen auf. »Liebend gern. Ich renne einfach immer wieder gegen einen Stein, bis ich tot umfalle. Welch Freude, ja eine wunderbare Lebensaufgabe sogar!«

»Edward hat vielleicht eine harte Schale, aber in ihm steckt ein weicher Kern.«

»Ja, sicher.« Ich gebe ein trockenes Lachen von mir. »Und im Winter blühen die Bäume.«

»Komm schon. Du mochtest ihn doch, na ja, vor dieser ganzen Sache. Die *deine* Schuld war, wohlbemerkt.«

»Ich weiß«, knirsche ich mit den Zähnen. »Und ich bereue es, Pao, ich habe mich entschuldigt, aber dann hat er mit seiner Onlineschlacht begonnen und mich durch den Dreck gezogen!«

»Na ja ...« Sie beißt sich auf die Unterlippe. Ihr Blick gleitet zu Ed, der einen Arm um Kriss Kross legt. Diese wiederum hat andere Pläne. Sie duckt sich unter ihm weg, schlüpft zwischen seine Beine und nimmt Edward auf die Schultern. Paola runzelt die Stirn, aber Ed lacht, *natürlich* lacht er, und die Kameraleute finden das gut. »Das gibt Abwechslung«, ruft der eine, und seine Kollegin stimmt zu. »Ein Alleinstellungsmerkmal, super, Principessa Rot!«

»Edward nimmt Rache sehr ernst.«

»Und deshalb muss ich mich jetzt für den Rest meines Lebens fertigmachen lassen, *obwohl* ich ihm gesagt habe, wie leid es mir tut?«

Seufzend reicht sie mir eine Champagnerflöte. »Ich habe eher den Eindruck, dass er Freude daran empfindet und deshalb nicht aufhört.«

»Freude daran, mich leiden zu sehen. Super.« Ich proste ihr zu. »Die besten Voraussetzungen für diese Datingshow, findest du nicht?«

»Ehrlich gesagt glaube ich, dass es dir auch gefällt.«

Ich pruste in meinen Champagner. »*Bitte?*«

»Komm schon. Du provozierst ihn genauso, Blair.«

»Wo das denn?«

»Indem du mitmachst. Ich meine,« sie zieht eine Braue in die Stirn, »das Ding auf der Hochzeit des französischen Ministers?«

Trotzig schiebe ich das Kinn vor. »Der Arme hat verdient, die Wahrheit zu kennen, bevor er sie heiratet.«

»Aber auf diese Art und Weise? Und dann deine Caption. 2:2, Blackwell?«

Stur zucke ich die Achseln. »Ich lasse nicht mit mir spielen.«

»Sieht er genauso. Ihr werft euch gegenseitig den Ball zu, und ihr seid beide zu stolz, um ihn einfach an euch vorbeifliegen zu lassen.« Ich will etwas erwidern, aber Paola ist schneller. »Oh, ich muss gehen. Du bist die Nächste!«

Damit rauscht sie ab, gesellt sich zu Charles in den Schatten, und ich versteife mich, als Edward neben mich tritt.

Er sagt kein Wort. Ich auch nicht. Stocksteif stehe ich da und umklammere den Stiel meines Champagnerglases. Mein Kopf ist weich wie Watte vom Alkohol, in meinen Gliedern rauscht das Blut. Es fällt mir schwer, die Klappe zu halten. Ich will etwas Dummes sagen. Etwas, das ihn provoziert, aber gleichzeitig will ich so cool sein wie er und tun als wäre er Luft.

Es gelingt mir nicht.

»Hör auf, Hanna um den Finger zu wickeln.«

Er entgegnet nichts.

In mir steigt Wut auf. »Du würdest sie verderben.«

Es kommt immer noch keine Antwort. Beinahe gelangweilt sieht er geradeaus.

»Sie ist zu gut für dich.«

Keine Antwort.

Die Kamerafrau positioniert sich vor uns. »Bereit?«

Edward nickt. Seine Miene wirkt zu Tode gelangweilt. Als würde sein Management ihn zwingen, ein Foto mit einem nervigen Groupie zu machen, bevor er pennen gehen darf.

Die Frau sieht durch ihre Linse, lässt die Kamera jedoch wieder sinken und verzieht den Mund. »Edward, könntest du ein bisschen näher an sie herantreten?«

»Nein«, entgegnet er.

»Aber zwischen euch würde ein Walross passen.«

»Das Walross wäre mir lieber«, murmle ich.

Edward schiebt den Kiefer vor. »Dem würde die Tiara auch besser stehen.«

»Geh doch und such dir eins«, zische ich.

»Werde ich.« Er drückt die Schultern durch. »Kann's kaum erwarten, dich zu ersetzen.«

»Kann's kaum erwarten, dass die Kameras festhalten, wie du von ihm gefressen wirst.«

»Leute«, unterbricht die Kamerafrau. »So geht das nicht. Ein kleines bisschen zusammenrücken, und Edward, am besten legst du deinen Arm um ihre Hüfte, okay?«

»Nein«, wiederholt er. Dabei bleiben seine Hände, wo sie sind: in den Taschen seiner Ankle-Jeans.

Die Kamerafrau schnaubt frustriert. Es ist offensichtlich, dass die Produktionsfirma angeordnet hat, sich besonders viel Mühe mit uns beiden zu geben. Vier Kameraleute stehen um die Frau herum, Jenna im Hintergrund, der Regisseur neben ihr, und alle sehen aus, als hätten wir sie um ihr Erstgeborenes gebracht.

Hilflos blickt die Kamerafrau zu Jenna.

»Egal«, sagt diese. Ihre Stimme trieft vor Enttäuschung. »Hauptsache ein Foto.«

Die Kamera knipst ein paar Bilder. Als die Frau sich nur Millimeter von der Linse löst, setzt Edward sich bereits in Bewegung. Schnurstracks geht er zu Victoria, die ihn mit einem breiten Strahlen begrüßt. Sie reicht ihm ein Champagnerglas, die beiden stoßen an, und Edward streicht über ihren funkelnden Ohrring, als würde er ihn bewundern. Mir entgeht nicht, wie sein Knöchel dabei über ihre Wange streift. Warm lächelt er sie an, bevor er etwas sagt, das sie zum Erröten bringt.

Plötzlich ist Isabella an meiner Seite. »Er ist *so* schwer einzuschätzen, oder?«

»Was meinst du?«

Sie stößt die Luft aus. »Na ja, erst dachte ich, er würde Hanna und Vic um den Finger wickeln wollen, aber er ist zu *allen* so. Ich schätze, er ist einfach charmant, was *so* süß ist, aber wie sollen wir da Zeichen deuten?«

Nein, nicht zu allen. Ich sollte mich glücklich schätzen. Meine Zeichen sind eindeutig: Er würde ein Walross mir vorziehen. Und ich ihm ebenfalls. Ich stelle mir vor, ich könnte mich um ein Spheal-Pokémon kümmern, es mit fünfundzwanzig Bonbons füttern, damit es zu Sileo, dem Seelöwen, wird. Noch mal hundert Bonbons und ich habe ein Walrein, an dessen dicken Körper ich mich kuscheln kann, und wenn Edward mir zu nahe kommt, faucht Walrein mit seinen spitzen Stoßzähnen. Ein Träumchen.

»Principessa Schwarz«, spricht mich ein Kameramann an. »Eine Frage an Sie.«

Ich wende mich der Kamera zu. »Ja?«

»Was halten Sie von dem King?«

Ich kippe den Rest Alkohol herunter. In nur einer halben Stunde habe ich vier Gläser getrunken. Was für eine Glanzleistung. Der betrunkene Schleier legt sich über mein Hirn.

»Oh, vom *King* halte ich vor allem eines.« Dieser seltsame Schleier muss der Grund für mein bittersüßes Grinsen sein, das ich der Kamera schenke. »Abstand.«

Der Raum wird still. Die Prinzessinnen sehen mich teils entsetzt, teils schockiert an. Nur Hanna nicht. Es raschelt, als sie ihre Seite umblättert.

Edward ist der Einzige, der mich ignoriert. Er steht neben Hanna, nippt grinsend an seinem Champagner und sagt zu ihr: »Hätten Sie Lust, mich morgen Abend in die Oper von *Macbeth* zu begleiten, Principessa Gelb?«

YOU BETTER RUN, BETTER RUN

Blair

Das Get-together war nach meinem Statement schnell vorbei. Die anderen Prinzessinnen waren enttäuscht, Hanna und ich erleichtert. Jetzt sitze ich in der Suite auf meiner Bettseite, beobachte, wie die Vorhänge des Himmelbetts im Wind der geöffneten Fenster wiegen, und höre den anderen durch die geöffnete Tür zu, die im Wohnzimmer zusammensitzen und von Edward schwärmen.

»Ich liebe seine Haare«, sagt Isabella. »Er trägt sie so kurz wie Männer beim Militär. Finde das so sexy.«

»Und dazu die dunklen Brauen«, schwärmt Selma. »Dieser Kontrast!«

»Vergiss mal die Brauen. Seine Augen sind krasser. Ich meine, hallo? Die sind *eis*blau!«, sagt Victoria. »Warte, ich mache mal eine Umfrage auf Instagram, was meine Follower am schönsten an ihm finden.«

»*Mais non, ma belle*, das darfst du nicht!«, protestiert Ambre. »Es wird doch erst morgen ausgestrahlt!«

»Ach ja.«

»Ich kann an ihm nichts attraktiv finden«, sagt Lena. »Wenn ich ihn ansehe, denke ich immer daran, wie er überall öffentlich mit April rumgemacht hat oder lebensmüde und halb nackt auf irgendwelchen Hotelbalkons balanciert.«

»Ich finde das heiß«, schwärmt Kokos-Kora. »Seine verrückte Seite.«

»Mir gefällt sein Selbstbewusstsein«, sagt Greta. »Er erinnert mich an Quentin.«

»Wer ist Quentin?«, fragt Selma.

»Ein Typ vom Dorf.« Ich höre das Quietschen von einer Gabel auf Keramik. Das Hotel hat uns Abendessen aus dem Sternerestaurant hochbringen lassen. »Er war der Beliebteste, konnte eine ganze Flasche Korn allein trinken und war der Einzige, der die teuren Traktoren fahren durfte, weil er *alles* gemacht hat. Pflug, Egge, Dünger, Ernte abfahren. Quentin durfte alles, und abends ist er dann ausgeritten mit seinem Haflinger. Ich schwöre euch, dabei sah er aus wie ein Gott.«

»Wie ein Gott auf einem Haflinger?«, sagt Lena. »Ich meine, wirklich? Einem *Haflinger*, Greta?«

Greta übergeht das mit einem entzückten Seufzen. »Und an Weihnachten war er einer der ersten in der Traktorenschlange für den Lichterzug.«

Stille. Dann –

»Du vergleichst Edward mit einem *Bauern?*« Victoria sieht sie fassungslos an.

»Ein bisschen kann ich das verstehen«, sagt Ambre. »Bei *Wer wir gestern waren* habe ich mich irgendwann gefühlt, als würde ich tatsächlich Anfang des zwanzigsten Jahrhunderts leben, und Gerard, der Bauernsohn mit dem Schmutz im Gesicht, *mwoa*! « Ein Kussgeräusch. »*Très sexy*!«

»Ich stehe mehr auf die Athleten in Wrestlinghose.« Ein dreckiges Lachen von *beautyfull tradgedy*. »Wenn die Eier richtig hochgezogen werden. Mit aderiger Haut am ganzen Körper. Schön sehnig. Ist das geil.«

»Das klingt, als würdest du von einem Steak sprechen«, sagt Kokos-Kora.

»Und so ein Eierding wird Edward niemals tragen«, kommt es von Lena. »Niemals, Kriss.«

»Wer weiß.«

»Ich weiß das.«

»Naah, mal schauen.«

»Nein, Kriss, er wird diesen Borat-Scheiß nicht tragen.«

»Wer ist Borat?«, fragt Isabella.

»Der Typ aus dem Film«, entgegnet Lena. »In dem er den neongrünen Eierhalter als Badehose trägt.«

»Ah!« Wieder Ambre. »Sacha Baron Cohen. *Mais non*, er ist *très sexy* in echt! Habe ihn einmal auf den Filmfestspielen in Cannes getroffen, *l'homme de mes rêves*!«

»Borat ist der Mann deiner Träume?«, wiederholt Lena. »Wirklich, Ambre?«

Es artet in einer Diskussion aus, die ich nicht mehr mitkriege, weil mich in dem Moment meine Schwester Penelopé zurückruft. Erleichtert nehme ich den Anruf an. »Pen, hi!«

»Hier ist es vier Uhr morgens«, grummelt sie in den Hörer. »Dein Ernst, Blair?«

»Sorry, aber es ist eine Katastrophe!«

Sie gähnt lauthals. »Was denn?«

»Der Typ aus der Show!«

Einen Moment schweigt sie, bevor ihr scheinbar dämmert, wovon ich spreche. Im Hintergrund raschelt es. Wahrscheinlich setzt sie sich gerade in ihrem Bett auf. »Wer ist es?« Plötzlich klingt sie wesentlich interessierter. »Kennt man ihn?«

»Und ob.«

»Rück schon raus!«

»Edward Blackwell.«

Sie zieht scharf die Luft ein. »Das ist ein Scherz, oder?«

»Ich wünschte, es wäre einer.«

»Oh mein Gott, das ist dein Ernst?!«

»Leider ja.«

»Verfluchte Käse-Makkaroni!«

»Yep.«

»Und, wie war's?« Schritte, das Quietschen einer Tür. Dann die Kaffeemaschine, die röhrend anspringt. »Erzähl mir mehr. Ich will *alle* Details, Wagner Senior.«

»Okay, Wagner Junior.« Lustlos stochere ich in meinen Trüffeltortellini. »Also, er sollte jede Prinzessin einer Farbe zuordnen.«

»Und welche bist du?«

»Schwarz.«

»Oh.«

»Ja.«

»Und dann?«

»Wir sollten in einen Nebenraum. Da gab es Champagner, Büfett, eine Wand voller Strass in unseren Farben, der ganze Kram. Edward hat nicht ein Wort mit mir geredet.«

»Wolltest du denn, dass er mit dir redet?«

»Nein!« Ich verschlucke mich an einer todesbringenden Tortellini. Als ich wieder lebe und atmen kann, setze ich ein keuchendes »Bloß nicht!« hinterher.

»Wo ist dann das Problem?«

»Einfach, dass er es ist!« Ich stöhne. »Nicht Kay One.«

Sie grunzt. »Vergiss diesen deutschen Rapper endlich.«

»Niemals.« Ich schmolle. »Ich dachte, wir werden glücklich. Stattdessen muss ich mit Edward ich-bin-ja-so-ein-selbstverliebtes-Arschloch Blackwell ein Foto vor einer Strass-Steinwand machen.«

»Ist bestimmt ein schönes Bild.«

»Wir stehen einen Meter auseinander.«

»Oh«, sagt sie wieder.

»Ja. Egal.« Seufzend ertränke ich eine Tortellini in der Soße. »Ich versuche einfach, diese Woche für das Geld rumzukriegen, bevor er mich kickt.«

»Weißt du schon, wann du abhaust?«

»Nach dieser Show.«

»Sicher?«

»Ja. Die Lage spitzt sich zu, vor allem jetzt, da sie herausfinden werden, wo ich bin. Ich habe mich für die Show ja nur angemeldet, weil ich neben dem Geld dachte, ich würde meinen Seelenverwandten der High Society kennenlernen, mich verlieben und ein Leben leben, das mir Schutz bietet, weißt du?«

»Blair.« Pen gibt ein schweres Seufzen von sich. »Ich glaube nicht, dass es der richtige Weg ist. Du kannst dein Liebesleben nicht davon abhängig machen, ob der Status deines Partners dich beschützen könnte.«

Sofort steigt Zorn in mir auf. »Du steckst nicht in meiner Situation, Pen.« Ein Kloß setzt sich in meiner Kehle fest und lässt meine Stimme zittern. »Hast du nie. Du kannst nicht wissen, wie das ist.«

»Blair …«

»Nein.« Mit dem Handrücken wische ich mir über die Nase. »Hör auf. Es ist so … ich will nicht daran denken, okay?«

»Tut mir leid. Wirklich.«

Zittrig stoße ich die Luft aus. »Hast du mit ihnen geredet? In letzter Zeit?«

»Nein. Wieso sollte ich?«

»Es war immer alles gut zwischen euch.«

»Blair!« Pen klingt entsetzt. »Ich bin weg, sobald ich konnte, und werde nicht zurückkehren, okay?«

»Aber …«

»Es ist mir egal, wie sie zu mir waren. Ich habe alles hautnah miterlebt. Jahrelang. Ich werde den Teufel tun und mich ihnen nur einen Meter nähern.«

»Okay«, flüstere ich. Mit der Gabel rühre ich Striche in die Trüffelsoße. Irgendwann fällt mir auf, dass es Wörter sind.

Hilfe Warum Was Nein Angst Nein Nein Warum Hilfe

»Hör zu, ich setz mich an meine Lernzettel, ja? Jetzt, wo ich so früh wach bin, will ich die Zeit nutzen.« Sie zögert. »Oder möchtest du gern noch reden?«

»Nein, alles gut.« Schluckend lasse ich die Gabel los und wische mir über die Brust, in der Hoffnung, den Druck mit meiner Hand wegradieren zu können. »Ich bin müde, will nur noch schlafen und den Tag vergessen.«

»Verstehe ich.« Eine kurze Pause. »Mach dir keine Sorgen, ja? Im Hotel bist du in Sicherheit.«

»Ja. Danke.«

»Kein Problem. Wenn was ist, ruf an.«

»Mach ich.«

»Hab dich lieb, Blairchen!«

»Ich dich auch.«

Wir legen auf. Nur eine Sekunde, nachdem ich das iPhone neben mich geworfen habe, höre ich Schritte, und Victoria stürmt herein. Aufgebracht hält sie mir ihr Handy unter die Nase. »Sieh dir das an, Blair!«

Verwirrt nehme ich es entgegen. Nach einem Blinzeln erkenne ich die TikTok-App und auch das Profil, das sie mir zeigt.

@xoxogossipgirl

4,8M Follower

»Da!« Mit ihrem perfekt manikürten Finger deutet Victoria auf das letzte Video. In leuchtenden Buchstaben steht dort: »DER KING UND … WTF?!«

Sie ist diejenige, die es anklickt, weil ich mich nicht rühre. Und schon beginnt @xoxogossipgirls Stimme über erste Clips des Abends, von denen niemand weiß, wie sie da so schnell rangekommen ist. Niemand weiß, wer sie ist, weil die Person immer nur Clips zeigt und ein Voiceover macht. Das ist es, was ihren Account so interessant macht.

»Gesichtet!«, sagt sie, genau in dem Moment, als die Kamera über die Treppe zu dem goldenen Thron schwenkt. »Seit Tagen spricht alle Welt über die Datingshow *A Royal Romance*, und ich bin die Erste, die es noch vor der Premiere enthüllt: Der King ist kein Geringerer als Edward Blackwell, ihr Süßen. Und auf diese Info werdet ihr euch stürzen wie Lena Gerbensteyn auf Max Cordelair, nachdem ich ihn bei seinem Eklat exposed habe, denn: Edward Blackwell hat seine Erzfeindin Blair Wagner mit einem schwarzen Krönchen in seiner Show willkommen geheißen.«

Es folgt ein Clip von mir, wie ich Edward hasserfüllt anfunkele, während er mir die Tiara aufsetzt. Ich mache auf dem Absatz kehrt, und während meines Abgangs sagt @xoxogossipgirl: »Tja, tja. Das wird spannend, nicht wahr? Wird die schwarze Königin unserem broken boy das letzte bisschen Leben aussaugen oder wird Edward«, es wird eingeblendet, wie er mir angepisst hinterhersieht, »alle überraschen und sich verlieben? Nun, meine Lieben, das wäre«, Kriss Kross wird eingeblendet, als sie Edward für das Foto auf die Schultern hebt und das Tattoo auf ihrem Hals besonders zur Geltung kommt, »eine beautyfull tradgedy. Was auch passiert, ich werde es sehen und euch mitteilen. Xoxo, Gossip Girl.«

Die Kommentare drehen durch.

@fritzkola55555555 WHAAAT???? Omg das sind ZWEI heftige nachrichten auf einmal, wie soll ich das verkraften???
@trendy_secondhand bisschen auffällig dass die beiden in demselben hotel sind und auf einmal wird sie zu seiner dating show angenommen?
@b0okishnnnnnnerd OMG YES! ICH LIEBE SIE BEIDE! MAY THE UNIVERSE BRING THEM ZUSAMMEN
@kühlschrankflüsterin neeeee ich kann die blair gar net ab die schreit so nach aufmerksamkeit oh man ey
@flugsimulationsvideos die kriss ist ja cool :-D
@weltverbesserungsversager boah nein die ist ne schwarze

witwe sieht man ihr direkt an edward bloss nicht ganz ehrlich
erinner dich mal dran wie du sie gehatet hast

In meiner Brust pocht mein Herz in rapiden Schlägen, aber davon lasse ich mir nichts anmerken. Ungerührt gebe ich Victoria das Handy zurück.

»Das ist alles?«, fragt sie. »Keine Reaktion?«

Ich zucke die Achseln. »Es interessiert mich nicht, was dieser Account bringt.«

»Also«, Kriss Kross kommt ins Zimmer und beißt von einem Proteinriegel ab, »ich finde es gut, weil sie mich erwähnt hat. So bin ich im Gespräch, und das ist wichtig, weil es Edwards Entscheidung unbewusst beeinflusst.«

»Was?« Victorias Augen weiten sich. Panisch wirft sie einen Blick über die Schulter zu den anderen. »Ist das wahr?«

»Glaube ich nicht«, ruft Isabella vom Sofa. »Edward gibt nichts auf das, was andere sagen.«

»Stimmt«, sagt Lena.

»Finde es trotzdem kacke, dass sie die anderen nicht erwähnt.« Selma tigert in ihren Heels auf und ab, als wäre eine politische Katastrophe eingetreten und das hier eine Krisensitzung der Nationen. Sie trägt noch immer ihr Abendkleid. »Jetzt haben wir weniger Chancen, Favoritinnen der Zuschauer zu werden.«

»Es hat sowieso nur noch Blair Chancen!« Aufgebracht wedelt Victoria mit ihrem Handy in der Luft. Auf einmal wirkt sie kein bisschen mehr anmutig oder süß, sondern beängstigend. »Ich meine, was soll der Mist?«

»Wieso sind die Fenster sperrangelweit geöffnet, Blair?«, fragt Kriss.

»Weil ich sonst nicht schlafen kann«, entgegne ich.

»Woher hat sie überhaupt diese Videos?!« Victoria hält mir das Handy unter die Nase, als wolle sie mich ins Display saugen. »Wie kam sie da ran???«

»Keine Ahnung.« Ich schiebe ihr Telefon aus meinem Blickwinkel und funkele sie an. »Woher soll ich das wissen?«

»Ich schließe die«, sagt Kriss. »Mir ist scheißekalt.« Sie legt eine Hand um die Klinke.

Sofort schießt Panik durch meine Glieder. »Nein!« Ich schiebe Victoria beiseite und springe auf, um Kriss aufzuhalten. »Die müssen offen bleiben!«

»Bist du bescheuert? Ich friere mir die Titten steif!«

»Du kannst nicht –«

»Lass mich los!«

»Die Fenster müssen –«

»Blair, ich mache gleich den Chicken Wing!«

»Aber –«

»Kann mir irgendwer verraten, wo sie diese Videos herhat?« Victoria hüpft neben unserer Rangelei herum und wedelt mit ihrem Handy. »Wie kann das überhaupt schon geschnitten worden sein in zwei Stunden?!«

»Blair, hör auf, meine Hand wegzureißen, du … oh, *fuck*, sorry!«

Ich heule auf, als Kriss' Ellbogen meine Schläfe trifft.

Sie lässt endlich den Fenstergriff los. »Sorry, das war Gewohnheit, ein Abwehrreflex! Alles okay?«

»Oh mein Gott, sie blutet!«, kreischt Victoria. »Wartet, ich gehe live!« Plötzlich ist Victoria egal, woher @xoxogossipgirl diese beschissenen Clips hat. Sie tippt auf ihrem Handy herum und hält es schließlich auf mich. »Leute, Kriss Kross hat Blair ins Gesicht geschlagen! Es geht richtig ab wegen dieser Show. Die ersten Konkurrenzkämpfe gehen los, und ich –«

»Das war keine Absicht!«, brüllt *beautyfull tradgedy*. »Die Irre wollte die Fenster geöffnet lassen, als würde sie hoffen, Peter Pan kommt sie holen!«

»… obwohl Kriss ebenfalls im Video von @xoxogossipgirl auftaucht! Unfassbar, diese Missgunst, oder?«

»Halt die Fresse, Goldkehlchen!« Plötzlich schnappt Kriss Kross sich Victorias iPhone und schleudert es quer durchs Zimmer.

Victoria schnappt nach Luft. »Bist du übergeschnappt?« Sie will sich auf sie stürzen, aber in dem Moment fasst Ambre sie am Arm.

»*Arrête!*« Sie zieht Victoria mit sich. »Es ist nur ein Video, Victoria!«

Victoria will sich losreißen, aber Kokos-Kora kommt dazu, und ihre Aura ist heftig. Sie strömt etwas Autoritäres aus. Ich glaube, es ist die Macht ihres grünen Vokuhilas und des Kokosschalen-BHs, aber vielleicht habe ich auch eine Gehirnerschütterung, denn meine Schläfe blutet.

Kokos-Kora drückt Victoria ihr Handy in die Hand und befördert sie nach draußen. Sie schließt die Tür. »Alles okay?« Mit besorgtem Gesichtsausdruck und nassem Klopapier kommt sie zu mir. »Hier. Das sieht übel aus.«

»Es war wirklich keine Absicht«, beteuert Kriss. »Du darfst mich nur nicht packen, Blair, sonst setzt mein Kopf aus. Da kann ich nichts für. Jahrelanges Training.«

»Schon gut«, zische ich, während ich mich mit pochendem Schädel aufs Bett sinken lasse.

»Zur Entschädigung dürfen die Fenster geöffnet bleiben.« Kriss zieht zwei Schwitzjacken aus ihrem Koffer. »Ich werde es überleben, aber ich mach den Kamin an.«

Kokos-Kora tätschelt mir die Schulter. »Wir haben kein Kühlpack, aber ich kann dir einen gefrorenen Knochen anbieten, den ich in der Tiefkühltruhe gefunden habe.«

»Das ist kein Knochen«, sagt Kriss, während sie einen Holzscheit entzündet, »sondern tote Heuschrecken, die ich mitgebracht habe. Musste sie einfrieren, damit ich länger was von ihnen habe.«

Ich runzle die Stirn, bereue es aber sofort, als ein scharfer Schmerz durch meinen Kopf zuckt. »Was hast du mit toten Heuschrecken vor?«

»Essen natürlich.«

Was zum …

»Oh, darf ich welche abhaben?«, fragt Kokos-Kora. Als sie meinem verstörten Blick begegnet, erklärt sie: »Die Dinger haben *extrem* viele Proteine.«

»Ah.«

»Wenn du willst, kann ich dir sicher ein Kühlpack besorgen.«

»Nein, schon gut.« Ich nehme das Papier von meiner Stirn. Es ist rot verfärbt. »Ich will einfach schlafen.«

»Verstehe ich.« Wieder tätschelt mir Kokos-Kora die Schulter. »Tut mir leid für das, was dieses Gossip Girl gebracht hat.«

»Schon gut.«

»Wenn du was brauchst, ich bin im Zimmer nebenan.«

»Danke.«

Sie lächelt noch einmal aufmunternd, dann verschwindet sie. Kriss Kross flucht, weil sie sich am Feuerzeug verbrennt.

Ich gehe ins angrenzende Bad und stelle mich vor den Spiegel. Neben meinem Auge ist ein dickes Horn, ein kleiner Riss in der Haut. Ich putze mir die Zähne, mache einen Waschlappen nass und gehe zurück ins Zimmer.

Kriss hat es geschafft, das Feuer zu entzünden, und liegt schon im Bett. In ihren zwei Schwitzjacken wirkt ihr Oberkörper breit und aufgeplustert und erinnert mich an Gru von *Ich – Einfach unverbesserlich* in bunt. Sie liest in einem Magazin namens *Power Wrestling*, auf dem Cover ist ein Typ mit sehr viel Vollbart, wenig Kleidung und Armen wie Kuhschenkeln.

Als ich mich ins Bett lege und mir eine Schlaftablette einwerfe, damit ich trotz der Schmerzen durchschlafen kann, wirft sie mir einen bedauernden Seitenblick zu. »Tut mir echt leid.«

»Schon gut.« Ich spüle die Tablette runter, schüttle das Kissen auf und ziehe die Decke ans Kinn. »Ich werde schlafen wie ein Stein. Tut auch fast nicht mehr weh.«

»Das glaube ich dir nicht. Mein Elbow Drop ist der Hammer. Mit dem habe ich Maneater ausgeknockt.«

»Mhm.« Ich rolle mich auf die Seite, als meine Finger über etwas auf der Matratze streifen. Ich greife danach, und als ich erkenne, was es ist, pumpt mein Herz in doppelter Geschwindigkeit. Sofort rast Panik durch meine Glieder. Das Papier zittert in meiner Hand. Im schwachen Licht des Nachttischlämpchens lese ich die Worte.

DAFÜR wirst du bluten!

»Hallo?«

Ich zucke zusammen, zerknülle das Papier in meiner Hand. »Ja?«

»Ob ich das Licht ausmachen kann.«

Ich nicke, weil ich nicht sprechen kann. Die Angst pulsiert in meiner Kehle. Wie ist das hier reingekommen? Die Person muss im Hotel sein. Und sich Zugang zu unserer Suite verschafft haben.

Das Licht erlischt, nur das Feuer im Kamin wirft rötliche Schatten an die Wand. Es dauert nicht lange, bis Kriss' Schnarchen den Raum erfüllt. Ich hingegen liege wach, lausche dem Knistern der Flammen und den Windböen, die vorbeiziehen. Kurz bevor ich wegnicke, höre ich jemanden an meiner Tür vorbeigehen, und einen Moment später

Victorias Stimme. »So, meine Lieben, es ist Schlafenszeit. Wollt ihr mich beim Meditations-Yoga begleiten, um zur Ruhe zu kommen?«

Stunden später lässt die Wirkung der Tablette nach, und ich werde wach, weil Kriss sich wiederholt von der Matratze auf den Boden wirft und jedes Mal lauthals einen Kampfschrei von sich gibt. Erst dachte ich, jemand würde in meinem Zimmer ein Baby gebären, bis ich die Schwitzjacken gesehen habe.

»Spinnst du?«, raune ich.

»Fragt mich diejenige mit dem Fenstertick?«

Müde reibe ich mir die Augen. »Machst du das jetzt jeden Morgen?«

»Yep. Außerdem musst du eh aufstehen. Das Stylingteam ist auf dem Weg.«

Ich stöhne. »Heute ist Sonntag!«

»Ja, aber die wollen Gruppenfotos machen und ein paar Interviews.«

Ich rolle mich auf die Seite, als ein stechender Schmerz durch meinen Arm fährt. Scharf ziehe ich die Luft ein, senke den Blick und …

… erstarre.

Entsetzt starre ich auf meinen linken Arm. Zwei lange Kratzer ziehen sich von der Ellenbeuge zum Handgelenk. Sie müssen geblutet haben, denn die Striemen sind von einer leichten Kruste überzogen. Mein Blick huscht aufs Laken, und dort erkenne ich ein paar Blutspuren.

Die Person war hier.

Und ich habe nichts davon gemerkt, weil die Schlaftablette mich völlig ausgeknockt hat. Aber wer könnte sich so leise reingeschlichen haben, dass Kriss nichts gemerkt hat? Es sei denn …

Es sei denn, sie war es. Aber Kriss als …@didntyouhearthat? Das klingt zu abwegig. Oder? Andererseits schnarcht Kriss so laut, dass nicht einmal Elefantenschritte sie übertönen könnten.

Mein rasender Herzschlag ruft Übelkeit in mir hervor. Aber in dem Moment erhebt sich Kriss und klettert wieder aufs Bett, weshalb ich den Arm mit wildem Puls wieder unter der Decke verschwinden lasse und mit der anderen mein Telefon nehme, um normal zu wirken. Ich wische die ganzen Verlinkungen auf TikTok beiseite und öffne den Gruppenchat unserer Clique auf WhatsApp.

Emma: ES IST EDWARD!!!!!!!

Lis: was hat der Kerl jetzt schon wieder gemacht?

Giu: was hat der kerl jemals nicht gemacht?

Pao: haha

Emma: (schickt einen Link) sieh dir dieses Video von @xoxogossipgirl auf TikTok an.

Lis: Oh Mann Em, jetzt hast du uns gespoilert!!!

Giu: HAHAHAHAHA Blairs Gesichtsausdruck, als sie vor ihm steht!!!

Pao: In echt war es noch schlimmer.

Lis: Er sieht aber auch hocherfreut aus.

Giu: Ich kann nicht mehr, ich lach so ab

Giu: wer ist die mit dem tattoo???

Lis: beautyfull tradgedy

Emma: ich feier sie

Pao: ich habe mich nur gefragt, wieso sie ihn auf die Schultern nimmt.

Emma: das ist so crazy, I mean: BLAIR UND ED????!!!! Das wird legendäres drama trash vom feinsten

Giu: Krass, die nächsten Wochen freue ich mich auf jeden Sonntagabend

Lis: Ich finde viel krasser, dass Pao jetzt WhatsApp besitzt

Emma: und ein iPhone!!!

Giu: Pao, du warst doch dabei. Was ging in dem Nebenzimmer ab?

Pao: Nichts mehr, nachdem der Kameramann Blair gefragt hat, was sie vom King hält

Emma: vom King HAHAHHAHA geil

Lis: Wieso? Was hat Blair gesagt?

Pao: Abstand.

Giu: Wetten Abstand.

Giu: HA! Ich kenne sie so gut, hahah

Giu: schickt ein GIF von einem lachenden Einhorn

Blair: beautyfull tradgedy ist mit mir in einem Zimmer

Blair: ich teile mir ein Bett mit ihr

Blair: gestern hat sie mir einen Elbow Drop gegeben, jetzt habe ich eine Platzwunde

Lis: Echt jetzt? Mag sie dich nicht?

Blair: War aus Versehen

Giu: Ahhhh, die schwarze Prinzessin ist anwesend! Wie gedeiht es Ihnen, Hoheit?

Blair: Mittelfinger Emoji

Emma: mir ist gerade meine wurst aus dem mund geflupscht

Emma: lol

Emma: was ist jetzt mit Ed???

Pao: Sie gibt ihm eine Chance.

Blair: ich gebe ihm keine Chance!!! Nach dieser Woche kickt er mich raus, ich habe ein bisschen Kohle verdient und durfte in einem geilen Himmelbett pennen – that's it

Lis: mit einer Frau, die dir ihren Ellbogen ins Gesicht crasht

Blair: Edward ist das größere Problem

Emma: treffen wir uns heute alle im CoC?

Paola: Hab Reitunterricht.

Giu: wirst du schon besser?

Pao: Weiß ich nicht. Charles sagt ja, aber das sagt er seit der ersten Stunde, weil er will, dass ich mich besser fühle.

Emma: du bist immer so korrekt mit deinen satzzeichen

Emma: das wirft mich aus der bahn

Emma: kannst du bitte ein paar sachen schluderiger schreiben?

Paola: Nein.

Blair: das styling team kommt gleich für fotos und interviews, danach iwann könne ich

Lis: dann gegen Nachmittag?

Paola: Muss ich spontan schauen. Sage dann Bescheid.

Giu: bin dabei.

Giu: muss Son Gohan aber mitnehmen, der braucht die Flasche und ist anhänglich heute

Paola: ich liebe dein schweinchen!!!

Emma: aha, auf einmal vergisst sie sogar die groß und kleinschreibung

Pao: Groß- und Kleinschreibung.

Giu: HAHAH

Giu: fuck

Giu: Son Gohan hat mich angekotzt

Lis: ☺

»Was ist das denn?« Kriss Kross zieht meinen linken Arm beiseite, und plötzlich durchzuckt mich ein scharfer Schmerz. Sie hat ihre Position auf dem Bett für den nächsten Sprung eingenommen und sieht aus wie ein Schimpanse kurz vor seinem Angriff, während sie meinen Arm gepackt hält. »Hast du dich gekratzt?«

Ich entziehe ihr meinen Arm und erhebe mich schluckend.

»Ja, schlecht geträumt«, lüge ich, balle die Hände zu Fäusten, um mein Zittern zu verstecken, und verschwinde ins Bad.

Ich schließe die Tür hinter mir ab, ziehe mich aus und steige in die Dusche. Dort stehe ich lange, ohne mich zu bewegen. Das Wasser läuft über meinen regungslosen Körper und rinnt in meine aufgerissenen Augen.

An meinem linken Arm brennt eine Warnung.

AND NEXT TIME I WON'T MISS

Edward

Unter mir bebt die Erde. Hufe donnern über das gefrorene Eis, Charles und Sofia sind mir dicht auf den Fersen. Aber Jalapeño ist schneller. Mit einer wendigen Bewegung reiße ich aus und schwinge den Schläger. Er trifft den roten Ball, der mit Wucht über das Spielfeld rast und ins Tor fliegt.

Coach Berry pustet in seine Pfeife. »Das war's! Gutes Training, Leute!«

Wir zügeln unsere Tiere, die schnaufend in den Trab und schließlich in den Schritt wechseln. Ich nehme den Helm ab. Schweiß rinnt mir die Schläfe herunter. Das Zaumzeug meines Pferds klirrt, als ich die Zügel lockerer nehme. Vor meinem Gesicht entstehen schnelle Kältewolken, weil ich so außer Atem bin.

»Hast du heute den Teufel rausgelassen?«, fragt Charles neben mir. Er sitzt aufrecht auf Abraxas, der Helm baumelt an seiner Ellenbeuge. Hinter ihm ragt das Panorama der Schweizer Alpen in den Himmel. Die untergehende Sonne taucht die Wipfel in orangenes Licht. »Du bist über das Spielfeld gerast wie ein Knasti auf der Flucht.«

»Bruderherz.« Ich schenke ihm ein gespielt breites Grinsen. »Ich *bitte* dich. Hast du mich jemals langsam machen sehen?«

»Touché.«

»Je riskanter, desto besser, was?« Laxon trabt an und wechselt neben mir in den Schritt. »Vielleicht solltest du darüber nachdenken, deine Energie in eine richtige Jockey-Ausbildung zu stecken.«

»Der würde doch direkt runterfliegen«, sagt Max.

Ich werfe ihm einen vernichtenden Blick zu. Seit der Sache mit Lena lässt Max seine Wut in Form von passiven Aggressionen oder Beleidigungen raus. »Ich habe Reiten gelernt, als ich gerade auf zwei Beinen stehen konnte«, entgegne ich. »Ich falle nicht vom Pferd.«

»Bei dem letzten Rennen bist du das aber«, kontert Misha, der Laxon erreicht hat.

»Und er hat sich abgerollt wie ein Profi«, entgegnet Sofia. Sie reitet im Schritt neben Charles, nimmt den Helm ab und offenbart ihre eingeflochtenen Zöpfe. Ihr Pferd überragt Mishas um einige Zentimeter. Hochmütig blickt sie auf ihn hinab. »Was *du* letztes Jahr nicht gemacht hast, als du dir beim Polo die Schulter gebrochen hast.«

Mish schnaubt. »Nur weil Laxon mich gefoult hat.«

Laxon gibt bloß ein trockenes Lachen von sich. Er ist derjenige von uns, der sich am besten unter Kontrolle hat. Laxon bringt selten etwas aus der Fassung. »Ich foule nicht, Mish. Ich gewinne.«

»Ey, Ed!«, brüllt Raúl in einigen Metern Entfernung. »Geht was im Clubhaus oder musst du zu deiner Show?«

Sie fragen immer mich. Irgendetwas an mir hat ihnen vor über einem Jahrzehnt klargemacht, dass sie mich als ihren Anführer zu sehen haben, und seitdem tun sie nichts, ohne mich vorher zu fragen. Wenn ich jetzt Nein sage, setzen sie sich in die Lounge, trinken ein Bier und verpissen sich dann. Wenn ich bejahe, sagen sie ihren restlichen Abend ab und besaufen sich, bis sie in den Morgenstunden in ihre Suiten taumeln. Online nennt die Welt mich das Alphatier. Den selbstbewussten Typen, dessen Aura jedes Mädchen auf mehrere Kilometer Entfernung anzieht. Der heiß begehrteste Junggeselle des einundzwanzigsten Jahrhunderts.

Edward, der keine Gelegenheit auslässt, sich mit allen abzuschießen.

Edward, der es liebt, nackte Frauenkörper mit Belvedere zu übergießen und den Alkohol zwischen ihren Beinen zu lecken.

Edward, der seinen Schwanz bereitwillig auspackt, aber niemals sein Herz.

Edward, den alle wollen, aber niemand haben kann.

Keiner sieht, was wirklich abgeht.

Keiner sagt:

Edward, der keine Gelegenheit auslässt, sich mit allen abzuschießen, weil er traurig ist.

Edward, der es liebt, nackte Frauenkörper mit Belvedere zu übergießen und den Alkohol zwischen ihren Beinen zu lecken, damit er vergisst.

Edward, der seinen Schwanz bereitwillig auspackt, aber niemals sein Herz, weil er so naiv war, es zu verschenken, bevor es zerstückelt wurde. Weil er Angst hat, dass das, was davon noch übrig ist, ihm auch noch genommen wird.

Edward, den alle wollen, aber niemand haben kann, weil jeder ihn als Trophäe sieht. Nicht als Menschen.

Wenn sie wüssten, dass ich jede Nacht mit einem zerfledderten Winnie Puuh im Arm einpenne, würden sie Memes über mich machen. Eine öffentliche Witzfigur. Nicht mehr Edward, das selbstverliebte Arschloch mit Moncler-Cap und Sonnenbrille, sondern Edward, das Weichei.

»Clubhaus«, entgegne ich und steige vom Pferd. »Der nächste Dreh ist erst morgen.«

»Bin gespannt zu sehen, wer dabei ist«, sagt Laxon. »Du verrätst uns ja nichts.«

Ich werfe ihm einen kurzen Seitenblick zu, um abzuschätzen, ob er die Wahrheit sagt. Er und Misha lachen, aber Lax wirkt, als würde er das ernst meinen. *Shit*, denke ich, während ich meiner Groom Jalapeños Zügel übergebe, *er hat echt keine fucking Ahnung, dass Ambre in der Show mitmacht.*

Spätestens morgen wird Laxon versuchen, mich umzubringen. Wenn er nicht schon heute Abend mit einem Beil in meiner Suite auftaucht und mich anbrüllt, die Finger von seiner Schwester zu lassen. Und den Schwanz. *Vor allem* den Schwanz.

»Kommst du auch, Charles?« Sofias Kiefer ist angespannt. Sie wirkt, als wäre sie angepisst wegen irgendetwas, das sie mit ihren Zähnen zerknirschen könnte. Sie übergibt ihr Pferd an die Groom, schüttelt den Schnee von ihren Hermes-Reitstiefeln und starrt Charles so fest an, dass ich mir fast sicher bin, sie will sich ablenken. Ich runzle die Stirn. Sofia hat Charles nur selten intensiver angesehen als ein Hund einen Stein beschnüffelt. »Noch mit ins Clubhaus?«

»Kann ich noch nicht sagen.« Sein Blick gleitet zum Reitplatz neben den Stallungen, auf dem Paola gerade auf ihrem Lipizzaner sitzt und sich größte Mühe gibt, im Trab nicht nur rumzuhoppeln. Ein paar Meter entfernt bekommt ihr kleiner Bruder Gabriel eine Reittherapiestunde, um sein Leben in San Luca aufzuarbeiten. Er sitzt auf dem Boden im Schneidersitz und bewegt sich nicht, während unser geschecktes Therapiepferd genau das Gleiche tut – nur im Stehen. Sie spiegeln sich, nichts passiert, und ich habe keine Ahnung, wofür das gut sein soll.

Paola hingegen sieht aus, als würde sie jede Sekunde vom Pferd fliegen, aber Charles starrt zu ihr rüber, als wäre sie das größte Reitwunder, dem er je begegnet ist. »Vielleicht, wenn Paola nach ihrer Stunde nichts anderes vorhat.«

»Wenn sie dich sieht, hat sie nur noch eins vor.« Misha lacht. »Beginnt mit V und endet mit Ögeln.«

Charles wirft ihm einen Blick zu, vor dem sogar ich innerlich zurückschrecke.

Mishas Lachen erstirbt sofort. »Sorry«, murmelt er und wendet den Blick ab.

Ich bin der Blackwell, mit dem sie dreckige Witze reißen können.

Charles ist der Blackwell, der sie auseinandernimmt, wenn sie das über seine Freundin tun.

Würde ich vielleicht auch, wenn ich eine hätte. Was ich nicht habe. Und nicht vorhabe, zu ändern. Datingshow hin oder her. Gefühle sind nur Dreck fürs Herz. Und meins ist schwarz genug. Ohne Scheiß, ich glaube, ich sterbe einsam und allein. Vielleicht mit meinem Motorrad. Aber niemals im Leben würde ich mich auf eine Beziehung einlassen. Nie wieder.

Charles verschwindet zu den Stallungen, wir anderen stapfen durch den Schnee zum Clubhaus.

Als wir eintreten, wird schon Musik gespielt. Kein Rap, wie wenn wir allein sind, sondern Jazz. Ein paar der älteren Generation sind anwesend. Mein Onkel Elias sitzt in einem Sessel neben seiner Frau Donna. Er nickt mir zu, als er meinem Blick begegnet, ich nicke zurück. Seit er geholfen hat, Paolas Bruder aus San Luca zu holen und unsere Leute von den Wasserquellen fernzuhalten, herrscht stillschweigende Akzeptanz zwischen uns. Ich werde ihm nicht verzeihen, was er mit uns abgezogen hat, aber mein Vater kickt ihn nicht. Von daher muss ich mich mit ihm arrangieren. So läuft das in der Oberschicht. Gestern Skandal, heute Freunde. Lach in die Kamera, danke, Tschüss.

Wir setzen uns zu Xenia an den Kamin vor dem Panoramafenster mit Blick auf den gefrorenen See. Max ist vorgelaufen und sitzt schon mit einem Schümli-Pflümli neben ihr.

»Alter, siehst du beschissen aus.« Raúl lässt sich neben Max fallen. »Diggi, was sind das für Augenringe?«

»So was nennt man Abgründe.« Ich gebe Susanna hinter der Theke ein Zeichen, uns Bier zu bringen. Sie nickt, wirbelt umher, und ich drehe mich wieder zu den anderen. Bedeutungsvoll beuge ich mich vor. »Eine Schlucht derer Personen, die ihre Freundin betrügen und erst danach zum ersten Mal von Konsequenzen hören.«

Max funkelt mich an. »Mein Privatleben geht dich nichts an, Blackwell.«

»In unserer Welt haben wir kein Privatleben.«

»*Du* hast kein Privatleben«, zischt er. »Ich schon.«

»Es interessiert mich brennend, zu wissen, was da abging. Schade, dass du nicht interessant genug bist, dass @xoxogossipgirl mehr über dich bringt.«

»Fick dich.«

»Ich bevorzuge es, wenn Frauen das für mich übernehmen.« Ich öffne meine Polojacke und fahre mir durchs Haar. »Im Plural. So wie du, wie wir dank des Videos alle wissen. Sag mal, war es ein Ausrutscher oder hast du öfter hinter Lenas Rücken eine andere gefickt?«

»Wie gesagt«, knirscht er mit den Zähnen. Ich kann jedem angepissten Zug in seinem Gesicht ansehen, wie gern er sich gerade auf mich stürzen würde, der Penner. »Lena und ich gehen dich nichts an.«

»Oh, wenn du wüsstest, *wie sehr* deine Freundin mich jetzt etwas angeht.« Ich räuspere mich. »Ex-Freundin, Sorry. Will ja keine Wunden aufreißen.«

Sein Kopf zuckt hoch. »Was?«

»Will keine Wunden aufreißen.«

»Nein, davor.«

»Ex-Freundin.«

»Warum geht sie dich was an?«

Mit Daumen und Zeigefinger spiele ich an meiner Unterlippe. »Darum.«

Er verzieht den Mund. »Sag schon!«

»Ah.« Grinsend lehne ich mich zurück und lege die Arme auf der Sessellehne ab. »Riecht ihr das?«

»Was?«, fragt Mish.

»Den wunderbaren Duft der Oberhand.« Ich setze mich breitbeiniger. In der engen Reithose ist meine große Beule nicht zu übersehen. »Scheiße, macht es dich auch an, wenn du dieses Spiel anführst?« Gespielt nachdenklich verziehe ich den Mund. »Ah, nein, vergessen. Du bist kein Blackwell. Sorry, Cordelair. Die führen nicht. Eine Migros-Kette reicht wohl nicht, deine Ex zu behalten, während du andere fickst.«

Vielleicht nutze ich meinen Status gerade etwas zu sehr aus, aber ich reagiere allergisch auf Fremdgeher. Ich habe diese Scheiße am eigenen Leib erlebt. Jeden Tag aufs Neue. Ich weiß, wie Lena sich fühlt.

Sofia kichert. Was so untypisch für sie ist, dass ich sie stirnrunzelnd ansehe. Ihr Kichern wird zu einem Räuspern, ehe sie sich schnell blinzelnd an Raúl wendet. »Und, wie geht's deinen drei Freundinnen?«

»Kein Plan.« Er zuckt die Achseln. »Hab nur noch zwei.«

»Oh, wer hat sich getrennt?«

»Shaquil.«

»Wer war das?«, frage ich. »Hello Kitty?«

»Nee, die Derbyreiterin.« Auf einmal sieht er mich vorwurfsvoll an. »Der du beim After Christmas gesagt hast, ich würde sie verarschen.«

»Aber du *hast* sie verarscht«, sagt Xenia. »Sie tut mir immer noch leid. Die Arme hat ihren Wettkampf verloren, weil sie so Liebeskummer hatte.« Xen funkelt ihn an. »Wegen dir, du sechzehnjähriger Scheißer.«

»Inzwischen siebzehn«, korrigiert Raúl. »Und Ed hätte ihr ja nichts sagen müssen.«

»Also ist es wegen mir vorbei?« Als er nickt, grinse ich höhnisch. »Ah, ich fühle mich geehrt.«

Niemand sagt etwas. Sie würden, wenn ich jemand anderes wäre. Aber ich bin ein Blackwell, also halten sie den Mund.

Susanna bringt die Getränke. Statt Palü gibt es Kürbisbier. Eine Tradition im Clubhaus nach dem Polotraining: heißes Hefeweizen mit Honig, viel Zimt, Kürbissirup und Spekulatius-Topping im Schaum.

Als sie geht, ist es Suarez, der die Stille durchbricht. »Was meint ihr, wer hinter Gossip Girl steckt?«

»Schwer zu sagen.« Sofia rührt mit ihrem pinken Schirm im Martini. »Sie ist international unterwegs, zumindest nach dem zu urteilen, was sie in ihren Videos bringt, also könnte es die ganze Welt sein.«

»Aber sie weiß, was im Blackwell Palace passiert«, entgegne ich.

»Du meinst, sie ist hier?«, fragt Laxon und wischt sich den Spekulatius-Schaum von den Lippen. »Im Hotel?«

»Nicht unbedingt.« Ich trinke einen Schluck Bier und blicke in die Flammen des Kamins, während ich überlege. »Kann auch sein, dass sie nur ihre Kontakte hat, die ihr alles weiterleiten.«

»Über wen redet ihr?« Finn taucht bei uns auf, in Bademantel mit BP-Logo auf der Brust. Das schwarze Haar klebt ihm in der Stirn. Er kommt aus der Sauna, in der Hand ein kühles Palü. »Gibt es neuen Trash?«

»Wir überlegen, wer Gossip Girl sein könnte«, sagt Xenia.

»Ah. Dachte, es geht um die Datingshow. Darum, dass Blair dabei ist.« Finn wirft mir einen Seitenblick zu, den ich angepisst erwidere. Einerseits, weil er ein beschissener Wichser ist, der Frauen verarscht, sie schlecht behandelt und ihnen Pilze ins Glas gibt, andererseits, weil er *kein Wort* darüber verlieren darf, dass seine Schwester Lena in der Show ist. Jenna hat mir schon den ganzen Tag die Hölle heiß gemacht wegen Gossip Girl. Noch einen Nervenzusammenbruch von ihr, weil etwas geleaked worden ist, ertrage ich nicht.

»Ertrag endlich, dass sie dich abserviert hat«, sage ich.

Er schnaubt. »Sie war nur ein Zeitvertreib für mich.«

»Als ob«, sagt Xenia. »Du hast jeden Tag am Handy geklebt, um mit ihr zu schreiben.«

»Stimmt«, murmelt Suarez.

Er zuckt die Achseln. »Wie gesagt, Zeitvertreib. Wenn Edward sich mit meinem Abfall beschäftigen will, nur zu.«

»Nenn sie nicht so«, knurre ich.

»Edward hat recht.« Neben mir wirft Sofia Finn einen abwertenden Blick zu. »Blair ist ein liebes Mädchen.«

Das kann ich zwar nicht unterschreiben, aber ich will kein Benzin ins Feuer gießen, das Finn antreiben könnte.

»Irgendwie witzig«, sagt Misha. »Ihr wart öffentliche Erzfeinde und jetzt geht es darum, ob sie deine Freundin wird.«

»Wird sie nicht«, entgegne ich.

»Also schmeißt du sie raus?«, fragt Raúl. »Schon in der nächsten Entscheidung?«

»Klar.«

»Wie dumm von deinen Eltern, sie auszuwählen.« Stirnrunzelnd sieht Max zu Laxon. »Sie hätten doch wissen müssen, dass er sie sofort rauskickt.«

»Meine Eltern haben mit der Auslese nichts zu tun. Ihnen gehört das Unternehmen, mehr nicht.«

»Aber was meint ihr, wer ist Gossip Girl?«, hakt Raúl nach. »Ohne Scheiß, ich hab echt keinen Plan.«

Finn wischt sich mit dem Ärmel den Schweiß aus dem Gesicht und wendet sich achselzuckend ab. »Es ist irgendeine Bitch, die sich wichtig machen will.«

Sofia funkelt ihn an. »Wieso wirst du direkt beleidigend?«

»Weil er ein misogyner Mistkerl ist«, entgegnet Xen trocken.

»Und warum glaubt ihr sofort, dass es eine Frau ist?«, ergänzt Sofia.

»Hallo?« Es ist das erste Mal, dass Max das Wort erhebt, nachdem ich das mit Lena gesagt habe. »Gossip *Girl?*«

»Vielleicht eine Täuschung«, überlegt Suarez. »Um alle hinters Licht zu führen.«

»Danke, Su.« Sofia trinkt die Hälfte ihres Martinis, als könne sie Finns Anwesenheit nur so ertragen. »Du bist der Einzige in dieser Runde, dem ich Hirn zuschreibe.«

»Schade.« Ich ziehe einen Schmollmund und zupfe an ihrem Ohrläppchen. Beim Polo trägt sie keinen Schmuck. Es ist ungewohnt, sie ohne funkelnde Diamanten im Ohr zu sehen.

Sofia zuckt zusammen, als sie meine Haut an ihrer spürt. *Was ist los mit ihr?*

»Dabei habe ich mir *so viel* Mühe gegeben mit meinem Abschluss am Lyceum. Alles nur für diesen Moment. Damit So-So meine Hirnzellen lobt. Und was ist?« Theatralisch werfe ich die Arme in die Luft. »Sie hält mich für einen Neandertaler!«

Sie kichert schon wieder. Ich wechsle einen Blick mit Laxon, der unauffällig die Achseln zuckt.

»Ist doch egal, wer sie ist«, sagt Raúl. Er versucht, mit der Oberlippe ein paar Spekulatius-Stücke auf der Schaumkrone einzufangen. »Lasst mal was Cooles machen. Jemand Gras dabei?«

»Yo, ich«, sagt Mish. Er kramt in seiner Tasche und wirft Raúl ein Päckchen in den Schoß. »Mach mal drei fertig.«

»Ich habe Yayo«, sagt Finn. »In meiner Tasche. Muss ich nur aus der Saunakabine holen.«

Alle schütteln den Kopf, weil wir zu kaputt sind vom Training und keinen Bock haben, uns jetzt Kokain reinzuhauen.

Nur Max nickt. »Gib mal was.«

Finn stellt seine leere Palüflasche ab und verschwindet in Richtung Sauna. Raúl zündet die Joints gerade im Kamin an, als sein Kopf herumzuckt. Mit funkelnden Augen nickt er zur Flasche. »Lass Flaschendrehen spielen!«

»Flaschendrehen?« Xenia verzieht den Mund. »Sind wir zwölf?«

Achselzuckend reicht er Mish und Suarez einen Joint. »Wir machen eine erwachsene Version draus.«

»Sagt das Kind«, grunze ich.

Sofia lacht. Dabei legt sie mir kurz eine Hand aufs Knie und drückt es. Ich konzentriere mich darauf, mein Kürbisbier nicht zu verschütten, bis sie mich wieder loslässt. Die Verwirrung in mir wird zu leichter Panik.

Finn kommt wieder und steckt Max ein Tütchen zu. Er verpisst sich auf die Toilette und kommt zurück, als Raúl sich gerade die Flasche schnappt. »Also, auf wen die Flasche zeigt, der muss ...« Er wirft einen Blick in die Runde. »Sagen, wen er schon immer gern flachlegen wollte.«

Xenia verdreht die Augen. »Wie originell.« Sie ist aus ihren Moon Boots geschlüpft, hat die Socken unter die Schlaghose gesteckt und zwirbelt mit einer Hand ihr blondes Haar auf den Finger, mit der anderen hält sie das Kürbisbier. Es ist eine Glanzleistung, dass sie in dieser Position nichts davon auf ihren Ralph-Lauren-Pulli kippt.

Raúl leckt sich die Lippen wie ein Amerikaner, dem ein blutiges Steak vor die Nase gesetzt wird. Er dreht die Flasche. Der Kopf zeigt auf Suarez.

Er stöhnt. »Mann, ich spiele nicht mit.«

»Komm.« Ich lache. »Jetzt bin ich neugierig.«

Alle sehen ihn an und schließlich knickt er ein. »Okay, diese Kleine aus dem Housekeeping. Die Freundin von Paola. Mit den kurzen Haaren.«

Neben mir versteift sich Sofia. »Lilibet?«

»Lilibet?« Ich runzle die Stirn. »Heißt die nicht Lis?«

»Oder so.« Sofia überschlägt ein Bein, schwenkt das Bier und beobachtet, wie der Schaum das Glas benetzt. »Du hast keine Chance bei ihr, Su.«

»Wieso nicht?«

»Ist einfach so.«

Suarez verzieht den Mund. »Aber sie ist so süß! Sie wirkt auf mich wie die einzige Normale in diesem Hotel.«

Ich lache trocken. »Lass das nicht Charles hören.«

Er verdreht die Augen. »Wir wissen alle, dass Paola alles andere als normal ist, nach dem, was in den letzten Monaten zwischen euch abging. Und jetzt bin ich dran.« Er beugt sich vor und schnappt sich die Flasche. »Auf wen die zeigt, muss obenrum blankziehen.«

Max hebt die Brauen. »Hier?«

»Ja.«

»Du willst, dass wir vor allen anderen unsere Oberteile ausziehen?«, fragt Xenia. »Vor unseren alten Säcken aus Eltern und Bekannten?«

Suarez lacht. »Yes.«

Das ist so untypisch für ihn, dass wir ihn alle angucken.

»Stille Wasser sind tief«, murmelt Max.

»Du sagst es«, entgegne ich mit einem eindeutigen Blick in seine Richtung. »Und manchmal *verlangen* sie es tief, zum Beispiel in ihrem Mund, oder, Cordelair?«

»Halt die Fresse, Ed.«

»Nö, nicht mein Ding.«

Suarez dreht, und die Flasche zeigt auf Sofia. Kurz klappt ihr der Mund auf. Sie stockt, starrt die Flasche an, schließt ihn wieder.

»Sofia«, sage ich leise. »Du musst nicht …«

Meine Stimme scheint sie aus ihrer Starre zu reißen, denn plötzlich sieht sie auf. »Was? Oh, nein, kein Problem.« Sie gibt ein grunzendes Lachen von sich, als wäre diese Aufgabe lächerlich, zieht den Reißverschluss ihrer Polojacke auf, schlüpft aus den Ärmeln und zieht sich den Fleecepullover über den Kopf. Der weiße Sport-BH sitzt perfekt, ihre Brüste sind feste runde Kugeln unter dem Stoff. Selbstbewusst lehnt sie sich in ihrem Sessel zurück und drückt den Rücken durch. Das schwarze Nikesymbol küsst das Licht des Leuchters über unseren Köpfen und all die schwanzgesteuerten Kerle unserer Runde geiern ihr auf die Titten, nur ich sehe woanders hin.

Ihr Arm.

Meine Fresse, *ihr Arm!*

Sofias Haut ist dunkler als meine, weshalb es nicht auf dem ersten Blick erkennbar ist, aber sie sitzt direkt neben mir. Ich sehe die vielen Flecken in noch tieferen Schattierungen, sehe die Schwellungen, die Kratzer. Entgeistert starre ich sie an.

Sie bemerkt meinen Blick. Erst lächelt sie noch, weil sie denkt, ich geiere genauso wie die anderen, bis sie erkennt, dass meine Augen ein anderes Körperteil fokussieren. Ihr Lächeln erlischt sofort. »Okay, reicht«, sagt sie in die Runde, schnappt sich ihren Pullover und zieht ihn sich über. »Genug geglotzt, Idioten.«

»Sofia«, raune ich. »Was –«

»Ich bin dran!« Schnell schnappt sie sich die Flasche. »Die Person muss, ähm, mit Xenia rummachen.«

Perplex lässt Xenia ihr Kürbisbier sinken. »*Was?*«

Wundert mich nicht, dass sie so reagiert. Normalerweise wäre das was, das Finn oder Mish gewollt hätten. Aber Sofia will ablenken. Sie hat nicht nachgedacht. Nicht eine Sekunde. Ich erkenne, wie ihre Schlagader rasant in ihrer Halsbeuge schlägt, ehe sie die Flasche dreht. Schützend legt sie ihre Hand auf den rechten Oberarm, als könne sie dadurch die Blessuren unter dem Stoff verbergen.

Mein Blick ist auf sie gerichtet. Ich bekomme nicht mit, auf wen die Flasche zeigt. »Sofia –«

»Edward!«, grölt Finn.

»Ah, nein!« Raúl wischt sich über das Gesicht. »Ich wollte, dass sie auf mich zeigt!«

»Du hast drei Freundinnen, Mann.«

»*Zwei*, Su.« Raúl zwinkert Xenia zu. »Und hätte nichts gegen eine neue Drei.«

Xenia starrt ihn an wie eine Kakerlake, die sie gerade unter ihrem Küchentisch entdeckt hat. »Ich würde lieber einen Duschabfluss lecken als mit dir rumzumachen, du Krabbe!«

»Aber mit Edward?« Max zieht eine Braue in die Stirn. »Lena meinte, du hattest so schlimmen Liebeskummer wegen ihm.«

Xenias Wangen färben sich dunkelrot. »Sie hatte kein Recht, dir das zu sagen!«

Finn verdreht die Augen. »Es stand doch sogar in der Bravo. *Jeder* weiß, dass du was von Edward wolltest.«

»Ich nehm's zurück«, sagt Sofia plötzlich. »War 'ne dumme Aufgabe.« Sie will sich schon die Flasche schnappen, aber Finn kommt ihr zuvor.

»Nope«, sagt er. »Aufgabe ist Aufgabe, schon vergessen?«

»Das war ein beschissener Schwur, den wir mit dreizehn geleistet haben«, spotte ich. »Das zählt nicht mehr, Finn.«

»Das *zählt*«, sagt Max fest. Er wird immer aggressiv, wenn er Kokain genommen hat. »Kneift wer bei einer Aufgabe, egal welches Partyspiel, muss er nackt durch St. Moritz rennen.«

Verzweifelt sieht Xenia mich an. Ich kann ihre Gedanken schreien hören.

bitte nicht du hast es mir versprochen ich halte das nicht noch mal aus ich muss dich vergessen bitte bitte bitte nicht

»Schön«, sage ich, stelle das Kürbisbier ab und nicke mit dem Kinn nach draußen. »Nur nicht hier.«

»Wir müssen euch aber sehen können«, sagt Raúl.

»Warum?«, entgegnet Su trocken. »Willst du dich dran aufgeilen?«

»Der nächste Charles«, spottet Max.

Sofort beuge ich mich über den Tisch und packe Max am Kragen. »Du hältst die Fresse über meinen Bruder, verstanden?«

Er funkelt mich an. »Was denn, Ed? Auf einmal wieder best friends mit deinem Brüderchen, der deine tote Ex gefickt hat? Sicher, dass das Kind nicht von ihm war?«

Sofia schnappt nach Luft.

Ich spucke ihm ins Gesicht. Dann reiße ich Misha den Joint aus der Hand (»Hey, ich habe nichts gesagt!«), drücke die glühende Spitze auf Max' Oberschenkel aus und genieße, wie er mir ins Ohr schreit.

Alle sehen zu uns rüber.

Niemand kommt, um sich einzumischen.

So ist das in der Oberschicht.

Die Jungs, die klären das untereinander.

Die Mädchen, die klären das untereinander.

Jungs und Mädchen, die klären das untereinander.

Und wenn wir so alt sind wie sie, dann wissen wir, wie das geht.

Wir klären das untereinander.

Ich werfe ihn zurück in den Sessel, lasse seinen Kragen los und durchquere das Clubhaus. Es dauert einen Moment, bis Xenia mir folgt. Als ich an meinem Onkel und Cousin vorbeikomme, hebt Leopold fragend die Brauen. Ich schüttle den Kopf und er nickt, weil er weiß, wie es ist.

Die Jungs, die klären das untereinander.

Ich schiebe die verglaste Wand vom Clubhaus auf und gehe nach draußen.

Xenia schließt die Tür. Sie schlingt ihre Arme um den Oberkörper. Der eisige Wind weht ihr die hellen Haare ins Gesicht. »Und jetzt?«

»Stell dich an die Wand.«

Xenia tut, was ich sage, und stapft in ihren Moon Boots durch den Schnee. Seufzend lehnt sie sich an die weiße Wand. »Ed, ich kann das nicht.«

»Ich werde dich nicht anrühren.«

Verzweifelt beißt sie sich auf die Unterlippe. »Aber die anderen –«

»Sie werden es denken.«

»Was meinst du?«

Ich gehe einen Schritt auf sie zu, kessele ihren Oberkörper mit meinen Armen ein. »Ich werde es so aussehen lassen, als ob, okay?«

Ihr Blick klebt an meinen Lippen, die ihr zum ersten Mal wieder so nahe sind. Ich spüre, wie ihr Körper erzittert. Allein diese Position wirft sie aus der Bahn. »Okay.«

Ich lehne meine Stirn an ihre und neige leicht den Kopf, damit es von drinnen so aussieht, als würden wir uns küssen. Niemand kann unsere Lippen erkennen. Unsere Köpfe verberge ich halb mit meinem Arm. So stehen wir eine Weile in unserer eigenen kleinen Höhle, ohne uns zu regen. Im Kopf zähle ich die Sekunden und überlege, wann es den anderen reichen könnte, als –

»Wie läuft es mit der Show?«

Ich runzle die Stirn. »Das willst du wirklich wissen?«

»Ja.« Sie zögert. »Ich will, dass du glücklich wirst, Ed.«

Etwas zerrt an meinem Magen. Die Erkenntnis, dass es ihr um meine Gefühle geht. Um mich. Die wahrscheinlich einzige Frau, die sich darum schert, wie es mir geht. Und trotzdem kann ich nichts für sie empfinden. Mein Herz ist ein Wrack.

»Es ist lästig«, entgegne ich.

»Warum?«

»Weil ich jetzt schon weiß, dass ich keine dieser Frauen am Ende glücklich machen werde.«

Sie runzelt die Stirn. »Du willst keine von ihnen?«

»Nein.«

»Es ist keine Einzige dabei, die du gut findest?«

Ich lache leise auf. »Doch, viele. Aber –«

»Aber du willst keine Beziehung.« Die Furchen auf ihrer Stirn klären sich. »Verstehe.« Sie schweigt einen Moment, ehe sie nachsetzt. »Was hast du vor? Wie willst du das regeln?«

»Die Show?«

Sie nickt.

»Keine Ahnung. Mache einfach, wozu ich mich verpflichtet habe, wähle irgendeine aus, lasse danach verkünden, es hätte doch nicht geklappt, dann haue ich ab.«

»Abhauen?« An der Wand kratzen ihre langen Fingernägel über den Stein, als sie die Hände zu Fäusten ballt. »Wohin?«

»Weltreise.«

»Wofür?«

»Mich entdecken. Klarkommen.« Ich zucke die Achseln. »Wohltätigkeitsprojekte.«

»*Du?*«

»Es hat Charles geholfen, also mir vielleicht auch.«

Eine Weile starrt sie mich mit großen Augen an, dann entkommt ihr ein freudloser Laut. »Scheiße, du bist echt am Ende, oder?«

»Was bedeutet schon das Ende in diesem Spiel des Lebens?« Ich mache eine kurze Pause, fahre mit den Fingern durch mein kurzes Haar und lasse die Hand dort liegen, damit mein Bizeps unsere Gesichter komplett verdeckt. »Ich will einfach heilen, Xen. Heilen, um weiterzuspielen.«

»Verstehe.« Sie verzieht den Mund. »Beinahe ironisch, dass April tot ist, wo sie doch die Tödlichste von uns war.«

»Ja«, murmle ich. »Ironisch.«

Sie seufzt. »Meinst du, das reicht jetzt, damit sie zufrieden sind?«

Ich nicke. Gerade will ich mich von mir lösen, als …

Fffft!

Xenia kreischt auf. Ich zucke zusammen. Die Sicht vor meinen Augen verschwimmt. Für eine wahnwitzige Sekunde denke ich, ich erblinde, bis mein Blick sich klärt. Und da erkenne ich es.

In der Wand, kaum einen Zentimeter neben Xenias Wange, steckt ein Wurfmesser. Die Spitze hat einen Zettel festgepinnt. Perplex starre ich auf die spiegelglatte Klinge, ehe ich ganz langsam die Hand hebe. Blut tropft von meiner Haut auf den Boden. Die Flecken färben den Schnee rot. Sie töten die gefrorenen Sterne in Sekundenschnelle.

Hätte meine Hand nicht an ihrer Wange gelegen, würde Xenias schönes Gesicht von nun an von einer Narbe entstellt sein. Ich wirble herum und suche alles ab, doch der Frostnebel erschwert mir die Sicht. Ich sehe niemanden.

»Was ist das?« Panisch dreht Xenia den Kopf. Ihr Atem kommt schnell und zittrig über ihre Lippen. Sie wagt es noch immer nicht, sich von der Wand zu bewegen.

Ich wische das Blut an meiner Reithose ab und ziehe das Messer aus der Wand. Dann entfalte ich den Zettel. Die Worte sind mit der Schreibmaschine geschrieben.

War dein Arm nicht Warnung genug? TU'S ENDLICH!
PS: Nächstes Mal werfe ich nicht daneben.

»Was?«, fragt Xenia, die mitgelesen hat. »Welcher Arm?«

Ich antworte nicht. Stattdessen sehe ich durch die verglaste Wand ins Clubhaus.

Sofia nippt an ihrem Kürbisbier. Als sie bemerkt, dass ich sie anstarre, wendet sie den Blick ab.

»Komm«, sage ich und ziehe Xenia an mich, um ihrem Körper Deckung zu geben. »Gehen wir. Schnell.«

FAR, FAR BETTER THINGS AHEAD THEN WE LEFT BEHIND

Sofia

Im vergangenen Jahrzehnt habe ich unzählige Male mitbekommen, wie Edward mit irgendwelchen Frauen rumgemacht hat. Hunderte? Tausende? Keine Ahnung. Im Alter von zwölf fand ich es befremdlich. Mit vierzehn faszinierend. Ab sechzehn wollte ich diejenige sein, auf der seine Lippen kleben, und ab siebzehn war da nur noch Eifersucht. Ich würde sagen, irgendwann habe ich mich an den Schmerz gewöhnt, vielleicht auch durch meine öffentliche Bindung zu Charles, aber Ed jetzt mit Xenia da draußen zu sehen, zerstört etwas in mir.

Wie er sie einkesselt, seine Stirn an ihre lehnt. Wie er ihr erlaubt, seinen Duft zu riechen, ihn zu berühren, ihm nahe zu sein. Es macht mich auf allen Ebenen fertig.

Laxon seufzt. »Er sollte das nicht tun.«

Ja, denke ich. *Er sollte das* wirklich *nicht tun.*

»Wieso?«, fragt Finn.

»Wegen der Show«, entgegnet Suarez. Er ist der Einzige von uns, der irgendwie normal ist. Über Suarez kursieren kaum Gerüchte, und wenn, dann werden sie im nächsten Augenblick von seinem Fußballvater zerschmettert. Er behält seine Bettgeschichten für sich, er fällt nie auf, und es gab keinen einzigen Morgen, seit ich ihn kenne, an dem es am Frühstückstisch um Skandale von ihm ging.

Dabei haben wir das alle durch.

»Wenn irgendjemand das mitbekommt, werden meine Eltern ihn köpfen.« Laxon lehnt den Kopf auf seine Faust, den Blick finster auf die zwei Silhouetten gerichtet. »Er begeht Vertragsbruch. Und am Ende darf ich es ausbaden, weil Maman mich anflehen wird, ihn zur Vernunft zu bringen.«

Finn lacht laut auf. »Als ob Edward *jemals* zur Vernunft gebracht werden könnte.«

»Bei ihm wundert mich nichts.« Max schnaubt. »Wann hat er je etwas auf Pflichten gegeben?«

»Warte mal, was hat er da?«, fragt Raúl. »In der Hand?«

Ich runzle die Stirn, als ich sehe, was er meint: Edward mustert etwas, das aussieht wie …

»Scheiße, ist das ein Messer?« Abrupt richte ich mich im Stuhl auf.

»Was guckt er sich in der anderen Hand an?«, fragt Finn. »Erkennt ihr das?«

»Keine Ahnung«, murmelt Su.

»Scheiße, was?« Lax reckt den Hals, um besser sehen zu können. »Das ist wirklich ein Messer!«

»Er will sie abstechen!«, raunt Raúl. »Er killt sie! Ey, Leute …« Der Kleine sieht aus, als würde er das wirklich glauben. Mit weit geöffnetem Mund wirft er einen schockierten Blick in die Runde. »… vielleicht war es doch er, der April getötet hat!«

»Chill«, sagt Misha. »Wieso sollte er Xen vor all den Zeugen hier umbringen?«

»Ja, warum?« Max trinkt sein Kürbisbier bis zur Hälfte leer. »Wäre ein Fickobjekt weniger für ihn.«

»Max«, zische ich. »Hör auf, so über sie zu reden, verdammt!«

Er lacht nur dreckig. *Was hat Lena nur all die Jahre an ihm gefunden?!*

Mein Blick heftet sich auf Ed. In dem Moment wendet er den Kopf und sieht mir in die Augen. Ertappt sehe ich weg, aber aus dem Augenwinkel erkenne ich, wie er und Xenia zurück ins Clubhaus kommen. Mit schnellen Schritten durchquert er die Lobby. Ich muss nicht aufsehen, um zu wissen, wann er neben mir steht; seine Aura legt sich schwer und mächtig auf meine Haut.

»Sofia.« Beim rauen Klang seiner autoritären Stimme stellen sich mir die Nackenhaare auf. »Komm mit.«

Gespielt gelangweilt schlage ich die Wimpern auf. »Warum?«

»Yo, Ed.« Mishas Augen sind rot unterlaufen. Breitbeinig sitzt er in seinem Loungestuhl und zieht an seinem Joint. Sein welliges Haar wischt über seine Stirn, als er Ed zunickt. »War das ein Messer gerade?«

Edward antwortet nicht. Fest sieht er mich an, den Kiefer vorgeschoben. »Jetzt.«

Als ich den Kopf senke, bemerke ich die Erhebung in der Tasche seiner Reithose. Stirnrunzelnd betrachte ich die Form. Es sieht wirklich aus wie ein Messer.

»Sofia«, knurrt er.

»Ist ja gut!« Ich stoße die Luft aus. Augenrollend erhebe mich. »Ich komm mit.«

Finster wirbelt Edward herum und steuert den Ausgang an. Wir entfernen uns von den anderen, aber Finns Stimme ist nicht zu überhören. »War das ein Messer, Xenia?«

Ihre Antwort höre ich nicht mehr, weil in diesem Moment die Tür hinter uns ins Schloss fällt. Eisige Luft hüllt mich ein. *Ich hätte meine Jacke überziehen sollen.*

Wir gehen ein Stück. Ich stapfe hinter ihm her durch den Schnee, am Reitplatz vorbei, auf dem Paola immer noch auf dem Lipizzaner hoppelt, den Charles ihr gekauft hat. Zarte Schneeflocken fallen vom Himmel.

Hinter den Stallungen vergewissert Edward sich, dass wir allein sind, ehe er mich verbissen anschaut.

»Was?«, frage ich.

»Du wirst bedroht.«

Einen Moment starre ich ihn perplex an. Dann gebe ich ein trockenes Lachen von mir. »Wie bitte?«

»Jemand bedroht dich«, wiederholt er. »Und du hast uns nichts davon erzählt.«

Uns.

Damit meint er sich und seinen Bruder. Egal, wie oft die beiden anderer Meinung sind oder sich streiten, im Ernstfall gibt es sie nur im Doppelpack.

Er wirkt angepisst. Aber auch besorgt. Die Art, wie Edward den Kiefer vorgeschoben hat, die Züge angespannt, die Lippen fest aufeinandergepresst – so sieht er immer aus, wenn ihn irgendetwas mitnimmt. April. Charles. Sein Vater. Das tote Baby. Und jetzt ich.

»Edward«, stirnrunzelnd sehe ich zu ihm auf, »ich habe keine Ahnung, wovon du sprichst.«

»Die Blessuren.« Mit dem Kinn nickt er zu meinem Arm. »Ich

habe sie gesehen.« Plötzlich zückt er ein Stück Papier aus seiner Hosentasche und hält es mir unter die Nase. »Und *das* kam gerade mit einem Messer.«

Perplex lese ich die Worte auf dem Papier. *War dein Arm nicht Warnung genug? TU'S ENDLICH! PS: Nächstes Mal werfe ich nicht daneben.*

Entgeistert hebe ich den Blick. »Jemand hat das *geworfen*?!«

Er nickt. Seine Augen huschen wieder zu meinem Arm. »Wer hat dir das angetan, Sofia?«

Kurz starre ich ihn mit offenem Mund und leerem Blick an, dann blinzle ich. »Niemand.« Ich schließe den Mund. »Ich bin gestürzt.«

Ungläubig hebt er eine Braue. »Gestürzt?«

»Ja.«

»Wann?«

»Vorgestern.« Jetzt bin ich diejenige, die das Kinn vorschiebt. »Von Saphir.«

»Du stürzt nicht vom Pferd, So-So.«

So-So. Mein Magen zieht sich zusammen. Schluckend wende ich mich von seinen eisigen Augen ab, sehe durch die Schneeflocken in die Berge. »Ich war durcheinander und deshalb unachtsam.«

»Wieso durcheinander?«

Er wird nicht aufhören, zu bohren. Nicht Edward Blackwell. Deshalb muss ich ihm etwas Glaubhaftes geben. Einen Teil der Wahrheit, aber nicht die ganze.

»Weil,« zittrig hole ich Luft, ehe ich ihn wieder ansehe, »meine Eltern sich scheiden lassen.«

Seine Lippen teilen sich. »Kwama und Mads lassen sich *scheiden*?«

»Ja.«

»Warum?«

»Schon länger Probleme, meint Mama. Jedenfalls werde ich nicht bedroht, okay?« Ich lege meine Hand auf seine, die das Stück Papier zwischen den Fingern hält, und balle sie zur Faust. »Diese Person meint nicht mich.«

Er runzelt die Stirn. Sanft entzieht er mir seine Hand. Es tut trotzdem weh, als hätte er mich geschlagen. »Wen dann?«

»Du warst mit Xenia draußen, Ed. Schon mal darüber nachgedacht, dass es etwas mit *ihr* zu tun hat, wenn die Klinge direkt neben *ihr* die Wand trifft?«

»Dann hätte sie mich angelogen. Und das tut sie nicht.«

Ich lache auf. »Das glaubst du wirklich? Ihre Mutter hat euren DNA-Test gefälscht, Ed. Sie –«

»Xen lügt mich nicht an«, unterbricht er mich harsch. Sein Blick verdüstert sich. »Sie war genauso verwirrt wie ich.« Einen Moment scheint er zu überlegen, ehe er mich erneut ansieht. »Ich glaube dir nicht.«

»Was?«

»Dass du vom Pferd gefallen bist.« Wie einen Beweis zuckt seine Hand mit dem Papier vor. »Das hier und dein Arm ... das können keine Zufälle sein.«

»Ich werde nicht bedroht, Ed!«

»So-So.« Er macht einen Schritt vor, legt eine Hand an meinen unverletzten Arm. Trotzdem zucke ich zusammen. Ed lässt seine Finger, wo sie sind, und sieht mich eindringlich an. »Du bist mir wichtig. Ich will für dich da sein. Bitte sag mir die Wahrheit.«

Ein Schauer rieselt meine Wirbelsäule hinab. Seine Worte sind wie Balsam auf meiner Seele. Sie sind so weich. Etwas, das ich nicht von ihm kenne. Das er *so gut wie nie* von sich gibt. Seltener als ein vierblättriges Kleeblatt, wertvoller als mein Erbe.

Unwillkürlich beuge ich mich vor. »Edward«, flüstere ich, schließe die Augen, und bevor ich weiß, was ich tue, küsse ich ihn.

Überrascht schnappt er nach Luft. Es ist nur eine winzige Sekunde, in der sich unsere Lippen berühren. Ich will den Kuss intensivieren, aber in der Sekunde drückt er mich von sich. Mit riesigen Augen starrt er mich an. »Sofia.« Schockiert schüttelt er den Kopf. »Nein.«

Es ist nur ein Wort. Eine einzige Silbe.

Nein.

Aber in diesen vier Buchstaben steckt so viel mehr. So viele Antworten, so viel Ausdruck, so viel mehr Bedeutung.

Nein, nicht so. Nein, ich will dich nicht. Nein, du bist nicht gut genug. Nein, wir passen nicht. Nein, du warst mit Charles verlobt. Nein, du bist nur eine Freundin. Nein, wir sind wie Familie. Nein, niemals.

nein nein nein

Der Schmerz schnürt mir die Kehle zu. Seine Hand liegt noch immer auf meinem Arm, während wir uns gegenseitig mit aufgerissenen Augen anstarren.

Er schluckt, und das ist mein Weckruf. Abrupt reiße ich mich los und stürme an ihm vorbei. Er will mich schnappen, aber ich bin schneller.

»Sofia!«, ruft er mir hinterher, doch ich drehe mich nicht um. Ich tue das einzig Clevere, das ich schon vorher in Edward Blackwells Gegenwart hätte tun sollen: wegrennen.

SOMETIMES, IN THE THROES OF CHAOS, DESTINY IS BORN

Sofia

Mein Hirn ist bemerkenswert. Ohne, dass ich groß darüber nachdenken musste, führt es mich zu dem ruhigsten Ort in St. Moritz: dem little dragon.

Seit Ignotus' Verhaftung ist der Imbiss wie ein Geisterhaus. Jeder liebt das Essen und bestellt es weiterhin, aber keiner wagt es, das zuzugeben. Was lächerlich ist, weil seine Familie nichts für Ignotus' Tat kann. Aber so ticken die Leute.

Das Geräusch der Glocke klingt traurig in dem leeren Raum, als ich eintrete. Hinter der Theke sieht ein Mädchen auf. Unter ihren Augen liegen tiefe Schatten, das lange Haar ist zu einem chaotischen Zopf gebunden, die Strähnen sind fettig. Früher hat Shiyan gestrahlt. Jetzt ist jeder Glanz verloren.

»Oh.« Ihre Stimme klingt rau, als hätte sie ewig nicht geredet. »Hallo.«

»Hey.« Hinter mir fällt die Tür ins Schloss. Ich bemühe mich um eine gerade Haltung, stehe aber trotzdem unschlüssig auf der Stelle und frage mich, was ich hier will. Vielleicht ist mein Hirn doch nicht so bemerkenswert. Schnell deute ich auf ihren Karottenkuchen. »Ein Stück hiervon, bitte.«

»Klar.« Sie schneidet wortlos ein Stück ab, will es einpacken, aber ich schüttle den Kopf.

»Ich esse es hier.«

Sie hält inne. Ich sehe, wie sie die Stirn runzelt. »Wirklich?«

»Ja.«

Schweigend nimmt sie einen Teller aus dem Regal. Sie schiebt den Kuchen auf die mit Drachen verzierte Keramik und reicht ihn mir.

»Danke.« Ich will mein Portemonnaie zücken, bis mir einfällt, dass ich kein Geld dabeihabe. »Oh.« Entschuldigend sehe ich sie an. »Meine Tasche ist noch im Clubhaus.« In das ich aus soliden kissing-booth-und-Messer-Gründen jetzt nicht gehen will. »Kann ich dir später jemanden schicken, der das Geld vorbeibringt?«

Shiyan winkt ab. »Geht aufs Haus.«

»Nein, wirklich, ich will nicht –«

»Sieh es als Dankeschön, dass jemand wieder wagt, den«, sie malt Anführungszeichen in die Luft, »*Mörderimbiss* zu betreten.«

Mitfühlend ziehe ich die Brauen zusammen. »Das tut mir leid.«

Sie zuckt die Achseln. »Kannst du ja nichts für.«

»Wie geht es dir?« Ich nehme die Rüblitorte und neige den Kopf. »Und deiner Familie?«

Ein weiteres Achselzucken. Shiyan sieht mich nicht an. Sie tut, als müsse sie die Ruhe der Sojasprossen stören und sie durchrühren. »Okay.«

Das glaube ich ihr nicht. Ich kenne dieses Mädchen. Vor Ignotus' Verhaftung ist sie ständig mit Mehl auf den Wangen hinter der Theke umhergeschwirrt, hat ihre Sachen im Impro-Theater Instant Noodles verkauft und 90er-Hits mitgeträllert, die hier im Hintergrund liefen. Jetzt erst wird mir bewusst, warum es so still ist. Es läuft *gar keine* Musik.

Bevor ich etwas erwidern kann, schiebt sich eine Schnauze durch die Seitentür. Einen Moment später erscheint ein kleiner Cocker-Pudel-Mix. Mit hängendem Schwänzchen trotten seine Pfötchen über die Fliesen zu Shiyan. Seufzend bückt sie sich zu ihm. »Du musst raus, hm? Mamma müsste bald von der Bank zurück sein, dann gehen wir, okay?«

»Ich kann die Stellung halten«, sage ich, während ich mich setze. »Falls jemand kommt, sage ich, du bist gleich zurück.«

Shiyan quittiert mein Angebot mit einem nachdenklichen Blick. »Wirklich?«

»Sicher.«

»Und es würde keine Umstände machen?«

»Nein. Ich esse eh meinen Kuchen.«

Einen Moment sieht sie mich abwägend an, als würde sie überlegen, ob ich es tatsächlich ernst meine. Ich kann sie sogar verstehen.

Ihre Gedanken bis zu mir schreien hören. *Weshalb sollte Sofia Vendergaard, Modeikone, Model und A-Promi, sich freiwillig in den Mörderimbiss setzen und den Passanten durch das Schaufenster präsentieren, wie sie genüsslich den Karottenkuchen eines Schattenmädchens isst?*

Nun, die Antwort besteht aus zwei ehrfurchtsvollen Namen.

Edward. Blackwell.

»Okay, dann, ähm, danke?«

Ich lächle. »Gern.«

Shiyan schnappt sich die Leine, klickt sie an das Halsband des Hunds und verschwindet nach draußen. Die Glocke verklingt, Stille legt sich über mich. Nur das Ticken der Uhrzeiger an der Wand und das Kratzen meiner Gabel auf dem Keramikteller durchbrechen die Ruhe. In meinem Kopf summt es. Gedanken, die sich überschlagen.

Warum habe ich das getan?

Wieso bin ich eine der wenigen Frauen, die er nicht will?

Jeder anderen schmeißt er sich sofort an den Hals.

Ist es, weil ich mit seinem Bruder verlobt war?

Aber Edward weiß doch, dass es für die Öffentlichkeit sein musste.

Oder wegen der Show?

Aber mit Xenia …

Meine Gedanken reißen ab, als die Türglocke erneut schallt.

»Das war aber ein kurzer Gang«, sage ich, ohne aufzusehen.

Stille. Dann –

»*Sofia?*«

IN THE MIDDLE OF DIFFICULTY LIES OPPORTUNITY

Sofia

Abrupt sehe ich auf. Die Gabel schwebt in der Luft, so wie ich, wenn ich in diese Augen blicke. So wie ich zwischen Edward und ihr.

»Lilibet.« Unwillkürlich richte ich mich auf und falte die Hände auf dem Tisch. Ein Reflex, der uns Elitekids eingetrichtert wird wie anderen das Zähneputzen. »Wie schön, dich zu sehen!«

Das meine ich ernst. Nach der Sache mit Edward fühlt ihr Anblick sich an wie der Gang in eine warme Sauna nach einem Schneesturm.

»Was machst du hier?« Sie trägt einen dicken Mantel, Ohrenschützer und Ballhandschuhe. Die Kälte hat ihr rote Wangen ins Gesicht gezaubert. Ihr Blick huscht umher, als würde sie jemanden suchen. »Allein?«

»Ich genieße eine hervorragende Rüblitorte.«

Sie runzelt die Stirn. »Alles okay bei dir?«

»Ja.« Mein starres Lächeln könnte irre wirken. »Ich habe Kuchen.« Ich klinge wie ein Roboter. »Und ich gehe recht in der Annahme, dass süßes Gebäck kein Zeichen der Besorgnis darstellt, oder?«

»Wenn du ihn allein im little dragon isst, irgendwie schon.« Sie zögert. »Vor allem nach der Sache mit Ignotus.«

Endlich gelingt es mir, das in der Luft hängende Stück in den Mund zu schieben. Hauptsächlich deshalb, weil ich Zeit brauche, um mir meine nächsten Worte zurechtzulegen. »Die Ruhe hier hat mich angezogen«, sage ich schließlich.

Lilibet braucht einen Moment, um zu antworten. Sie scheint noch ergründen zu wollen, was sie in meinem perfektioniert leerem Gesichtsausdruck finden könnte. »Meiner Meinung nach ist es zwecklos, die Ruhe andernorts zu suchen, wenn man sie nicht in sich selbst findet.«

»Wenn ich sie in mir suchen würde, könnte die Stille zu viel offenbaren.«

»Und davor hast du Angst?«

»Vermutlich.«

»Ich wusste nicht, dass du jemand bist, der sich fürchten könnte.«

Ich schenke ihr ein mildes Lächeln. »Man fürchtet, was man nicht versteht.«

»Und damit willst du sagen, du verstehst dich nicht?«

»Wie klug du bist, Lilibet.«

Kurz huscht ihr Blick zur Tür. »Wäre es dir lieber, wenn ich wieder –«

»Nein!« Meine Antwort kam zu stürmisch. Beinahe verzweifelt. Ich räuspere mich. »Verzeihung. Ich meine, du musst nicht gehen.«

»Sicher?«

»Ja.« Ich schenke ihr ein Lächeln. »Ich genieße deine Nähe.«

Sie wirkt unschlüssig. »Wo ist Shiyan?«

»Mit ihrem Hund draußen.«

»Oh. Okay. Dann ... warte ich?«

Mein Mundwinkel hebt sich. »Du musst mich nicht um Erlaubnis bitten, Lilibet.«

»Es kommt mir aber so vor, nachdem ...«

... du dich nicht mehr bei mir gemeldet hast.

... du die meisten meiner Nachrichten ignorierst.

... du in Dankenhaal eng mit mir getanzt hast, nur um mich wieder zu ignorieren.

... du mich geküsst hast, bevor du geflüchtet bist.

»Es tut mir leid.« Inzwischen stochere ich nur noch im Kuchen rum. Er mutiert zu armseligen Krümeln. »Es ist kompliziert.«

»Du meinst, mit der abgeblasenen Hochzeit und der Presse?«

»Auch.«

»Willst du mir sagen, was noch?«

Edward. Seine Show. Mama. Papa.

»Meine Eltern lassen sich scheiden.«

»O nein.« Sie zieht die dunklen Brauen zusammen. »Das tut mir sehr leid, Sofia.«

»Muss es nicht. Ich bin froh drüber.«

»Okay, dann … gut?« Vorsichtig macht sie einen Schritt auf mich zu. Als ich nicht protestiere, setzt sie sich zu mir. Plötzlich wird mir gleich viel wärmer. Als hätte ihre Aura die Kälte vertrieben. »Aber selbst wenn du froh darüber bist, darf es dich mitnehmen. Es ist immerhin eine große Sache.«

»Nein, so ist es nicht. Es erleichtert mich, dass sie sich trennen.«

Sie zögert. »Aber es nimmt dich mit, dass Mads nicht dein leiblicher Vater ist, oder?«

»Auch.« Ich schiebe den Teller von mir, reibe mir über den Arm und sehe aus dem Fenster. Leute laufen vorbei, den Schal bis zur Nase gezogen. Das warme Licht der Laternen wirft einen Schatten hinter sie. »Papa ist zornig über die Entscheidung meiner Mutter. Natürlich. Ihr gehört Vendergaard. Sie hat damals einen Ehevertrag machen lassen. Er würde alles verlieren. Und das –«

Ich stocke.

»Du musst es nicht sagen, wenn du nicht willst.«

Ich schlucke, kneife kurz die Augen zusammen. Als ich sie wieder öffne und Lilibet ansehe, weiß ich, dass von meiner Unsicherheit nichts mehr zu erkennen ist. Eine perfektionierte Maske. Ich bin leer. Eine unbeschriebene Leinwand. »Er lässt es gern an mir aus.«

Sie starrt mich an. »Wie bitte?«

»Wenn er angepisst ist, bin ich seine Zielscheibe.«

»Inwiefern?«

Ich schweige.

»Inwiefern, Sofia?«

Ich schenke ihr ein freudloses Lächeln. »Er schlägt mich.«

Ihre Augen weiten sich. Die Kinnlade sackt hinab. »*Was?!*«

»Ich weiß nicht, warum ich dir das erzähle.« Verwirrt betrachte ich ihr rundes Gesicht, ihre großen Augen. »Warum schütte ich dir jedes Mal, wenn wir uns sehen, das Herz aus?«

Jegliche Farbe ist aus ihrem Gesicht gewichen. Sogar die vor Kälte geröteten Wangen sind plötzlich blutleer. »Sofia, du musst das öffentlich machen! Ihn *anzeigen!*«

Langsam schüttle ich den Kopf. Sehe wieder aus dem Fenster. Ein erneuter Schatten, der mein Leben sein könnte. »Er hat mir gedroht.«

»Womit?«

Zittrig hole ich Luft, fasse mir kurz ins Gesicht, als würde ich überprüfen, ob meine Züge noch gefestigt sind. »Ich bin das Gesicht von Vendergaard, Lilibet. Meine erste Kampagne startete im Alter von drei Jahren, als ich mit einem frechen Grinsen und meinen ersten Diamantsteckern in den Ohrläppchen in die Kamera gegrinst habe.« Sie schweigt. Wartet. »Was meinst du, wie viele Aufnahmen von mir gemacht und ausprobiert worden sind? Die ersten Aktfotos mit dreizehn, ein Shooting nur mit Tüchern, weil das ja so *ästhetisch* wäre, so *elegant*.« Ich schnaube. »Und was denkst du, wie viele Aufnahmen irgendetwas eingefangen haben, das sie nicht einfangen sollten? Wie viele dieser Dateien in irgendwelchen Ordnern sind, von denen ich keine Ahnung habe?«

Lilibets Finger liegen auf dem Tisch. Sie zittern. Lilibet schluckt. »Er hat dir gedroht, die Bilder öffentlich zu machen, wenn du ihn anprangerst?«, flüstert sie.

Ich nicke.

Sie sieht aus, als wäre sie einem Geist begegnet. »Das ist strafbar! Das ist …« Sie keucht. »Scheiße, das ist Kinderpornografie, Sofia!«

»Ist ihm egal. Er meint, so läuft das in der Branche. Wenn die Stars aufmüpfig werden, gäbe es immer Mittel und Wege, sie mundtot zu kriegen.« Der Tisch verschwimmt vor meinen Augen. »Und jetzt ist mir auch klar, warum es ihm so egal ist, was die Welt von mir denkt. Was er mir antut.« Langsam wische ich mir über die Lippen. »Weil ich nicht seine Tochter bin.«

»Sofia …« Lilibet legt mir eine Hand auf den Arm. Sie zittert immer noch. Ihre Finger streifen die Haut meines Handgelenks. Sie sind eiskalt. »Ich kann dir helfen. Wir können gemeinsam gegen deinen Vater angehen. Ich habe eine Menge Organisationen hinter mir, die sich für Frauenrechte einsetzen, und –«

»Vielleicht habe ich es ja verdient.«

»Was redest du da?« Entgeistert sieht sie mich an. »In keinem Leben hätte irgendjemand so etwas verdient, Sofia!«

Langsam wende ich mich vom Fenster ab. »Ich wusste die ganze Zeit über, wo Aprils Leiche war«, flüstere ich. »Und ich habe es niemandem gesagt.« Ich schlucke. »Ich habe ihn fast um Paola gebracht, das einzige Mädchen, in das er sich je verliebt hat, weil ich so egoistisch war, seinen Schutz nicht verlieren zu wollen.« Meine Hand ballt sich zu einer Faust. »Und ich behandle dich nicht gut, obwohl du lieb zu mir bist.«

»Es ist meine Entscheidung, bleiben zu wollen oder nicht.«

»Aber ich *manipuliere* dich.« Meine Kehle krächzt. »Ich bin nett, gebe dir Signale, stoße dich von mir. Das ist ungesund.«

»Ich lasse mich nicht manipulieren. Wenn ich gehen will, gehe ich.« Dieser Satz jagt mir mehr Angst ein, als ich gedacht hätte. Lilibet muss mir die Panik in den Augen ablesen, denn plötzlich drückt sie meine Hand. »Du bist durcheinander, weil dein Leben nie geordnet war, Sofia. Vielleicht wurde dir nur nie beigebracht, das Beständige zu lieben. Die schnellen Veränderungen, das ständige Präsentieren in der Öffentlichkeit, Anpassungen über Anpassungen, ein hektisches Leben für ein so kleines Mädchen, für ein so fragiles Teenagerherz, für eine so verwirrte Frau, die unbedingt versucht zu verstehen, wer sie ist.«

Ich halte den Atem an. Kann meinen Blick nicht von ihr wenden. Aber bevor ich etwas sagen kann, klingelt die Türglocke erneut. Lilibet zieht ihre Hand zurück. Plötzlich spüre ich eine unangenehme Leere in mir. Ich bin enttäuscht, als Shiyan mit ihrem Hund den Imbiss betritt und Lilibet sich von ihrem Stuhl erhebt.

»Ah, hi, Lis.« Shiyan schnappt sich zwei Tüten von der Wärmetheke. »Hier, deine Bestellung.«

»Danke.« Lilibet nimmt die Tüten entgegen und bückt sich, um dem Hund den Kopf zu streicheln. Ich starre auf ihren Hinterkopf wie auf eine Erscheinung von einem anderen Planeten, ohne zu wissen, was mich so fasziniert. Ihre Worte? Die simple Tatsache, dass sie bleibt, obwohl sie gehen könnte? Oder weil sie gehen wird, wenn sie gehen will, ganz egal, wer ich bin? Dass mein Status zum ersten Mal, seit ich denken kann, keine Rolle spielt? Was auch immer es ist … es macht etwas mit mir.

Lilibet erhebt sich, verabschiedet sich von Shiyan und schenkt mir ein kleines Lächeln, bevor sie zur Tür geht.

Das ist alles. Ein kleines Lächeln. Ein stummes *wenn was ist, bin ich für dich da.*

Lilibet geht, weil sie gehen will.

IT'S A DATE

Blair

Laut Vertrag dürfen die Prinzessinnen ins Coffee o' Clock, weil uns eine Reihe von Sicherheitskräften der Blackwells zur Verfügung stehen, aber ich wünschte, ich wäre nicht gegangen. Die Atmosphäre ist zauberhaft, die warmen Lichter und der süße Duft des Gebäcks, von Zimt in Chai Latte, Pflaume im Holdrio und Kaffeebohnen in der Luft. Und es tut gut, endlich außerhalb der Suite zu sein, aber jede meiner Bewegungen wird beobachtet. Alle tuscheln hinter vorgehaltener Hand, zeigen immer wieder mit dem Finger auf mich und machen Fotos. Unter normalen Umständen wäre das etwas gewesen, das ich genießen würde. Aufmerksamkeit. Im Mittelpunkt stehen. Die Gewissheit, dass alle Augen auf mich gerichtet sind und es auffallen würde, wäre ich plötzlich nicht mehr da. Dass ich nicht *einfach so* verschwinden kann.

Aber seit der Nachricht in meinem Bett und den Wunden auf meinem Arm zerrt eine schürende Panik an mir.

Unter ihnen könnte die Person sein, die mich bedroht.

Unter ihnen könnte der geheimnisvolle Mensch sein, der über meine Vergangenheit Bescheid weiß.

Unter ihnen könnte @didntyouhearthat sein, die es auf mich abgesehen hat. Die mich in jedem ihrer Videos zerreißt, aus irgendeinem Grund mehr über mich weiß als jeder andere auf der Welt, meine größte Panik kennt und sie gegen mich verwendet. Ich weiß, dass sie es ist, weil sie mir geschrieben hat. Auf TikTok. Nur ein einziges Mal, aber die Nachricht war eindeutig. *Du denkst, du wärst was Besseres? Fick dich, Schlampe. Ich weiß alles über dich, und wenn du nicht endlich AUFHÖRST und VERSCHWINDEST, werden deine Knochen bald genau dort verrotten, WO DU HINGEHÖRST!*

Sie hat die Nachricht kurz danach gelöscht. Aber mir haben sich die Worte ins Gehirn gepresst wie eine Druckwalze verschmierte Buchstaben aufs Papier.

»Die offizielle Onlineumfrage zu den Fotos und Interviews von uns hat ergeben, dass Ambre die Favoritin ist«, sagt Emma. Sie tippt auf ihrem iPhone herum, während sie mit der anderen Hand die heiße Schoki balanciert. Mit der Zunge streift sie ihr Lippenpiercing. »Danach Hanna.«

»Die mag ich auch gern.« Paola nippt an ihrem Grüntee, stellt ihn auf den Tisch und widmet sich ihrem neusten Häkelprojekt: einer Prinzessin mit blondem Haar und schwarzer Tiara. »Neulich im Salon haben wir uns über Tolstoi unterhalten und es hat sich herausgestellt, dass wir die gleiche Tasche von Etsy besitzen.«

»Hanna besitzt Taschen?« Auf meinem Handy ziehe ich ein Kinderfoto von mir in die Collage neben ein anderes Bild. Ich zoome ran, bis das Muttermal unter meinem Auge ganz nahe ist, und wiederhole es dann auf der anderen Collagenseite mit dem anderen Foto. »Das wundert mich. Ich dachte, ihr ganzer Besitz bestünde aus Büchern und Yale-Fahnen.«

»Na ja, es ist eine Büchertasche«, sagt Paola.

»Da haben wir's.«

»Genauer gesagt, die hier.« Paola zieht ihre Tasche auf den Schoß, von der ich die ganze Zeit geglaubt habe, es wäre ein mitgebrachtes Buch. Das wäre nicht weiter verwunderlich, denn Paola trägt *immer* irgendwelche Bücher mit sich herum. Liebevoll streicht sie über die matten Farben. »Das Cover von Anna Karenina, gestickt, mit goldener Schnalle und Kettchen.«

»Sag mal, hört dieses Schwein jemals auf, an deiner Titte zu saufen?« Emma lässt das Handy sinken und betrachtet Son Gohan, der an der Zitze einer Fake-Brust nuckelt. Sie ist mit Ersatznahrung gefüllt, die der Tierarzt Giuliano empfohlen hat.

»Hör auf, ihn zu ärgern.« Giu krault dem Tier rührselig den Arsch. »Son Gohan kann nichts dafür, dass seine Mama ihn auffressen wollte.«

Ich erstelle eine neue Collage. »Und jetzt braucht er viel Stoff aus der Titte, um sich für den ultimativen Ka-Me-Ha-Me-Ha zu sammeln, weil er seine Erzeugerin explodieren lassen will.«

»Richtig«, sagt Giu.

Das Schwein grunzt. Ein bisschen Milch quillt ihm aus der rosa Schnauze und tropft auf Gius helle Hose. Jetzt sieht es aus, als hätte er ejakuliert.

»Du bist auf dem vorletzten Platz«, murmelt Emma, die wieder auf das Display ihres iPhones guckt. »Das ist nicht gut.«

»Das ist sehr gut«, widerspreche ich. »Die Leute sehen mich nicht an seiner Seite. Perfekt.«

»Euer Bild ist aber auch furchtbar.« Giu verzieht den Mund. Sein Schwein reißt an der Titte, als wolle es das Silikonding zerfetzen, weil nichts mehr rauskommt. »Ihr seht aus wie eine düstere Version von Tigger und Rabbit.«

»Stimmt«, murmelt Pao. Sie legt ihr Häkelzeug beiseite, zieht ihr Blümchenbuch aus der Buchtasche und kritzelt irgendetwas rein, wie immer, wenn ihr aus dem Nichts ein poetischer Gedanke oder sonst was kommt. »Edward ist Tigger, der Hüpfball, dem jegliche Freude genommen worden ist, und du Rabbit, die Tigger einfach hasst, weil er Tigger ist.«

»Ich hasse Edward nicht, weil er Edward ist«, zische ich. Meine Finger tippen während meiner täglichen Googlesuche fest aufs Display. *Leticia Wolf News*. Die letzte war vor zwei Wochen, dass nun im Schwarzwald Bodenproben genommen worden sind, um eventuell Faserreste zu finden. Das kenne ich schon. Seufzend sperre ich das iPhone und stecke es weg. »Ich bin wütend, weil er nicht aufhören will, mich fertigzumachen.«

»Würde er, wenn du einfühlsam auf ihn zugehen würdest.«

Ich grunze. »Guter Witz. Edward und einfühlsam funktioniert ungefähr genauso gut wie Spiritus und Streichholz.«

»Wo ist eigentlich Lis?«, fragt Giu.

»Sie besucht Ignotus im Gefängnis«, murmelt Emma. »Hey, Blair! Hier steht, Edward und diese Wrestlerin hatten schon ein Date! Das kann nicht stimmen, oder?«

»Doch.«

»Echt?« Giu beugt sich zu schnell vor, weshalb die Titte auf den Boden fällt. Sein Schwein kriegt einen Anfall, zappelt mit dem fetten Körper und rollt fast von seinem Schoß, wobei seine Augen gruselig geweitet sind und es röchelnde Laute von sich gibt, als wäre das hier sein letztes Stündlein. Paola gibt ihm liebevoll die Titte zurück, und das Schwein beruhigt sich. »Wann?«

Ich trinke einen Schluck Ovomaltine, genieße die Wärme des Feuers aus dem Kamin auf meiner Haut und überlege. Jedes Mal, wenn die Tür geöffnet wird, wirbeln ein paar eisige Flocken ins Café, und einige Gäste ziehen die Wolldecken enger um ihren Körper. Mein Blick ruht auf dem Pianospieler, der immer Popcover spielt, während mein Hirn versucht, die geiernden Blicke und auf mich gerichteten Handys auszublenden. »Dienstag, glaube ich.«

»Sie waren bei so einem barbarischen Käfigkampf.« Paola rümpft die Nase. »Und Edward fand es *großartig*.«

»Natürlich«, murmle ich. »Würde mich nicht wundern, wenn er demnächst auch in so ein Ding steigt.«

»Mit Hanna war er in *Macbeth*.« Paola legt Buch und Buch beiseite und nimmt ihren grünen Tee wieder in die Hand. Ihr Blick ruht auf dem breiten Rücken von einem der Sicherheitsmänner, die sich wie eine Wand vor uns positioniert haben. »Er hat während des Stücks eine Hand auf ihr Knie gelegt, und sie hat es geschehen lassen.«

Ich sehe auf. »Woher weißt du das?«

»Charles und ich waren dabei.«

Diese Offenbarung versetzt mir einen Stich. Nicht wegen Edward, sondern weil ich das Gefühl habe, meine starke Hanna an diesen Mistkerl zu verlieren. *Yale, Hanna! Denk an Yale!*

»@xoxogossipgirl bringt jeden Tag die neusten Infos über Edwards Dates, als wäre sie selbst dabei«, sagt Giu. »Samt Clips und Bildmaterial, das für die Show aufgenommen wird. Ich fange an, sie zu lieben, echt.«

»Ja, ich auch«, entgegnet Emma. Wie immer, wenn es um Tratsch geht, erscheint ein Funkeln in ihren Augen. Sie zieht die Beine in den Schneidersitz, steckt die Füße unter die Beine und beugt sich verschwörerisch vor. Hinter ihrem Kopf leuchtet die Lichterkette an der Wendeltreppe zur Galerie und verpasst ihr in dieser Position einen Heiligenschein. »Spiderflix hasst sie. Der Sender versucht, sie zu boykottieren und zu sperren, aber keine Chance.«

»Woher weißt du das?«, fragt Paola. »Und warum gehst du davon aus, dass Gossip Girl weiblich ist?«

»Girl«, betont Emma, wobei sie bekräftigend die Hände in die Luft hebt. »Gossip *Girl*, Paola.«

»Tarnung«, entgegne ich. »Ich denke auch, es könnte ein Typ sein.«

»Beantworte die andere Frage, Emma.« Giu setzt einen anzüglichen Blick auf, der in Kombination mit den kreischenden Grunzgeräuschen seines Borstenviehs einen dezenten Hauch von Verstörung mit sich trägt. »Woher weißt du das mit Spiderflix?«

Emma wird rot. Ich hebe eine Braue. Sie knickt ein. Entnervt wirft sie die Arme in die Luft. »Laxon hat es mir gesagt, okay?«

Entgeistert starren wir sie an.

»Seit wann redet ihr wieder?«, fragt Paola.

»Seit er erfahren hat, dass seine Schwester bei dieser Show mitmacht, er Edward beim Abendessen die Fresse polieren wollte und Ed nichts anderes übrig blieb, als auszuweichen. Laxons Faust ist gegen die Wand geschmettert, ich war *zufällig* im Service und *zufällig* die Erste beim Verbandskasten und –«

»Zufällig«, hüstelt Giu.

Emma funkelt ihn an. »Und ich habe die Schürfungen verarztet. Dann haben wir uns über die Show ausgelassen, über seine Eltern, die Ambre mutwillig zugelassen haben, über Korruption und so weiter, plötzlich über Politik, dann über länderübergreifende Entscheidungen und Koalitionen, Drittwirkung und Unionsrecht und die Berührung der nationalen Verfassungsidentität durch Europa, bis wir auf die Idee gekommen sind, dass wir gemeinsam zu einem illegalen Straßenrennen nach Kuba fliegen und uns besaufen sollten.«

»Ihr wart in *Kuba*?«, stoße ich laut aus. Son Gohan hat mit diesem Angriff nicht gerechnet. Er wirbelt herum.

Seine Titte landet in Gius Latte.

Dem Kaffee, meine ich.

Es spritzt.

Der Kaffee, meine ich.

»Psscht!« Emma funkelt mich an. Schnell sieht sie sich um, aus Angst, die vielen Handys könnten es mitbekommen und als Nächstes sie bei @xoxogossipgirl oder dem Miststück @didntyouhearthat zeigen, aber niemand beachtet sie. »Nein, waren wir nicht. Aber wir wollen. Jetzt, wo Isabella bei der Show mitmacht, ist sie für ihn Geschichte.«

»Habt ihr nicht darüber gesprochen, warum er dich plötzlich nicht mehr wollte?«

Sie errötet. »Noch nicht.«

»Sei froh, dass Lis nicht hier ist«, sage ich. »Sie würde dir jetzt einen Vortrag über ungesunde Beziehungen, deren Anfänge und eine Auflistung aller Red Flags halten.«

»Also, um zum Wesentlichen zurückzukehren«, Giu zieht einen eklig aussehenden Knochen aus der Hosentasche, an dem Son Gohan genüsslich schleckt, »laut @xoxogossipgirl sind du und Lena die Einzigen, die noch kein Date hatten.«

»Und ich hoffe, es bleibt so«, entgegne ich mit einem bittersüßen Lächeln. »Bisher genieße ich die Suite und bin die Einzige, die nichts von den Sticheleien der anderen Prinzessinnen abbekommt, weil alle wissen, dass er mich nicht will. Das ist erfrischend.«

»@xoxogossipgirl sagt, Selma und Victoria sind am meisten auf ihn fixiert.«

Ich überlege. »Ja, stimmt.«

Emma neigt den Kopf. »Die Ausschnitte, die die Kameras aus eurer Suite eingefangen haben, waren krass. Wie verbissen die das Ganze angehen.« Sie verzieht das Gesicht. »Als ginge es hier nicht um sein Herz, sondern um sein Konto.«

Ich spüre, wie Paola mir einen Seitenblick zuwirft. »Das Gespräch von dir und Selma wurde auch gezeigt. Beim Get-together im Nebenraum.«

»Ich weiß.« Wir Prinzessinnen saßen alle zusammen im Wohnzimmer der Suite und haben die Folge geschaut. *2Pac* hat geheult, als der Ausschnitt gezeigt wurde, wie sie mich gebeten hat, die anderen zu hintergehen. Wir haben beide nicht gemerkt, dass eine Kamera die Unterhaltung gefilmt hat, und drei Tage hat außer mir, Lena und Hanna keine der anderen mit ihr gesprochen. Sie hat mir leidgetan. Victoria war richtig angepisst, und im Bett habe ich einen offenen Schreibblock gefunden, in dem *beautyfull tradgedy* Wrestlingkämpfe skizziert hat. Es könnte harmlos gewesen sein, hätte die Überschrift sie nicht verraten. *10 Würfe, mit denen ich die blaue Prinzessin ausknocken könnte.*

»Es ist Samstag.« Paola klingt aufrichtig besorgt. »Der letzte Tag der Show-Woche. Morgen wird ausgestrahlt.« Sie wirft einen Blick auf die Uhr und stöhnt. »Und schon Mittag! Wenn Edward dich ausführen will, bleibt ihm nicht mehr viel Zeit.«

»Er wird mich nicht ausführen«, entgegne ich. Meine Stimme klingt, als wäre dieser Satz ein physikalisch unbestreitbares Gesetz. Ich bin wieder dabei, Kleinkindfotos von mir in eine neue Collage zu ziehen. »Edward wird mich morgen rauswerfen.«

»Macht dich das traurig?« Die Frage rollt vorsichtig über Gius Lippen, aber ich lache hart auf.

»Nein. Im Gegenteil. Dann kann ich endlich wieder im Casino arbeiten.« Und bald darauf hier abhauen, damit @didntyouhearthat keine Ahnung mehr hat, wo ich bin. Es ist mir ein Rätsel, wie sie es überhaupt rausgefunden hat. Geschweige denn, was sie von mir will. Woher sie etwas über meine Vergangenheit weiß. In meinen TikTok-Videos habe ich immer darauf geachtet, nichts vom Hotel zu zeigen. »Und frei in der Gegend rumlaufen.«

»Ich bezweifle, dass du das noch kannst.« Paola wirft einen sehnsüchtigen Blick durch das Coffee o' Clock. »Ich vermisse die Zeiten, in denen ich unsichtbar war. Aber irgendwann überschreitet man einen Punkt, an dem man nicht mehr zurückkommt.« Sie sieht mich an. »Nie wieder.«

»Du meinst, das habe ich?«

»Auf jeden Fall«, sagt Emma. »Schon vor der Show. Edward hat eine Zielscheibe aus dir gemacht.«

Ich schnaube. »Und ihr fragt euch, wieso ich dieses Arschloch nicht leiden kann.«

»Ganz ehrlich, früher wolltest du genau das.« Paola kichert. »Ich fühle mich wie in einem Paralleluniversum.«

»Warum?«

»Weil du damals so anders geklungen hast.« Sie sieht zu einer Sitzgruppe in der Nähe der Tür. Ich erinnere mich an den Tag, den sie meint. Es war das Cricketspiel und der anschließende Königinnentanz. Wir haben sie für eine Intervention ins Café gezogen. »Du meintest zu mir, du wünschtest, er würde sich für dich interessieren, und dass du auf kaputte bad boys stehst, deren Herzen du liebevoll wieder zusammensetzen kannst.«

Meine Wangen werden heiß. »Tja, jedes Märchen platzt, wenn sich herausstellt, dass der King ein Wichser ist.«

»Wer wäre dein Traummann?«, fragt Giu.

»Ash Ketchum aus Alabastia«, entgegnet Emma trocken.

»Der Pokémontrainer?«, fragt Paola. »Hm, kann ich verstehen. Er wirkt so cool mit seiner Cap.«

»Igitt, nein!« Ich beende die letzte Collage, packe das Handy weg und verstecke mich mit einem frechen Grinsen hinter der Venti-Tasse. Das elegante Gold des Schriftzugs *Coffee o' Clock by Blackwell Palace* funkelt im Schein der warmen Lichter. »Ash ist zu lieb. Ich steh' auf die Rebellen.«

»Und wer ist der Rebell?«

»Edward«, sagt Emma.

Ich funkele sie an. »Gary Eich.«

»Wer ist das?«, fragt Pao.

»Der Enkel von Professor Eich«, erkläre ich.

Giu überlegt. »Der Opa, der die Pokémons züchtet?«

Emmas Mundwinkel zuckt. »Sprichst du von dir und deinem Schwein?«

Giu zieht eine Fratze in ihre Richtung.

Ich seufze schwärmerisch. »Ja, der Enkel. Gary hat immer verstrubbeltes Haar, wählt ein Schiggy als Anfangspokémon und hat diesen typisch heißen Rivalenblick drauf.«

»Vielleicht sollte ich Edward bitten, morgen in Schiggykostüm zur Liveshow aufzukreuzen«, murmelt Paola.

»Dann ist es schon zu spät«, sage ich.

Paola macht einen Schmollmund. »Und wenn er eine Aquaknarre mitbringt?«

»Dann werde ich ihn bitten, mich aus dieser lächerlichen Show rauszuspritzen.«

Giu öffnet den Mund, und ich bin mir sicher, er will irgendeinen perversen Spruch raushauen, aber einer der breiten Sicherheitsmänner kommt ihm zuvor, indem er sich umdreht. Neben ihm erkenne ich die kleine Feli. Sie geht ihm nur bis kurz über die Hüfte. »Hi!«, sagt sie.

»Hi.« Schnell richte ich mich auf. »Ist alles okay? Habe ich gegen die Regeln verstoßen, weil ich hier bin? In der Satzung steht, es ist in Ordnung. Oder gibt's Ärger, weil ich die Tiara nicht trage? Jorge meinte, ich muss nicht, nur bei offiziellen Treffen. Ein Outfit in meiner Farbe reicht.« Kurz vergewissere ich mich, dass ich komplett in

Schwarz gekleidet bin. Chucks, weite Hose, schwarzes Jeanshemd über einem Crop. Das solide Starterset eines Emos. Alles schwarz. Wie der Abgrund. Wie die Hoffnung der Öffentlichkeit, jemals ein Match zwischen mir und Edward erwarten zu können.

Schwarz ist eine herrlich farblose Farbe.

Feli lacht. »Du hast nicht gegen die Regeln verstoßen.« Strahlend überreicht sie mir einen pergamentfarbenen Umschlag. Er ist versiegelt. Als ich ihn in die Hand nehme, erkenne ich die Initialen im roten Wachs.

EB.

Schlagartig wird mir eiskalt. Ein Schock durchfährt meinen Körper und zieht mir bis in die Zungenspitze. Der Brief wackelt zwischen meinen Fingern, als fürchte ich, er könnte jeden Moment hochgehen. Eine gefährliche Bombe. Explosives Dynamit in Form von Papier scheint mein Leben zu dominieren.

»Eine Einladung.«

Hinter ihrer kleinen Gestalt brandet ein Meer von Handykameras auf, und ihre Besitzer glotzen sensationsgeil zu mir rüber. Ich höre jemanden »Ist das eine abgeschnittene Titte auf dem Schoß von dem Typen?« flüstern.

Felis Lächeln wird breiter. »Zu einem Date.«

Ein entzücktes Quieken ertönt. Erst denke ich, es ist das Schwein, aber nein. Paola ist es. Paola ist das Schwein.

Entgeistert starre ich Feli an. »Das muss ein Fehler sein.«

Sie zuckt die Achseln. »Ich bezweifle, dass der King Fehler macht, Principessa Schwarz.«

Principessa Schwarz. Wir werden nicht mehr bei unserem Vornamen genannt. Weder in der Show noch in der Öffentlichkeit. Wenn über die Prinzessinnen diskutiert wird, dann nur noch über ihre Farben.

Wie gelähmt verharre ich in meiner Starre, bis ich den Brief langsam zwischen den Fingern gleiten lasse.

An Blair Karlotta Wagner
Die schwarze Prinzessin
Von Edward Blackwell

Woher kennt er meinen zweiten Namen, verdammt?!

Ich bin mir sicher, es ist das Nächste, das über mich auf TikTok kursiert. @xoxogossipgirl wird es bringen, damit die ganze Welt sich über meinen Namen lustig machen kann. Ohne Grund. Einfach nur, weil sie grausam sein wollen. Edwards höhnisches Gesicht, während er meinen vollen Namen in Federtinte auf das alte Papier gesetzt hat, schwebt mir vor Augen.

»Mach's auf!«, drängt Emma.

»Ja, los!« Als ich mich nicht rühre, will Paola mir den Brief aus der Hand reißen. Ich zucke zurück und funkle sie an. Ihr Blick ist verzweifelt. »Komm schon, Blair!«

»Seit du in Charles' Welt eingetaucht bist, bist du mir viel zu gossipsüchtig.« Ich hebe eine Braue. »Vielleicht steckst *du* ja hinter Gossip Girl.«

»Oder seit sie ihr iPhone hat«, fügt Emma hinzu.

»Ja, klar«, entgegnet Pao. »Und Charles ist mein Handlanger für Informationen.«

»Könnte passen«, pflichtet Giu mir bei.

»Jetzt mach schon auf«, drängt Paola erneut.

Zähneknirschend betrachte ich das Siegel, bis mir bewusst wird, dass ich ohnehin nicht drum herumkommen werde. Nicht, solange Feli und die sensationsgeile Meute mich angeiern.

Ich erinnere mich, wie vorsichtig die anderen Prinzessinnen ihre Einladungen geöffnet haben. Als wäre es ein wertvoller Schatz. Hinterher haben die meisten das Papier liebevoll auf zwei Händen in ihre Schlafzimmer getragen. Greta hat eine Box gebastelt, und Kriss Kross das Ding zwischen die Seiten ihrer wertvollen *Power-Wrestling-Zeitschriften* gelegt. Einmal habe ich durch Zufall gesehen, dass es die Seiten mit den Sexgeschichten waren. *Harter Wrestler will sanftes Techtelmechtel im Ring.*

Ungerührt reiße ich den Umschlag auf. Ein paar Leute schnappen nach Luft. Wahrscheinlich finden sie mich grausam. Das Siegel bricht. Edwards Initialen zerbröseln, als hätte ich ihn vernichtet.

Es gibt mir Genugtuung.

Ich nehme das Papier heraus. Paola will geiern, aber ich lehne mich zurück, damit nur ich es sehe und lese.

Ich erwarte einen Prank. Irgendeinen Scheißwitz, mit dem er mich aufreißt. Oder ein *3:2, Wagner*, als Warnung, weil er wieder irgendetwas geplant oder veröffentlicht hat.

Doch das, was er in geschwungener, beinahe kalligrafischer Handschrift aufs Papier gesetzt hat, erwischt mich eiskalt. Es schockiert mich mehr als alles Bösartige, das mir in erster Sekunde durch den Kopf gegangen ist.

Schwarze Königin,
mit diesem Ersuchen möchte ich Dich bitten, den Tag gemeinsam mit mir zu verbringen. Es wäre mir eine Ehre, würdest du mir einige Stunden Deiner Anwesenheit schenken.
Ich erwarte Dich um vier Uhr am Ova de Bernina. Ein Fahrer wird Dich bringen. Du musst nichts mitnehmen. Es ist alles vorbereitet.
Hochachtungsvoll,
Edward Blackwell

Ich weiß nicht, ob ich lachen oder weinen soll. Das muss ein schlechter Scherz sein. Ich meine, *was*? Und überhaupt, wieso drückt er sich aus, als wären wir zweihundert Jahre in der Zeit zurückgereist – und er wäre plötzlich ein Mann mit Manieren?

… *mit diesem Ersuchen*

… *es wäre mir eine Ehre*

… *hochachtungsvoll*

Ja, ist klar, Arschloch.

»Was steht drin?« Paola reckt immer noch den Hals. »Was schreibt er?«

»Will er dein Gary Eich werden?« Giu klimpert mit den Wimpern. »Kommt er im Schiggykostüm, um ordentlich zu«, sein Mundwinkel zuckt, »*spritzen*?«

Ich funkele ihn an.

»Sag schon«, drängt Emma. »Ich habe auch das mit der Drittwirkung und dem Unionsrecht erzählt.«

»Was?«, frage ich.

»Das war ein Code«, zischt sie, während ihr Kinn in Richtung der erhobenen Handys nickt. Dabei sieht sie aus, als hätte sie Wasser ins Ohr bekommen, das sie raushüpfen will. Wahrscheinlich Schiggy, der so gespritzt hat. »Damit ich *seinen* Namen nicht sagen muss, ihr wisst schon.«

»Laxon?«, sagt Paola laut.

Emma sieht sie mit einem Killerblick an.

Kurz überlege ich, was passieren würde, wenn ich das Date verschweige. Wahrscheinlich würde Feli petzen und Jenna sich auf mich stürzen, den Brief lesen und mich anschließend höchstpersönlich zu diesem Treffen kutschieren, um das Edward mich so *hochachtungsvoll ersucht* hat. Und im Block der *beautyfull tradgedy* wären weitere Skizzen mit einer neuen Überschrift. *10 Würfe, um Principessa Schwarz die Zähne rauszuschlagen – mit Erfolgsgarantie!*

Meine Schultern sacken hinab. Ich kapituliere. Widerstand zwecklos. Wenn ein Blackwell hochachtungsvoll ersucht, eine Dame auszuführen, stellt sich die Welt hinter ihn.

»Es ist ein Date«, seufze ich.

Paola quiekt.

Son Gohan auch.

In seiner Titte ist jetzt ein Loch.

ON TUMBLR THEY CALL ME ICON OF DARKNESS

Blair

Um ein Haar hätte ich meinen Stylisten gekillt.

Zumindest lässt er mich das in lautstarkem Quietschton und röchelnder Stimme wissen, als er wie ein Wirbelwind in die Suite gedonnert kommt. »Uns bleibt eine Viertelstunde für Frisur und Schminke!« Ohne Rücksicht auf Verluste düst er an den anderen Prinzessinnen vorbei. Die kleine Hanna übersieht er, weshalb er gegen sie stößt und sie wie ein Kartoffelsack auf das riesige Sofa purzelt. Jorge presst seine manikürte Hand gegen die Brust, legt die andere auf meine Schulter und drückt mich ohne Umschweife auf den Stuhl vor dem Frisiertisch. Dann schnipst er mit den Fingern. »Barbara, ich brauche den Kleiderbeutel!«

Barbara ist die Schneiderin, die hinter ihm reingewuselt ist, ohne dass irgendjemand es mitbekommen hat. Wie auf Kommando hängt sie den schwarzen Sack an die Stange zwischen meinem Frisiertisch und dem von Isabella.

»Was hat Edward mit dir vor?« Victoria beugt sich weit über die Sofalehne. Sie denkt, ich weiß nicht, dass ihre Kamerafunktion eingeschaltet ist. »Was stand in dem Brief?«

»Nichts«, entgegne ich knapp.

»Komm schon«, drängt sie. »Wir sitzen alle im selben Boot. Jede hier hat erzählt, was er mit uns vorhatte.«

»Aber deine Follower hat das nicht zu interessieren«, entgegne ich.

Sie neigt den Kopf, wobei ihre goldenen Kreolen klimpern. »Sie sind ein Teil von mir.«

»Ich hätte nicht gedacht, dass er dich noch fragt«, sagt Isabella. Sie sitzt auf dem Barhocker, ihre rosa Tiara in den Haaren, und lackiert sich die Nägel. »Das meine ich nicht böse oder so, aber ich dachte einfach, ihr hasst euch zu sehr.«

»Für falsche Wimpern bleibt keine Zeit«, murmelt Jorge. »Nehmen wir den lederschwarzen Mascara. Der verleiht Volumen.«

»Aber wasserfest«, ergänzt Barbara neben ihm. »Denk dran, Jorge, wasserfest.«

»Ja, falls sie heult, weil er sie abserviert.« Kriss Kross lacht, dann reckt sie die Faust in meine Richtung. »Nur Spaß, Sis. Du weißt, ich liebe dich.«

Ich verziehe den Mund.

»Oh, mach das nicht!« Jorge gibt mir einen Klaps auf die Schulter. »Der Lipliner muss *präzise* genau ... ja, perfekt.«

»Es wird doch sowieso alles schwarz angemalt«, nuschle ich. »Niemand wird den Übergang von schwarzem Lipliner zu schwarzem Lippenstift erkennen, Jorge.«

»Doch, ich. In den Aufnahmen. Und das wird mich stören.« Er macht sich an meine Haare.

»Das sieht so schön aus«, sagt Kokos-Kora, als Jorge meine Strähnen zu einem aschblonden Kranz hochbindet. Sie steht am Fenster und mustert mich mit einem echten Lächeln. Ich glaube, sie und Hanna sind die einzigen Personen in dieser Suite, die von Grund auf ehrlich sind. Kokos-Kora ist so echt, sie hat einfach keinen Grund, irgendetwas zu verbergen oder vorzumachen. Die ganze Zeit rollt sie ein Jo-Jo zu Boden und wieder auf ihren Finger. »Edward wird die Augen nicht von dir abwenden können.«

Ich stöhne auf. »Okay, dann brechen wir ab. Jorge, mach was anderes mit mir. Keine Schminke. Und Öl ins Haar, damit es schön fettig wirkt, ja?«

»Es ist unfair, dass du hier bist«, sagt Greta. Sie hockt in ihrem braunen Kuschelanzug in dem Hängesessel aus Rattan und lernt für diesen Führerschein der forstwirtschaftlichen Zugmaschine. Sie sieht aus wie ein Teddybär, der eine braune Tiara geklaut hat, bevor er ein bisschen Papier in seiner Baumkuhle fressen geht. Das ist süß gemeint. »Wenn du ihn gar nicht willst.«

»Jeder hat andere Beweggründe im Leben«, entgegnet Ambre. Beinahe ikonisch flattert ihr silberner Morgenmantel hinter ihr her, das Haar ist in eine ebenfalls silberne Haube gehüllt. Sie nimmt sich einen Smoothie aus dem Kühlschrank, wirft Greta einen bedeutungsschweren Blick zu und setzt sich wieder in den Loungesessel. Eine Fußpflegerin sitzt auf einem Hocker davor und stellt Ambres Füße nun in ein dampfendes Bad. Ambre schließt die Augen und seufzt wohlig. »Blair ist hier, weil sie hier ist, und du bist hier, weil du hier bist. Fertig.«

»Aber Greta hat recht«, sagt Selma, während Jorge mir letzte Haarnadeln in die Strähnen steckt. »Du nimmst uns anderen Chancen.«

»Das ist ein gewagtes Statement gegenüber der einzigen Person, die in den letzten Tagen nett zu dir war, Selma.« Lena liegt teilnahmslos auf dem Sofa und hängt am Handy. Ihr Körper steckt unter drei Wolldecken, im Kamin knistert ein Feuer und trotzdem zittert sie. Heute Morgen habe ich sie dreimal kotzen hören. Ich glaube, durch diese Show ist Lena im Drogenentzug. Sie ist die Einzige, die sich nie an die Kleiderordnung hält. Auch jetzt trägt sie einen rosa Zweiteiler von Balenciaga statt ihres weißen Alltagsoutfits. »Freu dich einfach, dass du dabei bist, und stolpere nicht.«

»Stolpern?« Im Spiegel erkenne ich, wie sie einen Blick auf ihre blauen Hausschuhe wirft. »Was hat das mit stolpern zu tun?«

»Du bist eine, die durchs Leben stolpert. Ohne Rücksicht auf andere. Und stolpernden Personen fällt man umso leichter in den Rücken.«

»Ich stolpere nicht«, protestiert sie. »Ich bin Tänzerin!«

Hanna verdreht die Augen. »Du hast nicht verstanden, was Lena meint.«

»Ich auch nicht«, sagt Victoria.

»Tja«, murmelt Kokos-Kora. »Dann denkt drüber nach.«

»Fertig!« Stolz tritt Jorge einen Schritt zurück und mustert mich im Spiegel. Dann klatscht er in die Hände. »Bella ragazza!«

Ich sehe aus wie die Königin der Emos. Auf Tumblr wäre ich eine Ikone der Dunkelheit. Meine Lider sind schwarz schattiert, mit einem mysteriösem Glitzer, der funkelt, jedes Mal, wenn ich blinzle, meine Lippen schwarz bemalt und ein feiner dunkler Rouge liegt auf meinen Wangenknochen. Der Flechtkranz meiner hellen Haare ist das Einzige, das mich lebendig wirken lässt. Aber auch das wird verschluckt, als Jorge mir die schwarz funkelnde Tiara in die Strähnen schiebt.

Meine Finger liegen mutlos auf den Lehnen des alten Frisierstuhls. Geräuschvoll atme ich aus. »Und das Outfit?«

Das ist Barbaras Stichwort. Wie von der Tarantel gestochen springt sie auf, schnappt sich den Sack und zieht den Reißverschluss herunter. Die Blicke aller brennen in meine Richtung. Sogar Hanna lässt die Bio von Da Vinci sinken, um über den Rand herüberzublinzeln.

Seit Anfang der Woche renne ich in Emoklamotten rum, und ich hätte ein weiteres Skateboard-xD-Stufenschnitt-Wangenpiercing-^^-Chucks-Outfit erwartet, aber …

»Ah, mon dieu!«, stößt Ambre aus. Vor Schreck legt sie sich eine Hand auf die silberne Perlenkette. »Was ist *das?*«

»Das wüsste ich auch gern«, murmle ich.

»Ein Sportset«, sagt Victoria. »Vielleicht geht ihr laufen!«

»Das ist kein Sportset«, entgegnet Barbara spöttisch. Sie holt den Einteiler aus dem Sack und präsentiert ihn wie die neusten Dior-Plateaus. »Sondern ein eigens angefertigter Neoprenanzug. Seht ihr diese reizenden Rüschen an den Schultern?« Stille. In einem Film würde man nun die Grillen zirpen hören. »Oh, er ist zauberhaft!«

»Ist das ein Tütü?«, fragt Isabella. Sie schraubt ihren Nagellack zu und wirkt äußerst interessiert. »Über der Hüfte?«

»Ein Rüschenrock!« Jorge klatscht in die Hände wie Tom Nook, wenn ich meinen Kredit bei Animal Crossing abbezahlt habe. »Barbara, Blair wird aussehen wie ein Engel!«

»Ja«, höre ich Kriss Kross sagen, gefolgt von einem röhrenden Lachen. Dabei rutscht ihr die rote Tiara vom Kopf und fällt in die Ritze ihres gewaltigen Busens. »Wie ein Todesengel.«

Ein zorniger Strudel rumort in meinem Magen.

»Hör nicht auf sie.« Kokos-Kora schnalzt mit der Zunge. »Kein Kleidungsstück dieser Welt könnte dein Gesicht ruinieren.«

»Sie hat recht«, bestätigt Ambre mit wohlig zuckenden Lidern, weil die Fußpflege gerade ihre Füße einölt. »Tu es une marvelleuse princesse.«

Mein verzweifelter Blick begegnet dem von Jorge im Spiegel. Er nickt bekräftigend, und hinter ihm tut Barbara es ihm gleich. Seufzend schnappe ich mir den Neoprenanzug und verschwinde im Bad.

»Meint ihr, Edward findet sie vielleicht doch gut?«, höre ich Victorias besorgte Stimme herüberwehen. »Vielleicht sollte ich eine Umfrage in meiner Story machen, was meint ihr?«

»Kannst du mir dann die Ergebnisse zeigen?«, sagt Isabella.

»Meine Fresse«, stößt Lena aus, »und ich dachte, ich könnte bei dieser Show wenigstens *einmal* in meinem Leben abschalten.«

»Das liegt an deinem Entzug, dass du so gereizt bist«, sagt Kriss Kross. »Wenn du willst, bringe ich dir Wrestling bei. Das lenkt ab, schon klar, oder?«

»Ich könnte dich sedieren«, bietet Greta an. »Ich weiß, wie das geht. Mussten wir bei unseren Kühen manchmal machen. Dann merkst du nichts mehr.«

»Bin ich eine Scheißkuh, oder was?«

»Ich wollte nur helfen«, protestiert Greta.

»Na ja, du schmeißt dir Ketamin«, murmelt Victoria. »Das ist eine Rindbetäubung, also streng genommen –«

»Halt die Fresse, Vic!«

Lena trampelt an mir vorbei, als ich in meinem Emo-wanna-be-Ballerina-Swimsuit aus dem Bad trete. Niemand sagt ein Wort.

»Vic hat sie echt 'ne Kuh genannt«, kommt es schließlich von Kriss. Sie bleckt die Zähne und reibt mit ihrem Daumen über das runde Piercing. »Das gibt ein *krass* von Kriss Kross, YO.«

Bevor eins der Girls irgendetwas erwidert, holt mich der Fahrer ab zu meinem Date mit EB. Meine neuste Abkürzung.

E wie elektrisierend.

B wie bedeutungs~~voll~~los.

I, EDWARD BLACKWELL, SWEAR NOT TO PUT YOU IN DANGER

Edward

Blair wird in einem schwarzen Geländewagen nach Morteratsch gefahren. Es sieht aus, als würde man mir eine lang gesuchte Person unter der Hand bringen, damit ich mich an ihr rächen kann. Der Gedanke entlockt mir ein Grinsen.

Was sie sofort kommentiert, als ihr die Tür geöffnet wird und sie aussteigt. »Stellst du dir gerade vor, wie du mich in dem Fluss verschwinden lassen kannst?«

Die schwarze Prinzessin erscheint, Überraschung, ganz in Schwarz. Ein Neoprenanzug, der an ein Ballettkostüm erinnert, Schminke wie eine Goth und eine glitzernde Tiara im Haar.

~~sie ist wunderschön sie raubt mir den atem während sie mir gleichzeitig das gefühl zurückgibt wieder atmen zu können sie bringt mein blut in wallung und wirkt wie ein defibrillator auf mein herz~~

Sie sieht aus wie eine Gruftikönigin, die angepisst ihren Kerker verlassen musste, bevor sie ihre abendliche Portion Froschlaich verschlingen durfte. Sie hat mich in Dankenhaal damals hintergangen, und ich hasse sie.

»Tatsächlich, ja.« Amüsiert neige ich den Kopf. »Liest du meine Gedanken, Prinzessin?«

Sie quittiert meine Antwort mit einem hochmütigen Blick, ehe sie die zwei Boote entdeckt. Fragend zieht sie eine Braue in die Stirn. »Du willst Boot fahren?«

»Nicht ganz. Aber ja, die Kriegsbemalung hättest du dir sparen können.«

Sie schnaubt. »Wichser.«

Ich lache. Einer der Assistenten reicht mir feste schwarze Schuhe.

Ich setze mich auf einen Felsen neben dem Fluss und streife meine Boots ab. »Schon mal Wildwasser-Rafting gemacht, Prinzessin?«

Ihre Lippen teilen sich. Kurz wirkt sie perplex, nimmt die großen Paddel wahr, die Rettungswesten und Helme. In ihren Augen funkelt Begeisterung. »Oh.«

~~ich will ihr kinn umfassen und mit dem finger dieses perfekte kleine o ihrer lippen nachfahren~~

Ich stehe auf und nehme mir eine Weste. »Wenn ich es nicht besser wüsste, würde ich glatt sagen, du freust dich auf diesen Ausflug mit mir.«

»Ich freue mich aufs Rafting.« Mit abschätzigem Blick geht sie an mir vorbei und schnappt sich eine Weste. »Aber auf dich könnte ich verzichten, Blackwell.«

»Gleichfalls.«

»Ich hätte dich für cleverer gehalten, dann *mich* zu fragen, ob ich das hier mit dir mache.« Sie schlüpft in die Weste und verzieht den Mund, als hätte sie es besser wissen müssen. »Mein Fehler, eine Art der Intelligenz mit jemandem wie *dir* in Verbindung zu bringen.«

Die Kameras wuseln aufgeregt um uns herum, damit sie bloß kein Wort während des rauschenden Flusses verpassen.

Ich lehne den Kopf in den Nacken und genieße den starken Wind, dessen Kälte an meinen Ohren reißt. Das heutige Wetter ist katastrophal für einen Ausflug wie diesen.

Was bedeutet, dass ich es lieben werde.

»Oh, glaub mir, Süße.« Ich zwinkere. »Es war nicht meine Idee, dich mitzunehmen.«

Blair zurrt den Reißverschluss zu. Die Rüschen ihres Neoprenanzugs lugen daraus hervor.

~~eine süße hummel kurz vor einem wilden himmelsflug~~

Eine schwarze Witwe. Ich kann es kaum erwarten, wenn ihre Schminke verschmiert und ich sie damit aufziehen kann.

»Ach, sieh an«, spottet sie. »Der große Edward Blackwell lässt sich zu etwas zwingen?«

»Kommt drauf an, was dem großen Edward Blackwell im Gegenzug versprochen wird.«

Blair schnappt sich einen Helm. Sie wirkt erleichtert, als sie ihre

Tiara aus den Haaren nehmen kann. Einzelne Strähnen ihres Haarkranzes wehen im Wind.

~~ein unschuldiger engel inmitten der rauen natur ich stelle mir vor wie ich ihr die schwarze farbe von den lippen wische und ganz genau beobachte wie die feine haut auf der roten nuance falten wirft während sie easy on me von adele singt ich stelle mir vor wie sie die hotelfassade hochgeklettert ist eine tüte ufos aus der tasche gezogen und mich mit ihren katzenaugen angesehen hat~~

What.

The.

Fuck.

Ist.

Los.

Mit.

Mir?!

Sie wedelt mit der Hand vor meinem Gesicht. »Hallo?«

Angepisst wende ich mich ab. »Was?«

»Was man dir versprochen hat, dafür, dass du dich dazu herablässt, Zeit mit mir zu verbringen?«

Um diese unerträglichen Gedanken in meinem Hirn zu töten, schenke ich ihr ein gehässiges Grinsen. »Dass ich dich morgen rauswerfen darf.«

Ihr hochmütiges Lächeln verrutscht. Nur minimal, bevor es zu einer bitterbösen Fratze wird.

~~selbst dann noch ist sie schön~~

»Wenn das so ist, werde ich diesen Ritt mit dir doch genießen.« Ihre Augen schießen Dolche in meine Richtung. »Immerhin bedeutet das meine Freiheit.«

Entschlossen setzt sie sich den gelben Helm auf den Kopf. Ich starre sie an – und kann nicht mehr aufhören damit. Es lässt sich nicht bestreiten, dass sie wie ein kleines Bienchen aussieht. Gelb, schwarz, gelb, schwarz, gelb, schwarz. Als würden Sonnenschein und Dunkelheit einen Krieg in ihrem Herzen führen.

Der Wind zerrt an uns. Sie muss sich gegen die Böen lehnen, um vorwärtszustapfen. Still beobachte ich, wie sie am Ärmel eines Kameramanns zupft. Verwirrt zieht sich dieser die Kopfhörer von den Ohren. »Ja?«

»Wo ist der Instructor?«

»Welcher Instructor?«

»Die Person, die mit uns in diesem Ding fahren wird.« Sie deutet auf das rote Boot. »Es muss uns jemand einweisen und durch den Fluss bringen.«

Ratlos blickt er seinen Kollegen an, der einen hilflosen Blick in meine Richtung wirft.

Ich stemme mich von dem Felsen ab und mache einen Schritt in ihre Richtung. »Hier bin ich.«

Die Biene funkelt mich an. »Nerv nicht, Blackwell.«

»Schön.« Mit verschränkten Armen lehne ich mich wieder zurück an den Felsen. »Wenn du gern allein fahren willst, nur zu.« Ich grinse breit. »Vielleicht habe ich ja Glück und du gehst verloren.«

Langsam scheint ihr zu dämmern, dass ich die Wahrheit gesagt habe. Entgeistert starrt sie mich an. »Ich bin *allein* mit dir in diesem Boot?«

»Welch kostbare Ehre, nicht wahr?«

Sie starrt mich an, als wäre ich ein Aasgeier. »Willst du mich verarschen?«

~~nein ich will dich küssen~~

»Nein, ich will dich ersaufen.«

Blair gibt ein schrilles Lachen von sich. »Weißt du, das ist sogar etwas, das ich dir glaube!« Sie presst die Lippen aufeinander, dann schüttelt sie den Kopf. »Ich mach das hier nicht mit. Ganz bestimmt nicht. Am Ende bin ich tot.« Sie macht Anstalten, zu verschwinden.

»Blair.«

»Lass mich in Ruhe, du Arsch!«

»Blair, warte.«

»Nein. Du willst mich in diesem Fluss ertränken, ich weiß das!« Entschlossen stakst sie zwischen dem Geröll den Weg entlang, den sie gekommen ist. Das Auto ist nicht mehr da.

»Was hast du vor?« Ich lache. »Zurücklaufen?«

»Alles besser, als mit dir da rauszufahren!«

»Hey.«

Blair zuckt zusammen, als meine Finger sich um ihr Handgelenk schließen. Stocksteif bleibt sie stehen.

»Ich werde dich nicht in Gefahr bringen, okay?«

Sie sieht mich nicht an. Ihr Blick geht geradeaus, die Spitze der Nase küsst den Himmel. »Schwöre es.«

»Ich schwöre.«

Sie zieht ihr Handy aus der Tasche und hält es auf mich gerichtet. Ich runzle die Stirn, aber sie sagt: »Ich mache ein Beweisvideo für meine Freunde. Wenn ich im Fluss verloren gehe, wissen sie, dass du es warst.«

Ich lache.

»Los«, fordert sie. »Sag es.«

Ich verdrehe die Augen. »Ich, Edward Blackwell, schwöre, dich nicht in Gefahr zu bringen und dich nicht im Ova da Bernina zu ersaufen.«

Sie dreht die Kamera in ihre Richtung. »Wenn ich nicht wieder auftauche, hat er es getan. Glaubt ihm kein Wort. Er ist ein professioneller Lügner mit einer bemerkenswerten Gabe in manipulativer Telepathie, um anderen das Hirn zu vernebeln.« Sie nähert sich dem Handy, bis es ihre Nase fast berührt. Im Bildschirm sieht man nur noch ihre schwarz geschminkten Augen in riesiger Form. »Lasst. Euch. Nicht. Blenden!«

Ich hebe eine Braue. »Fertig?«

»Fertig.«

Sie übergibt Handy und Tasche meinem Assistenten und stapft dann missmutig neben mir her zum Boot. »Ich wollte so was schon immer machen und jetzt muss es ausgerechnet mit dir sein.«

Sie klingt so enttäuscht, dass ihre Worte etwas in mir verursachen. Ich weiß nicht, was. Ich befürchte, dass es Schmerz ist. Auf jeden Fall fühlt es sich nicht gut an. Es ist ein ähnliches Gefühl wie damals, wenn April wieder mal mit jemand anderem gevögelt hatte.

Die Kameramänner steigen in das andere Boot. Einer von ihnen gibt uns zwei GoPros und weist uns an, sie am Körper zu behalten.

»Warum kommt keiner von denen bei uns mit?«, fragt sie, während ich mich neben das Boot stelle. Ich will nach ihrer Hand greifen, um ihr zu helfen, aber sie übergeht die Geste gekonnt. »Bei denen muss doch ein Instructor dabei sein.«

»Jesse macht das seit fünfzehn Jahren«, entgegne ich und zeige auf den Kameratypen mit dem rotem Schal. »Er ist für deren Sicherheit zuständig.«

»Warum nicht für unsere?« Sie stemmt die Hände in die Hüfte. »Die Hälfte von denen könnte locker mit in unser Boot.«

»Weil ich genug Erfahrung besitze.« Ich zögere. »Und weil ich nicht will, dass man mir das letzte bisschen Freiraum auch noch nimmt.«

Plötzlich werden ihre Züge weicher. Ihre Hände rutschen von den Hüften. Ich wende mich ab, als ich mich dabei erwische, mir ihre Finger mit den schwarz lackierten Fingernägeln verflochten mit meinen vorzustellen.

»Und du?« Skeptisch beäugt sie mich dabei, wie ich das Boot über die Felsen ins Wasser schiebe. »Wie lange machst du das schon?«

»Sieben, acht Jahre?« Ich halte ihr noch mal die Hand hin, um ihr ins Boot zu helfen. Sie ignoriert die Geste erneut und steigt allein ein. Ich folge ihr. »Mein Vater hat das früher mit mir zusammen gemacht.«

Blair nimmt ein Paddel in die Hand. »Tut mir leid«, sagt sie nach einer kurzen Pause.

Stirnrunzelnd sehe ich sie an, aber sie blickt absichtlich weg. Ihre Hände umklammern das Paddel, während ihr Blick die lange Strömung vor uns entlangwandert.

»Was tut dir leid?«

»Ich denke, das weißt du.« Sie macht eine erste kräftige Bewegung mit dem Paddel, als ich mich neben sie setze und mein eigenes ins Wasser gleiten lasse. »Und ich denke, du willst nicht, dass ich weiter darauf eingehe.«

Sie meint den unausgesprochenen Rest meines Satzes. Mein Vater hat das früher mit mir zusammen gemacht, *als er mich noch geliebt hat.*

Als Charles noch nicht sein Lieblingssohn war.

Als wir eine intakte Familie gewesen sind.

Zumindest das, was ich als intakte Familie wahrgenommen habe.

Blair ist scharfsinnig. Sie erkennt Dinge, die anderen verborgen bleiben, weil sie gelernt haben muss, hinzusehen. Ich glaube, aus diesem Grund ist sie Dealerin im Casino geworden. Um den besten Spielern weltweit zuzusehen. Ihr Pokerface anzunehmen. Deshalb kann sie Karten zählen wie eine Weltmeisterin.

Blair sieht hin, sie nimmt auf, sie wendet an.

Das war mein erster Eindruck von ihr. Nach wie vor finde ich ihn verdammt ~~heiß~~ gefährlich. Und wie man an den Videos von mir mit Paola und Xenia gesehen haben sollte, ist sie das auch.

Wir paddeln die Strömung entlang. Der Wind reißt kräftig am Boot, die Wellen brechen am roten Gummi, und wir müssen schnell und kräftig mit dem Ruder ins Wasser schlagen, um den Felsen auszuweichen. Die Kameramänner geben sich größte Mühe, uns zu folgen, aber ich weiß, dass sie mich innerlich für das hier verfluchen.

Genau wie Jenna, als ich ihr von meinem Vorschlag mit dem Rafting erzählt habe. *»Meine Güte, Edward, muss es unbedingt* das *sein? Könnte es nicht ein romantisches Kerzenpicknick im Prunksaal sein?«*

Nein, kann es nicht. Nicht, nachdem ich nicht aufhören kann, an Blair zu denken, seit die Ausstrahlung im Fernsehen gezeigt hat, wie sie die anderen Prinzessinnen in Schutz genommen hat. Nicht, seitdem ich gesehen habe, wie niedlich sie sich auf die Offenbarung des Kings gefreut hat, nur um Verachtung in ihren Zügen zu sehen, als sie *mich* auf dem Thron entdeckt hat.

Die Neugier in mir hat einen Punkt erreicht, an dem es nicht mehr zurückgeht. Ich will wissen, warum sie mich verarscht hat. Ich will wissen, warum sie einen Newsticker von Leticia Wolf auf ihrem iPad eingestellt hat. Ich will wissen, warum sie mir nicht sagen kann, weshalb sie ihre eigene Freundin hintergangen hat. Und ich will wissen, weshalb Paola ihr verziehen hat. Die Wahrheit ist, dass der Wunsch nach diesem Date von mir kam. Nicht von Spiderflix. Kein Angebot, Blair morgen rauskicken zu dürfen, weil das sowieso in meiner Hand liegt und mir da niemand reinreden darf.

Ich hasse es, etwas nicht zu verstehen, aber ich *vergöttere* komplizierte, mysteriöse Frauen.

Und das ist keine gute Kombination.

Ich will, zum Teufel, wissen, was es mit Blair Karlotta Wagner auf sich hat.

»Edward!«, ruft sie über das Rauschen des Flusses hinweg. Sie klingt panisch. Ich sehe zu ihr. Mit ausgestrecktem Finger deutet sie in die Ferne. »Ein Wasserfall!«

FOR A FEW HEARTBEATS WE ARE WEIGHTLESS

Blair

Edward lacht. Vor uns rauscht ein verdammter Wasserfall und der Scheißkerl *lacht*! Ich hätte wissen müssen, dass er mich nur ertränken will.

»Ist das dein Ernst?«, brülle ich über die Strömung hinweg. »Du lachst einfach?«

»Der ist klein«, ruft er zurück. Seine Augen glitzern, je näher wir dem Wasserfall kommen. Unmöglich zu sagen, ob es das funkelnde Wasser oder seine Aufregung ist, dem Tod entgegenzublicken. Jedenfalls verziehen sich seine vollen Lippen zu einem euphorischen Lächeln. »Festhalten, Prinzessin!«

Mir bleibt ohnehin keine andere Möglichkeit. Entweder, ich springe aus dem Boot und die Strömung reißt mich gnadenlos mit sich, oder ich bleibe drin und versuche, das hier zu überleben. Als der Abhang kommt, kneife ich die Augen zusammen. Die Angst übernimmt die Führung in meinem Kopf und befiehlt mir, meinen freien Arm Halt suchend nach Edward auszustrecken. Meine Hand krallt sich in seinen muskulösen Bizeps.

Kurz darauf spüre ich eine kalte Berührung, die meinen Griff löst. Edward ist sanft, als er meine Finger mit seinen verschränkt. »Augen auf, Prinzessin.«

»Nein!«

Er lacht. »Glaub mir, du verpasst das Beste.«

»Mir egal!«

»Wenn du die Augen aufmachst und hinsiehst, verscheuchst du die Panik.« Er drückt meine Hand. »Vertrau mir.«

Vertrau mir. Das ist das Letzte, was ich tun sollte, und das Erste, das einem in diesem Hotel beigebracht wird. *Vertraue niemals einem Blackwell.*

Vielleicht bin ich genauso rebellisch wie er, denn ich öffne die Augen. Genau in dem Moment, in dem wir den Wasserfall erreichen und das Boot kippt. Mein Mund öffnet sich zu einem Schrei, Edwards zu einem Lachen. In der nächsten Sekunde spritzt Wasser in mein Gesicht, auf unsere Hände. Ich halte das Paddel und Edward fest umklammert, und plötzlich …

… ist es wieder ruhig.

»Wir haben es geschafft«, stoße ich schockiert aus, gefolgt von einem erleichterten Lachen. »Oh mein Gott, ich lebe noch!«

»Natürlich lebst du noch.« Edward schlägt das Paddel ins Wasser, um einer Felskette auszuweichen. »Du bist mit mir zusammen.«

Ich sehe ihn an. Da erst wird mir bewusst, dass unsere Finger noch immer verflochten sind. Schnell entziehe ich ihm meine Hand. Im Augenwinkel erkenne ich, wie er sie lässig auf seinen Oberschenkel legt, aber seine Finger zucken, als hätte er es auch gespürt.

~~diese plötzliche leere~~

»Sieh dir das an.« Jetzt, da der Wasserfall hinter uns liegt, ist es ruhiger. Zwar ist unser Boot schnell unterwegs, weil der Wind kräftig ist, aber das ist ein Maß an Adrenalin, das mir gefällt. Edward deutet auf die umliegenden Alpen. »Schön, oder?«

Ich folge seinem Blick. Die Berge sind schneebedeckt. Ich muss den Kopf weit in den Nacken legen, um zu ihren Spitzen hochzusehen. Der Himmel ist klar, aber ein eisiger Nebel wabert um die Gipfel und hüllt sie in Schatten. Das Gebirge erstreckt sich in die Ferne, viel weiter noch, als ich gucken kann. Sie kesseln uns ein. Links und rechts von uns bloß Gestein, wir beide nichts weiter als zwei winzige Wesen in ihrer gewaltigen Natur.

»Wie unbedeutend wir zwischen ihnen wirken«, sage ich.

»Ja.« Der Wind zerrt an Edwards Kragen. »Wir Menschen nehmen uns so wichtig und denken, wir wären die Größten. Wenn ich an diese Orte komme, ist es, als würden die Alpen mich zur Besinnung rütteln. Mir zeigen, was für eine Naturgewalt sie sind, wie viel größere Mächte über uns herrschen, und das holt mich auf den Boden zurück.« Er sieht in die Ferne, verfolgt mit den Augen einen Falken, der vorbeifliegt. »Eine Lawine, und Menschen sind begraben. Eine hohe Welle, und Menschen werden mitgerissen. Ein Schwarzbär, und Menschen werden getötet. Ein Erdrutsch, und Menschen werden verschluckt.«

»Du meinst, wir sollten aufhören, uns wie Vollidioten zu benehmen, und wertschätzen, dass wir leben?«

»So in etwa.«

»Du hast recht.« Ich werfe ihm einen Blick zu. »Fangen wir bei dir an?«

Er schneidet mir eine Grimasse. »Gerade habe ich dich gerettet, Blair.«

»Das war ein *winziger* Wasserfall«, spotte ich.

»Für diesen winzigen Wasserfall hast du aber laut geschrien.«

Ich lache. »Gut, vielleicht hast du einen Karmapunkt geholt. Aber ich fürchte, das macht kaum einen Unterschied.«

»Nicht?« Er grinst schief. »Und ich dachte, ich wäre ein Good Boy.«

»Ja, sicher.« Kräftig ziehe ich das Paddel durch das Wasser. »Dein Karmakonto ist so tief im Minus, Blackwell, es wird Jahre dauern, bis du das ausgeglichen hast.« Ich überlege. »Und für die Frauen mindestens dreißig Gänge zum Pokéarzt, damit sie bei Pumeluff ein Schläfchen machen können, um sich von dir zu erholen.«

»Dreißig?« Grinsend neigt er den Kopf. »Süß, Prinzessin. Nimm die Zahl mal zehn und wir nähern uns der Wahrheit.«

Angewidert schüttle ich den Kopf. Edward lacht.

Der Fluss nimmt eine schmale Kurve, in der die Berge nahe beieinanderstehen. Und plötzlich wird die Strömung wilder. Felsketten ragen überall aus dem kristallklaren Wasser hinaus. In schnellen Bewegungen müssen wir ihnen ausweichen, und bald schon brennen meine Arme wie Feuer. Immer wieder reiße ich das Paddel durchs Wasser, passe mich Edwards Bewegungen an, um die richtige Richtung zu nehmen, und höre auf ihn, wenn er mir befiehlt, das Gewicht zu verlagern, das Paddel nicht zu bewegen oder schneller zu machen. Ich kreische, als wir durch einen schnellen Strudel schleudern. Unser Boot wird in alle Richtungen gerissen. Im Augenwinkel erkenne ich, wie Edward den Kiefer konzentriert vorgeschoben hat und das Boot wie ein Profi lenkt.

»Ausgleichen, Blair!«, ruft er. »Vergiss dein Paddel nicht!«

Aber ich kann nicht mehr. Meine Arme protestieren, mein ganzer

Körper wird durchgeschüttelt. »Wie?«, brülle ich zurück. »Ich kann kaum was sehen!« In dem Moment landet eine Wassersalve heftig in meinem Gesicht. Die Hälfte davon schlucke ich, woraufhin ich husten muss.

Die Kameramänner haben wir längst verloren. Die Strömung ist plötzlich so stark, kurvig und gefährlich, dass ich Angst bekomme. Mir wird übel, so schnell zerrt uns das Wasser in alle Richtungen.

»Halt dich an mir fest!«, brüllt Edward. Auch er ist klitschnass. Mit einer Hand reißt er das Paddel rum, mit der anderen packt er mich. Mit einem Mal klebt mein Rücken an seiner Brust, sein Arm ist um meinen Körper geschlungen. Kräftig presst er mich an sich, während er weiterhin das Boot lenkt. Mein Herz rast vor Angst, meine Finger zittern. Ich kralle sie in Edwards Oberschenkel und blicke starr geradeaus.

Und da sehe ich den Wasserfall. Einen *riesigen* Wasserfall. Nicht zu vergleichen mit dem ersten. Der Abhang geht einige Meter in die Tiefe.

»Oh mein Gott!«, kreische ich, aber es klingt stumm. Kein einziger Laut ist zu hören, obwohl mein Hals von meinem Schrei brennt. Aber die Strömung ist zu laut, der Wind zu kräftig, die Natur zu gewaltig. »Scheiße, halt das Ding an!«

Das war vermutlich das Dümmste, das mir in dieser Sekunde über die Lippen hätte kommen können. Als ob das Wasser sich einfach so ausstellen ließe. Als ob die Strömung mit einem umgekippten Schalter bloß noch friedlich dahinplätschern könnte.

»Augen und Mund zu«, höre ich Edwards Stimme dicht an meinem Ohr. »Halt dich an mir fest, Prinzessin.«

Zum ersten Mal, seit er diesen Spitznamen für mich auserkoren hat, klingt er nicht feindselig. Er klingt zart. Beinahe liebevoll.

Vielleicht, weil er nicht weiß, ob es das Letzte ist, das er in diesem Leben von sich gegeben hat. Vielleicht, weil er nicht als Arschloch sterben will. Oder vielleicht, *ganz vielleicht*, weil in ihm mehr steckt als das, was er bereit ist, allen zu zeigen.

Edwards Herz schlägt gegen meine Brust. Mein Herz schlägt in den Himmel. Der Wasserfall reißt unsere Herzen mit sich.

Wir fallen. Wir fliegen. Wir fallen, wenn wir fliegen.

Für wenige Herzschläge sind wir schwerelos.

Ich kreische. Edward lacht. Es vibriert an meinem Rücken. Die ganze Zeit über drückt er mich fest an seine Brust.

Das Boot landet, aber das Wasser schwemmt über uns hinweg. Ich spüre, wie wir heftig gegen eine Felskette rammen, ein Ruck durch meinen Körper geht und Edward zur Seite gerissen wird. Der Moment, in dem ich durch das Boot schlittere, ist kurz. Eine Sekunde. Höchstens zwei. Aber mir kommt es wie eine Ewigkeit vor. In Zeitlupe sehe ich Edward, dessen riesige Augen auf mich gerichtet sind. Vom anderen Ende macht er einen Satz, schnappt nach meinem Arm, aber eine erneute Wassersalve schwappt über uns hinweg und reißt mich mit sich.

Das Letzte, das ich sehe, sind Edwards riesige Gletscheraugen.

Eisblau, kristallklar.

Wie das Wasser, in dem ich ertrinke.

»AND AFTER THIS DAY, WE STILL HATE EACH OTHER, RIGHT?«
»TILL DEATH DO US PART.«

Edward

Wer zögert, hat verloren.

Ausgerechnet in dieser Sekunde, in diesem lebensentscheidenden Moment, gräbt sich die Stimme meines Vaters in mein Hirn. Ich denke nicht einen Augenblick darüber nach, was ich tun sollte, sondern springe ins Wasser. Die Strömung zerrt meinen Körper weiter. Immer wieder schlagen Wellen über meinem Kopf zusammen, der Sog taucht mich unter, will verhindern, dass ich die Oberfläche durchbreche. Kräftig trete ich mit den Beinen. Meine Füße stoßen sich an Gestein ab, und plötzlich ist da wieder eisiger Wind und eiskalte Luft, die in meine Lungen strömt. Ohne nachzudenken, strecke ich den Arm aus und bekomme einen Felsen zu fassen. Es kostet mich alle Kraft, mich zu halten. Meine Muskeln brennen, aber ich darf jetzt nicht loslassen. Ich darf keine Zeit verlieren.

In Sekundenschnelle gleitet mein Blick über die Strömung, sucht jeden Zentimeter Wasser nach einer schwarz-gelben Hummel ab, bis ich sie finde.

Aber nicht im Fluss.

Keine drei Meter entfernt von mir hängt Blair wie ein Äffchen an einem Ast, der aus einem Vorsprung in der Bergkette tief über den Fluss ragt. Die Strömung reißt an ihrem Rücken, aber sie klammert sich verbissen fest.

Kräftig ziehe ich meinen Körper durch das peitschende Wasser, hangele mich von einem Felsen zum nächsten, bis ich die Steine erreiche, die höher aus dem Fluss herausragen. Das Wasser platscht unter meinen langen Schritten, als ich von einem zum nächsten steige. Dann erreiche ich Blair.

Sie hat die Augen zusammengekniffen und die Zähne aufeinandergepresst, aber sie klappern trotzdem. Die Schminke in ihrem Gesicht ist so gut wie verschwunden, nur ein Rest aus schwarzen Schlieren auf ihren Wangenknochen. Die Lippen sind blau statt rot. Ihre Beine hängen überkreuzt über dem Ast, aber die Finger drohen immer wieder abzurutschen.

Behutsam lege ich meine Arme an Kniekehlen und Rücken. Sie zuckt zusammen. »Schsch«, beruhige ich sie. »Ich hab dich.«

In der ersten Sekunde habe ich Sorge, diese Worte aus meinem Mund könnten alles andere als besänftigend auf sie wirken.

Aber dann öffnet Blair die Augen. Die Art, wie sie mich daraufhin ansieht, macht etwas mit mir. Nicht mehr hasserfüllt. Nicht mehr angewidert.

Erleichtert.

Aber natürlich ist sie das. Sie wäre über jeden Menschen glücklich, der sie vor dem Tod bewahren würde.

~~sie mag dich edward~~

Es ist mir egal, was sie von mir denkt.

»Du kannst loslassen«, sage ich. »Halt dich an mir fest.«

Halt dich an mir fest.

Ich glaube nicht, dass ich diese Worte jemals zu jemandem gesagt habe, mit dem Gedanken, dass sie eine doppelte Bedeutung haben könnten. Das war immer Bullshit für mich.

Aber jetzt gerade …

Erst denke ich, Blair wird den Kopf schütteln und lieber ewig an diesem Baum hängen, als sich von mir auf den Arm heben zu lassen, aber dann lässt sie los. Legt ihren Körper in meine Arme.

~~ihr herz in meine hände~~

Ich trage sie über die Steine bis zu einem Felsvorsprung. Erst als wir den Spalt im Felsen erreicht haben, aus dem ihr lebensrettender Ast herausragt, lasse ich sie los.

Blair sinkt sofort auf den Boden und umschlingt ihre Knie. Noch immer klappern ihre Zähne aufeinander.

»Blair.« In meinem Magen liegt ein schwerer Stein. Ich setze mich neben sie. »Verzeih mir.«

Kurz huschen ihre Augen in meine Richtung, bevor sie wieder Richtung Fluss schaut. Die Strömung rauscht im Hintergrund. So wirkt es beinahe friedlich. Die Sonne geht unter und verteilt ihr glutrotes Licht im Wasser. Nur die Strahlen tauchen den Fluss in seine wahren Farben und verraten, wie viele Menschen die Strömung schon hat bluten lassen.

Für wie viele das hier tödlich geendet ist.

»Es tut mir leid«, wiederhole ich leise, aber mit fester Stimme, in der Hoffnung, sie weiß, wie ernst es mir ist. Ich entschuldige mich selten. Aber wenn, dann mit voller Überzeugung. »Ich hätte dich nicht mitnehmen dürfen.« Sie entgegnet noch immer nichts. In der Ferne kreischt eine Eule. »Ich kann mich in Gefahr bringen, so oft ich will, weil es mein Leben ist. Wenn ich draufgehe, bin ich schuld. Aber ich kann das anderen nicht zumuten. Es war dumm. Ich dachte, ich hätte alles unter Kontrolle, weil ich gut darin bin, wirklich, aber«, verzweifelt fahre ich mir durchs Haar, »womöglich neige ich dazu, mich zu überschätzen.«

In ihren braunen Katzenaugen klart etwas auf. Ein Hauch von Lebendigkeit. Als würde sie jetzt erst wahrnehmen, dass wir nicht mehr im Wasser sind. Ihre Schockstarre lässt nach. Langsam sinken ihre Arme von ihren Knien, doch plötzlich zuckt sie schmerzhaft zusammen.

»Alles in Ordnung?«

»Meine Schulter.« Ihre Stimme krächzt. Sie hat zu viel von dem Süßwasser geschluckt. »Sie schmerzt so sehr.«

»Welche?«

Wimmernd hebt sie den linken Arm.

»Okay, schon gut, beweg ihn nicht.« Ich rutsche näher an sie heran, um es mir anzusehen. Der Neoprenstoff ist gerissen. Als ich das viele Blut auf der Haut und den tiefen Riss erkenne, macht mein Herz einen Satz. »Oh, Scheiße.«

»Was?« Panisch sieht sie mich an. »Was ist da?«

»Du hast dich geschnitten. Vermutlich an einem Felsen.« Ich lege meine Hände an den Stoff und sehe ihr in die Augen. »Ich muss das wegziehen, okay?«

Ihre Augen sind geweitet. »O...okay.«

Mit einem kräftigen Ruck reiße ich den Stoff. Der ganze Ärmel rutscht zu Boden. Jetzt sind da nur noch diese niedlichen Rüschen über ihrer Wunde, die ...

Ich ziehe scharf die Luft ein. Fuck, das sieht nicht gut aus!

»Muss er abgenommen werden?«

Sie macht ernsthaft Witze! Trotz Schmerzen und der Tatsache, dass sie gerade einen verdammten Rafting-Unfall überlebt hat. Diese Frau ...

~~ist die erste seit april mit der ich mir ganze tage am stück ausmale ausflüge im kopf durchgehe die sie mit glänzenden augen und vorfreude mitmachen vielleicht sogar einen wettkampf draus machen würde~~

... nervt.

»Bitte sag mir, dass er dranbleiben darf.«

»Du behältst deinen Arm, Prinzessin.«

»Gott sei Dank.«

»Edward sei Dank.« Sie funkelt mich an.

Automatisch muss ich lächeln. »Das wird jetzt wehtun, aber es muss sein, okay?«

»Sagst du das den Frauen, bevor du ihnen das Herz rausreißt?«

»Freut mich zu hören, dass du noch die Alte bist, Blair«, meine Augen huschen zu ihr, eindringlich sehe ich sie an, »*Karlotta* Wagner.«

»Was hast du nur mit meinem zweiten Namen?«

»Nichts.« Ich lege den Ärmel um ihre Wunde, wickle ihn einmal herum und ziehe ihn zu einem festen Verband. Kurz schnappt sie nach Luft. Ich löse mich von ihr. »Er gefällt mir.«

»Er *gefällt* dir?«

»Ja.«

»Warum?«

»Weiß ich nicht.«

»Das musst du doch wissen, wenn es aus deinem Kopf kommt.«

Ich lache auf. »Süße, wenn es eines gibt, das ich am wenigstens verstehe, dann ist es mein Kopf.«

Daraufhin schweigt sie. Ich mustere ihre nassen Wimpern, das helle Haar, das ihr in Strähnen im Gesicht klebt, ihren klitschnassen Neoprenanzug, die vor Kälte aufgestellten Härchen auf ihrem nackten Arm, der ...

Blinzelnd huscht mein Blick zurück zu ihrem Arm. Ich brauche fast zehn Sekunden, um zu realisieren, was ich sehe. »Was ist das?«

»Hm?«

Meine Finger umfassen ihren Arm. Der Daumen liegt auf einem der beiden Striemen, die sich von der Ellenbeuge bis zum Handgelenk ziehen. »Das.«

Als sie sieht, was ich meine, will sie mir den Arm entziehen. Aber der Schmerz ihrer Wunde hält sie zurück. »Nichts.«

»Blair, was *ist* das?«

»Nichts«, wiederholt sie fest. »Ich habe mich nachts gekratzt.«

»Bullshit. Niemand kratzt sich so tief, dass diese dicken Krusten entstehen.« Herausfordernd sehe ich sie an. »Sag mir, woher du das hast.«

Sie schweigt.

»Warst du das?«

»Was?«

»Hast du dich selbst verletzt?«

»Wa…?« Ihre Augen werden riesig. »Nein!«

»Also auch nicht selbst gekratzt«, entgegne ich. »Damit hast du dich verraten.«

Trotzig wendet sie sich ab. Aber ich denke gar nicht dran, jetzt aufzuhören. In meiner Brust hämmert mein Herz wie wild.

Dein Arm war Warnung genug …

»Wirst du bedroht?«

Ihr Kopf wirbelt zu mir herum. »Wie bitte?«

»Bedroht dich jemand?« Ich zögere. »Mit Nachrichten?«

Sie schweigt. Ihre Iriden huschen wild umher, mustern mein Gesicht, wägen meine Gedanken ab. Aber das ist Antwort genug für mich.

»Wer?« Keine Antwort. »Blair, wer ist es?«

Sie schweigt. Eine Ewigkeit kommt nichts mehr. Bis –

»Weiß ich nicht«, flüstert sie.

Der leise Ton wird von der blutroten Strömung davongetragen.

»Wann hat das angefangen?«

Keine Antwort.

»Wie lange geht das schon?«

Keine Antwort.

»Hast du Probleme mit irgendwem?«

Keine Antwort.

Etwas in mir will ausrasten. Gegen die Felsen treten, bis der Berg zusammenbricht. Frustriert presse ich die Zähne aufeinander und betrachte ihr abgewandtes Profil in der untergehenden Sonne. Die glühenden Strahlen lassen sie leuchten. Ich stelle mir vor, wie sie *brennt*, weil sie einen Kampf austrägt, den sie nicht verlieren will. Wie eine Kriegerin, die mit Fackeln in die Schlacht zieht, auf den Wangen die schwarzen Schlieren ihrer Kriegsbemalung.

Blair ist eine Kriegerin durch und durch.

Vielleicht habe ich es deshalb so genossen, mich mit ihr anzulegen.

~~und vielleicht habe ich sie deshalb so verachtet~~

Und vielleicht verachte ich sie deshalb so sehr.

Weil sie eine würdige Gegnerin ist.

Plötzlich strecke ich die Hand aus und fahre mit dem Finger über ihre blauen Lippen. Sie zuckt zusammen. Kurz verweilt mein Daumen an ihrer vollen Unterlippe, ehe ich ihn sinken lasse. »Du frierst.«

Blair schüttelt den Kopf. »Schon gut.«

»Unsere Fahrt müsste längst zu Ende sein.« Ich sehe den rauschenden Fluss entlang. »Die anderen werden einen Helikopter nach uns schicken. Für den Notfall wurde das angeordnet. Sie werden uns finden.«

Blair nickt.

»Ich werde irgendwas suchen, um ein Feuer zu machen.«

»Okay«, murmelt sie. »Soll ich helfen?«

»Du bleibst hier.« Streng sehe ich sie an. »Und bewegst dich nicht, verstanden?«

»So schlimm tut es nicht mehr weh.«

»Du bewegst dich nicht«, wiederhole ich.

Ich finde ein bisschen Holz, aber es ist zu nass, um es mit Feuersteinen anzünden zu können. Also suchen wir Schutz vor dem Wind in der Bergspalte. Unsere Helme und Westen haben wir auf dem Vorsprung gelassen, damit der Helikopter uns finden kann. Draußen wird es immer dunkler. Blairs Zähne klappern unentwegt aufeinander. Irgendwann halte ich es nicht mehr aus und hebe meinen Arm. »Komm her.«

Sie sieht mich an. »Was?«

»Körpernähe schafft Wärme.«

Entschieden schüttelt sie den Kopf. »Auf keinen Fall!«

»Blair.« Ich verdrehe die Augen. »Glaub mir, ich kann mir auch *wesentlich* Besseres vorstellen, als hier mit dir in einer Bergspalte zu hocken und dich zu wärmen. Aber wenn du nicht erfrieren willst, solltest du herkommen.«

»Du machst dir nur Sorgen, hinterher als Mörder dazustehen.«

»Völlig richtig, Prinzessin. Und auf den Stress mit meinem Vater habe ich keinen Bock. Also, komm her.«

Sie beißt sich auf die Unterlippe und wägt ab, ob sie das wirklich wagen soll. »Das hier ist nie passiert, okay?«

»Niemals«, sage ich ernst.

»Und du verrätst es niemandem?«

»Bin ich *lebensmüde*?«

»Auch nicht Paola und Charles?«

»*Erst recht* nicht Paola und Charles.«

»Mhm.« Sie wägt immer noch ab. »Wehe, du entwickelst Gefühle für mich!«

Ich lache laut auf. »Keine Sorge, das wird nicht passieren.«

~~es passiert schon~~

»Ich mein's ernst, Blackwell. Kein Wort zu niemandem.« Sie sieht mich an wie eine strenge Lehrerin, die einen Schüler ermahnt, kein Furzkissen auf den Stuhl zu legen. »Es wäre echt peinlich für mich, wenn das rauskommt.«

»Für *dich* wäre es peinlich?« Grinsend schüttle ich den Kopf. »Du bist die erste Frau, die diese Worte jemals an mich gerichtet hat, weißt du das?«

»Herzlichen Glückwunsch«, entgegnet sie. »Ich habe das Arschloch entjungfert.«

Ich hebe die Braue. »Das … *Arschloch*?«

»Ja. Dich. Nicht deinen Anus, dem Herren sei Dank.«

»Halt die Klappe, schwarze Witwe, und komm endlich her.«

Sie seufzt ergeben und schlüpft unter meinem Arm hindurch. Ich ziehe sie zwischen meine Beine, versuche, ihren Oberkörper so gut es geht mit meinen Armen zu bedecken und ihr damit Wärme zu schenken.

Blair sitzt stocksteif da.

»Was wird das?«

»Was?«

Ich lache. »Bist du eine Statue?«

»Wenn ich mich nicht bewege, wird es vielleicht nie real.«

»Träum weiter, Prinzessin.« Entschieden drücke ich sie zurück an meine Brust und lege mein Kinn auf ihrem Kopf ab. »Das ist es längst.«

Sie hält den Atem an. Und ich weiß auch, wieso.

Ein Kinn auf einem Kopf hat nichts mit Wärme zu tun.

»Aber können wir so tun, als ob es das nicht wäre?«, fragt sie.

»Nur so überlebe ich das hier.«

»Hassen wir uns noch?«

»Auf jeden Fall.«

»Gut, denn ich hasse dich definitiv.«

»Ich dich auch.«

»Aber ich dich mehr.«

»Das glaube ich nicht.«

»Und nach diesem Tag hassen wir uns weiterhin, oder?«

»Bis dass der Tod uns scheidet.«

»Und morgen wirfst du mich aus der Show?«

»Mit schwarzen Diamanten und Konfetti.«

»Okay.« Ihr Hinterkopf reibt über meinen Brustkorb, als sie den Kopf hebt und an die Decke sieht. »Gibt es eigentlich etwas, das kaum jemand über dich weiß?«

Ich überlege. »Ja.«

»Und was?«

»Würde ich es dir sagen, wäre ich lebensmüde.«

»Bist du eh.«

»Ja, aber das wäre kein *gutes* lebensmüde.«

»Wieso?«

»Du wartest doch nur auf dein 3:2, Wagner.«

»Ich schwöre, ich sage es niemandem. Nur, wenn du diesen Moment hier verrätst.«

»Erpresst du mich?«

»Ja.«

»Mhm, gefällt mir.« Ich lache leise. »Warum willst du es wissen?«

Sie verlagert ihre Position, und plötzlich bilde ich mir ein, sie kuschelt ihr Gesicht an meine Brust. »Damit ich mehr das Gefühl bekomme, du wärst normal.«

»Ich bin nicht normal.«

»Ja, schon klar.« Eine kurze Pause. »Also?«

Ich zögere. Aber irgendetwas in mir will es ihr sagen.

~~mein herz das ihr entgegenspringt und darauf hofft gestreichelt zu werden~~

»Ich sammle alte Kassetten.«

»Was?« Sie kichert. »Diese, die man in einen Rekorder legt?«

»Ja.« An ihrem Scheitel verziehen sich meine Lippen zu einem Grinsen. »Früher habe ich die geliebt. Ich konnte nicht anders einschlafen, und irgendwann ist das zu einem Sammeltick geworden.«

Ich spüre, dass sie lächelt. »Welche ist deine Lieblingskassette?«

»Keine Chance.«

»Ach, komm schon!«

»Nein.«

»Bitte?«

»Auf keinen Fall.«

Sie seufzt. »Na schön.«

»Und du?« Unwillkürlich streiche ich ihr eine nasse Strähne aus der Stirn. Sie erstarrt. Schnell lasse ich meine Hand sinken und räuspere mich. »Gibt es etwas, das die Leute nicht über dich wissen?«

Sie wird stocksteif. Regt sich nicht mehr. Ich glaube, sie atmet nicht einmal mehr.

»Blair?«

Plötzlich scheint sie sich einen Ruck zu geben. Sie atmet tief durch und sagt: »Ich bin süchtig nach der gelben Pokémon-Edition für den Gameboy Color.«

Mein Lachen hallt von den Felswänden wider. »*Daher* der Pumeluffspruch.«

»Es ist jedes Mal wie Frieden für mich, wenn ich das Spiel ein- und die Welt ausschalte.«

»Ich habe die auch noch.«

»Die Edition?« Ich nicke. Sie wirkt erstaunt. »Hast du es gespielt?«

»Ja.«

»*Durch*gespielt?«

»Ja.«

»Oha.«

»Was?« Amüsiert greife ich nach ihrem Kinn und neige ihren Kopf so, dass sie mich ansehen muss. »Wieso beeindruckt dich das so?«

Für einen Moment hält die Zeit an. Ihre Katzenaugen blicken in meine. Draußen rauscht der Fluss. Sein Wasser schwappt gegen die Felswände. Mit der Zungenspitze berühre ich meine Lippen, während ich in Blairs Blick ertrinke. Ich spüre mein Herz überdeutlich in meiner Brust. Etwas, das in den letzten Monaten selten vorgekommen ist.

Kaum zu glauben, dass es noch lebt.

Der Moment ist vorbei, als ein Vogel in die Bergwand flattert. Blair und ich schrecken zusammen, der Vogel fliegt davon und Blair wendet sich ab.

»Ich hätte nicht gedacht, dass du jemand bist, der die letzte Arena schafft«, murmelt sie.

»Danke.« Ihr leises Kichern weckt eine ungewohnte Wärme in mir. »Wir sollten gegeneinander antreten. Herausfinden, wer von uns beiden der wahre Champion von Alabastia ist.«

Sie zögert. »Gern.« Ein Moment der Stille vergeht, ehe sie hinzufügt: »Aber nicht heulen, wenn ich dich fertigmache.«

»Vielleicht bringst du besser eine Tüte Ufos mit.«

Blair lacht. Es klingt glockenklar in der Dunkelheit inmitten dieses Bergs, bis der Wind es fortträgt. »Weißt du noch, als du mich auf die Terrasse vom Poolhouse gezogen hast?«

»Ja.«

»Weißt du noch, was du da zu mir gesagt hast?«

»Ich habe vieles zu dir gesagt«, murmle ich. »Vor allem, dass ich dich vernichten will.«

»Du meintest: ›Ich hoffe, du kannst schwimmen, Prinzessin. Ein weiteres Mal werde ich dich nicht retten.‹« Sie zögert. »Aber du hast es getan.«

»Was getan?«

»Mich ein weiteres Mal gerettet. Eben gerade.«

»Ja.«

Ihre Atemzüge sind gleichmäßig und ruhig, aber plötzlich spüre ich unter meinen Händen, wie sie schneller werden und ihr Herzschlag sich beschleunigt. Sie öffnet den Mund, will etwas sagen, das ~~ich unbedingt hören will~~ mir ganz egal sein sollte, als mit einem Mal der Himmel bebt.

Ich wende den Kopf. In der Ferne erkenne ich den schwarzen Helikopter vom Blackwell Palace.

LIFE IS A BITCH AND KARMA WILL FUCK YOU UP

Blair

Es passiert, als ich mit einer heißen Zitrone auf dem Loungesofa in der Prinzessinnensuite sitze, während die anderen beim Frühstück sind. Lena und ich durften ausnahmsweise oben bleiben, weil sie sich die Seele aus dem Leib kotzt und ich gestern fast draufgegangen wäre. Sie liegt neben mir und zittert unter ihrer Daunendecke, obwohl im Kamin das Feuer prasselt.

Aber ich will nichts vorwegnehmen, deshalb fange ich ganz von vorn an.

Nachdem der Helikopter uns eingesammelt hat, haben Edward und ich nicht mehr miteinander geredet. Charles und Paola waren dabei. Er ist durchgedreht vor Sorge und hat mich in sieben Decken gewickelt, bevor er seinem Bruder eine Predigt gehalten hat, warum Edward ins Ausland gehen sollte, um seine angestaute Energie *endlich mal in die Dinge zu stecken, die etwas in ihm und in der Welt bewirken.* Dabei schwankte er zwischen Wut und Erleichterung, von ich-schreie-meinen-Bruder-an zu ich-drücke-meinen-Bruder-an-mich-bis-er-mich-wegschiebt. Irgendwann hat Paola ihn beiseitegenommen und gesagt, dass es reicht. Meine Zähne haben die ganze Zeit über geklappert. Ich dachte, sie brechen ab, deshalb habe ich mir meine Wärmflasche abwechselnd gegen Bauch und Kiefer gedrückt. Edward hat seine genommen und sie mir kommentarlos in den Schoß gelegt. Er hat nichts gesagt. Nur aus dem Fenster gestarrt, als würde die ganze Welt ihn anpissen. Als wir gelandet sind, hat mich einer der Sicherheitskräfte zur Suite gebracht. Ich meinte, Edwards Blick auf mir gespürt zu haben, als hätte er noch etwas sagen wollen, aber als ich mich noch einmal umgedreht habe, war er weg.

»Weißt du«, Lena durchfährt ein Kälteschauer, der sie zusammenzucken lässt, und sie zieht die Decke bis ans Kinn, »ich habe immer gehofft, du würdest mit Finn zusammenbleiben.«

Stirnrunzelnd drehe ich den Kopf von der Frühstücksshow, in der gerade darüber diskutiert wird, ob Principessa Gelb zu weit gegangen ist mit ihrem Wurmkistengespräch während ihres Candle-Light-Dinners mit Edward. Während die eine glaubt, die Bauernprinzessin wird *auf jeden Fall* gehen müssen, ist der Typ mit dem Schnauzer felsenfest überzeugt, ich werde fliegen.

»Tut mir leid, Lena«, ich nippe an meiner Zitrone und genieße, wie die heiße Flüssigkeit meine Kehle hinabrinnt, »aber dein Bruder ist ein Arschloch.«

Zwei Kamerafrauen sind anwesend. Sie wuseln um uns herum, machen ein paar Aufnahmen. Inzwischen habe ich mich an ihre ständige Anwesenheit gewöhnt.

»Ja, ich weiß«, seufzt sie. »Aber er war nicht immer so. Und wenn wir mit unseren Eltern oder allein sind, erkenne ich die Kindheitsversion von ihm wieder. Eigentlich ist Finn fürsorglich, zuvorkommend und nett.«

»Das kann ich nur schwer glauben«, murmle ich.

»Nicht *er* ist das Arschloch, sondern die Gesellschaft, die das aus ihm gemacht hat.« Sie zieht die Nase hoch, presst den Arm vor den Mund und unterdrückt ein erneutes Würgen. Ich will ihr den Eimer reichen, aber sie winkt ab. »Ich gehe gerade durch die beschissene Hölle, aber ich weiß, am Ende lohnt es sich. Weil ich dann hoffentlich mit klaren Augen sehen kann, wer mir ins Gesicht lügt, mich anlächelt, während hinter dem Rücken ein Messer versteckt wird, oder beteuert, mit mir durchs Feuer zu gehen, bevor meine tiefsten Geheimnisse an irgendeine Tussi weitergegeben werden, die man gerade fünf Minuten kennt.«

Mitfühlend sehe ich sie an. »Du meinst Max?«

»Alle.« Sie streicht sich eine verschwitzte Strähne aus dem Gesicht. »Ich meine sie *alle*, Blair.« Lena nimmt ihr Handy und öffnet TikTok. Sie sieht sich ein Video von @didntyouhearthat an, in der sie Clips von mir zeigt und im Voiceover sagt, ich wäre eine billige Nutte und die eigentliche Mörderin von April Sanders, für deren Tod einer meiner besten Freunde ins Gefängnis gewandert ist. »Auch

Edward«, sagt sie plötzlich. Sie hustet, dann fügt sie hinzu. »*Vor allem* Edward. Er ist der Schlimmste von ihnen.«

»Ich weiß.« Aber etwas in mir will sich gegen diese Einsicht sträuben. Und ich bekomme Angst, als ich merke, wie stark dieses Etwas ist. Seltsamerweise muss ich an seine Beichte mit den Kassetten denken. Ich frage mich, was für Geschichten der kleine Edward gehört hat, während er ganz allein in seinem großen Luxusbett gelegen und seinen Eltern beim Streiten zugehört hat. Wegen seines Bruders. Den er lieben wollte, aber nicht konnte. Grimmig schüttle ich den Kopf, um die Gedanken an ihn zu vertreiben. »Er wirft mich sowieso heute raus.«

»Sei froh. Das ist das Beste, was dir passieren kann.« Lena legt das Handy beiseite und rappelt sich auf. Mit angezogenen Knien sitzt sie unter der Decke und blickt zum Frühstücksfernsehen. »Ich will nur bleiben, um Max zu vergessen, dem Penner eins auszuwischen und diesen Drogenentzug durchzustehen.« Mit der Hand wischt sie sich über die laufende Nase. »Wenn ich mit meinen Freunden zusammen wäre, könnte ich das niemals durchziehen. Das weiß ich.«

»Du könntest in eine Entzugsklinik gehen.«

Sie schüttelt den Kopf. »Schon probiert. Jedes Mal, wenn ich darüber nachdenke, redet es mir einer der anderen wieder aus.« Frustriert zupft sie einen Faden aus der Wolldecke und ahmt eine hohe Stimme nach. »Oh, Lena, *Schwachsinn*, so was brauchst du nicht! Du bist nicht abhängig. Wir feiern doch nur ab und zu unser Leben.« Sie schnaubt. »Ganz ehrlich, Blair ... ist es normal für dich, Pillen wie Kaugummis in der Tasche zu haben, und wenn nicht, Panik zu schieben?«

»Nein.«

»Eben.«

»Wegen dieser Sache gestern«, ich stelle meine leere Zitrone auf den Tisch und nehme mir eines der Swiss-Meringue-Tarteletts, die uns hochgebracht worden sind, »als Victoria und Greta dich mit der Kuh verglichen haben ...«

Lena winkt ab. »Drauf geschissen.«

»Ich will nur sagen, dass es mies war. Und, na ja, ich bin zwar heute Abend raus, aber«, ich stippe mit dem Finger in die Meringue-

Creme und lecke sie ab, »wenn du nach dieser Show eine Freundin brauchst, die definitiv kein Messer hinter dem Rücken versteckt, oder du einfach mal reden willst, du weißt schon …«

Ich zucke die Achseln, und Lena lächelt. Ich glaube, es ist das erste Mal, dass ich sie so lächeln sehe. Nicht bekifft, besoffen oder auf Drogen; nicht hämisch oder herablassend, sondern einfach *aufrichtig*.

»Danke.«

Die Stille danach ist komisch, weshalb Lena wieder ihr Handy in die Hand nimmt. Ihr erinnert euch daran, dass ich sagte, es passiert, als Lena und ich zusammen auf dem Sofa sitzen?

Nun, das ist jetzt.

Lenas Augen werden größer, als sie ein Video von @xoxogossipgirl anklickt.

»*Gesichtet!*«, höre ich die mir bekannte Stimme, wie jedes Mal, wenn sie Gossip Girl aus der Serie nachmachen will, »zwei Prinzessinnen, die es nicht lassen können, über ihre Showkolleginnen herzuziehen. Die Missgunst in ihren Augen leuchtet in den buntesten Farben, aber vor allem in *rosa* und *braun*. Tja, wer hätte gedacht, dass die junge Frau mit den süßen Zöpfen zu so einem Bitchmove fähig wäre? Die Antwort lautet: ich. Und zwar von Anfang an. Aber seht selbst, meine Zuckerschnecken.«

Mit dem Tartelette in der Hand robbe ich zu Lena rüber, um das anschließende Handyvideo anzuglotzen wie eine Hyäne eine hüpfende Kröte, die ihr immer wieder hypnotisierend vors Gesicht springt. Darin zu sehen sind Isabella und Greta an der Kochinsel dieser Suite. Sie tragen ihre Pyjamas und Hausschuhe. Alles in Rosa und Braun. Sogar die Lockenwickler in Isabellas Haaren sind rosa, und Gretas Gesicht zieren weiße Zahnpastapunkte, die sie jeden Abend auf ihre Pickel aufträgt. Die beiden sehen aus wie Barbie und Bambi.

»Ich sag's dir, bin ich froh, wenn der sie morgen rauskickt«, sagt Isabella. »Ich will gar nicht fies sein oder so, aber Blair und Edward passen *null* zusammen! Und wenn sie sogar abgenervt ist, weil er sie auf ein Date einlädt? Ich bitte dich! Das hier ist eine Datingshow, um seine Partnerin zu werden!«

Greta nickt. »Sehe ich genauso. Außerdem, dieser Streit zwischen den beiden geht um die ganze Welt. Als ob er sie jemals als Freundin nehmen würde, nachdem sie ihn und diese Paola so hintergangen hat.«

»*Grundlos*«, fügt Isabella hinzu und dabei wedelt sie so komisch mit dem Finger, als wüsste sie Bescheid. Ich glaube, das macht mich am wütendsten. Die Art, wie sie das sagt. Als hätte sie irgendeine Ahnung, was in meinem Leben vor sich geht. »Sie war im Service schon immer *so* arrogant, Greta. Hat alle aus dem Housekeeping von oben herab behandelt.«

»*What the fuck*?« Neben mir hebt Lena ungläubig eine Hand. »Was redet die? Du warst diejenige, die ich immer mit *allen* aus *jeder* Schicht zusammensitzen sehen habe. Frage mich, wann sie auf mich losgeht.«

Ich entgegne nichts, weil das Video weitergeht.

»Und Lena ist genauso schlimm.«

»Ah, da, there it is«, murmelt Lena.

Isabella verdreht die Augen. »Nein, warte, *noch* schlimmer. Die ist die Nächste, die fliegt. Da würde ich meine Hand für ins Feuer legen.«

»Warum?« Greta trinkt einen Schluck Tee. »Wegen ihres Ex-Freunds?«

»Es ist doch klar, dass sie Edward nicht will!« Isabella wird so energisch, dass sie fast ihre Tasse von der Kochinsel gefegt hätte. »Und wie sie immer tut, sobald sie den Raum betritt.« Sie hebt einen Arm und streckt etepetete die Hand zur Seite. »*Oh, girls, ihr seid ja so was von unter meinem Niveau, ich bitte euch. Hier kommt die Queen, macht Platz.*«

»Wenn du den Raum betrittst, setzt du dich in irgendeine Ecke, hängst am Handy und interessierst dich für nichts«, halte ich dagegen.

Lena lacht. »Glaub mir, das mache ich seit Jahren. Aber was über mich schon alles erzählt wurde … dagegen ist das hier nichts.«

»… habe ich auch *überhaupt* kein schlechtes Gewissen, dass *ich* es war, die Max im Clubhaus gevögelt hat.«

Mir klappt die Kinnlade herunter. Lenas Augen werden starr. Das Lachen von gerade erstirbt auf ihren Lippen, und das Handy rutscht ihr aus den Fingern auf die Decke. Die Kamerafrauen in der Suite kommen näher. Sie spüren, dass hier etwas Großes vor sich geht, und wollen keine Sekunde verpassen.

»Tja«, höre ich @xoxogossipgirl am Ende ihres Videos sagen, »die süße Isabella, die nur ihren Spaß wollte, hat gegen den Spaßkodex verstoßen. Oder wie seht ihr das? Tut mir *wirklich* leid, Principessa Rosa, aber mir gefällt dein Motto nicht. Frauen gegen Frauen?« Die Stimme der Creatorin gibt ein freudloses Lachen von sich. »Das ist mein Kryptonit, Süße. Beten wir, dass du hieraus lernst. Xoxo, Gossip Girl.«

In dem Moment geht die Tür auf. Die Prinzessinnen kommen vom Frühstück zurück in die Suite. Ein Regenbogen. Silber, Gold, Blau, Rot, Grün, Gelb, Braun, Rosa. Ihre Augen, die nervös in Lenas Richtung huschen, verraten sie. Vermutlich haben alle das Video gemeinsam am Tisch im Speisesaal gesehen.

Isabella ist die Letzte, die eintritt. Hinter ihr fällt die Tür ins Schloss. Stille kehrt ein. Die Blicke der Prinzessinnen huschen von Lena zu Isabella. Von Isabella zu Lena. Sie warten, was passiert. Wer den ersten Schritt in dieser verhängnisvollen Schlacht macht.

Kriss Kross ist die Einzige, die euphorisch wirkt. Sie hofft auf einen Wrestlingkampf, in dem sie ihre Fähigkeiten unter Beweis stellen kann. Vielleicht will sie auch, dass die Kameras sie dabei filmen und Maneater begeistert von ihr ist.

»Weißt du was?« Lena lacht. Sie *lacht!* »Ich werde mir meine Hände an dir nicht schmutzig machen.« Plötzlich klingt sie gefasster als in all den letzten Tagen. »Und das würden sie werden, nachdem dieser Bastard von Max Cordelair dich überall angefasst hat.« Lena erhebt sich und rafft ihre Decke in einer Grazie unter den Arm, wie nur ein Laufstegmodel wie sie es kann. Auf einmal sieht die Daunendecke aus wie ein Luxusaccessoire. Sie macht einige Schritte auf Isabella zu, um in Richtung ihrer Suite zu gehen. »Das Leben ist 'ne größere Bitch als du, Süße. Karma wird dich ficken.« Ein bittersüßes Grinsen auf Lenas schönem Wednesday-Gesicht. »Und hoffentlich besser und länger, als Max es je könnte.«

Sie verschwindet in ihrem Zimmer. Die Daunendecke zieht sie wie einen Schleier der gewonnen Schlacht hinter sich her.

Ich entscheide, dass Lena hardcore ist.

MY HEART WANTS ROOTS. MY MIND WANTS WINGS.

Edward

»Hast du schon eine Ahnung, wen du rauswählst?« Charles stößt die weiße Billardkugel. Sie trifft die grüne, die sofort ins Netz fällt. Er reibt seinen Queue ein und positioniert sich neu. »Du meintest, mit Greta hattest du das katastrophalste Date.«

Lässig lehne ich gegen den Billardtisch, in einer Hand einen Whiskey. Der Kronleuchter wirft warmes Licht durch den Salon. Es lässt den Marmorboden glitzern und die verzierten Stuckelemente in luxuriösem Gold erglänzen. »Blair.«

Charles war gerade dabei, die weiße Kugel erneut anzustoßen. Doch bei meinen Worten zuckt er zusammen, und die Spitze streift beiseite. Die Kugel rollt nur ein paar Zentimeter. »Bist du sicher?«

»Todsicher.«

Er runzelt die Stirn. »Paola war der Meinung, das Date hätte euch zusammengeschweißt.«

Schnaubend stelle ich meinen Whiskey ab und nehme seinen Queue entgegen. »Nichts auf der Welt könnte mich mit Blair Wagner zusammenschweißen.« Ich beuge mich vor und treffe die weiße Kugel. Sie schlägt die halb blaue ins Netz. »Und wenn doch, dann würde ich uns gewaltsam wieder auseinandersägen.«

Charles seufzt. »Immer noch wegen des Videos?«

»Sie hat mich *verarscht*, Charles.« Abweisend schlage ich ein weiteres Mal. Wieder treffe ich. Grimmig richte ich mich auf. »Und mich verarscht niemand.«

»Es tut ihr leid«, entgegnet er. »Sie und Paola haben sich ausgesprochen. Bei dir hat sie sich auch entschuldigt, oder?«

»Oh, das reicht heutzutage?«, spotte ich. Mein Stock schlägt daneben. »Also sollte ich auch Ignotus verzeihen?«

»Was?«

»Er ist losgerannt und hat meine Freundin gekillt, aber hey, warte mal«, theatralisch schlage ich mir gegen die Stirn, »er hat sich ja *entschuldigt*, also ist alles vergessen. Kein Problem, Ignotus, du bist mein Bro.«

»Du weißt, dass das was anderes ist.« Charles nimmt mir den Queue ab. »Blair hat ein Video von dir und Paola gepostet, niemanden *umgebracht*.«

»Mir egal.« Ich weiß nicht, wen ich mehr überzeugen will. Meinen Bruder oder mich selbst. »Diese Frau hat mich verarscht, und dafür wird sie büßen.«

»Bist du nicht neugierig, warum sie es getan hat?« Er trifft einen wunden Punkt. Für einen kurzen Moment geraten meine Gedanken ins Wanken. Und das merkt Charles. »Gerade du willst nicht wissen, was ihre Hintergründe dafür waren? Mein Bruder, der immer alles wissen will, um anderen meilenweit voraus zu sein und Entscheidungen vorherzusehen, bevor sie getroffen werden, will nicht herausfinden, warum ein liebes, begabtes Mädchen ihre Freundin ins offene Messer rennen lässt?«

»Nein«, knurre ich.

»Lügner«, raunt Charles.

Ich entscheide, das Thema zu wechseln. »Hast du Sofia in letzter Zeit gesehen?«

Charles trifft eine weitere Kugel, ehe er einen Schluck seines Whiskeys nimmt und den Kopf neigt. »Gestern beim Training. Heute noch nicht. Warum?«

Ich sehe zu, wie er seine letzte Kugel ins Loch schießt, und wende mich dann der verspiegelten Wand zu. Der maßgeschneiderte schwarze Anzug sitzt wie angegossen. Trotzdem fühle ich mich unwohl. Wie ein Löwe, den man in eine Zwangsjacke stopft. Das hier ist Charles' Stil. Nicht meiner. Ich bin der Löwe, der Jeans zerreißt, bevor er sie trägt.

Abwesend streiche ich über meine Fliege. »Sie wird geschlagen.«

Mitten in der Bewegung hält Charles inne. »Bitte?«

»Ihr Arm war voller Blessuren.« Im Spiegel erkenne ich, wie das Blut aus dem Gesicht meines Bruders weicht. »Sie meinte, sie wäre vom Pferd gefallen, aber das glaube ich ihr nicht.«

»Nein.« Über seine sonst so hellen Augen legt sich ein tiefschwarzer Schatten. »Es ist ihr Vater.«

Überrascht wende ich den Kopf. »Mads?«

Charles sieht aus, als wäre er zum Töten bereit. »Der Bastard.«

»Woher weißt du das?«

»Weil sie es mir gesagt hat.«

»Wann?«

»Damals.«

»Damals?« Entgeistert starre ich ihn an. »Er schlägt sie schon länger?«

»Es hat aufgehört, als wir zusammen waren. Aber jetzt –«

»Seid ihr es nicht mehr«, schlussfolgere ich.

Charles nickt.

»Wir müssen etwas dagegen unternehmen. Aus welchen Gründen auch immer scheint Sofia es niemandem sagen zu wollen.«

»Ich kümmere mich darum.«

»*Wir*, Charles.« Entschieden mache ich einen Schritt auf ihn zu. »*Wir* kümmern uns darum.«

Sein Blick huscht zu mir. »Sie wollen sich scheiden lassen.«

»Wer?« Ich blinzle. »Kwama und Mads?«

Er nickt. »Das muss der ausschlaggebende Grund sein.«

»Dieser Wichser.«

Einen Moment blickt Charles auf den Marmor hinab, den Kiefer nachdenklich vorgeschoben. »Sie kommt mir in letzter Zeit«, er schaut mir ins Gesicht, »traurig vor.«

Ich halte seinem Blick stand. »Sie wird geschlagen. Ihre Eltern lassen sich scheiden. Natürlich ist sie traurig.«

»Ja«, murmelt er. »Aber mir ist, als wäre da noch etwas anderes.«

Er weiß genau, wovon er spricht. Charles ist nur so clever, es nicht laut zu sagen. Er weiß, wie er Menschen dazu bringt, zu reden, und er weiß, wann sie sich verschließen. Mein Bruder ist ein psychologisch manipulierendes Meisterwerk.

»Es gibt keine Hoffnung für sie und mich«, sage ich fest. »Ich verehre Sofia als eine Freundin, ich liebe sie wie eine Schwester, ich vergöttere sie als der Mensch, der sie ist.« Langsam schüttle ich den Kopf. »Aber es gibt keine Hoffnung für uns.«

»Niemals?«

»Niemals.«

Charles nickt. »Dann sag ihr das.«

»Werde ich.«

Es vergeht ein Moment, in dem mein Bruder mich ausdruckslos ansieht. Unser Pokerface wurde jahrzehntelang von den Besten perfektioniert. Schließlich –

»Ich habe das Gefühl, du wirst erwachsen, kleiner Bruder.«

Einer meiner Mundwinkel hebt sich, doch es wird kein Lächeln. »Was willst du anderes erwarten von einem Mann, der seine ungeborene Tochter verliert?«

»Und seine Freundin«, murmelt Charles.

»April war ein Miststück«, entgegne ich. »Aber das Kind in ihrem Bauch meine Prinzessin, die ich bedingungslos geliebt hätte.« Ich presse die Kiefer zusammen. »Die ich bedingungslos *liebe.*«

»Ich weiß.«

Grimmig wende ich mich ab. Sehe wieder zum Spiegel. »Es wird niemals besser, oder?«

Ich habe keine Ahnung, ob ich diese Frage mir selbst oder meinem Bruder stelle. Trotzdem antwortet er, weil er weiß, dass mein Kopf keine Antwort darauf finden wird. Und weil er genau weiß, wie Verlust sich anfühlt. »Es wird besser.« Seine raue Stimme schleicht über die barockverzierte Tapete und verliert sich im hohen Rundbogen der Decke. »Nie gut, aber besser. Irgendwann wirst du damit leben können, ohne zu glauben, du wärst ein Geist.«

»Wie lange?« Mein Kinn zittert. Ich will mir diese Schwäche nicht ansehen, und ich will auch nicht, dass Charles es sieht, also wende ich den Kopf in die andere Richtung und betrachte das uralte Gemälde von einer Schlacht auf Pferden. »Wie lange, bis ich wieder atmen kann?«

Es vergeht eine Weile, bis Charles antwortet. »Das kommt drauf an, wie schnell du es dir erlaubst.«

Hinter meinen Lidern bebt ein verräterischer Druck. Ich bin dankbar, als die Tür des Salons aufgestoßen wird. Binnen Sekunden habe ich mich gefasst; ein Automatismus, der mir beigebracht wurde wie anderen das Laufen.

Egal, was passiert, Edward, und wenn die verdammte Welt unter-

geht, du musst funktionieren. In deiner Position, in deinem Leben, musst du funktionieren, wenn du über*leben willst, verstanden?*

In der Tür erscheint Laxon. Ich erkenne sofort, dass er angepisst ist. Seine sonst neutral geschliffenen Züge sind verzerrt, und in den hellgrauen Tiefen seiner Augen brodelt feuriger Zorn. »Du wirst sie rauskicken«, fordert er. Hinter ihm schlägt die Tür zurück ins Schloss. »Meine Schwester.« Er macht einen warnenden Schritt auf mich zu, den Finger erhoben wie eine Drohung. »Du schmeißt sie aus dieser verfickten Show, oder ich schwöre, ich schneid dir den Schwanz ab, Edward Blackwell.«

WE FORGIVE AND WE TRANSFORM

Blair

Jorge schneidet mir Curtain Bangs. Ich weiß, es ist *der* Trend auf TikTok, der Königsschnitt unter Dreizehnjährigen, die sich den Influencern anpassen, und der Angelina-Jolie-Stempel des einundzwanzigsten Jahrhunderts. Zumindest für die nächsten drei Monate, bis sich jemand was Neues einfallen lässt.

Ich sage trotzdem, wie es ist. »Mir hängen Vorhänge im Gesicht.« Ich will mir die kitzelnden Ponysträhnen aus dem Gesicht pusten, aber sie rücken sofort wieder an Ort und Stelle. »Aber keine langen soliden Staubfänger, wie bei unseren Großeltern, sondern abgeschnittene Bettlaken von Studenten, die noch keinen Plan vom Leben haben. Und erst recht nicht von Vorhängen.«

»Unsinn«, trällert Jorge. Er schnippelt mit der Schere wie ein glücklicher Gärtner seine Hecke. »Du siehst aus wie der Sonnenaufgang, aus dem sich ein Gesicht schiebt.«

Ich verziehe den Mund. »Also wie das gruselige Teletubby-Baby.«

Jorge gibt mir einen federleichten Fingerklaps auf den Mundwinkel. »Nicht bewegen, bis ich hier fertig bin.«

Mit *hier* meint er, mich in eine Gruftiprinzessin zu verwandeln.

Normalerweise ist Jorge einer der wenigen Stylisten, die sich mit seiner Prinzessin unterhalten. Aber heute summt es aufgeregt zwischen allen. Sogar die Stylistin der *beautyfull tradgedy* redet sich den Mund fusselig. Der Grund liegt auf der Hand: Als sie in die Suite gekommen sind, herrschte hier Antarktis. Totenstimmung. Alle waren in ihren Zimmern, keine wollte rauskommen. Es war schlimm. Sie haben sogar Musik angemacht, um die negativen Energien zu vertreiben. Gerade läuft Taylor Swifts *I Knew You Were Trouble.*

Lena reckt das Kinn, während Isabella in den Spiegel starrt.

»Kommt schon, Mädels«, sagt Hannas Stylist. »Heute Abend ist die Liveshow! Freut ihr euch nicht auf den Diamanten, der eure Tiaras vollständiger machen wird?«

»Sie sind sicher aufgeregt«, entgegnet Ambres Stylistin. »Eine von ihnen wird gehen müssen.«

»Niemand ist aufgeregt«, gibt Hanna trocken hinter ihrem Buch zurück. »Sie überlegen bloß, wie sie sich gegenseitig zerfetzen können.«

Daraufhin kehrt wieder Stille ein.

Plötzlich stößt Victoria einen schweren Seufzer aus. »Leute, ich muss mich entschuldigen. Ich habe das Ganze mit meiner Community geteilt, und ihre Nachrichten haben mir geholfen, das Problem besser zu verstehen.« Ihre Stylistin flicht ihr zwei schmale Zöpfe an die Kopfhaut; der Rest ihres langen Haars bleibt glatt und offen. »Blair, Lena ... es tut mir leid.« Sie streckt die Hand aus, um Lena neben sich kurz an der Schulter zu berühren. »Das mit der Kuh war dumm. Und Blair«, ein Seitenblick zu mir, bevor die Stylistin ihren Kopf vordrückt, um weiter flechten zu können, »dir habe ich nicht gegönnt, dass du so präsent in den Medien bist. Ehrlich gesagt zerreißt es mich. Keine Ahnung, wieso mich das so mitnimmt, aber ich hatte echt Hassgefühle gegen dich.«

»Oh, wow.«

»Ja. Tut mir leid. Ich muss daran arbeiten.«

Ich seufze. »Instagram kann hart sein«, entgegne ich. »Der Erfolgsdruck ist schlimm. Immer gesehen werden, nicht versagen wollen.« Ich zucke die Achseln. »Ich kann dich verstehen, auch wenn die Hassgefühle ... etwas krass sind.«

»Also alles okay?«

»Alles okay, schätze ich.« Ich schenke ihr ein leichtes Lächeln. »Danke.«

»Mir tut's auch leid. Dass ich beim Get-together Geheimnisse von allen wissen wollte, um euch auszustechen.« Selma steht in der Mitte der Lounge, während ihre Stylistin den Reißverschluss ihres atemberaubenden blauen Kleides schließt. Der ausladende Rock ist paillettenverziert und funkelt bei jeder kleinsten Bewegung. Zum ersten Mal erkenne ich nicht nur die Hip-Hopperin in ihr, sondern auch die grazile Ballerina. Das schwarze Haar fällt in schweren Korkenziehern über ihren Rücken. Reumütig verzieht sie den Mund.

»Das alles war so dumm. Eigentlich versuche ich immer, nicht so zu sein.« Im Spiegel ist es nicht deutlich zu erkennen, aber ich glaube, das Braun ihrer Augen schimmert hinter einem feuchten Glanz. »Ich habe diese ganze Missgunst und Lästerei schon beim Tanzen so gehasst. Aber hier bin ich ganz genauso geworden, ohne, dass ich es gemerkt habe.« Sie schluckt schwer. »Der Sport fehlt mir, das Tanzen, die Freiheiten … der Druck ist krass.«

»Stimmt«, murmelt Greta. Unruhig rutscht sie auf ihrem Stuhl herum, während ihre Augen geschminkt werden. Die Stylistin legt ihr eine Hand auf die Schulter, damit sie stillhält. »Alle kämpfen hier um das Herz ein und denselben Mannes. Ich will nicht schönreden, dass ich mich beschissen verhalten habe, aber es ist schwierig.« Zittrig stößt sie die Luft aus. »Irgendwie versucht man, sich gegenseitig auszustechen, um zu gewinnen. Das ist scheiße.«

Victoria nickt. »Ich glaube, das macht auch was mit mir. Diese offensichtliche Konkurrenz.«

»Im Showbusiness ist das oft so.« Ambres Lider halten bewundernswert still, während ihr ein silbriger Lidschatten aufgetragen wird. »Deshalb habe ich mich früh damit auseinandergesetzt, freundlich sein zu wollen. Wieso sollten wir uns bekämpfen? Wofür? Am Ende gewinnt eine von uns, wir freuen uns für sie und schlagen einen anderen Weg ein.«

»Ambre.« Kokos-Kora stößt einen schwärmerischen Laut aus und legt sich die Hand auf die Brust. An ihrem Zeigefinger glitzert ein grüner Schlangenring. »Du bist eine Ikone.«

»Wisst ihr, was helfen würde?« Kriss Kross hockt in dem Behandlungsstuhl, in dem zuvor Ambre für ihre Pediküre saß. Man versteht sie kaum, weil sie ein schwarzes Zahnbleachingset im Mund hat. Das Blaulicht taucht ihr Halstattoo in einen beängstigenden Schein. »Wir sollten alle in den Ring steigen und uns prügeln. Schööööön die Wut auslassen, und ich *schwöre* euch«, sie schlägt auf die Lehne des Sessels und alle zucken zusammen, »danach sind wir die besten Freundinnen, schon klar, oder?«

»Ich möchte meine Nase gern behalten«, sagt Victoria. »Sie war sehr teuer.«

»Meine Lippen auch«, murmelt Ambre.

Und plötzlich lachen wir alle.

Nur Isabella nicht. Sie ist die Einzige, die sich nicht für ihre Fehler entschuldigt hat. Leichenblass sitzt sie auf ihrem Stuhl, die Finger in die Oberschenkel gekrallt, und schluckt. Sie sieht aus, als müsse sie sich jeden Augenblick übergeben. Und plötzlich springt sie tatsächlich auf, in ihrem Traum aus rosa Tüll, und sprintet durch die Suite. Sie schafft es nicht mehr bis zur Toilette. Gerade noch so kotzt sie ins Waschbecken, begleitet vom Refrain des Songs, den Jorge sich über Alexa für »seine bezaubernden Prinzessinnen« gewünscht hat.

Isn't she looovely? Würg. Kotz. Würg. *Isn't she woooonderful?*

Wir starren sie an.

Langsam hebt sie den Kopf.

»Alles in Ordnung?«, frage ich.

Statt zu antworten, stürmt sie in ihr Zimmer.

»Bitte lass es ihre Muscheln beim Abendessen gewesen sein«, fleht Selma. »Wenn ein Virus rumgeht, könnt ihr mich einliefern. Ich hasse es, zu kotzen. Ich denke, ich ersticke.«

»Mhmmm«, röhrt Kriss. »Ich könnte einen starken Durchfall mal wieder gut vertragen.« Sie klatscht sich auf den Bauch. »Ganz schön viel Scheiße gefressen in der Massephase, schon klar, oder?«

»Ich will nicht fies sein«, entgegnet Lena. »Aber ich gönne es ihr.« Einen Moment denkt sie über ihre Worte nach, dann zuckt sie die Achseln. »Okay, scheiß drauf, gerade will ich fies sein.«

Jorge steckt mich in ein schlichtes schwarzes Kleid, das sich hauteng an meinen Körper schmiegt. Auf einer Seite zieht sich ein Schlitz durch den Stoff und legt den Rock bis zur Hüfte offen, damit, ich zitiere Jorge, *niemandem meine mörderisch sexy affengeilen Blake-Lively-wäre-stolz-auf-mich-Louboutins entgehen.*

Ich fühle mich auch schön, und unter anderen Umständen wäre das hier mein größter Traum, der in Erfüllung geht, aber nicht so.

Nicht mit Edward Blackwell.

»Mit diesen weißblonden Curtain Bangs und den braunen Augen siehst du aus wie Claudia Schiffer in ihren jungen Jahren«, strahlt er, während er mir die Tiara in die Strähnen schiebt.

»Jorge«, murmle ich, »sind das etwa Tränen in deinen Augen?«

Er schnieft. »Ich bin so stolz.«

»Rührselig«, seufzt Kokos-Kora. Ihr grünes Kleid ergießt sich wie flüssige Seide über ihren schlanken Körper, und in ihrem Vokuhila stecken bunte Perlen. »Aber er hat recht, Blair: Du siehst *fucking* geil aus. Wärst du bi, o godess, ich würde über dich herfallen.«

»Ich nicht«, sagt Kriss. »Sie glaubt an Peter Pan. Ich denke, du hast einen Realitätsverlust, Blair.«

»Und ich denke, nach einer halben Stunde solltest du endlich dein Bleachingteil rausnehmen, bevor dir die Zähne rausfallen«, entgegne ich.

»Im Ernst, lass das mal bei einer Kartenlegerin deuten.« Sie setzt sich auf und holt das Teil raus. Ein Sabberfaden schwingt durch die Luft. Eine einsame Liane auf der Suche nach Tarzan. »Wahrscheinlich gibt es dir einen Hinweis.«

»Und worauf?«

»Darauf, dass du gern frische Luft im Zimmer hast.« Lächelnd verdreht Lena die Augen. Es hat sich rumgesprochen, dass ich nur mit sperrangelweit geöffneten Fenstern schlafe. Natürlich. Als ob Kriss Kross, die knallharte Wrestlerin mit einem Organ lauter als Annelis, ihre Klappe halten würde. »Surprise, surprise, die Kartenlegerin legt … das *Fenster*!«

Das Make-up hat Lena frische Farbe verpasst, und ich habe das Gefühl, nach @xoxogossipgirls Offenbarung geht es ihr wesentlich besser. Scheinbar hat es ihr den Rest gegeben, um endlich mit Max abschließen zu können. Und mit allem, was sie mit ihm verbindet.

Die Tür der Suite öffnet sich, und Jenna kommt in einem eleganten Jumpsuit herein. Ihre Heels haben mindestens zwölf Zentimeter, aber sie bewegt sich so mühelos in ihnen, als würde sie Sneaker tragen. Sie klatscht in die Hände. Die Kameras stürzen sich auf sie. »Prinzessinnen: Seid ihr bereit für die Entscheidung?«

Für das Fernsehen setzen alle ein Lächeln auf, das Aufregung heuchelt. Sogar Hanna. Wahrscheinlich, um ihre Mutter stolz zu machen. Ambre ist die Beste darin. Kein Wunder.

Isabella kommt aus ihrem Zimmer. Sie sieht aus wie ein Häufchen Elend, und in Jennas Augen blitzt Panik auf. Alles, was die Show beeinflussen oder durcheinanderbringen könnte, kommt für die Moderatorin der Zerstörung eines Weltkulturerbes gleich.

Aber Isabella hebt nur einen Daumen und lächelt schwach.

»Na dann«, Jenna tritt beiseite und deutet in den Flur, »auf zum King.«

HE SMILES LIKE KING OF HELL WHO HAS JUST KISSED HIS CAPTIVE

Blair

Edward sitzt wieder auf dem Thron. Aber das wundert mich nicht. Nicht einmal Isabellas Anwesenheit ist das, was mich in Unruhe versetzt, sondern mein eigener Körper.

Ich bin nervös. Und das ist alles andere als gut. Das hier sollte mir egal sein. Es sollte mich nicht interessieren. Null Komma Zero Nada. Dieser Typ ist ein Arschloch, der mich in den letzten Wochen online vor den Augen der ganzen Welt fertiggemacht hat. Er ist ein selbstgefälliger, verdammter Idiot, den ich nicht ausstehen kann. Also warum, um alles in der Welt, hüpft mein Herz, als ich ihn in diesem schwarzen Anzug dort sitzen sehe?

Und wieso zerrt eine imaginäre Macht in meinem Mageninneren, als seine eisblauen Augen sich direkt auf mich richten?

Er hat eine Hand ans Kinn gelegt, als würde er nachdenken, und auf einmal wird mir alles an seinem Gesicht bewusst. Die hohen Wangenknochen, der scharf geschnittene Kiefer, die zu weit auseinanderstehenden Augen, die buschigen Brauen, seine vollen Lippen.

Edward sieht aus wie ein olympischer Gott, der auf die Seite der Hölle gewechselt ist. Er sieht aus wie ein rebellischer König, der auf die Regeln der Politik scheißt, weil er die verfeindete Prinzessin verführen will. Er sieht aus wie ein böser Märchenprinz, der mir das Genick brechen könnte.

Er ist derjenige, der den Blickkontakt unterbricht. Paola, Charles und Jake Blackwell sind wieder anwesend. Sie sitzen wie eine royale Familie etwas abseits in ähnlichen goldenen Stühlen auf der Bühne neben ihm. Als Jenna die Empore betritt, wird mir auch bewusst, wem der freie Stuhl in der Mitte gehört: ihr.

»Alle in Position«, brüllt der Regisseur.

Wir Prinzessinnen sitzen in einer Reihe auf Stühlen in unseren Farben. Eine gruselige Stille entsteht, ehe der Regisseur erneut die Stimme erhebt. »Und wir sind live in drei, zwei, eins …!«

Die Liveband setzt ein. Sie spielt eine Coverversion des Titelsongs; eine angepasste Version von Camila Cabellos *Havanna.*

Tiara, ooh na-na
Half of my heart for which tiara, ooh na-na
Find love here in Blackwell Palace, na-na-na
Oh, but my heart for which tiara
my heart for which tiara
tiara, ooh-na-na

Ich bin erstaunt darüber, wie perfekt Edward, Jenna und Charles dieses seltsame Fake-Lachen, als würden sie das hier alle soooo geil finden, beherrschen. Sie tun so, als hätten sie die beste Zeit ihres Lebens, strahlen in den Raum, als würden sie Tausenden Leuten gegenüberstehen, und sehen glücklicher aus als manche nach ihrer Hochzeit.

Ambre macht das auch, Victoria eifert ihr nach. Kokos-Kora steht auf und tanzt mit ausladenden Bewegungen über ihrem Kopf, Hanna starrt ins Nichts wie der Grinch an Weihnachten, Lena strahlt wie das perfekte Model, das sie ist, Kriss Kross gibt ein lautes, bellendes Lachen von sich, das fast die Band übertönt, Selma wippt auf ihrem Stuhl und ich weiß, sie will mit Kokos-Kora mittanzen, traut sich aber nicht, Greta strahlt in jede Kameralinse, die sie kriegen kann, und Isabella wirkt grün um die Nase, während sie sich am Stuhl festkrallt.

Ich gebe mir Mühe, nicht dumm auszusehen und irgendetwas mit meinen Armen zu machen, die sich plötzlich wie hängende Gummischlangen anfühlen.

Die Musik endet. Alle applaudieren der Band, Jenna wirft ihnen eine Kusshand zu. Es wird still und sie spricht ins Mikrofon. »Willkommen zur lang herbeigesehnten ersten Entscheidungsshow von *A Royal Romance*!« Jenna strahlt, als würde ihr Leben davon abhängen. »Meine Güte, was war das für eine Woche! Ihr da draußen habt die sozialen Medien angekurbelt. Ich hatte das Gefühl, es gab kein anderes Thema mehr als deine Show, oder, Edward?«

Edward sitzt so lässig in seinem Thron wie ein Bauarbeiter abends vor dem Fernseher. Nur, dass er dabei unwiderstehlich aussieht. »Nun, Jenna, was soll ich sagen?« Er grinst. Es ist dieses bestimmte Grinsen, das Herzen schneller schlagen und Slips feucht werden lässt. »Niemand auf der Welt kann glauben, dass ich, der legendäre Edward Blackwell, endlich sesshaft werden will.«

Die Prinzessinnen kichern. Ich hingegen runzle die Stirn. Da kommt gerade die größte Lüge des Jahrhunderts aus seinem Mund, und er bringt sie rüber, als wäre es das ehrlichste Geständnis auf dem Planeten. Alle Warnsignale, diesem Kerl jemals zu vertrauen, leuchten grell auf.

»Du hast es uns in der Vergangenheit auch nicht gerade leicht gemacht!« Erneutes Lachen. Auch von Edward. Dabei kratzt er sich am Kinn und tut verlegen. Ich weiß, dass er es nicht ist. Edward ist *niemals* verlegen. Ich korrigiere mich: nicht Ambre ist die Beste in diesem Spiel, sondern er. »Seit heute Mittag ist die erste Folge online auf Spiderflix und die Kommentare, was die Favoritinnen betrifft, gehen weit auseinander. Verrate uns doch, so ganz exklusiv«, theatralisch rückt Jenna ein Stück näher an ihn heran, »gibt es da eine Prinzessin, die dir ganz besonders in Erinnerung geblieben ist?«

»Ah, Jenna, was tust du mir an?« Er verzieht das Gesicht, als würde ihre Frage ihm körperliche Schmerzen zufügen. »Von all diesen zauberhaften Damen soll ich mich schon für eine Favoritin entscheiden?«

Es ertönt ein kollektives *naawww* von den Prinzessinnen – außer von mir, Lena und Hanna. Die blickt zu Boden, aber ich erkenne deutlich, dass ihre Wangen gerötet sind.

»Heißt das also, du begehrst sie alle?«

»Absolut.« Er lacht. »Wie könnte ich nicht?«

»Na ja, es gibt da sicher ein Argument, das die Welt uns in dieser Sekunde ins Gesicht brüllen würde, wenn sie könnte.«

»Und ich *brenne* darauf, dieses Argument zu hören, meine Teure.«

Sie lacht. Jenna ist verheiratet, aber ich könnte schwören, dass sie ihm gerade schöne Augen gemacht hat. »Es ist kein Geheimnis, dass du und die Principessa Schwarz euch vor der Show kanntet und euch eine öffentliche Schlammschlacht geliefert habt. Wie sieht es also mit ihr aus?«

»Ahh ja, *die* Geschichte.« Edward lächelt. Er *lächelt*! Als wäre das eine witzige Anekdote von vor vierzig Jahren, die er jetzt seinen Enkelkindern während des Weihnachtsfests zum Besten geben will. »Ich denke, die schwarze Prinzessin hat während des Get-togethers sehr gut zusammengefasst, was wir voneinander halten.«

»Abstand?«

»Abstand.«

Seine Antwort weckt ein Gefühl in mir, das ich nicht spüren will: Enttäuschung. Plötzlich wünschte ich, er würde mich angucken, wie er mich in der Felsspalte am Fluss angesehen hat. Ich wünschte, er würde mir wieder das Gefühl geben, unser Hass könnte irgendwie begraben und durch etwas anderes ersetzt werden.

In derselben Sekunde wünschte ich, Kriss würde mir einen Elbow Drop geben, damit ich wieder klarkomme.

»Hassen wir uns noch?«

»Definitiv.«

»Und wirfst du mich morgen aus der Show?«

»Mit schwarzen Diamanten und Konfetti, Prinzessin.«

»Euer Date endete mit den Kamera-Aufnahmen von euch auf dem Fluss und hinterher mit den Szenen im Helikopter, als ihr gefunden worden seid. Verrätst du uns, was dazwischen passiert ist?«

Mein Herz zwickt, als ich an die GoPros denke, die Edward in seiner Tasche verschwinden lassen hat, bevor wir in den Heli gestiegen sind. Ich wünschte, ich hätte sie. Ich wünschte, ich könnte mir die Aufnahmen noch einmal ansehen.

Verdammt, wo bleibt tradgedys Knock-out?!

»Meine Liebe«, beginnt Edward mit einem Lächeln auf dem Gesicht, für das Frauen in die Schlacht ziehen würden, »da gibt es nichts zu erzählen.«

»Gar nichts?«

»Gar nichts. Die Principessa und ich haben penibel genau darauf geachtet, unseren heiligen Abstand zu wahren, damit Maria Magdalena stolz auf uns ist, und haben uns angeschwiegen.«

»Die ganze Zeit?«

»Die ganze Zeit.« Er neigt den Kopf. »Obwohl, nein. Einmal habe ich sie schwarze Witwe genannt, und sie wollte sichergehen, dass ich weiß, wie sehr sie mich hasst.«

Jenna schmunzelt, und sogar ich muss mir ein Lächeln verkneifen. Das ist wirklich passiert. »Also können die Zuschauer sich fast sicher sein, wie diese Entscheidung heute endet?«

»*Ziemlich* sicher, ja.« Er zwinkert in die Kamera. »Auf dass die schwarze Witwe nach diesem Abend ihre Beute finden wird.«

Wieder lacht Jenna, aber mir ist die Belustigung vergangen. Ich weiß nicht, was mit mir los ist. Eigentlich sollte ich Freude bei dem Gedanken empfinden, Edward loszuwerden und aus dieser Show aussteigen, von der ich gehofft hätte, sie würde mich Kay One näherbringen. Aber plötzlich spüre ich etwas, das sich anfühlt wie Traurigkeit, wenn ich daran denke, nicht mehr hier zu sein. Keinen weiteren Brief von ihm zu bekommen, adressiert an meinen ganzen Namen. *Blair Karlotta Wagner.*

»Schade«, sagt Jenna. »Sehr schade. Die ganze Welt hat bei eurer Enemies-To-Lovers-Story mitgefiebert. Die Leute werden am Boden sein, wenn es heute zu einem Ende kommen sollte.«

»Wenn es heute zu einem Ende kommen *wird*«, korrigiert er sie. Dann zuckt Edward die Achseln, als ginge es darum, wer die letzte Selleriestange als Snack bekommt. »Die Leute sind tough. Sie werden es verkraften.«

Zum ersten Mal seit dem Interview huscht sein Blick zu uns Prinzessinnen. Ich halte den Atem an, denn ich bin es, die er ansieht. Ganz sicher. Seine Augen bewegen sich keinen Millimeter zu den anderen. Es ist, als würden sich diese verdammt großen Eisschollen geradewegs durch meine Brust brennen. Es dauert nur einen winzigen Moment, aber ich erkenne deutlich, wie er schluckt, bevor er sich abwendet.

»Und wer sind eure Favoritinnen?«, wendet Jenna sich an Paola, Jake und Charles.

»Psst.« Geheimnistuerisch beugt Charles sich vor. »Bleibt es unter uns?«

»Auf jeden Fall«, entgegnet Jenna ernst. »Niemand wird es je erfahren.«

Die Prinzessinnen lachen. Sogar Lena und Hanna.

Ich klebe noch an Edward.

»Mhm, bedaure, aber meine Lippen sind dennoch versiegelt.« Charles legt einen Arm um Paola. »Ich möchte verhindern, dass meine liebreizende Freundin sich nach dieser Show mit Psychoblick auf mich stürzt, weil ich die Vorzüge einer anderen Frau aufgezählt habe.«

»Hey!« Kichernd boxt sie ihm gegen die Schulter. »Ich weiß nicht mal, was ein Psychoblick ist!«

Charles tätschelt ihr den Kopf, doch als Paola wegschaut, sieht er zur Kamera, nickt todernst und formt mit den Lippen die Wörter: *Doch, das weiß sie.*

Alle lachen.

»Und Ihre Favoritin, Signora Cortessa?«

»Ich denke, da die halbe Welt derzeit rätselt, ob Hanna Montgomery meine Zwillingsschwester sein könnte, liegt die Antwort auf der Hand. Principessa Gelb und Schwarz sind meine klaren Gewinnerinnen. Und wenn nicht dieser Show, dann auf jeden Fall meines Herzens.«

Ein weiteres *Nawww* der Prinzessinnen, aber auch von Jenna. Hanna wirft ihr ein Lächeln zu, und ich forme mit den Händen ein Herz in Paos Richtung.

Jenna streckt Jake Blackwell das Mikro hin und der ganze Saal hält den Atem an. Es ist Jake *fucking* Blackwell. Der Vater des »Kings«. Der potenzielle zukünftige Schwiegervater. Natürlich wollen alle wissen, was er denkt.

»Nun«, beginnt er. Sein Lächeln ist professionell, und es ist gruselig, wie sehr er seinen Söhnen ähnelt. »Ich rede gar nicht lange um den heißen Brei herum. Meine Favoritinnen sind die Prinzessinnen Silber, Gold und Weiß.«

Neben mir atmet Victoria geräuschvoll aus. »Feuerprobe bestanden«, flüstert sie.

Es war klar. Ambre, Vic und Lena sind die mit den einflussreichsten Familien.

Ich schnaube. Leider herrscht in dieser Sekunde ein seltener Augenblick der Stille, woraufhin ich klinge wie Anneli nach einer Toilettenschlacht um das Zepter der Klobürste. Oder während ihrer Polypenbehandlung.

»Möchten Sie sich zu Signore Blackwells Aussage äußern, Principessa Schwarz?«

Schnell schüttle ich den Kopf, aber plötzlich halte ich inne. Wieso eigentlich nicht? Nach diesem Abend werde ich sowieso kein Teil der Show sein, und danach verschwinde ich aus diesem Hotel und bringe mich in Sicherheit, bevor *sie* mich finden.

Aus dem Nichts erscheint ein Mikro neben meinem Gesicht. Ich nehme es. »Na ja, es ist traurig, oder nicht?«

Jenny runzelt die Stirn. »Was genau?«

»Es geht Ihnen bei dieser Show nicht um das Wohl Ihres Sohnes«, ich richte meine Worte direkt an Jake, »sondern um mögliche Allianzen.« Ein paar Prinzessinnen schnappen nach Luft. »In Ihrer Position ist das nicht verwunderlich«, beeile ich mich zu sagen, »nur einfach ... ja, traurig.«

In der anhaltenden Stille könnte man eine Stecknadel fallen hören. Ich senke den Blick, spüre aber eine brennende Energie auf mir, die mir Löcher in die Kopfhaut brennen wird, wenn ich nicht aufsehe. Also tue ich es.

Der Blick, mit dem der King mich anstarrt, ist eine Mischung aus tödlich und fasziniert. Ich sehe weg, bevor es zu schlimm wird. Meine Wangen brennen.

Jenna interviewt ein paar der anderen. Kriss erzählt von meinem Fenstertick. Sie findet es lustig, die meisten lachen, aber Edward runzelt die Stirn. Selma erzählt, wie sehr sie sein Parfüm liebt, Greta schwärmt von seinen Augen und Victoria beteuert, ihn auf der Stelle heiraten zu wollen. Beinahe hätte ich bei dem Gedanken laut aufgelacht. Edward Blackwell und Altar sind zwei Begriffe, die ich niemals irgendwo in Verbindung sehe, es sei denn, er ist derjenige, der wieder mal eine Ehe zerstört.

Kokos-Kora hält einen ausschweifenden Monolog über ihre Vorliebe zu seiner Adrenalinsucht, Ambre gefällt seine Attitude (*mais oui, naturellement il est si sexy!*).

Hanna, Lena und ich äußern uns nicht.

Isabella verlässt dreimal den Saal. Inzwischen ist ihr der Schweiß ausgebrochen. Ihr Gesicht glänzt.

»Der Moment, auf den ihr alle gewartet habt«, verkündet Jenna schließlich nach der letzten Werbepause. Das Licht wurde gedämmt, die etlichen Kerzen in den Dreimastern wurden angezündet. Inzwischen stehen wir Prinzessinnen vor der Empore, auf der sich nur noch Edward befindet. »Neun Mädchen dürfen bleiben, eine Farbe wird uns verlassen.« Einige Seitenblicke huschen zu mir. »Nun,

Edward. Deine Entscheidung. Welche Tiara wird dich in die nächste Woche begleiten?«

Entschieden tritt er einen Schritt vor. Neben ihm liegen die bunten Diamanten in verschiedenen Kristallgläsern. Ich beobachte, wie sich seine Brust hebt und senkt. Plötzlich wird mir heiß. Ich stelle mir vor, ihm das Hemd vom Körper zu zerren und jeden Zentimeter seines Oberkörpers zu küssen, bevor ...

Stopp! Keuchend kneife ich die Augen zusammen. Lena wirft mir einen fragenden Blick zu.

»Alles in Ordnung?«, flüstert sie.

Ich nicke, aber das Herz schlägt mir bis zum Hals.

Edward nimmt den ersten Diamanten.

Gelb.

Hanna gibt einen seltsamen Ton von sich. Eine Mischung aus Entsetzen und Unglaube, aber auch ... Erleichterung? Das kann nicht sein, oder? Vielleicht war es eher Verzweiflung.

Sie geht zu ihm, nimmt den Stein entgegen und lässt zu, dass er ihr einen Kuss auf die Wange haucht. Mit hochrotem Gesicht stellt sie sich auf die andere Seite uns gegenüber.

Und so geht es weiter.

Gold – Victoria.

Grün – Kokos-Kora.

Weiß – Lena.

Rot – Kriss Kross.

Blau – Selma.

»Oh, Jesus, scheiß die Wand an«, stößt *2Pac* erleichtert aus, bevor sie zu ihm geht.

Braun – Greta (»Heiliges Düngerwunder!«).

Isabella, Ambre und ich sind die letzten. Es ist keine Überraschung mehr, für niemanden. Ich werde fliegen. Die ganze Welt weiß das. Trotzdem wirkt Ambre nervös. Sie tippelt immer wieder mit ihren Fingern gegen die Hüfte. Eine kaum erkennbare Geste, aber ich höre die Anhänger ihre Armbands klimpern.

Isabella sieht aus, als würde sie jeden Augenblick in Ohnmacht fallen.

Edward wendet sich ab. Er betrachtet die drei verbliebenen Diamanten.

Komm schon, Idiot, denke ich. *Beschleunige das Ganze und lass die Mädchen nicht so leiden.*

Er nimmt den silbernen Diamanten. Ambre stößt die Luft aus. »*Mon dieu*«, flüstert sie, bevor ihre Absätze über den Boden klappern.

Jetzt sind es nur noch Isabella und ich. Sie atmet schwer. Ich fokussiere mich auf einen Punkt im Marmorboden, um die kommende Demütigung mit Fassung zu tragen.

Der ganze Salon scheint den Atem anzuhalten.

»Es tut mir nicht leid«, flüstert Isabella plötzlich. »Was ich gesagt habe. Was ich getan habe. Ich denke, es stimmt. Du solltest nicht hier sein, und Max wollte Lena nicht mehr.« Grimmig starrt sie geradeaus. »Es tut mir nicht leid«, wiederholt sie.

Ich runzle die Stirn, sage aber nichts. Bis auf ein knappes Nicken wüsste ich nicht, was ich in diesem Augenblick entgegnen könnte. Aber dann fällt mir doch was ein. »Er wird merken, was für ein Charakter in dir steckt. Und ich hoffe, du auch.«

Keine Antwort.

Ich fokussiere wieder die Marmorschliere. Sie ist schön. Ich denke, wir könnten beste Freunde werden, bei dem, was wir gemeinsam durchstehen. Durch dick und dünn. Fleisch und Gestein. Herz und –

Ein kollektives Luftschnappen beendet meine Marmor-Romanze. Automatisch zuckt mein Kopf hoch. Und was ich sehe, reißt meinen Magen in entgegengesetzte Richtung.

Edward hält einen schwarzen Diamanten in der Hand.

Ich bin weiter.

Ich, nicht Isabella.

Er lächelt wie der König der Hölle, der gerade seine Gefangene geküsst hat. Und das, ohne sie zu berühren.

THIS DAMN SHOW IS GETTING OUT OF CONTROL

Blair

»Ich habe keine Ahnung, weshalb er mich in die nächste Runde gewählt hat, Pen!«

»Aber irgendetwas muss bei diesem Wildwasser-Rafting zwischen euch passiert sein«, drängt sie. »Komm schon, verrate es mir. Ich sage es niemandem.« Sie macht eine kurze Pause. »Nur Justin, falls er Hailey jemals für mich verlassen sollte.«

»Es ist *wirklich* nichts passiert!« Unruhig laufe ich im Raum auf und ab. Ich habe mich im geschlossenen Blackjack-Raum vom Casino verschanzt, der gerade renoviert wird. Elias hat mir die Schlüssel meiner Arbeitsbereiche abgenommen, aber ich war so clever, den hier nicht zu erwähnen. »Wir hatten einen Unfall, er hat mich gerettet, und wir haben auf den Helikopter gewartet.«

»Er hat dich gerettet«, seufzt sie. »Das klingt so romantisch!«

»War es aber nicht. Ich dachte, ich würde sterben.«

»Ich finde es so befremdlich, dich in dieser Show zu sehen.« Sie zögert. »So öffentlich meine ich, nachdem … du weißt schon. Also, ich freue mich unendlich für dich, aber es ist … so komisch.«

»I know«, murmle ich.

»Sie wissen es jetzt, denke ich.«

»Ja. Aber die ganze Welt hat ein Auge auf mich. Gerade bin ich hier sicherer als irgendwo anders.«

»Das war die ganze Zeit dein Plan.« Ich höre, wie Pen lächelt. »Aufmerksamkeit, um aufzufallen, falls du verschwindest. Ich freue mich für dich, dass du dich geborgen fühlen kannst.«

»Na ja …« Mit dem Finger fahre ich über die Blackjack-Insignien unter der Folie auf dem Tisch. »Diese Drohbriefe kommen trotzdem.«

»*Was?*« Im Hintergrund höre ich, wie sie etwas zuschlägt. Vermutlich den Kühlschrank, denn kurz danach zischt eine Dose. »Wieso hast du mir das nicht erzählt?«

»Es ist nur einmal passiert. Ich wollte dich nicht beunruhigen.«

»Mich nicht beunruhigen?« Sie wirkt außer sich. »Blair, ich habe die ganze Kacke miterlebt! Die Sorge sitzt wie ein fetter Blutegel in mir fest!«

»Ich weiß.«

»Dann hör auf, mir so was zu verschweigen.« Frustriert stößt sie die Luft aus. »Wann war das?«

»Letzte Woche.«

Ich sehe förmlich, wie sie implodiert. »Und seitdem nichts mehr?«

»Nein.«

»Wo hast du ihn gefunden?«

»In meinem Bett.«

Stille. Dann –

»*Diese Person war in deinem Zimmer?!*«

»Scheint so.«

»Und hast du keine Angst?«

»Doch. Aber sie wird nicht so dumm sein, mich umzubringen oder mir etwas anzutun, wenn acht andere Mädchen ständig um mich herum sind.«

»Wir müssen endlich herausfinden, wer dahintersteckt!«

»Ich bin dran.«

»Mit deinen Detektiven?«

»Ja. Oh, warte mal. Einer von denen ruft mich gerade an.«

»Haben die schon eine Spur?«

»Eventuell.«

»Und …«

»Melde mich später, Pen!«

»Aber –«

Ich drücke sie weg und nehme den anderen Anruf an. »Hey, Nolan.«

»Neuigkeiten.« Er klingt, als würde er rennen. »Bin auf dem Weg zu einem Termin, deshalb rufe ich nur kurz durch.«

Mein Herz macht einen Satz. »Und was?«

»Sie haben etwas in die Wege geleitet. Deine Eltern. Verbreiten überall in Kalifornien, dass du unter einer dissoziativen Störung leidest. Vermutlich leisten sie Vorarbeit.«

Ich seufze. »Damit haben wir gerechnet.«

»Ja.« Im Hintergrund hupt ein Auto. Nolan flucht. »Was die andere Sache angeht, gibt es keine Einträge.«

»*Keine* Einträge?«, brülle ich fast. »In keinem der zwanzig Krankenhäuser?«

»In keinem.«

»Auch nicht im Saint Anthony?«

»Nein.«

»Aber es steht im Dokument!«

»Ja. Die Akte zeigt ein paar Besuche, aber erst seit zweitausenddrei.«

Drei Jahre *nach* der angeblichen Geburt eines Mädchens.

»Nolan«, ich klammere die Hand fest um den Tisch unter der Folie, »das ist mehr, als wir in den vergangenen Jahren je hatten!«

»Ich weiß.«

In mir überschlagen sich die Gedanken. »Schicken wir das zu Operation Legit, damit sie das mit ihrem Leticia-Fall vergleichen können?«

»Ja. Vielleicht wachen die dann endlich auf. Ich maile dir die Sachen heute Abend rüber, okay?«

»Danke. Du bist der Beste.«

»Kein Problem. Ach, die andere Sache, um die du mich gebeten hast, ist schon im Ordner in der Cloud.«

»Du konntest was herausfinden?«

»Ja. War nicht leicht, aber denke, es ist brauchbar. Melde dich, falls es nicht ausreicht.«

»Mach ich. Bis dann.«

»Bis dann!«

In dem Moment, in dem ich das iPhone in die Tasche stecke, schieben sich zwei Hände über meine Augen. »Hab dich.«

Ich zucke zusammen. Sofort wirble ich herum, reiße die Hände runter und hole mit dem Bein aus. Ein Automatismus meiner Panik. Zu spät erkenne ich, dass es Edward ist.

Aber er ist schneller. »Ich habe dich gesehen, wie du dich heimlich hergeschlichen hast.« Gekonnt schnappt er mein Bein und drängt mich zurück, bis mein Rücken gegen den Tisch stößt. Sein Körper schiebt sich zwischen mich; mein schwarzer Rock bildet keinerlei Barriere. Ich schnappe nach Luft, als ich sein bestes Stück an meinem Slip spüre.

»Wolltest du mich gerade *treten?*«, knurrt er.

»Du hast mich erschreckt«, kontere ich atemlos.

»Es gibt ein Gesetz, Blair Karlotta Wagner.« Sein Kopf nähert sich, und plötzlich streifen seine Lippen über meine. Seine Berührung scheint zu vibrieren. Es fühlt sich an wie eine bittersüße Warnung. »Niemand versucht, mich zu treten, verstanden?«

»Ich gebe nichts auf Gesetze«, entgegne ich, ohne den Blickkontakt zu unterbrechen. Ich will desinteressiert und herausfordernd klingen wie sonst, aber mein wild klopfendes Herz bereitet mir Probleme. Genauso wie das kräftige Ziehen in meinem Unterleib. »Wenn du mir zu nahe kommst, greife ich dich an.«

»Okay.« Ein schwaches Lachen an meinen Lippen. »Ich warte.«

»Was?«

»Oh, Blair.« Edward drängt seinen Unterleib fester gegen meinen. Ich beiße mir auf die Unterlippe, um ein Stöhnen zu unterdrücken. »Ich bin dir längst zu nahe.« Als ich nichts entgegne, fügt er hinzu: »Oder wie nahe hättest du es gern?« Er beginnt, sich an meinem Slip zu reiben. Zu meiner größten Verbitterung werde ich sofort feucht. Und will nicht, dass er damit aufhört. »Noch näher wäre nur in dir, und das wollen wir beide nicht. Wie war das noch?« Er neigt den Kopf wie ein Tiger, der seine Beute mustert, ehe er die Hüfte anhebt. Seine Beule berührt meinen Eingang. Jetzt bin ich nicht mehr imstande, den Laut zu unterdrücken. Ein verräterisches Keuchen entkommt mir, und Edward grinst. »Abstand?«

»Was wird das hier?«

»Weiß ich nicht.« Sein Blick huscht mein Gesicht hoch. »Aber mir gefällt deine Cappy. Heute so geheimnisvoll unterwegs, was?«

»Wenn deine bescheuerte Show uns verbietet, im Casino zu sein, muss ich es eben undercover machen.«

»Ach ja?« Seine Nasenspitze berührt meine, seine Lippen schweben nur Millimeter über meinen, und ich merke, wie ich mich verzweifelt seinen kreisenden Bewegungen entgegendränge. »Ich dachte, du gibst nichts auf Gesetze, hm?«

»Was wird das hier, Edward?«

»Ich verführe die schwarze Witwe.«

Ich schnaube. »Das ist absurd.«

»Keineswegs. Ich sollte wissen, wie der Sex mit euch ist, bevor ich mich für eine von euch entscheide, oder nicht?«

»Du wirst dich nicht für mich entscheiden.« Entschieden lege ich ihm meine Hände auf die Brust und schiebe ihn von mir.

Er lässt sofort von mir ab, tritt einen Schritt zurück, blickt aber immer noch wie ein Raubtier auf mich hinab.

Atemlos funkle ich ihn an. »Wieso hast du mich überhaupt weiter gewählt?«

Er grinst böse. »Über dieser Frage hast du die letzten drei Tage gebrütet, was?«

»Du hast mir dein Wort gegeben, mich rauszuwerfen.«

»Mein Wort.« Er wägt ab, als hätte ich ihm eine schwierige Matheaufgabe gegeben. »Ich schätze, das ist nicht viel wert.«

»Edward«, zische ich. »Du treibst mich in den Wahnsinn.«

»Mhm, das höre ich oft.« Seine Brauen wandern in die Stirn. »Obwohl ich gar nichts mache. Beeindruckend, nicht wahr?«

Ich verdrehe die Augen. »Es macht keinen Sinn, mit dir zu reden.« Entschieden schiebe ich mich an ihm vorbei. Meine Mitte pocht unerträglich, aber ich befehle ihr, die Klappe zu halten. Edward ist *keine* Option für dieses gierige Biest.

»Warte.« Seine Hand schließt sich um mein Handgelenk. Seine Berührung glüht wie ein Feuerarmband auf meiner Haut, aber sein Blick ist noch schlimmer. Diese plötzliche Offenheit darin, der Vorbote, dass er im Begriff ist, die Wahrheit zu sagen. Es hat eine Weile gedauert, aber inzwischen kann ich Edwards Züge lesen. »Ich habe dich weiter gewählt, weil ich dir einen Deal vorschlagen will, schwarze Prinzessin.«

Ich verdrehe die Augen. »Und der wäre?«

»Das alles hier ist eine verfickte, gottlose Scheiße, auf die mein herzloser Vater besteht.« Er macht einen Schritt vor, ich einen zurück. Noch einen. Und noch einen. »Ich will keine Frau, und du willst mich nicht, oder?«

»Machst du Witze?« Freudlos lache ich auf. »Lieber würde ich Leopold heiraten!«

»Gut.« Er macht noch einen Schritt auf mich zu, aber als ich zurücktrete, stoße ich gegen den Billardtisch. Plötzlich ist er mir wieder so nahe. »Dann liefern wir der Welt eine *richtige* Show.«

»Was?«

»Komm schon, Prinzessin«, raunt er an meinen Lippen. »Du bist doch sonst so clever.«

Aber nicht, wenn mein Hirn nicht arbeitet, weil es sein ganzes Blut schon wieder meiner verräterischen Libido schenkt. Dieses Miststück! »Sag schon.«

Er grinst. »Ich bringe dich durch die Runden, du kriegst dein Geld, und am Ende haue ich ab – ohne Frau. Es wäre eine Win-win-Situation für uns beide.«

Mein Atem stockt. »Du willst mich gewinnen lassen?«

Er nickt.

»Nur, damit du ohne Freundin aus dieser Show hervorgehst?«

»Wie ich sehe, kann dein hübsches Köpfchen doch noch denken.« Er überbrückt die letzte Distanz zwischen uns, umfasst die Tischkanten und kesselt mich ein. Wieder drückt seine Beule gegen mich, und meine Libido hintergeht mich. Sie übernimmt die Führung. Unwillkürlich öffne ich die Beine für ihn.

Grinsend legt er die Hände an meinen Hintern. »Also, haben wir einen Deal, Wagner?«

Ich entgegne nichts, weil ich nicht kann. Mein Körper ist so erregt, dass ich erzittere. Edwards Atem benetzt meine Lippen, bevor er tiefer wandert und mit der Zunge über meinen Hals gleitet. Ich stöhne. Automatisch kralle ich die Finger in seine Hüften, presse ihn fester an mich. Sein Ding ist steinhart. Und groß. Durch den Stoff seiner Jogginghose spüre ich ihn viel zu intensiv. Ich stelle mir vor, wie er hier und jetzt in mich eindringt, und dieser Gedanke schockiert mich.

Plötzlich schiebt er eine Hand unter meine Strumpfhose und Slip. Meine Lippen formen ein perfektes kleines O, meine Augen weiten sich. Wie elektrisiert gleitet mein verschleierter Blick zum Wandleuchter, der auf das Gemälde an der uralten gemauerten Wand einen goldenen Schein wirft.

Edwards Fingerspitzen gleiten über meinen Hintern, als seine vollen Lippen sich auf die empfindliche Stelle unter meinem Ohr legen. Und dann saugt er daran.

Er. Saugt. An. Meinem. Hals!

Laut stöhne ich auf. Scheiße, ich steh drauf, wenn man das tut. Spätestens jetzt bin ich ihm willenlos ausgeliefert.

»Das hier könnte auch Teil der Vereinbarung sein«, murmelt er.

»W…was?«

»Ich schlafe mit den Prinzessinnen, Süße. Ich *ficke* sie, weil sie es wollen. Und wenn das zu dieser Show gehört, von der du ein Teil bist …« Wieder senkt er die Lippen auf meinen Hals und saugt fest daran. Ich werfe den Kopf in den Nacken, schließe die Augen und lasse mich von dem Geräusch in den Wahnsinn treiben, während meine Kehle verlangende Laute von sich gibt. »… spricht nichts dagegen, das hier zu wiederholen.« Er saugt so fest, dass ich mir sicher bin, es werden Spuren zurückbleiben. »*Oft* zu wiederholen.«

Seine Finger erreichen meine nasse Spalte. Ich zergehe unter seiner zärtlichen Berührung, will mehr, mehr, mehr. Niemals hätte ich erwartet, dass Edward so sinnlich vorgehen würde. Mit einem Finger gleitet er über die Feuchtigkeit, verteilt sie auf meiner Klit, ehe sein Daumen die empfindliche Perle reizt.

»Oh … Oh mein Gott.« Ich erzittere. Noch immer saugt er an meinem Hals, und ich bin mir sicher, so fest, wie ich meine Finger in seine Arme kralle, wird auch er Spuren behalten.

Plötzlich stößt er zwei Finger in mich. Ich reiße die Augen auf, gefolgt von einem heftigen Stöhnen, das nicht mehr aufhören will. Seine Zähne streifen über meinen Hals. Er krümmt die Hand und fingert mich in schnellen Stößen. Immer wieder treffen seine Kuppen auf den betörenden Punkt in mir, der alle meine Sinne benebelt. Plötzlich wandert seine andere Hand unter meinen Pullover, schiebt sich unter meinen BH. Edward stöhnt, als er meine steife Brustwarze umfasst. Er zwirbelt und zupft an ihr. Es erregt ihn. Das Saugen an meinem Hals wird chaotischer. Die Stöße seiner Finger wilder.

Edward steht auf Brüste.

Mit dem Handteller reibt er über meinen steifen Nippel, *verschlingt* meinen Hals mit den Berührungen seiner Lippen und fickt mich so gekonnt mit der Hand, dass meine verlangende Nässe an ihm herunterläuft.

Das hier ist so dreckig, scheiße, ist das geil.

Edward drückt meinen Rücken zurück, bis er die Tischplatte erreicht. Ich spreize die Beine und stelle mir vor, seine Finger wären sein Schwanz. Hart, pulsierend und groß.

Ich gehöre in die Hölle.

Sein Mund lässt von meinem Hals ab und wandert zu meinem Ohr. Mit den Zähnen zupft er an meinem Ohrläppchen, bevor sein heißer Atem über meine Muschel haucht. Ich erzittere. Der Höhepunkt steht kurz bevor. In mir baut sich ein heftiger Orgasmus auf. Ich wiege mich in den Bewegungen seiner Finger, sodass seine Knöchel bei jeder Berührung gegen meine Knospe stoßen. Vor meinen Augen tanzen Sterne.

Edward Zunge gleitet in mein Ohr. Warm, betörend und verrucht. Ich schreie auf vor Lust.

»Ich wiederhole, *Blair Karlotta Wagner*«, sein erregter Atem haucht über mein Ohr und treibt das ziehende Verlangen in mir in den Wahnsinn. Ich bin so nass, dass Edwards Finger die Nerven meiner Lust in Rekordgeschwindigkeit penetriert. Immer wieder stößt er in mich, während seine Finger um meine Brustwarze kreisen. Meine Nackenhaare stellen sich auf. Hemmungsloses Stöhnen verlässt meine Kehle. Ich wusste nicht, dass solche Laute in mir stecken. »Haben wir einen Deal?«

»Ja«, stöhne ich. »W...wir haben einen Deal.«

»Braves Mädchen.« An meinem Ohr verziehen sich seine Lippen zu einem Grinsen. »Und jetzt will ich, dass du in meinem Mund kommst, verstanden?«

»W...was?«

Im nächsten Atemzug zieht er seine Finger aus mir heraus und geht auf die Knie. »Nicht vergessen, Prinzessin: Das hier hat *rein gar nichts* zu bedeuten.«

Bevor ich etwas erwidern kann, legt er seinen Mund auf meine Scham. Das Gefühl ist so intensiv, dass ich nicht anders kann, als vor unbändigem Verlangen zu wimmern. Er packt meine Oberschenkel und plötzlich leckt seine Zunge über meine nasse Spalte.

Edward stöhnt. Sein warmer Atem trifft meine Öffnung, bevor seine Zunge erneut darüber gleitet und meinen Geschmack in sich aufnimmt. Seine vollen Lippen schließen sich um meine Klit, saugen an ihr. Wieder und wieder küsst er meine nasse Pussy. Das schmatzende Geräusch gesellt sich zu seinem Stöhnen und meinen lustvollen Lauten.

Als seine Zunge wieder in mich gleitet, schreie ich tatsächlich. »Edward! O Gott, Edward, ja!« Ich dränge mich seinen Stößen entgegen und genieße, wie schnell und gekonnt er mich mit dem Mund fickt und mein Verlangen in ihn ausläuft. Seine Lippen saugen wieder an meiner Klit, dann schiebt er drei Finger in mich. Er küsst und stößt gleichzeitig, gefolgt vom rauen Stöhnen, dessen warmer Atem meine penetrierten Nerven benetzt. Das Verlangen erreicht seinen Höhepunkt, und die Welle bricht. Nur einen Moment, bevor ich komme, zieht er seine Finger aus mir heraus und benetzt meine Öffnung mit dem Mund.

»Edward!«, schreie ich, während der Höhepunkt mich mitreißt. Mit seinem Namen auf den Lippen, wie er es wollte. »Ja, Edward, ja!«

Immer wieder küsst er meine pulsierende Öffnung. Ich spüre, dass mein Orgasmus aus mir herausläuft und er *alles* in sich aufnimmt. Edward geilt sich daran auf, meine Lust zu schlucken. Seine Finger krallen sich fest in meine Oberschenkel, und ein Schauder geht durch seinen Körper.

Edward erhebt sich. Keuchend starre ich ihn an. Seine Lippen glänzen in dem warmen Licht. Sie sind völlig verschmiert von mir. Aber seine Augen ... sie sind weit aufgerissen. Ich habe noch nie gesehen, dass er mich auf diese Weise ansieht. Überrascht. Perplex. Und ein bisschen ... schockiert?

Aber warum schockiert? Was ...

Und da sehe ich es. Seine Jogginghose. Der Bereich um seine Beule ist dunkelgrau. Dunkler als der Stoff drum herum. Als hätte er in seine Hose ejakuliert, weil er es nicht mehr unter Kontrolle hatte.

Edward atmet schnell und schwer. Und plötzlich, ohne ein weiteres Wort, dreht er sich um und verschwindet.

Ich liege halb nackt auf einem Billardtisch, starre an die Decke und versuche zu verstehen, was gerade passiert ist.

Edward hat mich gefingert, geleckt, meinen Orgasmus *geschluckt*, und ich habe mitgemacht, weil ich es geil fand.

Diese verdammte Show gerät außer Kontrolle.

OLD HENRI MANSION

Edward

Es gibt ein altes Herrenhaus in St. Moritz, das seit Jahrhunderten im Besitz unserer Familie ist. Mein Urgroßvater Henri hat aus dem Eigenheim seiner Urgroßeltern einen Club gemacht. Alte Schwarz-Weiß-Aufnahmen beweisen, dass er nackt beim Polo angetreten ist und vom Westposten, dem höchsten Turm des Blackwell Palace, eine Seilbahn über den Moritzersee bis zu diesem Clubhaus in den Bergen gebaut hat.

Henri und ich, wir hätten uns verstanden.

Es gibt nur eine einzige Regel für das Herrenhaus:

Keine.

Regeln.

Sobald jemand die Schwelle übertritt, verliert die Moral ihren Wert. Deshalb sind Partys im *Old Henri Mansion* legendär und gefürchtet gleichermaßen. Nicht alle wagen sich her. Die Geschichten, die am Tag nach einer Party kursieren, werden nur flüsternd weitergetragen.

Seit gestern wütet in mir ein verdammter Hurrikan an Gedanken. Ich bin in meiner Hose gekommen.

Ich bin. In meiner.

Fucking.

Hose.

Gekommen.

Das ist mir noch nie passiert. Es gab noch nie eine Frau, bei der ich Schwanz und Lust nicht unter Kontrolle hatte.

Dass die Dinge aus dem Ruder geraten, war nie der Plan.

Und deshalb stehe ich nun hier.

Vor Old Henri Mansion, während hinter dem ikonischen Haus die Sonne untergeht, und helfe meinen Prinzessinnen aus dem Auto.

Es soll eine ~~party werden die mir jeden verdammten gedanken aus~~

~~dem schädel bläst bis ich wieder klarkomme und mein herz nicht mehr durcheinandergerät wenn ich blair sehe~~ stinknormale Showparty werden.

Etwas härter als die Bälle, die sie noch genug bekommen werden. Ich glaube, in Wahrheit will ich sie abschrecken.

Eine nach der anderen steigen sie aus den zwei Geländewagen. Ich hauche ihnen einen Kuss auf die Knöchel, ehe sie ins Haus verschwinden. Die Kleiderordnung habe ich vorgegeben: rebellisch. Zeigt mir, ob ihr meine rebellischen Königin werden könnt.

Selma hat diese Anweisung mit Bravour gemeistert. Sie sieht scharf aus. Ihre Haare sind zu einem lockeren Pferdeschwanz gebunden, blauer Lidschatten glitzert unter der Sonne auf ihren Lidern. Sie trägt eine Baggyjeans über alten blauen Nikeys, einen blauen Oversize-Pullover mit dem Gesicht von 2Pac und eine Königskette.

Je mehr Prinzessinnen aussteigen, desto mehr ist es, als würde ein Regenbogen Old Henri Mansion betreten. Grün, Blau, Gold, Rot (Kriss ist halb nackt; sie trägt eine sexy Ledermontur vom Wrestling, bei der sich mein Schwanz hart aufrichtet), Braun, Weiß (Lena war schon so oft Teil einer Party hier, dass sie gelangweilt aus dem Wagen hüpft und ohne jegliche Regung ins Haus spaziert), Silber (Ambre, ein weiterer Grund für das beschissene Rumoren in meinem Kopf) und Gelb.

Hanna überrascht mich. Ich hätte nicht gedacht, dass dieses Mädchen frech aussehen kann. Scheinbar habe ich mich geirrt. Ihr braunes Haar ist zu zwei hohen Zöpfen mit gezacktem Scheitel gebunden. Sie trägt einen gelben Jogginganzug und hohe Chucks mit Plateausohle. Die Schnürsenkel sind gewollt dreckig und nur lose zugebunden. Über ihrem linken Auge funkelt ein gelbes Pailletten-Tattoo, und die gelben Kreolen sind so groß, dass sie ihr fast bis auf die Schultern reichen.

Ich hebe eine Braue, als ich ihr aus dem Wagen helfe. »So ungezogen, liebes Mädchen?«

»Beschwer dich bei meinem Stylisten«, sagt sie.

Ich lache. »*Bedanken* werde ich mich, Süße.«

Sie lässt sich zu einem schmalen Lächeln herab, bevor sie an mir vorbeirauscht. Da erst wird mir bewusst, dass sich noch ein weiteres Augenpaar im Auto befindet und sich in mich bohrt.

Als ich Blair ansschaue, sieht sie weg. Ihre Wangen sind gerötet.

Und mir dreht sich der Magen um, weil mein Herz plötzlich wieder die Geschwindigkeit anzieht.

Blair ~~ist schöner als die nacht in ihren magischsten momenten wenn der mond von der sonne verschluckt wird weil sie verräterisch weitergezogen ist und die welt egoistisch sich selbst überlassen hat ohne zu wissen dass in diesen stunden die schönsten erinnerungen geschaffen werden geflüsterte worte inmitten lautlosen schneefalls lachende gesichter in nachtschwarz gehüllt während sie sich wahrheiten erzählen die die sonne niemals hören wird~~ trägt das lange weißblonde Haar glatt und offen über der schwarzen Lederjacke.

Darunter trägt sie lediglich … einen Spitzen-BH. Die dunkle Jeansshorts ist so kurz, dass sie auch als Unterhose durchgehen könnte. Sie bedeckt nichts von ihren ~~göttlichen~~ Oberschenkeln. Auch nicht die blauen Flecken über den Knien, die von Händen stammen könnten.

Meinen Händen.

Während ich sie geleckt habe.

Blair gibt sich größte Mühe, mich nicht anzusehen, während sie ein Bein über den Sitz schwingt und aus dem Wagen in den Schnee tritt. Ihre Beine sind verdammt lang. Und enden in schwarzen Buffalos. Auch sie trägt so ein Pailletten-Tattoo wie Hanna, nur in schwarz. Alles an Blair ist schwarz; nur ihr Haar lässt sie leuchten wie ~~ein engel~~ ein Todesengel, der mir das letzte bisschen Herz nehmen will, das ich noch habe.

Ich räuspere mich. »Ist dir nicht kalt?«

»Wir feiern drinnen, oder nicht?«

»Ja.«

»Schweißgeschwängerte Luft von alkoholisierten, testosterongepumpten Männern ist heiß.«

»Ich hoffe, du sprichst diese Worte im buchstäblichen Sinne.«

»Oh, ich spreche von der Hitze.« Zum ersten Mal sieht sie mich an. Ich wünschte, sie hätte es gelassen, denn ihr Blick, der mit jedem Augenaufschlag ihrer langen Wimpern fester wird, füllt meine Glieder mit Teer. »Meine sexuellen Vorlieben sind andere.« Als ihr bewusst wird, was sie gesagt hat, steigt noch mehr Röte in ihre Wangen. »Ich meine …«

»Keine Sorge, Prinzessin.« Ich zwinkere. »Ich denke, eine gewisse Vorstellung davon bekommen zu haben, was deine sexuellen Vorlieben betrifft.«

Ich schließe die Tür des Geländewagens und lege eine Hand auf ihren unteren Rücken. Sie erschaudert unter meiner Berührung. Im nächsten Moment geht sie in schneller Geschwindigkeit vor, um mir zu entkommen. Aber ich bin größer. Und habe lange Beine. Mühelos kann ich mithalten.

Die Sicherheitskräfte öffnen die Doppelflügeltüren.

Wir treten ein in die Dunkelhöhle der Elite.

Es läuft *In Da Club* von 50 Cent. Schon in der ausladenden Eingangshalle werden Ärsche aneinandergerieben, und es wird heißer getanzt als in allen öffentlichen Clubs. Auf der Wendeltreppe sitzt ein Mädchen in Reiterstiefeln, Slip und oben ohne. Lasziv streicht sie sich das Haar über die Schulter und wirft den Kopf zurück, während ihr ein Typ mit der Zunge ihren Nippel leckt.

Blair und ich sehen gleichzeitig weg, nur leider sie nach links und ich nach rechts. Unsere Blicke treffen sich. Der Teer, den sie in mich gegossen hat, wird steinhart. Besonders in einem *ganz bestimmten* Bereich. Das abgesperrte Casinozimmer rauscht wie ein Flashback über mich hinweg, die Erinnerungen an den süßen Geschmack ihrer Haut, den blumigen Duft ihres Shampoos, während ich ihre Brust geknetet und geleckt habe.

Blair sieht zuerst weg. Ich muss schlucken, bevor ich es auch schaffe.

Da entdeckt Lena uns. In der weißen Schlaghose und dem Crop Top stolziert sie aus dem Eingang des Salons zu uns, wobei sie sich auf die eleganteste Weise, die ich je gesehen habe, einen Weg durch die vielen Menschen bahnt. Sie bewegt sich wie ein Model auf dem Laufsteg. »Nichts für ungut, Ed, aber«, sie hakt sich bei Blair unter und wirft mir einen bedeutungsschweren Blick zu, »ich entführe Principessa Schwarz, bevor sie zu viel Zeit mit dir verbringt.«

»Weil es so gefährlich ist, in meiner Nähe zu sein, weiße Prinzessin?«

»Weil es so gefährlich ist, im *Old Henri Manson* in deiner Nähe zu sein. Ich sage nur zwei Worte: Caroline. Hemminger.«

Ich grinse. »Es waren nur vier Tage, okay?«

»Vier Tage, in denen ihr besinnungslos gevögelt habt, ohne zu schlafen!«

»Mhm.« Ich neige den Kopf. »Ich verstehe das Problem nicht.«

Augenrollend zieht Lena Blair hinter sich her in den Salon.

»Yo, Ed!« Ich drehe mich um und entdecke Misha in einem Chesterfield-Sessel. Hose und Boxershorts sind runtergezogen, und das rote Haar einer Frau ergießt sich auf seinen Oberschenkeln. Sie bläst ihm einen, während er an einem Joint zieht. »Alles fit?«

Ich nicke. »Ist mein Bruder da?«

Mish öffnet den Mund und pafft Rauchringe in die Luft. »Nicht gesehen.«

»Ist er nicht.« Suarez taucht neben mir auf, ein Bier in der Hand. »Paola soll das hier nicht mitbekommen.«

Ich verdrehe die Augen. »Sie verweichlicht ihn.«

»So ist das in Beziehungen«, lacht Mish. »Darum habe ich keine.«

»Ich auch nicht«, sage ich. »Und ich habe nicht vor, das zu ändern.«

»Bitte?«

Ich fahre herum. Und da steht Victoria. In ihrem goldenen Kord-ding, das ihre Brüste mit einem Hauch von Nichts bedeckt, und passender goldener Schlaghose. Sie sieht gekränkt, verletzt und wütend aus. »Du willst keine Beziehung? Wofür ist dann diese Show?«

»Victoria …«

»Für eine fleischfreie Zukunft«, Misha pafft noch ein paar Ringe in die Luft, »riecht es hier ganz schön nach Beef.«

»Mish«, warnt Suarez.

Und als hätten sie es gerochen, sind auch die Kameras plötzlich um uns herum.

»Tja, Ed.« Finn. Das rabenschwarze Haar fällt ihm in die bleiche Stirn, als er aus dem Flur hinter Suarez tritt. Seine Gürtelschnalle ist noch geöffnet, und keinen Moment später schiebt sich ein Mädchen hinter ihm in den Schatten, das ich als Maria Magdalena erkenne. Sie heißt nur Maria, aber ihre Eltern sind streng katholisch, und irgendwann haben alle ihr diesen Spitznamen verpasst, weil sie nie irgendetwas durfte. Ich runzle die Stirn.

»Du kannst nicht länger unbeobachtet das Arschloch sein«, fügt Finn hinzu. »Jetzt kleben Kameras an dir. Gewöhn dich dran.«

»Ist das *wahr?*«, reißt Vics Stimme mich wieder zurück zu ihr. »Du *willst* das alles hier gar nicht?«

Die Kameras kommen näher. Victoria steht genau unter dem Kronleuchter, dessen dämmriges Licht den Schleier ihrer Tränen erhellt.

Wenn ich könnte, würde ich ihr jetzt die Wahrheit sagen. Wenn mich diese Show nicht in diese beschissene Lage bringen würde, könnte ich ehrlich mit ihr sein und müsste sie nicht verletzen. Aber sollte ich das jetzt tun, würde die Welt durchdrehen, der Sender mich verklagen und mein Vater einen Tobsuchtsanfall kriegen, den er mich niemals wieder vergessen lassen würde. Seine Stimme echot in meinen Ohren. Worte, die er vor langer Zeit an mich gerichtet hat, als ich noch ein kleiner Junge war, und wütend wurde, weil ich nicht mit Geraldine spielen wollte. Geraldine, die immer gespuckt hat, wenn sie lachen musste. Geraldine, die mich fesseln wollte, um mich zu küssen. Geraldine, die mir ein Fellband um den Hals binden wollte, weil ich ihren Hund spielen sollte.

Was ich wollte, war egal. Ich musste mit ihr spielen. So lange, bis mein Vater die Geschäftskooperation mit ihren Eltern im Sack hatte.

In deiner Position hängt immer mehr dran als dein eigener Wille, Ed. Manchmal musst du Scheißdinge tun, beschissene Entscheidungen treffen, anderen wehtun, und kannst nichts dagegen tun. Besser, du lernst es schnell. Leg dein Gewissen ab, Junge. Ein Blackwell zu sein ist nicht immer Segen, aber es ist auch kein Fluch. Sei dankbar und ertrage die Schattenseiten.

»Doch«, lüge ich. Ich mache einen Schritt vor und streiche ihr besänftigend eine Strähne hinter das Ohr. »Wie könnte ich etwas anderes wollen, wenn eine Schönheit wie du im Spiel ist?«

Ich sollte in der Hölle schmoren.

»Warum sagst du dann so was?« Ihre Schultern sacken hinab, teils erleichtert, teils verwirrt. »Ich dachte, du suchst deine Seelenverwandte.«

»Suche ich auch.« Das ist nicht gelogen. Wenn sie vor mir stehen würde, wäre ich glücklich. Aber das tut sie nicht. Und das wird sie nicht. Weil ich keine Seele mehr habe, die sich mit einer anderen verbünden könnte. »Das war nur ein dummer Spruch unter Männern, okay?«

Ihr Blick huscht zu Suarez und Mish, der sich ungerührt die Hose zuknöpft, ehe das Mädchen auf seinen Schoß rutscht und sich an ihn schmiegt. Erst jetzt scheint Vic klar zu werden, was da gerade abging. Entsetzt blickt sie von ihm zu mir, dann durch die düstere Lobby. »Das war kein Gerücht, oder?«

»Was war kein Gerücht?«

»Das mit ... den Partys im Old Henri Manson?«

»Nein«, sage ich langsam, damit sie versteht. »Das hier ist, was ich bin, Principessa Gold.«

Sie blinzelt. »A...auch nach der Show?«

»Auch nach der Show.«

Was mich angeht, werde ich nicht lügen. Sie soll wissen, wer ich bin. Alle Prinzessinnen sollen das verstehen.

Nachdenklich fährt Vic sich über die glossierten Lippen. Dann nickt sie. Im nächsten Atemzug holt sie ihr Handy aus der Tasche. »Machen wir ein Foto für meine Story? Das werden unsere Fans lieben!«

»Okay.«

Sie öffnet die App. Im nächsten Moment sehe ich unsere Gesichter in ihrer Kamera. »Das wird ein Boomerang«, sagt sie.

»Alles klar.« Ich umfasse ihr Kinn mit den Fingern und küsse sie auf die Wange, während sie das Video macht. Als sie es mir zeigt, ist sie stolz. »Das ist MEGA geworden, oder?«

»Yep.«

Strahlend packt sie das Handy wieder weg. »Also, keine Regeln?«

»Keine Regeln.«

»Dann komm.«

Fragend hebe ich eine Braue.

Victoria nimmt meine Hand und zuckt mit dem Kopf in Richtung Flur, in dem Maria Magdalena sich noch immer hinter Finns Schulter versteckt. »Mal schauen, wo wir landen.«

Eine Kamera folgt uns. Die Satzung ist eindeutig: *Sollte es zu Intimitäten kommen, dürfen die Kameras bleiben, bis einige Küsse ausgetauscht worden sind und die Zuschauer merken, dass es zu einem expliziten Moment kommen wird. Bevor die Vertragsteilnehmer sich entkleiden, müssen die Kameras den Raum verlassen.*

Die meisten Zimmer sind belegt. In manchen Betten räkeln sich mehrere Personen, in anderen nur zwei. Erst ganz am Ende finden wir ein leeres. Hinter dem Kameramann wirft Victoria die Tür ins Schloss, stößt mich aufs Bett und kommt wie eine Raubkatze auf mich zu.

Ich will mich nicht beklagen. Victoria ist wunderschön. Sie ist die Art von Frau, deren Instafeed voll mit perfekten Fotos ist und die weiß, was für eine Wirkung sie auf Männer hat.

Selbstbewusst beugt sie sich über mich, fährt mit einem Finger lasziv mein Kinn entlang.

Meine Atmung wird schwerer. »Du weißt, was du willst, hm?«

»Oh, auf jeden Fall«, gurrt sie, während ihre Finger sich um den Saum meines schwarzen Long Tees legen und es mir über den Kopf ziehen. »Ich will *dich*.«

Im nächsten Moment sitzt sie auf mir und küsst mich. Ich lege meine Hände in ihren Nacken und schiebe meine Zunge in sie. Das ist der Moment, in dem ich höre, wie sich die Tür schließt. Der Kameramann ist verschwunden.

Victoria seufzt. Ihre Hände fummeln am Knopf meiner schwarzen Jeans. Ich helfe ihr, sie samt Boxershorts zurückzuschieben. Mein Schwanz drückt sich hart gegen ihre Scham. Sie stöhnt.

Ich schiebe meine Finger in ihr Haar und küsse sie fester. Drängender. Ich will, dass mein Hirn sich jede Berührung und Empfindung einprägt, damit es nicht mehr an gestern denkt. Je besser, je intensiver ich das hier werden lasse, desto schneller sind Blairs lustvolle Geräusche aus meinem Kopf gelöscht.

In fahrigen Bewegungen zerrt Victoria an ihrer Hose. Ich helfe ihr, sie herunterzuschieben, zerre mein Handy aus meiner Tasche und ziehe die Louis-Vuitton-Hülle ab. Das versteckte Kondom fällt auf die Seidenbettwäsche. Ich reiße es auf, schiebe es mir über den Schwanz und dringe in sie ein.

Victoria hält den Atem an, bevor sie ihn mit einem vor Lust erzitterten Laut entkommen lässt. Dann bewegt sie sich auf mir, und ich stoße in sie, immer wieder, schnell schnell schneller, reize den Druck in mir und präge mir ihr Stöhnen ein.

Ihre Finger liegen auf meiner Brust, während sie ihren Hintern in die Luft reckt und wieder auf mich sinken lässt. Vor meinen Augen verschwimmt ihr Gesicht, und plötzlich ist da Blair, ihr geöffneter Mund, die vollen Lippen, ihre Katzenaugen. Ich schüttle den Kopf, bis das Bild verschwunden ist, packe Victorias Hüften und erhöhe das Tempo.

Mein Schwanz gleitet in sie, füllt ihre Feuchtigkeit aus, bis die Fenster im Raum beschlagen und die Luft nach Sex riecht.

»Oh ja, Edward, ja!«

Ich kriege eine Gänsehaut. Aber keine gute. Meine Bewegungen sind nur noch mechanisch. Da ist kein Verlangen in mir. Nur Schock. Denn die Art, wie sie meinen Namen sagt, weckt Sehnsucht in mir. Die Erinnerung an gestern zertrümmert mir das Rückgrat.

~~den wunsch dass nicht sie ihn ausstößt sondern blair~~

~~fuck ich kann nicht aufhören an sie zu denken~~

Es ist gut, wie es ist. Belangloser Sex. Eine schöne Frau, die weiß, was sie will, und mich solide reitet.

Ich komme, als Victoria noch einmal meinen Namen schreit.

Der Orgasmus fühlt sich ~~an wie ein tritt in den magen~~ geil an.

Schwer atmend rollt Victoria von mir herunter. »Wow«, keucht sie.

Ich liege neben ihr und starre die Decke an, als hätte man mir gerade mein Todesurteil überliefert.

»Alles okay?«, fragt sie.

Ich nicke.

»Sicher?« Stirnrunzelnd stützt sie ihren Kopf auf die Hand. »Du wirkst so enttäuscht. War es nicht gut?«

»Doch.« Schnell wende ich mir zu und lächle sie an. »Sehr gut.«

Sie erwidert mein Lächeln mit einem Strahlen. »Gehen wir zurück zur Party?«

»Ja. Geh schon mal vor. Ich komme gleich, okay?«

»Okay.« Sie küsst mich noch einmal, ehe sie vom Bett rutscht und ihre Hose überzieht. Anschließend verlässt sie den Raum.

Ich liege in der Stille und werde angeschrien.

Meine Gedanken brüllen, aber niemand hört sie.

Nur ich ich ich ich ich.

Und sie sind chaotisch. So beschissen chaotisch. Ich kann sie nicht einmal fangen, um ihnen den Hals zu durchtrennen.

~~du willst sie sehen du willst sie riechen du willst sie schmecken du willst sie zum lächeln bringen du willst dass ihre augen glitzern weil du etwas gesagt hast das sie berührt hat du willst sie wieder an dich~~

~~drücken du willst ihren herzschlag spüren weil deiner so schwarz ist du willst mit dem knöchel über ihre weiche wange streichen du willst dass sie dir ein ufo anbietet du willst spüren wie ihre pussy erzittert weil du sie geleckt hast du willst dass sie nur dich will weil du nur sie willst du willst alles von ihr aber sie nichts von dir gib auf hör auf gib auf hör auf GIB AUF HÖR AUF~~

Ich rolle mich auf den Bauch und schreie in die Bettdecke, bis meine Kehle rebelliert. Erst dann stemme ich mich mit den Fäusten von der Matratze und ziehe meine Hose hoch. Ich will gerade den Knopf schließen, als die Tür aufgerissen wird.

Und Blair mir gegenübersteht.

Entsetzt starrt sie mich an. Sie sieht aus, als wäre sie einem Eisbären in tiefster Nacht begegnet. Als würde sie dem Tod in die Augen sehen.

»Sorry.« Ihr Blick huscht über das zerwühlte Bett, die Kondompackung, meinen nackten Oberkörper, die geöffnete Jeans. »Ich, äh, suche die Toilette.«

In meinem Hirn vibriert irgendwas. Mit mir stimmt was nicht. Kurz befürchte ich, in meinem Leben zu viele Drogen genommen zu haben, als ich in Brand gerate. Etwas wirft mich in heiße Flammen. Einen Moment später registriere ich, dass es ihre Anwesenheit ist, die als ein Feuerwerkskörper irgendwo unter meinem Herzen explodiert.

Es ist ein ~~wunderschönes~~ ekelhaftes Gefühl, und ich wünschte, es würde ~~immer bleiben~~ nicht existieren. Ich hoffe, diese Maden, die in mir kribbeln, verbrennen elendig.

Hinter ihr zieht ein grölender Raúl vorbei, und das lässt den Teer in mir schmelzen. Blinzelnd reiße ich mich aus meiner Starre und schließe endlich den Knopf meiner Hose. Stolz registriere ich, dass der elitäre Automatismus der Erziehung meines Vaters seine Sache gut macht: Die Züge in meinem Gesicht sind zu einem gleichgültigen Ausdruck gezimmert. Schlagartig bin ich wieder in der schillernden Welt der High Society, in der Blair keinen Platz an meiner Seite hat.

»In der Lobby«, sage ich. »Neben der Tür zum Salon. Rechts.«

Sie nickt. Rosen in ihrem Gesicht, denen ich dabei zusehe, wie sie eingehen, als ihr Blick noch einmal die Kondompackung streift. Schließlich verschwindet sie.

Splitter schneiden mir in die Eingeweide. Ich verstehe nicht, wieso dieses Gefühl so eklig ist. Es fühlt sich an wie damals, als April angefangen hat, mich zu betrügen.

Ich warte einen Moment, um sicherzugehen, dass sie verschwunden ist, dann verlasse ich das Zimmer. Die Wände des Herrenhauses erzittern vom Bass. *Look At Me Now* von Lil Wayne. Ich habe mir nicht mal die Mühe gemacht, mein Shirt überzuziehen. Halb Old Henri Manson ist nackt.

Die Kameras folgen mir. Ich will gerade in den Salon gehen, als sich zarte Finger um mein Handgelenk schließen. Ich drehe mich um und sehe in Augen, die mir nur allzu vertraut sind.

Hellgrau. Die gleiche Mandelform wie die von ihrem Bruder.

»Hey, Edward.« Ambre lächelt. Das volle schwarze Haar wird von einer silbernen Schleife zusammengehalten. Die Kette an ihrem Hals ist eine Vendergaard. Das sehe ich sofort. »Weißt du, was?«

»Was?«

»Auf meiner ersten Party hier im Old Henri Manson haben wir Flaschendrehen gespielt, erinnerst du dich?«

»Das ist ewig her.« Ich blinzle. »Keine Ahnung, wie alt waren wir? Zwölf?«

»Ungefähr. Ich sollte dich küssen, weißt du noch?«

Verwirrt sehe ich ihr in die Augen. »Nein.«

»Ich aber. Es ist nur nicht dazu gekommen.«

Ich überlege, aber seitdem habe ich in diesem Haus so viele Partys gefeiert, von denen die meisten drogenverschleiert sind, dass ich mich kaum erinnern kann. »Warum nicht?«

»Wir waren zu jung, und dein Onkel hat uns alle hier erwischt.«

Jetzt erinnere ich mich. Elias ist reingestürmt und hat uns rausgescheucht, weil die Erwachsenen es an diesem Abend selbst hier getrieben haben. Sonst wäre es ihnen egal gewesen.

Die Jungs, die klären das untereinander.

Die Mädchen, die klären das untereinander.

Die Jungs und die Mädchen, die klären das untereinander.

»Also, der Kuss«, setzt Ambre wieder an, »den würde ich jetzt gern nachholen.«

Bevor ich ihre Worte registriere, liegen ihre Lippen auf meinen. Aber es ist merkwürdig. Es fühlt sich falsch an. Es ist, als würde ich die Schwester meines besten Freundes küssen.

Weil ich die Schwester meines besten Freundes küsse.

Es dauert nur ein *ladies love me, I'm on my cool J* von Lil Wayne, bis Ambre zurückgerissen wird. Ein halber Atemzug von mir, bis ich einen *extrem angepissten* Laxon vor mir sehe. Und neben ihm steht … Emma.

»Okay.« Grimmig halte ich seinem Blick stand. »Verstanden.«

Der Blickkontakt hält noch eine warnende Sekunde an, dann verschwindet Laxon mit Emma in den Salon. Meine Augen sind auf ihre verschränkten Hände gerichtet, bis ich diese seltsame Aura wahrnehme, die eine ungeahnte Macht auf mich hat.

Ich sehe auf. Und da steht Blair. In der Tür des Salons neben Lena und Hanna. Schmerz verwüstet ihr ~~wunderschönes~~ Gesicht. Aber in der nächsten Sekunde bin ich mir sicher, es mir nur eingebildet zu haben.

~~wunschdenken edward~~

Ihre intensive Musterung wirkt wie ein Gewitter in meinem Körper. Zwischen uns erzittert die Welt.

Als sie wegsieht, schlägt der Blitz ein.

HELLO DARKNESS, MY OLD FRIEND

Blair

Ich habe hiervon gehört. Von den Partys im Old Henri Manson, in denen Tage zu Nächten werden, Nächte zu Tagen. In denen die Zeit stehen bleibt und die Moral verabschiedet wird, sobald die Schwelle der altehrwürdigen Doppelflügeltür überquert wurde. Ich kann nicht zählen, wie oft ich in meinem Bett gelegen und mir gewünscht habe, Teil dieser Partys zu sein. Manchmal habe ich April, Sofia, Lena und den anderen neidisch hinterhergesehen, wenn sie in verruchter Kleidung und mit knallrotem Lippenstift, über den Schultern nichts weiter als ein Pelzüberwurf, ikonisch durch die Lobby stolziert sind und jeder wusste, in welche alkoholgeschwängerte Schlacht sie gerade zogen. Einmal hat Kinsley Sanders ihrer Tochter einen verschwörerischen Luftkuss zugeworfen und »gib ein Lebenszeichen von dir, wenn es vorbei ist!« gerufen. April hat nicht einmal mit der Wimper gezuckt. Sie hatte nur einen abschätzigen Blick für ihre Mutter übrig, ehe die Clique die Lobby verließ.

Ich wollte *unbedingt* wissen, was es mit dem Old Henri Manson auf sich hatte. Jetzt bin ich hier, und es ist pervers. Das hier ist nichts weiter als eine Orgie. Es wird nicht gehofft, gebangt, gebetet, dass auf dieser Party der lang ersehnte Flirt eines Schwarms kommt. Es wird nicht gehofft, gebangt, gebetet, dass er oder sie oder wer auch immer endlich diesen einen Kuss stiehlt.

Hier wird sich genommen, was genommen werden will. Hier wird gegeben, was gegeben werden will. Ohne Umschweife.

Deshalb sollte es mich nicht wundern, dass Edward – gerade Edward – keine halbe Stunde verstreichen lässt, bevor er mit jemandem ins Zimmer verschwindet. Mehr noch sollte es mir egal sein. Aber seit ich weiß, was er getrieben hat, zerfetzt ein Schlagbohrer meinen Magen.

»Das ist also die Definition einer Party?« Hanna blinzelt. Die ganze Zeit über tut sie nichts anderes, weil sie sich nicht an die Kontaktlinsen gewöhnen kann. »Das ist *eklig*. Und so was muss ich ein paar Jahre ertragen, wenn ich nach Yale gehe?«

»Es ist die Definition unserer Partys«, entgegnet Lena. »Nicht eure.«

»Was ist der Unterschied?«, fragt Hanna.

»Die hier sind nicht normal.« Ich trinke einen großen Schluck Wodka Sour, während mein Blick über die vielen Leute huscht. Auf dem Sofa rechts von uns machen zwei Frauen rum, während sich direkt neben ihnen ein Kerl einen runterholt. Die Frauen scheinen ihre Wirkung auf ihn zu genießen. »Auf den üblichen Partys in Yale werden die meisten heimlich Alkohol trinken, tanzen und einen witzigen Abend haben. Keine Drogen, kein öffentlicher Sex.«

Lena rümpft die Nase. »Langweilig.« Als ich die Braue in die Stirn hebe, schnalzt sie mit der Zunge. »Ich halte mich von Drogen fern, weil sie mir *schaden*, aber ich sage nicht, dass es ohne sie witziger ist. Vor allem nicht während des Entzugs. Aber zum Glück ist das Schlimmste nach zwei Wochen vorbei.«

»Was meint ihr, war das gerade mit Ambre und diesem Typen?« Hanna trinkt einen Schluck Bier und verzieht das Gesicht, wie jedes Mal, wenn sie in der letzten halben Stunde daran genippt hat. »Meint ihr, der war eifersüchtig?«

»Laxon?« Lena lacht laut auf. »Wohl kaum. Er ist Ambres Bruder.«

»Ah.«

»Und Edwards bester Freund«, füge ich hinzu. Flüchtig gleitet mein Blick zu ihm. Er steht abseits von der rummachenden Menge am Fenster, einen Drink in der Hand, und unterhält sich mit Emma. Ich muss sie unbedingt zu fassen kriegen. Alles an mir wird magnetisch zu ihr gezogen, und ich weiß, ihr geht es genauso. Sie spürt, dass ich sie ansehe, und begegnet meinem drängenden Blick. Emma spitzt die Lippen, ihre Augen zucken zur Küche, ein stummes *wir-treffen-uns-dort*. Zustimmend neige ich den Kopf, und sie wendet sich wieder Laxon zu.

Mit der Schulter lehnt Lena sich gegen die Wand. »Was ist das mit ihm und Wyss?«

»Keine Ahnung.«

»Wer ist Wyss?«, fragt Hanna.

»Meine Freundin. Das Mädchen neben ihm.«

»War er nicht mit Isabella zusammen?« Lena runzelt die Stirn. »Vor der Show?«

»Keine Ahnung, waren sie?« Abweisend streiche ich mit dem Finger über das schwarze Pailletten-Tattoo in meinem Gesicht. »Ich dachte, es lief nur eine Affäre?«

»Bei Laxon steige ich nicht mehr durch. Siehst du die da?« Lena deutet auf ein rothaariges Mädchen, das im Schneidersitz auf dem geschlossenen Flügel sitzt und jedes Mal einen Shot trinkt, wenn ein Papierkügelchen in die Mitte ihres BHs trifft. »Das ist Tessa. Sie war seine erste Freundin mit dreizehn. Das hielt vier Jahre, und alle dachten, die beiden würden heiraten, aber dann hat er mit ihrer Mutter geschlafen.«

Ich reiße die Augen auf. »*Was?!*«

Entsetzen zeichnet sich auf Hannas Gesicht ab. »Mit ihrer *Mutter?*«

»Ja, es war bitter.« Lenas Blick heftet sich auf Tessa, die gerade lachend den Kopf zurückwirft. Ihr rotes Haar legt sich wie Blut auf den schwarzen Flügel. »Sie war ein Nerd. Hatte ein Stipendium fürs Lyceum. Sie war so lieb, das könnt ihr euch nicht vorstellen. Die beiden hatten Physik zusammen und mussten ein gemeinsames Projekt machen. Und ab dann«, mit der Hand macht Lena eine steile Abwärtsbewegung, »ging's bergab. Plötzlich war Tessa auf jeder unserer Partys, hat Alkohol getrunken, morgens die ersten Kurse verpennt. Ihr Schnitt hat sich verschlechtert, weil sie nicht wie wir war. Sie ist nicht in dieses Leben reingeboren. Sie konnte das alles nicht. Sich betrinken und morgens trotzdem pünktlich sein. Die ganze Nacht feiern und im Unterricht eine kühne Maske aufsetzen, als hätte sie friedlich in ihrem Bett geschlummert. Sie wollte unbedingt wie wir sein, aber sie war es nicht.« Lena seufzt. »Tessa hat mir immer leidgetan. Laxon hat nie verstanden, dass es an ihm lag. Dass er sie in dieses Leben gezogen hat, obwohl sie nicht bereit war. Er hat sich Sorgen gemacht, klar, er wollte für sie da sein, aber es wurde immer schlimmer. Irgendwann hat ihm nicht mehr gefallen, wie es ausgeartet ist. Dass sie die Kontrolle über sich selbst verloren hat. Die beiden haben sich immer mehr voneinander distanziert. Ich erinnere mich, dass ich ihn angeschrien habe, sich von ihr zu lösen und sie in Ruhe zu lassen, aber er wollte nichts davon hören. Wieso auch? Tessa hat ihm am Arsch geklebt, eine wunderschöne Freundin, die ihm jeden Wunsch von den Augen abgelesen hat. Warum sie abschreiben, wenn er sie haben kann, ohne dass sie merkt, wie er hinter ihrem Rücken mit anderen flirtet?«

In Hannas Gesicht spiegelt sich meine Fassungslosigkeit. »Das hätte ich nie erwartet«, murmle ich. »Also, nicht von ihm. Laxon wirkt so ... wie der ruhigste von ihnen. Der normalste.«

Lena lacht bitter auf. »Keiner von denen ist ruhig, Blair.«

»Und wie kam das dann mit Tessas Mom?«, fragt Hanna.

»Tessa hat die beiden erwischt.« Die Antwort kommt nicht von Lena, sondern von Leopold. In seiner Chino und dem Pullover mit dem Polobären wirkt er absolut fehl am Platz. Er ist der Einzige hier, der aussieht, als würde er in der Lounge eines Pferderennens hocken und nicht auf einer Dark-Romance-Orgien-Party. Lässig schwenkt er den Whiskey. Das Eis klimpert gegen das Glas, aber es ist kaum zu hören, weil Wiz Khalifas *Black and Yellow* die Wände erzittern lässt. »Was nicht schwer war, weil er sie in der Lobby im Old Henri Mansion von hinten genommen hat. *Jeder* war hautnah dabei.«

»*Bitte?*« Entsetzt schweift Hannas Blick von Tessa zu Laxon, zur Lobby und zurück. »Das glaube ich nicht. So was passiert doch nicht im echten Leben.«

Lena lacht schnaubend. »Gut, dass du die Nase immer in Büchern vergräbst. Wahrscheinlich würdest du das, was die Welt dir ansonsten zeigen könnte, nicht ertragen.«

»Es war ewig Thema«, sagt Leo. »Egal, wo Laxon war, immer ist ihm dieser Spruch hinterhergerufen worden.«

»Doggy in der Lobby«, erinnert sich Lena. Angewidert verzieht sie das Gesicht. »Die Kerle haben ihn dafür *vergöttert*. Es war ekelhaft.«

»Edward auch?« Die Neugier in mir ist stark wie die Strömung des Flusses, in dem Edward und ich verloren gingen. Plötzlich will ich es unbedingt wissen. Als könnte die Antwort die Welt verändern. »Fand er es gut?«

»Nein.« Leo schüttelt den Kopf. »Man kann meinem Cousin vieles vorwerfen, aber er *hasst* es, wenn Frauen verarscht werden.«

Seine Worte klingen wie eine Melodie, die in meiner Seele tanzt. Und das ist furchtbar. Ein absoluter Albtraum. Ich wünschte, er hätte gesagt, Edward hätte ihm einen High Five gegeben. Dann hätte dieser merkwürdige Glockenklang in mir wenigstens Sinn ergeben. *Was denn, Edward, ein Arschloch? Habe ich die ganze Zeit gewusst. Nichts Neues für mich.*

»Aber er hat nichts anderes gemacht.« Hoffentlich nehme nur ich die Verzweiflung in meiner Stimme wahr. »Er hat doch auch alle verarscht.«

»Er hat sie alle gevögelt«, entgegnet Lena. »Aber nicht verarscht. Ehrlich war er immer.«

Paola meinte auch, er hätte ihr immer gesagt, dass er nicht ihr Herz will. Sie meinte, er war ein Arsch, ein Scheißkerl, aber ein offenes Buch.

Fuck.

Mir schwirrt der Kopf. Vielleicht von Eminem, dessen schneller Rap im Salon wummert, oder von den vielen nackten Körpern, die öffentlich Dinge tun, die manche nicht einmal hinter verschlossenen Türen wagen würden. Nicht wegen Edward. Auf keinen Fall wegen Edward.

Schnell kippe ich meinen Wodka Sour. »Ich hole mir einen neuen aus der Küche. Will noch jemand?«

»Bin bedient.« Hanna blickt in ihr halbes Bier, als würde sie in den Tiefen seiner Oberfläche nach einem Ausweg suchen. »Falls ich nach diesem Drink hemmungslos auf dem Tisch tanzen oder mich auf einem der Sofas räkeln sollte, erzählt es mir nicht. Bringt mich ins Bett und versichert mir morgen, ich wäre früh abgehauen, hätte gelesen und von Edward geträumt, ja?«

Lenas und mein Kopf fahren zeitgleich herum. »Von Edward?«

»Was?«

»Du hättest von Edward geträumt?«, wiederhole ich.

Verwirrt sieht sie mich an. »Wieso sollte ich von Edward träumen?«

»Das fragen wir uns auch«, entgegnet Lena.

»Hä?«

Leo lacht. »Das hast du gesagt.«

»Nein.« Sie sieht ihn an. »Ich sagte, ich hätte von Yale geträumt.«

Er grinst. »Nein.«
»Doch.«
»Nein.«
»Doch.«
»Nein.«
»Bist du eine von denen, die immer das letzte Wort haben will?«
»Nein.«
»Ich glaube, doch.«
»Nein.«
»Bring mir einen Rum mit.« Lena drückt mir ihr Glas in die Hand und wendet sich Hanna mit einem irren Grinsen zu. »Ich habe das Gefühl, das hier wird noch interessant.«

Hanna errötet, und ich verschwinde mit einem Gefühl im Magen, als würde die zarte Spitze eines Dolchs darin herumwühlen. Ich schiebe mich zwischen ein paar verschwitzten Leibern hindurch und muss bei einem Limbo Dance mitmachen, um in die Küche gelassen zu werden.

»Geiler Scheiß«, Emma drückt mir einen Wodka Sour in die Hand, als ich wieder auftauche, »das war heiß, Pokégirl.«

»Es war anstrengend.« Ich trinke einen großen Schluck. »Dachte, ich kollabiere in der Gestankwolke der Typen, die diese Steinbüste gehalten haben.«

»Ich hatte nur Angst, der alte Sack fällt dir auf den Schädel.«

»Lass das nicht Edward hören«, murmle ich. »Der alte Sack der Büste ist doch dieser legendäre Henri.«

»Legendär hin oder her.« Emma lehnt sich gegen die rustikale Küche, in deren Mitte Bierpong auf einer langen Tafel gespielt wird. »Dank dieser Büste bleibt er für immer ein alter Sack mit einem schrumpeligen Ding.«

»Also,« ich stupse sie mit dem Hintern an und lüpfe die Brauen, »ich will Details, Wyss. Seid ihr zusammen?«

Sie seufzt. »Keine Ahnung.«

»Du musst vorsichtig sein.«

»Warum?«

»Lena und Leopold haben mir Dinge über ihn erzählt.«

Sie streicht sich die üppigen Locken hinter das Ohr. »Was für welche?«

Ich trinke einen Schluck und beobachte, wie ein Kerl beim Bierpong seine Hose auszieht, weil das gegnerische Team einen Ball in den Becher getroffen hat. Bierpong ist zu langweilig für Old Henri Mansion. Hier gibt es Strippong. »Seine vierjährige Beziehung ging kaputt, weil Lax ihre Mutter gevögelt hat.«

Emmas Zungenspitze benetzt den schwarzen Ring in ihrer Lippe. »Ja, ich weiß.«

»Du weißt es?« Perplex sehe ich sie an. »Woher?«

»Er hat es mir gesagt.«

»Er hat es dir *gesagt?*«

»Ja.«

»Und du willst ihn trotzdem?«

Eine Weile beobachtet Emma die Strippong-Gruppe, ehe sie die Achseln zuckt. »Das ist lange her. Wir alle haben unsere Vergangenheit, oder nicht?«

»Was, wenn er es wieder macht?«

»Meine Stiefmutter vögeln?« Emma lacht auf. »Dafür müsste er nach Südengland fliegen und sich in ihr superstaubiges Staatsanwältin-Büro schleichen. Wohl kaum.«

»Und wenn er dich betrügt?«

»Die Gefahr besteht immer«, entgegnet sie trocken. »Auch bei offensichtlichen Good Guys.« Sie sieht mich an. »*Immer*, Blair. Und deshalb sollen wir unser Leben nicht leben? Aus Angst, unserem Herzen könnte etwas zustoßen?« Sie wendet sich ab, lacht schnaubend. »Wir sollten längst kapiert haben, dass dieses pochende Ding hinter unserer Brust wesentlich mehr aushält, als wir denken.« Sie trinkt einen großen Schluck, dann dreht sie ihren ganzen Körper in meine Richtung. »Jetzt du.«

»Was?«

»Dieser Flussausflug. Was ist dazwischen passiert?«

Ich rolle die Augen. »Das, was ich im Interview in der Show gesagt habe. Nichts.«

Sie verengt die Augen zu Schlitzen. »Das glaube ich nicht. Lis auch nicht. Und Paola *betet*, dass ihr einen süßen Moment hattet.«

»Ich konnte es den vielen Katzen-GIFs mit bettelnden Augen im Gruppenchat entnehmen«, murmle ich.

»Komm schon«, drängt Emma. »Ich habe eine Wette mit Giu am Laufen, und ich muss gewinnen, weil es um einen lebenswichtigen Gewinn geht.«

»Der wäre?«

»Seine Ziege.«

»Was?«

»Ich kriege seine Ziege, wenn ich gewinne. Hannelore.«

»Was willst du mit einer verdammten Ziege?«

»Ich darf sie ausführen, wann ich will. Und Fotos machen. Sie wird mein liebstes Knuddelmuffel, und er ist nicht mehr der Einzige mit einem süßen Flauschding.«

»Sein Schwein ist ein Borstenvieh.«

»Komm schooon!«

»Und wenn er gewinnt?«

Sie verzieht das Gesicht. »Darf ich mich Hannelore nicht mehr nähern, um heimliche Selfies mit ihr zu machen.«

»Was hast du mit dieser Ziege?«

»Wir haben eine Verbindung.«

Ich verdrehe die Augen. Der Freundinnenkodex will ehrlich mit ihr sein und ihr erzählen, dass Edward mich gewärmt hat und ... na ja, dass es abging zwischen uns auf dem Billardtisch. Aber wir haben uns in dieser Bergritze versprochen, dass es niemals jemand erfahren wird. »Es ist nichts passiert. Sorry für die Ziege.«

Frustriert schlägt Emma mit der flachen Hand auf die Theke. »Verdammt!«

In dem Moment erscheint Kokos-Kora in der Tür. Sie sieht absolut wild aus in ihrem Zweiteiler, bestehend aus viel zu kleinen Kokosschalen auf den Brüsten, die lediglich ihre Nippel verdecken, und einem neongrünen, fransigen Hula-Röckchen. Die grüne Tiara liegt schief auf ihrem Vokuhila und fällt fast herunter, während sie unter Old Henris Büste Limbo macht. Es ist knapp. Sein Sack berührt fast ihre Nase, aber sie schafft es. Die stinkenden Jungs grölen, und sie bedankt sich mit einer ausschweifenden Verbeugung. Tänzelnd kommt sie auf mich zu. »Blair, Süße!« Sie beugt sich vor und küsst mich auf die Lippen. Einfach so. Ich starre sie an, und sie winkt lachend ab. »Keine Regeln, oder?«

»Äh ...«

»Ich soll dich holen«, grölt sie über Macklemore hinweg. »Die Kameras wollen, dass du dabei bist!«

»Wobei?«

»Truth or Dare!«

»Im Ernst? Das wollen die spielen?«

»Ohh!« Emmas Augen leuchten auf. »Ich liebe diese kitschigen Partyspiele!«

»Ich auch. Aber«, warnend sehe ich sie an, »Emma, das hier ist Old Henri Mansion. Truth or Dare hin oder her, das wird mit Sicherheit verrucht.«

Ihre Augen funkeln. »Umso besser!«

»Dann sind wir ja einer Meinung.« Lachend zieht Kokos-Kora uns hinter sich her, bis wir den Kreis an Personen im Salon erreicht haben, die mitspielen. Unter ihnen erkenne ich die Showmädels, Finn, Laxon, Tessa, Max, Misha und Edward. Er sitzt neben Kriss Kross und streicht ihr immer wieder mit dem Zeigefinger über den Bund ihrer roten Ledershorts, aus dem sich ihr Tattoo eines nachgebildeten Uterus über den Bauch zieht.

Sie ist sehr stolz auf dieses Tattoo.

Ich setze mich neben Hanna. Sie hat ihr Bier in die Kuhle ihres Schneidersitzes gestellt. »Gott sei Dank«, murmelt sie. »Ich dachte schon, du lässt mich hier allein sterben.«

»Niemals.«

Die Musik wird leiser gestellt. Edwards Blick streift meinen. Schon wieder dieses Ziehen in meinem Magen. Schnell sehe ich woanders hin. Im nächsten Augenblick ertönt seine Stimme. »Truth or Dare an meine gelbe Prinzessin.«

Neben mir erstarrt Hanna. »Äh, Truth?«

Er grinst. »Oh, *böse*, mein liebes Mädchen.«

Wie er sie ansieht, *nur* sie, was er zu ihr sagt, die Art, *wie* er es sagt, tritt mich ins Herz. *Meine* gelbe Prinzessin.

Hanna räuspert sich. Mutig umklammert sie ihr Glas und reckt das Kinn. »Stell deine Frage.«

»Bist du sicher?«

Ein weiterer Tritt. Blute ich schon? Vielleicht. Die Wolken in meinen Gliedern brennen.

»Ja.«

»Na schön.« Lässig zieht Edward ein Bein an. Er legt seinen Arm um das Knie, trinkt einen Schluck Whiskey. »Wann hattest du das letzte Mal Sex?«

Hektische Flecken wandern von ihrem Dekolleté bis zu ihrem Hals. Sie versucht, ihren Schock zu verbergen, indem sie einen großen Schluck von ihrem Bier trinkt. Als sie das Glas absetzt, krächzt sie: »Vor zwei Monaten. Und es war gut.«

Sie lügt. Ihre ganze Körperhaltung, die pochende Ader an ihrem Hals, die Panik in ihren Augen – alles verrät mir, dass sie lügt.

»Mit mir wäre es besser gewesen.« An Edwards selbstgefälligem Grinsen erkenne ich, dass auch er ihre Lüge sofort gerochen hat. Aber er prostet ihr nur mit seinem Glas zu und sagt: »Du bist dran.«

»Truth or Dare an«, sie lässt den Blick schweifen, »keine Ahnung, du da.« Sie zeigt auf Finn.

»Truth.«

Sie überlegt. »Was ist das Netteste, das du in letzter Zeit für jemanden getan hast?«

»Das Netteste?« Er lacht laut auf. Mit dem Drink deutet er auf ein Mädchen, das im Erkerfenster an der Steinwand lehnt und uns zusieht. Es ist Maria Magdalena. »Das ist leicht. Eine süße Jungfrau mit der Zunge zum Orgasmus gebracht.«

Maria keucht. Alle Augen richten sich auf sie. Tränen schießen ihr in die Augen. Schnell rutscht sie aus dem Fenster und hastet durch den Salon. Dabei stößt sie gegen einen Typen in der Menge und stolpert. Als ihre Knie den Boden berühren, lachen ein paar. Das Geräusch geht mir bis ins Mark.

»Hört auf!«, bellt Edward.

Sofort verstummen die Leute. Edward erhebt sich und geht zu Maria. Auf den Knien sieht sie zu ihm auf. Er reicht ihr seine Hand. Sie zögert, aber dann hilft er ihr auf. Stille kehrt ein. Jeder verfolgt mit angehaltenem Atem, wie er sie aus dem Salon führt. Es vergehen einige Minuten, bis er wortlos zurückkommt – allein. Seine Augen heften sich auf Finn. »Du lässt das Mädchen in Ruhe, Gerbensteyn.« Seine Stimme ist so herrisch, so gebieterisch, dass ich glaube, nur ein Verrückter würde ihm jetzt widersprechen. »Wenn du es nicht tust, begrabe ich dich«, zischt er. »Und ich finde alles heraus, verstanden?«

Finn ist dumm. Aber nicht so dumm, sich gegen ihn aufzulehnen. Er schnaubt nur, ehe er sagt: »Also, bin ich dran?«

»Nein, du bist raus.« Edward packt seinen Arm. »Los, verpiss dich.«

»Du kannst mich nicht aus Old Henri Mansion werfen«, protestiert Finn. »Hier gibt es keine Regeln, schon vergessen?«

»Aber in meiner Show.« Edwards Kopf zuckt zu den Kameras, ehe er sich wieder an seinen Platz setzt. »Und für das Spiel bist du raus.«

Angepisst schiebt Finn den Kiefer vor.

»Finn.« Lenas Stimme ist eindringlich, aber auch sanfter, als ich sie je gehört habe. »Komm, hör auf. Geh einfach, ja?«

Er sieht sie an, und ich weiß sofort, es ist irgendeine Verbindung zwischen den Zwillingen, die niemand sonst verstehen kann. Sie kommunizieren auf ihre eigene Art. In dieser Sekunde glaube ich, Lena ist die Einzige, auf die Finn wirklich und tatsächlich hört. Unter ihrem Blick knickt er ein, erhebt sich und verschwindet in der Küche. Ich würde auf Emmas Ziege wetten, dass man ihn dort in weniger als zehn Minuten halbnackt beim Strippong vorfindet.

Edward deutet auf Mish. »Mach du für ihn weiter.«

»Alles klar.« Misha lehnt sich zurück, die Ellbogen auf das uralte Parkett gestützt, und wirft sich die welligen blonden Strähnen aus der Stirn. »Truth or Dare an dich, Bro.« Er zeigt auf Laxon.

Der lacht. »Dare.«

»Frenchkiss mit deiner Ex.«

Neben mir schnappt Hanna nach Luft. Und auf der anderen Seite erstarrt Emmas Arm an meinem. Ich könnte schwören, jetzt sind es ihre Glieder, die sich in Luft auflösen.

Edward ist wachsam wie ein Raubtier. Wie ein dunkler Schatten, in dem ein verborgenes Feuer tanzt, gleitet sein Blick von Tessa zu Laxon. Der Ausdruck in seinen Augen geht tief. Edward ist sein bester Freund. Er scheint die Geschichte mit Tessa am nächsten mitbekommen zu haben. Aber das hier ist Old Henri Mansion. Keine Regeln. Er kann ihm nicht beispringen.

»*Putain de merde*«, flucht Ambre. »*Laxon, non. Je crois que tu perds la boule.*«

Mein Französisch ist eingerostet, aber ich verstehe das meiste, und den Rest reime ich mir zusammen. Sie sagt ihrem Bruder, dass er sie nicht mehr alle hat, wenn er das macht.

Laxon sieht zu Emma, die starr geradeaus starrt. Sie schluckt. Tessa sitzt nur da und wartet. Der Blick, mit dem sie ihren Ex mustert, ist herausfordernd. »Mal gucken, ob er sich traut.«

Laxon schnaubt. »Ich war vieles, Tessa, aber nie feige.« Dann geht er zu ihr, beugt sich herunter und verschlingt Tessas Mund.

Ruckartig wendet Emma den Kopf ab, als hätte er sie geschlagen. Ich lege eine Hand auf ihren Arm. »Wir können gehen«, sage ich leise. »Willst du?«

Sie schüttelt den Kopf, aber in ihren Augen schimmern Tränen.

»Emma …«

»Ich *bleibe*«, zischt sie. Plötzlich erzittert ihr Kinn vor Wut. »Ich zeige ihm doch nicht, dass das was mit mir macht.«

»Bist du sicher?«

Sie nickt. »Wir sind nicht zusammen. Er kann machen, was er will.«

Ich stoße die Luft aus. »Okay.«

»Ich verstehe euch alle nicht«, murmelt Hanna.

Laxon löst sich von Tessa. Sie hält noch für einen Augenblick die Augen geschlossen, ein bittersüßes Grinsen auf dem Gesicht. »Mhm.« Sie zuckt die Achseln. »War okay.«

Ich denke an Lenas Worte. *Früher war sie süß. Ein Nerd. Bis er sie verdorben hat.*

Flüchtig streift Laxons Blick Emma, aber sie ignoriert ihn. Ich muss sagen, sie legt eine wahre Meisterleistung hin. Wie sie über etwas lacht, das Suarez gesagt hat, und tut, als wäre ihr völlig egal, was gerade passiert ist, besitzt Oscarpotenzial.

»Truth or Dare«, sagt Laxon schließlich, »an Blair.«

Ich zucke zusammen, weil ich nicht damit gerechnet habe. »Dare.«

Laxons Lippen verziehen sich zu einem Grinsen. »Jemand muss dir etwas auf den Arsch schreiben. Mit Edding.«

»Auf den *Arsch?*«

»Ja.«

Ich lache. »Ihr findet eh keinen Edding in diesem Haus, also wird das nichts.«

Einer der Kameramänner, der hinter uns filmt, zieht *natürlich* einen aus seiner Hose. »Wer will?«

Edward hebt die Hand und steht auf. »Hier.«

Entgeistert starre ich Edward an. In seinen hellen Augen glitzert bitterböse Belustigung, als er die Kappe von dem Stift zieht. »Dann beug dich mal vor, Prinzessin.«

Das Herz wummert in meiner Brust, als er sich mir nähert. Schon wieder zieht sich meine Mitte zusammen. Sofort denke ich an gestern, an seinen Finger, der über meinen Hintern tiefer gewandert ist. Er lässt sich vor mir auf die Knie fallen. Sein Gesicht ist meinem so nahe. Mein Atem stockt.

»Umdrehen, Prinzessin«, raunt er.

Als ich nicht reagiere, legt er mir eine Hand um die Hüfte und wirbelt mich herum. Keuchend lande ich auf allen vieren und … recke ihm plötzlich meinen Arsch entgegen.

In meiner Brust tobt ein Feuer, das nicht zu stillen ist. Erregt warte ich auf seine Berührung, und als sein Finger über meine Haut streift, um die knappe Jeansshorts noch höher zu schieben, explodiert das Feuer in mir. Setzt jeden Millimeter, den er berührt, in Brand. Der Edding sinkt auf meinen Hintern. Mit der anderen Hand umfasst er meinen Oberschenkel, die Finger am weichen Fleisch direkt unter meiner Scham.

Seine Berührung reißt mir die Haut vom Körper. Scheiße, ich muss meine Glieder zwingen, nicht zu erschaudern. Sein besitzergreifender Griff ist fester als die Knochen in meinen Beinen, meiner Hüfte, die sich verräterisch auflösen.

Der Stift bewegt sich. Ich versuche, mein benebeltes Hirn zu zwingen, sich darauf zu konzentrieren, was er schreibt, aber ich kann den Bewegungen nicht folgen. Plötzlich streichen seine Finger federleicht über meinen Oberschenkel, fahren die Naht meiner knappen Jeans neben meiner Öffnung nach. Streicheln mich. Die Hitze in mir versengt meine Mitte. Ich keuche.

»Was schreibt er?«, höre ich Selma flüstern.

»Keine Ahnung«, murmelt Greta. »Aber ich will's wissen.«

»Edward, lies vor, was du schreibst«, grölt Raúl. »Ich will der Süßen mit der braunen Tiara einen Wunsch erfüllen.«

Greta kichert.

»Ist Blairs Entscheidung, ob sie es euch zeigen will«, entgegnet Edward. Er löst den Stift von meiner Haut. Edward kneift mir in den Hintern, ehe er die Jeans über das Wort schiebt und sich von mir löst. »Fertig.«

Alle versuchen, einen Blick auf meinen Arsch zu erhaschen, aber ich drehe mich sofort um und setze mich. Ich will wissen, was er geschrieben hat, und gleichzeitig will ich es nicht. Es wird sich ewig nicht runterschrubben lassen, und ich weiß nicht, ob ich es verkraften kann, zu wissen, dass ich mit einer Beleidigung am Arsch durch die Gegend renne.

Flammen lecken an meinem ganzen Körper. Ich *verbrenne* hier, und keiner scheint es zu merken.

»Es ist *nichts* passiert am Fluss«, trällert Emma neben mir in einem heuchlerischen Singsang. »Natürlich ist *gar nichts* passiert zwischen euch am Fluss.«

Ich schlucke den brennenden Felsen in meiner Kehle herunter. »Hol dir deine verdammte Ziege, wenn du dann Ruhe gibst.«

Gespieltes Entzücken über dem Schleier ihrer verletzten Augen. »Das ist alles, was ich wollte.«

»Principessa Schwarz«, ruft eine Kamerafrau. »Sie sind an der Reihe. Und könnten Sie kurz die Lider senken und einen Augenaufschlag machen? Mit einem geheimnisvollen Lächeln? Ich würde gern eine Nahaufnahme Ihres Profils für diese Szene haben, das wäre perfekt.«

Ich tue, was sie sagt, und sie ist glücklich.

»Truth or Dare«, wage ich den Todesstoß für mein Feuer, »an Edward.«

Es ist eine Qual, ihn anzusehen. Ich weiß nicht, wieso, aber es tut weh. Als würde sein nackter, muskulöser Oberkörper auf mein Herz einprügeln. Jede definierte Linie, jeder Strang, der sich bei der kleinsten Regung anspannt, an meinem Magen zerren. Wie lässig er dasitzt, oben ohne, seine Hose tief auf der Hüfte. Die Muskelstränge, die in einem V unter dem Bund zu dem Körperteil verschwinden, dem ich einen Orgasmus beschert habe, ohne etwas für ihn zu tun. Ohne ihn zu berühren. Die weißen Nikeys an seinen Füßen, die Jordan-Basketballsocken an seinen trainierten Beinen.

»Wahrheit«, sagt er.

Ich wünschte, er wäre nicht mein Typ. Ich wünschte, es gäbe wenigstens eine Sache, die mich an ihm stören würde. Aber alles an ihm ist heiß. Er sieht aus wie ein Typ, der mit no effort in Jogginghose und Hoodie Louis Vuitton betritt und seine bloße Aura verrät, dass er ein verfluchter König ist. Um ihn pulsiert eine rohe Kraft, der niemand entkommen kann.

»Ich höre, Prinzessin?«

Es gibt nur eine Sache, die ich unbedingt von ihm wissen will. Wenn nicht jetzt, wann dann? Er hat mir gerade etwas auf den Arsch geschrieben. Ich habe ein Recht auf diese Antwort. Also hole ich tief Luft und öffne den Mund. »Wann hast du einer Frau zuletzt gesagt, dass du sie liebst, und es auch wirklich so gemeint?«

Wiz Khalifa schluckt die Stille. *I get so high, fuck around and never come down, I get so high, I get so high, high up and we're floatin', don't know where we're going.*

seine Augen verbinden sich mit meinen sie tasten mein gesicht ab fassen mich an streicheln mich bevor sie schlagen bevor sie schreien *wieso wieso wieso hast du mich das gefragt wie kannst du es wagen warum muss ich das jetzt sagen wieso blair wieso*

Ich halte diesen Blick fest, weil ich glaube, ihn gibt es zu selten. Ich glaube, er ist etwas, das den wahren Edward ausmacht, und den wahren Edward will ich in mir fühlen. Ich sperre den Blick ein, lasse ihn nicht mehr gehen, einen Teil von mir werden.

»Nie.«

Nur ein Wort, das sich mit meinem Herz verknotet und an meinem Rückgrat zerrt. Starr sehe ich ihn an. Und er starrt zurück. Vor den Schollen seiner Augen eine Scheibe aus Glas. Aber dann brechen sie auf. Sie zerbersten, und für den Bruchteil einer Sekunde erhasche ich einen Blick auf die tiefe Schwärze, die er dahinter verborgen hält.

»Okay, das war richtig gut.« Ich zucke zusammen, als ich die Kamerafrau höre, die auch die Aufnahmen von meinem Profil gemacht habe. »Das mit dem Spiel lässt sich gut einbauen. Wir sollten noch was anderes machen, für die Abwechslung.« Sie wechselt einen Blick mit ihrem Kollegen. »Wie wäre es mit Seven in Heaven?«

»Oh, yes!« Raúl reckt die Faust in die Luft. »Geiles Spiel.« Er lüpft die Brauen. »Im doppeldeutigen Sinne.«

»Wir würden die Szene mit euch beiden gern zuerst drehen«, sagt die Kamerafrau. »Dann haben wir euch im Kasten.«

»Was?«, frage ich.

»Ihr sollt in den Schrank.« Ein dreckiges Lachen von Misha in Laxons Richtung. »Das Team deiner Eltern hat auf jeden Fall verstanden, wie es im Old Henri Mansion abläuft.«

»Ich gehe in keinen Schrank mit Edward«, protestiere ich. »Auf keinen Fall.«

»Es wäre sehr gut für die Szenen«, entgegnet der Kameratyp, der auch den Edding hergezaubert hat. »Ihr müsst ja nichts machen. Könnt danach sofort wieder rauskommen. Aber so bringen wir ein bisschen Spice in die Show.«

»Ich könnte es machen«, sagt Greta. »Wir haben kaum gemeinsame Szenen bisher.«

Selma schnaubt. »Ich fasse es nicht, wie konstruiert das hier aufgebaut wird. Es soll doch eine natürliche Show sein, oder irre ich mich?«

»In diesen Shows ist nichts natürlich«, entgegnet Ambre.

»Ich weiß nicht«, murmelt Edward. »Muss das sein?«

»Was denn, Edward?« Max. Sofort sehe ich zu Lena. Kurz zuckt sie zusammen, dann starrt sie das Parkett nieder, als würde sich darunter ihre vergrabene Würde befinden, die sie wieder an sich reißt. »Ausgerechnet du kneifst bei Seven in Heaven? Hat dich das Mädchen gebrochen, oder was?«

Er schnaubt. »Halt die Fresse, Cordelair.« Im nächsten Augenblick erhebt er sich. Jeder macht ihm unaufgefordert Platz, während er zum Schrank geht. Die Kameras folgen ihm gierig.

»Sie geht nicht mit«, sagt Max spöttisch zu einem Typen, den ich nicht kenne. »Sie hat Angst um ihr armes Herzchen.«

Zorn brandet in mir auf. Ich hasse es, wenn jemand denkt, mich besser zu kennen als ich mich selbst. Wenn jemand glaubt, meine Entscheidungen beeinflussen zu können. Und erst recht, wenn derjenige jemand wie Max Cordelair ist.

»Tu das nicht, Blair.« Die Verzweiflung in Hannas Augen ist echt, als sie mich ansieht. »Ich dachte, wir sind Verbündete im Anti-Edward-Pakt.«

Das ist geheuchelt, denke ich. Das kann sie mir jetzt nicht mehr weismachen. Mir ist klar, dass sie auf ihn steht. Mein Blick gleitet zu Edward, der sich erhebt und unter grölendem Gejohle in dem Schrank verschwindet.

»Sind wir«, entgegne ich. »Und deshalb muss ich das hier tun. Wenn ich kneife, gewinnt er.«

»Aber –«

Ein kollektives Grölen verschluckt ihren Protest, als ich mich erhebe und ihm folge. Die Kameras stürzen sich auf mich. Zum Beat von Rihannas und Jay-Zs *Run This Town* trete ich die Schlacht durch den lustgeschwängerten Salon an, vorbei an halb nackten Leibern, die sich aneinanderreiben, vorbei an schmatzenden Geräuschen hinter Ottomanen, bis ich den Wandschrank erreicht habe. Ich lege eine Hand auf den Knauf, senke die Lider, atme tief durch. Eine Kamera filmt nahe an meinem Gesicht.

Ich öffne die Tür und werde von Dunkelheit verschluckt.

Atemzüge im Nichts. Sie erinnern mich daran, dass die Finsternis einen Herzschlag hat. In unserem Fall zwei. Er sieht mich an. Es ist dunkel, aber ich weiß, er tut es. Ich spüre seine Blicke wie feine Nadeln auf meiner Haut. Hinter meiner Brust reißen Wolken auf; ein krachendes Gewitter, Blitze in meiner Kehle, Donner in meinem Bauch. Regungslos drücke ich mich gegen die Wand, warte. Es passiert nichts. Kein einziges Wort.

nur atemzüge und
die finsternis die lebt
ein pochendes nichts

»Hey.« Er klingt wie Honig. Flüssig. Eine Sanftheit, die ich nicht kenne. Nicht von ihm. Von niemandem. Es kann nicht stimmen. Er will mich rumkriegen. Es ist eine Show. Eine so gute Show, die er vor der Kamera abzieht. Edward ist ein Naturtalent, und ich werde nicht auf ihn reinfallen. Auf keine Sanftheit dieser Welt.

»Ich werde nicht mit dir rummachen«, sage ich. Sein Atem stockt, und ich will nicht, dass er mich verwirrt, also setze ich nach. »Bestimmt nicht, nachdem du gerade was auch immer mit wem auch immer in diesem Zimmer getrieben hast.«

Es ist so schwarz. Hier drin. In mir. In ihm. Alles so schwarz.

Eine lange Zeit sagt er nichts. Doch als er es tut, ist der Honig in seiner Stimme verloren. Die gewohnte Härte zurück in seinen Silben.

Ich weiß nicht, ob ich erleichtert oder erschlagen sein soll. »Victoria.«

»Was?«

»Ich habe mit Victoria geschlafen.«

gefühlssplitter in meinen adern zerren mir die wahrheit vor augen es verletzt mich stille in der ich nichts entgegne in der ich versuche zu verdauen dass seine worte die macht haben mir wehzutun und verbissen lausche ich dem pochen der finsternis, mein herz sein herz mein herz sein herz zu nah nah nah geh weg weg

weg

Ich schlucke den Schmerz weg. Dachte ich. Er bleibt.

»Schön für euch.«

Sein Atem auf meiner Haut. Er ist näher gekommen.

geh weg geh weg geh weg geh weg

»Eifersüchtig?«

Ich schnaube. »Nein. Wir können wieder raus. Die Kameras meinten, wir sollen nur für die Aufnahmen rein.«

»Die Leute erwarten, dass wir sieben Minuten bleiben.«

»Mir egal, was die Leute erwarten.«

»Blair.«

»Was?« Die Panik vor meinen Gefühlen lässt mich fauchen. Ich will nicht fauchen. Ich will das alles hier vergessen.

seine hände umfassen mein gesicht und ich zerspringe in

2

3

5000

teile

»Was tust du?«, flüstere ich.

Seine Daumen liegen auf meinen Wangenknochen. »Etwas Dummes.«

»Was?«

»Etwas absolut und unwiderruflich Dummes, Blair.«

Dann küsst Edward mich. Die Berührung seiner Lippen ist ein warmes Feuer, das das Eis in meinen starren Gliedern auftauen lässt. In meinem Kopf rauscht das Blut, und plötzlich ist mein Herz nackt. Ich ziehe alles aus, reiße sie runter, diese Schicht in meinem Inneren, mit der ich es geschützt habe. Jede Mauer, jeden Schutz, bis dieses verräterische Ding gegen seine Brust hüpft, die meine berührt. Meine Hände umfassen seine Hüfte. Ich küsse ihn zurück. Ich küsse Edward Blackwell zurück, und da sind so viel Honig, so viele zarte Schmetterlinge, so viel Sanftheit, die nicht da sein sollten. An meinen Wangen zittern seine Finger. Das ist nicht normal. Dieser Schrank hat die Welt umgekrempelt. Etwas passiert hier, das nicht sein kann.

eine finsternis voller herzen finger die zittern zittern zittern gefühle die sich in einem ozean ergießen ein ozean voller schmetterlinge und das alles in einem

schrank

»Edward«, flüstere ich zwischen zwei Küssen. »Was –«

»Keine Ahnung«, raunt er. »Keine Ahnung, Blair.«

wir küssen uns wieder und die ganze zeit zittern seine finger bebt mein herz und der schrank

Seine Küsse sind verführerische Diebe. Sie sind perfekt, zart, liebevoll. Sie lenken mich ab, und dann stehlen sie mein Herz.

Einfach so.

Der letzte Kuss ist Zauber und Abschied. Ich spüre es. Und er auch, glaube ich. Es war ja nur ein *Keine Ahnung*. Aber seine Finger sind immer noch da. In meinem Gesicht. Seine Daumen an meinen Wangenknochen. Sein Atem, der meine Lippen benetzt. Meine Adern in Flammen versetzt. Meine Lungen blockiert.

Ich verklebe mir die Augen, weil ich fürchte, die Finsternis zeigt mir die Wahrheit. Aber sie ist gut. Sie kann auch schreien. Ich höre ihre Offenbarung bis in den hintersten Winkel meines Körpers.

das hier war
nichts nichts nichts nichts nichts
das hier ist
edward edward edward edward edward
was glaubst du was
werden könnte werden könnte werden könnte
edward liebt nicht edward
zerstört zerstört zerstört zerstört zerstört
blair raunt er und mein herz
zerspringt zerspringt zerspringt zerspringt
in die finsternis

es ist nur mein name aber mein name aus seinem mund mit zu viel honig und zu viel gefühl und zu viel zärtlichkeit das kein

nichts

in unserer finsternis sein kann kein

keine ahnung

hier schlagen herzen ohne gefühl hier schlagen herzen einfach so, weil sie müssen, damit die dunkelheit lebt zwischen uns

im schrank

Ich atme ein, weil es wieder geht. Ich atme ein, um nicht zu ersticken, um zu überleben in dieser rohen Kraft seiner Aura, die mir zu nah nah nah ist, zu heftig, Energien, denen man sich nicht aussetzen sollte, aber ich kriege keine Luft, ich ersticke einfach, ja wirklich, einfach so, wegen ihm, wegen

blair mit honig

In diesem Moment wird die Schranktür geöffnet. Meine Gefühle schrecken in ihren sicheren Schatten zurück, Edward blinzelt ins Licht, und da erkenne ich das Gewitter in seinen Augen: dunkel, bedrohlich, voller gebrochener Wolken, die zuziehen, schnell, schneller rasend, um zu verbergen, was hinter ihnen liegt, hinter den Glasscherben, die vorhin zersplittert sind, aus Versehen.

Alle sehen mich an, aber ich kann wieder atmen. Ich lebe wieder. Meine Lippen brennen, meine Haut glüht, aber wenigstens pulsieren meine Lungen.

»Blair, könntest du kurz in die Kamera sagen, wie es war?«

Blinzelnd klärt sich die Sicht vor meinen Augen. Ich zögere keine Sekunde und stürme an der Kamera vorbei. Keine Minute länger werde ich in Old Henri Mansion verbringen. Die Leute hatten recht mit dem, was sie sagten. In dieser Villa passieren Dinge, die nie passieren sollten. In diesem Anwesen werden Geschichten geschrieben, die kein Papier jemals in sich aufnehmen wollen würde.

In diesem Haus lebt ein Fluch.

Aufgebracht schiebe ich mich durch die vielen Menschen, die eng miteinander tanzen, weiche Möbelstücken aus, auf denen Old Henri persönlich vermutlich sonst was getrieben hat, ignoriere mein wummerndes Herz und meine prickelnden Lippen, will nur noch verschwinden, bis ich plötzlich gegen etwas Hartes pralle.

Oder eher gegen jemandem.

Starke Hände legen sich auf meine Schultern. »Alles okay?«

Ich sehe auf. Direkt in Finns Gesicht. Zorn wallt in mir auf. Ausgerechnet jetzt muss dieses Anwesen mich in Finn *fucking* Gerbensteyns Arme rennen lassen? Ja, kein Zweifel. Hier lebt der Geist der verruchten High Society, die sich einen verdammten Spaß mit mir erlauben.

»Geh mir aus dem Weg«, fauche ich.

»Ich?« Er lacht. »*Du* bist *mir* in die Arme gerannt.«

»Du warst im Weg.«

»Warum so angepisst, Süße?«

»Hm, lass mich überlegen.« Zornig funkele ich ihn an. »Du hast mir Pilze ins Glas getan, weil ich dich abserviert habe, mich scheiße behandelt, dieses arme Mädchen eben vor allen anderen bloßgestellt und bist einfach *widerlich*, Finn.«

An meinen Schultern zucken seine Finger. Ich will mich losreißen, aber er hält mich fest. Ein Schatten gleitet durch seine Augen. Er grinst, aber es wirkt böse. »Schade, dass Charles nicht da ist.«

»Was?«

»Im Old Henri Mansion gibt es ein ganz besonderes Partyspiel, das er ins Leben gerufen hat. Er wäre sicher erfreut, würde er sehen, dass ich es fortführe.«

»Lass mich los, Finn.«

»Willst du gar nicht wissen, welches Spiel das ist?«

»Du kannst mich mal!«

Ich will nach ihm treten, aber er weicht aus. Im selben Moment stößt er mit dem Fuß gegen etwas, das aussieht wie eine Falltür am Boden. Es ist mir bis jetzt nicht aufgefallen. »Du darfst erst wieder raus, wenn ich der Meinung bin, dass du es darfst«, raunt er an meinem Ohr. »Guten Flug, Süße.«

Finn stößt mich in das Loch, und ich falle tief. Mit einem heftigen Aufprall lande ich auf einer dicken Matte. Nur der schwache Lichtschein von oben erhellt den Raum. Für einen winzigen Augenblick erkenne ich aussortierte Möbelstücke und kaputte Gemälde, bis ich registriere, wo ich bin.

In einem Keller.

Finn tritt die Falltür zu. Schwärze hüllt mich ein. Das Grauen verschlingt mich. In dieser Finsternis lebt kein einziges Herz.

Ich schreie mir die Seele aus dem Leib.
Ich schreie seit Ewigkeiten.
Ich schreie, aber es kommt nie an.
Bei niemandem.
Ich schreie, aber die Hoffnungslosigkeit würgt mich.
Ich habe verloren.
verloren verloren verloren
keine kraft
ich tue das was ich
immer getan habe
wenn meine schreie
sich ins nichts aufgelöst haben
ich krabble
in die ecke
und ertrage
die dunkelheit
in der hoffnung
sie tötet
mich

YOU CALL IT FEELINGS, I CALL IT MADNESS

Edward

»Vielleicht könnten Sie noch etwas zu den Gerüchten sagen, dass Sie und Principessa Schwarz sich wieder angenähert hätten und die Streitigkeiten aus der Welt geschafft wurden?«

»Nein.« Entschieden gehe ich der Kamera aus dem Weg.

»Aber –«

»Es ist nett von mir, euch überhaupt Zutritt zu diesem Haus zu verschaffen. All diese Leute hier werden gefilmt.«

»Sie haben zugestimmt«, entgegnet der Kameramann. »Sie mussten die Vereinbarung unterschreiben, bevor sie zur Party kamen, dass sie eventuell im Bild zu sehen sein würden.«

»Ich weiß«, knirsche ich. Wenn ich eins nicht abkann, dann, wenn man mich als dumm darstellt. Als ob ich nicht weiß, dass jeder hier sein Einverständnis geben musste, gefilmt zu werden. Als ob ich meine Leute nicht vorgewarnt hätte. »Aber ich werde nichts zu Blair sagen, kapiert?«

Okay, meine Stimme war lauter als gewollt. Und die Gruppe, die gerade einen Eiswürfel von Mund zu Mund wandern lässt, bevor die nächsten für Seven in Heaven auserkoren werden, starren mich an.

Vor allem die Prinzessinnen.

Keine von ihnen habe ich seit Beginn dieser Show mit dem Vornamen angesprochen. Sie sind eine Farbe. Eine Tiara, die mein Herz erobern will. Das ist das Konzept der Show.

my heart for which tiara, oh-na-na

»Wo ist sie hin?« Ich sehe zur Seite. Emma ist neben mir aufgetaucht. »Blair?«

»Keine Ahnung.«

»Was ist da drin passiert?« Emma deutet auf den Schrank. »Hast du sie fertiggemacht?« Meine Augen zerstören ihr wütendes Funkeln. Unter meinem eisigen Blick knickt sie ein. »Na ja, die ganzen letzten Wochen –«

»Ich habe sie nicht fertiggemacht.«

»Warum ist sie dann abgehauen?« Die Verwirrung in mir klärt sich, während sie mich ansieht. »Oooooh!«

Ich schiebe mich an Raúl und Greta vorbei, die gemeinsam in den Schrank verschwinden. Kurz runzle ich die Stirn.

»Halt die Kamera drauf«, höre ich einen vom Team sagen. »Wenn da was läuft, ist das gutes Material.«

Wenn da was läuft, ist sie raus.

Greta wird niemals mit Raúl rummachen. Er ist drei Jahre jünger als sie und ein Idiot. Aber sollen die Filmleute ihre Spannungsclips bekommen.

»Edward«, Emma berührt meinen Ellbogen, zieht die Hand aber sofort wieder zurück, als hätte sie sich verbrannt, »bleib stehen!«

Ich bleibe nicht stehen. Gleichgültig hebe ich meine Beine über zwei ineinander verschlungene Körper auf dem Boden, um in die Küche zu gehen. Die Jungs im Eingang wollen, dass ich Limbo tanze.

Ich schiebe sie beiseite, als wären sie ein Vorhang.

ihre lippen ihre lippen ihre lippen

Blair ist gefährlich für mich. Zuvor habe ich ihren Kampf gegen mich als süß empfunden. Jetzt habe ich Angst vor ihr. Vor ihrer bloßen Anwesenheit. Vor der Macht, die sie über mich hat. Ich habe nicht einmal mitbekommen, wie sie sich in mein Herz geschlichen hat. Wann konnte das passieren? Und wie?

Fakt ist: Sie muss da wieder raus.

~~raus raus raus bevor ich sterbe sterbe sterbe denn ich habe nur noch ein halbes herz nur noch der rest an verglühender kohle in meiner brust das wundersamerweise noch schlägt sie darf es nicht auch noch bluten lassen mit ihren blutroten lippen ihren blutleeren wangen ihrer blutroten aura in diesem blutroten filter meines lebens~~

Ich nehme mir ein neues Glas mit Eis und gieße den Whiskey bis zum Rand. Bis zur Hälfte trinke ich auf ex.

»Edward«, zischt Emma wieder, als sie mich erreicht. Sie hat länger gebraucht. Die Limboprinzen haben sie nicht durchgelassen. Wie eine Warnung krallen sich ihre Finger in die rustikale Kochinsel, ehe Emma eine Fratze zieht. »Ich schwöre dir, wenn du ihr das Herz brichst, bist du ein toter Mann!«

~~haha wie lustig ich ihr das herz brechen haha ich lache so laut~~

Ich trinke noch einen Schluck und sage: »Laxon ist über sie hinweg.«

Emma blinzelt. »Was?«

»Tessa. Das eben«, mit dem Kinn nicke ich in Richtung Salon, »war unser Leben. Die High Society. Nicht sein Herz. Nicht er.«

Ihre Lippen teilen sich. Ein paar Sekunden starrt sie mich mit leerem Ausdruck an.

»Yo, nicht den Belvedere, Mann!«

Emma zuckt zusammen. Kurz sieht sie sich zu dem Typen um, der gerade Wodka statt Bier in die Becher auf dem Strippongtisch kippt. Im Hintergrund donnert *679* von Fetty Wap durch Old Henris holy unholy Räume.

Emma wirbelt zu mir herum. »Was willst du mir damit sagen?«

Achselzuckend gehe ich an ihr vorbei. »Find's selbst heraus.«

»Edward!« Sie brüllt mir hinterher, dass ich gefälligst bleiben soll, aber ich werde dem Mädchen meines besten Freundes sicher nicht sagen, dass er auf sie steht.

Emma versucht, mir hinterherzukommen, aber mir machen die Leute Platz und ihr nicht. Sie muss ein verbittertes Ninja-Warrior-Game spielen, während sich die Masse an Menschen wie Tore für mich teilt.

Ich habe nichts dagegen. Ich habe mir dieses Privileg verdient.

In dem Moment, in dem ich zurück in den Salon gehe, reißt Mish an den Türen des alten Wandschranks. »Ihr habt schon eine Minute überzogen, Kiddo und Prinzesschen, also –«

Ein kollektives Schnappen nach Luft von den anderen Prinzessinnen. Gelächter von der Elite. Schockierte Gesichter von denjenigen, die hier sind, weil jemand sie mitgenommen hat. Weil sie eingeladen worden sind, obwohl sie nicht zur High Society gehören. Weil sie gut aussehen, weil sie cool sind, weil ihre Eltern Affären mit unseren Eltern haben.

Greta und Raúl schrecken auseinander. Ihr brauner Lippenstift ist verschmiert, der Rouge Kirsche statt Kastanie, weil das Blut, das in dieser Sekunde in ihre Wangen schießt, ihre Prinzessinnenfarbe überdeckt. Hastig streicht sie sich die glatten brünetten Strähnen hinter die Ohren, als könne das die Situation retten.

Mish wird zur Salzsäule, mit aufgerissenem Mund und vermutlich aufgerissenen Augen, die jedoch trotzdem aussehen wie kleine Schlitze, weil er bis zum Ende bekifft ist. »Scheiße«, lacht er, »ist das 'ne geile Show.«

Die Blicke der anderen und die Kameras huschen sensationslüstern von Greta zu mir. Sie warten meine Reaktion ab, erhoffen sich ein großes Drama, über das sie morgen im Palast und in St. Moritz reden können. Endlich etwas, das sie zuerst wissen, bevor @xoxogossipgirl es bringt.

Ich stehe da, sehe Greta an und fühle nichts. Es ist mir egal. Gerade ist der einzige Gedanke, den meine Nervenstränge im Hirn mit der Farbe Braun in Verbindung bringen, mein Whiskey, der sich dem Ende neigt. Es ist das einzige Mittel, um Blair aus meinem Kopf zu blasen.

»Edward«, eine Kamera rollt zu mir, »wie geht es Ihnen mit diesen Gefühlen?«

Langsam wende ich den Kopf. »Was?«

»Mit diesem offensichtlichen Betrug Ihrer braunen Prinzessin«, ergänzt die Kamerafrau.

Ein erleichtertes Lachen rollt mir über die Lippen.

Die Leute starren.

»Greta kann machen, was sie will«, entgegne ich. »Eine Entscheidung von ihr bedeutet keine Entscheidung für mich.«

Greta schluchzt auf. Ich werfe ihr einen entschuldigenden Blick zu, obwohl ich nicht weiß, was sie traurig macht. Wenn sie mit Raúl rummacht, kann ~~ich~~ ihr die Show nicht wichtig gewesen sein.

Raúl will ihre Hand nehmen. Er hat drei Freundinnen und will ihre Hand nehmen. Er will eine vierte. Aber Greta ist clever genug, sie ihm zu entziehen und zu ihren Freundinnen zu stürmen. »Die ganze Welt wird mich verurteilen«, schluchzt sie.

»Oh, Süße, niemand verurteilt dich.« Lena schnalzt mit der Zunge. Sie steht mit einem Bier neben dem Kaminsims in größter Entfernung zu Max. »Die Elitejungs sind gefährlich, verführerisch und manipulativ. Die folgen ihren eigenen Regeln, um Mädchen wie dich um den Finger zu wickeln.«

»Wie mich?«, schnieft sie.

Mit kühler Miene zuckt Lena die Achseln. »Mädchen wie mir, eine von ihnen, versprechen sie die Welt, bevor sie ihre Stahlkappen heben und dir in die Fresse treten.« Greta zuckt zusammen. Ein höllisches Grinsen tritt auf Lenas Gesicht. Es wirkt, als würde sie durch die Hölle gehen und sie gleichzeitig niederbrennen. »Dabei zerstückeln sie mit einer Machete dein Herz.« Sie kippt ihr Bier herunter und knallt es auf den Kaminsims. »Sei froh, dass du keine von uns bist.«

Ich wende mich ab, weil ~~ich nach blair suchen will~~ ich mir nicht geben kann, wie Max schnaubend über Lena lacht.

Es ist untypisch für sie, nicht im Geschehen zu sein. Blair hält sich nicht im Schatten auf. Sie ist diejenige, die auf Tischen tanzt, weil sie die Aufmerksamkeit genießt. Diejenige, die die Wände hochklettert, weil sie verrückt ist.

Eigentlich wollte ich in die Küche, aber meine Beine tragen mich in die Lobby. Ein paar Jungs begrüßen mich mit einem High Five, bieten mir hier und da einen Joint an, den sie nach nur einer Handbewegung von mir sofort wieder zurückziehen. Die Musik ist dröhnend laut, harte Black Music wirkt wie ein Donnerschlag auf Old Henris Mansion, die Luft ist dick und warm, überall stinkt es nach Alkohol und Sex, und über dem gold verzierten Rahmen eines Porträts meines Urgroßvaters hängt ein Tanga.

Stirnrunzelnd lasse ich den Blick über die Köpfe schweifen, halte Ausschau nach ~~blair~~ irgendjemandem, mit dem ich mich zudröhnen kann, um ~~blair~~ die Show zu vergessen.

~~sie ist nirgendwo zu entdecken~~

»Hey, Ed.« Neben mir erscheint Xenia. Ihr Lächeln verrutscht nicht mehr so stark wie früher, wenn sie in meiner Nähe ist. Allerdings wirkt sie absolut besoffen. Torkelnd stützt sie sich an der Wand ab. »Du siehst aus, als würdest du wen suchen.«

Ich trinke den letzten Schluck Whiskey und stelle das Glas auf einen Beistelltisch. »Nein, eigentlich nicht.«

Mit einem merkwürdigen Gesichtsausdruck betrachtet Xenia mich.

»Was?«, frage ich.

»Suchst du Blair?«

Ich zögere.

Kurz senkt sie die Lider, wirkt enttäuscht. Erlaubt sich nur eine Sekunde für ihre Gefühle, ehe sie wieder aufsieht, eine unscheinbare Maske auf dem hübschen Gesicht. »Das war ein Ja.«

»Was?«

»Edward Blackwell zögert?« Sie lacht. »Ich bitte dich. Du bist ein Blackwell. Seit ich dich kenne, kommen deine Antworten innerhalb von Sekunden, und zwar so fest und überzeugend, dass man meinen könnte, du hättest sie eine Woche lang einstudiert.«

Ich knirsche mit den Zähnen und halte ihren Blick. Sie schweigt.

»Wo?« Meine Stimme klingt, als würde sie über Kohle kratzen.

Mit dem Kopf deutet sie in die Ecke neben der Treppe, die ins obere Geschoss führt. »Finn und sie spielen Dom & Sub.« Sie verzieht das Gesicht. »Tut mir leid, wenn du … wenn das mit den beiden doch nicht vorbei ist.«

Ich zucke zusammen. Die Eiswürfel in meinem Glas stoßen aneinander. Nur eine Millisekunde später erinnere ich mich daran, das Glas bereits abgestellt zu haben. Die Eiswürfel sind meine Knochen. Ein eiskalter Schauer rieselt mir über den Rücken, als mein Blick von Xenia zur Treppe gleitet. Die Erkenntnis trifft mich wie ein Schwergewicht. »Finn hat sie im Keller eingesperrt?«

Xenia nickt.

Entgeistert starre ich sie an. »Warum hast du ihr nicht geholfen?« Mein Kiefer wird zu Stahl. »Warum hast du mir nicht Bescheid gesagt?!«

Perplex blinzelt sie. »Weil es ein Spiel ist. Im Old Henri Mansion. Dein Bruder hat es jahrelang mit allen möglichen Frauen gemacht, die –«

»– die es wollten!«, brülle ich.

Xenia schreckt zusammen, als hätte ich sie geschlagen. »Willst du damit sagen, er hat sie gegen ihren Willen eingesperrt?«

»Natürlich hat er das!« Wütend fahre ich mir durchs Haar, stoße die Luft aus, immer wieder, aber das Feuer in mir wird nicht gelöscht. »Zwischen den beiden ist es vorbei und sie hasst ihn, Xenia, sie hasst ihn!«

»Ist ja gut!« Sie reibt sich über die Brust, wirkt aufgebracht über meinen Zustand. »Das wusste ich nicht, okay?«

Wütend wirble ich herum, stoße Leute beiseite, ignoriere Begrüßungen und lasse mich vor der alten Falltür auf die Knie fallen. Ein Stechen schießt durch meinen Körper, aber alles in mir steht unter Adrenalin, dem krassesten Adrenalinschub, den ich seit einiger Zeit erlebt habe. Ich wusste nicht, dass Gefühle zu so etwas imstande sind. Dass Gefühle so eine Macht auf den Körper haben. So eine Welle des Aufruhrs durch die Venen senden kann, dass jeder Zentimeter meiner Glieder zittert.

Ich reiße die Falltür auf. Erstickende Dunkelheit. »Blair!«

Es kommt keine Antwort. Fluchend ziehe ich die Strickleiter aus dem Holzfach und werfe sie runter. Ich schwinge mich ins Loch und klettere in den Keller, bis meine Füße die Matte erreichen. Kurz blinzle ich, um mich an die Dunkelheit zu gewöhnen. Nur der schwache Lichtschein über uns wirft ein düstergelbes Licht hinein. Mein Blick gleitet über die alten Möbelstücke, über ramponierte Porträts, das Ergebnis einiger Partynächte, bis ich sie entdecke.

Blair sitzt in der Ecke, den Kopf zwischen den angewinkelten Beinen vergraben, die Hände um die Knie geschlungen. Sie wiegt sich vor und zurück und singt ein Lied. Immer wieder. So schnell, dass ich es erst nicht verstehen kann. Als ich vorsichtig näher trete, erkenne ich es. Es ist *Do Wah Diddy Diddy* von Manfred Mann's Earth Band. Ein fröhliches Lied, das nicht zu ihrem Zustand passen will.

»Blair?« Vorsichtig nähere ich mich ihr. »Blair, alles in Ordnung?«

»Do wah diddy diddy …«

Wie dumm, Edward. Natürlich ist nicht alles in Ordnung. Sie wurde in einen verdammten Keller geworfen, meine Fresse.

»Blair.« Vor ihr gehe ich in die Hocke. Ihr ganzer Körper zittert. Eine Million Hände scheinen an ihr zu reißen. »Blair, hörst du mich?«

Ihr panischer Gesang wird zu einem schluchzenden Kreischen.

»Do wah diddy diddy dum diddy do …« Sie schüttelt den Kopf, immer wieder, immer wieder, ihre Tiara verrutscht, mit den Füßen stampft sie auf den Boden, die Finger krallt sie in das Fleisch ihrer Beine. »Do wah diddy diddy dum diddy do …«

Mein Gesicht ist ein Planet voller Krater. Mund 1 Krater. Augen 2 Krater. 3 große Löcher. So starre ich sie an.

Ihr Schmerz tritt mir ins Herz. Sie singt dieses fröhliche Lied, so schnell, so ängstlich, als würde sie vor etwas wegrennen, als würde sie dem Monster entkommen, wenn sie nur schneller schneller schneller dieses glückliche Lied singt.

There she was just a-walkin' down the street, singin'
›do wah diddy diddy dum diddy do‹
snappin' her fingers and shufflin' her feet, singin'
›do wah diddy diddy dum diddy do‹
›do wah diddy diddy dum diddy do‹
Dowahdiddydiddydumdiddydo

Da höre ich die Mauer in mir einstürzen.

Jeder fallende Stein prügelt mir in den Magen.

»Sieh mich an.«

»DOWAHDIDDYDIDDYDUMDIDDYDODOWAHDIDDY-DIDDYDUMDIDDYDODOWAHDID-«

»Blair, sieh mich an!«

In dem Moment, in dem meine Hände auf ihren bebenden Schultern landen, reißt sie den Kopf hoch.

Sie kreischt.

Das Geräusch zerreißt mir das Trommelfell. Sie schreit mir ins Gesicht, als hätte eine Banshee sie berührt. Als würde ein Exorzist den Dämon aus ihr raustreiben. Ich kriege keine Luft mehr, weil ihr Schmerz so roh ist, so heftig, so unerträglich. Er wird zu meinem Schmerz, und ich habe keine Ahnung, was hier los ist. Ich bekomme Angst, dabei bekomme ich niemals Angst.

~~nie nie nie~~

»Ich bin's«, sage ich, weiß nicht, ob sie mich versteht, ob sie mich hören kann, ob ich zu ihr durchdringe, »Blair, ich bin's, alles gut, ich bin hier.«

Ihr Blick nagelt mich an die Wand. Eine wilde Strömung verwüstet ihr Gesicht, wischt ihr die Farbe von den Lippen, treibt die Dunkelheit fort, weil ich da bin, blutroter mund

~~blutrot blutrot blutrote gefahr für ihr herz~~

Dann, ganz langsam, streckt sie die Hände nach mir aus. Ihre Fingerspitzen berühren meine Wangen, als wollten sie ertasten, dass ich keine Illusion bin.

10 finger
10 wolken die unter ihrer berührung aufbrechen
10 mal gewitter die mich erschüttern
2 mal venus in ihrem gesicht

Der Planet hat sich verdoppelt. In braunen Murmeln klebt er zwischen Curtain Bangs und Stupsnase, groß und rund, und ich glaube, auf der Venus gibt es Wasser, denn

ich ertrinke in diesen traurigen himmelskörpern

»Edward.« Mein Name ein gehauchtes Zittern aus ihrem Mund. Mehr braucht es nicht, um mir mit der Knarre in die Brust zu knallen. »Er hat mich eingesperrt.« Ihr Körper wird geschüttelt von einem Sturm, den ich nicht kenne. »Er hat mich einfach eingesperrt.«

~~und dafür wird er blutrot blutrot blutrot bluten~~

»Komm.« Ich verschränke meine Finger mit ihren. »Raus hier.«

Wacklig kommt sie auf die Beine. Sie singt nicht mehr, aber dieses verdammte Lied hat sich mir unwiderruflich in den Kopf gebrannt.

holding my hand just as natural as can be singing'
do wah diddy diddy dum diddy do

Vor der Strickleiter bleibe ich stehen. »Schaffst du das?«

Ihren rasselnden Atem nehme ich trotz der Rapmusik von oben wahr. Ohne eine Antwort von ihr abzuwarten, drehe ich ihr den Rücken zu und gehe in die Hocke. »Steig auf.«

»W...was?«

»Ich trage dich.«

»I...ich bin schwer.«

Ich lache. »Ja, klar.«

Sie bewegt sich nicht.

»Steig auf, Blair.« Diesmal ist mein Ton bestimmter. Sie holt stockend Luft, dann spüre ich ihre Hände um meinen Schultern und ihre Beine, die sich um meine Hüfte schlingen.

Mit ihr auf meinem Rücken klettere ich die Strickleiter hoch. Alle sehen uns an. Wirklich alle. Es gibt kein einziges Augenpaar, das nicht geiernd zu uns rübersieht und registriert, dass Blair wie ein Äffchen auf meinem Rücken hängt. Die Kameras stürzen sich wie wild auf uns. Blair will absteigen, aber ich halte sie fest, bis wir den Salon betreten haben.

Die erste Person, die ich für würdig halte, ihr Blair anzuvertrauen, ist Lena.

»Was ist passiert?«, fragt sie sofort, aber ich kann nicht sprechen.

Mein Kiefer ist wieder fest geworden. »Nicht jetzt.«

Die Wut in mir ist übermenschlich. Ich fühle mich wie ein Monster, das gerade aus mir gewachsen ist. Alles pulsiert, sickert in Zorneswellen aus meinen Poren, während ich den Salon durchquere.

Finn hat die Ellbogen auf den Flügel gestützt und lacht über etwas, das Max gesagt hat. Als ich ihn erreiche, wird seine Belustigung zu einer höhnischen Grimasse. »Blackwell.« Er stößt sich vom Flügel ab. »Was gibt's?«

»Du hast eine Grenze überschritten«, zische ich.

Für den Bruchteil einer Sekunde huscht Finns Blick zu Lena und Blair, ehe er ein schnaubendes Lachen von sich gibt. »Keine Regeln im Old Henri Mansion, Ed.« Er zuckt die Achseln. »Dein Haus, dein Spiel, deine Entscheidungen, schon vergessen?«

Ich will ihm die Haut vom Fleisch ziehen und Old Henris Geist zum Fressen geben.

»Schön«, knurre ich. »Dann spielen wir nach meinem Spiel.«

»Und das wäre?«

Wenn Blicke töten könnten, wäre Finn jetzt Asche. »Ich läute den Knochenring ein.«

I USHER IN THE BONE RING

Blair

»Ich läute den Knochenring ein.«

Mir wird sofort klar, dass Edward etwas Heftiges gesagt haben muss. Ein einheitliches Raunen geht durch den Salon, gefolgt von Getuschel und schockierten Gesichtern.

»Oh mein Gott«, haucht Lena neben mir. Sie sieht mich an. Schock tanzt in ihren Augen. »Blair, was ist passiert?«

Meine Stimme findet keine Flügel. Der Keller hat sie dem Vogel abgerissen, mir den Mund zugenäht. Meine Glieder tanzen Ballett. Ich will weg. Will mich auflösen. Abhauen.

»Was ist hier los?« Emma erreicht mich. Sie nimmt meinen Arm, sieht mir in die toten Augen, die mit dem Vogel ohne Flügel. »Wo warst du? Und was zur Hölle ist der Knochenring?«

»Den Knochenring«, zischt Misha, der sich neben Emma in seinem Sessel aufgesetzt hat. »Den gab es zuletzt, als April mit Santos gevögelt hat!«

»Und seitdem hat ihn nie wieder irgendjemand gesehen«, murmelt Kokos-Kora.

»Nein, danach noch mal«, höre ich Suarez sagen. »Danach gab es noch einen Knochenring.«

»Was?« Laxon tritt vor, die Finger am Kinn. Er streicht über seinen Dreitagebart. Emma zuckt zusammen, als er näher kommt. »Zwischen wem?«

»Meinem Vater.« Im Augenwinkel erkenne ich, wie Leopold einen Shot kippt. »Ich weiß es nur, weil ich Videos gesehen habe. Die Generation über uns hat sich an Silvester im Old Henri Mansion versammelt, weil Jake Blackwell seinen Bruder zum Knochenring geladen hat.« Leopold knallt den Shot auf einen Beistelltisch. »Um die Feindlichkeit aus der Welt zu schaffen.«

»Vor Silvester?«

Leo nickt.

»Wer hat gewonnen?«, fragt Emma.

Lena hebt eine Braue in die Stirn. »Na, wer wohl?«

Suarez lässt die Bierflasche sinken. »Jake Blackwell.«

»Das erklärt einiges.« Laxons Blick huscht zu Edward. »Und ich habe mich schon gewundert, warum sein Vater mit deinem überhaupt noch ein Wort wechseln kann.«

Leo schnaubt. »Ich habe mich gewundert, warum mein Vater urplötzlich nett zu Paola wurde, urplötzlich bei Charles um Gnade gebettelt und ihn schließlich mit den anderen nach Italien begleitet hat, um Paos Bruder zu retten.«

»Das kam alles durch den Knochenring?«, fragt Emma entgeistert. »Nur, weil Signore Blackwell ihn geschlagen hat?«

»Der Knochenring«, entgegnet Laxon, und in seinen Augen flattert ein schwarzer Rabe in die Krone düsterer Tannen, »ist oberstes Gesetz in unserem Leben ohne Regeln, Em.«

Em.

Meine Freundin schaudert, und ich weiß, wie sie sich fühlt.

Ein Takt der Kälte, der durch ihre Adern fließt.

»Und jetzt«, haucht Lena, während ihr Blick zwischen mir und Edward hin und her huscht, »geht es um dich.«

»Aber warum?« Emma runzelt die Stirn, versucht mühsam, nicht in Laxons Richtung zu sehen. »Weil Blair mit deinem Bruder zusammen war, Lena?«

Ihre dunklen Augen heften sich auf mich. »Keine Ahnung.«

»Schön!«, brüllt Finn auf einmal von der anderen Seite des Salons. Er lässt die Knöchel knacken und zuckt mit dem Kinn zur Decke. »Na los.«

Und plötzlich bewegen sich alle.

Edward geht voran. Finn ihm hinterher. Dann die anderen. Meine Beine sind Granit. Ich bin eine Säule. Hinter meiner Brust spüre ich mein Herz nicht mehr schlagen, weil es begraben ist im

keller keller keller keller keller

do wah diddy diddy dum diddy do

»Komm mit!« Emma nimmt meine Hand und zieht mich mit sich. »Das dürfen wir nicht verpassen.«

»Meine Eltern werden entzückt sein«, höre ich Ambre im Vorbeigehen zu Victoria sagen. »So viel Drama für die Show.«

Victoria strahlt förmlich, und ich weiß, wieso.

Weil er in ihr war.

Weil sie vereint waren.

Weil sie ihn gespürt hat.

Greta weint immer noch. Sie wischt ihre Tränen mit dem Handrücken fort und sieht aus wie ein braunes Bärchen mit den vielen Flecken. Selma tröstet sie, und Raúl versucht immer wieder, mit ihr zu sprechen, aber Selma schmettert ihn ab. Sie ist bewundernswert. In der ersten Sekunde wie ein zarter Schmetterling, eine zarte Ballerina, im nächsten Moment knallhart und autoritär wie 2Pac.

»Was meinst du«, Kokos-Kora schiebt sich zwischen mich und Lena, »warum fordert er ihn auf?«

»Weil mein Bruder ein Mistkerl ist«, entgegnet Lena.

Kokos-Koras Blick huscht zu mir. »Alles okay bei dir?«

Ich nicke.

Sie streicht mir eine Strähne hinters Ohr, glättet einen Hügel in meinem Haar. Meine Hände haben meine Frisur verwüstet, haben in ihr nach einem Ausweg gegraben und gekratzt und gebuddelt und gelitten.

do wah diddy

do wah diddy

do wah diddy diddy dum diddy do

»Irgendetwas sagt mir, dass dieser Knochenring etwas mit Seven in Heaven zwischen dir und Edward zu tun hat.«

Der Bass des harten Raps wummert unter unseren Füßen.

»Nein.« Zum ersten Mal seit dem Keller spreche ich wieder. Meine Stimme klingt, als würde sie über Stein kratzen. »Hat es nicht.«

Wir folgen der Menschenmenge in die Lobby. Noch mehr Leute schließen sich unserem Marsch an. Von überall her höre ich Getuschel.

»Was, der Knochenring? Du verarschst mich doch!«

»Edward soll Finn herausgefordert haben? *No way*!«

»Wegen *ihr*?« Finger, die auf mich zeigen.

finger und kuppen und nägel und elektroblitze und pulsierende aura die mir auf der haut schmerzt schmerzt schmerzt angst dass sie sehen was passiert ist angst dass ihre blitze mich röntgen mich sehen mich verstehen können

»Als ob, die *hassen* sich doch!«

»Ich wünschte, Ignotus hätte nicht getan, was er getan hat, und wäre jetzt bei uns«, sagt Emma. »In diesen Situationen fehlt er mir am meisten.«

»Ja«, nuschle ich. Fast verschlucke ich mich an meiner Luft, von der zu viel in mir ist, weil ich einatme, ohne auszuatmen. »Mir auch.«

Kokos-Kora legt mir eine Hand auf die Schulter. »Blair, ist wirklich alles in Ordnung? Du bist so blass.«

»Ich bin immer blass.«

»Ja, aber ...« Besorgt neigt sie den Kopf. »Hast du zu viel getrunken? Oder irgendwas geschmissen? Ich kann dich zurück in die Suite bringen, wenn du willst.«

»Nein.« Benommen schüttle ich den Kopf, während wir die breite Treppe hinter den anderen hinaufschreiten. *Hotel* von Cassidy begleitet uns. Der Song passt so unfassbar zu Edward, dass ich fast laut aufgelacht hätte, aber ich kann nicht, weil ich immer noch

sterbe innerlich äußerlich überall

»Alles gut«, lüge ich.

»Hat Edward irgendwas Dummes zu dir gesagt?« Sie verzieht den Mund. »Im Schrank? Hat er dich beleidigt?«

»Nein.«

Erst jetzt registriere ich die Kamera neben meinem Gesicht. Sie ist so nahe, dass ich zusammenzucke und mit dem Wangenknochen gegen das Gerät stoße.

»Sorry«, murmelt der Typ, »wir brauchen eine Nahaufnahme.«

»Lasst sie in Ruhe«, faucht Kokos-Kora. »Ihr geht es nicht gut, checkt ihr das nicht?«

Angepisst zieht der Kameramann weiter zu Kriss Kross.

In mir wallt eine Woge der Zuneigung für Kora auf. Schwach lächle ich sie an. »Danke.«

»Kein Ding.« Sie legt den Arm mit den vielen grünen Schlangenreifen um meine Schulter und pustet sich den Pony ihres Vokuhilas aus dem Gesicht. »Verstoßene müssen zusammenhalten.«

»Verstoßene?«, fragt Emma.

»Von der High Society«, sagt Kora. »Ich bin ein Teil von ihr, aber weil ich anders bin, tun sie so, als wäre ich keine von ihnen.« Sie verdreht die Augen. »Und du, Blair, verhältst dich exakt wie eine von ihnen, aber sie tun so, als wärst du keine von ihnen, weil du nicht den Status hast. Wir sind Verstoßene, obwohl das dumm ist. Ganz ehrlich?« Sie wirft mir einen Blick zu. »Du bist eine Königin, Blair. Ich bewundere dich. Für deine Art. Deine Attitude. Du bist so verdammt cool.«

»Das sagst *du?*« Jetzt schaffe ich es doch, ein Lachen über die Lippen zu bringen, aber es klingt wie Schleifpapier auf einer Tafel. »The legendary Kokos-Kora?«

Sie zuckt die Achseln. »Ich will nur, dass du weißt, dass ich auf deiner Seite bin. Die ganze Zeit schon in dieser Onlineschlacht. Wenn was ist, mir kannst du vertrauen.« Belustigt boxt sie mir in die Seite. »Ich werde dir auch nie einen Ellbow Smash geben, versprochen.«

»Beruhigend. Ich behalte es im Hinterkopf, Kora.«

»Vortrefflich. Vielleicht können wir irgendwann Freundschafts-Schalen tragen.« Sie wackelt mit ihren Brüsten. »In denselben Kokos-Farben.«

»Ich überlege es mir.«

Wir erreichen das Ende der Treppe und folgen den anderen durch eine große Tür. Und urplötzlich schlägt die Stimmung um. Grauen kriecht über die vielen Körper in diesem Raum, Zitteraale über die Glieder.

An den Türen bricht Tumult aus. Die Kameras werden zurückgedrängt. Gebieterisch steht Edward vor ihnen. Nicht wie der King ihrer Show, sondern wie der König der Dunkelheit.

»Kein Zutritt für euch.«

Empörung macht sich unter dem Team breit. »Signore Blackwell, das hier ist ein offizielles Event der Show. Wir sind befugt, unser Material zu sammeln und –«

»Nicht in diesem Raum.« Seine Stimme ist so scharf, so autoritär, dass sich mir die Nackenhaare aufstellen. »Dieser Raum steht unter der Macht des Geists meines Großvaters. Hier wird nicht gefilmt.«

Er sperrt die Kameras aus. Im nächsten Moment knallt der schwere Riegel in die Eisenschiene und riegelt die alte Doppelflügeltür von innen ab.

Emmas Finger bohren sich in mein Fleisch. »Was ist das für eine Scheiße?«, zischt sie verängstigt.

»Keine Ahnung.«

Hier ist es düster. Nach und nach werden die Kerzen in den altertümlichen Dreimastern von Suarez und Laxon entzündet. Schwere Samtvorhänge verdecken die Fenster, vor jeder Wand steht ein Bücherregal. Die Leute verteilen sich im Raum, aber achten darauf, einen großen Kreis in der Mitte freizulassen. In diesem Bereich stehen nur zwei Personen.

Edward und Finn. Eisern starren sie sich an.

»Ich fasse es nicht, dass die das echt durchziehen«, murmelt Lena. »Die sind doch wahnsinnig!«

»Was passiert denn überhaupt?«, drängt Emma. Ihre Augen huschen zu Laxon, der eine riesige Truhe zwischen zwei Fenstern öffnet. Ihre blauen Murmeln weiten sich, als er etwas daraus hervorholt. »Oh mein Gott, sind das …?«

Eiskübel werden in meinen Gliedern ausgeleert. Stocksteif stehe ich da, während in mir die Antarktis ausbricht.

What the …

»Das sind keine echten Knochen«, sage ich. »O…oder?«

»Doch.« Die Antwort kommt von Leopold. Er steht neben Lena, sein Bier in der Hand, und verzieht das Gesicht. »Einen Oberschenkel von Old Henri für jeden.«

Mir wird übel. Galle steigt mir in die ausgetrocknete Kehle, brennt alles weg wie ein Streichholz einen Dschungel unter brütender Hitze.

»Warum tun die das?«, stoße ich aus.

Einen Moment beobachtet Leopold, wie Laxon und Suarez die Knochen an Finn und Edward übergeben. Ed blickt mit zusammengebissenen Zähnen auf das Ding hinab. Finn schluckt schwer, tritt von einem Bein aufs andere.

Leopold sagt: »Wegen dir.«

»Was?«

Er sieht mich an. »Keine Regeln im Old Henri Mansion, Blair. Im Knochenring werden Angelegenheiten geregelt und mit dem Schlag von Old Henri besiegelt.«

Entgeistert starre ich ihn an. »Was für Angelegenheiten?«

Lena neigt den Kopf. »Das werden wir jetzt erfahren.« Sie nickt zu Ed und Finn. »Es geht los.«

Die Musik stoppt.

Plötzlich –

Ein Gong.

Laxon hat ihn geschlagen. Da ist eine riesige goldene Platte. Und ein Stock. In seiner Hand. »Der Knochenring wird eingeläutet«, ruft er. »Zwischen Edward Blackwell und Finn Gerbensteyn.«

»Mann, Laxon.« Neben mir zittert Emmas Stimme. »Was ist das bloß für ein Leben in eurer Welt?«

»Ein anderes«, sagt Lena.

Ein zweiter Gong von Laxon. »Derjenige, der als Erstes zu Boden geht, verliert. Nennt euer Begehr.«

»Gerüchten zufolge«, raunt Kokos-Kora mir ins Ohr, »stammt diese Rede Wort für Wort aus Old Henris Tagebüchern und Dokumenten.«

Edward reckt das Kinn. »Wenn ich gewinne, hältst du dich von Blair Wagner fern.«

Ich schnappe nach Luft. Jedes Augenpaar im Raum heftet sich auf mich. Ich beiße mir auf die Innenseite meiner Wange und versuche, Haltung zu wahren, was mir nicht gelingt

denn ich sacke innerlich zusammen und das einzige das mich aufrecht hält ist mein wildwildwild klopfendes pochendes rasendes donnerndes herz weil edward blackwell tatsächlich um mich kämpft sich für mich einsetzt mich aus dem keller geholt hat dem keller keller keller

grab

»Du näherst dich ihr nicht mehr. Du redest nie wieder mit ihr. Du fasst sie unter keinen Umständen an und«, er zögert, »du akzeptierst, dass sie zu mir gehört.«

»What?« Emmas Locken peitschen mir ins Gesicht, als sie zu mir herumwirbelt. »Du gehörst *zu ihm*? Habe ich was verpasst?«

»Dasselbe wie ich«, entgegne ich starr.

er sieht mich nicht an er schenkt mir keinen blick in die offenen türen seiner blauen augen obwohl ich weiß sie sind sowieso verschlossen verriegelt für niemanden geöffnet denn jetzt gerade beschützt er sich genauso sehr wie mich beschützt sein herz viel mehr als alles andere obwohl ich dachte er hätte keins aber muss er wenn er das hier tut muss er wenn er mich da rausgeholt hat aus dem

keller keller keller

grab

»Ich willige ein«, sagt Finn. »Und wenn ich gewinne, überlässt du sie mir.« Er fletscht die Zähne. »Egal, was ich tue. Du hältst dich aus meinen Angelegenheiten raus.«

An Edwards Kiefer zuckt ein Muskel, sonst ist er völlig ausdruckslos. »Einverstanden.«

»Oh, Edward«, murmelt Lena. »Was bist du bloß für ein adrenalinsüchtiger, lebensmüder, egoistischer Scheißkerl?«

»Wieso?«, fragt Emma. »Nur, weil er um Blair kämpft?«

Grimmig kippt Leo sein Bier. »Weil er Blair dem Krokodil zum Fraß vorwirft, wenn das hier nicht zu seinen Gunsten ausgeht.«

Bevor irgendjemand von uns noch etwas sagen kann, schlägt Laxon das mutierte Wattestäbchen erneut gegen die goldene Scheibe.

Der Kampf geht los.

Wie Raubtiere schleichen die beiden mit dem Oberschenkelknochen in der Hand umeinander herum. Blond gegen schwarz. Sonne gegen Dunkelheit. Was ironisch ist, weil ich bis jetzt immer dachte, Edward wäre die personifizierte Hölle.

»Das ist so krank«, entgeistert schüttle ich den Kopf, »die halten einen Menschenknochen in der Hand, Emma, *einen Knochen*!«

Sie schürzt die Lippen. »Ich weiß.«

Alle schnappen nach Luft, als Finn einen Ausfallschritt macht und seinen Knochen schwingt. Aber Edward taucht unter dem Ding durch und mit einem Uppercut wieder auf. Seine Waffe trifft Finn in den Magen. Er stöhnt vor Schmerz, aber springt zurück, bevor Edward ihn ein weiteres Mal treffen kann.

Das Gefühl von Enge liegt in der Luft. Ein fest gezogenes Stahlseil der Spannung. Mit angehaltenem Atem sehen alle zu, wie die Jungs gegeneinander kämpfen.

Finn holt aus. Ich schnappe nach Luft. Ich wusste nicht, dass ich noch atmen kann. Die schwere Luft wird nie wieder rauskommen. Wahrscheinlich ersticke ich.

Edwards Arm schießt nach unten. Er will den Knochen mit dem Ellbogen abwehren, aber er ist zu spät. Nur eine Millisekunde, die über den nächsten Moment entscheidet. Über Glück oder Trauer, Hoffnung oder Schmerz.

Der Knochen trifft Edwards Rippen. Er verzieht das Gesicht. Automatisch lege ich die Hand an meine eigenen, presse die Zähne aufeinander. Als könnte ich seinen Schmerz spüren. Als könnte ich ihn irgendwie lindern. Diesen unstillbaren Schmerz in diesem geheimnisvollen Mann.

und ihn zu verstehen ihn zu heilen ihn zu spüren ist wie ein stern am tag wie ein regenbogen in der dunkelheit eine welle der fantasie nur

der schatten einer illusion

Finn holt ein weiteres Mal aus. Der Knochen trifft Edwards Schulter. Er gibt einen keuchenden Laut von sich. Als er dem dritten Schlag ausweicht, sieht sein Gesicht aus wie eine Killermaschine. Alles in ihm will kämpfen. Will es ihm zurückzahlen. Will gewinnen.

Edward gibt niemals auf. Ich glaube, er würde lieber sterben.

Und ich stoße die Luft aus.

Ersticke doch nicht.

Nicht heute.

bin nicht nicht nicht mehr im keller im grab

do wah diddy diddy dum diddy do

»Was ist, wenn der Knochen bricht?«, frage ich.

»Dann hat die Person verloren«, sagt Leo.

»Automatisch verloren?« Emmas Brauen schießen in die Höhe. »Nur, weil der Knochen gebrochen ist?«

»Das ist die Crux an diesem Knochenring«, murmelt Kora. Sie richtet ihre Kokos-Schalen und leckt sich über die grün angemalten Lippen. »Schlag den anderen zu Boden, ohne Old Henri zu brechen. Das ging schon zu seinen Lebzeiten so. Mit den Knochen seiner Vorfahren.«

Mich schaudert es. »Heißt das, wenn Jake Blackwell …?«

»Ja.« In Lenas schwarzen Augen spiegeln sich der Kampf, die Flammen der Dreimaster, das Rot der Samtvorhänge. »Mit Sicherheit. Und danach die der Jungs.«

Mein Körper wird geschüttelt von Entsetzen. Ganz langsam wandert mein Blick wieder in die Mitte. Edwards Ohr blutet, an seinem

Auge hat er eine schlimme Schramme, und seine Rippen färben sich blau. Ich beiße mir auf die Unterlippe, weil ich mich für meine Gedanken verfluche.

er ist so schön so gebrochen so stark so muskulös und er kämpft wegen mir wegen mir wegen mir

dieser oberkörper ein kunstwerk aus blessuren und blut muskeln und schweiß dieser oberkörper dessen linien unter dem bund seiner engen schwarzen jeans verschwinden der engen schwarzen jeans in der seine oberschenkel so fest und trainiert aussehen während er barfuß kämpft kämpft kämpft um mein herz ohne es zu wissen

Edward trifft Finn ins Gesicht. Blut spritzt aus seiner Nase, die Lippe platzt auf. Finn flucht.

Lena hält den Atem an. »Finny!«, flüstert sie. Greift nach meinem Handgelenk. Drückt es. »O Gott. Das muss doch jemand unterbrechen!«

»Niemand unterbricht einen Knochenring, Lena«, sagt Leo.

»Und wenn einer stirbt?«, hauche ich.

Leo presst die Lippen zusammen. »Niemals.«

lena sagt nichts mehr bestimmt weil sie weiß es stimmt hier könnten menschen sterben ein kampf ohne regeln im old henri mansion einer vereinigung von menschen mit pulsierender macht und roher kraft in deren armen sich alle möglichkeiten der welt ergießen und sie einen mord aussehen lassen können wie einen unfall und sie jemanden verschwinden lassen können hauptsache sie haben ihre angelegenheit geregelt im knochenring im haus ohne regeln

Edward holt ein weiteres Mal aus, aber Finn springt zur Seite, und irgendwie schafft er es, den Knochen wie eine Baseballkeule zu schwingen. Das Ding rast auf Edwards Schädel zu, und auf einmal geschieht alles in Zeitlupe.

er kommt näher noch näher näher näher und edwards augen weiten sich und edwards hirn arbeitet und edwards muskeln wollen reagieren und edward duckt sich und edwards kopf sinkt aber der knochen o gott der knochen ist schneller fast so schnell wie mein herz das gerade meine brust niedertrampelt und pferde über den himmel rennen lässt bis es donnert und die welt in schwarze asche tränkt und dann trifft der knochen edwards schädel und es kracht und alle schnappen nach luft und mein herz löst sich auf und mit ihm die reiter und plötzlich frisst mich die asche auf bis ich eine von ihnen werde und edward

geht

zu

boden

und

ich

bin

verloren

wie

ein

tropfen

im

ozean

aber

am

meisten

mein

herz

und

ein uppercut

Edward macht einen Uppercut. Es gelingt ihm irgendwie mit einem blutenden Schädel, sich zu fangen, bevor er auf den Boden tritt und den Knochen mit voller Wucht gegen Finns Kiefer krachen lässt.

Finns Augen weiten sich, bevor er aufheult. Er fliegt hintenüber, knallt auf den Rücken, rutscht über den Boden, bis sein Kopf die Füße von *beautyfull tradgedy* leckt.

stille

dann

lena

»FINNY!«

dann

kreischen

jubel

hände die an edward zerren

an seinem oberkörper mit blessuren und blut muskeln und schweiß

aber er sieht auf sieht nur in eine richtung

zu mir
mit dem knochen von old henri in der hand
drückt er die anderen weg
und kommt zu mir
mit dem knochen

»Bist du okay?« Vorsichtig legt er eine Hand auf meinen Arm. »Alles in Ordnung?«

ich nicke weil ich bin in ordnung oder ich weiß es nicht aber ich weiß dass mein herz wieder donnert wegen seiner hand obwohl er einen oberschenkelknochen in der anderen hält von seinem opa ogottogottogott aber er fragt ob ich okay bin er mit seinen blessuren und blut, muskeln und schweiß und schmerzen wegen mir aber trotzdem nur bist du okay alles in ordnung von ihm an mich

»Ja«, hauche ich. Ich sehe ihn an wie eine Wahnsinnige. »Aber du –«

»Ich bin egal.« Seine Hand wandert von Arm zu Rücken. Er drückt mich vorwärts. »Komm, raus hier.«

raus hier raus hier raus hier

»Wohin?«, fragt Kokos-Kora.

»Raus hier«, wiederholt Edward nur.

Die Leute im Raum sind aufgewühlt. Manche kümmern sich um Finn, andere reden mit Entsetzen in den Gesichtern, durchsetzt von euphorischen Adrenalinschüben. Ich kann nicht aufhören, den Oberschenkelknochen anzustarren.

Edward lenkt mich an den Leuten vorbei wie eine Festung. Als wäre er mein Bodyguard. Sie alle machen Platz, bewundern ihn, sehen ihm mit schwärmerischen Blicken hinterher.

»Hier.« Er drückt Laxon den Knochen in die Hand, nickt zu mir. »Ich bringe sie zurück ins Hotel.«

Laxon nickt, lässt einen düsteren Blick seiner sündhaft schönen Augen über mich gleiten, das Grab etlicher gebrochener Herzen, bevor er über meine Schulter hinweg zu Emma sieht.

Edward führt mich weiter, ehe ich nachsehen kann, ob Lax zu ihr geht.

Uns werden die Türen des kranken Knochenraums geöffnet. Draußen stürzen sich die Kameras auf uns, bombardieren uns mit Fragen, wollen alles wissen, erfahren, was darin vorgegangen ist, warum Edward aussieht wie nach einem MMA-Kampf, wohin wir gehen, was es mit dem Knochenring auf sich hat, aber Edward hebt nur abwehrend eine Hand, schiebt seinen Körper schützend vor mich und führt mich weiter. »Keine Fragen«, donnert er zwischen Blitzlicht und Stimmengewitter, »es wird nichts beantwortet.«

Was für ein verrücktes Bild wir abgeben müssen. Der blutverschmierte Rebell mit nacktem Oberkörper und seine Prinzessin in schwarzer Lederjacke, Seiden-BH und dunkler Jeansshorts mit Edding auf dem Hintern.

Edward reißt die Türen des Herrenhauses auf.

Luft. Wunderbare, frische, eiskalte Luft.

Neben mir flucht Edward, als der schneidende Wind an seinen Wunden reißt. Aber er geht weiter. An den Sicherheitsmännern vorbei, barfuß die schneebedeckten Stufen herunter, hinter uns eine Horde an Menschen und Kameras, als wären wir Harry und Meghan.

Wir steuern den Geländewagen an. Edward öffnet eine hintere Tür, hilft mir beim Einsteigen.

das gefühl seiner hand in meiner für nur wenige sekunden ist wie ein nadelregen in jeden nerv meiner haut als würden die dinger sie mir vom fleisch reißen

betörend und

schmerzhaft gleichzeitig irgendwie

weil es wehtut als er mich hält

weil es wehtut als er es nicht mehr tut

Er beugt sich in den Wagen. »Fahr sie zum Palace. Stell sicher, dass sie am Wagen von Leon abgeholt wird. Ich gebe das durch. Lass sie nicht allein gehen, verstanden?«

Der Fahrer nickt. »Verstanden, Signore Blackwell.«

Edward will sich zurückziehen, und mein Herz schreit. Ich packe seine Hand. Er hält inne. Sieht mich an.

»Komm mit mir«, flüstere ich.

Ich will nicht, dass irgendjemand hört, was ich sage. Hinter uns ist ein wahrer Tumult ausgebrochen. Alle recken die Hälse, wollen wissen

was hier passiert zwischen den beiden menschen die sich abgrundtief hassen wollen wissen was hier passiert zwischen den beiden menschen die sich nicht mehr abgrundtief hassen

Edward sieht mich lange an. Eine Ewigkeit aus Nadelstichen und Ascheregen aus den düsteren Wolken meiner Reiter, ehe er den Kopf schüttelt. »Nein.«

»Bitte«, flehe ich.

Er nähert sich mir. Seine Nase berührt fast meine. Ich rieche das Blut an seinem Körper, seinem Ohr, verschmiert an der Brust, der Hand. »Wenn ich das tun würde, wäre ich verloren, Blair Karlotta Wagner.«

er wäre verloren verloren verloren wie ich im schrank wie ich im keller bevor er da war wie ich die ganze zeit ohne es gemerkt zu haben wie zum ersten mal in seiner suite mit den ufos in der hand wie am klavier und easy on me zwischen uns ein riesiger ozean wo seelen sich zu einem zittrigen band verbinden um stärker fester besser zu werden

»Bitte, Edward.« In meiner Kehle sitzt ein riesengroßer Kloß. Ich fühle mich furchtbar, weil ich bettle. Weil ich bin wie alle anderen, die nach ihm ein zertretenes Herz hatten. »Lass mich nicht allein. Nicht ... heute.«

Edward stockt. Kurz flattern seine Lider. An seinem Hals pocht die Ader in rasantem Tempo. Er schluckt, atmet tief ein, als wäre das hier wirklich schwer

niemals schwer niemals für den könig der gebrochenen herzen für den attraktivsten junggesellen unserer zeit nicht für edward niemals

Er atmet aus. Ich bewundere ihn dafür, dass er das kann. Ich ersticke schon wieder. Ich glaube, das ist die Wirkung seiner rohen Kraft. Ich habe es herausgefunden, aber jetzt bin ich verloren. Vielleicht ist das der Trick. Man weiß es erst, wenn es zu spät ist.

Edward schlägt die Autotür zu.

stille

im wagen

aber nicht in mir

da donnert brüllt rebelliert mein herz

Der Motor startet. Ich blicke aus dem Fenster. Edward sieht mich an. Sieht mich direkt an. Da ist etwas. Zwischen uns. Irgendein Band, das mich auspeitscht, ihn auspeitscht, uns foltert.

Er dreht sich um. Das Band reißt. Er geht in die Menge, stellt sich neben ein Mädchen mit gelbem Jogginganzug, hohen Chucks mit

Plateausohle, Tiara und einer ausgeprägten Gänsehaut. Edward legt seinen Arm um das Mädchen, streichelt sie, wärmt sie

wärmt sie wie er mich gewärmt hat beim fluss als ich mir etwas darauf eingebildet habe als es anfing dieser fluch in mir dieser beschissene blackwell fluch er tut das weil das hier eine show ist weil er mädchen kennenlernt weil er vielleicht doch eine frau an seiner seite will und ich bin nichts besonderes neben den anderen wieso auch sie sind alle wunderschön reizend liebenswert zauberhaft und ich bin seltsam und kalt wie ein

keller keller keller

grab

Edward küsst das Mädchen auf die Schläfe.

Hanna lächelt.

Ich habe sie verloren.

ich habe mich verloren

in seinen eisblauen augen

vor denen mich mein herz gewarnt hat

dieses bellende polternde donnernde herz

Wir fahren los.

Edward führt Hanna rein.

Er dreht sich nicht mehr um.

EVERY STEP YOU TAKE, I'M WATCHING FROM THE SHADE

Blair

In der Suite herrscht Stille. Eine beunruhigende Stille. Nur der Kühlschrank summt. Ich schalte das Licht ein. Es ist alles so, wie wir es verlassen haben. Die Martinigläser auf der Kochinsel, Victorias goldene Pantoffeln vor dem Sofa, Hannas Buch in dem Sessel neben dem Kamin. Aber irgendetwas ist anders. Ich komme nicht drauf, bis mein Herz es mir ins Gesicht schleudert.

Ich bin verliebt.

Ich habe Liebeskummer.

Ich fühle mich wie ausgekotzt.

Mit den Fingern streiche ich mir über die Lippen. Mein Blick huscht zur Uhr. Fast drei. Es ist Stunden her, seit Edward sie mit seinen eigenen berührt hat. Flüchtig und leicht, ein melodischer Tanz, der zu einem scharfen Sog geworden ist, seine Küsse lebendige Kunst voller Macht, einen Schauer der Emotionen in mir zu wecken.

Meine Gedanken sind wilde Farben auf einer Leinwand. Sie ergeben ein wirres Bild. Ich atme aus. Ein Frosthauch, der seine Wärme um meinen Körper vermisst.

Ich gehe in mein Zimmer. Die Laken sind zerwühlt, weil Kriss Kross vor der Party mit ihrer Gummipuppe trainiert hat. Es ist schon die zweite. Der ersten ist der Kopf geplatzt. Ihre Nase ist mir zwischen die Brüste geflogen. Kriss hat erst geheult, dann gelacht, dann wieder geheult, »mein Chicken Wing«, meinte sie, »wie soll ich jetzt meinen Chicken Wing üben, wie soll ich Knock-out Maneater besiegen ohne mein Püppchen, mein zartes Kerlchen.«

Ich lege meine Tasche aufs Bett und ziehe mein Handy raus, bevor ich ins Bad gehe. Auf meinem Display leuchtet eine Welle an Nachrichten aus dem Gruppenchat.

Emma: wir gehen ins Old Henri Mansion!!!!!!! wenn wir nicht wiederkommen sucht nicht nach uns

Emma: das hätte wahrscheinlich eh keinen erfolg

Emma: unser geist wird würdevoll im herrenhaus spucken

Paola: Spucken?

Emma: SPUKEN!!!!

Paola: Gerade Charles gefragt, was Old Henri Mansion ist. Seine Antwort hat mir nicht gefallen. Und er meinte, er sei besorgt um die Prinzessinnen und wird Edward den Kopf abreißen dafür, dass er sie dorthin mitnimmt.

Lis: Was ist denn mit diesem Haus?

Giu: Gerüchten zufolge gehen da heftige Partys ohne Regeln ab. Das ist zumindest das, was ich im Casino mit einem Ohr aufgeschnappt habe.

Lis: Ein Haus ohne Regeln, in dem Edward und Charles Blackwell die Gastgeber sind? Das klingt nicht nach einer Party, sondern einem Horrorfilm.

Paola: Halte meinen Freund da raus :-D

Giu: Na ja, Charles ist erst ruhiger, seit du mit ihm zusammen bist

Giu: Du weißt schon noch, was für ein Typ er vorher war, oder, Pao?

Giu: Will nur sichergehen, dass du nicht verstrahlt bist

Paola: keine sorge, das werde ich wohl nie vergessen

Emma: OHA, SIE SCHREIBT ALLES KLEIN

Emma: das musste gerade eine heftige wirkung auf sie gehabt haben, giiiii

Lis: weiß einer von euch, ob Sofia auch da ist?

Emma: nö

Emma: laxon sagt kp

Giu: geht da jetzt echt mehr zwischen euch?!

Emma: emma sagt kp

Giu: und was läuft jetzt zwischen dir und eddy, blair?

Paola: Sie sitzt schon in der Maske für die Show, denke ich

Paola: Charles sagt, er kann nicht glauben, dass Edward Spiderflix in das Horrorhaus lässt

Giu: Hat er wirklich Horrorhaus gesagt?

Pao: Nein, Old Henri Mansion

Giu: SON GOHAN HAT MICH ANGEPISST!!!!!!

Lis: Dieses Schwein.

Emma: kein wunder, ich würde dich auch anpissen

Emma: lass das tier frei

Giu: wenn ich es nicht füttere, stirbt mein baby, wie oft noch

Lis: schläft es nicht sogar mit bei dir im Bett?

Giu: nur, wenn ich im stall penne

Giu: aber das kann ich mir nicht geben

Giu: jede nacht in dieser kacke

Giu: finde auf dieser horrorparty mal raus was jetzt zwischen eddy und blair geht, emma

Emma: was kriege ich dafür?

Giu: schweinepisse

Emma: hat ein Mittelfinger-GIF gesendet

Emma: ich will deine ziege

Giu: welche

Emma: hannelore

Giu: haha, geh mal weg

Giu: du kannst siegfried haben

Paola: und die pennt dann in meinem alten bett?!?!?!??!?!

Emma: haha, wieder alles klein

Giu: nee, die bleiben alle hier auf dem hof

Giu: emma will nur kommen und füttern und fotos machen weil ihre östrogene in die höhe schießen und sie ein baby will aber laxon noch nicht erobert hat

Emma: fuck you

Emma: ich will hannelore

Giu: hmmmmmmmm

Giu: ok, deal

Lis: Ist Hannelore die weiß gefleckte?

Giu: ne, die hässliche mit dem dritten bock im kopf

Paola: SIE IST NICHT HÄSSLICH!!!!!!

Emma: notiere: paola schreibt alles klein wenn sie schockiert ist; paola schreibt alles groß wenn sie on rage ist

Giu: ey, habt ihr gesehen? Was @xoxogossip girl gepostet hat?

Emma: ja!!! omg, hätte nicht gedacht, dass leroy helena wirklich verarscht

Emma: aber diese @xoxogossipgirl muss auch krass sein

Emma: ich meine hallo wie kriegt sie bitte dieses video von deren date?? das ist ja von helenas handy direkt ... und als ob helena das selbst an @xoxogossipgirl schickt

Giu: na ja, vlt wenn sie endlich will, dass leroy nur ihr gehört

Lis: Unterstell Frauen bitte nicht so eine hinterhältige Scheiße, wenn du nicht weißt, was wirklich passiert ist

Giu: sryyyyyyy

Paola: Na ja, finde irgendwie gut, dass @xoxogossipgirl diese Sachen exposed. Wie auch immer sie das macht. Aber sie sorgt für Gerechtigkeit.

Giu: Justitia der Neuzeit

Emma: ok, gehen los

Giu: ey, bin gerade aufgewacht, weil mir das schwein ins gesicht gekotzt hat

Giu: wenn seine mutter ihn nicht fressen würde, wäre ich gerade auf dem level, son gohan einfach über den zaun zu setzen

Giu: und, wie läuft die horrorparty? Gab's schon Häppchen? Blutige Finger, 'ne saftige Niere?

Emma: es gab knochen

Emma: hannelore gehört mir

Lis: Blair, gib uns ein Lebenszeichen

Giu: wieso bist du wach, Lis?

Lis: Hatte ein Date

Das war die letzte Nachricht. Ich lege das Handy neben das Waschbecken und sehe in den Spiegel. Mein Mascara ist verwischt vom Schweiß, die schwarze Farbe auf den Lippen verschmiert.

blackwellverschmiert

Ich drehe mich halb rechts, starre auf meine Shorts. Langsam hebe ich eine Hand, lege sie um den fransigen Saum.

Ungeborene Wörter kämpfen in meinem Kopf.

tu es tu es nicht tu es tu es nicht lies es lies es nicht es ist eh egal nicht egal eh egal nicht egal

Ich gebe mir einen Ruck und schiebe den Stoff höher.

Es vergeht ein Flügelschlag der Zeit. Ein kurzes Flattern, in dem mein Herz keinen Laut von sich gibt. In der Stille gefangen.

Ich starre auf die schwarze Schrift auf meiner weißen Haut. Die Druckbuchstaben. Mein Körper wurde zur Leinwand, dicke Linien ein Spurenwerk von Gedanken in sechs Wörtern. Sechsmal Edward in echt.

I broke my rules for you.

Das hat er geschrieben. Auf mir. Was hat das zu bedeuten? Was meint er damit?

in einem haus ohne regeln die regeln für mich gebrochen

Ich nehme mein Handy in die Hand und schieße ein Bild von meinem Hintern.

Blair: Hat ein Foto zur Einmalansicht gesendet.

Giu: WTF?????

Emma: OMG DAS HAT ER GESCHRIEBEN?????

Lis: Wer? Was ist das?

Emma: das hat edward ihr bei truth or dare auf den hintern geschrieben

Emma: fuck wieso kann man in dieser beschissenen einmalansicht kein screenshot machen???

Paola: schickt ein GIF von einem Schwein, das mit Pompons tanzt

Giu: ist das eine anspielung auf son gohan? Wenn ja, dann fehlt die pisse

Giu: völlig richtig, ich bin immer noch angepisst

Giu: bitte versteht die zweideutigkeit in diesem wortwitz

Paola: Ich habe ihn verstanden.

Emma: wieso bist du noch wach, pao???

Paola: Frag nicht.

Giu: Das ist der Code für: wir hatten unwiderstehlichen, sehr fragwürdigen Sex mit Gerätschaften, der lang anhaltend, ausdauernd und sehr zufriedenstellend war

Es poltert. Hinter mir. In meinem Zimmer.

Ich zucke zusammen. Lasse das Handy fallen. Es landet auf den Fliesen. Stocksteif stehe ich da, rühre mich nicht. Ein Schauer rieselt über meine Wirbelsäule. Ich zittere. Lausche. Mein Herz donnert.

Kein Geräusch. Alles still.

»Kriss?«, rufe ich.

Keine Antwort.

Ganz ruhig, denke ich. *Vielleicht ist nur etwas heruntergefallen. Das passiert. Kein Grund zur Panik.*

Langsam schleiche ich zur Badezimmertür. Sie knarrt, als ich sie einen Spalt öffne. Ich linse in mein Zimmer und schnappe nach Luft.

Kerzen. Die Kerzen sind angezündet. Auf der Kommode, unseren Nachtschränken. Der Schein wirft unheimliche Schatten an die Wände.

Jemand ist hier, denke ich. *Jemand ist in der verdammten Suite.*

»Kriss?«, rufe ich wieder, diesmal lauter. »Bist du da?«

Keine Antwort. Mein Herz poltert gegen meine Brust. Panisch schließe ich die Tür, nehme mein Handy vom Boden und wähle die Nummer meiner Schwester.

Sie geht nach dem zweiten Klingeln dran. »Ja?«

»Pen!«, zische ich. Mit dem Rücken dränge ich mich gegen die Fliesen. Meine Kehle brennt, so schnell atme ich. »Pen, jemand ist hier!«

»Was?«

»In meiner Suite!«

»Klar, ihr seid ja auch neun Prinzessinnen.«

»Nein, die sind alle noch auf der Party!«

Stille. »Bist du sicher?«

»Ja!« Mein Atem rasselt. »Pen, die Person hat Kerzen in meinem Zimmer angezündet!«

»Vielleicht diese Jenna?«

»Wieso sollte sie die verfluchten Kerzen anzünden?« Ich schwitze, obwohl es kalt ist. Ich schäle mich aus meiner Lederjacke. »Das ergibt keinen Sinn! Und außerdem –«

»Was?« Ich höre, wie Pen im Hintergrund Justin Bieber ausschaltet. »Blair, was ist?«

»Ein neuer Zettel«, hauche ich. Mein Blick heftet sich auf das karierte Stück Papier, das heruntergefallen ist, als ich die Lederjacke ausgezogen habe. Ich starre es an wie eine Bombe, die vor mir platziert wurde.

»Was?« Pens Atemzüge werden hektischer. »Wo?«

»Es war in meiner Lederjacke.«

»Was steht drin?«

Zitternd nehme ich es in die Hand. Entfalte es.

Du wolltest nicht hören. Du machst weiter, trotz meiner Warnungen. Jetzt wird's ernst, Süße. Tik Tok, Tik Tok. Die Zeit läuft.

»Blair?«

Ich will etwas sagen, aber ein Stacheldraht schnürt mir die Luft ab.

»Blair, bist du noch dran?«

Schritte! Ich gebe einen leisen Schrei von mir, presse mir anschließend die Hand auf den Mund. Mit aufgerissenen Augen sehe ich zur Badezimmertür. Die Ader an meinem Hals pocht rasant.

»Blair, ich mache mir Sorgen!«

»Sie ist hier«, hauche ich.

»Sie?«

»Die Person, die mir droht.«

»*In deiner Suite?*« Pen brüllt mir ins Ohr. »Ich rufe die Polizei, Blair!«

»Bitte bleib dran.«

»Ja, ich rufe sie mit dem anderen Telefon an.«

»Okay.« Mein Körper wird geschüttelt vor Angst. »Was ist, wenn –«

Musik. In der ganzen Luxus-WG geht Musik an. Entsetzen würgt mich.

»Oh mein Gott«, wimmert Pen. »Ist das –?«

»Ja.« Tränen der Panik rennen mir über das Gesicht. »Pen, woher –?«

There she was just a-walking on the street, singin'
Do wah diddy diddy dum diddy do'
Snappin' her fingers and shufflin' her feet, singing
Do wah diddy diddy dum diddy do'

Die Anlage ist auf volle Lautstärke gestellt. Die ganze Suite erzittert. Ich kann nicht atmen. Das Blut in meinen Adern sondert Moleküle des Grauens durch meinen Körper. Irgendwie gelingt es mir, mich zu erheben. Ein Überlebensmodus. Ich muss mich verteidigen. Muss die Person kriegen, gegen sie gewinnen wie Edward im Knochenring, wenn ich das hier überstehen will.

»Was machst du?«, fragt Pen. »Blair, sag was!«

»Ich gehe hin.«

»Was?!«

»Ich kann mich nicht hier einsperren und verstecken, Pen.«

»Du bist doch irre!«

Ich öffne die Badezimmertür und spähe in die Suite. Die Kerzen flackern immer noch. Meine Zimmertür ist geöffnet, obwohl ich schwören könnte, sie hinter mir geschlossen zu haben.

Innerlich bete ich, dass es Edward ist. Dass er sich einen dummen Scherz mit mir erlaubt und ich ihn hinterher wieder hassen kann. Das Handy zittert an meinem Ohr, während ich Schritt für Schritt durchs Zimmer schleiche. Ich öffne die Tür zum Wohnzimmer ganz und blicke in Dunkelheit.

»Fuck«, stoße ich in einem zittrigen Flüsterton aus. »Pen, das Licht ist ausgeschaltet.«

»Geh zum Lichtschalter. Sofort!«

Nur das schwache Kerzenlicht beleuchtet die ersten beiden Meter in den Raum hinein. Ich schleiche an der Wand entlang. Die Musik ist so laut, aber mein Herz ist lauter.

Before I knew she was walkin' next to me, singin'

Do wah diddy diddy dum diddy do'

Ich verenge die Augen, versuche, in der Finsternis irgendetwas zu erkennen. Plötzlich streift etwas mein Bein. Ich schreie auf. Das Handy fällt mir aus der Hand.

Ich blinzle. Da erkenne ich, dass es Victorias Hausschuhe sind.

Die goldenen, die neben dem Sofa standen, als ich die Wohnung betreten habe.

Ich will mich nach meinem Handy bücken, als plötzlich –

Eine schemenhafte Gestalt im Schatten. Ein Bein, das mein Handy aus dem Weg tritt. Ich kreische. Dann ist sie wieder verschwunden.

Do wah diddy diddy dum diddy do'

»Zeig dich!«, brülle ich. »Du Feigling!«

Wie wild taste ich an der Wand entlang, suche nach dem Lichtschalter. Ein Wimmern rollt mir über die Lippen.

Die Gestalt ist nicht mehr zu sehen. Aber ich spüre ihre brennenden Augen auf mir, spüre, wie sie mir die Haut vom Fleisch zerrt. Die Luft steht still. Zirkuliert nicht mehr.

Do wah diddy diddy dum diddy do

Do wah diddy diddy dum diddy do
Do wah diddy diddy dum di-

Ein Krachen! Jedes Licht aus meinem Zimmer wird weggesperrt. Die Tür ist zugeflogen, die Musik erstirbt. Schreiend drücke mich von der Wand ab, will zur Appartementtür rennen, aber dann ist sie da, eine Hand.

Sie legt sich um meinen Hals.

Presst mich zurück.

Drückt zu.

Die Finsternis atmet mir rasselnd ins Gesicht.

Ich ringe nach Luft, aber es geht nicht.

Etwas Spitzes drückt in die Haut an meinem Hals. Nicht nur Finger, die mich würgen, auch ein Reißen wie von Nadeln.

»Was willst du?«, krächze ich. Ringe nach Luft. »Was willst du von mir, verdammt?«

»Das weißt du.« Ein Flüstern. Die Stimme verstellt. Das höre ich sofort. Irgendetwas daran sendet mir einen Schauer über die Wirbelsäule. Ich weiß nur nicht, was. »Und du hast nicht gehorcht.«

Aber es ist eine Frau. Keine Frage.

Ich hole aus, trete mit dem Fuß nach ihr. Sie weicht aus, ohne mich loszulassen. Drückt fester zu. Ich strampele, vor meinen Augen tanzen Sterne.

»Du kannst nicht entkommen«, säuselt sie an meinem Ohr. »Du wirst zurückkommen und *leiden*, Blair, für den Rest deines Lebens.«

Plötzlich Stimmen. Hinter der Appartementtür. Die Person schreckt zurück. Erlöst sauge ich die Luft ein, sacke auf die Knie. Ich bin zu sehr damit beschäftigt, meine Lunge mit Sauerstoff zu füllen und die Sterne vor meinen Augen zu vertreiben, als mich umzusehen.

Es vergehen bestimmt zwei Minuten, bis die Tür geöffnet, das Licht eingeschaltet wird. Stimmengewirr erfüllt den Raum, aufgeregtes Murmeln, Gelächter, bis –

»Oh mein Gott, Blair!« Hände neben mir. Es ist Kokos-Kora. »Scheiße, was ist passiert?«

Blinzelnd öffne ich die Augen. Entsetzt sehe ich sie an, sehe mich um. Niemand ist hier. Nur die Mädchen, die schockiert zu mir eilen, eine nach der anderen, außer Lena und Hanna. Wahrscheinlich sind sie auf der Party geblieben.

»Jemand war hier«, keuche ich. »In unserer WG.«

»Was?!« Kriss Kross donnert durch das Wohnzimmer, öffnet eine Tür nach der anderen. »Wo?«

»Hier im Wohnzimmer. Hat … hat mich gewürgt.«

»Oh mein Gott!«, schreit Selma. »Wir müssen das Spiderflix melden!«

»Ich mache eine Story«, stößt Victoria aus. Sie zieht ihr Handy aus der Clutch und eilt zu mir. »Komm, Blair, wenn wir das online erzählen, können wir die Person vielleicht kriegen!«

»Und wie, bitte schön?« Wütend schnappt Ambre ihr das iPhone aus der Hand. »Hör auf, Vic! Das hier ist ernst!«

Victoria beißt sich auf die Unterlippe. »Ich wollte nur helfen. Ich dachte …« Unschlüssig hebt sie die Hände in die Luft, ehe sie sie wieder sinken lässt. »Scheiße, tut mir leid. O Gott, ich bin so auf Adrenalin, keine Ahnung.« Sie wischt sich die Haare hinter die Ohren und setzt sich neben mich. »Alles okay? Brauchst du ein Glas Wasser?«

Ich nicke.

»Ich hole eins!« Greta sieht aus, als hätte sie bis eben geweint. Der Schock der Situation hat ihre Tränen erstarren lassen. Die Reste glänzen wie salzige Pfade in ihrer braunen Schminke. Sie gießt Wasser in ein Glas und eilt zu mir zurück, hält es mir an die Lippen.

Gierig trinke ich.

»Alles wird gut.« Beruhigend streicht Kora mir über den Rücken. »Wir melden das. Die Polizei wird kommen und alles durchsuchen.«

Ein Handy klingelt. Ich zucke zusammen.

»Ganz ruhig«, sagt Selma und hält ihr Huawei in die Höhe. »Jenna ruft zurück.« Sie geht dran, schildert, was passiert ist, und legt auf. Ein Hauch der Erleichterung legt sich auf ihre Züge. »Jenna kommt her. Sie schickt Sicherheitsleute und die Polizei.«

»Danke«, flüstere ich.

Es ist, als würden diese Finger mir immer noch die Luft abschnüren.

Kriss kommt zurück ins Wohnzimmer. »Hab alles durchsucht. Niemand hier, dem ich mit einem Chicken Wing das Genick brechen könnte, schon klar, oder?«

»*Mon dieu,* Kriss, du treibst mich in den Wahnsinn mit diesem *schon klar, oder?*«

Kriss zuckt die Achseln. Es sieht aus wie ein angedeuteter Bodyslam. »Ist mein Slang, schon klar, oder?«

Ambre verdreht die Augen.

»Lasst uns gemeinsam im Wohnzimmer schlafen«, sagt Victoria. »Wir holen ein paar Matratzen her.«

»Ja, bitte.« Selma reibt sich die Arme. »Mir wäre wohler, wenn wir zusammen sind.«

»Mir auch«, sagt Greta.

»Auf jeden Fall.« Kokos-Kora erhebt sich, geht in ihr Zimmer und kommt mit einer Matratze, die über den Boden schleift, zurück. »Ich könnte wahrscheinlich die ganze Nacht nicht schlafen, weil ich mir so Sorgen um Blair machen würde.«

»Und ich würde die ganze Zeit durchheulen, weil das hier meine letzte Nacht mit euch Mädels wird.« Greta schnieft. »Ich habe mich so an eure Macken gewöhnt, unfassbar. Aber das Schlimmste ist, dass ich den Kuss mit Raúl nicht einmal bereue, weil er so gut war. Ist das dumm?«

»Eigentlich würde ich Nein sagen.« Kokos-Kora flippt den Verschluss ihrer Kokos-Schalen auf. Plötzlich steht sie oben nackt vor uns, wirbelt den Kokos-BH wie einen Propeller in ihrer Hand. »Aber Raúl hat schon drei Freundinnen gleichzeitig, Schätzchen. Mach nicht den Fehler, die vierte zu werden.«

»Aber vielleicht –«

»Schlag dir das aus dem Kopf.« Kokos-Kora wirft ihren BH durch die geöffnete Tür ihres Zimmers. Er landet auf dem Bett. Mit dem Finger und dem nackten Oberkörper deutet sie mahnend auf Greta. »Er wird nicht plötzlich merken, dass er nur dich will. Er wird sich nicht von jetzt auf gleich als Märchenking entpuppen. Er wird nicht auf die Knie fallen und dich bitten, seine Frau zu werden, weil das echte Leben kein Märchen ist, und die Jungs der Elite schon gar keine Kings, okay?«

Greta stößt die Luft aus. Zittrig wischt sie sich über das Gesicht und nickt. »Okay.«

Die anderen setzen sich in Bewegung und holen weiteres Bettzeug. Wir kochen uns Tee, ziehen unsere Pyjamas an und kuscheln uns wie bei einem Sleepover aneinander. Jenna kommt in weißem Seidenpyjama mit den Sicherheitsmännern und der Polizei. Sie durchsuchen alles, nehmen meine Aussage auf. Jenna postiert die Männer vor der Tür und gibt mir eine Beruhigungstablette. »Soll ich den Arzt kommen lassen?«

Ich schüttle den Kopf. Dass ich gewürgt worden bin, verschweige ich ihr. Ich hätte nicht gedacht, dass ich das mal sagen würde, aber mir graut es vor der medialen Aufmerksamkeit. Vor den Kommentaren unter einem Video von @didntyouhearthat, die mich zerreißen und beteuern würden, dass ich simuliere und mich wichtigtue.

»Geht schon wieder«, krächze ich.

»Das wird nicht noch einmal passieren«, versucht Jenna mich zu beruhigen. Sie drückt meinen Arm. »Wahrscheinlich irgendein verrückter Fan, der eingebrochen und abgehauen ist. Das Fenster in Victorias Badezimmer war geöffnet.«

Ich werfe mir die Tablette in den Mund und spüle sie mit Lavendeltee herunter. Jenna versichert mir noch einmal, dass nichts davon in der Show ausgestrahlt wird, und verschwindet. Gott sei Dank ist sie nicht mit dem Kamerateam gekommen. Ich lege mich wieder in die Mitte zu den anderen, zwischen *beautyfull tradgedy*, die geschworen hat, eine nicht so beautyfull tradgedy anzuzetteln, wenn mir irgendjemand zu nahekommen wird, und Kokos-Kora, die mich fest im Arm hält.

»Kora«, brüllt Kriss plötzlich. Sie hält eine Milchtüte in der Hand, als wäre es ihr fünfzigstes Bier. »Wir nehmen dir übel, dass du lieber mit Misha zurückgegangen bist als mit uns!«

Kora löst sich von mir. »Was?«

»Wir haben dich gerufen«, stimmt Greta ihr zu. »Aber ihr wart vor uns, schon in der Lobby.«

»Oh.« Koras Lippen teilen sich. »Tja, was soll ich sagen? Er ist interessant.«

»Ach, *ihr* wart das.« Ambre legt sich das volle Haar über den Seidenpyjama. »Um ehrlich zu sein, wirktet ihr *sehr* vertraut.«

Victoria seufzt. »Wisst ihr, was ich merkwürdig finde?« Sie rührt in ihrem Tee. »Dass Edward mit Hanna verschwunden ist. Ich meine, die beiden? Das passt doch gar nicht.«

»Lass sie«, entgegnet Selma. »Wir wollen nicht mehr so sein, schon vergessen? Ich finde viel seltsamer, dass wir alle zusammen zurück sind außer Lena.« Ihre Augen werden schmal. »Die einen Schlüssel für dieses Appartement hat.«

»Willst du damit sagen, sie hätte mich angegriffen?«

»Ist schon seltsam«, sagt Ambre. »Sie ist auch früher von der Party abgehauen. Ich meine, wo ist sie?«

»Sie war das nicht«, sage ich fest, auch wenn meine Entschlossenheit ins Wanken gerät. Aber, nein. Auf keinen Fall. Niemals würde Lena mich angreifen. Andererseits wurde ihr Bruder gerade wegen mir verprügelt.

Greta seufzt. »Ich werde morgen meine Sachen packen und gehen müssen. Aber ich habe es verdient.«

»Wieso hast du es eigentlich gemacht?«, fragt Ambre. »Mit Raúl?«

»Zu viel Testosteron auf engem Raum, wa?« Kriss' Lachen bellt an meinem Ohr. »Ich schwöre, wenn ich mit Maneater in diesem Schrank gewesen wäre, Gnade mir Gott, da wäre ich über sie hergefallen zwischen Besen und Gedärmen.«

Victorias Schaudern spüre ich bis zu mir. »*Gedärmen?!*«

»Bei dem, was die da heute abgezogen haben, würde dich das wundern?«, donnert Kriss. »Die haben sich mit Knochen geprügelt! Junge, Junge, war das geil. Also, mir ist einer abgegangen. Ich will auf jeden Fall irgendwann ein Sexspiel in diese Richtung, und wenn ich Edward kriege, frage ich ihn, ob wir das mit *diesen* Knochen machen können, schon klar, oder?«

»*Mon dieu*, Kriss.«

»Sie hat recht.« Gretas Stimme rauscht nur noch verzehrt zu mir rüber. »Da war so viel Testosteron. Und ich glaube, ich bin in einer komischen Phase meines Lebens, in der ich nach Bestätigung von beliebten Typen lechze. Es ist wohl gut, dass es passiert ist. Und Ed mich nicht wählt.« Sie seufzt. »Scheinbar ging es mir nicht explizit um ihn, sondern einfach überhaupt um Aufmerksamkeit, Flirts, Begierde und ...«

Der Rest des Satzes wird mitgerissen von einem grauen Alprazolam-Schleier. Bevor ich wegdämmere, höre ich die Illusion meiner Panik in meinem Kopf.

Ein leises, schauriges Wispern.

Du kannst nicht entkommen.

MY WILDLY BEATING HEART IS A BULL IN THE ARENA

Blair

Greta fliegt am nächsten Tag aus der Show, und bei der Entscheidung am Ende der Woche muss Ambre gehen. Edward hat mich nur ein einziges Mal angesehen. Und das war, als er mich als Erste in die nächste Woche gewählt und mir den schwarzen Diamanten überreicht hat. Sein Blick war wie ein heller Schatten, der über mein Gesicht zu meinem Hals gewandert ist, als wolle er die Dinge ergründen, die nicht im Licht liegen.

Er weiß es, habe ich gedacht. *Er wurde darüber in Kenntnis gesetzt, was an jenem Abend in der Suite geschehen ist. Dem Abend, an dem ich ihn angefleht habe, mich nicht allein zu lassen.*

Ein Schlucken. Ein schwarzer Diamant. Das war unser Moment.

»Seid ihr euch sicher, dass das eine gute Idee ist?«, frage ich.

»Nein«, murmelt Emma neben mir. »Aber Lis tut es ständig, und da sie sagt, dass wir uns für unsere Bindung zu ihm nicht schämen sollten, versuche ich, mir das einzureden.«

»Das müsst ihr wirklich nicht.« Lis stapft voraus, in einen beigen Trenchcoat gehüllt. Ihre Barfußstiefel versinken tief im Schnee. »Das, was er getan hat, aus jahrelangem Schmerz, aus Zorn, aus Verzweiflung, hat nichts mit den Erinnerungen gemein, die wir als Freunde gesammelt haben.«

Emma gräbt die Hände in ihre Jacke und stapft Lis hinterher.

Einen Moment sehe ich zu dem Gefängnis hinauf. Ich bin so in Gedanken, dass ich nicht bemerkt habe, wie Paola ebenfalls stehen geblieben ist.

»Wie geht es dir?« Sie streckt eine Hand aus und streicht mir die langen Korkenzieher über die Schulter, die aus meiner Mütze herauslugen. »Nach dem, was letzte Woche passiert ist?«

Es ist das erste Mal, dass ich meine Freundinnen seit dem Erlebnis wiedersehe, und eigentlich wissen sie nicht, was geschehen ist.

Stirnrunzelnd sehe ich sie an. »Woher –?«

»Edward.« Mitfühlend verzieht sie den Mund. »Der Sender hat es ihm gesagt, und er war krank vor Sorge.«

Ich grunze. »Ja, klar.«

»Wirklich, Blair. Ich habe ihn selten so aufgelöst erlebt.«

»Er hat nicht mal gefragt, wie es mir geht.«

»Aber er hat sich rückversichert.« Langsam setzen wir uns in Bewegung und folgen den anderen durch den Schnee. »Er hat mit Lena und Kokos-Kora gesprochen, und ich weiß aus verlässlicher Quelle, dass Vic ihn angezickt hat, weil er sie nur über dich ausgequetscht hat.« Sie schmunzelt. »Hinterher hat sie sich entschuldigt und gemeint, ihre Eifersucht hätte eine sehr impulsive Macht über ihr Gehirn.«

»Und woher weißt du das?«

»Ich war dabei.«

»Wie jetzt?«

»Es war ein Vierer-Date mit mir und Charles, weil Edward seinen Heli ausgeliehen hat und Charles –«

»Die Kontrolle nicht abgeben konnte.«

Ihr Mundwinkel zuckt. »Richtig.« Wir nähern uns dem Pförtnergebäude neben dem hohen Zaun. Paola wirft mir einen schnellen Seitenblick zu. »Die letzte Show war extrem. Laxon meinte zu Charles, dass Spiderflix fast noch nie so hohe Einschaltquoten hatte, und im Onlineranking bist du auf Platz 1 gerutscht. TikTok ist voll von Edair-Videos und –«

»Wer bist du?« Amüsiert boxe ich sie in die Seite. »Und was hast du mit Paola gemacht?«

Sie stöhnt. Verzieht das Gesicht. »Ich hätte nie gedacht, dass ich das mal sagen würde, aber der Einfluss der Elite färbt tatsächlich auf mich ab.«

Grinsend sehe ich sie an. »Egal. Für mich bleibst du immer die Paola, die mit tief in die Stirn gezogener Cappy unter der Monstera stand, sich vor den Leuten versteckt hat und meinte, sie mache einen auf Mario von den Superkickers.«

»Musst du gerade sagen!« Lachend zieht sie am Schirm meiner

schwarzen Cap. Moncler. Gefälscht. Alibaba. »Miss Blair-oder-Principessa-Schwarz-die-sich-vor-der-Welt-versteckt-obwohl-sie-diese-Aufmerksamkeit-immer-wollte.«

»Ich verstecke mich nicht vor der Welt«, entgegne ich, werfe ein paar unruhige Blicke über die Schulter, »sondern vor Jenna. Wenn sie mich erwischt, dass ich unerlaubterweise allein zu Orten gehe, die nicht auf der grünen Liste des Vertrags stehen, bringt sie mich um.«

»Soll ich dir sagen, was dich glücklich macht?«

»Was?«

»Du siehst aus wie Ash Ketchum aus Alabastia mit der Cap.«

Ich verziehe das Gesicht. »Aber ich stehe doch auf –«

»Gary, ich weiß.« Sie lächelt schwach. Fast haben wir die anderen erreicht. »Also, wie geht es dir?«

»Keine Ahnung.« Ich zucke die Achseln. »Die ganze Zeit über haben mir die Zettel nicht so viel ausgemacht. Ich dachte, ich wäre ja in Sicherheit im Hotel. Und erst recht in der Show. Aber jetzt, da sie im Appartement war …«

»Verstehe ich.« Paola schluckt. »Zumindest ist der Ort jetzt abgesichert. Wenn ich mich nicht irre, hat Edward sieben Sicherheitsmänner abgezogen, um sie rund um das Appartement eurer WG zu verteilen.«

»Acht«, korrigiere ich.

Unter ihren Stiefeln knirscht der Schnee. »Hast du eine Ahnung, wer es sein könnte?«

»Ja. Ich weiß es sogar.«

»Bitte?«

»Es ist @didntyouhearthat.«

Entgeistert starrt Paola mich an. »Woher weißt du das?«

»Sie hat sich einmal geoutet, als sie mir eine Nachricht geschrieben hat, in der sie mir gedroht hat. Keine Ahnung, warum. Sie hat sie schnell gelöscht, aber ich habe sie vorher gelesen.«

Paolas Mund steht offen. »Zeig sie an!«

»Habe ich.«

»Und?«

»Sie ist zu gut. Ihre E-Mail-Adresse war fake, niemand konnte ihren Ort zurückverfolgen.«

»Aber sie muss hier sein.« Paolas Brauen wandern weit in die Stirn. »Wenn sie dich angegriffen hat.«

»Ja. Aber keine Ahnung, wer sie sein könnte. Und warum sie meine Vergangenheit kennt. Geschweige denn, was sie von mir will.«

Über Paolas Gesicht huscht Schmerz. Nur sie weiß, wer ich bin. Vor ein paar Tagen habe ich ihr endgültig alles gesagt, weil ich bereit dazu war. Nach Old Henri Mansion. Ich musste es tun. Ich wäre sonst implodiert. Sie musste mir im Vorfeld versprechen, nicht einmal mit Charles darüber zu reden. Sie ist jetzt die Einzige, der ich meine Geschichte erzählt habe, weil sie es verdient hat. Weil sie verstehen musste, warum ich ihr das angetan habe. Warum ich es musste. Sie hat geschworen, das Geheimnis mit ins Grab zu nehmen, wenn es das ist, was ich will. Und ich vertraue ihr.

»Gibt es Neuigkeiten in der Sache?«

»Nein.« Ich würde ihr gern sagen, an was der Detektiv gerade dran ist, aber in dem Moment erreichen wir Lis und Emma. Sie haben dem Pförtner unseren Termin genannt. Er lässt uns durch, und ich denke schon, was für schwache Sicherheitsvorkehrungen das sind, bis wir das Gefängnis betreten und komplett durchwühlt werden, durch einen Scanner laufen und unsere Ausweise zeigen müssen. Erst dann führt uns eine uniformierte Frau durch die düsteren Flure.

Linoleum am Boden. Trostloser Putz an den Wänden. Stahltüren. Alles

grau grau grau grau grau
wie die hoffnung die ich in der luft riechen kann
kaum existent und erdrückend wird verschlungen von
grau grau grau grau grau

Niemand von uns sagt etwas. Zu hören sind nur unsere Schritte auf dem Boden, die dicken Schlüssel am Gürtel der Frau. Schließlich öffnet sie eine Tür vor uns und weist uns an, auf den Stühlen zu warten. »Signore Han wird aus seiner Zelle geholt«, sagt sie. »Er kommt gleich. Wartet hier.«

Ein Polizist steht in der Ecke, die Hände hinter dem Rücken verschränkt, eine Pistole in seinem Gürtel. Eiszapfen bohren sich in meine Haut, mit jedem Herzschlag tiefer. Ich wechsle einen Blick mit

Emma, in deren Augen Tränen schwimmen. Erstickt atmet sie ein. Paola reibt sich immer wieder über die Arme. Lis trommelt mit den Fingern auf die Tischplatte.

Wir warten.

es vergeht eine ewigkeit in der eine kette gesponnen wird feine glieder bestehend aus 4 herzen die wild pochen und sich erinnern und weinen und momente in sich tragen von tiefer freundschaft und verbindung und liebe und die kette wachsen lassen wie flüssiges gold bevor der hammer der wahrheit die zarte schönheit zertrümmert

Die Tür wird geöffnet. Ich halte den Atem an. Neben mir gibt Emma ein ersticktes Schluchzen von sich. Paolas Hand zuckt neben meiner Hüfte.

Ich sehe Ignotus an, aber sehe ihn nicht.

Der Ignotus, den ich kannte, hat immer gestrahlt. Seine Haltung war würdevoll, der Körper steckte in Schichten aus Rüschen, Leinen und Strumpfhosen. Manchmal umspielte eine Krause seinen Hals, und fast immer trug er einen Zylinder auf dem Kopf. Er war ein perfekter Gentleman von 1890.

Jetzt ist er ein Insasse. Mit Lumpen am Körper in grau. Das schwarze Haar ist lang geworden. Fettig fällt es ihm über die Augen. Die Handgelenke sind mit Handschellen gefesselt, an den Füßen trägt er Turnschuhe, die nicht zu ihm passen. Er presst die spröden Lippen zusammen. Die Wangen sind eingesunken und fahl, und als er den Blick hebt, ist nichts von der früheren Wärme erkennbar.

Seine Augen sind schwarz wie der Tod.

»Ignotus«, stoße ich flüsternd aus.

Paola greift nach meiner Hand und drückt sie so fest, dass ich fürchte, sie bricht mir die Finger. Über Emmas Gesicht rinnen Tränen.

Die Tür wird geschlossen, und Ignotus setzt sich uns gegenüber. Er legt die Hände mit den Handschellen auf den Tisch und blickt uns mit hängenden Ästen einer Trauerweide in den feinen Zügen an.

»Hallo.«

Wir sitzen da und regen uns nicht.

»Wir haben dich vermisst«, flüstert Paola.

Ignotus rührt sich nicht. Er senkt den Blick, starrt auf die Tischplatte. Schluckt. »Ich euch auch.«

»Oh, Ignotus!« Emma stützt die Arme auf die Eisenplatte und beugt sich vor. Ihre Schultern beben, das Gesicht ist tränennass. »Warum? Warum hast du es nur getan?«

Er sagt nichts. Wir wissen alle, warum er es getan hat. April hat ihn schikaniert, gemobbt und fertiggemacht, bis er es nicht mehr aushalten konnte. Der Zorn ist aus ihm herausgebrochen wie die Lava eines Vulkans. Unaufhaltsam, unkontrollierbar, zerstörend.

Als Ignotus schließlich den Blick hebt und mich direkt ansieht, macht mein Herz einen Satz. »Du musst vorsichtig sein, Blair.«

Ich blinzle. »Was?«

»Wir haben einen Fernseher im Zimmer. Ich verfolge die Shows.«

Meine Lippen teilen sich. Schließen sich wieder. Ich will etwas sagen, aber ich kann nicht. Die Situation lähmt mich.

Er holt tief Luft. »Pass einfach auf, wem du dich anvertraust, okay?«

»Ignotus«, bringe ich schließlich hervor, runzle die Stirn, »wovon sprichst du?«

Er presst die Lippen zusammen. Schüttelt den Kopf. »Ich habe einen Schwur geleistet.«

»Was für einen?«, fragt Paola.

»Das ist der Punkt.« Lis stiert ihn mit eisernem Blick an. »Ignotus verschweigt etwas, und ich bin überzeugt, dass hinter dieser ganzen April-Sache mehr steckt. Aber er rückt nicht mit der Sprache raus!«

»Ich habe einen Schwur geleistet«, wiederholt Ignotus nur. »Ich bin ein Gentleman. Ich halte meine Treue.«

»Verdammt, Ignotus!« Wir zucken alle zusammen, als Lis mit der Faust auf den Tisch schlägt. »Wir leben nicht mehr im neunzehnten Jahrhundert! Hier geht es um dein Leben, deine Zukunft. Was verheimlichst du?«

Sein Kiefer wird fester, die grimmige Linie seiner Lippen schmaler. Er schüttelt den Kopf. Macht dicht.

»Iggy.« Paolas Stimme ist sanfter. Sie besitzt die Fähigkeit, wesentlich einfühlsamer auf andere einzugehen und sich somit Schlüssel für Schlüssel Zutritt durch jede Stahltür zu verschaffen. »Ich bewundere dich für deine Loyalität. Wir alle tun das. Und ich verstehe, dass das viktorianische Zeitalter weit mehr für dich ist als für uns.

Es macht dich aus. Es ist das, was du bist. Ein Zeitreisender im falschen Jahrhundert.«

In Ignotus' Augen sammeln sich Tränen. Sein Kinn zittert.

Paola beugt sich vor und nimmt seine Hände in ihre. Hände, die April Sanders getötet haben. »Aber manchmal, wenn es um das blanke Überleben geht, brauchen auch Zeitreisende den Rat anderer.« Sie drückt seine Finger. »Freundschaft kennt keine Grenzen der Zeit, Ignotus. Vertrau uns. *Bitte.* Was ist es, das du für dich behältst?«

Zittrig holt Ignotus Luft. Zwischen den Ponyfransen schlägt er die Augen auf. Ein Tor in eine schwarze Welt, in der Monster lauern, von denen wir noch nie gehört haben. Sie schleichen und fauchen, verletzen und töten. Ignotus nimmt es ganz allein mit ihnen auf. Er öffnet den Mund. Wir halten den Atem an.

da ist sie wieder diese kette mit den gliedern aus gold die kämpfen will ihre asche neu zusammensetzen will endlich wieder leben will

aber der hammer kommt

und schlägt

erbarmungslos

Ignotus schließt den Mund. Schüttelt wortlos den Kopf.

Wir stoßen die Luft aus. Enttäuscht. Verzweifelt.

Er sieht mich an. »Versprich mir, dass du vorsichtig bist, Blair. Vertrau dich niemandem an außer Lis, Paola und Emma.« Ich runzle die Stirn. Aber bevor ich etwas erwidern kann, wendet Ignotus sich an Lis. »Wie geht es meiner Schwester?«

Es wird eine erdrückende halbe Stunde, in der wir April ausblenden und versuchen, den Polizisten in der Ecke zu ignorieren. Paola erzählt von ihrem Bruder, der auf dem Weg der Besserung ist und sein Schuljahr bald auf dem Lyceum fortsetzt, von ihrer Schwester Alessia, die sie besuchen kommen will, und von ihren nicht vorhandenen Fortschritten im Reitunterricht. Emma ist ungewohnt still, genau wie ich, und Lis erzählt von einem Date mit Sofia, von dem niemand etwas wusste. Sie beteuert, nur befreundet zu sein und einander gut zu tun, aber das kaufen wir ihr alle nicht ab.

»Er ist nur noch ein Schatten seiner selbst«, murmelt Emma, als wir schließlich durch die Altstadt schlendern. Wir betreten das Instant Noodles. Das rustikale Improtheater ist gut gefüllt, weil heute Abend ein Swiftie-Karaoke-Event ansteht. Als ich *Love Story* von ihr im Hintergrund aus den Lautsprechern höre und Shiyan erkenne, die fast genauso trostlos wirkt wie Ignotus, während sie hinter ihrem Stand Gebäck verkauft, schlägt mir schon wieder jemand in den Magen.

Ignotus hat Taylor Swift vergöttert.

Wir holen uns heiße Caotina und Chai und suchen uns ein freies Kordsofa auf der höheren Empore.

»Was meint ihr, verschweigt er uns?«, frage ich.

»Keine Ahnung, aber es macht mich krank.« Wütend stochert Lis in der Sahne ihrer Schokolade. »Der Gedanke, dass er da im Gefängnis hockt und etwas weiß, das er der ganzen Welt vorenthält, verfolgt mich in meine Träume.«

Mein Handy vibriert ununterbrochen. Ich hole es hervor und überfliege die vielen Benachrichtigungen.

»Oh, Gott sei Dank«, sagt Emma neben mir, als sie auf mein Handy linst. »Du hast auch die Benachrichtigungen eingestellt, wenn was von @xoxogossipgirl kommt. Ich dachte schon, ich bin ein Trashopfer.«

»Du *bist* ein Trashopfer«, sagt Paola. Aber im gleichen Atemzug lugt sie mir über den Arm. »Hat sie was Neues gepostet?«

»Über dich?«, fragt Emma.

»Nein.« Ich öffne TikTok und klicke ihr neustes Video an. »Isabella. Es ist heftig. *Richtig* heftig. Habt ihr es noch nicht gesehen?«

Paola und Emma schütteln beide den Kopf, und auch Lis beugt sich rüber, um zu erfahren, worum es geht.

Ich zeige ihnen das Video, das ich schon kenne. Es ist von heute Vormittag. Ich habe keine Ahnung, wie es Lena damit geht, weil ich sie seitdem nicht gesehen habe.

»Gesichtet«, ertönt @xoxogossipsgirls typisches Voiceover über einem Video von Isabella. Sie trägt ihre Housekeeping-Uniform und läuft durch die Lobby vom Blackwell Palace. »Die ehemalige Principessa Rosa sieht sich verdächtig oft um, ob ihr jemand folgt, findet ihr nicht? Nun, Süße, das tue ich. Aber du hast keine Ahnung. Ich würde ja sagen, dass es mir leidtut, aber das wäre gelogen. Frauen, die anderen Frauen den Freund ausspannen und anschließend damit prahlen, sind nicht *unbedingt* meine besten Freundinnen.« Isabella verschwindet in der Toilette. Der Clip springt zu dem Moment, in dem sie wieder rauskommt und schnellen Schrittes in einem Seitengang neben einem Gobelin verschwindet. »Nun, was haben wir denn da?«, trällert @xoxogossipgirl. »Ist das etwa ein Schwangerschaftstest?« Isabella starrt entsetzt auf das kleine Ding, reibt sich über die Brust und formt Worte mit den Lippen. »Wenn ich das richtig lese, war das gerade ein Fluch. Und du bist verdächtig blass. Was meint ihr, meine Lieben? Deutet ihr das als einen positiven Test? Wenn ihr mich fragt, hat Isabellas Seitensprung mit Max Cordelair ein kleines Mitbringsel gezaubert. Xoxo, Gossip Girl.«

»Ach du Scheiße!«, zischt Emma. »Nicht ernsthaft, oder?«

»Das ist krass.« Mit geweiteten Augen zieht Paola sich zurück. »Richtig krass. Soweit ich weiß, war das für Max eine einmalige Sache. Meinte Charles.«

Mit ihren großen Augen sieht Lis uns an. »Was meint ihr, wie er damit umgeht?«

»Bestimmt nicht gut«, sage ich. »Er ist ein Arschloch.«

»Denkt ihr, sie wird es behalten?«, fragt Emma.

»Keine Ahnung.« Lis zuckt die Achseln. »Und wenn nicht, wäre das okay.«

»Natürlich wäre es das«, sage ich. »Ein Baby würde ihr ganzes Leben verändern.«

»Ich weiß nicht, wie ich finden soll, dass @xoxogossipgirl das exposed hat.« Paola neigt den Kopf. »Irgendwie verstehe ich es, weil ich wütend auf Isabella bin für das, was sie Lena angetan hat. Andererseits ist das privat.«

»@xoxogossipgirl kennt keine Privatsphäre, wenn es darum geht, etwas zu rächen«, murmle ich. »In dem Fall Lena. Ich denke, sie macht nichts einfach so. Irgendwie kämpft sie immer für das Gute.«

»Aber sie ist schon heftig«, sagt Lis.

»Heftig, aber ehrlicherweise fair.« Emma zuckt die Achseln. »Ein bisschen wie Karma.«

»Oh, die Show geht los!« Paola umklammert ihren Grüntee und kuschelt sich in das Kissen in ihrem Rücken. »Wartet mal, ist das Giu?!«

»Oh mein Gott, ja!« Ich richte mich auf. »Er geht auf die Bühne. Mit … what the fuck?!«

»Das ist sein Schwein«, sagt Lis. »Er nimmt Son Gohan mit zur Swiftie-Karaoke.«

»Welches Lied singt er?«, fragt Emma.

In dem Moment erscheinen die Lyrics auf der Leinwand. »*Cardigan.*«

Die Stille wird erfüllt von Raunen und Gemurmel. Ein paar kichern, deuten auf Son Gohan, der sich einfach auf den Boden legt und pennt. Giu fängt an zu singen, als mein Handy klingelt. Ich blicke aufs Display.

Nolan.

»Sorry«, flüstere ich zwischen zwei lang gezogenen schiefen Tönen von Giu. »Muss kurz raus.«

Ich quetsche mich an Emma vorbei, eile die Treppen herunter und nehme den Anruf an, als ich nach draußen trete. Die frische Luft schlägt mir ins Gesicht, umherwirbelnde Flocken streifen meine Wangen. Es ist dunkel.

»Hey, Nolan.«

»Blair, ich hab's geschafft!«

»Was?«

»Sie haben eingewilligt!«

Mein Herz donnert. »Nicht dein Ernst?!«

»Doch. Sie sagen auch, die Ähnlichkeit ist erstaunlich.«

Ich ziehe scharf die Luft ein. Flocken wirbeln in meine Kehle. Ich vergesse, wieder auszuatmen.

»Blair, bist du noch dran?«

»Ja.« Räuspernd gehe ich ein paar Schritte, sehe zum Mond hinauf. Der Mond, der immer die Wahrheit sagt. Der ehrlich ist mit seinen hässlichen Kratern, beständig, weil er nie verschwindet. »Leitest du alles in die Wege?«

»Schon geschehen.«

»Du bist der Beste.«

»Die neue Rechnung an dich ist raus.«

»Okay. Ich überweise es die nächsten Tage, ja?«

»Kannst du auch nächsten Monat, wenn es dir besser passt.«

»Nein, die Auszahlung kam schon. Du hast gute Arbeit geleistet.« Mein Mundwinkel hebt sich. »Irgendwie witzig, dass ich dich von dem Geld bezahle, das es ohne dich nicht gäbe, wenn du … du weißt schon.«

Er lacht rau. »Ja, stimmt. Okay, ich melde mich, ja?«

»Warte!« Stille am anderen Ende. »Gibt es was Neues von meinen Eltern?«

»Nein.« Er zögert. »Na ja, doch. Aber ich weiß nicht, ob das wichtig für uns ist.«

»Sag schon.«

»Es würde dich vielleicht unnötig aufwühlen.«

»Sag es mir, Nolan!«

Er seufzt. »Deine Schwester war bei ihnen.«

1

2

3

5

worte

deine schwester war bei ihnen

1 einfacher satz

2

3

6

9428539 stiche ins herz

»Okay«, krächze ich. »Danke.«

»Aber wie gesagt, ich denke, das ist nicht wichtig.«

»Okay«, wiederhole ich, unfähig für mehr.

meine lunge wird mit brennenden bändern festgeschnürt

»Ansonsten tun sie alles für ihren Ruf, wie immer. Dein Vater kandidiert als Präsident und alle lieben ihn.«

Ich lache hart auf. »War klar.«

»Sie bekommen viel Mitgefühl.«

»Weil sie darüber trauern, dass ihre Tochter verrückt ist und eine Persönlichkeitsstörung hat? Oh, die armen Wagners, so gute Menschen, die haben dieses Schicksal doch nicht verdient!«

»Ja, so in etwa.«

Ich schnaube. »Was Neues von Operation Legit wegen Leticia und der Krankenhausgeschichte?«

»Nein. Sie kennen den Status deiner Eltern, genau wie das FBI.«

»Natürlich.«

»Tut mir leid, Blair.«

»Ja, schon gut.« Ich blinzle heftig und schnell, um den Kloß in meinem Hals zu vertreiben und nicht zu weinen. Diese Phase habe ich überwunden, als ich dreizehn war. Heulen hat mich noch nie gerettet. »Ruf mich an, wenn das Ergebnis da ist, okay?«

»Mach ich. Bis dann!«

Ich lege auf und starre aufs Display.

mein wild pochendes herz ist ein stier in der arena kurz davor auszubrechen und der welt zu zeigen wer er wirklich ist

TOTALLY INTO INTELLIGENT, IMPRESSIVE WOMEN

Sofia

»Ich bin so erleichtert, dass du gestern nicht auf der Party im Old Henri Mansion warst.« Meine Mutter sitzt mir gegenüber auf der Außenterrasse vom Sternerestaurant und tupft sich den Mund mit der Serviette ab. »Mein Gott, was da wieder los gewesen sein soll.«

»Schon gehört.« Ich gebe mir Süßstoff in den Kaffee und rühre in der schwarzen Flüssigkeit. »Finn und Edward im Knochenring, was?«

»Und Edward hat natürlich gewonnen.«

»Was war der Einsatz?«

Meine Mutter senkt den Blick auf ihren Teller, ehe sie antwortet. »Blair.«

»Oh.«

Mit der Gabel pikt sie ein Stück Rührei auf. »Wie geht es dir damit?«

Bemüht ungerührt steche ich den Löffel in mein weich gekochtes Ei mit Kaviar. »Gut.«

Jetzt hebt meine Mutter den Kopf. Aus dem Hintergrund schweben zarte Klänge Chopins vom Saal zu uns heraus. »Du musst mir nichts vormachen, Sofi. Mir ist bewusst, dass du seit Jahren für unseren kleinen Rebell schwärmst.«

»Bitte?«

Meine Mutter hebt eine Braue. »Du bist verknallt in ihn, seit er dir mit acht in die Steigbügel geholfen hat.«

Meine Wangen werden heiß. »Das ist Schwachsinn.«

»Ist es nicht. Ich bin deine Mutter, Sofi. Ich weiß alles, was dich betrifft.«

Nein, denke ich. *Nicht alles.*

Sie seufzt. »Vielleicht hätten Jake und ich dich diese PR-Beziehung mit Edward führen lassen sollen statt mit Charles.«

»Nein.« Mein Blick gleitet über ihre Schulter und die Terrasse hinweg in die Berge. Ein weißer Schleier kleidet die Gipfel in ein rauschendes Ballkleid. »Er wäre nicht reif genug gewesen.« Ich beobachte einen Raubvogel, der am Himmel seine Kreise zieht, ehe ich hinzufüge: »Und er ist immer noch nicht reif für eine Beziehung.«

Der Blick meiner Mutter wird finster inmitten dieser winterlichen Strahlen. »Zara hat ihn verdorben. Edward war so ein süßer kleiner Junge, bevor sie gegangen ist. Du erinnerst dich vielleicht nicht an diese Zeit, aber –«

»Ich erinnere mich.« Mein Herz schwebt höher als der Piz Nair. Es muss schon einiges dazugehören, es zu erklimmen. Beispielsweise ein achtjähriger Junge, der mir in die Steigbügel geholfen hat. Ein zehnjähriger Junge, der mir seine viel zu große Fendi-Shorts gegeben hat, als ich in meinem verfluchten zwölften Sommer am See meine Tage bekommen habe. Er hat allen gesagt, mir wäre kalt, ich hätte Fieber und er müsse mich nach Hause bringen. Mit *zehn!* Ein sechsjähriger Junge, der mir Blumen gepflückt hat, weil seine Mama ihm gesagt hat, am Valentinstag sollten sich alle Frauen schöne Blüten auf den Tisch stellen können. Ich habe sie heute noch, versteckt zwischen zwei Seiten eines Buches.

»Er hat ein reines Herz«, sage ich, als ich mich von den Bergen abwende und meinen Kaffee an die Lippen führe. Eisiger Wind schneidet meine Wangen, aber unter der Wolldecke ist es herrlich warm. »Aber die Schwärmerei ist vorbei.«

»So?« Meine Mutter sieht mir in die Augen. »Wie kommt das?«

»Es gibt genug Frauen in seinem Herzen.« Ich trinke einen Schluck Kaffee und genieße die hellen Strahlen der Morgensonne auf meiner Haut, während die angenehmen Pianoklänge mich in eine sanfte Melodie wiegen. »Einige, die er loslassen muss, und eine, die er halten sollte.« Ein zufriedenes Lächeln legt sich auf meine Lippen, als die Akkorde ein Lied der Erkenntnis in mir spielen: Die Wolke, auf der ich mit ihm saß, hat sich geteilt. Ich schwebe in eine andere Richtung, und ich kann strahlend blauen Himmel sehen. »Zwischen Charles, Edward und mir wird immer ein untrennbares Band sein, Mama. Aber die Distanz, auf die es uns hält, ist richtig.« Ich öffne die Augen, streiche mit dem Finger über das feingliedrige Vendergaard-Armband an meinem Handgelenk und mustere die Reflexionen der Sonne im edlen Strass. »Verrate mir, wer mein Vater ist.«

Meine Mutter erstarrt mit ihrem Darjeeling in der Hand. Sogar die funkelnden Ringe, die in ihre Zöpfe eingeflochten sind, scheinen den Atem anzuhalten. »Sofi«, sie schluckt, sieht sich um, vergewissert sich, dass niemand uns zuhört, beugt sich sicherheitshalber weiter vor, »Sofi, ich *kann* nicht.«

»Warum nicht?«

»Weil es alles aufreißen würde, was ich jahrelang versucht habe, zu verschließen. Weil es –«

»Ich habe ein Recht darauf.« Meine Haltung ist aufrecht. Das Kinn gereckt. »Ich habe Würde, Mutter. Und Stolz. Ich vergöttere dich, aber ich werde nicht zulassen, dass du mir meine Rechte absprichst.«

»Mein Gott, Sofi.« Mit den Fingern glättet meine Mutter ihre gerunzelte Stirn, während sie in ihren Tee blickt. Kurz verharrt sie in dieser Position, ehe sie die Tasse in die Hände nimmt und mich ansieht. »Du wirst ihn suchen, wenn ich es dir sage. Und er wird wieder in mein Leben treten. Und dann wiederholt sich, was mir damals das Herz zerrissen hat und –«

»Es geht hier auch um mein Herz.« Eine Brise streicht mir über die Wange. Ich wende den Kopf und blicke von der Terrasse hinab zum Moritzersee in der Ferne. Ein paar Menschen malen mit ihren Kufen Muster in das glitzernde Eis. »Es geht in dieser Sache nicht mehr nur um dich, Mutter.«

Starr sieht sie mich an, als hätten die Minusgrade aus ihr eine gefrorene Skulptur werden lassen. Doch schließlich strafft sie die Schultern, lehnt sich in dem warmen Fell auf dem Stuhl zurück. »Ian Orwell.«

Nur zwei Wörter. Aber zweihunderttausendmal Bedeutung.

In meiner Seele.

In meinem Kopf.

In meinem Verstand.

In meinen Erinnerungen.

»Ian Orwell«, wiederhole ich flüsternd. »Der … der Weiße Hollywood-Schauspieler?«

Sie nickt. »Wir haben uns durch einen Zufall kennengelernt. Vendergaard hatte seinen Durchbruch. Ich sollte einem Model für ein wichtiges Shooting der *Vanity Fair* einige Stücke präsentieren. Und es stellte sich heraus, dass es sich hierbei um seine Schwester gehandelt hat.«

»Delilah Orwell?« Entgeistert sehe ich sie an. Jeder kennt Delilah Orwell. Sie ist eine Ikone. »Du hast Delilah Orwell Vendergaards gebracht, und Ian war dabei?«

»Nicht ganz.« Ein schweres Seufzen entkommt ihr. Ihre angespannte Aura kriecht bis in meine Poren. Das hier ist alles andere als leicht für sie. »Delilah und ich waren im selben Alter. Es hat sie fasziniert, dass ich so jung war und schon meine eigene Firma gegründet hatte.«

»Und berühmt gemacht hast.«

»Ja.« Kurz zieht meine Mutter die Unterlippe ein und schwelgt in Erinnerungen. »Jedenfalls hat sie mich zu ihrer Party am Abend eingeladen.«

»Und da war ihr Bruder.«

»Und da war ihr Bruder.«

»Ian Orwell.«

Meine Mutter nickt. »Dein Vater.«

»Ach du Scheiße.« Ich lege zwei Finger an meine Schläfe, neige den Kopf und starre das verzierte Eisengeländer des Zauns nieder, bis es zu einer farbenfrohen Plörre verwischt. Ein ungläubiges Lachen entkommt mir. Als mein Hirn auch nach einigen Minuten nicht verarbeiten kann, was es gerade erfahren hat, hebe ich den Kopf. »Und warum durfte es nicht sein?«

Abrupt wendet meine Mutter den Blick in die Berge, als hätte ich ihr eine schmerzhafte Ohrfeige verpasst. »Seine Eltern haben eine nicht Weiße Person an seiner Seite nicht gutgeheißen.«

Meine Augen weiten sich. »Seine Eltern waren gegen euch?«

Sie hebt einen Mundwinkel zu einem traurigen Lächeln. »Damals war das … na ja, es war so. Und die Orwells, sie …« Der Atem bleibt in ihrer Kehle stecken. »Sie hatten einen weltberühmten Sohn, und sie wollten, sie meinten zu mir«, ihr Kinn zittert und es bricht mir das Herz in tausend Scherben, »sie sagten, es wäre auch zu meinem Schutz, weil die Welt sich auf mich stürzen würde.« Sie schluckt.

»Seine Eltern dachten, sie täten mir damit einen Gefallen, mich von ihrem Sohn zu trennen.«

»Und Ian hat es einfach so geschehen lassen?« Übelkeit steigt in mir auf. »Ian ... mein Vater hat es akzeptiert?!«

»Nein.« Ausdruckslos blickt meine Mutter in die Ferne. In ihren dunklen Augen spiegelt sich das Bild der Gipfel, die den Himmel mit ihren weißen Küssen bedecken. »Er wollte mit mir abhauen.«

Erleichterung durchströmt mich. Ich wusste nicht, wie viel diese eine Antwort auf meiner Seele wiegt, bis ich sie höre. »Aber du bist allein gegangen.«

»Ja.« Sie sieht mich an. »Weil ich ein verletztes Mädchen war, von der Gesellschaft immer wieder weggestoßen, dass ich wirklich dachte, ich wäre eine Bürde für seine Zukunft.«

»Das hast du gedacht, trotz deines Erfolgs?«

»Ja.«

»Mama.«

»Ich weiß.« Sie schluckt hart. Trotz des Sonnenscheins schneit es auf einmal ganz leicht. Ein paar Flocken benetzen ihr Gesicht. Sterne, die tanzen, bevor ihre Trauer sie schmelzen lässt. Ich weiß nicht, ob die Feuchtigkeit in ihrem Gesicht die Natur oder ihre eigenen Tränen sind. »Und ich habe alles daran gesetzt, dass du anders aufwächst.«

Ich atme ein, aber nicht aus. »Was war mit deiner Schwangerschaft?«

Zum ersten Mal seit diesem Gespräch erscheint ein echtes kleines Lächeln auf ihren vollen Lippen. Aber nur einen Augenaufschlag später verwischen die Erinnerungen an Ian ihr Glück. »Ich habe es erst im vierten Monat gemerkt.«

»Aber deine Periode ...?«

»Es kamen Schmierblutungen. Ich dachte, durch den Stress wäre es unregelmäßig. Vielleicht habe ich die Vermutung auch verdrängt. Ich habe mich so in Arbeit gestürzt, um ihn zu vergessen, dass ich mich kaum an diese Zeit erinnere.«

»Und dann? Als du es wusstest?«

Sie stößt einen Atemzug aus, so gigantisch wie die Alpen. »Da war er verlobt.«

»Was?« Ein ungläubiges Keuchen entkommt mir. »Vier Monate nach eurer Beziehung?«

»Es gingen irgendwann nach ihrer Trennung die Gerüchte um, es wäre für die PR gewesen.« Ein trauriges Lächeln. »Wie bei Charles. Aber zu dem Zeitpunkt warst du sieben, die Firma weltbekannt und Mads –«

»Verstehe.« Er hatte die Vaterschaft anerkannt. »Es hing zu viel dran.«

»Ja.« Der Dampf des Darjeelings treibt mit den Schwaden ihrer Erinnerungen in die Berge. »Es hing zu viel dran.«

Mein Blick huscht zu ihr. »Ich werde ihn aufsuchen.«

»Das wirst du.«

»Es tut mir leid, aber ich muss es tun.«

»Ja, musst du.«

Ich nicke. Plötzlich legt sie ihre Hand auf meine. »Ich bin so stolz auf dich, Sofi.«

Blinzelnd sehe ich zu ihr auf. »Weshalb?«

»Deine eigene Marke.« Mit dem Kinn nickt sie zu der Diamantkette mit dem V-Anhänger, dessen feines Weißgold von einer Strassblüte verziert wird. »Bist du bereit, Vee der Welt zu präsentieren?«

Statt einer Antwort lächle ich. Und dann erkenne ich im Augenwinkel eine Person, die unwahrscheinlich viel Ähnlichkeit mit der Schauspielerin von *Die zauberhafte Welt der Amelie* hat. Mit ihren riesigen Murmelaugen zwinkert Lilibet mir im Vorbeigehen zu. Aber bevor sie weitergehen kann, habe ich schon die Finger um ihr Handgelenk gelegt. Überrascht hält sie inne.

»Mama«, sage ich, ohne den Blick von Lilibet zu wenden, »was dagegen, wenn diese intelligente, beeindruckende Frau sich unserem Frühstück anschließt?«

»Wie könnte ich?« Meine Mutter reicht Lilibet die Hand. »Schön, dich kennenzulernen, …?«

»Lis«, entgegnet sie, im selben Moment, in dem ich »Lili« sage.

Wir sehen uns an. Sie errötet, ich lächle.

»Nun, Lis, Lili, wie auch immer.« Mit einem breiten Lächeln deutet meine Mutter auf den pelzgefütterten Rattanstuhl zwischen uns. »Ich habe eine Schwäche für intelligente, beeindruckende Frauen.«

Ich schenke Lilibet Kaffee ein und reiche ihn ihr mit einem schiefen Grinsen. In der Farbe ihrer Augen glitzert mein Vee-Anhänger. »Ich auch«, sage ich.

BLOOD-RED BLOOD-RED BLOOD-RED LIPS

Edward

Das Messer schneidet sauber durch das Chateaubriand. Es quietscht, als ich es über den Teller schiebe.

Tadelnd sieht mein Vater auf. »Du hast Finn übel zugerichtet«, sagt er.

»Er mich auch.«

Kurz kosten die Augen meines Vaters den Bluterguss in meinem Gesicht. »Worum ging es?«

Ich kaue länger als nötig. Spüle den Bissen mit Wein herunter. »Um sein alltägliches Verhalten.«

Es ist keine Lüge. Nicht die ganze Wahrheit, aber auch nicht viel weniger.

»Hat Trent dich darauf angesprochen, Vater?« Charles richtet seine Krawatte, bevor er einen schnellen Blick vorbei an dem Springbrunnen wirft. Dort sitzt Finn mit seinen Eltern und hält den Kopf gesenkt. »Hat er dich zu einer Revision gebeten?«

Die Frage entlockt unserem Vater ein leises Lachen. »Nein. Trent ist nicht dumm. Er weiß, dass er keine Chance hat, die Niederlage seines Sohnes in einem Kampf gegen mich rückgängig zu machen.«

»Weil er verlieren würde«, sagt Charles, und mein Vater nickt.

Es ist Samstagabend. Die Party im Old Henri Mansion ist genau eine Woche her. Eine Woche, in der ich Blair gemieden habe. Mit jeder Prinzessin außer ihr und Lena hatte ich in dieser Woche ein Date. Mit Hanna sogar mehrere. Ich muss sagen, dass mir ihr tadelloses Verhalten gefällt. Sie ist ruhig, verlässlich, besonnen. Wenn ich mit ihr unterwegs bin, fühle ich mich nicht so verdorben. Sogar fast normal.

Morgen steht die nächste Entscheidung an.

Als hätte er meine Gedanken gelesen, fragt mein Vater: »Hast du dich schon entschieden, wer morgen gehen wird?«

Ich schüttle den Kopf.

»Nun, wenn ich dir einen Tipp geben darf: Principessa Rot passt nicht zu uns.«

Ich schiebe mir ein weiteres Stück Chateaubriand in den Mund. Obwohl das Essen im Blackwell Palace zu den besten der Welt gehört, schmeckt das Stück Fleisch heute zäh. »Aber Kokos-Kora fändest du passender?«

Mein Vater nippt am Wein. Schiebt die Hublot an seinem Handgelenk zurecht. »Nun, sie ist Teil unserer Gesellschaft. Sie versteht etwas von Etikette. Principessa Rot hingegen –«

»Ist erfrischend unterhaltsam.« Ich schenke ihm ein irres Grinsen. »Wie ich. Ich fühle mich wohl in ihrer Nähe.« Das Grinsen erlischt auf meinem Gesicht. »Oh, verzeih. Ganz vergessen. Mein Wohlergehen ist kein Thema dieser Show, nicht wahr?«

»Edward«, sagt Charles, aber mein Vater stoppt ihn mit erhobener Hand.

Er verengt die Augen. Deutet mit der Gabel auf mich. »Wann kapierst du endlich, dass du nicht irgendjemand bist, Edward?«

»Ich verkünde mit Freuden, dass ich das längst habe.« Im Stuhl lehne ich mich zurück, proste meinem Vater mit dem Weinglas zu. »Ich bin ein im Käfig gehaltener Löwe, dem Fressen angerichtet und in sein Gehege geworfen wird.«

~~und wenn er nachts brüllt weil er frei sein will wird er ignoriert und wenn er lauter wird wird er gezähmt bestraft getreten und wenn er weiter rebelliert haben alle respekt und ehrfurcht aber lassen ihm doch keinen freien willen er schreit seit jahren aber niemand hört ihn~~

»Du bist undankbar«, zischt mein Vater. »Alles habe ich dir ermöglicht, habe Doktor Hoover einfliegen lassen, damit du verarbeiten kannst, was passiert ist, habe –«

»Im gleichen Atemzug dafür gesorgt, dass diese Show umgesetzt wird, obwohl ich dir gesagt habe, dass ich das nicht kann, obwohl –«

»Sei still!« Unruhig sieht mein Vater sich um. »Die Leute hören uns!«

»– ich gerade erst erfahren habe, dass meine Tochter mit April gestorben ist, aber dir war es –«

»Edward, leise!«

»– verdammt!« Meine Faust landet auf dem Tisch. »Noch mal!« Das Besteck fliegt, klirrt, singt. »EGAL!«

»Halt den Mund!«

Rasende Sekunden. Sie hüpfen vorbei, zerren an dem Moment.

»Er hat recht«, sagt Charles plötzlich. Mein Bruder legt die Gabel nieder, erlöst mich von dem sengenden Blick meines Vaters, der sich nun auf ihn heftet. Mit stolzer Haltung trinkt Charles einen Schluck Wein, ehe er hinzufügt: »Du hättest dafür sorgen müssen, dass diese Show abgesagt wird.«

Unser Vater schnaubt. »Das Einzige, das mein Sohn hat, ist seine Persönlichkeit. Seine eigene Marke. Er will das Hotel nicht fortführen, er hat hunderte Businessideen in den Sand gesetzt, er will dies nicht, will das nicht, will nicht modeln, will nur für Skandale sorgen, sich betrinken und mein Hirn malträtieren!« Er ist die einzige Person, die ich kenne, die diesen Zischlaut so perfektioniert hat, dass nur seine Gegenüber ihn verstehen können. »Ich werde den Teufel tun und gegen die Wand fahren lassen, was gut für seine Zukunft ist!«

»Aber du weißt nicht, was gut für seine Zukunft ist«, protestiert Charles. »Edward ist der Einzige, der die Antwort darauf kennt, Vater.«

»Edward weiß *gar nichts.*«

Ich proste ihm zu. Theatralisch klimpere ich mit den Wimpern. »Danke. So herzlich.«

Mein Vater schnaubt. »Der Junge kann nur von Tag zu Tag denken, wenn überhaupt! Als ob ich ihm Entscheidungen überlasse, die sein Leben betreffen!«

»Ich bin anwesend.« Mit gleichgültiger Miene schwenke ich den Alkohol im Glas. Der Wein in meinen Händen erinnert mich an

blutrot blutrot blutrote lippen
versteckt unter
schwarz schwarz schwarzer farbe

»Und, verzeih. Nur um der Korrektheit willen: die *mein* Leben betreffen oder *deins?*«

Er übergeht das. »Ich will, dass du Lena wählst.«

»Und ich will, dass mir drei Frauen gleichzeitig Buttercremetorte vom Schwanz lecken.« Ich zwinkere ihm zu. »Man kann nicht alles haben.«

Eine herrliche Zornesröte kriecht meinem Vater den Hals hinauf. Ich bin stolz auf mich. Dieses Level erreiche ich nur selten im Spiel des Lebens.

»Du wirst Lena wählen, Junge. Es passt perfekt. Die Geschichte mit Cordelair, jetzt die Sache mit der Schwangerschaft von diesem Mädchen – ihr Herz ist gebrochen, du bist für sie da, die ganze Welt wird Teil eurer rührenden Geschichte, und am Ende kommt eine wunderbare Allianz dabei heraus.«

»Das funktioniert nicht«, entgegnet Charles. Sein Blick ist ernst. »Erinnerst du dich nicht, wie das mit mir und Sofia geendet ist? Wenn Edward sich verliebt –«

»Als ob.« Mein Vater lacht, als sei das die absurdeste Vorstellung, die er jemals gehört hat. »Edward liebt nur sich selbst. Was wohl das Beste für alle ist.«

Ruckartig schießt mein Arm vor. Die Augen meines Vaters weiten sich. Er sieht das Weinglas auf sich zukommen. Die Flüssigkeit fliegt durch die Luft, tränkt das Tischtuch wie ~~blutrot blutrot blutrote lippen~~ Blut, sein Hemd wie von einem Dolch, der seine Brust durchbohrt, gefärbt. In letzter Sekunde duckt er sich. Das Glas fliegt über seinen Kopf hinweg und zersplittert am Brunnen. Die Scherben werden vom Wasser mitgerissen.

Der halbe Saal sieht schockiert zu uns rüber. Finn hebt nur kurz den Blick, ehe er sich rasch abwendet. Er weiß, dass er verloren hat. Er kennt die Konsequenzen, und er steht zu seinem Rang. Unter mir.

»Hast du den Verstand verloren?«, zischt mein Vater. »Bist du von allen guten Geistern verlassen oder –«

Ich lasse ihn nicht ausreden. Abrupt schiebe ich den Stuhl zurück, werfe die Stoffserviette neben meinen Teller und verschwinde.

NO RULES IN THE HOTEL WITH NO RULES

Edward

Meine Beine tragen mich ins Casino. Glitzerndes Licht rieselt auf mich hinab und lässt mich vermutlich scheinen wie ein Engel, der ich nicht bin. Jazzmusik wabert durch die Luft, der herrliche Geruch von Spielchips, Karten und Geld fliegt zu mir wie ein Vogel, dem die Flügel gebrochen wurden. Erst in der zweiten Sekunde verstehe ich es.

~~der vogel bin ich~~

Wahllos steuere ich einen Blackjack-Tisch an und schiebe mich auf den Hocker. Zwei Personen sind mitten in einer Runde. Jeff Crimson, Reporter der *Blick!*, und eine Frau mit betörenden Kurven in einem schwarzen Kleid, das sich wie Seide über ihren Körper ergießt. Die Haare hat sie hochgesteckt, verdeckt von einer Cap, die sie tief ins Gesicht gezogen hat. Ich erkenne nur ihre Kieferlinien. Das ist nicht ungewöhnlich. Im Casino des Blackwell Palace tauchen häufig mysteriöse Gestalten auf, die unentdeckt bleiben wollen. Ich beobachte sie eine Weile und muss sagen, dass sie erstaunlich gut ist. In mir wallt der Drang, mehr über sie herauszufinden.

Ihre Nägel sind schwarz lackiert. Sie dreht ihre zweite Karte herum.

Blackjack.

»Was für eine Scheiße«, zischt Jeff Crimson, wirft sein Blatt über den Tisch und steht auf. »Ich bin raus.«

Der Dealer schiebt der Frau ihre gewonnenen Chips über das Spielfeld. Ich nehme den Platz von Jeff ein.

Der Dealer wirft einen kurzen Blick in meine Richtung. »Spielen Sie, Signore Blackwell?«

Neben mir zuckt die Frau zusammen.

»Ja«, sage ich, und dann, in ihre Richtung, »keine Sorge, diese Wirkung habe ich für gewöhnlich auf alle Frauen.«

Sie schnaubt.

Bei meiner Tante Anneli klingt es wie ein wütendes Rhinozeros. Bei dieser mysteriösen Lady klingt es herrlich.

»Noch eine Runde?«, fragt der Dealer an sie gerichtet.

Das Cappy nickt. Es ist von Moncler. Ich beginne, Gefallen an diesem Geheimnis neben mir zu finden.

Das Spiel geht los. Der Dealer legt eine drei, die andere Karte verdeckt. Ich lege eine acht. Sie legt einen Buben.

Der Dealer dreht seine verdeckte Karte um. Eine sieben. Dann eine vier. Und eine drei. Bei siebzehn muss er aufhören. Der Dealer sieht uns an.

»Hit«, sage ich. Damit gehe ich weiter. Ich bekomme eine nächste Karte, öffne sie. Eine neun. Achtzehn Punkte.

Die Frau nickt, um zu bedeuten, dass sie ebenfalls mitgeht.

Sie zückt einen König.

Schon wieder Blackjack.

»Verflucht«, stoße ich aus. »Was für ein Wunder bist du?«

Sie sagt nichts. Nimmt nur ihren Gewinn entgegen, wobei sie den Kopf bewusst von mir abwendet. Aber da erkenne ich ihren Hals. Den großen roten Fleck unter ihrem Ohr. Einen Fleck, den ich genau an dieser Stelle an Blair hinterlassen habe. Blitzschnell ziehe ich ihr das Cap vom Kopf. Sie versucht, mich wegzuschlagen, aber da liegt ihre Mütze schon in meiner Hand. Ihr weißblondes Haar fällt über ihren Rücken wie der Wasserfall der Strömung, der uns mitgerissen hat.

Ich überspiele mein Entsetzen mit einem Lachen. »Ich hätte es wissen müssen.«

»Was?« Trotzig reckt sie das Kinn. »Dass ich dich im Blackjack schlage?«

~~dass ich mein herz verschlucke wenn ich deine lippen küsse~~

~~nur deine anwesenheit in der finsternis dieses wandschranks eine atomare kraft meinen körper unter strom zu setzen wie ein wasserstrahl auf eine offen gelegte leitung~~

»Dass du wieder verbotenerweise durch mein Hotel schleichst.«

Sie schnaubt. Schon wieder dieses ~~herrliche~~ nervige Geräusch. Jetzt, wo ich ihre langen Haare freigelegt habe, strömt mir auch der Duft ihres ~~betörenden~~ Apfelshampoos in die Nase.

»Mir bleibt nichts anderes übrig, wenn du es mir verbietest, mein Zimmer zu verlassen.«

Ich gebe ein ungläubiges Lachen von mir. »*Ich?*«

Ein funkelnder Blick von ihr. »Deine Show, deine Regeln.«

»Ich spiele nicht nach Regeln.« Grinsend neige ich den Kopf. »Das solltest du gemerkt haben.«

Sie schiebt ihre Chips in einen Beutel, nimmt einen Martini in die Hand und sieht mich so herablassend an, als wäre ich *weit* unter ihrer Würde.

~~warum tust du das was habe ich getan ich wollte für dich da sein wollte dich in sicherheit wissen habe dein appartement mit meinen männern umringt aber 1 2 4 6 waren nicht genug also mehr also sieben also mehr also acht aber trotzdem war ich krank vor sorge trotzdem wollte ich dich sehen aber konnte nicht durfte nicht~~

~~durfte nicht~~

~~durfte nicht zulassen dass mein herz erstickt~~

»Nicht?« Sie lässt eine ihrer blassen Hände über das schwarze Kleid gleiten. An ihrer Hüfte stockt sie. Kurz vor ihrem Hintern. »Dann frage ich mich, was für Regeln du meinetwegen gebrochen hast, Blackwell.«

»Ich war betrunken.« Auf meinem Gesicht erscheint mein antrainiertes gleichgültiges Grinsen. »Ich habe keine Ahnung, was für einen Scheiß ich dir auf den Arsch geschrieben habe.«

Röte schießt in ihre Wangen. Sie ist ungeschminkt, und ich ~~liebe es~~ erkenne sie kaum wieder. In den letzten Wochen habe ich mich so sehr an ihr schwarzes Make-up gewöhnt, dass es mir ~~wie eine belohnung~~ fast zu intim erscheint, ihr nacktes Gesicht zu sehen.

~~ich will meine hand ausstrecken mit den fingern ihre wangen kosten mich von der droge berauschen lassen den ihre aura webt ein freier fall von faser zu faser auf wolke auf wolke 7~~

Plötzlich beugt sie sich vor.

~~ich kriege fast einen herzinfarkt bis mir einfällt dass das nicht geht weil mein herz ja tot ist ups~~

»Ich glaube dir nicht.«

»Aha.« Mein Mundwinkel zuckt. »Blair Karlotta Wagner *glaubt* mir nicht.«

»Richtig.« Ihre sündhaft schönen Lippen verziehen sich zu einem verführerischen Grinsen. »Ich denke, du gehst mir aus dem Weg.«

»Korrekt. Ich gehe dir aus dem Weg.« Lässig nehme ich einen Drink von Zoe, der Bedienung des Casinos, entgegen. Ich nippe daran. Über den Rand des Glases hinweg sehe ich Blair an und lüpfe die Brauen. »Falls du dich daran erinnerst, beruht unser Waffenstillstand auf einem Deal, den ich, sagen wir«, ich lasse das Glas sinken, »mir *sehr überzeugend* erkämpft habe.« Sie wird noch röter. Ich genieße meine Wirkung auf sie. »Du dienst dem Zweck, dass ich hier frei rauskomme. Wir brauchen keine Dates.«

Ein schnaubendes Lachen von ihr. Und plötzlich ihre Lippen. An meinem Ohr. Beinahe zärtlich streifen sie die verheilende Wunde des Knochenrings. Eine seltene Melodie der Gänsehaut tanzt über meine Haut. Wie eine Feder, die mich kostet.

»Lügner«, flüstert sie. Ihr heißer Atem lässt mich schlucken. Und meinen Schwanz hart werden. Blair zieht sich ein winziges Stück zurück. Plötzlich schweben ihre Augen genau vor meinen.

~~honig und kastanie und gold~~
~~ein gemälde aus warmen nuancen~~
~~der hauch von herbst~~
~~gefallene blätter unter der glühenden sonne~~
~~und die glühende sonne~~
~~ist mein magen mein herz der flatternde vogel irgendwo dazwischen~~

»Du sagst, alles im Leben wäre ein Spiel.« Sie legt einen Finger auf meine Lippen. Ich kann mich nicht regen. Die Berührung ist wie ein Inferno, das über mich hinwegtanzt und in meinen Nerven züngelt, an meinen Gefühlen leckt. »Also gut, lass uns spielen. Ich fordere dich heraus.«

Ich sehe ihr in die ~~honig und kastanie und gold~~ Augen. Langsam, ganz langsam, hebe ich eine Hand. Umfasse ihren Finger. Lasse ihn über meinen Mund gleiten. Meine Unterlippe befeuchtet ihre Haut. Sie schluckt. »Wozu forderst du mich heraus, Prinzessin?«

Mein Feuer geht auf sie über. Es tanzt jetzt in ihren Augen. »Blackjack.«

»Wetteinsatz?«

»Wenn ich gewinne«, sie entzieht mir ihre Hand und legt sie stattdessen in meinen Schritt. Innerlich explodiert in mir eine Bombe. Äußerlich passiert nichts. Oder, doch. Mein Schwarz richtet sich pulsierend auf. Was Blair, ihrem bittersüßen Grinsen nach zu urteilen, nicht entgeht. Sie streichelt meinen Schwanz. Meine Atmung wird schwer. »Nimmst du mich morgen mit zum Worldcup auf der Bobbahn?«

Unwillkürlich hebe ich mein Becken. Drücke mich ihrer Berührung entgegen. Meine Nase berührt ihre. Ihr Atem auf meiner Haut. Es interessiert mich nicht, dass jeder uns sehen kann. Es interessiert mich nicht, dass der Dealer dasteht und auf unsere Anweisung wartet. Es interessiert mich nicht, was die Leute von mir denken. Und Blair auch nicht. Das ist, was sie so gefährlich für mich macht. Sie ist wie ich.

»Ein Date?«

»Ein Date.« Ihre freie Hand greift meine, legt sie auf ihren Hintern. Der Edding brennt sich durch ihr Kleid in meine Haut. *I broke my rules for you.* Worte, die zu mächtig sind, um keinen Zündstoff in sich zu tragen. »Und du lässt mich herausfinden, was es damit auf sich hat.«

Ihr Blick geht so tief, dass ein Pianist auf meinem Körper spielt, jeden Zentimeter vibrieren lässt.

Ich will den Dreck in mir in dem Frieden ihrer Augen waschen.

»Einverstanden«, sage ich. »Spielen wir, Prinzessin.«

Zufrieden wendet sie sich ab.

Der Dealer teilt aus. Eine neun für ihn. Eine schwarze Königin für mich. Einen schwarzen König für Blair. Ich sehe mehr darin als sie.

»Hit«, sage ich.

»Hit«, sagt Blair.

Eine vier für den Dealer. Einen Buben für mich. Ich habe zwanzig. Ich grinse, denn ich werde gewinnen. Und plötzlich grinse ich nicht mehr, denn ich werde gewinnen. Kein Date für uns.

Ein Ass für Blair.

»Blackjack«, sagt sie.

~~ihr lächeln bricht mir die rippen~~

Der Dealer gibt ihr all die Chips. Mein Hirn rattert. Ich frage mich, wie es ihr gelingen kann, dreimal hintereinander einen Blackjack zu kriegen. Und da dämmert es mir. »Du zählst Karten«, raune ich.

Lachend schüttelt sie den Kopf, als wäre das abwegig. Aber ihr Blick huscht zu dem Dealer, als würde sie sichergehen wollen, dass er nicht zuhört.

»Sag schon.«

»Keine Regeln im Hotel ohne Regeln«, haucht sie in mein Ohr. Wahrscheinlich, damit niemand sonst uns hört.

~~schon wieder der pianist auf meiner haut der schauer auf meinem schwanz eine symphonie in meinem zerbombten herz~~

»Gutes Spiel.« Sie zwinkert. »Wir sehen uns morgen.« Blair schnappt sich ihre Cap. Von Moncler, aber nicht wirklich.

»Die ist falsch«, sage ich.

»Ja.« Sie setzt sie auf. »Wie du, wenn du dir einredest, dass wir nur ein Deal sind.«

Sie geht. Ich rieche ihr Apfelshampoo immer noch.

april ist gekommen hat mich gefunden aufgehoben ausgeholt auf ein minenfeld geworfen lachend zugesehen

blair ist gekommen hat meine asche gefunden aufgehoben ausgeholt in ihre seele geworfen lachend zugesehen

wie aus mir
langsam wieder
ein mensch wird

LIKE A FLOWER THAT NEEDS THE RAIN

Blair

Jorge und Barbara begleiten mich wie die Wächter eine Königin. Er will sichergehen, dass mein Make-up sitzt, wenn ich aus dem Geländewagen steige, und sie möchte einen perfekten Moment schaffen, indem sie mir das neuste Design ihres Kunstpelzmantels überstreift, sobald die Kameras auf uns gerichtet sind.

»Das wird famos!« Neben mir klatscht Jorge in die Hände. Wir sitzen zu dritt auf der hinteren Bank, vorn der Fahrer und neben ihm Angus, einer der Sicherheitsmänner, der mich nicht mehr allein lässt, seit ich angegriffen worden bin. Erst waren die Securitys nur vor der Tür des Appartements, aber dieser hier steht seit vorgestern die ganze Nacht vor meiner Suite. Als ich einmal wach geworden bin und mir ein Glas Wasser aus der Küche holen wollte, hat er einen Karateschritt gemacht und mir fast ins Gesicht gekickt, als ich meine Tür geöffnet habe. Er meinte, er hat mit einer Bedrohung gerechnet. Kriss Kross hat ihn angebettelt, mit ihr Sparring zu machen, aber er fand, es würde zu viel seiner Aufmerksamkeit stehlen. Kriss meinte, das wäre womöglich eh besser, weil er danach knock-out wäre.

»Wenn der King dieses einzigartige Design des Cape-Mantels sieht, wird Prada Geschichte für ihn sein.« Barbara legt Daumen, Zeige- und Mittelfinger aneinander und küsst ihre Kuppen. »Blair Wagner – der hellste Stern am dunklen Himmel.«

»Du wirst gewinnen«, sagt Jorge. »Keine Frage. Ich verfolge jedes Video auf TikTok, und die Leute *lieben* dich!«

»Aber *Edward* muss sie lieben«, entgegnet Barbara. »Nicht die Leute.«

Und das tut er nicht.

»Das tut er«, sagt Jorge. »Allein, wie er sie ansieht, Barbs. Hast du je gesehen, dass er jemanden so angesehen hat? Wir sind seit fünfzehn Jahren für die Familie zuständig, haben die Kinder aufwachsen sehen, waren für ihre Kleidungsordnung und das Make-up der Frauen verantwortlich, aber ich habe nie gedacht, dass Edward verliebt wäre. Auch nicht in April.«

»Auf keinen Fall in April«, schnaubt Barbara. »Diese Irre hat ihn zerstört.«

»Ah, benutz nicht dieses Wort«, Jorge schnalzt mit der Zunge, »aber ich muss dir recht geben, dass sie ihm die Seele ausgesaugt hat. Wohl wahr.«

Die ganze Zeit über unterhalten die beiden sich über mich hinweg. Jorges Auge neben meinem Kinn. Barbaras Leberfleck vor meinem Busen. Ich blicke starr geradeaus durch die Windschutzscheibe. St. Moritz rauscht im abendlichen Lichtermeer vorbei. Die Autowischer kämpfen mit den Schneeflocken.

»Er hat Blair was auf den Hintern geschrieben«, beharrt Jorge. »Alle rätseln, was es war.«

»Blair, verrätst du es uns?« Ein flehender Augenaufschlag von Barbara. »Wir sagen es auch niemandem.«

»Nur meiner Schwester«, widerspricht Jorge. »Die kann seit Tagen von nichts anderem reden.«

»Meine Tochter auch«, sagt Barbara. »Oh, und darf sie es ihrer Freundin erzählen? Nur ihrer Freundin, versprochen.«

»Und meine Schwester ihrer Kollegin? Die redet auch nicht. Nur manchmal bei ihren Tupper-Partys, und wenn sie da so krasse News hat, verkauft sie da natürlich mehr. Aber sonst weiß es keiner, versprochen!«

Ihre Gesichter schweben vor meinem Gesicht wie Dori bei *Findet Nemo – hast du ein Problem? Hast du, hast du, HAST DU?*

»Es war nichts«, entgegne ich. »Nur ein gemalter Totenkopf.«

»Oh.« Enttäuscht zieht Barbara sich zurück. »Das ist …«

»… furchtbar!« Jorge wirft die Hände in die Luft. »Ein Skandal! Totenkopf? Um Himmels willen! Und ich dachte, der Junge hätte Grips!«

»Ein Herz wäre romantischer.«

»Meinetwegen ein Blümchen. Sogar einen Löwenzahn! Also die Blume, nicht das Tier. Aber ein Totenkopf, Barbs? Ich bitte dich!«

In diesem Moment hält der Wagen. Angus, der Sicherheitsmann, springt förmlich heraus und öffnet uns die Tür. Vor dem Olympia-Bobrun-Hotel ist die Hölle los. So viele Handys, Kameras, Absperrband, kreischende Girlies mit Schildern, auf denen *Blair gehört auf den Königschair* und *mit der schwarzen Principessa trifft er's besser* steht.

»Siehst du?« Jorge strahlt. »Die Welt *liebt* dich!«

Ein Rauschen schlittert durch meine Venen. Ich bin wie gelähmt, während Barbara mir mit strahlendem Lächeln und übertrieben viel Show den schwarzen Mantel umlegt. Die Menge ist wie ein bunter Regenbogen, wie eine geplatzte Farbbombe, aber da sehe ich ihn.

Edward trägt eine Daunenjacke mit dem Polospieler auf der Brust, eine Cargohose und schwarze Stiefel mit dicker gezackter Gummisohle und einem mit Dior bestickten Streifen. Seine Augen tragen die Farbe karibischen Gewässers, und das Lächeln, mit dem er mich auszieht, ist geheimnisvoll. Er kommt auf mich zu. Hinterlässt Spuren im Schnee wie im Leben anderer. »Hey, Schönheit.«

Jorge entfährt ein entzücktes Quietschen. Barbara presst sich die Hand auf die Brust.

»Keine Sorge«, sage ich zu ihnen. »Das ist nichts Besonderes. Der nennt uns alle so.«

Edward tut gespielt schockiert. »So angriffslustig, Karlotta?«

»So überrascht, Blackwell?«

»Nicht wirklich.« Er hält mir seinen Arm hin. »Wer die schwarze Witwe unterschätzt, wird gefressen.«

Ich hake mich bei ihm ein. »Und wer dem König der Unterwelt verfällt, wird leiden.«

Er runzelt die Stirn, sagt aber nichts. Stattdessen führt er mich von Jorge und Barbara fort, am Absperrband entlang in Richtung Bobbahn. Obwohl es nur fünf Minuten von St. Moritz entfernt ist, bin ich viel zu selten in dem Dörfchen Celerina. Der Ort ist eingebettet in die majestätischen Schweizer Alpen und atmet gleichermaßen Geschichte und Charme. Enge, gewundene Gassen, historische Steinhäuser und die süßen Lärchenholzsprossenfenster reflektieren das gleißende Licht der Sonne, wenn man zur Mittagszeit im Tal ist, und werfen Schatten in die schmalen Straßen. Ich war ein paarmal dort, und es war unbeschreiblich. Aber jetzt sind wir nicht unten im Dorf, sondern an der legendären Gunter Sachs Lodge. Ich lasse den

Blick schweifen. Manchmal denke ich über die Berge, dass sie wie die stillen Wächter sind, die niemals schlafen und alles im Auge behalten, während unter ihnen in der Tiefe Bäche plätschern und die Rufe der Wintersportfans bis zu den Gipfeln klingen. Wie auch jetzt.

Um den Startpunkt herum tummeln sich Menschen, die sich auf ihre Fahrt vorbereiten. Holzbuden verkaufen Essen und Getränke, Reporter von verschiedenen Sendern wuseln herum. Angus läuft vor uns, behält jede Person in unserem Radius im Auge.

»Weißt du, an wen du mich erinnerst?«, fragt Edward plötzlich.

»An eine schwarze Witwe.«

Er lacht. »Auch. Aber vor allem an Daenerys von *Game of Thrones*.«

»Du weißt schon, dass du mir damit gerade ein Kompliment gemacht hast?«

»Echt?« Theatralisch schlägt er sich die Hand an die Stirn. »Verdammt! Ich nehme alles zurück.«

Ich lache. »Zu spät.«

Er wirft mir einen Seitenblick zu. Edward strahlt. Ich stelle fest, dass er darin besser ist als die Sonne. *Und* ich stelle fest, dass plötzlich all die Feindseligkeit zwischen uns verschwunden ist. Es ist zu viel passiert. Wir haben zu viel erlebt. Und ich bin müde. Ich will nicht mehr kämpfen. Erst recht nicht gegen die Person, die mein Herz in diesem Schrank hat rasen lassen, bevor sie mich aus dem verfluchten Keller gerettet hat.

»Hast du Extensions in den Haaren?«, fragt er.

»Nein.«

»Das ist Natur?« Ungläubig starrt er mir auf die Spitzen, die sich in Korkenziehern auf der Höhe meiner Hüfte befinden. »Im Leben nicht.«

»Hab sie nie geschnitten.«

»Nie?«

»Manchmal die Fransen unten. Aber nie richtig.«

»Verstehe.« Er grinst schief. »Du warst eine von denen, die immer schon Prinzessin sein wollten.«

Ich war eine von denen, die nie zum Friseur geschickt wurden und mit acht nicht wussten, wie sie sich mit der stumpfen Zick-Zack-Bastelschere einen Rebellenschnitt schneiden. »Ja.«

Er lächelt, aber plötzlich wird seine Miene ernst. Wir stellen uns in die Nähe des Startpunkts, beobachten die Bobfahrer, die ihren Schlitten fertig machen für den Run. »Geht es dir gut?«

Ich sehe ihn an. »Ja. Ich denke, schon.«

Er nickt, ohne meinen Blick zu erwidern.

Angus dreht sich zu uns um. »Wollt ihr etwas trinken? Soll ich euch was holen?«

»Gern.« Schnell sehe ich mich um, überfliege die Buden. »Äh, einen Vanille-Chai?«

»Für mich El Tony Mate«, sagt Edward.

Angus nickt und verschwindet.

Edward sieht mich an. Hebt die Braue. »Vanille-Chai?«

»Noch nie probiert?«

»Bin ich eine Prinzessin?«

Ich lache. »Das ist lecker!«

»Das ist süß.«

»Ja, wie ich.«

Er lacht. Dann benetzt er die Lippen mit der Zungenspitze, kostet mein Gesicht mit seinen Augen. »Stimmt«, raunt er.

Plötzlich ist mein Herz ein Vogel, der sich in das Abendrot der untergehenden Sonne erhebt. Ich weiß nicht, wo ich hinsehen soll, als Edward meine Hand in seine nimmt.

Ich starre ihn an.

Er nickt zur Menge. »Die Leute wollen das sehen.«

Ich blinzle. »Die … Leute?« Mein Hirn hat mit Verzögerung zu kämpfen.

»Wir sind eine Show«, sagt er. »Schon vergessen?«

wir sind eine show mehr nicht nur ein bild für die kamera nur ein aesthetic für pinterest der rich boy und sein mädchen für eine sekunde und kein danach

Angus kommt mit den Getränken zurück.

»Es ist schon krass«, murmle ich, während ich den Blick über die Menschen schweifen lasse. »Du könntest nie im Leben jetzt einfach zu dieser Bude gehen und dir ein Getränk holen, weil die Leute sich auf dich stürzen würden. Die alltäglichsten Dinge werden zur Unmöglichkeit.«

Edward trinkt einen Schluck. Einen Moment sieht er über meine

Schulter hinweg. »Man gewöhnt sich dran.« Er blickt mich an. »Du gehörst jetzt dazu.«

»Was?«

»Du könntest da auch nicht mehr hin.«

Seine Aussage trifft mich wie ein Schlag in den Magen. Er hat recht. Könnte ich nicht. Die ganzen letzten Jahre habe ich mir nichts sehnlicher gewünscht, als ein Teil dieser Welt zu werden. Ich dachte, so wäre ich endlich in Sicherheit. Frei. Jetzt wird mir klar, dass diese Menschen genauso gefangen sind. Nur anders.

»Fühlst du dich manchmal einsam?« Die Frage rutscht mir heraus, bevor ich darüber nachdenken kann. »Sorry«, setze ich schnell hinterher. »Dumme Frage. Wir sind nur eine Show.«

Edwards Blick heftet sich auf den Fahrer, der seinen roten Wagen fertig macht. Er trinkt noch einen Schluck. Ich rechne schon nicht mehr mit einer Antwort, als er so tief Luft holt, als würde er ganz Engadin einatmen wollen.

»Ich weiß nicht, wie es sich anfühlt, *nicht* einsam zu sein.«

Ein Blitz aus Entsetzen, der den Himmel erleuchtet. Das ist mein Herz. Für den Bruchteil einer Sekunde fällt die Mauer in ihm. Stein für Stein, Schmerz für Schmerz.

»Edward.« Ich drücke seine Hand. Mein Daumen fährt über seinen Knöchel. Ich spüre, wie sein Körper sich anspannt, sehe, wie seine Lippen sich teilen. »Wir könnten gemeinsam einsam sein. Wenn du willst.«

Er dreht den Kopf. Sieht mich an, als wäre ich ein Wesen, dem er noch nie begegnet ist. Sofort habe ich das Gefühl, etwas Falsches gesagt zu haben.

»Es muss nichts dahinter stehen. Einfach nur abhängen.« Lächelnd zucke ich die Achseln. »Ufos essen.«

»Ufos essen«, wiederholt er.

»Ja. Die sind lecker. Auf diese Brausepulverdinger schwöre ich.«

Sein Mundwinkel hebt sich. »Du schwörst auch auf Vanille-Chai.«

Demonstrativ halte ich ihm meinen Becher unter die Nase. »Probier. Na los. Wenn du danach noch sagst, es schmeckt nicht, verlasse ich die Show.«

Er lacht. »Gar kein Druck.«

»Nein, Erpressung. Außerdem wäre es nicht so schlimm. Du könntest deinen Deal einfach mit Lena fortführen.«

Sein Lächeln erlischt. Er schluckt. Ich weiß nicht, warum. Es ist tatsächlich eine Alternative. Und jetzt gerade wird mir erst bewusst, dass er auch sie hätte bitten können, mitzuspielen. Stirnrunzelnd betrachte ich diese Erkenntnis, neige den Kopf. »Warum hast du –«

»Okay, ich trinke das Zeug.« Blitzschnell löst er seine Finger aus meinen und schnappt sich den Becher. Er trinkt. Mein Blick klebt an seinen vollen Lippen, an dem satten Rot, das den weißen Becher benetzt. Meine Kehle wird trocken, und in meiner Mitte beginnt es zu pochen.

Er setzt den Becher ab, tut so, als würde er den Geschmack auf der Zunge kosten. Schließlich gibt er mir den Becher zurück. »Annehmbar.«

»Aber zu süß?«

»Nicht so sehr, wie ich dachte.«

»Also nicht wie ich?«

»Nein.« Er legt mir einen Arm um die Schultern und drückt mich an sich. »Nicht wie du, Prinzessin.«

er spielt das nur alles für die kameras das hier ist nicht ernst gemeint er macht es mit allen besonders mit hanna bilde dir nichts ein hör auf zu jagen wildes dummes verknalltes herz

»Also«, ruft der Bobfahrer plötzlich in unsere Richtung, »der Wagen wäre bereit.«

»Wieso sagt er das zu uns?«, frage ich.

»Weil wir fahren werden.«

Ich blinzle. »Was?«

»Ich habe organisiert, dass uns eine Fahrt gehört, bevor das erste offizielle Rennen startet.«

Mit offenem Mund sehe ich erst zu dem roten Flitzer, dann zu Edward. »Wir beide sollen die Bahn runterfahren?« Ich blinzle. »Allein?!«

»Mit wem denn sonst?«

»Ich habe nicht vergessen, dass ich beim letzten Mal, als ich eine solche Entscheidung getroffen habe, fast draufgegangen wäre!«

»Aber heute nicht.« Edward zwinkert. »Hier gibt es kein Wasser.«

»Nur eine zwei Kilometer lange Natureisbahn mit anspruchsvollen Kurven!«

Sein Mundwinkel zuckt. »Ich bin diese Bahn schon als Kind gefahren, Blair. Es wird nichts passieren.«

»Das hast du beim Fluss auch gesagt.«

Er nimmt mir den leeren Becher aus der Hand, überreicht beide Angus und umfasst mein Gesicht. In der Ferne höre ich, wie die geiernden Leute entzückende Laute von sich geben. Tief sieht er mir in die Augen. »Willst du Spaß?«

»Ich will nicht sterben.«

»Wirst du nicht. Beantworte die Frage. Willst du Spaß?«

Ich knirsche mit den Zähnen. »Kann ich mit einem erfahrenen Profi fahren?«

»Ja.« Er grinst. »Mit mir.«

Ich verdrehe die Augen.

»Komm schon.« Seine Hände wandern höher, bis er die Finger unter meine Mütze schiebt und ich seine Kuppen an meiner Kopfhaut spüre.

nur ein hauch von zärtlichkeit von ihm aber ein wirbelsturm im inneren von mir mein herzschlag eine aggressive trommel die den schwarm der schlafenden schmetterlinge weckt und sie fliegen himmelwärts

»Du liebst doch das Risiko, Blair. Das Adrenalin.«

ja und du bist das größte adrenalin

»Okay.« Mein Mund spricht, ohne dass ich ihm eine Genehmigung dafür erteilt habe. »Aber halte mich fest.«

Seine Finger schieben sich weiter in mein Haar. Er kommt näher. Seine Nasenspitze berührt meine.

in meinem bauch singt ein vogel in der dämmerung so schön dass die bäume erzittern und für ein warmes kribbeln in mir sorgen

»Ich lasse dich nicht los«, raunt er. »Für nichts auf der Welt lasse ich dich los.«

Das kann kein Spiel mehr sein. Keine Show. Niemand hört, was er sagt. Nur ich. Und sogar da frage ich mich, ob ich mir das einbilde. Halluziniere.

»Wettschulden sind Ehrenschulden«, sagt er plötzlich.

»W...was?«

Seine Lippen streifen über meinen Mundwinkel. Mein zartes Wimmern wird von den Flügelschlägen der Schmetterlinge in den Himmel getragen. »Du hast gewonnen. Im Casino. Der Einsatz war, dir zu zeigen, was meine Worte bedeuten.«

Ich hebe die Lider. Und ertrinke in der Flut seiner Augen. »Ich habe meine Regeln für dich gebrochen«, zitiere ich seinen Spruch flüsternd.

Er nickt.

»Was für Regeln?«

Er zögert. »Keine Gefühle.«

Mein Atem stockt. »Du hast Gefühle für mich?«

ich ertrinke ertrinke ertrinke in seinen worten augen silben lippen wimpern werde fortgespült ein ozean aus emotionen mit sanften wellen die mein herz umarmen

»Wenn ich dich jetzt küssen würde«, raunt er. »Vor all diesen Menschen … weißt du, was das bedeuten würde?«

»Was?«

Seine Blicke zetteln eine Rebellion an. »Ich würde meine Regeln für dich brechen.«

Mein Atem geht flach. Seiner schnell.

»Willst du, dass ich meine Regeln für dich breche, Blair?«

willst du willst du willst du das

»Ja«, hauche ich. »Will ich.«

zwischen uns werden

7

5

3

2

zentimeter getötet

1 millimeter

0 luft

seine

lippen lippen lippen

auf meinen

Seine Hände rutschen wieder herunter. Umfassen mein Gesicht. Halten es fest wie einen kostbaren Schatz, den er nicht verlieren darf. Er küsst mich leidenschaftlich, sanft, liebevoll. Er küsst mich anders als im Schrank. Er küsst mich, als würde es etwas bedeuten.

Wie eine Blume, die den Regen braucht.

Wie Regen, der die Wolken braucht.

Wie Wolken, die die Erde braucht.

Wie die Erde, die das Universum braucht.

Vielleicht, in irgendeiner Welt, könnte die Möglichkeit bestehen, dass ich sein Universum bin.

Meine Finger streifen seinen Hals, während ich mich dem Kuss hingebe. Ich spüre seinen schlagenden Puls an meinen Fingern.

ein marathon an herzschlägen die ein endloses echo in den bergen hinterlassen und den planeten die menschen uns erzittern lassen

Edward löst sich von mir, und ich erkenne so viel. Ich sammle jeden Ausdruck, der über sein Gesicht tanzt. Jeden Schmetterling am Himmel unter der Sonne, dessen Flügel Antwort für Antwort singen.

zuneigung überraschung zärtlichkeit glück offenheit erkenntnis panik verwirrung gefühle

Plötzlich nehme ich die vielen Leute wieder wahr, als sie laut zu jubeln anfangen. Die vielen strahlenden Gesichter, die überraschten Münder, Finger, die auf uns zeigen.

»Was ist jetzt, ihr zwei Turteltauben?«, brüllt der Fahrer.

Ich schrecke zusammen. Edward lässt mich los. Langsam drehen wir uns um. Sein Blinzeln spiegelt meine wirren Gedanken.

Der Fahrer hat eine Faust in die Hüfte gestemmt und einen Stiefel auf seinem Wagen abgestützt. »Fahrt ihr, oder was?«

»Ja.« Die Antwort kommt von mir. »Wir fahren.«

LET'S GO AND BUY SOME UFOS

Blair

Die Sonne verschwindet zwischen den Bergen und taucht die schneebedeckten Gipfel in ein goldenes Licht. Eiskalte Luft zerrt an meinen erhitzten Wangen, während ich mich vor Edward in den Wagen setze. Mit pochendem Herzen und wachsendem Grauen, gepaart mit Euphorie, starre ich den Abhang der glatten Bahn hinab. Sie ist umgeben von majestätischen Tannen und verschneiten Hängen. Geformtes Adrenalin schlängelt sich durch das malerische Panorama der Schweizer Alpen.

»Die letzte noch bestehende Natureisbahn der Welt.« Edwards Brust vibriert an meinem Rücken, als er spricht. »Nur Schnee, Wasser und Muskelkraft.«

Ich habe große Schwierigkeiten, mich auf seine Worte zu konzentriere, weil mein Körper noch irgendwo zwischen den Welten hängt. Als Edward seine Arme um mich legt und mich fest an sich drückt, wird es noch schlimmer. Ich löse mich zwischen den Wolken auf und fliege mit den Schmetterlingen.

»Bereit, Prinzessin?«

wofür
für uns
fürs rennen
für dich
für deine art mich zu verzaubern oder
für deine art mich zu verarschen
was auch immer eintreffen wird
bereit für
das risiko
prinzessin?

»Bereit.«

Eine rasende Geschwindigkeit zerrt an meinen Lungen. Ich kreische. Edward lacht. Meine Nägel krallen sich in seine Arme, Halbmonde in seiner Haut, aber er lacht lacht lacht und hält mich hält mich hält mich. Das Eis glitzert vor meinen Augen, das Eisen des Wagens erfüllt die Luft mit einem schneidenden Geräusch.

Die Landschaft ist atemberaubend. Gewaltige Berge, durch die wir in hohem Tempo rasen, verschneite Riesen, die auf uns hinabsehen. Tiefblaue Seen in der Ferne, Tunnel, die das Echo unserer Herzen zurückwerfen, die untergehende Sonne, die den glitzernden Schnee in eine Decke aus flüssigem Gold bettet.

Wenn ich ein Bild malen müsste, wie meine Gefühle aussahen, als Edwards Lippen auf meine getroffen sind, würde das Gemälde diese Szenerie wiedergeben.

Wir rasen die letzten Meter der Bahn entlang. Edwards Hand gräbt sich in meine Hüfte. Dabei rutscht mein Pullover hoch. Als seine Finger über meine nackte Haut gleiten, erschaudere ich.

aber nicht vor kälte

Unser Wagen rast durch das Ziel. In einem Hauch von Schnee kommen wir zum Stehen. Hinter mir regt sich Edward. Er steigt zuerst aus dem Wagen. Reicht mir eine Hand. Hilft mir raus.

Meine Beine sind butterweich.

aber nicht wegen der fahrt

»Einen Rappen für deine Gedanken.«

Wilde Flügelschläge hinter meiner Brust. »Du hast es wirklich getan.«

»Was getan?«

»Es mir gezeigt.«

»Was gezeigt?«

»Dass du deine Regeln für mich gebrochen hast.«

Er schüttelt den Kopf. »Noch nicht ganz.«

»Wie meinst du das?«

Angus hat sichtliche Schwierigkeiten, die kreischende Menge davon abzuhalten, sich auf uns zu stürzen. Überall rauschen Kameras an, die der regionalen Sender, die der Show, alle wollen uns sehen. Edwards Blick gleitet über die Menge, er presst die Lippen zusammen, zieht mich näher heran. »Blair Karlotta Wagner«, raunt er mir ins Ohr. »Lass uns heute gemeinsam einsam sein, okay?«

»Aber wir haben keine Ufos.«

In seinen Augen blitzt etwas auf. »Scheißen wir auf den Worldcup und kaufen wir welche.«

SCARED TO BE LONELY

Blair

wenn edward eine rebellion anzettelt heißt das er nimmt ein mädchen mit in seine suite und isst ufos anstatt mit ihr zu schlafen

»Ich will nicht wissen, was Angus gedacht hat, als er für uns in den Laden gehen und diese Dinger kaufen sollte.« Ich halte die Tüte mit den Brausebonbons hoch, damit ich irgendwas zu tun habe. Das letzte Mal, als ich in dieser Suite war, habe ich mich hier frei bewegt und pudelwohl gefühlt. Ich hatte noch kein Jaguarherz, und Edward hat auch noch keine atomare Kraft auf mich abgesondert. Jetzt habe ich das Gefühl, wenn ich nur einen Schritt in seine Richtung mache, explodiert etwas in mir.

»Der denkt sich gar nichts. Einmal hat er für meine Tante Anneli einen Nasensauger für Babys gekauft und für mich schon *etliche* andere Dinge, die weitaus skandalöser sind als Süßigkeiten.« Edward geht in seine Küchennische und öffnet den Kühlschrank. »Möchtest du etwas trinken?«

Ich frage mich, ob er genauso nervös ist wie ich. Es wirkt nicht so. Auf mich macht er den Eindruck, als würde er so was jeden Tag machen. Macht er wahrscheinlich auch.

mit hanna victoria kriss selma kora mit gelb gold rot blau grün ein bunter regenbogen in seinem zimmer nur ich bin schwarz nur ich bin die nacht ob er das wohl weiß ob er ahnt dass meine welt ins dunkel getaucht wird sobald ich die augen schließe do wah diddy diddy dum diddy do your heart for which tiara, oh na-na

»Was hast du denn da?«

»Wasser, Bier, Apfelsaft, Cola.«

Ich lache. »*Apfelsaft?*«

Er wirft mir einen amüsierten Blick zu. »Weißt du, was für eine magische Wirkung kalter, naturtrüber Apfelsaft haben kann, wenn du abends einen fetten Kebab mit Tsatsiki und extra Knoblauch gegessen hast?«

»Nein.«

»Dachte ich mir. Sonst wärst du nicht so verwundert. Kannst du fangen?«

»Nein.«

Eine Flasche Apfelsaft segelt durch den Raum. Ich hebe einen Arm, aber es ist der falsche, es ist der mit den Ufos, und ich bin dumm, aber nur wegen der atomaren Energie, die Edward absondert, ka-bumm-tzz.

Die Flasche landet auf dem Sofa.

»Ich dachte, du kannst fangen.«

»Ich habe gesagt, dass ich es nicht kann.«

»Was Frauen sagen und was Frauen meinen, sind *ganz* unterschiedliche Dinge, Prinzessin.«

Ich gehe zum Sofa und nehme die Flasche in die Hand. Plötzlich steht Edward neben mir.

Wie ist er so schnell hierhergekommen?

»Komm«, murmelt er, »gib mir deinen Mantel.«

Die Ärmel sind so groß, ich muss weder Ufos noch Apfelsaft ablegen, um herauszurutschen. Edwards Finger streifen meinen Nacken, als er mir hilft. Hitze durchfährt mich. Ich sehe ihm nach, als er zur Garderobe geht, und da fällt mein Blick auf ein großes Regal neben dem Hochglanz-Sideboard. Stirnrunzelnd trete ich näher. »Sind das deine –«

»Ja.« Edward ist neben mir. Sein Arm streift meinen. Ich frage mich, ob es Absicht war. »Sechshundertsiebenunddreißig Kassetten. Alphabetisch sortiert.«

»Hast du Zwänge?«

Er lacht. »Auslegungssache.«

Mein Blick wandert über das Regal, die einzelnen Titel. Ein paar Geschichten kenne ich. Pen hatte einige. Manchmal hat sie mir welche gegeben.

Ich strecke einen Finger aus und fahre über die vielen Farben, als würden ihre Titel ein Buch ergeben und mir Edwards Geschichte erzählen. An einer Kassette bleibe ich hängen. »Das Sams«, murmle ich.

Edward lehnt sich mit der Schulter gegen das Regal und mustert mich. Als ich die Geschichte herausziehe, hebt er einen Mundwinkel. »Was ist damit?«

»Ich erinnere mich daran.«

»Du erinnerst dich an das Sams?«

»Ja.«

»Und?« Ein leises Lachen. »Das kennt doch fast jeder.«

»Ja, aber …« Ich schlucke. Meine Finger krampfen sich um die Verpackung. Daumen auf roten Haaren, vier Finger an der Latzhose. »Es hat mir viel gegeben.« Zögerlich sehe ich zu Edward auf. Er lacht nicht mehr. »*Ich wünsche mir eine Portion Mut, bitte schön, und eine Extraportion Freude.*«

Edward sieht mich an. Seine Lippen teilen sich. Die Zungenspitze streicht darüber. »Und?«, fragt er. »Hat er es dir geschenkt?«

»Ich weiß nicht.«

»Ich aber.« Plötzlich umfasst auch er die Kassette. Oder meine Hand. Eigentlich nur meine Hand, aber er tut, als wäre es die Kassette. Glaube ich. »Blair, ich habe deinen Lebenslauf gelesen.«

»Was?«

»Ich musste wissen, mit wem ich es zu tun habe.« Seine Stimme klingt rauer als sonst. »Du bist mit achtzehn aus den USA nach Deutschland geflogen. Allein. Hast dort ein halbes Jahr *ehrenamtlich* in einer Kantine für Obdachlose gearbeitet. Bist von da nach Israel. Allein. Hast in einem Restaurant und im Casino gearbeitet. Bist von da nach Japan. Allein. Hast einen Sprachkurs gemacht, morgens ehemaligen Kriminellen Harfeunterricht in einem Rehabilitierungsprogramm gegeben und abends in einem der größten Hotels im Service gearbeitet. Und bist dann nach St. Moritz. Allein. Arbeitest seit drei Jahren im Blackwell Palace, behauptest dich gegen Menschen wie mich und Finn, erhobenen Hauptes und ohne jemals einzuknicken.« Ich atme nicht mehr. Ich ersticke gleich. »Du bekommst Drohbriefe, Blair, du wurdest angegriffen, und dennoch bist du hier.« Er tritt einen Schritt näher. »Du bist so mutig, Scheiße, bist du mutig.«

Mein Kinn zittert. Die Kassette zerquetsche ich fast.

er weiß nicht dass ich keine wahl hatte er weiß nicht dass ich gestohlen habe er weiß nicht dass ich vielleicht nichts von alldem getan hätte wenn das leben mich nicht gezwungen hätte in diesem bild erkenne ich keinen klecks mut nur angst

»Aber die Freude«, rasselnd atme ich ein, und mit Entsetzen stelle ich fest, dass mir Tränen über das Gesicht laufen, »die Extraportion Freude fehlt.«

»Kein Problem.« Er nimmt mir das Sams aus der Hand und schiebt die Kassette zurück ins Regal, ohne den Blick von mir zu wenden. »Das lässt sich ändern.«

Im nächsten Atemzug stößt mein Rücken gegen das Regal. Ein paar Kassetten gehen zu Boden. Edward umfasst meine Handgelenke, presst sie an das Holz, stiehlt mir den Atem. »Das hier bedeutet es, wenn ich Regeln breche«, raunt er, bevor er sanft meine Tränen wegküsst. Erst die eine, dann die andere. »Und das.« Seine Lippen berühren meine Stirn. Er sieht mich an. Atemlos. Zögert. »Und das.« Plötzlich führt er meine Hand unter seinen Pullover. Seine Haut ist so heiß, sie verbrennt mich. Er verbrennt mich. Leckende Flammen an meinen Nervenenden. Sie kämpfen sich durch jede Zelle und wandern bis tief in meine Seele.

An seiner linken Brust hält er inne. Sein Atem stockt. Da spüre ich seinen Herzschlag. Er donnert wie ein galoppierendes Pferd.

»Und das passiert, wenn ich dich ansehe.«

»Meins auch«, flüstere ich.

»Blair.« Mein Name aus seinem Mund klingt wie ein tiefes Raunen in windstiller Nacht. Seine Haut glüht so heiß unter meinen Fingern, dass ich glaube, seine Aura pulsiert im Wettlauf mit der Sonne. Und das, obwohl er eigentlich ein Todesengel ist. Seine Finger schließen sich sanft um meine. Unsere Atemzüge vermischen sich.

sekunden in denen wir uns ansehen nur ansehen aber ich könnte schwören es ist mehr ich atme wie eine verdurstende nach einer langstrecke nur dass mein marathon edward heißt

Für den winzigen Bruchteil einer Sekunde kosten seine Lippen meine. Streifen darüber. Ein sanfter Hauch, vom Wind davongetragen, kaum spürbar, dennoch gewaltig. Wie ein Blitz, der mich entzündet, ein ganzer Elektrizitätsbereich.

wenn edward mich berührt bin ich ein kabel unter wasser

Ein Zittern geht durch seinen Körper. Ich frage mich, ob meine Explosion ihn getroffen hat. Mit einer Hand streicht er mir die

Strähnen der Curtain Bangs zurück, fährt mit dem Daumen über meinen Wangenknochen. »Du bist so wunderschön«, raunt er.

»Ich habe Makel«, sage ich. »Eine … eine Narbe über der Augenbraue. Genau …«, ich räuspere mich, »genau hier.«

Meine Hand auf seinem Herz umfasst seine Finger, führt sie an mein Gesicht. Als er die Narbe berührt, ergreifen mich die Klauen eines Adlers und reißen mich fort in die dunkelste Nacht, die auf der Erde verweilt.

1 glatte tischkante

1 fehler

1 warnung für immer

»Und meine Nase«, ich schlucke, weil er mir so nahe ist, weil ich vibriere im Versuch, der Aura, die er ausstrahlt, standzuhalten, »sieht aus wie eine Skischanze.«

Ein leises Lachen an meiner Haut. Mit dem Finger streicht er über meine Nase, bis er mit dem Daumen meine Lippen erreicht. Meine Unterlippe schnappt herunter. Er gleitet darüber. In meiner Mitte explodiert der Stromkreis. Zu viel Wasser in Form von Edward.

»Deine Nase ist perfekt.« Wie ein Tanz streifen seine Nägel meine Wange, als er sie mit der Hand umfasst. Tief sieht er mir in die Augen. Ich erkenne gefrorene Wellen des Meeres, eingefangen in einem eisblauen Glitzern. So viele tanzende Geheimnisse in diesem tiefen Gewässer. So viel Unendlichkeit in der stillen Oberfläche, die er mir offenbart. »Alles an dir ist perfekt, Blair.«

Ich will scharf die Luft einziehen, aber Edward raubt sie mir. Er überwindet den letzten Zentimeter und küsst mich.

er kostet liebkost verführt begehrt verzaubert mich

Seine Haut riecht nach Lavendel. Er ist der größte Rebell, den ich kenne, und wenn er mich küsst, sollte ich mich fürchten. Stattdessen beruhigt es mich. Jede Berührung seiner Lippen küsst die Sorgen fort, die Zweifel, die Ängste. Ich dränge mich ihm entgegen, und unsere Berührungen werden so wild, so chaotisch, dass nichts mehr einem Plan folgt. Lippen auf dem Kinn, auf dem Mundwinkel. Lippen auf dem Hals, unter dem Ohr. Lippen überall, Küsse im Herzen, Gefühle in der Seele.

Plötzlich umfasst er meinen Hintern und hebt mich hoch. Ich keuche, als mein Rücken fest gegen das Regal kracht. Erneut fallen

Kassetten heraus, aber es könnte auch die Welt untergehen und wir würden es nicht mitbekommen. Ich schlinge meine Beine um seinen Körper, meine Arme um seinen Hals, weiß nicht mehr, wo ich anfange und er aufhört. In mir lebt die Finsternis eines Waldes, aber auf einmal sprießen Sonnenblumen aus der Erde, sorgen für so viel Licht, für so viel Leben in dieser Dunkelheit.

Ich reibe mich an seiner Beule, und Edward stöhnt an meinen Lippen. »Scheiße, du machst mich fertig.«

»Gut«, keuche ich.

Er lacht rau, dann wirbelt er mich plötzlich herum und läuft mit mir durch die Suite. Ich will sehen, wo er mich hinträgt, aber dann müsste ich den Kuss unterbrechen, und das wäre ein Weltuntergang für die ganzen hübschen Sonnenblumen.

Nur einen Augenblick später wirft er mich aufs Bett. Ist sofort wieder über mir. Seine Hände links und rechts von meinem Kopf abgestützt, schwebt sein Gesicht über meinem. Wie ein Raubtier, kurz davor, mich zu fressen.

»Hast du es abgewaschen?« Ein Kuss auf dem Hals.

Ich keuche. »Was?«

»Den Edding.« Seine Hand unter meinem Pullover, unter meinem BH, an meiner Brust.

Vor Verlangen muss ich die Augen schließen, ein Stöhnen herunterschlucken. »Nein.«

»Was dagegen«, murmelt er und wieder chaotische Küsse, wieder Lippen am Mundwinkel, Lippen am Hals, »wenn ich das überprüfe?«

»Nein.«

Er beißt mir in die Unterlippe. Ich stöhne auf. Dann umfasst er den Saum meines Pullovers und zieht ihn mir über den Kopf. Seine Finger verharren am Verschluss meines BHs. Fragend sieht er mir in die Augen, und ich verliere mich schon wieder in den schwappenden Wellen des Ozeans, in dem kristallklaren Meeresrauschen, das mich mit sich zieht wie den Sand unter der Morgenröte. Ich nicke, und der BH landet auf dem Boden. Edwards Küsse hinterlassen eine feuchte Spur auf meiner Haut, als er sich einen Weg über meinen Körper bahnt. Ich erschauere. Beuge den Rücken durch. Seine feuchten Lippen finden meinen Nippel. Er nimmt ihn in den Mund, saugt daran, knetet die Brust. Ein lustvoller Laut entfährt mir. Ich kralle meine Hände in sein Haar, erhöhe den Druck auf seinen Hinterkopf, damit er fester saugt, fester knetet, mir *alles* von sich gibt, damit ich weiß, das hier ist kein Traum, es ist echt echt echt, obwohl Edward sagte, ich wäre falsch, obwohl er meinte, meine Moncler ist falsch, obwohl ich meinte, wir wären falsch, ist das hier so scheiße echt, dass ich kaum atmen kann, weil die ganzen Sonnenblumen jetzt auch hinter meiner Brust sprießen und so viel Platz einnehmen.

Edward schiebt mir seinen Daumen in den Mund. Ich werfe den Kopf zurück, sauge daran, stelle mir vor, es wäre sein Schwanz, der sich in mich schiebt, sauge fester, härter, wilder, bis Edward ihn mir entzieht und mit meiner Feuchtigkeit an seiner Haut meine Brustwarze umspielt, während seine Lippen tiefer wandern, runter zu meinem Bauchnabel, runter zum Bund meiner Hose. Plötzlich gleitet er mit der Zunge daran entlang, und ich stöhne. Verlangend recke ich mich ihm entgegen, will, dass er unter die Hose gleitet

tiefer tiefer tiefer tiefer tiefer tiefer tiefer

Edward löst sich von mir und hebt seinen Kopf. Und in dem Moment, in dem er mich in dem schwachen Licht des Wohnzimmers ansieht, den Kopf geneigt, Feuer in den Meereswellen, ein ganzer Brand im Ozean, in seinen scharf geschnittenen Zügen, da verliert mein Herz.

Es verliert den Kampf gegen Edward.

3:2 für dich, Blackwell.

Er beugt sich zu mir herunter, legt seine Lippen auf meine, schiebt die Zunge dazwischen. Es ist so heiß, so betörend, dass die Funken dieses Meeresfeuers auf mich übergehen. Sie stecken meinen Wald in Flammen, aber die Sonnenblumen überleben, die Sonnenblumen tanzen inmitten dieses Brands, als wäre die Glut ihr Lebenselixier.

In einer schnellen Bewegung öffnet Edward meine Hose und schiebt sie herunter. Ich will dasselbe mit seiner tun, aber meine Finger zittern.

»So wild, Wagner?« An meinem Mund verziehen sich seine Lippen zu einem Grinsen. »Wenn ich es nicht besser wüsste, würde ich fast glauben, ich raube dir den Verstand.«

Seine Zungenspitze leckt über meine Lippen. Ich wimmere vor Lust. In meinem Unterleib zieht es. Automatisch spreize ich die Beine, zerre an Edwards Hose.

Er lacht leise und rau. Seine Finger gesellen sich zu meinen, und er schafft es innerhalb von Sekunden, seine Hose verschwinden zu lassen. Versace-Boxershorts. Schwarz. Goldener Bund. Ausgefüllt von einer prallen Erektion. Ich strecke die Hand aus, streichle ihn über den Stoff. Edwards Lider flackern. Er knurrt, dann, plötzlich, wirbelt er mich herum. Schlägt mir auf den Hintern. Nicht stark, aber auch nicht sanft. Das Gefühl lässt heißes Verlangen in mir auflodern. Ich recke ihm meinen Hintern entgegen. Seine Finger streifen über den Saum meines Slips, schieben ihn zusammen.

»Fuck«, haucht er, ehe sein Daumen über die Stelle streicht, von der ich weiß, dass sie mit Edding beschriftet worden ist, »du hast es wirklich gelassen.«

»Es lässt sich nicht abwaschen.«

»Doch«, sagt er, lacht, »und das weißt du.« Dann kneift er mir in den Arsch, zerreißt meinen Slip und drängt sich gegen meine Spalte. Ich stöhne vor Lust.

Edward bewegt sich langsam, weiß genau, was er tun muss, um meine Nerven zu reizen. Seine Härte unter der Boxershorts ist so prall, dass ich sie überall spüre.

»Edward«, keuche ich, »m…mehr!«

Meine Vulva pulsiert. Es ist kaum auszuhalten. Doch er zieht sich zurück. Ich wimmere vor Enttäuschung, aber dann, plötzlich, presst er seine warmen Lippen an meine Feuchtigkeit.

Ich stöhne laut auf. Das Geräusch verteilt sich in seinem Schlafzimmer, gesellt sich zu den Küssen, die er auf meiner Klit verteilt. Seine Lippen kreisen um meine empfindliche Perle, verteilen die Nässe auf die elektrisierten Nerven. Er saugt an meiner Scham, leckt darüber. »Verdammt, Blair«, stöhnt er. »Du bist so nass!«

Ich antworte, indem ich ihm meinen Hintern entgegenstrecke. Zu mehr bin ich nicht imstande. Mein Gesicht ist verschwitzt vor Lust, vor meinen Augen tanzt das Verlangen, und alles abwärts von meinem Bauchnabel pocht und pulsiert und verbrennt.

Das schmatzende Geräusch von Edwards Küssen macht mich noch weiter an. Er nimmt meine Klit zwischen seine Lippen und saugt an ihr. Dann schiebt er zwei Finger in mich. Ich reiße den Mund auf vor Verlangen. Ein erstickter Schrei entkommt mir.

»Gut so, Prinzessin«, raunt Edward an meiner Scham, »schrei für mich.«

Er fingert mich schnell und gekonnt, gleitet an meiner Nässe entlang, penetriert die entzündeten Nerven, während er mit den Lippen an meiner Klit zupft. Das Verlangen übernimmt. Ich kann nicht mehr. Ich senke den Oberkörper hinab, bette die Wange auf die Matratze und genieße, wie Edward das Pochen meiner Vagina mit seiner Zunge antreibt, mit seinen Küssen herausfordert. Ich spüre, wie die Nässe meiner Lust aus mir herausläuft, wie er alles in sich aufnimmt, während ich stöhne und die Finger in die Bettdecke kralle.

»Edward«, schreie ich, als er plötzlich seine Zunge in mich schiebt und mich mit dem Mund fickt. »O Gott, ja, Edward!«

Ich beuge den Rücken durch, presse mich seinen Bewegungen entgegen und reite seine Zunge mit dem Arsch. Mein ganzer Körper ist fest angespannt, kein Zentimeter lässt sich mehr regen, bis die Welle der Lust über mir zusammenbricht.

Ich komme mit seinem Namen auf den Lippen, stöhne ihn bei jeder weiteren Welle, die mich pulsierend durchströmt.

Schlaff breche ich zusammen, aber es ist nicht genug. Edward löst sich von mir. Träge blinzele ich ihn an, sehe seinen nass verschmierten Mund, seine harte Beule, und will ihn in mir. So unbedingt in mir spüren, dass mein Wille Berge versetzen könnte.

Ich setze mich auf die Knie, lege meine Hände an seine Wange und küsse ihn stürmisch. Ich schmecke mich selbst auf seinen Lippen. Ich wandere tiefer, ziehe ihm die Boxershorts herunter. Kurz schnappe ich nach Luft, als ich sehe, *wie* prall er ist.

Ein raues Lachen. »Gefällt's dir?«

»Kann man so sagen.«

Ich nehme ihn in den Mund. Meine feuchten Lippen gleiten über seinen Schwanz, lecken seine Spitze. Er zieht scharf die Luft ein und vergräbt die Finger in meinem Haar. »Fuck«, stöhnt er, »Blair.«

Er bewegt meinen Kopf schneller. Ich sauge an ihm, lecke seinen Schaft, küsse die empfindliche Eichel und ergötze mich an der Melodie seiner verlangenden Laute. Edward schiebt mir seinen Schwanz weit in den Mund, und ich schmecke, genieße, wie er verlangend pulsiert.

»Ah«, murmelt er, »fuck, Blair!«

Edward spritzt mir in den Mund. Und ich schlucke alles. Ich habe Angst, auch nur einen Tropfen zu verpassen, weil mir alles an ihm, *alles* an diesem Moment zu wertvoll erscheint.

Wir keuchen beide, als ich mich von ihm löse. Aber ich sehe, dass er noch immer hart ist.

Er folgt meinem Blick, grinst. »Keine Ahnung.« Fährt sich mit der Hand durchs Haar, senkt die Lider. »Irgendetwas an dir macht mich verrückt.«

Ich verflechte meine Finger mit seinen, lege mich zurück auf die Matratze. Er folgt mir, küsst mich. Ich sehe ihn an. Spreize die Beine. Meine Hände liegen auf seinem Kreuz, und ich drücke ihn herunter. Erwarte seinen Schwanz an meiner Öffnung.

Aber plötzlich stockt er. Im ersten Moment denke ich, weil er ein Kondom holen muss, aber plötzlich schüttelt er den Kopf.

Ich blinzle, denn er ist definitiv noch hart wie ein Stein. Oder eher schon wieder. »Was denn?«

Edward klettert zurück, setzt sich auf die Fersen. Sieht auf mich hinab. Dann stößt er die Luft aus, als hätte er seit Jahren die ganze Welt eingeatmet. »Ich kann nicht.«

Perplex starre ich ihn an. »Du kannst nicht?« Mein Blick huscht zu seinem besten Stück, das definitiv prall aufgerichtet ist. »Habe … habe ich etwas falsch gemacht?«

Er presst die Lippen zusammen und schüttelt den Kopf. »Nein.«

»Was dann?«

Kurz schließt er die Augen. Öffnet sie wieder. Sieht an mir vorbei, dann wieder zu mir. »Ich will nicht.«

Meine Lippen teilen sich vor Überraschung. Seine Worte vertreiben das glückselige Gefühl in mir mit nur einem Hammerschwung. »Du … willst nicht?«

Er schüttelt den Kopf.

Mir entfährt ein verletztes Keuchen. Edward zuckt zusammen. Ich muss den Kloß herunterschlucken, der sich in Lichtgeschwindigkeit in mir festgesetzt hat, aber es geht nicht.

»Du hast den Ruf, mit allen Frauen zu schlafen, die dir über den

Weg laufen.« Ich schlucke. »Aber du willst mich nicht.« Entsetzt erkenne ich, dass Tränen vor meinen Augen alles in einen glitzernden Schleier packen. »Widere ich dich so sehr an?«

»Gott, Blair, nein.« Er fährt sich mit der Hand durchs Haar. Schluckt. »Das ist es nicht.«

»Was dann?«

»Es ist … ich will einfach nicht.«

»Du willst nicht«, wiederhole ich matt. »Du, Edward Blackwell, willst keinen Sex.« Beinahe lache ich trocken auf, weil dieser Satz so surreal klingt, dass ich es nicht fassen kann.

Er schluckt. »Es tut mir leid.«

Verzweifelt sehe ich weg, versuche, die Tränen fortzublinzeln. Ich schnappe mir meinen Hoodie und ziehe ihn über. »Ich hätte mich nicht auf diesen Deal mit dir einlassen sollen. Dann wäre es nie so weit gekommen.«

»Blair …« Er fasst nach meiner Hand, aber ich entziehe sie ihm.

»Es ist so demütigend«, sage ich mit zittriger Stimme, »so verletzend zu wissen, dass ich für dich die ganze Zeit wirklich nur dieser Freifahrtschein gewesen bin. Keine Frau für dich, ein bisschen Spaß zwischendurch, während ich in all das hier irgendetwas reininterpretiert habe, obwohl du –«

»Fuck, so ist es nicht, Blair!«

»Du hast es mir von Anfang an gesagt. Dass es nichts ist. Ich bin so dumm. Gott, ich hätte –«

»Blair!« Er fasst mich am Arm, zieht mich zu sich. »Es ist … es –«

»Was, Edward, *was?*«

Er stößt die Luft aus. Da stürzt eine Mauer ein. Ich sehe es ganz deutlich. »Scheiße, Blair, ich schlafe mit all denen, weil es nichts bedeutet, okay?« Er atmet schnell. Heftig. Ich habe ihn noch nie so atmen sehen, jetzt, wo er die Welt rauslässt. »Weil es nur Sex ist, nur Lust, aber mit dir …« Er zögert. »Ist es mehr.«

Ich blinzle. »Du schläfst nicht mit mir, weil es mehr ist?«

Er nickt. »Und das macht mir Angst.«

»Angst?«

»Ja.« Er kommt näher, nimmt mein Gesicht in seine Hände. Mustert jeden Zentimeter ausgiebig, als wolle er die Sonnenblumen darin wachsen sehen. »Du musst nur lächeln und bist schöner, als jedes

Make-up eine Frau je machen könnte. Für mich bist du schöner als sie alle. Selbst in diesem T-Shirt von Pablo Escobar letztes Jahr. Ich sehe dich an, und mein Herz macht diese merkwürdigen Dinge, als würde es sterben oder, keine Ahnung, absaufen oder so, und ich kann einfach nichts dagegen tun.« Seine Brauen sind dicht zusammengezogen, als könne er sich das Rätsel nicht erklären. Aber plötzlich klärt sich sein Gesicht, als würde ihm eine Erkenntnis kommen. Er sieht auf. »Ich glaube, ich bin verliebt in dich, Blair.«

flugzeuge stürmen durch mein herz brechen die wolken auf sorgen für ein donnern in meinem körper das die nerven erzittern lässt und einen schauer auf mich hinabrieselt als wäre der dunst des morgens eingetreten kurz vor dem sonnenaufgang und die sonnenblumen wachsen lachen brennen vor glück

»Du … *was?*«

»Ich bin verliebt in dich.« Er umarmt meine Seele. »Aber ich habe nur noch ein bisschen Herz. Und ich fürchte, wenn ich … wenn wir …« Er sieht an mir hinab, schluckt. »Ich fürchte, dann verliere ich alles.«

Perplex starre ich ihn an. Ich bin zu keiner Regung fähig. Er will nicht mit mir schlafen, weil er Angst hat, ich könnte ihm das Herz brechen. *Ich* könnte *ihm* das Herz brechen.

»Okay«, flüstere ich. Nicke. In mir ist alles in Blei gegossen. Meine Glieder fühlen sich taubschwer an. »Dann lass uns heute Nacht einfach … gemeinsam einsam sein?«

Edwards Blick heftet auf mir. Dann entkommt ihm ein lautloses, leises Lachen. Und er nickt.

Ich kuschle mich unter die Decke. »Willst du eine Kassette anmachen?«

»Eine Kassette?«

Ich nicke. »Das Sams?«

Er sieht mich an, als wäre ich ein außerirdisches Wesen. Aber dann geht er ins Wohnzimmer, kommt mit dem Sams zurück. Er legt die Kassette in einen alten Rekorder, der locker zwanzig Jahre alt ist. Edward ist ein steinreicher Erbe eines Imperiums, aber in seinem Schlafzimmer steht ein antiker Kassettenrekorder statt eine superteure Anlage.

Er legt die Kassette ein.

»Also«, ertönt die Stimme des Erzählers. »An einem Samstagmorgen, als Herr Taschenbier gerade aufgestanden war und am Küchentisch saß und aus dem Fenster guckte, sah er plötzlich etwas Außergewöhnliches.«

Edward zieht seine Boxershorts über und legt sich neben mich. Ich rolle mich zu ihm und genieße, wie er einen Arm um mich legt. Aber etwas steckt zwischen meinem Kopf und dem Kissen. Ich will es herausziehen, als Edward es mir schon aus der Hand schnappt.

»Sorry«, murmelt er. Er will es gerade verschwinden lassen, als ich erkenne, was es ist.

»Lass ihn hier.« Ich schnappe ihm den zerfledderten Winnie Puuh aus der Hand und nehme ihn in den Arm zwischen uns. »Er ist zu süß, um auf dem Boden zu schlafen.«

Edward lächelt. In der Sekunde entscheide ich, dass es das Schönste und gleichzeitig Traurigste ist, das ich je gesehen habe.

»Komm her«, raunt er und drückt mich an sich. »Schlaf gut, Prinzessin.«

»Schlaf gut, Edward.«

Ich zähle die Schläge seines Herzens, bis ich einschlafe. Kurz bevor ich wegdämmere, entscheide ich, dass hinter seiner Brust ein Schmetterling wohnt.

Ein leises Flattern unserer Schmetterlingsherzen, wenn sie sich berühren.

VEE IS FOR VICTORY

Sofia

Die Pressekonferenz für die Bekanntgabe meiner Marke findet vor dem Valentinsball statt.

»Bist du nervös?«, fragt Lilibet.

Ich positioniere den Vee-Anhänger auf meiner Seidenbluse und schüttle lächelnd den Kopf. »Nervosität wurde mir abtrainiert.«

»Okay.« Sie zupft an ihrer Kleidung. Ihr Blick wandert immer wieder zu der imposanten Tür neben uns. Wir befinden uns auf der anderen Seite des Saals, hinter dem Westflügel, und warten darauf, einzutreten. »Bist du sicher, dass ich mitkommen soll? Ich meine, ich will niemandem den Platz wegnehmen oder –«

»Hey.« Ich umfasse ihr Gesicht mit meinen Händen. Ihr Atem stockt. »Wenn es nach mir ginge, wäre der Saal voll, wenn nur du mit mir da reingehen würdest, okay?«

Sie blinzelt.

»Und er wäre leer, wenn tausend Gesichter vor mir schweben würden außer deinem.«

»Sofia«, flüstert sie. Ihre Wimpern sind ungeschminkt, aber trotzdem so lang, dass sie fast den Knochen über ihren Augen berühren.

»Ich brauche dich hier, okay?«

»Aber warum, wenn du nicht nervös bist und –«

»Ich brauche dich hier, weil ich will, dass du diesen wichtigen Schritt in meinem Leben miterlebst.« Ich mache eine Pause, in der ich sie nur ansehe. »Dass du ein Teil dessen bist.«

Sie lächelt. »Okay.«

»Sofia!«

Mit einem Mal versteift mein Körper. Meine Hände an Lilis Wangen sind schwer wie Blei. Scharfe Krallen legen sich um meine Kehle, als ich die Hände sinken lasse und mich zur Seite wende.

In einem maßgeschneiderten Anzug kommt Mads auf mich zu. Er trägt die teuersten Vendergaard-Manschettenknöpfe unserer Kollektion und dunkle Derbys. Seine schmalen Augen huschen von mir zu Lili und zurück. »Was hat eine Freundin hier verloren?«

»Sie ist eingeladen.«

»Und warum ist sie nicht im Saal wie alle anderen?«

»Ich habe sie gebeten, hier mit mir zu warten.«

Sein Blick huscht in meinem Gesicht umher, als würde er nach einer Pore suchen, die ihm mehr Wahrheiten bietet. Schließlich wandert sein grimmiger Ausdruck zu Lilibet. »Du kannst gehen.«

»Rede nicht in diesem Ton mit ihr«, zische ich.

»Schon gut.« Lili hebt die Hände, macht einen Schritt rückwärts und schenkt mir ein breites Lächeln. »Wir sehen uns im Saal.«

Ich nicke, dann sehe ich ihr nach, bis sie verschwunden ist.

»Was soll das?«

Meine Antwort kommt verzögert – und tonlos. »Was?«

»Dieses Mädchen.«

»Dieses Mädchen hat einen Namen.« Jetzt erst wende ich mich von dem Punkt ab, an dem sie soeben hinter der Ecke verschwunden ist, und sehe Mads an. »Sie heißt Lilibet. Und ich habe Gefühle für sie.«

Ihm fällt alles aus dem Gesicht. »Bitte?«

»Ich habe Gefühle für sie«, wiederhole ich.

»Das ist lächerlich.«

»Nein, ist es nicht.«

»Du bist Sofia Vendergaard.« Trocken lacht er auf. »Du kannst nicht lesbisch sein, Liebling. Nicht in deiner Position.«

Heiße Wut brennt den Wald in meinem Magen nieder. Jeder Baum trägt das Gesicht von Mads Vendergaard.

»Völlig richtig«, zische ich. »Ich bin Sofia Vendergaard, und ich kann machen, was ich will, ich kann lieben, wen ich will, und«, ich nähere mich ihm einen Schritt und sehe kühn zu ihm auf, damit er in meinen Augen erkennt, wie die Bäume, die er in mir gepflanzt hat, zu Asche zerfallen, »ich kann sein, wer ich will.«

Sekunden vergehen. Moleküle werden zu Glut. Ein pulsierendes Beben der Luft zwischen uns, so dick, dass nur die fallenden Bäume es zerschneiden können.

In dem Moment, in dem Mads den Mund öffnet, um etwas zu sagen, wird die Tür neben uns geöffnet.

»Signora Vendergaard.« Mit einer ausladenden Handbewegung deutet der Assistent in den bis auf den letzten Platz gefüllten Saal. »Wenn ich bitten darf?«

Mit einem finalen warnenden Blick in die Augen des Mannes, der vorgab, mein Vater zu sein, wende ich mich ab und betrete den Raum zur Pressekonferenz.

Blitzlichtgedonner. Klick-Klick-Klick. Egal, wo ich hinsehe, überall werde ich geblendet. Klick-Klick-Klick.

»Signora Vendergaard, schauen Sie hierher!«

»Ein Lächeln für die Kamera, Signorina!«

»Hier drüben, hier, Merci!«

»Sie sehen atemberaubend aus, Signora, bellissima!«

»Was für ein Strahlen!«

»Noch ein Augenaufschlag in diese Richtung, Signorina, bitte, nur – danke!«

Wir setzen uns an den langen Tisch mit aufgestellten Mikros und Wasserflaschen. Links von mir meine Mutter, die im Vorfeld einige Worte über unsere neue Kollektion verloren hat, rechts Mads mit den Manschettenknöpfen, die er nicht verdient hat.

»Signora Vendergaard, eine Frage zu Ihrer neuen Marke!« Direkt vor mir, in der ersten Reihe, schießt Jeff Crimson ein Foto von mir, ehe er den Stift auf sein Notizbuch senkt. »Für was steht Vee?«

Ich schenke ihm ein Lächeln. »Vee steht für ›eternal women empowerment‹, wobei ich das W für women durch ein V für Vendergaard ersetzt habe. Es steht für eine ständige Förderung oder ewige Stärkung des weiblichen Geschlechts und soll die dauerhafte und kontinuierliche Bemühung im alltäglichen Leben verbreiten.«

Klick-Klick-Klick.

»Jede Frau, die das blütenverzierte V sieht, soll sich also sofort verstanden fühlen?«, fragt eine Reporterin. »Sich bestärkt fühlen?«

»Auch Männer. Alle Menschen. Sie sollen ständig daran erinnert werden, dass wir hier sind, dass wir stark sind, dass wir ein Teil dieser Welt sind, der gleichberechtigt behandelt werden sollte. In jedem Lebensbereich.«

»Fantastisch«, sagt eine Frau in den hinteren Reihen. »Wo werden die Preise liegen?«

»Die Vee-Kollektion möchte die finanziellen Mittel aller berücksichtigen und wird in verschiedenen Preissegmenten erhältlich sein«, erkläre ich. »Damit grenze ich mich mit meiner Marke deutlich vom üblichen Vendergaard-Schmuck ab, ohne dass er weniger exklusiv wird.«

»Gibt es Frauen in Ihrem Leben, die Sie für diese Marke inspiriert haben?«

»Oh, mit Sicherheit.« Ich neige den Kopf nach links. »Einmal meine Mutter. Diese starke, ehrgeizige Löwin, die mich liebevoll und weltoffen erzogen und die Blüten der Güte, die heute den Vee-Anhänger zieren, in meinem Herzen gesät hat. Und Lilibet Lisbeth.« Mein Blick gleitet zu dem Mädchen in der dritten Reihe, deren Hals in dieser Sekunde fleckig anläuft. Sie krallt die Finger in ihren Flatterrock. »Eine Frau, die sich so selbstlos und enthusiastisch in Themen der weiblichen Gleichberechtigung und Förderung stürzt, dass sie manchmal sogar vergisst zu essen, zu schlafen, zu atmen.« Ein paar lachen. Die Linie von Lilis Lippen geht in die Breite. »Wo wir schon dabei sind, würde ich gern vor allen hier verraten, dass ich gern ein Date mit ihr hätte.« Jetzt bin ich diejenige, die lächelt. »Damit sie nicht Nein sagt.«

Wieder Gelächter. Nur rechts von mir weht ein eiskalter Mantel in meine Richtung, dessen Fasern wie reißende Nägel an meiner Haut zerren.

Lilibet vergräbt lachend das Gesicht in den Händen.

»Und?«, frage ich. »Was meinst du?«

Sie linst durch ihre Finger und nickt.

»Du musst es sagen, damit alles es hören.«

Sie lacht wieder, nimmt die Hände vom Gesicht und ruft: »Ja!«

Ich strahle.

Neben mir vertreibt die Wärme meiner Mutter den kalten Pelz meines Stiefvaters.

»Signor Vendergaard«, ruft ein anderer Journalist. »Standen Sie Ihrer Tochter in dieser Entwicklung beiseite und haben Sie unterstützt?«

Ich versteife mich. Unter dem Tisch spüre ich, wie meine Mutter mein Knie berührt.

»Selbstverständlich«, sagt Mads. »Unsere Bindung ist enorm. Wir sind in tiefe Überlegungen gefallen, wie das Konzept am besten aussehen könnte, wie es die breite Masse erreicht und jedem vor Augen hält, wie wichtig die vollständige Anerkennung der Frau in allen Lebensbereichen ist und –«

»Mein Vater hat mich physisch misshandelt.«

Die Stimmung schlägt schlagartig um. Neben mir keucht meine Mutter. Ihre Finger krallen sich in meinen Oberschenkel, und als ich ihr einen schnellen Seitenblick zuwerfe, erkenne ich, wie sie mich mit Entsetzen und Schock in den wunderschönen Zügen ansieht.

Die Kameras drehen durch.

Mads ist zu perplex, zu erstarrt, um etwas von sich zu geben. Er sitzt da wie ein armseliger Fisch, der nicht kapiert, warum ihm gerade ein Bissen durch die Lappen gegangen ist.

Ihm fehlt der Blick fürs Wesentliche:

Er ist der Barsch. Ich bin der Hai.

Und Barsche fressen keine Haie.

»Er hat mich jahrelang geschlagen und darauf vertraut, dass die Blessuren auf meiner dunklen Haut nicht zu sehen sind. Er hat meine Hautfarbe ausgenutzt, um mir Schmerzen zuzufügen.« Meine Stimme zittert nicht. Ich bin gefasst, weil ich stärker als seine Taten bin. Ich bin der Hai. »Aber es fiel auf. Grünblaue Ringe sind auch auf brauner Haut nicht unsichtbar.«

Jetzt endlich scheint Mads sich zu fassen. »Was für ein schwachsinniger –«

»Er hörte auf, als meine Beziehung mit Charles öffentlich gemacht wurde«, rede ich weiter. »Natürlich. Er konnte nicht riskieren, dass diese mächtige Allianz an seinen Wutausbrüchen scheitert, wenn Charles etwas mitbekommen sollte, nicht wahr?«

Mads schnaubt. Ich muss sagen, er spielt seine Rolle äußerst überzeugend. In den letzten zwanzig Jahren hat er einiges gelernt.

»Übrigens werde ich Vee nicht in die Welt setzen, bevor ich diese Wahrheit nicht öffentlich gemacht habe: Meine Beziehung zu Charles war nie echt. Es tut mir leid, für alle, die an uns geglaubt haben, für alle, die ich mit diesen Worten enttäusche, aber ich will nicht länger lügen. Ich will nicht, dass ihr mich für schwach haltet, ersetzt von Paola, denn so war es nicht.« Der penetrante, entsetzte

Blick meines Vaters brennt mir Löcher in die Knochen. Meine Mutter hingegen ist ruhig geworden. Ich kenne diese Ruhe. Es ist die windstille Brise, die in ihr lebt, bevor die Löwin ausbricht. Nach diesem Tag wird sie Mads zerstören, und ich werde lächelnd an ihrer Seite stehen und zusehen, wie er an seinem eigenen Dreck erstickt. »Charles war von Anfang an offen mit mir, was seine Gefühle für Paola betrifft. Wir haben darüber gesprochen. Ich bin stark, und ich werde nicht länger unter einer bedeckten Sonne stehen, die mich in ein falsches Licht rückt.« Ich drücke die Schultern durch und recke das Kinn. »Stärke. Dafür steht Vee. Und Stärke, dafür stehe ich. Egal, welches Geschlecht. Egal, welche Hautfarbe. Und egal, welcher Status. Was für mich zählt, ist ein reines Herz. Und das«, mein Blick wird ernst, eiskalt, tot, »hat Mads Vendergaard nicht. Meine Mutter hat die Scheidung eingereicht, und ab dem Moment, in der sie rechtsgültig wird, verliert Mads jede Position in dieser mächtigen Firma, die von einer herausragenden, bewundernswerten, starken Frau berühmt gemacht worden ist.« Ich wende den Kopf, lächle meine Mutter an. »Kwama Vendergaard.«

Jetzt sind es Tränen, die in ihren Augen glitzern. Keine geschmolzenen Schneeflocken. Ein salziges Meer.

»Signore«, ruft Jeff Crimson, »was sagen Sie zu diesen Vorwürfen?«

Mads öffnet den Mund zu einer Hasstirade, holt so tief Luft, als würde er die ganze Welt mit seinem heißen Atem in einem Flammenmeer ersticken wollen, aber er hat nicht mit den Blackwells gerechnet. Nicht mit den Männern, die in der Lage sind, auch das größte Feuer mit nur einem Flackern ihrer mächtigen Auren auszulöschen.

»In diesem Hotel sagt dieser Mann gar nichts mehr.« Jake tritt in einer Pracht von Anzug vor, dessen Schwärze Mads in Sekundenschnelle in Finsternis hüllt. »Leon, bring ihn raus.« Mit dem Kinn nickt er in Richtung seines Securitys. »Frauenschläger haben keinen Platz im Blackwell Palace.«

»Das ist absurd!« Mads gestikuliert so wild, dass eine Wasserflasche über den Tisch rollt und zu Boden fällt. »Und Verleumdung! Hier werden unwahre Behauptungen aufgestellt, die –«

»Wage es nicht, zu lügen!« Charles tritt neben seinen Vater. In seinen Zügen brennt der Hass. »Ich war es, der Sofias Tränen gesehen hat. Ich war es, der Sofia Salbe auf die Hämatome aufgetragen hat.

Ich war es, der sie sich anvertraut hat, und ich war es, der seit Jahren etliche Beweise zusammenträgt, um dich Dreckschwein dranzukriegen, sobald Sofia bereit für den ersten Schritt gewesen wäre.«

»Und der ist jetzt.« Ich presse die Lippen zusammen und sehe in die Runde. »Vor der ganzen Welt.«

Leon tritt an Mads Seite und zerrt ihn von seinem Stuhl.

Klick-Klick-Klick.

»Finger weg!« Mads wehrt sich. »Ich habe im Voraus für meinen Aufenthalt bezahlt!«

»Sofia hat im Voraus bezahlt.« Edward. Auf der anderen Seite seines Vaters. Die drei wirken wie die Könige der Nacht. »Sofias Firma hat deine Rechnungen beglichen. Sofia ist die Person mit der Macht. Schon immer gewesen. Nie du, Mads. Und denk dran.« Während Charles' Augen den Mann neben mir verbrennen, schlagen die Wellen in Edwards Iriden tödlich über Mads zusammen. »Legst du dich mit den Vendergaards an, legst du dich mit den Blackwells an.« Er neigt den Kopf, ein schiefes Grinsen auf den Lippen, das böser nicht wirken könnte. »Und *das* wäre Selbstmord.«

BLACKBIRD SINGING IN THE DEAD OF NIGHT

Blair

Wir sind nur noch zu siebt. Greta wurde nach dem Vorfall auf der Party gekickt, und Ambre ist freiwillig gegangen. Wir alle wissen nur, dass ihr Bruder kurz davor war, im Old Henri Mansion auf Edward loszugehen, Ambre nach einem kurzen Date mit Edward wiederkam und meinte, sie würde gehen, bevor das hier »in der Öffentlichkeit hässlich für sie aussehen könnte«. Und da Lena irgendwie nicht zählt, sind wir in meinem Kopf nur noch zu sechst. Diese Tatsache wird mir mehr denn je bewusst, als wir nebeneinander in schillernden Kleidern die imposante Treppe in den Prunksaal hinunterschreiten. Weiß, Gelb, Gold, Rot, Grün, Blau, Schwarz. Lena, Hanna, Victoria, Kriss, Kora, Selma und ich. Unsere ausladenden Prinzessinnenröcke rauschen hinter uns her, genau wie die Kameras, die aus allen Winkeln Aufnahmen von uns sammeln. Dazu kommt, dass die meisten angepisst auf mich sind, weil ich ein Übernachtungsdate hatte und ihnen nicht sagen will, wie es war. Sie meinen zwar, es ist meine Sache, aber in ihren Blicken und den abweisenden Haltungen erkenne ich mehr als deutlich, dass sie mir am liebsten den Kopf abreißen würden.

Es ist Valentinstag. Der Prunksaal glitzert in Rosatönen, ein goldenes Glossing auf Glas, Kristall und Strass durch das funkelnde Licht des Kronleuchters. Ein Hauch von Rosenblüten liegt in der Luft, als ob der Duft der Romantik den Saal erfüllen soll. Tische sind mit glänzendem Besteck und funkelndem Kristallgeschirr gedeckt, während üppige Blumenarrangements mit roten Rosen und pastellfarbenen Blüten den Saal schmücken. Die Gäste, gehüllt in die teuersten und atemberaubendsten Kleider, bewegen sich in einem Tanz aus Schritten und Gesprächen über den glänzenden Marmorboden. Juwelen funkeln an ihren Körpern. Eine Orchesterband spielt sanfte Melodien, und der Kronleuchter hängt majestätisch von der gewölbten Decke herab, als würden die Engel des Ölgemäldes ihn tragen, um unsere Köpfe mit goldenem Puder zu besprenkeln.

Alle Augen sind auf uns Prinzessinnen gerichtet. Der Valentinsball ist Tradition der High Society im Blackwell Palace, und heute wird das Event genutzt, um am Ende des Abends eine Entscheidung zu fällen, wer gehen muss.

Ich entdecke Paola in einem Traum aus fliederfarbener Seide neben Charles. Emma und Giu wirbeln hinter der Theke herum, waschen Gläser, schenken Getränke aus.

Und dann Edward. In einem burgunderroten Anzug samt Fliege steht er am Fuß der Treppe und blickt zu uns auf. Als sich unsere Blicke kreuzen, lächelt er.

Und ich lächle zurück.

Er begrüßt eine nach der anderen. Bei Hanna braucht er am längsten, und das macht mich nervös. Er küsst ihre Handknöchel, beugt sich vor, flüstert ihr etwas ins Ohr. Für andere sieht es aus, als würde er sie bloß umarmen, aber ich sehe ganz genau, wie sich seine Lippen bewegen. Wie sie lächelt.

Ein Stich der Eifersucht jagt durch meinen Magen.

Als nur noch ich übrig bin, streckt er seine Hand aus. Seine Fingerspitzen streifen meine, bevor er mich zu sich heranzieht. Er haucht mir einen Kuss auf die Schläfe. »Hallo, Prinzessin.«

»Hallo, King.«

Er lacht.

Ich hebe einen Mundwinkel. »Ist es nicht merkwürdig, sieben Frauen hintereinander Prinzessin zu nennen?«

»Ich nenne nur dich so.«

»Warum?«

»Weil du meine Prinzessin bist.«

»Dafür hingst du ganz schön lange an Hannas Ohr.«

Er grinst. »Eifersüchtig?«

»Und wenn?«

»Dann wäre das süß.« Wie vor ein paar Jahrhunderten legt er seine Hand unter meine und führt mich durch den Saal. Die Menschen schauen neugierig zu uns herüber. Victoria steht an der Bar neben Kora. Sie wirft mir ein Lächeln zu. Ich erwidere es und wende mich ab. Im Augenwinkel erkenne ich, wie ihr Lächeln zu einem Schürzen der Lippen wird.

»Hanna ist ein liebes Mädchen«, sagt Edward. »Ich mag sie. Wir verstehen uns.«

Ich hebe eine Braue. »Mehr nicht?«

»Na, na.« Edward führt mich an seinem Cousin Leopold vorbei, der in eben jener Sekunde Hanna zu einem Tanz auffordert. »Wir sind in einer Datingshow, schon vergessen? Wenn du wissen willst, wie es in meinem Herzen aussieht, musst du bis zum Schluss bleiben.«

»Ich bleibe sowieso bis zum Schluss«, entgegne ich.

Die Muskeln in seinem Gesicht spannen sich an. Er sieht geradeaus zu Charles und Paola, die sich einen Champagner von einem vorbeirauschenden Tablett nehmen und in eine Unterhaltung mit Sofia vertieft sind. »Wegen des Geldes«, sagt Edward. Aber es klingt nicht nach ihm. Von der Euphorie, als er mir den Deal zum ersten Mal unterbreitet hat, ist nichts mehr zu hören. »Und ich lasse dich bleiben.«

»Für deine Freiheit«, entgegne ich.

Er presst die Lippen zusammen und sagt nichts mehr. Mir entgeht nicht, dass sein Vater Blicke zu uns herüberwirft. Er steckt in einer Unterhaltung mit den Gerbensteyns, aber seine Augen gleiten immer wieder über deren Schultern hinweg.

»Wie ist es eigentlich«, frage ich, während Edward mir einen Champagner von einem Kellner reicht, »zwischen dir und deinem Vater?«

»Unverändert«, entgegnet Edward. Er trinkt einen Schluck. »Für ihn steht das Ansehen an erster Stelle, für mich steht sein Ansehen an letzter Stelle.«

Ich betrachte den Mann, der Edward so ähnlich sieht. Er mustert mich einen Moment, ehe er über etwas lacht, das Signore Gerbensteyn gesagt hat. »Nach allem, was passiert ist, hat er trotzdem auf diese Show bestanden?«

»Yep.« Edward klingt bitter. Er kippt die Hälfte des Champagners. »In folgender Reihenfolge: Es tut mir so leid, dass du dein Kind verloren hast, bald beginnt die Show, das wird so großartig!«

Mein Magen verflicht sich in Schlingen. Es ist das erste Mal, dass ich Edward über seine verlorene Tochter sprechen höre. »Es tut mir so leid, Edward.«

»Ja.« Starr blickt er in seinen Champagner. »Mir auch.« Er atmet tief durch, sieht wieder auf. »Sie wurde nicht mal begraben. Man hat sie«, er schluckt, beobachtet eine lachende Frau, von der ich weiß, dass es sich um Kinsley Sanders handelt, »einfach rausgeschnitten und weggeworfen, ohne mich zu fragen, ob sie ein Begräbnis bekommen soll.« Seine Stimme zittert. Voller Abscheu beobachtet er Kinsley, die wirkt, als wäre sie in der glücklichsten Phase ihres Lebens. »Sie hat *meine* Tochter im Müll entsorgen lassen, obwohl *ihre* es verdient hätte.«

»Es tut mir so leid.« Meine freie Hand greift nach seiner. »Gott, es tut mir so leid, Ed.«

Sein Kiefer mahlt. »Wenn ich könnte, würde ich sie umbringen.«

»Das verstehe ich.« Ich schlucke. »Ich würde dir sogar helfen.«

Langsam sieht er mich an. Presst den Kiefer aufeinander, bläht die Nasenflügel. Und nickt. »Ich weiß.« Er drückt meine Finger. Doch im nächsten Moment vibriert sein Handy. Er löst den Griff und zieht es aus der Hosentasche. »Ein neues Video @xoxogossipgirl.« Stirnrunzelnd dreht er es in meine Richtung. »Die Caption: Fck U, Wagner.« Er sieht mich an. »Wegen der letzten Show?«

Die ganze Welt durfte letzten Sonntag verfolgen, wie Edward mich beim Bobrennen geküsst und anschließend in seinem Wagen mitgenommen hat, um erst Ufos zu kaufen und dann in seiner Suite zu verschwinden. Seitdem überschlägt sich das Internet mit den wildesten Theorien, ob wir miteinander geschlafen haben oder nicht.

»Vermutlich«, murmle ich. »Mach's an.«

Sein Daumen schwebt über dem Display. »Sicher?«

Ich nicke, und er klickt auf das Pop-up. Er stellt auf volle Lautstärke, aber die Coverband ist so laut, dass ich Mühe habe, alles zu verstehen.

»Gesichtet«, sagt die bekannte Stimme. Aber die Person in dem Video bin nicht ich, sondern –

»Mein Vater«, stoße ich aus.

»Dein Vater?« Edward wirkt perplex. »Warum sollte sie –«

»Psst!«

»Leander Wagner gilt als Favorit der Republikaner für den nächsten Posten auf dem Stuhl im Weißen Haus«, erzählt @xoxogossipgirl in ihrem üblichen Singsang. »Die Wahlen laufen auf Hochtouren. Es ist kein Geheimnis, dass vor allem die sozialschwächeren Personen nichts von seiner angestrebten Steuerpolitik halten. Also, was könnte da noch helfen?« Der Clip switched zu einem unscharfen Video, auf dem gezeigt wird, wie Allistor Carter, Privatassistent meines Vaters, an eine Tür in einem Problemviertel klopft. Eine Frau öffnet, lugt durch den Spalt. Allistor fängt an zu reden, überreicht ihr ein Bündel Bargeld. »Richtig, Freunde. Erpressung. Denn hier seht ihr seinen bekannten Assistenten dabei, wie er die armen Menschen auf seine Seite ziehen will.« Es folgen weitere Clips, schnell aneinandergereiht, Türen über Türen, Bargeld über Bargeld. »Ein waschechter, dreckiger Wahlbetrug. Viel Spaß beim Verlieren, du Betrüger. Xoxo, Gossip Girl.«

Edward sieht auf. »Scheiße«, murmelt er und steckt das Handy weg. »Tut mir leid, Blair. Wenn ich gewusst hätte, was sie zeigt, hätte ich das Video nicht geöffnet.«

»Schon gut.« Ich zucke die Achseln. »Er ist ein Arschloch.«

Edward verzieht den Mund zu einem bitteren Lächeln. »Also sind wir beide Anti-Daddy?«

»Definitiv.«

»Trotzdem …« Edward verzieht den Mund. »Vielleicht stimmt es nicht.«

Ich gebe ein schnaubendes Lachen von mir. »Es stimmt *auf jeden Fall.*«

Edward sieht aus, als wolle er mich in den Arm nehmen, aber in dem Moment taucht Vic vor uns auf.

»Edward, hey.« Sie sieht atemberaubend aus in ihrem goldenen Kleid. Wie flüssiges Gold. Dazu ihr gebräuntes Gesicht, das rote Haar. Sie ist eine absolute Schönheit. »Wollen wir tanzen?«

Im ersten Moment wirkt er perplex. Er sieht mich an, als erhoffe er sich, dass ich die Situation für ihn löse.

Aber es ist seine Show. Wir sind seine Prinzessinnen. Und ich bin nicht diejenige, die seine Entscheidungen trifft – nur die hofft, dass er sie richtig trifft.

»Okay, ja, gern.« Gut, er hat nicht die richtige Entscheidung getroffen. Zu allem Überdruss drückt er mir auch noch sein leeres Glas in die Hand, bevor er Victoria über ihre Fingerspitzen wie ein Gentleman zu *Thinking Out Loud* von Ed Sheeran auf die Tanzfläche führt. Und dann gehen die Lichter aus. Der erste romantische Tanz des Valentinsballs, bei dem traditionell immer die Lichter ausgeschaltet werden, gehört natürlich Victoria.

Neben mir seufzt jemand. Ich sehe zur Seite und erkenne Leopold. »Es tut mir weh, das sagen zu müssen, aber die beiden passen hervorragend zusammen.«

Ein Eiskübel wird über mir ausgeleert. »Ja. Ich weiß.«

»Und ihre Eltern wären keine schlechte Partie für meinen Onkel.«

»Mhm.« Ich presse die Lippen zusammen. »Klar.«

Leo sieht mich bedauernd an. »Aber ich bin für dich, weißt du?«

»Was?«

»Mit dir würde er die beste Wahl treffen.«

Perplex starre ich Leo an. »Wir hatten nie viel Kontakt«, sage ich langsam. »Wieso denkst du das?«

»Weil ich meinen Cousin kenne.« Er trinkt einen Schluck Wein, beobachtet Edward und Victoria, die sich langsam zur Musik bewegen

und mir das herz zerquetschen

und dem schmetterling die flügel brechen

und mir mit glasscherben in den magen reißen

»Es mag sich unglaublich anhören, aber es hat eine Zeit gegeben, eine sehr lange Zeit sogar, in der wir wie Brüder waren.« Leo schwenkt den roten Wein in seinem Glas, als wäre es das Blut, das die beiden entzweit hat. »Ich weiß, wie Edward aussieht, wenn er sich wohlfühlt. Ich weiß, wie er sich verhält, wenn er glücklich ist, und ich weiß, dass er niemals im Leben eine Frau bei sich übernachten und mit ihr eine Kassette hören würde, wenn es ihm nicht ernst wäre.«

Mein Herz springt. »Woher weißt du –«

Die Lichter gehen wieder an. Leos Blick klebt an der Tanzfläche. »Adelia war bei ihm.« Fragend sehe ich ihn an, und er fügt hinzu: »Meine Schwester. Er bringt ihr Klavier bei. Jedenfalls hat sie gefragt, warum das Sams im Rekorder war, wenn er stattdessen *Die Drei Fragezeichen* hätte hören können.« Seine Apple Watch leuchtet auf. Er wirft einen kurzen Blick drauf, drückt den Anruf weg und fährt fort. »Jedenfalls meinte er, eine Prinzessin hätte bei ihm übernachtet, und sie hätte die Geschichte hören wollen.«

»Woher willst du wissen, dass ich es war?«

»Weil Adelia ihn gefragt hat.«

»Und er hat es ihr *erzählt*?«

Leo nickt. »Edward lügt Adelia nicht an.«

Perplex starre ich ihn an. »Und dann?«

»Meinte Addi zu ihm, du wärst ihre Favoritin.« Leo verzieht einen Mundwinkel. »Und er meinte, du wärst *auch seine* Favoritin.«

Ich bringe nicht ein Wort heraus.

»Jedenfalls hoffe ich, dass er dich wählt.« Leo wirft einen sehnsüchtigen Blick in Hannas Richtung, die sich in dieser Sekunde auf einen Stuhl niederlässt und ein Buch aus ihrer Tasche zieht. »Ich habe eine große Schwäche für das kleine Bücherwürmchen.«

»Edward auch«, murmle ich.

»Ja.« Leo seufzt. »Ich weiß. Und für gewöhnlich kriegt ein Blackwell, was er will.«

Schon wieder verkrampft mein Magen. »Entschuldige mich.«

Leo nickt, und ich rausche an ihm vorbei zur Theke, auf die sich Paola mit einem Ellbogen abstützt, die Schläfe in ihre Handfläche gelegt. Emma stellt ihr einen Wildberry Lillet hin, als ich die zwei leeren Champagnerflöten in meinen Händen auf den Tresen schiebe.

»Oh, hallo Pokégirl.« Emma blinzelt mich übertrieben stark an. »Wie kommen wir denn zu der Ehre, dich zu Gesicht bekommen?«

»Ja«, stimmt Paola ihr zu. »Wir sind davon ausgegangen, Rocky hätte dich in seiner Steinarena gefangen genommen. Ein wildes Onyx schleicht um dich herum und wirft mit Felsen, wenn du versuchst, auszubrechen.«

Ich schiebe mich auf einen Hocker. Der weite schwarze Rock verschlingt ihn vollends. »Rocky würde niemals ein wildes Onyx in seine Arena lassen.«

»Ach, wirklich?« Giu tauscht meine Gläser durch einen neuen Moët aus. »Der Typ öffnet niemals die Augen. Er würde gar nicht erkennen, dass es wild ist.«

»Er würde erkennen, dass du ein Schwein mit dir herumträgst, und dir dann sagen, dass es in Illinois nicht erlaubt ist, nur ein einziges zu halten.«

»Vielleicht schenkt er dir dann ein Floink«, sagt Emma. »Am liebsten frisst er Beeren, aber manchmal verbrennt er sie, so wie du jedes Mal, wenn du kochst.«

Giu schneidet ihr eine Grimasse.

»Warum tanzt Edward mit Victoria?« Paolas Augen werden schmal. »Er soll da mit dir stehen.«

»Warum liegt der Rekord beim Knabbern eines Schokoladenstücks bei zweieinhalb Stunden?« Gespielt gleichgültig schiebe ich mein Champagnerglas vor und zurück und beobachte, wie sich die Flüssigkeit darin bewegt. »Weil manche Dinge sind, wie sie sind.«

»Du vergleichst Edward mit einer Tafel Schokolade?«, fragt Emma.

»Na ja …« Giu beugt sich mit den Ellbogen auf den Tresen, sieht die beiden an. »Könnte schon sein, dass er sie gleich für zweieinhalb Stunden anknabbert.«

»Giu«, zischt Pao. »Sag so was nicht!«

»Gerüchten zufolge hat er mit ihr auf der Party im Old Henri Mansion geschlafen.« Die Stimme ist hinter mir. Ich drehe mich um und erkenne ein Mädchen in cremefarbenem Kleid, mit riesigen Murmelaugen und kurzen Haaren.

»Lis?« Überrascht sehe ich sie an. »Was machst du denn hier?«

Sie lächelt. »Sofia hat mich eingeladen.«

Giu schnippt mit den Fingern. »Zurück zu Old Henri Mansion. Woher weißt du das?«

Lis zuckt die Achseln. »Hat Sofia mir gesagt.«

»Ihr mutiert alle zu Tratschtanten«, murmle ich. »Das war *mein* Job.«

»Tja, jetzt bist du Prinzessin«, entgegnet Emma.

»Ich glaube nicht, dass es stimmt«, sagt Paola. »Nie im Leben.«

»Es stimmt«, entgegne ich trocken.

Sie stockt. »Woher weißt du das?«

Ich schwenke den Champagner in meinem Glas. »Weil er es mir gesagt hat.«

»Er hat es dir *gesagt?*« Diese Frage kommt von Nord, Süd, Ost, West. Giu, Emma, Paola, Lis. Alle stoßen die gleichen Wörter zur selben Zeit aus.

Ich nicke und bin stolz auf meinen gespielt desinteressierten Blick, als ich den Champagner trinke. »Ja.«

Darauf kommt nichts mehr. Sie wirken schockiert. Und ich bin es auch, aber ich zeige es niemandem. Erzähle niemandem, dass ich mit ihm schlafen wollte, aber er nicht mit mir. Erzähle niemandem, dass er meinte, er hätte sich in mich verliebt, während er jetzt mit einer anderen Frau auf der Tanzfläche steht.

»Yo.« Kriss Kross erscheint bei uns. Sie legt einen Arm auf Paolas Schulter ab, als wäre sie ihre beste Freundin. »Weiß einer von euch Hübschen zufällig, ob der Raum dahinten für Sportler ist?«

Wir folgen ihrem Blick.

»Nein«, sagt Emma. »Das ist der Pausenraum.«

»Ah, fuck.«

»Warum?« Paola tut, als würde sie ihre Schultern kreisen müssen, und Kriss' Arm rutscht herab. »Wie kommst du darauf, dass es im Prunksaal einen Sportraum geben sollte?«

»Da liegt 'ne Matte, schon klar, oder?«

Giu lacht. »'ne Matte?«

»Ja, Mann.« Sie beugt sich über die Theke. »Ist das da ein Ei?«

»Was?« Stirnrunzelnd folgt Giu ihrem Blick zu seinem halb verdeckten Korkenzieher. »Nein.« Er zieht das Ding heraus. »Nur der Stab unten. Hab ich bei Flying Tiger gekauft.«

»Schade. Hätte ein paar Proteine vertragen können.« Kriss neigt den Kopf. Schweiß perlt von ihrem Halstattoo. Eine weinende *beautyfull tradgedy*, die einem zerronnenen Eigelb hinterhertrauert. »Wäre ein geiler Kämpfername. Flying Tiger. Dann sagen alle, yo, da kommt flying tiger, und direkt – Zack!« Sie schlägt auf die Theke. Alle zucken zusammen. »Ehrfurcht! Respekt! Schon klar, oder?«

»Jetzt, wo ich darüber nachdenke«, murmelt Lis, »die Matte ist doch für Sportzwecke. Ich erinnere mich, sie neulich *versehentlich* dort vergessen zu haben.«

»Echt?«

»Ja. Du kannst sie benutzen.«

»*Niemand* benutzt meine Manifestierungs-Matte!« Aus dem Nichts ist Anneli plötzlich bei uns. Es fehlt nicht mehr viel und ihr kommt Feuer aus den Nasenlöchern. Wie bei Floink. Vielleicht ist sie hier, um mir eines zu schenken. Anneli steckt in ihrer Dienstkleidung. Meistens ist sie Teil wichtiger Veranstaltungen, weil sie über alles am besten Bescheid weiß. Die Fusseln auf ihrem Kopf stehen in alle Richtungen. Sie darf ihre Feenspangen nicht tragen. Mit einem ihrer Stumpenfinger deutet sie auf uns. »Wenn ich einen von euch Unruhestiftern erwische, wie ihr Sex auf meiner Nasenmatte habt, dann, und das *schwöre* ich euch, suche ich den Grüffelo und verfrachte ihn in eure Zimmer!«

»Den Grüffelo gibt es nicht«, sagt Lis. »Das ist eine Kindergeschichte.«

»Was ist eine Nasenmatte?«, fragt Giu.

»Sie hat was von Manifestierung gesagt«, überlege ich. »Also wird sie auf dieser Matte liegen und sich vorstellen, wie all ihre Polypen auf wundersame Weise verschwinden.«

»Macht Sinn«, *beautyfull tradgedy* bellt lachend, »sind widerlich, diese Schleimwanzen, schon klar, oder?«

Annelis Augen heften sich auf Kriss. »Du verstehst das?«

»Klar, Mann.«

»O Gott.« Paola legt sich die Finger an die Schläfen. »Ich kann nicht mehr. Bitte, habt Erbarmen.«

Anneli wirkt plötzlich viel umgänglicher. »Und was wolltest du auf meiner Nasenmatte?«

»Trainieren.« Kriss spannt ihren Bizeps in diesem wunderschön roten, trägerlosen Kleid an. »Schon klar, oder?«

»Was für Training?«

»Wrestling.« Sie zwinkert. »Mein Name ist Kriss Kross.«

»Mhm.« Annelis Blick huscht anerkennend zu ihrem Hals. »Bist bestimmt 'ne hohe Nummer in dem Sport, oder?«

»Yes, Ma'am.«

»Ich habe es mir anders überlegt«, murmle ich. »Gebt mir das wilde Onyx und sperrt mich ein.«

»Mich auch«, murmelt Paola.

»Ich will lieber den Trainer, Rocky«, sagt Emma.

»Du hast Laxon.« Giu zeigt in die Mitte des Saals, in dem in dieser Sekunde Lax mit einem Strauß rosafarbener Rosen und einem Mikro auftaucht. Die tanzenden Leute schreiten um ihn herum, machen ihm Platz für seinen Auftritt. »Der irgendetwas vorhat und dich dabei ansieht, also …«

»O Gott« würgt Emma hervor. »Was –«

»Emma Wyss«, ertönt es plötzlich durch das Mikrofon. »Du wunderschönes Rapunzel. Dürfte ich dich bitten, zu mir zu kommen?«

Sie würgt schon wieder, aber diesmal ohne Worte.

»Geh schon!« Giu gibt ihr einen Schubs, und Lis packt sie, wie ein Ball, der gepasst wird. Kriss sorgt mit ihrem Schubser dafür, dass Emma durch den halben Saal schleudert. In ihrer Dienstkleidung bleibt sie vor dem perfekt gekleideten Elitejungen stehen. Ihre Wangen färben sich rot.

Er lächelt. »Heute ist Valentinstag. Und es ist Tradition dieses Balls, dass irgendein liebeskranker Idiot vor seinem Mädchen öffentlich zugibt, sich in sie verliebt zu haben.«

Ihre Wangen nehmen die Farbe von Scharlach an.

»Nun, in diesem Fall bin ich der liebeskranke Idiot.« Er überreicht ihr die Rosen. Atmet tief ein. Die Leute lachen, weil er so tut, als wäre das hier der Abschied von seinem freien Leben. Dann geht er vor ihr auf die Knie. »Emma Dawson Wyss, erweist du mir die Ehre, meine Freundin zu werden?«

»SAG JA«, brüllt Lena vor der Deko-Cinderella-Kutsche. »SONST BRINGE ICH DICH UM!«

Die Leute lachen.

Emma auch. Und dann nickt sie, reißt Laxon an seinen Armen hoch. »Ja.« Sie küsst ihn. »Ja, ja, ja.« Für jedes Ja ein Kuss. »Du liebeskranker Idiot.«

Er lächelt an ihren Lippen.

»Wie süß.« Giu hat die Wange auf die Hand gestützt und schmilzt vor sich hin wie ein Schneemann unter der Sonne. »Ich will auch so was.«

»Hat lange genug gedauert«, kichere ich.

Die Melodie für den nächsten romantischen Tanz beginnt, und die Lichter gehen aus. Alle kichern und verteilen sich auf der Fläche, aber ich warte an meinem Platz, genau wie die anderen.

»Ich hab genug davon«, stöhnt Kriss Kross. »Beim letzten Tanz im Dunkeln hat mir jemand einen Smash gegeben, und ich hasse unvorhergesehene Angriffe.«

»Schau mal.« Paola boxt mir mit dem Ellbogen in die Seite. »Streiten Edward und Vic sich?«

Wir alle folgen ihrem Blick. Es ist dunkel, ich kann kaum was erkennen, suche aber fieberhaft die Schatten ab.

»Wo denn?« Anneli reckt den Kopf wie eine Giraffe neben uns. Ihr Schnauben gräbt sich geräuschvoll in mein Hirn. Ich werde davon träumen. Ganz sicher. »WO, HAB ICH GEFRAGT, ICH SEHE SIE NICHT!«

»Dahinten!« Lis nickt mit dem Kinn in die Ecke neben dem aufgestellten Häppchenbüfett. »Sie gestikuliert so wild mit den Händen.«

»Und er wirkt angepisst«, murmelt Paola.

»Edward wirkt *immer* angepisst«, ergänzt Giu.

»Nein«, entgegne ich, denke an gestern, »nicht immer.«

»Tatsache. Die streiten. Ja, wo simma denn hier?!« Kriss lässt die Knöchel knacken. »Wenn er ihr das Herz bricht, zerre ich ihn auf die Sportmatte.«

Anneli schnaubt. Ich weiß nicht, ob wegen ihrer Polypen oder Kriss' Aussage. »Er wird euch allen das Herz brechen, Wrestlerin. Einer nach der anderen.«

In diesem Moment gehen die Lichter wieder an, und Jenna steht wie eine Ikone in der Mitte des Saals. Strahlend blickt sie in die Kamera. Sie ist der eigentliche Stern dieser Show. Jeder liebt sie. Ihr Gesicht sieht aus wie gemeißelt, ihr Afro ist ihr Schönheitsmerkmal und der regelmäßige Jumpsuit inzwischen legendär. Es gibt haufenweise Videos, die Ed mit Jenna statt einer Prinzessin shippen.

»Was für ein *romantischer* Abend für eine weitere *romantische* Entscheidung«, spricht sie ins Mikrofon. Die Menge jubelt. Und plötzlich legt die Coverband mit dem Titelsong der Show los.

Tiara, ooh na-na
Half of my heart for which tiara, ooh na-na
Find love here in Blackwell Palace, na-na-na
Oh, but my heart for which tiara
my heart for which tiara
tiara, ooh-na-na

»Ja, meine Lieben, was soll ich sagen? Drama über Drama im Blackwell Palace.« Sie lacht. »Ihr habt euch mit euren Meinungen zur letzten Show überschlagen, und ihr alle wolltet wissen, was denn nun genau zwischen Edward und Blair nach ihrem spektakulären Bobrennen vorgefallen ist. Nun«, sie zwinkert, »das wüsste ich auch gern.« Theatralisch verzieht sie das Gesicht. »Es spricht wohl nicht für mich, dass ich ein überaus großes Opfer von gutem Trash bin.«

Die Leute lachen. Jenna spaziert mit ihrem Mikrofon durch den Saal. Die Kameras folgen ihr. Sie bleibt bei Edward stehen, der Vic stehen gelassen und in der Manier eines Königs in die Mitte des Saals geschlendert ist. In der Hand hält er bereits ein Mikro, das einer der Dispo-Leute ihm gegeben haben muss.

»Verrate uns, lieber King: Was lief da zwischen dir und der Principessa Schwarz?«

Grinsend nimmt er das Mikro in die Hand. »Meine Lippen sind versiegelt.«

»Oh!« Geheimnisvoll beugt Jenna sich vor. »War *sie* das etwa?«

Wieder lachen alle. Ich auch.

»Sie könnte es gewesen sein.« Edwards Blick gleitet zu mir. Das warme Lächeln in seinem Gesicht entwurzelt tote Bäume und sät neue Sonnenblumen. »So, wie sie mir den Atem raubt.«

Es folgt ein kollektives *Naaawww*. Aber ich nehme auch ein verzögertes Schnaufen wahr. Direkt neben mir. Ein kurzer Seitenblick und mein Magen verknotet sich.

Es ist Jake.

»Das glaube ich sofort. Es überrascht mich nur, dass diese Worte tatsächlich von dir kommen.«

»Ja, mich auch.«

Wieder lachen alle.

»Immerhin giltst du seit Jahren als der heiß begehrteste Junggeselle, dessen Herz sich noch für keine neue Frau erweichen konnte. Und vor allem mit der schwarzen Prinzessin hattest du, sagen wir, einen öffentlichen Eklat.«

Edward reibt sich über den Dreitagebart, ein schelmisches Grinsen im Gesicht. »Vielleicht hat gerade das mich gereizt.«

»Was genau?«

»Ihr Kampf gegen mich. Diese Herausforderung.« Er neigt den Kopf, sieht aus wie ein Raubtier. »Männer lieben es, zu jagen, Jenna.«

»Oh, ja, das tun sie. Und in deinem Fall hat es sich gelohnt.« Verzückt legt Jenna sich eine Hand auf die Brust. »Die Principessa Schwarz ist ein Engel. Und wirklich atemberaubend schön.«

Edward sieht zu mir, als er sagt: »Das ist sie.«

»Gott«, seufzt Paola, »ich sterbe!«

Jenna wirft ihr einen Blick mit gespielt verengten Augen zu. »Bitte nicht, Signora Cortessa. Ich bin mir sicher, Charles würde das nicht gutheißen.«

»Nicht gutheißen?« Edward lacht. »Er würde Spiderflix niederbrennen.«

»Würde ich nicht«, ruft Charles rein, der mit einem Champagner in der Hand etwas weiter hinten im Saal steht. »Es wäre der ganze Planet.«

Edward zuckt die Achseln. »Solange du mein Pferd da rauslässt.«

»Dein Pferd, benannt nach einer Jalapeño, aber deine Prinzessinnen nicht?«

»Ich weiß ja nicht, ob sie alle reiten können.« Es folgt Luftschnappen. Edward schneidet eine Grimasse wie der Klassenclown. »Leute, entspannt euch, das war Spaaaaß! Zum vielleicht ersten Mal im Leben«, wieder huscht sein Blick zu mir, »geht es mir *nicht* um Sex.«

Erneutes Kichern. Aber mich berühren seine Worte wie eine warme Wärmflasche, die er mir auf den Bauch legt.

»Apropos Atemrauben«, übernimmt Jenna wieder das Ruder, »ein Vögelchen hat mir geflüstert, dass es in dieser Woche zu einem Kuss gekommen ist?«

Edward erstarrt.

Ich presse die Lippen zusammen.

»Was für ein Vögelchen?«, zischt Giu. »Es wissen doch alle aus der Show, dass er dir seine Zungenbakterien reingedrückt hat.«

Das frage ich mich auch. In mir macht sich ein merkwürdiges Gefühl breit, das sich zu einem Klumpen in Größe von Annelis Polypen manifestiert. Ich schiebe es auf ihre Nasenmatte. Aber als Jenna neben dem Sessel von Hanna stehen bleibt, sie beschämt das Buch unter ihr Gesicht sinken lässt und ich ihr hochrotes Gesicht erkenne, stößt die Nasenmatte ihre Kraft gnadenlos in mich. Sie trifft einen Strike in meine Gedärme. Einen widerlichen Popelstrike.

»Hanna«, in Jennas Augen glitzert das Drama wie das viele Kristall in diesem Raum, »stimmen die Gerüchte, dass du und Edward euch gestern in der Philharmonie geküsst habt?«

Gestern. *Gestern.* Das war eine Woche, nachdem Edward mir sagte, er wäre in mich verliebt.

Sie öffnet den Mund. In dieser Sekunde sieht sie aus wie Paolas Blobfisch. Oder Karpador. Auf, zu. Auf, zu.

Panisch sieht sie zu Edward, der wiederum angepisst zu Jenna, dann verzweifelt zu mir sieht.

»Oh, oh«, murmelt Kriss. »Das war 'ne *beautyfull tradgedy*, schon klar, oder?«

Hanna räuspert sich. »Ich würde mich gern enthalten.«

»Aber meine Liebe.« Jenna zwinkert ihr zu, als wären sie beste Freundinnen und unter sich. »Es wird sowieso in der nächsten Show ausgestrahlt.«

»Na schön.« Hanna stößt die Luft aus. »Wir haben uns geküsst!«

es ist eine show es ist eine show es ist eine show

edward hat angst dass ich ihm das herz breche

edward kann sich noch nicht auf mich einlassen

edward lotet seine möglichkeiten und gefühle aus

das ist ok das ist ok das ist ok

es ist eine datingshow

liebes herz könntest du bitte aufhören hier und jetzt zu zerbrechen es ist ok ok ok ES TUT WEH es ist ok ok ok

»Also«, raunt Kriss mir ins Ohr, »mich hat er noch nicht geküsst, schon klar, oder?«

Emma wirft die Hände in die Höhe. »Kriss, dieses *schon klar, oder* passt doch gar nicht in den Satz!«

Der Saal applaudiert immer noch aufgrund von Hannas Beichte. Sie hat viele Fans. Online wechseln wir uns im Ranking um den ersten Platz ab.

Paola legt mir eine Hand auf den Arm. »Alles okay?«

Starr nicke ich.

Es ist ok ok ok ES TUT WEH es ist ok ok ok

Geschockt sieht Edward zu mir. Er schluckt. Ich halte seinen Blick und weiß nicht, ob ich wütend, enttäuscht, verletzt oder verständnisvoll sein soll. So eine Datingshow wird verdammt schwierig, sobald Gefühle im Spiel sind.

Giu schiebt sich neben Emma. »Edward sieht aus, als hättest du mit ihm trainiert und ihn auf den Boden geworfen, Kriss.«

»Natürlich sieht er so aus«, zischt Anneli. »Mein Neffe hat Gefühle für Blair, das ist doch klar!«

»Wieso küsst er dann Hanna?«, fragt Giu.

Aber es kommt zu keiner Antwort mehr, denn der Applaus verebbt und Jenna hält sich wieder das Mikro an die Lippen. Ihre High Heels klackern über den Marmorboden, während sie zurück zu Edward in die Mitte schreitet.

»Nun, ich weiß, diesen Teil der Show würdest du am liebsten immer überspringen, aber es ist leider an der Zeit.« Jenna legt ihm eine Hand auf die Schulter. Er zuckt zusammen, blinzelt, wendet den schockierten Blick endlich von mir ab. Noch eine Sekunde länger und ich wäre zusammengesickert. »Es ist Zeit für deine Entscheidung, Edward.«

Er nickt. Ein Helfer rollt ein Tischchen mit sechs Kristallschalen heran. Darin befinden sich die Diamanten für unsere Tiaras. Weiß, gelb, rot, grün, gold, schwarz, blau.

»Kriss«, murmle ich, ziehe sie am Ellbogen, »komm. Die Formation.«

Wir schieben uns durch die Menge, bis wir in einigem Abstand zu Edward stehen, wie es uns in der Generalprobe gezeigt worden ist.

Die Coverband fängt wieder an zu singen.

Tiara, ooh na-na
Half of my heart for which tiara, ooh na-na
Find love here in blackwell palace, na-na-na
Oh, but my heart for which tiara
my heart for which tiara
tiara, ooh-na-na

Mit dem letzten Gitarrenklang wird das Licht gedämmt. Es ist perfekt vorbereitet. Jetzt leuchten nur noch die Kerzen in den umstehenden Dreimastern aus Kristall, tauchen Edward und uns Prinzessinnen in ein warmes, geheimnisvolles Licht und alles um uns herum in Dunkelheit.

Mein Schädel wird von einem Drahtseil gehalten. Ich will auf den Boden sehen, auf meine Füße starren, bloß nicht in sein Gesicht, auf diese Lippen, die meine berührt haben, als wäre ich ein süßer, süßer Apfel, aber ich muss. Das Drahtseil lässt sich nicht durchschneiden.

Er sieht mich an und schluckt. Mein Kinn zittert. Seine Lippen teilen sich. So viele Gesten in so einem kurzen Moment.

Er dreht sich zur Seite, schwebt mit der Hand über dem Tisch. Dann nimmt er den grünen Diamanten.

Kokos-Kora atmet geräuschvoll aus. In ihrem Kleid sind viele Schlitze, und auf der Haut darunter kleben unzählige grüne Pailletten in den verschiedensten Mustern. Lächelnd nimmt sie den Stein entgegen und verschwindet im Schatten.

Danach folgt Lena. Das war klar. Sie ist ungefährlich. Er nimmt sie bis zum Schluss mit, weil Lena sich niemals in ihn verlieben würde.

Selma ist auch weiter. Das war mir klar. Sie tanzt wie eine Göttin, und soweit ich weiß, hatten die beiden bisher solide Dates ohne Dramen.

Wieder schwebt seine Hand über dem Tisch. Über dem Goldenen. Victoria atmet geräuschvoll ein. Aber dann nimmt er den Roten.

»Oh, yes, Baby!« Kriss reckt die Faust in die Luft. »Der rote Stein für *beautyfull tradgedy*!«

Ich liebe es, dass sie sich selbst so nennt. Gott, sie ist so cool.

Noch drei Farben.

Gelb. Schwarz. Gold.

Das Herz wummert gegen meine Brust.

Wieder so ein Moment. So ein Zeitlupending, aber
schmetterlingsherzen schlagen schneller

Edward nimmt den schwarzen Diamanten. Mein Atem stockt. Er sieht hoch, schlägt die dichten Wimpern auf, sieht aus wie ein olympischer Gott und lächelt mich an. Ich weiß nicht, ob ich

erleichtert wütend verletzt glücklich verunsichert

sein soll. Es ist eine Datingshow. Er hat jedes Recht dazu, sich auszuprobieren, bevor er sich entscheidet. Trotzdem tut es weh.

Meine Beine sind gefühllose Stelzen. Wie gelähmt setze ich einen Schritt vor den anderen, bis der Schatten mich in seine Arme nimmt.

Eine Hand greift nach mir, zieht mich neben sich.

»Du bist weiter«, flüstert Lena. »Glaub mir, Blair, so habe ich Edward noch nie erlebt. Es ist ihm ernst!«

»Psst!«, macht Kriss. »Man kann euch hören, schon klar, oder?«

Lena verstummt. Es ist so still, dass ich schwören könnte, alle müssten meinen wilden Herzschlag hören. Die Kanten des Diamanten drücken in meine Hände, so fest drücke ich zu.

hanna oder vic hanna oder vic hanna oder vic

Ein Teil von mir betet, dass er Hanna fortschickt. Ein winziger, gemeiner Teil in mir will, dass er sich hier und jetzt gegen sie und für mich entscheidet. Wenn ich rational denke, weiß ich, dass es unfair ist. Es geht um seine Gefühle, und er soll selbst entscheiden, wen er will. Aber ich habe nur ein Herz, und das schlägt, in dieser Sekunde, für meine eigenen Wünsche.

Seine Hand schwebt über den Diamanten. Alle halten den Atem an. Hanna pfriemelt an ihrer Nagelhaut. Wann ist sie so into it geworden? Was ist mit Yale, Hanna?

Aber ich kann es ihr nicht verübeln. Edwards Wirkung kann niemand entkommen.

Seine Hand senkt sich.

wummer wummer wummer wummer

Er streicht über beide Steine, als wolle er sie liebkosen.

wummer wummer wummer wummer

Er greift nach dem

Goldgelbgoldgelbgold

gelben.

Hanna stößt die Luft aus. Victorias Kinnlade sackt herab. Ihre langen Wimpern blinzeln die Tränen fort. Sie tut mir leid. Am liebsten würde ich zu ihr gehen und sie in die Arme nehmen.

Das Licht erhellt Hannas süße Grübchen, ihr glückliches Funkeln in den Augen, als sie ihren gelben Diamanten in die Hand nimmt. In dem Moment beginnt die Melodie für den romantischen Tanz, und die Lichter gehen wieder aus. Nur die vereinzelten Kerzen werfen ihr schummriges Licht in den Raum.

»Das schreit doch nach einem Tanz mit der gelben Prinzessin!«, sagt Jenna durch ihr Mikro.

In diesem Moment übernimmt mein Abwehrmechanismus. Ich

drehe mich um und entferne mich ein paar Schritte, vorsichtig, damit ich im Dunkeln nicht auch noch auf die Schnauze fliege.

»Blair«, murmelt Lena, »wo willst du hin?«

»Wir müssen noch Interviews geben, schon klar, oder?«

wummer wummer wummer

weiter weiter weiter

toilette

kurz klarkommen

sammeln

nicht wütend sein auf die süße hanna

wummer wummer wummer

Ich bahne mir einen Weg durch die Menschenmauer im Schatten hindurch. Sie alle stehen dicht beieinander wie düstere Tannen im Wald. Aber plötzlich höre ich eine Stimme hinter mir, mit der ich gerade am wenigsten gerechnet hätte.

»Blair«, sagt Edward. »Blair, warte.«

Seine Hand streift meinen Arm, aber ich ziehe ihn weg. Ich brauche ein paar Minuten für mich. Muss meine Gefühle ordnen, meine Gedanken, mir vor Augen halten, dass das hier eine Datingshow ist, dass solche Sachen normal sind.

»Blair …«

Wieder greift er nach meinem Arm und wieder entziehe ich ihn ihm, gehe weiter, höre Getuschel, das Raunen der Tannen, und plötzlich –

Ein lauter Knall.

Die Leute kreischen.

Die Tannen ducken sich.

Eine fällt auf mich hinab.

Sie riecht nach Lavendel.

Edward.

Sein Körper drückt mich zu Boden, erstickt meinen Schrei. Und dann erfüllt mich Panik, weil ich denke, er wurde getroffen.

Aber er atmet. Ich spüre seine Atemzüge an meinem Rücken, seinen Atem dicht an meinem Ohr. »Blair«, flüstert er, hektisch, panisch, »bist du okay?«

Da erst dämmert es mir. Der Knall war ein Schuss. Jemand hat in diesem Saal geschossen. Im Dunkeln!

Alle kreischen, während mir die Erkenntnis die Luft abschnürt. Plötzlich sind da wieder die eisigen Klauen, die sich im Appartement um meinen Hals gelegt haben. Und die Drohung.

Du kannst nicht entkommen.

Das Licht geht sofort an, und alle rennen durcheinander. Ein heilloses Chaos bricht aus. »Es war wegen mir«, keuche ich. »Es muss meinetwegen gewesen sein!«

Für eine Sekunde ist da nur Edwards Atem an meiner Haut. Bis wir plötzlich von Sicherheitsmännern umringt werden. Edward rutscht von mir herunter, nimmt meine Hände und zieht mich hoch. Sofort wird er von den Securitys gepackt und umzingelt.

»Schützt nicht mich«, knurrt Edward. »Schützt sie!«

»Es sind genug Leute für alle Prinzessinnen da«, höre ich Angus Stimme. »Wir müssen euch sofort hier rausschaffen.«

»Ich bleibe bei ihr«, protestiert Edward, will sich entreißen, aber Angus hält ihn zurück.

»Wir haben strikte Anweisungen für diese Fälle, Signore.«

»Ich scheiße auf eure Anweisungen, lasst mich –«

»Es tut mir leid, Signore.«

»Fuck, Angus, du Pisser!«

Ein letzter Blick ins eisblaue Meer, bevor es auseinandergerissen wird.

LET ME TAKE YOU TO NIMMERLAND, WENDY

Blair

»Was läuft hier für eine Scheiße, verdammt?« Selma läuft auf und ab. Ihr Haar ist zerzaust. Vermutlich hat auch sie sich auf den Boden geworfen und sich schützend die Hände über den Kopf gehalten. Der Ärmel ihres blauen Ballkleides ist gerissen. Sie ist barfuß. »Erst die Sache mit Blair im Appartement, und jetzt das? Ganz ehrlich, das ist doch nicht normal!«

Kriss steht an der Tür. Sie holt aus und donnert zum wiederholten Male mit der Faust dagegen. Der Sicherheitsmann öffnet. Kriss baut sich vor ihm auf wie ein Mann, der bereit ist, sich vor der Disco zu prügeln. »Lasst mich den Pisser finden!«

»Signora.« Der Typ seufzt. Es ist das dritte Mal, dass Kriss mit ihm diskutiert. »Es kümmern sich ausgebildete Personen um diese Angelegenheit. Sie müssen in Sicherheit bleiben.«

»Ich bin auch ausgebildet!« Kriss drückt die Brust durch. »Nur, weil ich eine Frau bin?«

»Das hat damit nichts zu tun, Ma'am. Unser Personal ist ebenfalls mit hochprofessionellen Frauen versehen.«

»Ich bin auch hochprofessionell!« Sie macht einen angedeuteten Bodyslam. »Ich bin Profiwrestlerin, schon klar, oder?«

»Und was kann eine Profiwrestlerin gegen eine Waffe anrichten, Signora?«

»Wenn ich dieses Dreckstück in die Finger kriege …«

»Dieses *Dreckstück* wird Sie erschießen, bevor Sie sich auf es werfen können.«

»Es wird –«

»Kriss.« Fahrig reibe ich mir über das Gesicht. »Lass gut sein.«

»Also soll ich hinnehmen, dass er mich ausschließt, weil ich eine Frau bin?«

»Nicht, weil du eine Frau bist.« Selma eilt zu ihr, drückt die Tür zu und zerrt Kriss von dort weg. »Sondern weil du nicht zu ihrem Team gehörst. Du bist eine Prinzessin der Show, schon vergessen?«

»Das ist mir gerade herzlich egal.« Im Vorbeigehen hämmert Kriss auf die Kochinsel. »Wir wurden da drin fast abgeknallt!« Farbe schießt in ihre Wangen, und an ihrem Hals schlägt die Ader in schnellem Tempo. Wir alle sind am Rande eines Nervenzusammenbruchs.

»Meint ihr, das war ein gezielter Angriff auf uns?« Victoria zittert am ganzen Körper. Sie hockt neben dem Kamin, in dem das warme Feuer knistert und seinen glutroten Schein über uns legt. »Irgendein Edward-Groupie?«

»Könnte sein.« Lena gießt sich heißes Wasser über ihren Teebeutel und kommt zum Sofa zurück. Sie ist die Einzige, die schon ihren Seidenpyjama trägt. »Aber es ist komisch. Ich bin hier größtenteils aufgewachsen, und klar, die High Society war immer irgendwie abgefuckt, aber so was ist nie passiert.«

»Ich glaube, ich brech ab.« Fahrig reibt Selma sich über die Hüften. »Das ist mein Ernst. Ich denke nicht, dass ich einen Tag länger in diesem Horrorhotel bleiben kann.«

»Meine Mutter sagt auch, ich soll nach Hause kommen.« Hanna verschwindet beinahe in ihrem Kleid. Sie ist so klein und zierlich, das Sofa so riesig, dass sie von einem Berg aus Tüll verschluckt wird. »Sie will, dass ich morgen sofort abreise.«

Mein Herz macht einen Satz. Es ist unfair, aber ein eifersüchtiger Teil in mir freut sich. Der andere stürzt sich auf mich für diese Gefühle.

»Dann könntest du mit mir fliegen.« Victoria hat die Arme um ihre Knie geschlungen und blickt ins Nichts. Der Schimmer in ihren Augen ist verschwunden, seit Edward sie rausgeworfen hat.

»Ja, aber ich gehe nicht«, sagt Hanna. »Ich weiß, am Anfang wollte ich unbedingt weg, aber jetzt …«

Mein Magen verknotet sich.

Vic seufzt. »Ich kann nicht fassen, dass all das hier morgen vorbei ist.« Schluckend wendet sie sich uns zu. »Die Witze, das Zusammenleben, eure verrückten Ticks. Alles hat mich *so* genervt, aber jetzt wird es mir fehlen.«

»Warum habt ihr euch eigentlich gestritten?« Selma lehnt sich gegen das Kaminsims und sieht zu ihr runter. »Du und Ed?«

Victorias Finger zucken. »Das hast du mitbekommen?«

»Jeder hat es mitbekommen«, entgegnet Kriss, »ihr wart voll am Gestikulieren, schon klar, oder?«

Vic reibt sich die Schläfen, schließt die Augen. »Es war dumm. Ich schäme mich so sehr, dass ich es eigentlich nicht sagen will.«

»Hier verurteilt dich niemand.« Kokos-Kora sitzt in dem Loungesessel und fährt sich über den nackten Arm. Sie trägt noch ihr Wollcape über dem Kleid, aber die Härchen auf ihren Armen stehen kerzengerade. Sie zittert. »Ich habe Edward beim Date in den Schoß gekotzt, weil ich die Gambas nicht vertragen habe, falls du dich nicht an die letzte Show erinnerst.«

Selma nickt. »Und ich habe für ihn getanzt, eine mega Hip-Hop-Choreo, sexy und gleichzeitig cool, habe mich voll geil gefühlt, und was ist? Die ganze Zeit über hing mir Klopapier bis über die Hose raus!«

Ich lache leise. »Das hast du nicht gemerkt?«

»Nein.«

»Wann ist es dir aufgefallen?«, fragt Lena.

Sie stöhnt. »Als ich mich auf seinen Schoß gesetzt habe und er an dem dreilagigen Ding gezupft hat.«

»Und ich wollte ihm einen Tackle zeigen, habe ihm aber aus Versehen Nasenbluten geschlagen.« Kriss wirft sich aufs Sofa. Zum ersten Mal habe ich das Gefühl, sie ist erschöpft. Müde reibt sie sich mit der Hand über das Gesicht. »Also, Victoria, spuck's aus.«

Vic seufzt. Dabei gleitet ihr Blick zu mir. »Es war wegen dir.«

Ich runzle die Stirn. »Wegen mir?«

Sie nickt, verzieht den Mund. »Ich war eifersüchtig. Und habe ihm gesagt, dass aus euch nie was werden könnte, weil ihr zu verschieden seid. Darauf hat er gar nicht gut reagiert, und, na ja, es war einfach scheiße von mir.« Reuevoll sieht sie mich an. »Es tut mir leid. Wirklich.«

»Schon gut.« In meinen Knochen brennt die Erschöpfung, aber ich bin viel zu aufgewühlt, um zu schlafen. Ich habe meine Wange auf eine Faust aufgestützt. Die Knöchel graben sich in meine Grübchen, als ich den Kopf in Hannas Richtung drehe. »Mein Hirn schmiedet auch schon Pläne, ein Pikachu auf dich zu hetzen.«

Leicht verzieht sie den Mund. Sie ist genauso fertig wie wir alle. »Keine Sorge, das verstehe ich. In meinen Gedanken gräbt Dracula seine Reißer in dich.«

»Charmant.« Leise lache ich. »Ich meine, wann habe ich dich an ihn verloren?«

Hanna lehnt den Kopf zurück in die Kissen und blickt an die Decke. »Ich weiß nicht«, seufzt sie. »Irgendwann zwischen *Macbeth* und Philharmonie in der Oper in Mailand.«

»Tja.« Der Löffel klappert gegen die Teetasse, als Lena einen Schluck nimmt. »Ich wusste von Anfang an, er kriegt euch alle.«

»Gotta catch em all«, murmle ich.

»Aber du nicht«, sagt Kora. »Lena Gerbensteyn, Auserwählte, immun gegen das Blackwell-Gift.«

»Dafür infiziert vom Cordelair-Virus.« Sie verdreht die Augen. »Wer dieses Hotel betritt, bleibt nicht verschont.«

»Am schlimmsten wird es, wenn alle um dasselbe Herz kämpfen.« Kriss Kross schlägt mit einer Faust in die Handfläche. »BÄMM! Virusparty. Alle auf einen. Chaos vorprogrammiert, schon klar, oder?«

»Mädels, es ist auch einfach *menschlich.*« Selma stößt sich vom Kaminsims ab. »Ganz ehrlich, was für Superheldinnen wären wir, wenn wir nicht eifersüchtig werden würden? Wenn ich dich«, sie deutet auf mich, »in der Show in seinen Armen sehe und denken würde, *oh, wie schön. Ich freue mich so sehr für sie. Stehe zwar selbst wie irre auf den Kerl, aber die beiden sind soooo süß zusammen, ich schmelze.*« Fast schon verzweifelt wirft sie die Arme in die Luft. »Ich denke nicht, dass es gegen euch als Frauen geht, wenn wir unsere Gefühle und Gedanken in solchen Momenten nicht steuern können.«

»Das denke ich auch nicht«, sage ich. »Deshalb bin ich dir nicht böse, Vic.«

Sie lächelt mich an. »Danke.«

»Was hat Ed gesagt?«, fragt Hanna. Mit den Fingern streicht sie über die gelben Pailletten ihres Kleides. »Als du das mit Blair meintest?«

»Dass er nichts Schlechtes über sie hören möchte. Und auch nicht leiden kann, wenn jemand versucht, seine Gefühle zu kontrollieren.« Vic stößt einen schweren Seufzer aus. »Was ich verstehen kann.«

Im Kamin prasselt das Feuer runter. Irgendwann fängt Lena an, ein Mandala auf ihrem Tablet auszumalen. Hanna liest. Kriss schlittert über den Boden, wirft sich nach links, nach rechts, flucht oder jubelt. Einmal macht sie einen Stuhl kaputt. Da hat sie drei Minuten lang einen euphorischen Anfall, so laut, dass der Security nachschauen kommt. Selma sieht sich Tanz-Tutorials auf TikTok an, und Victoria hat ihre Gesichtsreinigungsbürste geholt, verliert sich aber in den Drehungen der Borsten, statt sie anzuwenden. Sie starrt ewig lang in dieses hypnotisierende Ding.

»Ich gehe ins Bett«, sagt Hanna schließlich, schiebt sich vom Sofa, und Lena folgt ihr mit dem Tablet.

»Ah, fuck!« Kriss heult auf. »Ich habe meinen Musikknochen gegen die Ecke der Kochinsel geschlagen!«

Ich lache leise. »Wenn du hier wie eine Käfigkämpferin durch die Gegend rollst, schon klar, oder?«

Kriss presst die Lippen zu einer Linie. »Ich gehe auch schlafen.«

Als Victoria vor ihrer vibrierenden Gesichtsbürste einpennt, tippt Selma sie an und die beiden verschwinden ebenfalls.

Kokos-Kora setzt sich neben mich. Sie hält mir etwas unter die Nase. »Schokolade?«

Leise lächelnd schüttle ich den Kopf. »Nein, danke.«

»Glaub mir, das hilft.«

»Ich mag keine Schokolade.«

»Wie bitte?« Entgeistert starrt sie mich an. »Was bist du für ein Mensch?«

»Das ist mir zu klebrig.«

»Zu *klebrig*?« Kora blinzelt, als würde sie das Wort nicht kennen. »Schokolade ist doch kein Kaugummi!«

»Sie verschleimt den Hals.«

»Isst du gar keine Süßigkeiten?«

»Doch.«

»Was denn?«

»Brause-Ufos.« Ich lächle. »Manchmal.«

Sie verzieht das Gesicht. Dann deutet sie plötzlich auf meine Tasche neben mir am Boden. »Was ist das?«

Ich sehe hinab. Und kriege einen elektrischen Schlag. Aus meiner Clutch linst ein Stück Papier. Wie ist es dort reingekommen? Wann ist das passiert? Und vor allem, *wie* konnte das passieren?

Starr ziehe ich es heraus. Es ist kariert. Ein paar Fransen an der Seite. Rausgerissen aus einem Collegeblock.

FAST hätte ich getroffen, bitch

Säure sickert durch meine Kehle in meine Venen. So schnell ich kann, zerknülle ich das Papier in meiner Hand, aber zu spät.

»Das war wegen dir?« Koras Stimme klingt abgehackt. »Das … du wirst bedroht?«

Tränen steigen mir in die Augen. Ich kann sie nicht ansehen. Kann dem Gewissen nicht gegenübertreten, dass all diese Menschen und meine Freunde wegen mir in Gefahr sind.

»Blair.« Kora legt ihre Hand auf meinen Arm. »Wir müssen das melden!«

»Habe ich doch längst.« Mein Kinn zittert. »Von den Behörden nimmt das niemand ernst.«

»Wie, das nimmt niemand ernst?«

Ich schucke hart. »Die sagen immer das Gleiche. *Sie stehen eben in der Öffentlichkeit, Signora.* Anfangs hieß es noch, wegen meines TikTok-Accounts, dessen Follower rapide gestiegen sind letztes Jahr, und würde ich *jetzt* hingehen, wäre es wegen dieser Show.« Ich schüttle den Kopf. »Es ist immer das Gleiche. Es muss erst was passieren, bevor sie wirklich handeln.«

»Scheiße, ist diese Welt zum Kotzen!« Kora legt einen Arm um meine Schultern, drückt mich an sich. »Gott, Blair. Wir müssen uns darum kümmern. Ich werde meine Augen aufhalten, Freunde aus dem Hotel anhauen, ob sie in letzter Zeit irgendwas Seltsames erlebt haben. Vielleicht bringt es nicht viel, aber immerhin ein bisschen.«

Irgendetwas an dieser Situation ist mir vertraut, aber ich kann nicht sagen, was. Ich weiß nur, dass mein Körper mit einem Zittern darauf reagiert.

Ich nicke. »Danke, Kora.«

»Natürlich.« Ihre Finger kraulen beruhigend über meine Schulter. Sie sieht ins Feuer. »Ich kann nicht verantworten, noch eine zweite Person vor meinen Augen sterben zu sehen.«

Stirnrunzelnd wende ich mich ihr zu. »Was meinst du?«

Kora lächelt traurig. »Du weißt es nicht?«

»Was?«

In ihren grünen Augen spiegelt sich das Feuer. »Meine Schwester ist gestorben, als ich sieben war.«

Eiswasser schlägt über mir zusammen. »O Gott, Kora. Das ist … *schrecklich*!«

Kora nickt. »Ich war dabei. Sie wurde im See ertränkt.« Stille. »Von meiner Cousine.«

»Was?!«

Plötzlich wirken ihre Augen wie kleine schwarze Kugeln. »Sie konnte nicht ertragen, dass meine Schwester der Liebling meiner Tante war. Also der Mutter meiner Cousine. Und hinterher hat sie es wie einen Schwimmunfall aussehen lassen.«

Das Grauen ätzt mir die Zellen weg. »Hast du … hast du es niemandem gesagt?«

»Doch.« Ein trauriges Lächeln, als sie mich ansieht. »Aber auch mir hat niemand geglaubt, Blair.«

»Und deine Cousine?« Mein Mund ist staubtrocken. »Wo ist sie heute?«

»Keine Ahnung.« Plötzlich klingen ihre Worte hart. »Ich hoffe, in der Hölle.« Das Inferno der Unterwelt züngelt an ihrem Kiefer, ehe sie sich erhebt. »Ich gehe schlafen.« Noch ein kurzer Blick zu mir. »Wenn was ist, weck mich, ja?«

Ich nicke, noch immer wie erstarrt. »Mach ich. Danke.«

Sie ist schon halb durch den Raum, als ich sie noch einmal zurückrufe. »Kora?«

Im Gehen dreht sie den Kopf. »Ja?«

»Das, was immer alle über dich sagen … wie sie über dich reden, dass du komisch wärst …« Ich verziehe den Mund. »Ich hab da nie mitgezogen. Du bist eine Gute.«

»Ach, Blair.« Sie lächelt. »Wir alle haben unsere Leichen im Keller.«

Sie geht ins Zimmer und lässt mich zurück. Ich starre in die Flammen. Sie knistern, lecken an den Holzscheiten wie die Drohungen an meiner Seele. Die Farben verschwimmen vor meinen Augen.

Ein Klopfen.

Ich fahre zusammen. Mein Kopf wirbelt herum, aber in der Dunkelheit erkenne ich nichts. Es klopft wieder. Diesmal kann ich das Geräusch lokalisieren. Ich stehe auf, schleiche zum Fenster, schiebe den Vorhang beiseite und …

Starre Edward ins Gesicht.

Edward, der auf dem Eisengeländer des winzigen Fensterbalkons hockt, als würde er nur ein kleines Päuschen während eines Spaziergangs in der Frühlingssonne machen.

Ich öffne die Tür. »Edward?«

»Nein, Peter Pan.«

Ich trete einen Schritt heraus. Schlinge die Arme um den Körper. »Was machst du hier?«

Er neigt den Kopf. »Dich holen.«

»Wohin?«

»Ins Nimmerland.«

Mein Blick gleitet an ihm hinab. Statt Anzug trägt er Jogginghose und Hoodie, darüber eine dicke Winterjacke. In der Ecke des Balkons steht ein großer Rucksack.

»Wieso bist du hier hochgeklettert?«

»Weil ich dir beweisen wollte, dass nicht nur du das kannst.« Er überlegt. »Und weil eine Wand aus meinen Sicherheitsmännern vor deiner Tür lauert, die Polizei mit einer bewaffneten Truppe das ganze Hotel durchsucht und ich unangenehmen Fragen aus dem Weg gehen wollte, um …« Ein Blick auf seine Hublot. »Kurz nach Mitternacht.«

»Und was willst du hier?«

»Es scheint mir, dass ich diese Frage bereits beantwortet habe.« Er grinst. »Ich bin Peter Pan. Du Wendy. Und wir gehen jetzt ins Nimmerland.«

»Wo soll das sein?«

Er zuckt die Achseln. »Ein Ort, an dem wir einfach *wir* sein dürfen.«

Eine ganze Weile sehe ich ihn an. Betrachte den Mondschein, der eine Hälfte seines Profils erhellt, während die andere im Dunkeln schwebt. Himmel und Hölle.

er ist so schön dass es unfair ist so attraktiv dass herzen von seinem anblick geblendet werden und in flammen aufgehen so göttlich so heiß seine aura so beruhigend dass ich mich in eine warme decke gehüllt fühle

Ich sage: »Du hast Hanna geküsst.«

Er seufzt. »Sie mich.«

»Was?«

»Sie hat mich geküsst, es waren vielleicht zwei Sekunden, und ich war so perplex, dass ich erst kapiert habe, was passiert ist, als es schon vorbei war.«

»Sie hat dich geküsst?«, wiederhole ich ungläubig.

Er nickt. »Es tut mir leid. Das war nicht geplant. Und ich konnte nur an dich denken.«

Plötzlich steht er auf, kommt zu mir. Er legt einen Arm um mich und zieht mich dicht an seinen Körper. Bis zu diesem Moment habe ich nicht gemerkt, wie viel Anspannung in meinen Gliedern steckt. Jetzt, in seinem Griff, löse ich mich auf wie Butter in der Pfanne.

Er legt seine Wange auf meinen Kopf. Als er spricht, ist seine Stimme rau. »Geht es dir gut, Prinzessin?«

»Etwas besser«, flüstere ich.

Ich spüre, dass er lächelt. »Ich habe mir verdammte Sorgen um dich gemacht.«

»Solche Sorgen, dass du eine Hotelwand raufkletterst?«

»Solche Sorgen, dass ich eine Hotelwand raufklettere.« Er zögert. »Ohne ein Iscalar.«

Ich lache. »Du meinst das Pokémon?«

»Natürlich.« Er drückt mich fester an seinen starken Körper. »Diese Saugnäpfe des Oktopusdings wären äußerst hilfreich gewesen. Mir sind nach ein paar Metern die Finger erfroren.«

»Du kannst ein Iscalar doch nicht als Klettersaugwerkzeug missbrauchen.« Spielerisch schockiert boxe ich ihm gegen die Brust. »Außerdem dachte ich, du wärst Peter Pan. Kann der nicht fliegen?«

»Leider habe ich es verlernt. Ohne meinen Oktopus läuft nichts mehr beim King vom Nimmerland.«

Wieder will ich ihm gegen die Brust boxen, aber er packt mein Handgelenk, zieht mich an sich und küsst mich.

ich rieche lavendel ich schmecke gefühle ich sehe wolken und eine schneeflocke rieselt auf meine nase und eine auf die lippe und edward riecht immer noch nach lavendel und ich löse mich auf

Er sieht mich an. »Hol deine Jacke.«

»Ja. Aber komm rein. Wir gehen durch die Tür.«

Er schüttelt den Kopf. »Wir seilen uns ab.«

»Was?« Ich gebe ein ungläubiges Lachen von mir. »Jetzt auf einmal Indiana Jones?«

Mit dem Stiefel tippt er gegen den Rucksack. »Alles da drin.«

Mein Lachen erstirbt. »Du meinst das ernst.«

»Peter Pan lügt nicht. Wir müssen nur aufpassen, dass uns im Hof keine Securitys entdecken. Aber da sind weniger unterwegs.«

Mein Blick wandert von einem grinsenden Edward zu seinem riesigen Rucksack und wieder zurück. Aber statt Angst in mir zu spüren, breitet sich eine ungeahnte Wärme aus. »Du bist verrückt, weißt du das?«

»Ja, und du auch. Deshalb stehst du auf das hier.«

»Mit *das hier* meinst du dich oder diesen lebensmüden Kletter-Abseil-Dingens-Plan?«

»Beides.«

Er hat recht. Und es hätte keinen Sinn, das abzustreiten.

Ich werfe einen Blick in die schwindelerregende Tiefe, stoße die Luft aus. »Gut, warte hier.«

»Nein, ich flieg weg.«

Ich verenge die Augen.

»Spaß. Kann ich doch nicht mehr.«

»Keinen Mucks.«

»Und wenn ich tue, als wäre ich eine Eule, um Gleichgesinnte zu finden?«

»Dann hetze ich ein wütendes Iscalar auf dich, das seine Saugnäpfe auf ewig in dein Gesicht klatschen wird.«

»Mhm, das wäre ein Verlust.« Er zwinkert. »Auch für dich, Prinzessin.«

Ich tue, als wäre ich genervt.

»Ich weiß, dass du gerade grinst«, sagt er, als ich ihm den Rücken zukehre.

»Tue ich nicht«, lüge ich.

»Sorry, Babe. Die Scheibe spiegelt.«

Verdammt!

Ich gehe rein, um mir das Kleid auszuziehen und eine Jacke zu holen. Ich könnte schwören, auf dem Balkon eine Eule zu hören.

Ich verfluche Edward.

Aber noch mehr verfluche ich, dass ich kein Iscalar habe.

Glaube ich.

Oder?

Weiß nicht.

Vielleicht nicht.

Er hat recht.

Sein Gesicht.

Oh, Mann, es ist zu schön, dieses Gesicht.

READY TO FLY, PETER PAN?

Edward

Seit fünf Minuten stehe ich auf diesem Balkon, friere mir die Eier ab und professionalisiere meine Skills als Eulenimitator. Einerseits, weil ich Blair zur Weißglut treiben, andererseits weil mein Ehrgeiz mich gepackt hat und ich den Scheiß jetzt echt können will. Also lege ich die Hände wieder aneinander, lege sie mir an die Lippen und puste in die kleine Kuhle zwischen den Daumen.

»Hey, Mr. Eule.« Blair hüpft auf den Balkon, ihr Ausdruck teilweise anklagend, teilweise amüsiert. »Die anderen schlafen.«

ich kann nicht aufhören sie anzugucken sie trägt einen jogginganzug von den chicago bulls schwarzer hoodie roter stier wie das tier das gerade in mir durchdreht mein herz seine arena mit flatterndem tuch

In diesem Moment, in dem ich in ihr ungeschminktes Gesicht sehe, auf ihr Muttermal an der linken Wange, in ihre katzenförmigen, großen Augen, trifft mich eine Erkenntnis:

Ich bin schockiert.

Nicht über diese offensichtlich romantischen Gedanken in meinem Kopf, sondern darüber, dass mein Hirn sie mir nicht mehr verbietet.

Kein schwarzer Stift mehr, der mir die Wörter durchstreicht.

Ich fühle mich geläutert.

Und verflucht.

Ich weiß noch nicht, auf welche Seite die Wippe kippen wird.

»Edward?«

Ich blinzle. »Ja?«

»Ich habe gefragt, wieso du mich so anstarrst.«

»Ich war in Gedanken.«

»Habe ich gemerkt.« Sie zieht sich die Handschuhe über und

wirft einen seufzenden Blick auf die Abseilinstrumente, die ich aus dem Rucksack geholt und mit tausendfacher Überprüfung an dem Säulenzaun angebracht habe. »Und du bist sicher, dass es uns hält?«

»Dieser Stein hat schon so einiges gehalten. Er ist ein äußerst verlässlicher Abseilfreund.«

»Woher willst du das wissen?«

»Old Henri hat ein paar Dokumentationen hinterlassen, in denen er von eben diesem Balkon eine Seilbahn über den Moritzersee gespannt hat.«

»Was hatte dein Urgroßvater mit diesen verdammten Seilbahnen?«

»Keine Ahnung.« Ich nehme den Gurt vom Boden und bedeute Blair, in die Laschen zu steigen. »Ich tippe auf eine sonderbare Obsession für lebensmüde Aktionen.«

»Jetzt weiß ich, von wem du das hast.«

»Keine Ahnung, was du meinst.« Grinsend ziehe ich den Gurt fest. Alles Blut sickert mir aus dem Gehirn in den Schwanz, als ich an ihrem Schritt den Sitz des Gurts überprüfe.

»Wie alt«, auch Blair keucht, und ich weiß, sie will ablenken, »ist er geworden?«

»Dreiundneunzig.«

»Wow.«

»Ja.« Ich befestige das Abseilgerät an ihrem Seil. »Willst du wissen, woran er gestorben ist?«

»Altersschwäche?«

»Er ist von seiner Seilbahn geflogen.«

»Was?!«

»Ein paar Leute sagen, es war sein selbst gewählter Tod.« Ich befestige meinen eigenen Gurt und verbinde ihn mit dem Seil. »Ist über dem Dach von Old Henri Mansion abgesprungen und von der Spitze des Turms aufgespießt worden.«

Ihr sackt die Kinnlade hinab. »Das ist ja furchtbar!«

»Es ist genau das, was er gewollt hätte. Ein beinahe ikonischer Abgang. Perfide, ja, aber voll sein Stil.« Kurz ziehe ich an ihrem Seil. »Hast du das schon mal gemacht?«

»Nein, ich wurde zufällig noch nie von einem Turm aufgespießt.«

Ich lache. »Dich abgeseilt, Prinzessin.«

»Ach so.« Ihr Blick huscht kurz zu der Schnalle um ihren Gurt, dann über den Balkon. »Ja, oft.«

»Wo hast du noch mal gelernt, so zu klettern?«

»In der Schule. Ich wurde quasi *gezwungen*, einer Sport-AG beizutreten, damit meine Vitalfunktionen bei ärztlichen Untersuchungen einwandfrei aussahen.«

»Deine Eltern wollten, dass du deshalb Sport machst?« Ich runzle die Stirn. »Ihnen ging es nicht um dich, sondern um ihr Ansehen beim Arzt?«

Blairs Lippen teilen sich, ihre Augen werden größer. Sie sieht aus, als hätte ich sie bei irgendetwas ertappt. »Sie waren, also … ihnen war immer wichtig, was die Leute über sie denken.«

»Ein wichtiger Punkt im Lebenslauf eines Präsidentschaftskandidaten der Vereinigten Staaten.«

»Hey, Obama war cool.«

»Ja, das stimmt.«

Mit einem schmalen Lächeln wendet Blair sich ab, doch ich betrachte sie einen Moment länger. Irgendetwas passt in dem Puzzle, das sie mir vorgelegt hat, noch nicht zusammen.

ihre seele gleicht einem tiefen ozean voll unentdeckter rätsel und verborgener geschichten ein nebel über den wellen der eindringlinge fängt bevor sie auf den unergründlichen abgrund der mysterien abtauchen können

Blair schiebt ihren eigenen Rucksack auf den Rücken. »Also«, sie schwingt ein Bein über die Brüstung, als wäre das hier nichts weiter als ein halber Barren, »bereit zu fliegen, Peter Pan?«

Lächelnd hieve ich mir den Rucksack über die Schultern und schwinge mich ebenfalls über den Zaun. Unsere Hacken schweben über dem Abgrund. Wir sehen uns an.

»Bereit.« Sechsundvierzig Meter über der Erde küsse ich sie. »Auf ins Nimmerland, Prinzessin.«

Wir seilen uns ab.

Wie eine Eule wählen wir den Fall, um die Flügel ausbreiten. Funken der Hoffnung sammeln sich in unseren Federn.

»WHAT YOU DO IS CHEMISTRY«
»WHAT I DO SURPASSES CHEMISTRY«

Blair

Mein Herz donnert. Es ist zu viel passiert. Der Anschlag, die Ungewissheit, wer es auf mich abgesehen hat, Edward. Langsam verschwimmt alles in mir zu einem unruhigen Zustand, den ich nicht mehr unter Kontrolle habe.

Als meine Stiefel im Schnee versinken, lache ich zittrig auf. Für ein paar Sekunden klinge ich wie eine irre Hyäne. »Scheiße.« Ich schiebe meine Finger unter die Mütze in meine Haare, sehe Edward an und stoße ein weiteres zittriges Lachen aus. »Oh mein Gott, wir leben noch.« Mein Blick gleitet an der Wand des Hotels hinauf. »Halleluja, wir leben noch!«

»Natürlich.« Edward löst unsere Seile und Gurte. »Wir sind ja nicht Old Henri und springen von einer Seilbahn.«

Ich gebe mir Mühe, das Kribbeln in meiner Mitte zu ignorieren, als er meinen Gurt hinunterzieht. »Zum Glück. Ich habe wenig Lust, meine Knochen für zukünftige Barbarenkämpfe zu hinterlassen.«

»Deine Knochen wären viel zu zart für unsere Barbarenkämpfe.«

»Was für ein Segen.«

Leise lachend nimmt er meine Hand.

tausend feuerameisen tanzen einen reigen

Wir gehen ein Stück durch den Schnee. Schneeflocken küssen unsere Haut. Der Mond hüllt uns in einen silbrigen Nebel, während wir Spuren in der weißen Decke hinterlassen.

Es hat sich so vieles geändert.

4 Füße, nicht 2.

2 Menschen, nicht 1.

1 gemeinsamer Spaziergang, nicht 0.

In der Ferne erkenne ich den Pool, in den Edward mich hat springen lassen. Die Umzäunung der Saunalandschaft, und dann, noch weiter weg, den alten Golfclub. An der Hotelwand, neben einer Holzbank, steht eine Suzuki Hayabusa. Dieses Ding sieht so rebellisch aus in dem romantischen Frieden dieser Winternacht.

»Das ist deine, oder?«

Edward grinst schief. »Voller Stolz sage ich Ja.«

In meinem Magen hüpft ein Känguru fröhlich auf und ab. »Wir fahren Motorrad?«

Ein kurzer Seitenblick. »Angst?«

»Das fragst du, nachdem ich mich gerade fünfzig Meter mit dir von einem Balkon abgeseilt habe?«

»Punkt an dich, Wagner.«

»Pass auf, dass ich meinen Vorsprung nicht öffentlich mache.«

Er lacht rau, zieht mich an sich und streift mit seinen Zähnen mein Ohrläppchen. »Ich glaube, diese Phase haben wir hinter uns gelassen.«

»Wir werden diese Phase niemals hinter uns lassen. Ich könnte ein Kind von dir kriegen und würde sagen: 67:2, Blackwell. Ich habe das Ding rausgedrückt, und es liebt mich mehr.«

Edward zieht die Brauen so weit in die Stirn, dass sie fast seinen Haaransatz berühren. »An so etwas denkst du?«

Meine Wangen werden heiß. »Nein. Ich meine, das war nur ... ein Beispiel.«

Die Brauen sind noch nicht am Ende mit ihrer Wanderschaft. »Ein Beispiel?«

»Ja, ich habe nicht ... nachgedacht, ich meine ...« Fieberhaft überlege ich, wie ich diese Situation retten kann, aber mir fällt nichts ein. Jetzt erst wird mir bewusst, wie dumm das von mir war. Vor allem nach dem, was Edward hat durchmachen müssen. Eine Schlinge aus Dornen drückt mir den Hals zu. »Tut mir leid.«

Edward starrt mich weiterhin an. Aber er wirkt nicht wütend. Nicht entsetzt oder verletzt. Eher ... neugierig? Ich weiß nicht. Plötzlich heben sich seine Mundwinkel. Nur minimal, ein winziger Hauch, aber es ist definitiv ein schelmisches Grinsen. »Mir tut es leid, dich enttäuschen zu müssen, Prinzessin.«

»Was?«

»Wenn du ein Baby kriegst, schlüpft es in einem Ei und kommt als Pokémon raus.«

Jetzt grinse ich. »Gefällt mir.«

»Aber es wird ein Woingenau.«

Mein Grinsen erstirbt. »Soll ich dich jetzt umbringen oder auf dem Motorrad, damit es wie ein Unfall aussieht?«

»Und dann schreit es andauernd, und sein Schreien klingt immer gleich, immer ein Wort, das dich in den Wahnsinn treibt.« Er legt seinen Arm um meinen Hals und nimmt mich in einen spielerischen Schwitzkasten. »WOINGENAU!«

»Edward!« Ich lache. »Lass mich, du –«

»WOOOIN-GENAU!«

»Ich werde es lieben und füttern und kuscheln und –«

»WO-IN-GE-NAU!!!«

»Edward!« Lachend japse ich nach Luft, als ich aus seinem Griff entkomme, aber ich falle nach hinten in den Schnee.

Edward lacht.

»Ey, du Arsch!« Ich versuche, mit dem Fuß nach ihm zu treten, aber er weicht aus.

Dann reicht er mir seine Hand, um mir aufzuhelfen, aber ich nutze den Moment und ziehe ihn zu mir herunter. Das Überraschungsmoment ist auf meiner Seite. Er landet auf mir. »Runter mit dir, du Relaxo!«

Aber er nagelt mich fest, sein Gesicht dicht über meinem, das Grinsen einer Raubkatze in den Augen. »War das ein Angriff, Prinzessin?«

»Ja.«

»Dann darf ich dich jetzt fressen.«

»Versuch's doch.«

Er grinst. Dann gräbt er seine Zähne in meinen Hals und beißt mich. Ich keuche auf. Trotz des Schnees schießt eine Hitzewelle durch meinen Körper. Automatisch presse ich meine Mitte an seiner Beule. Jogginghose und Jogginghose ergibt keine gute Kombi.

Seine Zunge gleitet über das sanfte Brennen auf meiner Haut, höher zu meinem Ohr, leckt über den empfindlichen Höreingang, und plötzlich will ich ihn hier, genau jetzt, im Schnee.

Ich fange an, mich an ihm zu reiben.

Lachend löst er sich von mir, sieht mich an, neigt den Kopf. »So gierig, Prinzessin?«

Meine Wangen müssen hochrot sein. Trotz der eisigen Temperaturen. »Du hast angefangen. Mein Körper reagiert nur auf Chemie.«

Er lacht. »Auf Chemie?« Edward beugt sich herunter, leckt mit der Spitze seiner Zunge über meine Lippen. Ich wimmere. »Oder auf mich?«

»Das, was du machst, ist Chemie.«

»Das, was ich mache, übertrifft Chemie.«

»Das ist wissenschaftlich nicht möglich.«

Sein Atem. Heiß auf meiner Haut. »Scheiß auf die Wissenschaft.« Ein leises Stöhnen an meinem Ohr. »Stell dir vor, ich würde jetzt in dir sein.« Er bewegt die Hüfte. Eine süße Folter. »Und dich ficken. Erst sanft, um dir zu zeigen, wie wertvoll du bist, und dann hart, weil ich dich viel zu sehr will, um diese Ungeduld aufrecht zu halten.«

Meine Nerven elektrisieren. Er will mich. Keine Unsicherheit mehr, ob ich sein Herz zerstören könnte.

Er.

Will.

Mich.

»Dann los«, keuche ich, stoße mit meiner Öffnung gegen seine Härte. »Zeig's mir.«

Er lacht. Doch plötzlich löst er sich von mir. Reicht mir eine Hand und zieht mich hoch. »Nicht hier, Prinzessin.«

Ich stöhne auf. »Warum nicht?«

»Mein Bruder würde mich töten, wenn du eine Lungenentzündung kriegst, weil ich mich nicht zurückhalten konnte.« Lächelnd tätschelt er mir die Wange, als wäre ich ein beleidigtes kleines Kind. »*Und* du hast mich Relaxo genannt. Das muss ich verdauen.«

»Du meintest, ich würde ein Woingenau gebären.«

»Erst mal«, er nimmt einen Helm aus dem Sitz und setzt ihn mir auf den Kopf, »müssen wir vor den Securitys fliehen, die da hinten gerade aufgetaucht sind.«

LIKE SNOW IN SUMMER, I BROKE MY RULES FOR YOU

Blair

Edward fährt wie ein Irrer. Ohne Helm rast er durch die verschneiten Ebenen, immer tiefer in die Alpen hinein. Meine Arme umschlingen seine Mitte. Ich genieße die eisige Luft, die meine Haut schneidet, genieße, wie sein Bauch sich bei jedem Atemzug hebt und senkt, genieße die gemischte Duftnote aus Lavendel und Motorradhelm, genieße das donnernde Geräusch des Motors, das die Stille der Nacht zerschneidet.

Das ist Edward.

Laut, rebellisch, auffällig.

Er ist jemand, den man wahrnimmt, bevor er die Bühne betritt. Jemand, dessen Aura man spüren kann, lange bevor er da ist. Wenn Edward entscheidet, aufzutauchen, ist das wie das Erscheinen eines Königs, dem man ehrfürchtig entgegen gesehen hat. Nur mit dem Unterschied, dass Edward nicht mit einer Kutsche anrollt.

Nein.

Dieser König kommt mit einem Motorrad.

Und ich sitze hinter ihm. Ich bin diejenige, für die er sich in dieser Nacht entschieden hat. Der Gedanke sendet eine Wärme durch meinen Körper, und plötzlich bin ich so ergriffen, dass ich mit den Fingern über seinen Bauch kraule.

Seine Atmung geht schneller.

Meine Lippen verziehen sich zu einem Lächeln.

Edward fährt einen Berg in Kreiselpfaden hoch. Doch als wir die Spitze erreichen, ist diese flach. Und dort, zentral unter dem klaren Himmel, mitten in der unberührten Schneedecke, steht eine Holzhütte, die Wände runde schmale Baumstämme. Nur der Mond erhellt das Haus.

Edward macht den Motor aus, stellt ein Bein auf den Boden, dreht sich zu mir um und schiebt meine Klappe hoch. Über uns liegt eine Totenstille.

»Willkommen«, mit dem Kinn deutet er über die Tür, auf einen aus bunten Holzbuchstaben gezimmerten Schriftzug; die Witterungsverhältnisse haben die Farbe verblassen lassen, jetzt wirken sie pastellig, »im Nimmerland, Wendy.«

Ich ziehe den Helm vom Kopf und steige ab. Edward schiebt das Motorrad an die Hüttenwand, aber meine Beine sind in den Berg betoniert, während mein Blick über diese atemberaubende Aussicht gleitet. Unter uns glitzert St. Moritz im goldenen Lichtermeer, eingefangen von verschneiten Ebenen und Bergen. Egal, was dort unten gerade passiert, ob Menschen schlafen oder Herzen brechen, ob der Bass einer Party die Glieder der Feiernden elektrisiert oder ein Mädchen gerade zum ersten Mal geküsst wird – auf diesem Berg ist alles ruhig.

Da unten brennt die Nacht.

Hier oben schweigt der Himmel.

Edward kommt von seinem Motorrad zu mir. »Ich will kurz was machen.«

»Aber bitte kein Bungee-Jumping oder Fallschirmsprung.«

»Verdammt.« Ich schlage ihm gegen die Schulter, und er lacht. »Okay, Option zwei: Wir machen ein Foto.«

»Was?«

»Von uns.«

Bevor ich etwas sagen kann, legt er einen Arm um meinen Hals, hält das iPhone vor uns und küsst mich auf die Wange. Mein hüpfendes Herz und das elektrisierende Gefühl, das mich durchzieht wie Stromkabel unter Wasser, sind so intensiv, dass ich vor Glück lachen muss. Genau in dem Moment macht Edward das Foto.

»Süß«, sagt er.

Ist es wirklich. Wir beide, im Hintergrund die in Gold getauchte Kleinstadt, seine Lippen auf meiner Haut, ich am Lachen.

»Es würde ein perfektes Pinterest-Aesthetic abgeben.«

»Ich kann es nicht erwarten, das auf TikTok wiederzufinden.«

»Auf TikTok?«

Er wirft mir einen Dein-Ernst-Blick zu. »Weißt du, wie oft Paola diese Book-Aesthetics erneut veröffentlicht? Mein kompletter Feed ist voll von ›Heirate Mich, Belle‹, und dann, BÄMM, hundert Fotos von Männern, die wie Charles oder ich aussehen, ein Krümelfilter drüber, hunderttausend Likes.«

Ich lache. »O Gott, meiner ist auch voll damit.«

Mit einem Grinsen auf den Lippen öffnet Edward Instagram. Als er auf einen neuen Beitrag klickt, springt mein Herz. »Was hast du vor?«

»Unser Bild hochladen.«

»Warum?«

»Damit alle wissen, dass wir nur abgehauen und nicht tot sind.«

»Bitte?«

»Meine Männer vergewissern sich jede Stunde, dass ich noch da bin. Eine weibliche Sicherheitskraft tut dasselbe bei euch. Wenn sie merken, dass wir verschwunden sind, wird die Hölle ausbrechen, weil sie glauben, wir wären entführt worden oder sonst was.«

»Ah.« Er schreibt eine Caption. Mein Herz poltert, als ich sie lese. *Like snow in summer, I broke my rules for you.* »Besser, du machst kein Geotagging. Sonst werden wir gleich von zehn Panzerwagen und fünfhundert kreischenden Fans umringt.«

»Geotagging ausschalten war Teil meiner Vorschulausbildung mit fünf.« Er verlinkt mich und lädt das Bild hoch. Ich halte den Atem an. Als es online geht, stoße ich ihn wieder aus. Dann nimmt er meine Hand. »Komm, ich zeige dir das Haus.«

Schnee wirbelt umher, in unsere Gesichter, auf das Nimmerland, seine Suzuki, überall.

»Wie kann etwas so Kräftiges, so atemberaubend Schönes, lautlos sein?«, frage ich.

Edward sieht mich an. »Der Schnee?« Ich nicke. Er zieht einen Schlüssel aus der Jackentasche und überlegt. »Ist nicht alles Stille schön?«

»Wie meinst du das?«

»Spiegelungen auf dem Wasser. Die Morgendämmerung. Frost auf den Blättern eines Waldes.« Er schließt die Tür auf. Ein wohliger Geruch nach Wärme, Holz und Blumen empfängt mich. »Poesie. Fliegende Vögel. Sterne am nächtlichen Himmel.«

Die Tür fällt ins Schloss. Finsternis hüllt uns ein.

»Deine Stimme in der Dunkelheit«, flüstere ich.

Plötzlich ist sein Atem nahe bei mir. Zu der sanften Holznote mischt sich Lavendel. Im nächsten Moment legt er die Hand auf meine Brust. »Dein Herz.«

Ich stocke. »Deine Seele hinter dieser hohen Festung.«

Er hält den Atem an. Im ersten Moment spüre ich ihn noch auf meinen Lippen, und dann, für

1

2

3

sekunden

nichts mehr

dann –

»Meine Gefühle für dich«, raunt er.

»Meine Gefühle für dich«, flüstere ich.

ein zitternder schauer der mich erfasst wie leise noten einer entfernten melodie die zwischen den tannen eines waldes in der dämmerung tanzt und die vögel weckt bevor die sonne aufgeht und das goldene laub in glitzer hüllt

2 herzen

1 klopfen

weil sie sich

verbinden

in diesem moment

dieser finsternis

dieser stille

die mit ihren geheimnissen

und ihrem reiz

das schönste

in diesem leben ist

Er kommt näher, und diese düstere Aura, die er stets um sich hüllt und Herzen davon abhält, ihm zu nahezukommen, fällt wie ein Mantel aus Blei von seinen Schultern. Ich höre es krachen. Der Mantel erschüttert den Boden. Vielleicht ist es aber auch mein Herz, das hinter meiner Brust donnert wie ein Himmelsreiter, das meine Wirbelsäule erzittern lässt. Sie beinahe *auseinanderreißt.*

Die Dunkelheit umhüllt uns wie ein Schleier vor dem Rest der Welt. Obwohl wir allein sind. Als würde die Natur wissen, dass

Edward den Schutz wie die Luft zum Atmen braucht. Als würde sie ihn kennen und mit allem, was sie geben kann, beschützen.

»Schwöre es«, raunt er an meinen Lippen.

»Was?«

»Schwöre mir, dass du es nicht tötest, wenn ich es dir gebe.«

»Was töten?«

»Den letzten Rest meines Herzens.«

Ich halte den Atem an. Lasse mich betören von seinem, der über meine Haut gleitet, eine magnetische Kraft, die unsere Lippen aufeinanderprallen lassen will.

»Wenn du es mir schenkst«, flüstere ich, »werde ich es in ein Zeitschloss legen. Und danach«, zart beuge ich mich vor, streife mit meinen Lippen seine, genieße, wie ein Schauder ihn erfasst, »werde ich die Zeit zerstören.«

Seine Hände an meinen Wangen. Sie glühen. »Schwörst du?«

»Ich schwöre es dir, Edward Blackwell.«

Zwischen uns knistert ein Versprechen im zarten Takt der Stille.

Er streicht eine Strähne hinter mein Ohr. Jede Berührung seiner Finger ist wie ein Blitz auf meiner Haut. Ich genieße dieses intensive Gefühl, versuche mir jede Sekunde dieses Moments einzuprägen. Der Mond sendet schwaches Licht durch das Fenster. Meine Augen haben sich an die Dunkelheit gewöhnt, können nun den fahlen Silberschein wahrnehmen. Dort, wo die Schatten der Schneeflocken auf den Wänden tanzen, schlagen zwei Herzen in rasanter Geschwindigkeit. Am Grund seiner blauen Augen tanzt ein wildes Feuer, das die Kontrolle verloren hat. Es lässt das Korallenriff leuchten. Endlich lässt er mich sehen, wie viel Farbe in ihm lebt.

»Blair«, raunt er.

Dann küsst er mich. Die Emotionen haben meinen Körper erhitzt, und als seine eiskalten Lippen auf meine treffen, ist das wie ein Naturphänomen. Eine Berührung, die mich mitreißt, ein Streichholz in mir entzündet, das zu einem Inferno wird.

Mit den Daumen streicht er über meine Wangenknochen, küsst mich erst sanft, eine zarte Berührung, dann härter, fester, leidenschaftlicher. Verlangen schießt in meine Mitte. Ich schlinge meine Arme um seinen Hals, kratze mit den Fingernägeln über seinen Hinterkopf. Ein Stöhnen entfährt ihm. Er löst eine Hand von meiner Wange, zieht den Reißverschluss meiner Jacke auf. Ein wildes Chaos aus Küssen, Kratzen, Unterlippenbeißen, Jackenzerren, Stöhnen und Gefühlen, bis unsere Jacken auf dem Boden liegen.

Edward schiebt seine Hände in meine Haare, drückt meinen Kopf zurück, küsst mich fester. Ich stöhne an seinen Lippen. Dann packt er meine Hüften, hebt mich hoch und presst mich gegen die Wand. »Du hast keine Ahnung, wie oft ich hiervon geträumt habe«, raunt er.

»Du hast keine Ahnung, wie oft ich hiervon fantasiert habe«, keuche ich. »Wenn ich es mir selbst gemacht habe.«

»Hast du meinen Namen gestöhnt?«

»Immer.«

»Scheiße, Blair.« Wieder küsst er mich, presst seinen harten Schwanz gegen meine Mitte. Schon wieder diese gefährliche Kombination aus Jogginghose an Jogginghose. »Ich will, dass das hier keine Fantasie mehr bleibt.«

»Ich auch.«

Seine Hände brennen sich förmlich in meine Hüften. Ich reibe mich an seiner Erektion und spüre, wie nass mein Slip ist. Weil ich es kaum aushalte, schiebe ich meine Hände unter seinen Hoodie, kratze über seine Brust und stoße die Hüften immer wieder vor.

Edward stöhnt. »Du machst mich fertig, Babe.«

»Gut.«

Plötzlich wirbelt er mich herum, macht ein paar große Schritte durch den Raum und wirft mich im nächsten Moment auf eine weiche Matratze. Mir bleibt kaum Zeit, das Paradies aus Decken und Kissen zu registrieren, denn schon in der nächsten Sekunde ist Edward über mir. Er zieht sich den Pullover über den Kopf, wirft ihn achtlos beiseite. Das Mondlicht hüllt seinen muskulösen Oberkörper in einen silbernen Glanz, der mir Hören und Sehen vergehen lässt. Rote Striemen meiner Kratzer leuchten wie Brandmale auf seiner Brust und dem Bauch. Er neigt den Kopf, senkt die Lider. Sein dichter Wimpernkranz wirft Schatten der Nacht auf seine Haut. Er, in dieser Jogginghose von Jordan, die ihm tief auf den Hüften sitzt, mit nacktem Oberkörper – das hat Explosionspotenzial.

Edward ist ein Kunstwerk von atemberaubender Schönheit.

Er legt seine Hände um den Saum meines Pullovers, sieht mir fragend in die Augen. Ich nicke, und er zieht mir das Chicago-Bulls-Ding aus. Dann den BH. Entblößt, nur in Jogginghose, liege ich unter ihm. Und Edward betrachtet mich unter schweren Lidern und mit rasanter Geschwindigkeit in seiner bebenden Brust.

»Gott«, raunt er. Schluckt. Leckt sich die Lippen. »Du bist die schönste Frau, der ich auf diesem ganzen Planeten je begegnet bin, Blair.«

Ich keuche. Bevor es verfliegt, beugt Edward sich herunter und fängt es mit den Lippen auf. Unsere Oberkörper berühren sich.

Hitzige Haut, explodierende Herzen, donnernde Blitze, die meine Wirbelsäule entlangrattern.

Mit den Händen knetet er meine Brüste. Stöhnend beuge ich den Rücken durch, reibe meine Mitte an seinem Schwanz und kratze mit den Händen über seinen Rücken. Ich halte dieses Verlangen kaum aus. Es ist nicht von dieser Welt. In meinem Hirn ist alles vernebelt. Ich glaube, das ist es, was alle meinen, wenn sie vom Delirium sprechen.

Er legt eine Hand an meine Schläfe und drückt den Kopf zur Seite. Nur eine Sekunde später zeichnen seine Lippen eine feuchte Spur an meinem Kiefer, entlang zu meinem Ohr, verharren an meiner Muschel. Sein heißer Atem streift darüber. Gänsehaut bricht aus meinen Poren. Er schiebt eine Hand in den Bund meiner Jogginghose, unter meinen Slip. Sein Finger gleitet über meine Nässe. Ich stöhne auf.

»Fuck«, raunt er mir ins Ohr, umkreist mit der Kuppe die elektrisierten Nerven meiner empfindlichen Perle. »Du bist *so* nass, Babe.«

»Nur für dich«, keuche ich.

Seine Lippen wandern tiefer. Mit der Zunge leckt er über meinen Hals, legt die Lippen darauf. Saugt an meiner Haut. Sein Daumen spielt mit meinem Nippel. Sein Finger gleitet über meine Spalte. Ich wimmere vor unbändiger Lust, schließe die Augen und gebe mich dem Verlangen hin. Dann schiebt er den Finger in mich.

Ich reiße die Augen wieder auf, öffne die Lippen zu einem überraschten O, gefolgt von einem brüchigen Stöhnen. Edward krümmt den Finger, trifft einen intensiven Punkt in mir, wieder und wieder und wieder. Mal schneller, mal langsamer. In meiner Mitte treffen Blitze aufeinander, verbinden sich zu einem Stromkreis, der in Lichtgeschwindigkeit durch meine Glieder rast.

Plötzlich löst er sich von mir. Ich winde mich, sehe Edward unter lustverschleierten Lidern heraus an und er grinst wie eine Raubkatze.

Seine Finger haken sich in meine Jogginghose. Er zieht sie herunter, wirft sie beiseite. Tut dasselbe mit seiner.

Wenn Jogginghose und Jogginghose eine böse Kombi ist, ist Slip und Boxershorts eine noch schlimmere.

Edward beugt sich hinab, seine Lippen bahnen sich einen Weg über meinen Körper, als wäre er ein Palast mit vielen Türen, zu denen er sich Eintritt verschafft.

Er küsst meine Brustwarzen. Saugt an ihnen. Knetet die Brüste. Dabei reibt er mit seiner Spitze an meiner Öffnung. Ein Schauder wie brennender Eisregen erfasst mich. Ich lege meine Hände auf sein Kreuz und presse ihn fester an mich, schneller, stelle mir vor, er wäre in mir. Mit der Zunge schnellt er über meine Nippel. Ich werfe den Kopf zurück, stöhne, ertrage die Hitze, die sich in verlangenden Wellen über mich schlägt.

Er küsst eine feuchte Spur hinab zu meinem Bauchnabel, leckt von einem Hüftknochen zum anderen, direkt über dem Bund meines Slips. Ein lustvolles Wimmern schleicht über meine Lippen. Dann geht er tiefer. Seine Nase streift über meine Scham, und ich weiß, er saugt den Duft meiner Lust in sich auf. Edward küsst meinen heißen Spalt über dem Slip, und das ist fast noch intensiver als alles, was er bisher getan hat. Dieses winzige bisschen Stoff, das uns trennt, ist wie eine bittersüße Qual. Plötzlich schiebt er den Slip mit dem Finger beiseite. Und dann spüre ich seine Lippen auf meiner Klit.

Ich schreie auf.

Er saugt an ihr, küsst sie, und diese Mischung aus penetrierten Nerven und Lust, die in mir brandet, das schmatzende Geräusch seiner Küsse auf meiner Nässe treibt mich in den Wahnsinn.

»Edward«, stöhne ich, hebe mein Becken an, damit er den Druck seiner Berührungen erhöht, »scheiße, Ed, ja! O Gott!«

Er saugt fester. Dann leckt er über meine Spalte, erreicht meine Öffnung. Ich kreise die Hüften, dränge mich ihm entgegen. Schweiß rinnt mir über die Stirn, so lustgeschwängert ist mein Körper. Er leckt über meinen Eingang, dann dringt seine Zunge in mich.

Das Stöhnen, das ihm in diesem Moment entkommt, haucht über die empfindlichen Nerven meiner Scham. Sein Daumen gleitet über meine Feuchtigkeit, schiebt sich zwischen eine Schamlippe und findet einen Punkt, dessen Berührung so geil ist, dass ich kurz Sterne sehe. Ich reiße Mund und Augen auf, halte den Atem an, stocke. Edward fickt mich mit der Zunge, schnippt immer wieder in sanften, minimalen Berührungen über diesen intensiven Punkt neben meiner Perle, fährt mit dem anderen Daumen über meine nasse Spalte und gleitet dann damit über meinen Nippel.

»Oh mein –« Der Rest des Satzes wird von einem lauten Schrei verschluckt, als ich zu seinen Berührungen komme. Die Muskeln meiner Öffnung schließen sich in rasanter Schnelligkeit um seine Zunge, und wieder einmal schluckt Edward alles, was er von mir kriegen kann. Er wartet, bis mein Höhepunkt abgeflaut ist, bevor er sich aus mir herauszieht. Aber ich habe noch lange nicht genug. Ganz im Gegenteil. Meine Finger haken sich in den Bund seiner Boxershorts und ziehen sie in einem Ruck herunter. Ich stöhne, als ich seine pralle Erektion sehe. O Gott, sie ist so schön. *Er* ist so schön. Ich hebe mein Becken an, ziehe meinen Slip herunter.

Abwartend sehe ich ihn an. Meine Brust hebt und senkt sich schnell, und Edward blickt mich mit einem Brennen in den Augen an. Das Mondlicht lässt seine von meiner Nässe feuchten Lippen glänzen.

»Ich will dich«, flüstere ich. »Ich will dich so sehr.«

Es vergeht ein weiterer Moment, in dem er mich nur ansieht. Der Schnee klopft gegen die Scheibe. Dann senkt Edward die Lider, als hätte er eine Entscheidung gefasst, die weit über das hier hinausgeht, schnappt seine Jogginghose vom Boden und holt ein Kondom aus der Tasche. Er reißt es mit den Zähnen auf und rollt es sich über. Im nächsten Moment spreizt er meine Beine mit den Knien, ohne den feurigen Blick von mir zu lassen. Ich bin mir sicher, er könnte die Hütte in Flammen setzen, wenn er wollte.

Edward senkt sich auf mich hinab. »Ich habe das hier schon sehr, sehr oft getan«, raunt er an meinen Lippen. »Aber niemals so.«

»Niemals wie?«

Er küsst mich. Sieht mich an. »Liebevoll.«

Mein Atem stockt. Er legt seine Hände um meine Wangen und bricht den Blickkontakt nicht ab.

Dann dringt Edward in mich ein.

Ich reiße die Augen auf, meine Lippen teilen sich, tragen ein sanftes Wimmern in den Raum.

Edward wirkt, als hätte er gerade das Glück geküsst. Starr sieht er mich an, seine Gesichtszüge überrascht, verwirrt, überwältigt und gnadenlos schön. »Scheiße«, haucht er, »ist das heftig.«

Ich bin nicht imstande, etwas zu entgegen. Die Gefühle erschlagen mich.

Edward küsst mich. Ein Schauder erfasst ihn, als er aus mir heraus- und wieder hineingleitet. Ich schlinge meine Beine um seinen Körper, lege meine Hände auf seinen Rücken und drücke ihn fester zu mir. Er stößt in mich. Die ganze Zeit sieht er mich an. Ich sehe, wie er den Mund öffnet, wie sich ein lustvoller Schleier über seine Augen legt, ehe er das Tempo erhöht. Er senkt die Lippen auf meinen Hals und saugt an der Haut, während unsere Hüften aufeinandertreffen. Bei jedem Stoß erfüllt ein lautes Klatschen den Raum. Das Fenster beschlägt von unseren keuchenden Atemzügen. Ich bin so nass, dass er in rasender Schnelligkeit aus mir heraus- und hineingleitet.

»Ja«, stöhne ich. »Fick mich, Edward, fick mich!«

»Scheiße, Blair.« Er keucht. Beißt in meine Schulter, wird schneller. »Fuck, ist das geil.« Er beißt noch einmal. »Sag mir, was du denkst.«

»Verlangen.«

»Was noch?«

»Ge...Gefühle.«

»Für mich?«

»Ja.«

Er stöhnt. »Willst du es härter?«

»Ja.«

»Sag es.«

»Fick mich härter!«

Keuchend zieht er sich aus mir heraus, nimmt meine Beine und legt sie auf seine Schultern. Mit einem Ruck zerrt er mich an den Oberschenkeln heran und sein Schwanz dringt fest in mich ein. Ich schreie seinen Namen und stöhne, weil das Gefühl so geil ist.

Seine Lider flackern. Er nimmt eine Hand dazu, gleitet mit dem Finger über meine Spalte, penetriert meine Klit. Dann schiebt er ihn sich in den Mund, kostet mich, während er mich fickt. Dieser Anblick törnt mich so an, dass die Lust nass aus mir herausläuft. Immer wieder trifft seine Spitze meinen G-Punkt, weil er mich weiterhin an den Oberschenkeln angehoben hält. Zu sehen, wie angespannt die verschwitzte Haut seines Bizeps ist, wie *stark* er ist, dass er mich in dieser Position halten kann, macht mich noch geiler.

In rasanter Schnelligkeit zieht er meinen Körper zu sich. Wieder löst er eine Hand, reibt seinen Daumen an meiner Nässe. Ich denke, er will ihn sich wieder in den Mund schieben, aber plötzlich gleitet er über meinen Damm, weiter zu meinem Anus. Meine Augen weiten sich. Stumm fragt er um Bestätigung, wartet. Ich nicke.

Und dann schiebt er den Daumen in mich. Die Nerven elektrisieren. Ein sanfter, bittersüßer Schmerz sammelt sich zu einer unbändigen Lust, die mich erzittern lässt.

Edward stöhnt, während er meinen Arsch fingert und mich mit seinem harten Schwanz fickt. Meine hemmungslosen Laute lassen die ganze Hütte erzittern, durchbrochen von seinem Namen, den ich schreie.

»Blair, *fuck*, Blair«, stöhnt Edward, wirft den Kopf zurück. Er fickt mich schneller, fährt durch meine extreme Nässe und gleitet immer wieder mit dem Daumen in meinen Arsch. Es sind so viele Empfindungen, so viel Lust und Verlangen, das in zitternden Wellen aufeinandertrifft, dass ich den Verstand verliere.

Meine Finger krallen sich in seine Oberschenkel. Unser Stöhnen vereint sich zu einem einheitlichen Laut.

Wieder trifft seine pralle Eichel meinen G-Punkt, und das ist der Moment, in dem alles in mir zusammenbricht. Die Welle überschlägt sich, und ich erlebe den intensivsten Orgasmus, den ich je hatte. Meine Muskeln erzittern heftig. Ich schreie laut, so laut, wie ich mich selbst noch nie gehört habe, beuge den Rücken durch und genieße, wie Edward in genau demselben Moment einen erlösten Laut von sich stößt. Seine Nägel bohren sich in meine Haut, während die bebenden Muskeln meiner Öffnung sich um seinen pulsieren Schaft schließen und er sich zitternd in mir ergießt.

Ein paar Sekunden verharren wir in dieser Position und geben uns den Schaudern hin, die uns erfassen. Dann lässt Edward sich auf mich sinken, rollt zur Seite, schiebt Arm und Bein träge über mich und atmet mir in schnellen Zügen gegen den Hals.

Ich starre an die Decke und versuche, zu verstehen, wie es möglich ist, so viel zu fühlen.

»Was tust du nur?«, flüstere ich in die Stille hinein.

die magische stille die so viel sagt ohne gehört zu werden so viel verspricht indem sie existiert die magische stille die eine kraft auf uns hat wie bebende planeten und reißende wasserströme

»Gefühle haben«, sagt er.

»Wirklich?«

»Ich schwöre es.«

»Kannst du sie mit einem Zeitschloss verschließen, damit sie sicher sind?«

Er küsst meine Schulter. »Nur, wenn du die Zeit zerstörst.«

»Ich schwöre es.«

DOH WAH DIDDY DIDDY DUM DIDDY DO

Edward

So fühlt sich also bedeutungsvoller Sex an.

Ich habe lange gedacht, April und ich waren genau das.

Aber jetzt weiß ich mit ziemlicher Sicherheit, dass wir nichts weiter als ein krankes Abhängigkeitsverhältnis waren.

Das war keine Liebe. Es wäre eine Beleidigung, würde ich es Liebe nennen. Sie war diejenige, die alle wollten. Ich war derjenige, der sie bekommen musste. Die Katze, die verzweifelt versuchte, die Maus zu halten.

Eine verdammt gerissene, gefühllose Maus.

»Was denkst du?«, flüstert Blair in die Stille hinein.

»April.«

Ihr Atem stockt. Sie rollt sich auf die Seite. Mondschein fällt durch die Vorhänge und hüllt ihr Profil in silbriges Licht. »Vermisst du sie?«

Ich streiche ihr eine lose Strähne hinters Ohr. »Nein.«

»Es wäre absolut okay, wenn es so wäre.«

»Ich weiß. Aber ich tue es nicht.«

»Okay.«

Ich gebe ihr einen sanften Kuss. »Wollen wir die Show abkürzen?«

»Was?«

»Vielleicht kann ich bewirken, dass es nur noch eine Entscheidung gibt, und dann wähle ich dich.«

»Aber …« Sie schluckt. »Wäre es nicht unfair, die anderen um das wöchentliche Geld zu bringen?«

»Hmm.« Ich lehne mich zurück, schiebe einen Arm hinter meinen Kopf und drehe ihn, um Blair anzusehen. Sie sieht so verführerisch aus mit ihrem wirren weißblonden Haar, den riesigen braunen Katzenaugen und den geschwollenen Lippen. »Es wäre unfairer, ihnen was vorzumachen, oder?«

»Du könntest mit ihnen reden«, schlägt sie vor. »Dann wissen sie Bescheid, und die Einzigen, die leiden, sind Spiderflix.«

»Deine Gedankengänge gefallen mir, Prinzessin.« Ich setze mich auf, lege eine Hand an ihre Wange und grinse. »Stürzen wir das Patriarchat.«

Lachend schiebt sie meine Hand beiseite und rutscht an mir vorbei, um nach ihren Sachen zu fischen.

»Du willst dich anziehen?« Ich mache einen Schmollmund. »Erst gibst du mir die verbotene Frucht, damit ich weiß, wie sie sich anfühlt, und dann entreißt du sie mir wieder.«

Sie lacht.

Ein glockenklarer klang der in tiefen ebenen meiner seele widerhallt und sie zum leben weckt obwohl sie längst für tot erklärt worden sind mit ihren rissen wie in schwarztrockenem laub

»Mir ist kalt«, sagt sie.

»Ich könnte dich wärmen.« Ich wackle mit den Augenbrauen. »Zwei nackte Körper erzeugen stärkere Hitze als eine Heizung. Das ist sogar wissenschaftlich bewiesen.«

Sie streckt mir die Zunge raus, bevor sie ihren Bulls-Pullover über den Kopf zieht und in die Jogginghose schlüpft.

Stöhnend rolle ich mich auf die Seite und lasse einen Arm von dem Brett baumeln, auf dem diese Matratze liegt. Es ist über zwei Meter breit und lang, reicht von der einen Hüttenwand zur anderen und ist mit etlichen Kissen und Decken bestückt. »Okay, du gewinnst.«

»Jetzt dann 3:2 für mich?«

»Frauen sind halt einfach besser«, seufze ich, während ich mich anziehe.

Sie kichert. »Schön, dass auch du es eingesehen hast.«

»Aber nein, es steht weiterhin 2:2. Das war keine öffentliche Schlacht gerade.«

»Dein Ernst?«

»Ja.«

»Das ist … Oh, fuck!«

»Was ist?«

»Ich habe mir den Fuß gestoßen.«

»Das war die Rache.«

»Welche Rache?«

»Für deinen unrühmlichen Sieg über mich.«

Sie kichert. »Gibt es hier einen Lichtschalter?«

»Warte, ich mache ein Feuer.«

Fast blind gehe ich durch den Raum. Ich bin so oft hier gewesen, dass ich jeden Winkel kenne. Im Kamin entzünde ich die Holzscheite. Wenige Minuten später knistert ein glühendes Feuer und wirft seinen rötlichen Schein auf unsere Gesichter.

»Wow.« Blair sieht sich staunend in der Hütte um. Ihr Blick gleitet über das Bett, in dem wir es eben getrieben haben, die beiden durchgesessenen Kordsessel neben einem Beistelltisch – auf dem Charles und ich so viele Runden Karten gespielt haben, dass ich behaupten würde, meine Casinosucht hat in dieser Hütte begonnen – und schließlich über die etlichen Zettelchen, die an die Wand gepinnt worden sind. »Was ist das?«

Ich lege das Feuerzeug auf das Sims und gehe zu ihr. Dabei mustere ich die geschriebenen Sätze, alle mit Datum, manche schnell geschrieben, um es sich aus der Seele zu ziehen, andere in groß und fett, als hätte man sie schreien wollen.

Ich ziehe eine Nadel aus einem grünen Papier und nehme es in die Hand. »Sorgen.«

13.7.2012 ich hasse meine mutter ich hasse sie so sehr ich will sie nie wiedersehen und das macht mich fertig weil sie ist doch meine mutter ich muss sie lieben egal was sie getan hat aber sie will mich nicht sie liebt mich nicht sonst wäre sie hier sonst wäre sie nie gegangen

»Oh, Edward«, flüstert Blair neben mir. Plötzlich spüre ich ihre Hand auf meinem Arm. »Es tut mir so leid, dass sie gegangen ist.«

»Ist egal.« Mit einem schweren Stein auf der Brust stecke ich das Papierstück wieder zurück. Ich überfliege ein paar andere.

3.9.2016 CHARLES IST EIN VERFICKTER BASTARD
DER MEIN GIRL GEVÖGELT HAT

24.3.2010 ich weiß nicht wer diese menschen sind ich kenne sie gar nicht und auf einmal sollen sie meine neue familie sein alles ist so reich und gehoben und ich habe so angst aufzufliegen dass ich nicht so bin und dass ich im ghetto groß geworden bin und eigentlich bin ich auch einfach nur ein asozialer penner der hier nicht hergehört also wieso sollte mich dieser mann lieben wie ein vater einen sohn wieso sollte mich dieser kleine junge lieben wie ein bruder ich weiß nicht ob ich das hier alles kann und das lässt mich nicht mehr schlafen und ich höre die schreie meiner mutter immer noch jede nacht

24.12.23 PAOLA IST UNSERE SCHWESTER

28.12.23 PAOLA IST DOCH NICHT UNSERE SCHWESTER

»Da steht mein Name«, sagt Blair plötzlich. Im nächsten Moment hält sie bereits ein kariertes Papier in der Hand und liest es vor.

7.1.24 blair das mädchen mit den brause-ufos hat mich verraten und es trifft mich mehr als es sollte ich denke mehr an sie als ich sollte ich will sie fertigmachen dafür aber nicht wegen diesem verdammten video, sondern weil sie mir wehgetan hat weil sie für irgendwelche stiche in meinem herzen gesorgt hat die mir WEHTUN.

Entsetzt sieht sie mich an. »Das hast du geschrieben?«

Ich nicke. »Mein Vater hat diese Wand ins Leben gerufen, damit wir unsere Sorgen loswerden können.« Ich nehme ihr das Stück Papier ab und pinne es zurück an die Wand. Dann werfe ich einen Blick durch den Raum, über die vielen Bilder von mir, Charles und auch unserem Vater an den Wänden. »Das war, nachdem meine Mutter abgehauen ist. Er hat die Hütte mit uns gemeinsam gebaut. Nicht bauen lassen, sondern zu dritt, alle zusammen. Er meinte, es wäre ein Familienprojekt, und wir würden die Hütte das Nimmerland nennen.« Ich wende den Blick von den Bildern ab und sehe ins Feuer. »Ein Ort, an den wir uns zurückziehen können, die Möglichkeit haben, wir selbst zu sein, und an dem die Zeit stehen bleibt.«

Blair gibt ein leises Seufzen von sich. Sie schiebt ihre Hand über meine, verschränkt unsere Finger miteinander. »Wann hat es angefangen?«

»Was meinst du?«

»Mit deinem Vater. Eure Beziehung.«

Ich sehe sie an. Schlucke. Und wende mich achselzuckend wieder ab. »Keine Ahnung. Es war ein Prozess. Vielleicht ein Jahr nach dieser Hütte?«

»Kommt er auch manchmal her?«

»Mein Vater?«

Sie nickt.

»Ja. Manchmal sind neue Zettel von ihm an der Wand, und ich interpretiere es als Nachrichten an mich, aber meistens ignoriere ich sie.«

»Warum?«

»Warum was?«

»Warum du sie ignorierst.«

»Weil er *mich* ignoriert«, entgegne ich. »Und das seit Jahren.«

»Vielleicht weiß er nicht, wie er mit dir umgehen soll. Und hat verlernt, einfühlsam zu sein. Ich meine, diese Hütte hier und diese Wand, das zeigt doch, dass du ihm wichtig gewesen bist und er wollte, dass es dir gut geht. Dass er sich Gedanken gemacht hat.« Sie zögert. Zieht die Stirn kraus. »Vielleicht … musst du ihm eine Chance geben und ihm zeigen, wie er dich verstehen kann.«

Langsam sehe ich sie an. Presse die Lippen aufeinander. Etwas in mir will rumbrüllen und Dinge zerschlagen, aber zum ersten Mal spüre ich, dass mich Worte zu diesem Thema *erreichen*. Ich spanne den Kiefer an, überlege.

»Falls du das nicht willst, verstehe ich das genauso«, sagt Blair schnell. »Ich wollte nicht –«

»Wir machen einen Deal.«

Sie verzieht den Mund. »Schon wieder?«

Ich gehe zu der Kommode mit den Zetteln und nehme zwei aus der Schublade heraus, dann zwei Fineliner. Braun und blau, wie unsere Augen.

»Du schreibst auf, was dich bedrückt, und ich schreibe auf, was ich mir von meinem Vater wünsche. Danach bleibt uns überlassen, ob wir vergessen oder handeln wollen.«

Sie nimmt Stift und Papier entgegen. »Und wie?«

»Wenn wir handeln wollen, pinnen wir die Blätter an die Wand. Und wenn nicht«, ich nicke zum Feuer, »verbrennen wir sie.«

Sie überlegt einen Moment. Dann nickt sie. »Okay.«

Blair und ich setzen uns auf den alten Holzboden und beginnen zu schreiben. Es dauert lange. In den nächsten fünfzehn Minuten ist nichts anderes zu hören als das Knistern des Feuers, schwere Atemzüge, Seufzen, Stifte, die über Papier gleiten, durchgestrichene Wörter, das Klappern der Kommode, Rascheln von neuem Papier, wieder Seufzen.

Schließlich sieht Blair auf. »Kannst du ein Lied auf deinem Handy abspielen?«

»Klar. Welches?«

Sie schluckt. Ich öffne Spotify.

»Do Wah Diddy«, sagt sie, als ich schon auf Play drücke.

Ich wusste es. Keine Ahnung, wieso, aber ich wusste es.

Der Songtext erfüllt die Hütte. Blair beugt sich über ihr Papier. Ich bin vor ihr fertig.

Als der letzte Refrain verklingt, legt sie den Stift beiseite. Fahrig wischt sie sich über das Gesicht. Sie sieht erledigt aus. Als hätte sie gerade eine sechsstündige Prüfung geschrieben.

»Fertig?«

»Fertig.«

»Und?« Ich winkele ein Bein an, lege meinen Arm um das Knie. »Handeln oder vergessen?«

Sie beißt sich auf die Unterlippe. »Sag du zuerst.«

Unschlüssig blicke ich auf das Stück Papier. Ich zögere. Die Wörter verschwimmen vor meinen Augen.

Meinem Vater verzeihen und ihm eine zweite Chance geben. Sein Angebot annehmen und Dr. Hoover einfliegen lassen. Mindestens zwei Therapiesitzungen in der Woche in Anspruch nehmen. Meine Vergangenheit annehmen und im Jetzt leben.

Ich stehe auf und pinne das Papier an die Wand.

Blair kommt zu mir, liest meine Worte. »Du bist so stark«, sagt sie und schluckt. »So unfassbar mutig, Edward. Ich wünschte, ich könnte das auch.« Sie schüttelt den Kopf. Tränen schimmern in ihren Augen. »Aber ich kann nicht.« Sie zerknüllt ihr Papier zwischen den Fingern und geht zum Feuer. Ihre Schultern beben.

»Blair«, sage ich in die Stille hinein. »Vergiss nicht, was ich gesagt habe.« Sie hält inne. Ich hole tief Luft. Atme die ganze Welt ein. »Du bist das stärkste Mädchen, das ich kenne.«

Ein Zittern geht durch ihren Körper. Es vergeht eine Ewigkeit. Ich denke schon, Blair hat die Zeit erschossen. Aber dann, nach ein paar weiteren Sekunden, dreht sie sich um. Tränen strömen über ihr Gesicht und ihr Körper wird geschüttelt von Schluchzern. Trotzdem reckt sie das Kinn und marschiert zu dieser Wand wie eine Kriegerin, die weiß, dass sie gleich sterben wird.

Sie heftet den Zettel direkt neben meinem. Es ist eine ganze Seite. Ich lese ihre Worte.

Und dann ist nicht sie diejenige, die in dieser Schlacht stirbt, sondern ich bin es.

MEINE ELTERN HABEN MICH MEIN GANZES LEBEN LANG IM KELLER EINGESPERRT ICH DURFTE NUR ZUR SCHULE RAUS WENN MEINE SCHWESTER AUF MICH AUFGEPASST HAT ICH WEISS NICHT WIESO SIE HABEN ES MIR NIE GESAGT DESHALB MUSSTE ICH IN DIE SPORT AG DAMIT DIE ÄRZTE NICHTS MERKEN MANCHMAL IST PEN IN MEIN ZIMMER GEKOMMEN UND HAT MIT MIR FERNGESEHEN DAS WAR DAS EINZIGE DAS ICH DURFTE UND POKÉMON SPIELEN MEIN EINZIGER ANKER MANCHMAL HAT PEN MIT MIR KASSETTEN ANGEHÖRT ICH WUSSTE NIE WIESO SIE OBEN SEIN DARF ABER WIR

DACHTEN EINFACH SIE LIEBEN SIE HALT MEHR ICH HABE DAS SAMS GELIEBT UND ICH HATTE EINEN ALTEN SCHALLPLATTENSPIELER MIT EIN PAAR SONGS UND EINEN HABE ICH WIEDER UND WIEDER GEHÖRT WENN ICH ANGST HATTE DO WAH DIDDY DIDDY DUM DIDDY DUM ICH HABE ALLE SACHEN ZUSAMMENGESTELLT UND DINGE AN DIE WAND GEHÄMMERT UM WEITER KLETTERN ZU ÜBEN FÜR DEN NOTFALL ALS ICH ACHTZEHN WAR SIND SIE IN DEN URLAUB GEFLOGEN ICH WAR IM HAUS EINGESPERRT ALLES ABGESCHLOSSEN SIE HABEN MIR GENUG ESSEN DAGELASSEN UND ICH DURFTE AUS DEM KELLER ABER KONNTE NIRGENDWO HIN SOGAR DIE FENSTER WAREN VERRIEGELT HÄTTE ICH EINS EINGESCHLAGEN WÄRE DER ALARM LOSGEGANGEN ABER ICH KONNTE KLETTERN ALSO HABE ICH MEINEN SUPERREICHEN ELTERN GELD GESTOHLEN BIN NUR MIT MEINEM RUCKSACK IN DEN KAMINSCHACHT UND AUFS DACH GEKLETTERT VON DA AUS BIN ICH ABGEHAUEN UND NIE WIEDER ZURÜCKGEKOMMEN BEI DEN BEHÖRDEN WOLLTE MIR NIEMAND GLAUBEN WEIL MEINE ELTERN SO HOCH ANGESEHEN SIND UND DANN HATTE ICH ANGST MICH IRGENDWO ZU MELDEN WEIL ICH BEFÜRCHTET HABE SIE WÜRDEN MICH ZU IHNEN ZURÜCKBRINGEN UND ICH GLAUBE SIE HABEN MICH ENTFÜHRT MEINE GEBURTSURKUNDE IST GEFÄLSCHT IN MEINEM ANGEBLICHEN GEBURTSKRANKENHAUS GIBT ES KEINE AKTE VON MIR ICH GLAUBE ICH BIN LETICIA WOLF AUS DEUTSCHLAND WEIL SIE VON DORT AUSGEWANDERT SIND UND ALLES PASST LETICIA SIEHT AUS WIE ICH UND ICH LASSE JEDE NACHT DIE FENSTER GEÖFFNET DAMIT ICH NIE WIEDER EINGESPERRT BIN

Blair bricht zusammen. Ich fange sie auf, bevor ihre Knie den Boden berühren, und drücke sie fest an mich.

»Ist gut«, sage ich. Etwas rennt über meine Wangen. Es dauert zwei Sekunden, bis ich realisiere, dass es Tränen sind. »Ich bin bei dir, Blair. Wir schaffen das zusammen.« Ich küsse sie auf den Scheitel. »Ich bin bei dir, hörst du?«

O Gott, in diesem Moment hasse ich mich so sehr. Ich hasse mich für Worte, die ich unbedacht gesagt habe, ohne zu wissen, was sie in ihr anrichten. Vor einigen Wochen, im Casino.

Wie wäre es mit unseren Kerkern? Du könntest ewig dort schmoren und niemand würde dich je finden.

»Scheiße, Blair, es tut mir leid«, flüstere ich, während mir Tränen über die Wangen laufen. »Es tut mir so leid.«

Im Hintergrund, die ganze Zeit, *doh wa diddy diddy dum diddy dum.*

In ihren Tränen lebt der Schmerz ihrer Vergangenheit. Und sie weint, weil es wehtut. Die Seele zu reinigen, das *tut weh.*

Doh wah diddy diddy dum diddy do.

@BLAIRODERWER

Edward

Die Show hält sich nicht an die Regeln. Eigentlich sollten noch sieben Prinzessinnen im Spiel sein, aber es sind nur noch fünf. In Ambres Woche wurde auch Greta verabschiedet, nachdem sie mit Raúl erwischt wurde. Gestern hat Victoria keinen weiteren Diamanten für ihre Tiara bekommen – aber auch Selma hat sich heute Morgen von mir verabschiedet. Sie möchte die Show freiwillig verlassen. Und ich kann sie verstehen. Es wurde auf uns geschossen, ohne dass der Attentäter geschnappt werden konnte. Sicherheitspersonal und Polizei haben das ganze Hotel und die Umgebung abgesucht, aber nichts und niemanden gefunden.

Ich betrete das Restaurant mit Blair an der Hand. Ihr Griff wird stärker, als sie die vielen Augenpaare bemerkt, die sich auf uns heften. »Die sind nicht gerade subtil«, murmelt sie.

»Das ist für die ein Fremdwort.«

Das Frühstücksbüfett im Blackwell Palace ist eines der besten auf der Welt. Die Auswahl ist endlos, von vegan über vegetarisch bis zu feinstem Schinken, traditionell schweizerisches Gebäck, aber auch französisch, amerikanisch, deutsch, italienisch. Gewaltige Kronleuchter in der Größe eines Babyelefanten baumeln von der Decke, werfen ihr glitzerndes Licht über die Tische. Der goldene Schein wird vom Sekt oder Wasser reflektiert, das in zarten Gläsern serviert wird, und in der Ecke sitzt Tommaso, unser Pianist, am Klavier und haucht klassische Töne über die stuckverzierten Wände. Alle tragen schicke Kleidung, sogar zum Frühstück.

»Wir sehen aus wie Penner«, sagt Blair plötzlich.

Ich lache. Wir tragen noch unsere Jogginganzüge und Sneakers. Sie hat ihr Haar zu einem unordentlichen Zopf gebunden, aber ich finde ihn heiß. Am liebsten will ich sie in diesen Chicago-Bulls-

Sachen, den Retro-Nikeys und Tennissocken, die sie über den Bund ihrer Hose gezogen hat, hier und jetzt gegen die Wand drücken und mein bestes Stück in sie schieben, während die Strähnen ihres wirren Zopfs mir ins Gesicht kitzeln.

Fuck, ich werde schon wieder hart.

»Aber zwei wahnsinnig schöne Penner«, entgegne ich schnell, um meine Gedanken abzulenken.

Sie hebt eine Braue in die Stirn. »Zurückhaltend wie eh und je, was, Blackwell?«

»Ich will doch nur von meinem schönen Mädchen schwärmen.«

»Und von dir.«

»Nur ein kleines bisschen.«

Sie verdreht die Augen, grinst aber.

Der Prinzessinnentisch leuchtet in bunten Farben.

Lena in einem weißen Zweiteiler, höchstwahrscheinlich von Chanel, wenn ich den Stil korrekt interpretiere, Kriss in einem roten Jumpsuit, der sich heiß an ihren trainierten Körper schmiegt, und Kora in einem grünen Kleid, das mehr Haut als Stoff zeigt. Es ist bis zur Hüfte komplett offen und man sieht das Tattoo auf ihren Rippen: ein entzwei gerissener Schmetterling, zwischen den Flügeln das Todesdatum ihrer kleinen Schwester Cynthia. Auf den Brüsten trägt sie Kokosschalen, die Tiara sitzt schief auf ihrem grünen Vokuhila. Sie zwinkert uns zu, ehe sie sich wieder ihrem Kaffee widmet.

Hanna ist die Einzige, die in ihrem übergroßem gelben Rollkragenpullover über einem sonnenfarbenen Minirock leger gekleidet ist. Als sie bemerkt, dass ich sie ansehe, schiebt sie sich die Brille höher auf die Nase und wendet sich ab. Dabei stößt sie ihren Kakao um, der Kora auf den nackten Oberschenkel tropft. Hanna springt auf und stürzt sich mit Servietten auf sie.

»Ich muss mit ihr reden«, sage ich, während ich das Malheur beobachte.

»Mit allen«, entgegnet Blair.

»Ja.« Seufzend gehe ich ein paar Schritte beiseite, um Giu vorbeizulassen. Mir entgeht nicht, wie er sich fast das Genick bricht, als er zu uns herumwirbelt, die Brauen weit in die Stirn gezogen. Er formt irgendetwas mit den Lippen und Blair lächelt. »Aber ich denke, Hanna braucht dieses Gespräch ganz besonders. Ich möchte mir viel

Zeit nehmen für sie. So was ausnahmsweise mal richtig machen.« Abwartend sehe ich Blair an, versuche aus ihrer Mimik herauszulesen, was sie darüber denkt.

Aber sie nickt nur. »Sei einfühlsam. Und bitte, versuch, sie nicht zu verletzen.«

Ich wische mir über das Gesicht. »Ich habe langsam das Gefühl, dieser Fluch wurde mir in die Wiege gelegt.«

»Leo steht auf sie.« Blairs Blick heftet sich auf meinen Cousin, der am Tisch mit seiner Familie sitzt. Adelia hat ihm gerade Puderzucker von ihrem Gebäckstück auf die Wange gestrichen und lacht sich kaputt. »Vielleicht können wir sie verkuppeln.«

Ich verziehe das Gesicht. »Eher begrabe ich mich im Schnee.«

Sie wirft mir einen tadelnden Blick zu. »Guck mal, wie er immer wieder zu ihr sieht. Ich glaube, er ist echt verknallt.«

»Und ich glaube, er hat echt einen Knall.«

Sie seufzt, und ich drehe mich zu ihr um. Sanft nehme ich ihre Hände in meine, beuge mich zu ihr herunter. »Also, postest du es gleich?«

Die summenden Geräusche des Saals und die Pianoklänge geraten in den Hintergrund. Jetzt gerade gibt es nur uns zwei. Ich hätte nicht gedacht, dass so etwas je möglich wäre.

Blair beißt sich auf die Unterlippe. Das hat sie in den letzten Stunden oft gemacht, und vor allem *ich* habe es noch mindestens vier Mal getan. »Wir haben die halbe Nacht damit zugebracht, alles vorzubereiten, also Ja. Ich poste es.«

Meine Lippen verziehen sich zu einem schiefen Grinsen. »Und die andere Hälfte der Nacht haben wir damit zugebracht, zu –«

»Sprich's nicht aus.« Sie boxt mir gegen die Schulter, ein gespielt tadelnder Blick auf dem Gesicht, aber auch ein verstecktes Lächeln hinter den Zügen. »Du versautes Etwas.«

»*Ich?*« Ungläubig lege ich mir die Hände auf die Brust. »Wer wollte denn, dass ich –«

»Pscht!« Sie presst mir eine Hand auf den Mund, und ich lache.

»Okay«, sage ich, nehme ihre Hand, drehe sie um und kraule mit den Fingernägeln über ihre Innenfläche. Blair schaudert. Mir ist bewusst, dass die ganze Zeit Fotos und Videos gemacht werden. Mir ist bewusst, dass Spiderflix um uns herumrauscht. Mir ist bewusst, dass alle hersehen. Mein Herz ist nicht dafür gemacht, im Schatten zu schlagen. Ich wurde geboren, und schon waren die Kameras da. Ich bin meine ersten Schritte gegangen, und die Kameras waren da. Ich gehöre der Öffentlichkeit, und Blair weiß das. Sie akzeptiert das. Aber es ist nicht der Grund, weshalb sie mich will. Und das ist einer der Gründe, warum ich sie will.

»Die Welt soll wissen, wie viel du mir bedeutest.«

Sie lächelt, strahlt heller als das goldene Lichtermeer in den Sektflöten.

»Sehen wir uns später?«

Sie nickt. »Wir haben ein Date im Musikzimmer, schon vergessen?«

»Wie könnte ich?« Ich hauche ihr einen zarten Kuss auf die Knöchel, dann drehe ich sie herum und gebe ihr einen Klaps auf den Hintern.

Hier.

In aller Öffentlichkeit.

Gestatten? Edward Blackwell, der Blackwell ohne Etikette.

Ich gehe zum Büfett, nehme mir ein Croissant mit Marmelade und steuere unseren Familientisch an. Charles begrüßt mich mit einem breiten Lächeln, Paola mit einem noch breiteren, ihr Bruder Gabriel nickt mir zu, während er sich eine Gabel mit Rührei in den Mund schiebt, und mein Vater gibt sich beste Mühe, meine Anwesenheit zu ignorieren. Als ich mich setze, serviert mir Emma einen Schweizer Café Crema.

»Ah, vielen Dank, Emma.« Ich schenke ihr ein strahlendes Lächeln. »Ich wollte ihn mir selbst kochen, aber dann habe ich gemerkt, dass ich *nicht die Bohne* davon verstehe.«

»Kein Problem«, sagt sie. »Dafür versteht dich auch niemand.«

»Ich bin ein vielseitiges Geschöpf.«

»Tatsächlich.« Zwinkernd rauscht sie ab.

Seufzend nehme ich die Kaffeetasse in die Hand und lege die andere auf das Tischtuch, wie es uns beigebracht worden ist. »Seit sie mit meinem besten Freund zusammen ist, wirkt sie so viel entspannter.«

Mein Vater rührt in seinem Americano. »Vielleicht auch, weil sie keine Kraft mehr hat, sich mit dir auseinanderzusetzen.«

das war verletzend provokant herablassend was würde ich normalerweise jetzt tun ich denke einen spruch ablassen der ihm genauso wehtut und dann irgendetwas umstoßen und dann eskaliert es und ich schreie ihn an und dann haue ich ab aber blair und ich haben uns ein versprechen gegeben und das papier hängt an der wand und ich will es anders machen

Meine Nasenflügel blähen sich, als ich konzentriert die Luft ausatme. »Ja, vielleicht.«

Mein Vater blinzelt. Die Anspannung an unserem Tisch ist zum Schneiden dick. Um Charles' Körper vibriert eine kraftvolle Aura, während Paola neben mir nicht wagt, auszuatmen.

»Ich habe mir deinen Vorschlag mit Dr. Hoover durch den Kopf gehen lassen, Vater.« Ich trinke einen Schluck Kaffee, damit meine Worte sich entfalten können. »Ich denke, es ist eine gute Idee. Sie hat Charles sehr geholfen, und ich halte es für das Beste, wenn ich mir von ihr helfen lasse, alles zu verarbeiten.«

Es passieren viele Dinge gleichzeitig: Charles starrt mich an wie einen Außerirdischen, Paola legt ihrem Bruder eine Hand auf die Schulter und flüstert »siehst du, Gabe, es ist ganz normal, sich helfen zu lassen«, Gabriels Gabel rutscht über den Teller und mein Vater verschluckt sich an seiner schwarzen Plörre.

~~ich hätte jetzt gedacht verreck dran ich hätte jetzt gelacht ich hätte jetzt zufrieden zugesehen wie sein kopf rot wird und mich an seinem ärger darüber erfreut dass alle in diesem saal es mitbekommen weil ich weiß wie viel ihm sein ansehen bedeutet und hätte ha-ha-ha-ha-ha gemacht~~ aber in der hütte schwebt ein versprechen in der luft und die worte pulsieren in mir wie ein zauber

»Geht's?«, frage ich, als er sich wieder erholt hat.

Blinzelnd sieht er zu mir. Es ist lange her, dass ich ihn so verwirrt erlebt habe.

»Ich habe nur gesagt, dass ich die Therapeutin einfliegen lassen will.« Mit einem Grinsen, das mich viel Anstrengung kostet, beiße ich von meinem Croissant ab und lehne mich zurück. »Und nicht, dass ich Samenspender werde, Vater.«

Er reibt sich über die Brust und lockert anschließend seine Krawatte. »Das freut mich, Edward.«

»Mich auch.« Charles streckt den Arm über Paola hinweg und klopft mir auf die Schulter. »Sie ist eine fantastische Therapeutin.«

»Ich bin stolz auf dich, Edward.« Paola schiebt sich einen Löffel Joghurt in den Mund. »Und jetzt will ich *unbedingt* wissen, wo du letzte Nacht mit Blair warst.«

»Im Nimmerland.«

»Wo?«

»Das ist eine Holzhütte auf dem Berg«, sagt Charles. Sein Blick huscht zu unserem Vater. »Wir haben sie damals zu dritt gebaut.«

»Oh!« Paolas Augen werden größer. »Wie schön!«

»Hey, Gabriel.« Ich nehme meine Moncler-Cap vom Kopf und setze sie Paolas Bruder verkehrt herum auf. »Wir sollten sie dir zeigen und einen Schlüssel geben. Falls du mal Ruhe vor deiner Hubschrauberschwester willst.«

»Hey!« Paola nutzt ihren kleinen Löffel als Fletsche. Damit habe ich nicht gerechnet. Joghurt landet auf meiner Wange. »Ich bin keine Hubschrauberschwester!«

»Du bist eine Hubschrauberschwester«, sagen Charles, Gabriel und ich gleichzeitig.

Alle lachen. Sogar mein Vater.

Ich wische mir den Joghurt aus dem Gesicht und lecke meinen Finger ab. »Hey, Pa.« Hinter meiner Brust klopft mein Herz wie wild. Ich senke den Blick auf mein Croissant, weil ich ihn nicht ansehen kann. Ansonsten würde mein Mund mir den Dienst versagen. Ich bin erstaunt, dass meine Stimme noch so lässig klingt. Das jahrelange Speaker-Coaching scheint Wirkung hinterlassen zu haben. »Weißt du noch, diese Skiwochenenden, die wir früher immer gemacht haben?«

Wieder wird die Luft zwischen uns dick wie ein Klumpen Butter aus dem Kühlschrank.

Es dauert eine Weile, bis mein Vater antwortet. »Natürlich.«

»Wir sollten das wieder einführen.« Ich beiße in mein Croissant und zwinge meinen Blick nach oben.

Der starre Blick meines Vaters schneidet mir fast die Kehle durch. Da ist ein Messer an meiner Haut, aber ich halte dem Druck stand.

papier in der hütte versprechen in der luft ich habe es nicht verbrannt es war ein deal und ich halte was ich sage ich möchte stark sein für sie für mich für meine zukunft für mein wachstum

Mein Vater nickt. »Das würde mich sehr freuen, Edward.«

»Nächstes Wochenende?«

»Da bin ich in Kenia«, sagt Charles sofort. »Wir haben keine Meetings angesetzt, Vater. Es wäre also ein perfekter Zeitpunkt für eine solche Entspannung.«

Mein Vater neigt den Kopf. »Wir müssten zur Entscheidung der Show zurück sein.«

»Das sollten wir hinkriegen«, entgegne ich.

»Schön.« Mein Vater sieht erst mich an, dann seine Kaffeetasse, als enthielte sie keinen Americano, sondern Miraculix' Zaubertrank, der mich in einen anderen Menschen verwandelt hat. Schließlich blickt er wieder zu mir. »Ich gebe Anneli Bescheid, dass sie das Powder-Chalet herrichten soll.«

»Ah, das Powder-Chalet.« Ich kippe meinen Café Crema runter in der Hoffnung, es ist wirklich dieses Miraculix-Zeug, das mich diesen Moment überleben lässt. »Was für Erinnerungen.«

Charles lacht. »Was für Partys.«

»Will ich wissen, was für welche?«, fragt Paola.

»Nein«, entgegnen Charles und ich wie aus einem Munde.

Sie verdreht die Augen.

Gabriel lacht.

In diesem Moment vibriert mein iPhone in meiner Hosentasche. Auf dem Tisch leuchten Paolas und Charles' Bildschirme ebenfalls auf. Auch mein Vater zieht seines aus der Anzughose. Entweder ist es Zufall oder wir alle haben die Benachrichtigungen für @blairoderwer auf TikTok eingeschaltet. Jetzt erst wird mir die tiefere Bedeutung ihres Namens bewusst. Durch unseren öffentlichen Rosenkrieg hat sie über eine Million Follower. Und diese Reichweite nutzt sie jetzt.

Ich lese den Titel des Videos.

Nichts als die Wahrheit über mich.

Ich sehe zu Blair. Sie sitzt auf ihrem Stuhl, die Arme um den Bauch geschlungen, als wolle sie sich vor dem Messer schützen, das auf sie zufliegt. Panisch blickt sie sich um, reibt sich über die Hand, verliert auch noch das letzte bisschen Farbe aus ihrem Gesicht. Fast alle Köpfe im Saal hängen über den Handys.

»Was ist das?«, murmelt Charles. Stirnrunzelnd klickt er das Video an, das ich gestern Nacht von Blair gedreht habe. Sie sitzt vor dem Kamin, die wirren Strähnen hinter die Ohren geschoben, die braunen Katzenaugen riesig. »Hey«, sagt sie in die Kamera. »Ich bin Blair. @Blairoderwer. Und heute verrate ich euch, dass ich keine Ahnung habe, ob das stimmt. Ob ich *wirklich* Blair bin. Oder vielleicht ganz anders heiße. Leticia vielleicht. Leticia Wolf.« Sie schluckt hart. Diesen Clip mussten wir über zehnmal drehen, weil sie jedes Mal abgebrochen hat. »Die Wahrheit, die ich kenne, ist, dass meine Eltern in Kalifornien in einer prachtvollen Villa im Kolonialstil leben. Die Wahrheit, die ich kenne und ihr alle kennt, ist, dass mein Vater derzeit für das Präsidentenamt kandidiert. Die Wahrheit, die *nur ich* kenne, ist, dass sie mich achtzehn Jahre meines Lebens in ihren Keller eingesperrt haben.«

Charles keucht. Seine Finger verkrampfen sich um das Handy. Neben ihm entgleisen Paolas Gesichtszüge, während Blair der ganzen Welt mitteilt, was sie mir gestern Nacht anvertraut hat. Anschließend zeigt sie etliche Fotos in die Kamera, Bilder von der als Kleinkind verschwundenen Leticia und Blair in einer Collage, dieselben Muttermale, dieselbe Augenform. Dasselbe Grübchen in der Wange, eine Collage mit Leticias Eltern, ein Videoclip einer Software, die alle Gesichter zusammenführt und ähnliche Züge vereint. Am Ende erscheint Blair wieder in der Kamera. »Seit ich im Blackwell Palace bin, werde ich bedroht von einer Person, die meine Vergangenheit zu kennen scheint. Ich weiß nicht, wer sie ist, aber sie hält sich in meiner Nähe auf. Ich bekomme Drohbriefe, und eines Nachts hat diese Person mich angegriffen.« Blair schluckt schwer. »Ich befürchte, dass der Angriff auf dem Valentinsball gestern ebenfalls etwas damit zu tun hat.« An dieser Stelle musste ich Blair förmlich zwingen, sich nicht dafür zu entschuldigen. Sich nicht zu entschuldigen für kranke Entscheidungen einer gewaltliebenden Person, mit der sie nichts gemeinsam hat. Im Video atmet Blair durch. »Jetzt bin ich endlich bereit dafür, euch den Grund zu nennen, auf den ihr schon so lange wartet. Letztes Jahr habe ich meine Freundin Paola und Edward Blackwell exposed. Danach ihn und Xenia Clarfield. Ich habe dies nicht getan, weil ich fies sein oder anderen Frauen in den Rücken fallen wollte. Ich habe es getan, weil mir gedroht wurde, meiner Freundin würde ansonsten etwas angetan. Edward würde ansonsten etwas angetan.« Blair zittert. »Ich hatte Angst um sie.

Und lieber wollte ich alles verlieren, als zusehen zu müssen, wie Menschen, die mir etwas bedeuten«, ihre Stimme bricht, und in dieser Stunde der letzten Nacht habe auch ich weinen müssen, »wegen mir verletzt werden. Denn ja, diese Bedrohungen sind echt.« Es folgt ein Bild von den tiefen Kratzern an ihrem Arm. Anschließend eins von den Würgemalen an ihrem Hals. »Ich werde herausfinden, wer ich bin. Derzeit wird meine DNA mit der von Leticia Wolf verglichen. Dafür hat Operation Legit gesorgt. Die Untersuchung, die von der deutschen Kriminalpolizei ins Leben gerufen worden ist, um das Mädchen zu finden. Und auch Leticias Eltern sind der Meinung, dass meine Vorgeschichte und Beweise überzeugend genug waren, um die DNA miteinander zu vergleichen. Wir warten auf die Ergebnisse. Und«, sie presst die Lippen zusammen, ihr Blick wird eisern, kriegerisch, »ich werde herausfinden, wer du bist, und dann«, die kämpferischen Züge malen ein hasserfülltes Bild in ihr Gesicht, »werde ich dich vernichten.«

»What the fuck …?!« Durch das unkontrollierte Zittern ihrer Hände auf dem Tisch verrutscht die Decke.

Jemand lässt ein Tablett fallen. Ich sehe auf und erkenne Emma, die neben der Tür zur Küche mit offenem Mund auf ihr Handy starrt.

Plötzlich schiebt Paola den Stuhl zurück. Die ruckartige Bewegung ratscht über das Parkett. Ein aufgeregtes Raunen geht durch den Saal. Die klassischen Töne vom Pianisten klingen wie eine verirrte Melodie im falschen Film. Paola rennt förmlich zu Blair, erreicht sie im selben Moment wie Giu und Emma.

Mein Vater hat die Hand auf den Mund gelegt. Er wirkt fassungslos. Sein Kopf hebt sich. Er sieht zu mir. »Das Mädchen wurde im Keller eingesperrt?« Er klingt entsetzt. »*Achtzehn Jahre?!*«

Ich nicke. »Soweit sie sich zurückerinnern kann, ja. Kann sein, dass sie nicht als Säugling entführt wurde. Aber definitiv als Kleinkind. Von da an gibt es Fotos von ihr. Sie weiß also nicht genau, wie alt sie ist.«

Charles ist kalkweiß. »Entschuldigt mich.« Er steckt sein Handy weg, erhebt sich und verlässt den Saal. Ich habe keine Ahnung, was er vorhat, aber ich weiß, dass er *alles* in die Wege leiten wird, um die Behörden auf ihre Eltern zu stürzen.

Genau wie ich.

Ganz egal, wer uns glauben wird. Ganz egal, dass er der verfickte Präsident der Vereinigten Staaten werden will. Meinetwegen steige ich mit ihm in eine Arena und zerfetze diesen Mann.

Ich will gerade aufstehen, um zu Blair zu gehen, die inzwischen von ihren Freunden und Prinzessinnen wie ein Schutzwall umringt wird, als mein iPhone erneut vibriert. Stirnrunzelnd blicke ich aufs Display. Eine private Nachricht von @didntyouhearthat auf TikTok.

Ich klicke sie an. Lese die Worte. Die skandalöse Enthüllung, die sie mir ins Gesicht klatscht. Mein Herz stolpert, dann hört es für einige Sekunden auf, zu schlagen. Sie hat ein Video mitgeschickt. Als Beweis für das, was sie mir geschrieben hat. Ich klicke es an. Was ich sehe, nimmt mir die Luft zum Atmen.

Ohne dieses Video hätte ich glauben können, es wäre eine Lüge.

Ohne dieses Video hätte mein Vertrauen standhaft bleiben können. Aber ich sehe das Hintergrundbild auf dem Handy, das @didntyouhearthat abgefilmt hat. Und ich kenne das Hintergrundbild. Es besteht kein Zweifel.

Die Vertrauensmauer, die sich Stein für Stein zusammengesetzt hat, bricht in sich zusammen. Als wäre sie nichts weiter als eine Sandburg, die von einer grausamen Welle niedergerissen wird.

Und plötzlich denke ich an meine Mutter. Daran, wie sehr sie mich in dem Glauben gelassen hat, mich zu lieben, bevor sie abgehauen ist, ohne mit der Wimper zu zucken. Daran, wie sehr sie mich eingelullt hat, wie blind ich ihr vertraut habe, bevor sie mir gnadenlos das Rückgrat gebrochen hat.

Bevor sie mir das Herz zerfleischt hat.

~~ich vertraue blair~~ nicht ~~ich darf blair~~ nicht mehr ~~vertrauen~~

~~ich habe mich~~ nicht ~~in sie~~ verliebt ich habe mich ihr nicht ~~hingegeben~~ wie ein dummer idiot der geglaubt hat das wäre möglich der geglaubt hat die sonne könnte nichts als strahlen für einen kurzen moment habe ich vergessen dass in mir die kälte lebt das mein herz aus eis ist und wenn ich mich der sonne hingebe wird in kürzester zeit nichts von mir übrig bleiben als eine bloße erinnerung die einst rein und hell war bevor sie sich entschieden hat ins licht zu blicken in ein licht

wie meine mutter in ein licht

wie die hoffnung in einem
leben das nicht gemacht ist für
glück
nur für
entertainment
und wenn ich überleben will
~~darf ich~~ nicht ~~mehr vertrauen~~
darf ich ~~ihr~~ nicht mehr vertrauen
lieber ohne sie ersticken
als mit ihr zu sterben
jeden
tag
aufs
neue
wie mit meiner mutter
wie mit april
wie es immer war
und das muss
ein

~~E~~

~~N~~

~~D~~

~~E~~

haben.

LIKE A BLACK SWAN WITH RHINESTONES ON ITS BODY, DRESS AND A HEART THAT NO LONGER EXISTS

Blair

Mehrere Dinge sind passiert, seit ich vor einer Woche das TikTok gepostet habe:

Mein Account @blairoderwer ist auf 4,7 Millionen Follower gestiegen. Alle Welt fiebert dem DNA-Ergebnis von mir und der als Kind verschwundenen Leticia entgegen, die vielleicht ich sein könnte. Ich frage mich, wie ich mich fühlen würde, wäre es so. Wenn Edward mich plötzlich Leticia nennen würde. Könnte ich mich dann noch wie ich selbst fühlen?

Und ich habe gespürt, wie schmerzhaft es sein kann, wenn eine Hasswelle über einen hinwegrollt. Die Republikaner der USA und Fans meines Vaters zerreißen mich online, stellen mich als wahnhaft und geisteskrank dar und behaupten, ich gehöre »tatsächlich« weggesperrt.

Pen ruft mich täglich mit panischer Stimme an und erzählt mir, dass unsere Eltern sie wegen der Sache terrorisieren.

Die Blackwells haben mir ein persönliches Sicherheitsteam von fünf Männern zur Verfügung gestellt.

Edward ist nicht zu unserem Date im Musikzimmer aufgetaucht.

Edward ignoriert mich.

Edward ignoriert alle meine Nachrichten.

Edward tut, als gäbe es mich nicht.

Wenn Edward mir über den Weg läuft, sieht er mich nicht an.

Es ist, als würde er mich nicht kennen.

Und ich habe keine Ahnung, warum.

Seit genau sechs Tagen leide ich unter der schlimmsten Folter, die ein Mensch ertragen kann: Liebeskummer.

»Wisst ihr, mir ist bewusst, dass ich nicht gewinnen werde.« Kokos-Kora steht Kopf. Sie macht eine Yogafigur, in der ihr Schneidersitz in der Luft schwebt. Dabei trägt sie nur eine Unterhose und ihre Kokos-Schalen. Wir warten auf die Stylisten, die uns für die heutige Entscheidung zurechtmachen müssen. »Ich meine, Edward und Kokos-Kora? Wie sähe das denn aus?«

»Rede nicht so über dich«, murmle ich. Ich sitze auf dem Sofa und spiele Pokémon auf dem Game Boy Color. Gerade trete ich gegen Erika an, die Besitzerin der vierten Arena. Sie versucht, mit ihrem Kadabra mein Pikachu niederzustarren. »Ihr hattet einige Dates und die liefen immer gut, oder nicht?«

Ich weiß nicht, warum ich ihr noch gut zurede, was Edward betrifft. Es tut mir weh. Ich will nicht über ihre Dates nachdenken. Aber ich will auch nicht gemein sein.

»Na ja, schon.« Ihr Kopf läuft rot an. Seufzend löst sie ihre Mein-Kopf-ist-eine-Vase-mein-Körper-eine-Blume-meine-Beine-wachsende-Blüten-Position auf und wechselt in die Kobra. »Aber wir haben immer nur Dinge unternommen, bei denen wir nie viel reden mussten. Er wusste, dass wir beide diese Adrenalinsachen feiern, also waren wir Fallschirmspringen, Kitesurfen, Segelflugzeug fliegen …«

»Ist doch schön«, presse ich hervor, während mein Daumen auf dem ausgeblichenen A-Knopf herumhämmert. »Ach, fick dich doch!«

Kora blinzelt. »Ich?«

»Nein, das Kadabra.«

»Was?«

»Seine Psychokinese hat mein Pikachu getötet! Dabei ist es Level 37 und meins 42!«

»Niemand versteht dich, wenn du pokémonetanisch sprichst«, murmelt Lena. Sie sitzt auf dem Barhocker und löffelt eine Schale Müsli mit Joghurt.

Edward hätte mich verstanden, denke ich.

»Kein Ding, ich übersetze für euch.« Kriss Kross lässt von ihrer Gummipuppe auf dem Boden ab, positioniert sich vor ihr und reibt sich die Hände für einen nächsten Wurf. Sie trägt einen feuerroten neuen Wrestlingbody mit eingenähtem *B E A U T Y F U L L T R A D G E D Y* auf den Ärmeln. Edward hat ihn ihr vor zwei Tagen geschenkt. Er war mit ihr beim UFC. Natürlich.

»Blair wollte uns sagen, dass sie angepisst ist, weil Edward sie ignoriert«, ergänzt sie. »Schon klar, oder?«

Ich konzentriere mich auf Kadabra, der mein Bisaflor mit einer verdammten Konfusion aus dem Konzept bringt.

wie edward mich wenn er mich angesehen hat und wenn er mich nicht angesehen hat beides fügt mir schaden zu beides verwirrt beides schwächt beides reißt mich nieder und gleich habe ich keine kp mehr das heißt energie in pokémonetanisch und ich werde in meinen rucksack zurückkehren müssen bis irgendjemand mir einen trank verabreicht und ich wieder atmen kann

»Ich bin nicht angepisst«, lüge ich.

wie kann er mir das antun nach dem was wir den abend zuvor durchgemacht haben nachdem wir miteinander geschlafen haben und er meinte er hätte es noch nie getan also liebevoll und ich wäre die erste und dann hat er mir geholfen meine geschichte öffentlich zu machen UND WIR HABEN UNSERE SORGEN AN DIE WAND GEPINNT und dann ist er einfach abgetaucht wie mein pikachu nach psychokinese

Kokos-Kora legt ihre Füße auf die Oberschenkel und gibt laute, mechanisch klingende Lachgeräusche von sich.

»Was machst du da?«, fragt Lena.

»HA-HA-HA-HA.«

»Hallo?«

»Sie lacht. Schon klar, oder? Uaaahh!« Kriss wirft sich auf die Gummipuppe. Ihr Ellbogen trifft das arme Mädchen in den Magen, aber sie rutscht weg, klar, sie ist zu glatt, und es passiert eine beautyfull tradgedy, denn Kriss Kross klatscht mit dem Musikknochen gegen das Bein des Couchtischs. »Ah, verkackte Abrissbirne, du scheiß Tisch!«

»Wirf dich nicht auf eine Gummipuppe«, sage ich.

»Ha-Ha-Ha-Ha.«

»Kora, das ist gruselig.«

»Ich bin eine lachende Lotusblüte«, entgegnet sie. »Störe die lachende Lotusblüte nicht, Blair. HA-HA-HA-HA.«

»Meine Fresse, nerv mich nicht mit deiner Scheiße!«, brüllt Lena plötzlich.

Kokos-Kora reißt die Augen auf. »Das ist jetzt *etwas* fies.«

Lena wirft ihr einen schnellen Blick zu. »Nicht du.«

»Wer dann?«

»Isabella.« Grimmig blickt Lena auf ihr Handydisplay. Sie wirft den Löffel in ihre leere Schüssel. Es klappert. »Die hört nicht auf, mich zu provozieren.«

»Inwiefern?« Endlich habe ich dieses verdammte Kadabra gekillt. »Wegen Max?«

Lenas Nasenflügel blähen sich bedrohlich auf, während sie auf ihrem Handy herumtippt. Sie sieht aus, als würde sie mit Dolchen auf ihr Display einschlagen. »Dieses Schwangerschaftsvideo von @xoxogossipgirl hat sie nicht gestört. Im Gegenteil. Jetzt weiß es gefühlt jeder und sie schreibt mir die ganze Zeit so verfickt heuchlerisches Zeug. *Tut mir so leid, Lena, wirklich, aber ich kann auch nichts dafür, wenn Max sich mehr zu mir hingezogen gefühlt hat* und hier, ey, ich fasse es nicht, hier schreibt sie *na ja, aber eig ist es falsch von dir, wütend auf mich zu sein. Er hätte dich so oder so betrogen, wenn er dich nicht mehr geil fand – tut mir leid, soll nicht böse klingen, nur ehrlich.* Und dann, kurz danach, *uff, irgendwie ist mir dieses Gespräch mit dir jetzt zu anstrengend, wenn du es nicht verstehst, Lena. Ich bin schwanger und muss dafür sorgen, dass es unserem kleinen Baby gut geht. Bitte stress mich nicht. Max und ich müssen jetzt zum Frauenarzt, und er ist schon ganz aufgeregt. Da können wir diese Negativität gerade nicht gebrauchen.*« Sie wirft das Handy auf die Theke und presst sich eine Hand auf die Brust. »*Ich* stresse *sie*? Wirklich?«

Stirnrunzelnd lege ich den Game Boy beiseite und nehme mein Telefon in die Hand. »Glaubst du wirklich, Max steht jetzt zu ihr und dem Kind?«

»Keine Ahnung.« Lena blickt grimmig vor sich hin. Sogar mit dieser Mimik könnte sie auf der Stelle ein Shooting von Chanel professionell absolvieren. Mit ihrer hellen Haut, den dunklen großen Augen und den schwarzen Haaren ist sie eine mystische Schönheit. Plötzlich glitzert ein feuchter Schimmer über ihren Iriden. Sie schluckt. »Es ist mir egal. Sie soll mich damit einfach in Ruhe lassen.«

»Es ist dir nicht egal«, seufzt Kora. Sie nimmt die Füße von den Beinen, eine sich öffnende Lotus-Blume, und massiert sich die Sohlen. »Und das weiß sie.«

»He, Blair«, sagt Kriss. »Du hast recht. Ich sollte die Gummipuppe ersetzen.« Sie lässt die Knöchel knacken. »Wer bringt mir Isabella?«

Kora erhebt sich von ihrer Yogamatte und schlendert zur Kaffeemaschine. »Ganz ehrlich? Hinter ihrem Verhalten steckt eine tiefe Unsicherheit und Verzweiflung. Sie tut mir leid.«

»Ja, aber dann soll sie das erkennen«, sage ich. »Und nicht grundlos auf Lena abgehen, wenn sie sowieso schon diejenige ist, die leidet.«

In dem Moment vibrieren die Handys. Ich weiß sofort, dass es ein und dasselbe Video ist: wir alle haben @xoxogossipgirl auf laut gestellt. Jeder in diesem Hotel ist süchtig nach ihren Videos.

»Oh mein Gott«, stößt Lena aus, als sie auf das Video klickt. »Es ist über Isabella!«

»Wenn wir vom Teufel sprechen«, murmelt Kora.

»Gesetz der Anziehung, schon klar, oder?«

Auch ich öffne das Video.

»Gesichtet«, sagt @xoxogossipgirl. Im Video sind Isabella und Max neben dem Polo-Clubhaus zu sehen. Er trägt noch seine Trainingsklamotten, sie hat die Arme um den Bauch geschlungen und wirkt aufgelöst. »Mommy To Be und Daddy Cordelair, der sich sträubt, diesen Titel anzuerkennen. Habt ihr etwas anderes gehört? Nun, ihr Süßen, dafür habt ihr mich. Aber hört selbst.«

Ihre Stimme wird ersetzt vom Originalton des Videos.

»Es muss von dir sein!«, sagt Isabella. »Ich habe in dieser fruchtbaren Woche nur mit dir geschlafen, Max!«

»Du hattest auch was mit Laxon und Edward«, entgegnet er eisern.

»Ja, aber viel früher! In dieser Woche nur mit dir, mein Gott, kannst du nicht zählen?«

»Ich habe Wirtschaftsingenieurswesen studiert, besten Dank.«

»Dann rechne zusammen: an fünf von dreißig Tagen in diesem Monat war ich empfänglich, und an diesen fünf Tagen warst nur du in mir!« Max zuckt zusammen. Isabella drückt ihm etwas in die Hand. Es sieht aus wie ein Ultraschallbild. »Herzlichen Glückwunsch, du wirst Vater.«

Max starrt auf das Bild, als wäre es eine Bombe. Dann sieht er auf, Isabella direkt ins Gesicht und sagt: »Du warst der größte Fehler meines Lebens.«

Isabella keucht.

»Ich hätte Lena nie betrügen dürfen.« Er holt aus und schlägt mit der Faust gegen das Clubhaus. »FUCK!«

Es vergehen ein paar Sekunden Stille, dann schnappt Isabella ihm das Bild aus der Hand. »Arschloch!«, zischt sie.

Das Handy wackelt, wahrscheinlich, als @xoxogossipgirl sich zurückzieht. Im nächsten Moment ist Isabella verschwunden und wieder Max zu sehen, der an der Wand nach unten sackt und den Kopf in den Händen vergräbt.

»Tja, meine Lieben«, sagt wieder @xoxogossipgirl, »was lernen wir daraus? Die Babys werden nicht vom Storch gebracht. Immer schön verhüten, außer, es ist der Freund einer anderen. Es gibt einen Ehrenkodex, und der heißt: *Rennt,* wenn er den Schwanz rausholt. Xoxo, Gossip Girl.«

»Oh, Mann, sie weiß einfach alles. Kriss Kross sagt: krass.« Sie lässt sich neben mir aufs Sofa sinken. »Also, heftig was sie alles exposed, aber irgendwie auch cool, weil sie für Gerechtigkeit und Zusammenhalt untereinander ist, schon klar, oder?«

»Aber auf eine falsche Weise«, sagt Kokos-Kora. Plötzlich wirkt ihr weicher Gesichtsausdruck wesentlich härter. »Sie sollte diesen Account löschen.«

»Aber sie zeigt, was nicht in Ordnung ist«, erwidert Lena. »Sie *hilft* anderen Frauen.«

»Indem sie wieder andere entblößt.«

»Nur, wenn diejenigen Scheiße bauen«, sage ich. »Und daraus sollten sie lernen, oder nicht?«

Bevor jemand etwas entgegen kann, kommt Hanna durch die Haustür. Ihre Wangen sind gerötet. Schnee liegt auf den Schultern ihres gelben Filzmantels, die Tiara ist in die braunen Strähnen geschoben. Schüchtern lächelt sie. »Hey.«

Kora runzelt die Stirn. »Wo warst du?«

»Ich dachte, du wärst die ganze Zeit in unserem Zimmer und liest«, sagt Lena.

Kriss wirft die Arme in die Luft. »Und ich dachte, du belegst wieder die Badewanne und ich habe gleich kein heißes Wasser.«

»Ich war mit Edward unterwegs.«

Kadabra setzt Psychokinese ein. Das war sehr effektiv. Blair ist außer Gefecht gesetzt.

»*Was?*« Perplex starrt Kriss Hanna an. »Heute?«

Hanna pfriemelt an den Ärmeln ihres Mantels und nickt. »Wir waren ausreiten.«

»Am Tag der Entscheidung?«, fragt Kora.

Wieder nickt Hanna.

Lenas Blick gleitet zu mir. Ich glaube, sie weiß, dass ich kurz davor bin, entweder aufs Sofa zu kotzen oder den Stoff mit meinen bloßen Fingernägeln aufzureißen, um in die Federn zu kreischen. Alles Kadabras Schuld. Er hat mich psychokinetisiert.

Hanna atmet schnell. Auf ihrem Hals erscheinen hektische Flecken. Wir alle starren dieses liebe Mädchen an, als stünden wir einem pinken Grizzly gegenüber, während wir abwarten, ob er den Mund öffnen und Feuer spucken oder sich auflösen wird.

»Wir haben rumgemacht!«

Der Grizzly hat Feuer gespuckt.

giftige flammen die sich in meine haut fressen und mein blut in ein toxisches lila färben oder gelb weil gerade ist hanna mein persönlicher grizzly das mädchen das einst meine verbündete war plötzlich diejenige die mir das herz rausreißt zusammen mit edward dem ich meine sorgen in die hände gelegt habe damit wir sie an die wand pinnen die zauberwand im nimmerland und jetzt weiß ich es waren nicht nur meine sorgen die er mit einer nadel zerstochen und der kälte auf dem berg sich selbst überlassen hat sondern vor allem mein herz und jetzt habe ich eine leere brust grüngelbes blut und leide unter psychokinese

In dem Moment kommen die Stylisten durch die Tür. Ich bin froh, weil ich nichts sagen muss. Kriss versteckt ihre Gummipuppe. Jorge hat sie gesehen, aber er tut so, als hätte er nicht.

Sie machen uns für die Entscheidung fertig. Ich sehe wunderschön aus. Wie ein schwarzer Schwan mit Swarovski-Strass am Körper, am Kleid und am Herz, das nicht mehr existiert.

SHOUT IT FROM THE ROOFTOP, BABY

Edward

Der Glamour der Lounge verliert durch die schwarze Wand aus Sicherheitskräften an den Wänden an Wirkung. Sie sind überall positioniert. Vor den Türen, in der Lobby, vor dem Hotel, aber ganz besonders hier. Noch immer sucht die Polizei nach dem Attentäter vom Valentinsball.

»Alles in Ordnung?« Mein Vater legt mir eine Hand auf die Schulter. »Du wirkst durch den Wind.«

Heute Morgen sind wir von unserem Skiwochenende zurückgekehrt. Es war seltsam, ein wenig steif, aber im Grunde okay. Er hat sich Mühe gegeben, ich habe mir Mühe gegeben, tagsüber sind wir hauptsächlich auf Brettern Berge runtergefahren und abends saßen wir uns schweigend am Schachbrett gegenüber. Dafür, dass ich vor zwei Wochen nicht einmal in seiner Nähe sein konnte, ohne auf ihn losgehen zu wollen, war es ein Fortschritt.

Ich nehme mir eine Champagnerflöte vom Büfett. »Mir geht's ~~beschissen~~ gut.«

alles in mir vermisst blair ich habe gerade eine woche hinter mir in der ich das schlimmste krafttraining meines lebens machen musste es hat einen namen es heißt blair ignorieren wenn sie vorbeiläuft den atem anhalten damit ich ihren blumenduft nicht rieche und einen rückfall habe wie ein drogensüchtiger auf entzug nicht an sie denken wenn ich ufos sehe alle meine pokémonspiele im schrank einsperren und so tun als wäre diese ~~grausame~~ mission ganz normal ~~weil ich ihr~~ nicht ~~vertrauen kann mein herz~~ niemals ~~in ihre hände legen darf~~ sonst wird sie mich brechen wie meine mutter und dann bin ich wieder elf und heule

»Dr. Hoover wird morgen eintreffen.« Mein Vater drückt meine Schulter. »Die Presse wird nichts von ihrer Anwesenheit erfahren.«

»Danke.«

»Selbstverständlich.«

Kurz treffen sich unsere Blicke. Mein Vater lächelt, und es macht den Anschein, als wolle er noch etwas sagen, aber in diesem Moment klatscht Jenna in die Hände.

»Alles klar, Edward, die Prinzessinnen sind auf dem Weg. Gehst du in Position und setzt dich auf deinen Thron?«

die prinzessinnen sind auf dem weg das heißt blair ist auf dem weg das heißt gleich muss ich sie ansehen und dafür brauche ich einen vernebelten verstand also trinke ich den champagner auf ex und ersaufe diese schmetterlinge und jetzt bin ich ein mörder und es tut mir leid aber ich plädiere auf artikel 15 stgb der schweiz notwehr

Ein Assistent nimmt mir die leere Champagnerflöte ab und rauscht davon. Ich setze mich auf den Thron. Neben mir, im Schatten, stehen Charles und Paola, auf der anderen Seite mein Vater. Zum ersten Mal seit dieser Show spüre ich keinen zusätzlichen Druck, weil er da ist.

»Light-Check!«, ruft Jenna den Technikern zu, wirbelt dann in eine andere Richtung. »Sound-Check!« Wie immer klackern ihre High Heels nervös durch den Raum, sie überprüft alles doppelt und dreifach.

»Jenna«, ruft einer der Assistenten an der Tür. »Die Prinzessinnen stehen auf Position!«

»Alles klar.« Ihre großen Kreolen zupfen an ihren Ohrläppchen, als sie einen Blick in die Runde wirft. »Rollt Ton und Kamera! Alle bereit?«

»Bereit auf 1!«

»Bereit auf 7!«

»Bereit West!«

»Bereit in Süd!«

»Liveband?«

»Auf Position!«

»Super, dann ...« Jenna drückt die Schultern durch, reckt das Kinn und setzt ihr strahlendes Lächeln auf, während sie die Doppelflügeltür fokussiert.

Der Regisseur in der Ecke hebt eine Hand. »Wir gehen live in 3, 2, 1 –«

Die Türen werden geöffnet. Fünf Prinzessinnen schreiten hintereinander herein, alle in atemberaubende Kleider gehüllt.

Weiß.

Rot.

Grün.

Gelb.

s-c-%h-w&&-a-r#!-z

Jeder Tiara fehlen nur noch fünf Steine, bis eine von ihnen zur Königin gekrönt wird.

In einer perfekt einstudierten Formation strömen die Mädchen auseinander, bis sie im Halbkreis vor mir stehen.

ich kann alle ansehen außer eine

Die Coverband stimmt den Titelsong an.

Tiara, ooh na-na
Half of my heart for which tiara, ooh na-na
Find love here in blackwell palace, na-na-na
Oh, but my heart for which tiara
my heart for which tiara
tiara, ooh-na-na

Ich bin überzeugt, es ist das falsche Lied. Es geht anders. Sie haben sich geirrt. Der richtige Song rauscht durch meinen

verrücktrücktrückt spielenden kopfkopkopf

So sick of lovesongs
So tired of tears
So sick of wishing you were still here
Said I'm so sick of love songs
So sad and slow
So why can't I turn off the radio?

Hanna lächelt mich an. Ich lächle zurück und fühle mich wie ein Stück Scheiße, weil ich mit ihr meine Gefühle betäuben wollte.

Die Band endet. In dem Moment hebt Blair den Kopf, genau in der Sekunde, in der ich dachte, es wäre sicher, sie anzusehen.

Für den Bruchteil einer Sekunde treffen sich unsere Blicke. Es ist der schlimmste Bruchteil meines Lebens, und ich wusste nicht, dass dieses Wort eine buchstäbliche Komponente hat, denn

der bruchteil bricht meine beine bricht meine knochen bricht mir das herz bricht meine kraft

er ist so heftig dieser bruchteil fuck ist der krass

ich glaube sie bricht auch

aber nicht wegen mathe in sekunden

sondern wegen mir

»Was für zauberhafte Mädchen in zauberhaften Kleidern«, beginnt Jenna die Show. Mit fasziniertem Blick geht sie zu den Prinzessinnen und streicht über die glitzernden Stoffe. Neben Lena bleibt sie stehen. Das war mir klar. Spiderflix gibt im Vorfeld Kommandos für die Interviews. Sprecht mit denen, die die Öffentlichkeit am meisten interessiert. Und das sind derzeit Blair und Lena. »Principessa Weiß, darf ich dir etwas sagen?«

Lena ist eine perfekte Schauspielerin. Sie hat diese Rolle jahrelang perfektioniert. Eine unentbehrliche Fähigkeit, wenn man in der High Society überleben will. Das Lächeln, das sie Jenna schenkt, sieht aus, als hätte sie niemals irgendwelche Sorgen gespürt. »Erst, wenn ich dir sagen darf, wie atemberaubend schön du wieder einmal bist, Jenna.«

»Ach, du!« Lachend legt sie sich eine Hand auf die Brust. »Aber du musst mir unbedingt dein Geheimnis verraten, wie du über all dem stehst, was gerade in deinem Leben passiert.«

»Ich bin hier und kämpfe um Edward Blackwells Herz.« Lenas Lächeln ist wie festgetackert. »Wer braucht einen Cordelair, wenn ein Blackwell zur Auswahl steht?«

In schockiertem Amüsement reißt Jenny den Mund auf. »Skandalös, Signora!«

Lena klimpert mit den Wimpern. »Und so ehrlich, nicht wahr?«

»Also stört es dich kein bisschen, dass dein Ex-Freund dich mit der ehemaligen Principessa Rosa betrogen hat und sie nun ein Kind von ihm erwartet?«

Es sieht aus, als hätte jemand Lenas Gesichtszüge mit Sekundenkleber festgeklebt. »Ich wünsche den beiden ein harmonisches Familienleben.«

»Wie lieb! Aber zumindest Max scheint dich sehr zu vermissen. So sah es im letzten Video von @xoxogossipgirl aus, oder?«

»Das tut mir sehr leid für ihn.« Ein einziges Wimpernklimpern, ohne dass ihr Lächeln verrutscht. »Ich hoffe, er kann diese wunderbare Wendung in seinem Leben bald annehmen.«

Jenna nickt. »Mir scheint, von deinem innerlichen Frieden sollten wir uns alle großzügig bedienen.«

»Gern.« Lena zwinkert. »Aber lasst mir was übrig.«

Alle lachen. Ich auch. Ein Mechanismus, mitzuspielen. Innerlich sinkt nur totes Laub auf einen gefrorenen Boden, während der Nebel die kahlen Äste verschluckt.

Jennas High Heels klackern weiter zu Blair. »Principessa Schwarz.« Mein Magen verkrampft. »Die ganze Welt sendet dir jeden Tag Umarmungen und fühlt mit dir mit.«

Sie lächelt. Es wirkt schwach. »Ja. Das ist, also, ich bin überwältigt.«

»Sag, wie gehst du mit den anderen Meinungen um?« Bekräftigend legt Jenna ihr eine Hand auf die Schulter. »Der großen Hasswelle, die dich als Lügnerin beschimpft und ein Aufmerksamkeitsopfer nennt?«

Sie zuckt zusammen. Meine Finger krallen sich so fest um den verzierten Thron, dass mir die

einzelnen Elemente in die Innenfläche schneiden.

~~steh auf geh hin nimm sie in den arm egal was sie getan hat egal was dir mit beweis gezeigt worden ist sie leidet so sehr mach einfach~~ nein ich kann nicht es geht nicht ich sterbe sonst ich muss auf mich aufpassen wenn ich irgendwann wieder heilen will

»Ich habe viel Unterstützung.« Blairs Stimme klingt blechern. Sie muss sich räuspern. »Die Mädels sind super. Meine Schwester auch. Pen ruft mich jeden Tag an und wartet nachts am Telefon, bis ich eingeschlafen bin. Und Kriss«, sie gibt ein heiseres Lachen von sich, »hat eine Falle vor unsere Tür gebaut, die ihr ein Signal gibt, wenn jemand reinkommt, damit sie sofort wach wird.«

»Einmal hat sie sich auf mich gestürzt!« Kokos-Kora stemmt die Fäuste in die Hüfte, einen gespielt pikierten Ausdruck im Gesicht. »Nur weil ich nachts nicht schlafen konnte. Ich hatte mein Akupunkturband in ihrem Zimmer vergessen und wollte es holen! Ich habe immer noch einen blauen Fleck von Kriss' Angriff, hier!« Kora reißt einfach ihre Tittenschale nach oben und zeigt allen einen Bluterguss neben der Brustwarze.

»In den Clips schneiden wir das!«, ruft ein Kameramann.

Kriss gibt ein bellendes Lachen von sich. »Sei froh! Wärst du der Angreifer gewesen, hätte ich dir diese verdammt perfekte Brust abgerissen!«

Lachend flippt Kokos-Kora die Tittenschale wieder runter und zwinkert. »Sagen wir, es war eine Erfahrung, und ich kann stolze fünf Sterne abgeben, was Blairs Schutz angeht.«

Jenna rückt näher an Blair heran. »Und was ist mit dir und Edward?« Mein Magen wird von einem Drahtseil attackiert. Oder von Kriss' Falle. »In der letzten Woche gab es kein einziges Date, ist mir zu Ohren gekommen.«

»Was dir alles zu Ohren kommt, Jenna.« Blair versucht, ihre Nervosität mit einem unsicheren Lachen zu überspielen. »Vielleicht brauchst du Ohrenschützer.«

Jenna hebt nur eine Braue. »Also stimmt es? Es gab kein Date?« Als Blair zögert, ergänzt Jenna: »Wir werden es in der Show morgen ohnehin erfahren.«

Blair stößt die Luft aus. »Wir hatten beide viel zu tun.«

~~ich werde erwürgt von der schlinge die einst das band zwischen uns beiden war und sich nun gegen mich gerichtet hat~~

»An Valentinstag hat er das Bild mit euch gepostet.«

»Ja.«

»Am nächsten Tag seid ihr gemeinsam im Speisesaal des Blackwell Palace aufgetaucht.« Jenna zieht die Brauen zusammen. »Hand in Hand. In Jogginganzügen.«

Das letzte Wort steht sinnbildlich für *ihr habt die Nacht miteinander verbracht*. Das kapiert jeder hier.

Blairs Hände streichen über den Stoff ihres Kleides. Sie wirkt wie ein in die Ecke getriebenes Reh, auf das sich die Scheinwerfer stürzen. »Ja.«

»Es sah so aus, als hätte er seine Entscheidung getroffen. Die ganze Welt hat den Atem angehalten. Und dann gab es kein einziges Date mehr?«

»Wie gesagt, wir hatten beide viel –«

Plötzlich wirbelt Jenna zu mir herum. »Sag, Edward, gab es einen Streit?«

Meine Lippen teilen sich. In meinem Mund herrscht Dürre. Ich kann mich nicht daran erinnern, dass mir etwas jemals die Sprache verschlagen hätte. Nicht mir. Aber jetzt sitze ich da wie der Blobfisch, den Paola Charles geschenkt hat, und weiß nicht, was ich sagen soll.

»Es schien mir richtig, die anderen Prinzessinnen in dieser Woche vorzuziehen, da ich in letzter Zeit intensiver mit Blair zusammen war als mit ihnen.« Tief, aber ruhig, damit es keiner merkt, hole ich Luft. »Es war nur fair.«

»Na gut.« Jenna klingt enttäuscht. Ich bin sicher, sie wollte mehr an Trash rauskitzeln, damit der Sender zufrieden ist. »Dann sind wir jetzt umso mehr auf deine Entscheidung gespannt, Edward. Die Zeit ist gekommen. Bitte entscheide dich für eine Prinzessin, die uns heute verlassen muss.«

Das Licht wird gedimmt. Die Band spielt eine melodische Spannungssequenz. Als ich mich aus meinem Thron erhebe, merke ich, dass meine Beine weich sind. Der Tisch mit den bunten Diamanten verschwimmt vor meinen Augen. Blind greife ich nach irgendeinem. Ich erkenne erst, dass es der grüne Stein ist, als Kokos-Kora erleichtert ausatmet und zu mir kommt.

Als Nächstes wähle ich Lena. Sie ist eine sichere Partie, die sich nicht in mich verliebt, und braucht den Abstand gerade mehr als alle anderen.

Noch drei Steine.

Rot.

Gelb.

s-c-h-w-a-r-z

Ich nehme den gelben. Gelb für Sicherheit. Gelb für eine Konstante.

Hanna strahlt. Ihr Glück tritt mir in den Magen. Schluckend übergebe ich ihr den Stein und hauche ihr einen Kuss auf die Wange, bevor ich sie zu Lena und Kora schicke.

Dann sehe ich auf. Und da sind sie. Diese braunen Planeten.

zweimal jupiter in katzenform mit honig

Zitternder Atem entweicht mir. Hinter meiner Brust donnert

mein Herz wie die panischen Flügel der Schmetterlinge, bevor ich sie töten musste.

Meine Hand umschließt einen Stein. Ich weiß nicht, welcher es ist. Die letzten zwei Sekunden sind wie weggeblasen. Ich habe keine Ahnung, was ich getan habe.

Erst als ich die Finger öffne, sehe ich den schwarzen Stein.

Blair regt sich nicht.

Aber Kriss stößt fest die Luft aus. »Scheiße.«

Meine Finger schließen sich um den schwarzen Stein, damit ich ihn nicht sehen muss.

»Kriss«, höre ich Blair sagen. Als ich aufsehe, erkenne ich, wie sie ihr eine Hand auf den Arm legt.

»Also, mein Kämpferinnenherz ist enttäuscht. Aber egal.« Kriss seufzt. »Kann ich wenigstens noch zur Meisterschaft, schon klar, oder?«

Ich stehe da und weiß nicht, ob die Zeit noch existiert. Irgendwann gibt Jenna ein Zeichen, dass Blair zu mir gehen soll, um sich ihren Stein abzuholen.

Ich halte den Atem an.

Als sie direkt vor mir steht, will meine Lunge bersten.

»Edward«, flüstert sie. Ihre Finger öffnen meine Faust. Jeden einzelnen, zusammengekrampften Finger. Dann streifen ihre Finger über meine Innenfläche, als sie den Stein in die Hand nimmt, und ich kriege einen elektrischen Schlag. Mein ganzer Körper zuckt zusammen.

Ich halte das hier nicht aus. Mein Blick gleitet nur kurz zu Kriss, ich presse ein »tut mir leid« raus und marschiere in den Nebenraum.

Erst als hinter mir die Tür ins Schloss fällt, kann ich wieder atmen. Aber nur für den Bruchteil einer Sekunde. Schon wieder dieser Bruchteil, der mir alles bricht.

Dann öffnet sich die Tür wieder. Schließt sich.

Ich spüre ihre Aura, bevor sie etwas sagt. Sie ist so überwältigend, dass sie einen Fluss teilen könnte. Flimmernd sinkt sie auf mich hinab, lässt meine Haut kribbeln.

»Das ist nicht fair, Edward.«

Blair steht hinter mir.

Sie kommt näher. Ich gehe weiter zum großen Fenster, hinter dem der Schnee wirbelt. Drehe mich nicht um. Sie atmet ein, aber nicht aus. »Was habe ich dir getan?«

»Ich weiß es.«

»Was?«

»Ich kenne dein Geheimnis.«

»Die ganze Welt kennt mein Geheimnis.«

»Nicht das.«

Sie stockt. »Ich habe keine Ahnung, was du –«

Jetzt drehe ich mich doch um. Sie anzusehen ist, als würde ein lichtempfindlicher Mensch die Sonne küssen. Ein bisschen Glück für ganz viel Schmerz. »Es wurde mir gesagt. Nicht das, was alle wissen, sondern *das andere*, Blair.«

Sie öffnet den Mund. Schließt ihn wieder. Schluckt.

»Du hättest es mir sagen können«, knurre ich. »Du hättest mir vertrauen können. Stattdessen habe ich das Gefühl, du hast mich *schon wieder* hintergangen.«

»Habe ich nicht.«

»Ich habe das Gefühl, dich niemals wirklich zu kennen. Immer nur ein bisschen, und wenn ich denke, dich endlich zu verstehen, endlich hinter deine Mauern gekommen zu sein, passiert irgendetwas, das alles wieder zerstört.« Sie zuckt zusammen. Ich spanne die Kiefer an. »Ich denke, ich bin dir so nahe, und dann, im nächsten Moment, bist du mir wieder völlig fremd, und ich könnte es für realistisch halten, dass du mich hintergehst oder verlässt oder weiß Gott.«

»Nur weil ich dir etwas verheimlicht habe?« Sie macht einen verzweifelten Schritt auf mich zu. Ich strecke die Arme aus, und sie bleibt stehen. »Erzähl mir nicht, du hättest keine Geheimnisse, Edward. Die haben wir alle.«

»Aber nicht *solche* vor einer Person, mit der man zusammen sein möchte, die in der Öffentlichkeit steht, die so etwas wissen muss, *von dir*, Blair!«

»Es ist trotzdem nicht fair. Wir sollten darüber reden und –«

»Es ist fair für mich.« Ich zögere. »Für meine Gefühle.«

Ihre Hand zittert, als sie sich über das verzerrte Gesicht streicht. »Aber ich habe auch Gefühle, Edward! Du kannst nicht einfach –«

»Du hast mich belogen.«

»Nein, nie!«

»Verschweigen ist dasselbe.«

»Ist es nicht!« Sie gibt ein freudloses Lachen von sich. »Gott, wie kann das hier so einfach für dich sein, nachdem wir –«

»Es ist nicht einfach!« Meine Stimme lässt die Wände erzittern. »Was auch immer es ist, Blair, es ist *nicht einfach*, okay?!«

»Aber richtig?« Ich entgegne nichts. Sie schnaubt. »Du hast gesagt, das mit uns würde nichts weiter als ein verdammter Deal werden, der nichts zu bedeuten hat.« Ihre Stimme zittert. »Hätte es das nicht bleiben können, damit mir das hier erspart geblieben wäre, verdammt?«

»Es hat sich nichts geändert.«

»Es hat sich nichts …?« Entgeistert wirft sie die Arme in die Luft. »Ich habe mich in dich verliebt!« Sie weint. »Und du … und du dich in mich. Der Junge, der niemals liebt, hat sich verliebt.« Tränen verschmieren ihr Make-up. Es kümmert sie nicht. Und mich auch nicht. Sie ist ~~wunderschön~~ gefährlich. »Es hat sich alles geändert, Edward. Alles!«

~~ihre brüchige stimme zerreißt das trockene laub in mir ohne hoffnung auf heilung und sollte die sonne zurückkehren finden ihre strahlen nur zerrissene *bruchteile* eines einst goldenen naturwunders~~

Ich schweige, weil ich ihre Worte nicht verneinen kann.

»Warum hattest du ein Date mit Hanna, wenn du sie eigentlich nach Hause schicken wolltest?«

»Weil es besser so ist.«

»Besser so?«

»Ja.«

»Wie, *besser so*?«

»Wenn ich sie treffe.«

»Du hast sie nicht nur getroffen.« Ihre Stimme bricht. »Du hast mit ihr rumgemacht!«

»Ja.«

»Obwohl du Gefühle für mich hast?« Sie schluchzt. Es donnert bis in mein Inneres und löst einen Sturm aus, den ich nicht habe kommen sehen. »Warum beenden wir diese beschissene Show nicht einfach und versuchen es miteinander?«

»Weil ich dir nicht vertrauen kann!« Ich hole aus und schlage mit der Faust gegen die Wand. Meine Knöchel platzen auf. »Es *geht* nicht, okay?!«

»Nur wegen dieser einen Sache, die ich dir verschwiegen habe?«

Ich entgegne nichts, weil ich kurz davor bin, durchzudrehen. »Das weiß *niemand*, Edward!«

»Eine Person schon.« Ich presse die Kiefer zusammen, recke das Kinn, sehe sie an. »Sie hat es mir erzählt. Mit Video.«

»Mit Video …?« Perplex blinzelt Blair. Dann schüttelt sie den Kopf, als wäre das jetzt egal, als wäre *ich* tatsächlich wichtiger. »Ich habe dich nie belogen, Edward!«

»Hör auf.«

»Erst, wenn du mir eine vernünftige Antwort gibst.«

»Es war dumm von mir zu glauben, ich könnte eine Beziehung führen.«

»Bullshit!« Sie wirft die Arme in die Luft. »*Warum* gibst du mir nicht die Chance, dir zu beweisen, dass ich loyal an deiner Seite stehen und –«

»Blair, lass es.«

»Durch jeden Kampf mit dir gehen und –«

»Blair.«

»Dich *lieben* will, verdammt?!«

»Weil mein scheiß Herz nur knapp überlebt hat!«, schreie ich. Heftig atme ich ein und aus. »Ich habe diese Kacke hinter mir, und ich bin nicht so lebensmüde, das noch einmal mitzumachen!«

»Ich bin nicht April!«

»Du bist genau wie sie, Blair!«

Sie zuckt zusammen. Ihr Gesicht spiegelt eiskalten Schock. Gänsehaut kriecht über ihre Arme. Unsere gebrüllten Worte schweben zwischen uns, materialisieren sich zu dicker Luft, die niemand von uns mehr verschwinden lassen kann.

»Du hast mich verarscht, mir nicht die Wahrheit gesagt, und du würdest es wieder tun«, knurre ich. »Und am Ende … am Ende wäre ich endgültig kaputt.«

»Und was ist mit Hanna?« Ihre Stimme klingt rau vom Schreien. »Wieso lässt du sie nicht in Ruhe, wenn du gar keine Beziehung willst?«

»Ich will eine«, sage ich. »Nur nicht mit dir.«

Sie schnappt nach Luft. Das war das Messer, das sie mitten ins Herz getroffen hat, und ich weiß das.

Ich muss weitersprechen, um nicht an ihrem Blut zu ersticken. »Hanna ist verlässlich. Sie würde mir niemals etwas verheimlichen oder mir wehtun. Ich mag sie.«

Blair schluchzt leise, wischt sich die Tränen fort, aber es kommen sofort neue.

»Sie könnte mir helfen, zur Ruhe zu kommen. Wir holen uns eine schöne Wohnung oder ein Haus, sie studiert in Yale und ich unterstütze sie. Das wird vielleicht etwas langweilig, aber –«

»Das bist nicht du.« Ihr Stimme klingt bitter, während sie langsam den Kopf schüttelt. »Niemals wird dich das glücklich machen, Ed.«

»Vielleicht nicht. Aber es wird mich auch nicht weiter zerstören.« Ich sehe zur Seite, betrachte den jahrhundertealten Stuck an der Wand. »Konstanten sind verlässlich.«

»Und *ich* würde es?«, spuckt sie mir förmlich vor die Füße. »Dich zerstören?«

»Das kann ich nicht wissen.« Ich wende den Kopf, sehe sie direkt an. »Du wärst ein Risiko, Blair. Und so sehr ich bisher für Risikos gelebt habe … es ist Zeit, erwachsen zu werden.« Ich gehe ein Stück, bis ich wieder das hohe Rundbogenfenster erreicht habe. Ich lege eine Hand an die Scheibe und beobachte, wie der Schnee von außen dagegen klopft. »Aber ich behalte dich in der Show, damit du sicher bist. Vor allem. Bis zum Finale werde ich dich nicht rauswerfen. Und danach kannst du mit dem Geld weiter nach deiner Identität suchen und den Schutz aufrecht halten. Wenn du meine Hilfe brauchst, bin ich da.« Ich wende mich vom Fenster ab und sehe sie an. »Mehr kann ich nicht riskieren.«

Fassungslos starrt sie mich an. Sie öffnet den Mund, aber es dauert eine Ewigkeit, bis die Worte den Weg nach draußen finden. Und dann sind es nur drei Buchstaben. »Wow.« Freudlos lacht sie auf. Ihre Hand schließt sich so fest um den schwarzen Diamanten, dass ich sicher bin, er muss ihr in die Haut schneiden. Als sie mich ansieht, sterben Vögel zwischen den Wolken, weil unser Schmerz bis in den Himmel reicht. »Ich würde dir niemals wehtun, Edward. Nie wieder. Ich würde alles geben dafür, dich lachen zu hören.« Sie schluckt. »Dich glücklich zu sehen.« Sie geht einen Schritt zurück. Hilflos hebt sie die Arme, lässt sie wieder fallen. »Aber okay. Dann ist das jetzt das Ende.«

Sie dreht sich um. Geht zur Tür. Hält noch einmal inne und wendet den Kopf. Ihr Profil ist das eines Engels mit schlagenden Flügeln, die ihren Dienst versagen, weil ihm das Herz gebrochen wurde.

Im Bruchteil einer Sekunde.

»Schrei es vom höchsten Turm des Hotels, wenn du willst.« Sie dreht den Türknauf. »3:2, Blackwell.«

THIS LIFE IS NO FUCKING BRIDGERTON FARYTALE

Edward

Meine erste Sitzung mit Dr. Hoover hat ergeben, dass zwei Kaugummis in mir kleben. Ich soll sie mit einem Schaber abkratzen, sonst würde ich nie wieder vertrauen können.

Das graue Kaugummi ist meine Mutter.

Das pinke ist April.

Beide von ihnen haben eine solche Kraft, dass sie keine Frau, die in mein Leben kommen könnte, es an ihnen vorbeischaffen würde. Es gäbe keine Hoffnung. Niemals. Wenn ich andere Frauen losgelöst von Grau und Pink betrachten und als eigenständige Personen mit reinen Charakteren sehen will, müssen die Kaugummis verschwinden.

Und deshalb sitze ich jetzt hier in diesem Gefängnis und blicke in das eingefallene Gesicht eines Mannes, den ich kaum wiedererkenne. Ignotus trägt keine viktorianische Kleidung mehr, sondern ein schmutziges langes T-Shirt und Jogginghosen. Seine schwarzen Haare gehen ihm fast bis über die Augen, und seine Haut ist so unfassbar weiß im Gegensatz zu seinen schwarzen Augen, dass ich ihn fast für einen Geist halte.

»Wenn du hier bist, um mich umzubringen«, Ignotus zuckt die Achseln, wobei die Ketten seiner Handschellen auf dem Tisch rasseln, »nur zu.«

»Ich bin hier, weil meine Therapeutin meint, ich brauche eine Antwort.«

»Und die wäre?«

»Ich muss wissen, wie die letzten Momente von Aprils Lebens abgelaufen sind.« Ich beuge mich vor. »Lass mich mit ihr sterben, damit ich weiß, dass es endgültig ist. Damit ich *spüre*, wie sie geht.«

»Du willst, dass ich dir eine Traumreise über den Tod deiner Ex-Freundin gebe?« Ignotus starrt mich an. »Mir war immer klar, dass du verrückt bist, aber *das* ist makaber, Edward.«

»Tu's einfach.«

Er zieht die dichten Brauen zusammen. »Nein.«

»Ich zahle deiner Familie Geld, wenn du willst. Deine Schwester besucht dich, oder? Dann solltest du inzwischen wissen, dass das little dragon zu einem Geisterort geworden ist.« Ich sitze in einem maßgeschneiderten Designeranzug in einem Gefängnis und erpresse den Mörder meiner Ex-Freundin, damit er mir in allen Einzelheiten von der Tat berichtet. Er hat recht. Ich bin verrückt. »Sie müssten sich keine Sorgen mehr um ihre Existenz machen. Eine Antwort von dir, ein Scheck von mir, *ecco fatto*«, ich lehne mich in diesem armseligen Eisenstuhl zurück und lege die Fingerspitzen aneinander, als wäre das hier ein Fernsehinterview, »alle sind glücklich.«

Ignotus senkt den Blick auf die Tischplatte und schweigt. Sein Kiefer ist fest angespannt, die Finger ballt er immer wieder zu Fäusten.

»Du hast die Tat gebeichtet«, sage ich. »Du sitzt schon im Gefängnis, Ignotus. Was ist so schlimm daran, mir zu erzählen, wie ihre letzten Minuten abgelaufen sind?«

»Ich kann«, sein Gesicht wird rot, als würde er sich extrem anstrengen, seine Zähne aufeinanderzupressen, »es nicht.«

»Warum nicht?«

Wieder schweigt er.

Seufzend nehme ich mein Scheckbuch und einen Stift aus der Dior-Innentasche. Ich war auf das hier vorbereitet. »Okay, sagen wir, fünfzigtausend?« Die Mine schwebt über dem Papier, während ich Ignotus ansehe. Er schiebt das Kinn vor und wendet den Blick ab. »Okay, fünfundsiebzig.«

Sein Adamsapfel hüpft. Er schüttelt den Kopf. »Ich kann es dir nicht sagen.«

Verzweiflung flutet meine Venen. »Schön, hunderttausend. Aber mehr nicht. Mein letztes Angebot.«

Er sieht mich an und hebt eine Braue in die Stirn. »Du bietest mir hunderttausend Franken dafür, dass ich dir erzähle, wie deine Freundin sich das Genick gebrochen hat?« Ich entgegne nichts. »Willst du dich daran aufgeilen?«

»Einen Scheiß will ich.«

»Bist du nekrophil oder so was?«

»Hundertzwanzigtausend, wenn du einfach die Fresse hältst und mir gibst, was ich von dir will.«

»Ihr Blackwells habt sie nicht mehr alle.« Schnaubend schüttelt Ignotus den Kopf. »Ich bete zu allen Göttern, dass Blair diese Datingshow nicht gewinnt. Sie ist zu gut für dich.«

Sie ist zu gut für dich.

Seine Worte hageln wie ein eisiger Schauer auf mich ein. Der Gedanke an Blair erschlägt mich. Es ist kaum eine Sekunde vergangen, in der ich nicht an sie gedacht habe, nachdem ich sie vor drei Tagen bei der Entscheidung abserviert habe. Kein einziger Morgen, an dem ich während des Frühstücks im Speisesaal nicht an ihrem Gesicht geklebt und mir gewünscht habe, ihr die Marmelade von den Lippen zu lecken. Nur noch drei Wochen, dann hat es ein Ende. Vielleicht vergesse ich ihr Gesicht irgendwann, wenn ich mit Hanna in unserem Haus in New Haven sitze, mich um den Garten kümmere, während sie studiert, und sie abends um den Verstand vögle, damit ihre lustvollen Schreie Blairs raues Stöhnen überlagern, an das sich mein Schwanz jeden Tag mit einer qualvollen Härte erinnern will.

»Hundertfünzigtausend, Ignotus.« Ich schreibe die Zahl aufs Papier und unterschreibe sie mit meinem Namen. »Ich schwöre dir, ich werde auf direktem Wege zu Shiyan gehen, wenn wir hier fertig sind, und ihr den Scheck übergeben. Du hast mein Wort. Und ja, wir Blackwells sind nicht normal, aber immer loyal. Das weiß jeder.«

Sein starrer Blick klebt an dem Scheck wie die zwei Kaugummis in meinem Inneren. Seine Lippen werden noch farbloser, während er sie aufeinanderpresst. Seine Gesichtszüge wirken teils sehnsüchtig, teils verzweifelt. »Ich kann nicht«, stößt er aus.

»Scheiße, ist das dein Ernst?« Mit den Ellbogen stütze ich mich auf die Tischplatte, fahre mir mit den Fingern durch das Haar. »Du lehnst so viel Geld für deine Familie ab, weil du mir diese eine Antwort nicht geben willst?«

»Weil ich sie dir nicht geben *kann*!« Sein ganzer Körper bebt. Seine Hände zittern. »Ich kann nicht, Edward, ich würde es dir sagen, wenn ich es wüsste, okay, aber ich *kann nicht*!«

Er hat angefangen zu brüllen. Der Polizist in der Ecke macht Anstalten, zu uns zu kommen, aber ich hebe nur den Arm und er bleibt, wo er ist.

Hinter meiner Brust donnert mein Herz in wildem Kantergalopp. »Was soll das heißen?« Meine Stimme klingt leise, rau, verhängnisvoll. »Was soll das heißen, du würdest es mir sagen, *wenn du es wüsstest*?«

Ignotus atmet schnell und hektisch. Das T-Shirt hebt sich im Rhythmus seiner Atemzüge.

5 sekunden
10 mal atmen
und ich weiß schon
hier stimmt was nicht
ich bin hergekommen für kaugummis
wollte einen schaber
jetzt kriege ich einen hammer
in den magen

Hektische Flecken kriechen über Ignotus' Gesicht. Die Ader an seinem Hals schlägt in einem beachtlichen Tempo. Er sieht mich an. Aber er schweigt noch immer.

»Zweihundertfünfzigtausend«, sage ich, »für die Wahrheit.«

Meine Worte entzünden ein Feuer in seinen schwarzen Augen. In diesem Moment weiß ich, ich habe ihn.

Er öffnet den Mund. »Ich kann es dir nicht sagen, weil ich sie nicht getötet habe.«

Der erste Gedanke, der mir in diesem Moment kommt, gilt April. Worte, die direkt in den Himmel fliegen. Oder in die Hölle.

Wann hörst du endlich auf, mit uns zu spielen, April?

Im nächsten Moment entfährt mir ein ungläubiges Lachen. Es klingt eiskalt. Wie das tote Laub, das in meinem Inneren versiecht. »Du verarschst mich.«

»Nein.«

Entgeistert starre ich ihn an. »Du willst mir sagen, du sitzt hier eine Strafe ab für einen Mord, den du nicht begangen hast?«

Er verzieht keine Miene. »Ja.«

»Warum, zur Hölle, solltest du das tun?«

Er wendet den Blick ab. Betrachtet die graue Betonwand, als könne er die Natur dahinter betrachten. »Weil ich jemanden schütze.«

»Wen?«

Keine Antwort.

Langsam spüre ich meine Hände wieder. »Ignotus, *wen*?«

Keine Antwort.

Ich murmle einen Fluch, streiche mir vom Haar bis in den Nacken und sehe zur Decke. »Es war jemand aus deiner Familie.«

»Nein!«, brüllt er.

Ich lasse den Kopf sinken. »Wer sonst, wenn du keine Freundin hattest, die du da rausholen wolltest?«

Er fletscht die Zähne. »Ein Ehrenmann beschützt sein Mädchen, ganz egal, ob ich schon um ihre Hand angehalten habe oder nicht.«

»Scheiße, das ist echt dein Ernst, oder?« Kurz vergisst mein Herz zu schlagen. »Du nimmst irgendjemanden in Schutz, deckst eine Mörderin, wegen deiner beschissenen Vicky-Kacke?!«

Er schlägt auf den Tisch. »Ein Adelsmann des viktorianischen Zeitalters würde alles auf sich nehmen, um seine Herzensdame zu beschützen!«

»FUCK, IGNOTUS, WIR LEBEN IM EINUNDZWANZIGSTEN JAHRHUNDERT UND DU HOCKST IN EINEM VERKACKTEN KNAST, MANN!«

Er schweigt, und das macht mich noch wütender. Ich springe auf. »Sag mir, wer!«

Er schüttelt den Kopf.

»Sag mir, wer, oder ich reiße dich in Stücke, das schwöre ich!«

»Okay, das reicht.« Der Wärter tritt vor und stellt sich mir in den Weg. »Raus mit Ihnen.«

Ich zittere am ganzen Körper. »Haben Sie nicht gehört, was er gerade gesagt hat?«

»Raus hier.«

»Natürlich haben Sie das, aber es interessiert Sie nicht, was?« Ich schnaube. »Ob jetzt ein Unschuldiger hier sitzt oder der wahre Mörder, Ihnen völlig egal, Hauptsache, Sie können auf Leute einprügeln, die Ihnen nicht gehorchen, und Ihre Komplexe an denen auslassen, weil Sie –«

Er packt mich, verdreht einen Arm auf meinem Rücken und drückt mich vorwärts. Ich drehe meinen Kopf in Ignotus' Richtung, aber er hat sich angewendet und starrt wieder die Knastwand an.

Bevor ich noch etwas sagen kann, hat der Wärter mich aus dem Raum gebracht und die Tür hinter uns geschlossen. Ich stehe so unter Adrenalin, dass mir sein fester Druck nichts ausmacht. Mein ganzer Körper glüht und zittert und brennt und ist ein Wald aus verkohlten Bäumen, die ihre Blätter suchen.

Nicht einmal die eisige Luft kühlt mich ab, als ich das Gefängnis verlasse. Das Handy zittert in meiner Hand, als ich es entsperre. Unzählige Nachrichten, hauptsächlich vom Sender, weil ich nach der Maske einfach abgehauen bin. Ich musste. Das Gefängnis hatte nur diesen einen Termin für mich, und ich hatte Dr. Hoover versprochen, ihn einzuhalten. Ich dachte, ich würde diesen Ort verlassen mit dem Wissen, wie meine Ex-Freundin den Tod geküsst hat. Stattdessen pulsiert totes Gestein nach einem Vulkanausbruch in mir, weil ich gerade erfahren musste, dass Aprils Mörder immer noch auf freiem Fuß ist.

Meine Beine setzen sich in Bewegung. Während ich den Weg in die Altstadt laufe, schweben meine Finger minutenlang über den Chat mit Blairs Namen.

Kältewolken entstehen im Sekundentakt vor meinem Gesicht, jedes Mal, wenn ich hektisch die Luft ausstoße. Dann tippe ich eine Nachricht. Nur eine einzige. Sie muss es wissen. Sie soll nicht denken, eine Person, die ihr wichtig ist, wäre ein Mörder.

Ignotus war es nicht.

Ich stecke das Handy weg. Als ich aufsehe, blicke ich einem chinesischen Drachen ins Auge. Entschieden öffne ich die Tür zum little dragon.

Hinter der Theke sieht Shiyan auf. »Oh«, sagt sie. »Was kann ich dir –«

Meine kräftigen Schritte zu ihr lassen sie verstummen. In einer schnellen Bewegung ziehe ich den Scheck über zweihundertfünfzigtausend Franken aus meiner Innentasche und knalle ihn ihr auf den Tresen.

Sie starrt mich an, als wäre ich verrückt geworden.

»Dein Bruder ist unschuldig«, sage ich. »April hat ihn zerstört, als sie noch am Leben war, und jetzt zerstört sie ihn weiter, obwohl sie tot ist. Ich schenke dir das Geld. Bedank dich nicht. Ich muss es tun, um ein Kaugummi zu lösen. Mach damit, was du willst. Erwähne es nie wieder.«

Bevor sie etwas sagen kann, habe ich den Laden verlassen.

WHEN YOU'RE IN PAIN, MY WORLD TURNS GREY

Edward

»Wo, *zum Teufel*, hast du gesteckt?« Jenna baut sich vor mir auf. Im Hintergrund laufen die letzten Vorbereitungen für die Überraschungsshow. Niemand weiß, was heute passiert. Die Prinzessinnen sitzen in atemberaubenden Kleidern in den gold verzierten Stühlen mir roten Samtkissen. Mein Thron ist leer, genau wie die Stühle uns gegenüber. Ich habe keine Ahnung, für wen die gedacht sind. »In fünf Minuten beginnt die Liveshow, Edward, in fünf Minuten! Hast du eine Ahnung, was hier gerade los war?«

»In etwa.«

»Und ist dir … *lachst du*, Edward?«

»Verzeihung.«

Ich weiß nicht, was mit mir los ist. Mir ist von schreien zu heulen zu lachen zu wüten und alles zu Kleinholz schlagen. Schnell huscht mein Blick zu Blair. Sie sieht starr geradeaus zum imposanten Rundbogenfenster, in dessen Glas sich das Licht des Kronleuchters bricht. Ich versuche, in ihrem Gesichtsausdruck zu lesen, ob sie meine Nachricht gesehen hat. Vermutlich nicht. Sie muss schon hier gewesen sein, als ich sie gesendet habe, und keine der Prinzessinnen nimmt ihr Handy mit in die Show.

»Gott, du bist anstrengender als mein dreijähriger Sohn.« Jenna verdreht die Augen, zwickt sich kurz in die Nasenwurzel und murmelt etwas, das sich stark nach einem Gebet anhört. Dann deutet sie auf den Thron. »Setz dich. Und bitte keine Fluchtmanöver mehr.«

»Jetzt bin ich ja hier.«

Sie quittiert es mit einem trockenen Blick. »Das hat dich bei der letzten Entscheidung auch nicht abgehalten.«

»Ah, das.«

»Ja, das.«

»Persönliche Differenzen.«

»Nun, dann sag ihnen bitte, sie sollen bis nach der Show warten, ja?« Sie legt mir eine Hand auf die Schulter und drückt mich auf den Thron.

Charles beugt sich zu mir. »Alles klar?«

»Ja.«

»Sicher?«

»Ja.«

»Wo warst du?«, fragt Paola neben Charles, die den Kopf weit vorbeugen muss, um mich anzusehen. »Jenna stand kurz vor einem Heulkrampf.«

»Im Gefängnis.«

»Im Gefängnis?«, wiederholt Charles.

Ich nicke, sehe aber Paola an. »Ignotus ist unschuldig.«

»Was?«, sagen beide gleichzeitig.

»Wo ist Vater?«, frage ich Charles.

»Was ist mit Ignotus?«

»Sag mir erst, wo Vater ist. Ich brauche seine Hilfe, um das Ganze –«

»Bist du deshalb zu spät?«, fragt Paola. »Hast du die ganze Zeit schon versucht, rauszufinden, ob mehr dahintersteckt?«

»Nein, aber –«

»Zwei Minuten, Kamera rollt, Ton rollt, Darsteller auf ihren Plätzen und …« Jenna stockt in ihrem beeindruckenden Gang, eine Mischung aus Entschlossenheit und Charme, als ihr Blick auf uns fällt. »Wo zur Hölle steckt Jack?!« Panisch sieht sie zum Regisseur. Heute ist sie ein nervöses Wrack, und ich habe keine Ahnung, warum. »Florence?«

»Habe ihn nicht gesehen«, sagt er.

Die energiegeladene Produzentin stößt einen Fluch aus, den die Kameras besser nicht einfangen sollten. »Diese verdammten Blackwells!«

»Wir sind hier, Jenna«, ruft Charles.

Sie schnalzt nur mit der Zunge, aber in dem Moment öffnet sich eine Hintertür, und mein Vater kommt hinein. Erleichtert saugt sie Luft in ihre Lungen. »Oh, dem Herrn sei Dank.«

Mein Vater sieht aus, als hätte man ihm ins Gesicht geschissen. Er zieht eine riesige Fresse. Schlimmer noch als in den ekelhaftesten Momenten zwischen uns. Mit seinem Ich-futtere-Hundescheiße-zum-Frühstück-Gesicht kommt er zu uns, schiebt sich an Paola und Charles vorbei zu mir. »Edward.« Er legt mir eine Hand auf die Schulter. »Ich muss mit dir reden.«

»Ja, ich auch mit dir. Ich war bei Ignotus im Gefängnis und –«

»Erzähl mir das später. Meins ist drängender.« Die Verzweiflung in seiner Stimme lässt mich innehalten. Mein Vater sieht mir in die Augen. Er scheint mit sich zu ringen. »Ich habe gerade herausgefunden, um was es sich bei dieser Überraschungsfolge handelt, und ich will, dass du das Ganze sofort abbrichst.«

Perplex blinzle ich. »Was?«

»Ich meine es ernst. Komm.« Seine Finger legen sich um meinen Oberarm, und er will mich aus dem Thron ziehen, aber in dem Moment klatscht Florence dreimal schnell in die Hände.

»Dreißig Sekunden, alle auf Position, es geht los!«

Mein Vater flucht, zerrt aber immer noch an mir.

»Vater«, murmelt Charles, »was ist los?«

»Wir kommen hier niemals raus, bevor die live gehen«, sage ich. »Was ist –«

»Fünf Sekunden!«, brüllt Florence.

Mein Vater lässt mich los. »Scheiße!«

»Und wir sind live in 3–2–1 …«

Jennas angespannte Züge werden innerhalb einer Millisekunde zu einem strahlenden Lächeln, als die Kameras sich auf sie richten. Im Hintergrund spielt die Band wieder unseren Titelsong.

Tiara, ooh na-na
Half of my heart for which tiara, ooh na-na
Find love here in blackwell palace, na-na-na
Oh, but my heart for which tiara
my heart for which tiara
tiara, ooh-na-na

»Guten Abend, ihr Lieben! Und herzlich willkommen zu einer weiteren aufregenden Folge von *A Royal Romance*. Die ganze letzte

Woche habt ihr sehnsüchtig auf diese Überraschungsausgabe gewartet, und auch ich kann es kaum erwarten.« Sie macht eine ausladende Bewegung zu den Prinzessinnen und mir. »Wie versprochen haben eure Lieblinge keinen absoluten Schimmer, was heute Abend geschehen wird. Die letzten Wochen waren eine turbulente Reise voller Liebe, Geheimnisse, Intrigen, die öffentlich gemacht wurden, Enthüllungen, mit denen keiner gerechnet hat«, ihr Blick gleitet kurz über Lena, »und ich bin mir sicher, auch dieser Abend wird nicht ohne Spuren vorüberziehen.«

Ich runzle die Stirn. Im Profil erkenne ich, wie mein Vater einen Betonklotz zwischen den Zähnen malmt. Er steht stocksteif wie ein Soldat.

Die Lichter werden gedimmt. Der Saal wirkt so opulent, dass er ein wahres Spektakel verspricht. Auf den altehrwürdigen Stühlen sitzen die Prinzessinnen mit geradem Rücken und kleben an Jennas Lippen. In Hannas Augen funkelt Neugier, Kokos-Kora leckt sich immer wieder erwartungsvoll die Lippen, obwohl ich meine, eine Spur Nervosität in ihren Zügen zu erkennen. In Lenas Ausdruck liegt stumpfes Desinteresse, und Blairs Blick wirkt verschleiert, als wäre sie gar nicht hier. Alle tragen ihre Tiaras.

»In unserem prunkvollen Saal sitzen heute vier atemberaubende Prinzessinnen, die um das Herz des begehrtesten Junggesellen unserer Zeit buhlen. Vier Diamanten, die den Tiaras fehlen, um ihre Trägerin an die Seite von Edward Blackwell zu wählen. In den letzten Wochen sind einige von euch als Favoritinnen hervorgegangen, haben unerwartete Wendungen hervorgebracht, den King betrogen, sich als Schwester seines besten Freundes entpuppt – aber eines ist sicher: Heute werden wir nicht nur Zeugen von Schmetterlingen im Bauch, sondern ganz besonders von unerwarteten Gesprächen, Tränen und Wiedervereinigungen.«

Wiedervereinigungen? *What the …*

Mein Blick gleitet zu Blair, deren Kopf panisch in meine Richtung zuckt. In ihren Augen spiegeln sich meine Gedanken. Meine Lippen teilen sich.

ich will etwas sagen als stünde ich ihr gegenüber als wäre nie passiert was passiert ist als hätte ich nie erfahren dass sie mir die ganze zeit etwas vorenthalten hat aber dann flucht mein vater schon wieder ich glaube er sagt scheiße scheiße scheiße jenna sagt irgendwas kp was mein hirn rauscht weil blairs augen riesengroß und rund werden wie die welt kurz vor einem erdrutsch und alles und jeder in ihnen verloren geht ganz besonders ich und dann öffnen sich die türen und nicht nur ich gehe verloren sondern das ganze universum in blairs augen für immer

1
3
5
7
9
12
sekunden und
2
4
6
8
9
menschen
belagern
das
universum
das
gerade
untergegangen
ist
in
blairs
augen

»Fuck«, haucht Charles neben mir. Er sagt es ganz leise, aber ich höre es wie den Einschlag eines Kometen. Ich höre es so laut, weil meine Welt gerade erschüttert wird.

Meine Kehle ist staubtrocken, ich kann nicht schlucken, nicht atmen, gar nichts.

Ich sitze einfach auf diesem lächerlichen Thron eines Kings, obwohl ich kein King bin, und sehe meiner Mutter ins Gesicht.

zum 1. mal seit 13 jahren

sie ist blond wie ich wie früher
sie hat eisblaue augen wie ich wie früher
sie hat diese kleine nase wie ich wie früher
sie läuft mit stolz wie ich wie früher
sie sieht mich an sie weint wie ich früher

Ich bin so damit beschäftigt, meine Seele davor zu bewahren, durchzudrehen, so damit beschäftigt, zuzusehen, wie meine Mutter auf einem der Stühle Platz nimmt, dass ich die anderen völlig ausblende. Ich bin gefangen in einem Nebel, in dem nur Platz ist für diese Frau, die mich verlassen, mich im Stich gelassen und mein Herz bluten lassen hat. Ein seltsamer Cocktail aus Sehnsucht, Hass, Wut, Liebe, Verzweiflung und Erleichterung sickert durch meine Glieder. Meine Beine werden weich. Ich muss mich zwingen, die unkontrollierten Tränen zurückzudrängen, die gegen meine Lider donnern.

Mit irgendeiner Superkraft gelingt es mir, den Blick abzuwenden. Aber er landet auf zwei anderen Personen, und das macht es kein Stück besser.

Ich starre eine Frau mit wässrigen Augen und weißblonden Haaren an, frage mich, warum sie mir so bekannt vorkommt, als der stämmige Mann in teurem Anzug und mit den katzenförmigen braunen Augen einen Arm um sie legt und ich mich fühle, als hätte man mir gerade einen Poloschläger in den Darm gerammt.

Blairs Eltern.

Da sind verdammte Kindesentführer in meinem Hotel.

Meine Nackenhaare stellen sich auf. Automatisch wirbelt mein Kopf zu Blair herum. Sie sitzt da, auf ihrem Stuhl, klammert sich an den Lehnen fest, den Mund geöffnet, und sieht aus als würde ihr jemand das Leben aus dem Rachen saugen, während ein Messer das düstere Kunstwerk ihrer Vergangenheit in ihren Körper ritzt.

Der ganze Saal ist ein Wirbelsturm aus Emotionen. Hanna weint vor Freude, ihre Mutter zu sehen, und wirft ihr immer wieder tränenüberströmte Kusshände zu. Kokos-Kora streckt ihren Eltern die Zunge raus und schneidet eine Grimasse, Lena wirkt gleichgültig wie zuvor.

Nur Blair und ich sind von dem Orkan des Grauens mitgerissen worden. Immer wieder Blair und ich. Als ob man uns in ein Schlachtschiff geworfen und entschieden hat, uns nie wieder rauszuholen, bis wir nicht gemerkt haben, was uns verbindet.

Deshalb wollte mein Vater, dass ich alles abbreche. *Deshalb* wollte er mich hier rausholen. Er muss kurz vorher auf meine Mutter getroffen sein.

»Was für eine Überraschung für unsere Prinzessinnen.« Der Glanz ist aus Jennas Stimme gewichen. Auch ihr Blick gleitet immer wieder zu Blairs Eltern. Ich weiß nicht, ob sie zu dem Team gehört, das Blair glaubt, oder zu der anderen Seite, die sie für aufmerksamkeitssüchtig hält und ihre Eltern verteidigt. Aber ich kann mir vorstellen, wie sehr Spiderflix darauf gepocht hat, das Drama einzubinden. Die Einschaltquoten für diese Show werden jeden Rahmen sprengen.

Jenna räuspert sich. »Miss Montgomery, was denken Sie, wenn Sie ihre Tochter heute sehen?«

Hannas Mutter presst sich eine Hand an die Brust. »Ich bin so stolz auf meine Kleine. Wissen Sie, das Ganze sollte ein soziales Experiment sein, bevor sie nach Yale geht. Sie sollte sich ausleben.« Sie sieht von Hanna zu meiner Leiche, die immer noch starr ist und kein Gefühl in den Gliedern hat. »Ich hätte nie gedacht, dass zwischen den beiden eine Bindung entstehen würde.«

»Sie sind wirklich süß zusammen, oder?« Jenna blinzelt mit den langen Wimpern. »Nicht nur das Favoritenpärchen der Onlinewelt, sondern auch meins.«

»Alle shippen die beiden«, schwärmt Miss Montgomery. »Meine andere Tochter Utah verfolgt alles, wissen Sie, und diese Videos, die von den beiden zusammengeschnitten werden, also, das zu sehen …« Sie schnieft. »Meine Hanna so glücklich zu sehen, das berührt mich, wissen Sie …«

Ein zusätzliches Schwert reißt mir den Magen auf.

»Absolut«, entgegnet Jenna. »Und wie ist es für Sie, Signor und Signora Flinsch?«

»Nun«, Koras Vater legt ihrer Mutter eine Hand auf den Oberschenkel, ein scheues Lächeln auf dem Gesicht, »unsere Kora war nie diejenige, die viel auf Dates gegangen ist. Sie und Edward kennen sich schon länger, und Kora war in dieser ganzen High-Society-Welt zu Hause, aber ich hatte immer eher das Gefühl, die Leute würden sie verurteilen, verstehen Sie?«

Ihre Mutter nickt. »Und zum ersten Mal haben wir den Eindruck, sie ist richtig angekommen. Die Leute lernen Kora kennen, unsere Kora, nicht die Version, die sie sich von ihr zusammengereimt oder über die sie gelacht haben. Unsere Tochter ist so warmherzig, liebevoll, loyal, ehrlich. So viel mehr als extraordinär oder skurril.«

Kora formt ein Herz mit ihren Händen.

»Oh, auf jeden Fall.« Jenna lächelt. »Diesen Eindruck haben wir sehr schnell von ihr gewonnen. Trotz ihrer fragwürdigen Liebe zu Kokosnüssen.«

Kora lacht. »Weißt du, ich finde, wenn man schon Schalen auf der Brust tragen soll, dann sind die aus Kokos definitiv die eleganteste Wahl.«

Gelächter ertönt. Nur meine Familie, Blair und ich begegnen immer noch dem Tod. Er ist kein fairer Gegner. Er lässt uns nicht mal reden. Oder denken. Das ganze Leben lang ist man so stark, und auf einmal wird man starr.

Jenna unterhält sich kurz mit den Gerbensteyns. Sie reden über den Knochenring, zu dem die Kameras keinen Zutritt hatten, und Jenna versucht, etwas aus Finns Eltern rauszuquetschen, aber sie halten dicht. Das sind Regeln, die nicht gebrochen werden. Über Max sagen sie nur, er soll sein Glück finden und ihre Tochter in Ruhe lassen. Sie hoffen, trotzdem in einem guten Verhältnis zu den Cordelairs zu stehen. Natürlich.

Nach diesem Gespräch gesellt sich Lena zu unserem Kampf gegen den Tod. Ihre Augen werden leer, aber im hintersten Winkel dieser schwarzen Schlucht blutet die Unterwelt in einer verhängnisvollen Schlacht, die niemand sonst zu sehen bekommt.

Jennas Absätze klackern über das Parkett, als sie über die Brücke der Hölle geht. Dann steht sie neben meiner Mutter. »Signora Haspar.« In Jennas Stimme steckt zögerlicher Sanftmut, als wüsste sie nicht, wie sie diese Situation angehen soll. Es ist kein Geheimnis, dass meine Mutter uns verlassen hat, nachdem Charles in unser Leben getreten ist. »Sie haben unbedingt darauf bestanden, heute dabei zu sein.«

Zara Haspar nickt. Ihr verheulter Blick brennt mir noch immer Löcher ins Gesicht. »Ich konnte die Möglichkeit nicht verstreichen lassen, meinen Eddy zu sehen.«

Meinen Eddy.

Meinen Eddy.

Neben mir spannt mein Vater seinen Körper an.

»Es ist eine ganze Weile her, nicht wahr?«

»Ja«, sagt meine Mutter. »Dreizehn Jahre. Als ich ihn das letzte Mal gesehen habe, war er nicht mal halb so groß.« Sie lächelt wehmütig, als könne sie das einfach machen. Wehmütig lächeln, nach all den Jahren. »Und hatte viel kleinere Ohren.«

Meine Ohren gehen dich einen Scheißdreck an.

»Gibt es einen Grund dafür, dass Sie sich nicht vorher dazu entschieden haben, ihn wiedersehen zu wollen?«

Sie seufzt schwer. »Es ist so viel Zeit vergangen, und dann, irgendwann, wirkte es auf mich einfach unmöglich, verstehen Sie?«

Jenna sagt nichts. Sie sagt nichts, weil sie es natürlich nicht versteht. Sie ist selbst Mutter. Niemand mit gesundem Menschenverstand würde das verstehen.

»Und wenn Sie Ihren Sohn heute neben diesen Frauen sitzen sehen«, Jenna deutet auf die Prinzessinnen und ich weiß, sie will von dieser grauenvollen Entscheidung meiner Mutter ablenken, »was meinen Sie, wer am besten zu Ihrem Sohn passen könnte?«

Meine Mutter lächelt wie eine stolze Frau, die jeden Tag an der Seite ihres Kindes gestanden hat und nun seine Verlobte kennenlernen darf. »Die süße Hanna.«

Ich schließe die Augen.

Aber ihre Stimme hört nicht auf. »Wissen Sie, ich habe das Spektakel online natürlich mitbekommen. Alles um diese Blair.«

Diese Blair. Mir wird übel.

»Oh, da können wir ein Lied von singen«, höre ich eine männliche Stimme. Blairs Vater.

Nein, ich korrigiere: *Jetzt* wird mir übel.

»Ja, und also, was soll ich sagen? Mein Sohn zieht solche Frauen an, und das ist mein Fehler, natürlich ist es meiner.« Meine Mutter schüttelt den Kopf. »Ich will nicht gutheißen, was ich getan habe, nur sagen, dass es meinen Sohn geprägt hat. Er sucht natürlich jetzt das Draufgängerische, irgendwie aus der Bahn Fallende. Blair ist genau das. Sie ist eine atemberaubende Naturschönheit, kein Zweifel, sorgt für Skandale, steht gern im Mittelpunkt, genau wie er … klar sucht er sich eine Frau, die so ist. Wie seine Mutter, wissen Sie? Die einzige Frau, in seinem Leben, zu der er je aufgesehen hat, war völlig daneben und sonderbar.« Sie lacht auf, als wäre das witzig.

»Wie kannst du es wagen?«, zischt mein Vater. »Wie kannst du es wagen, diese Worte an meinen Sohn zu richten, Zara?«

Wir sind live. Und Jenna kriegt Panik. Deshalb stolziert sie schnell weiter, bevor das hier eskaliert. Aber sie macht es nur noch schlimmer, denn sie geht zu Blairs Eltern. Ihre Gesichter sollten gesegnet sein von der Zeit, aber sie sind straff und faltenfrei. Ich kann nur erahnen, wie viel Botox sie unter der Haut jung hält. Mein Herz krampft zusammen, als ich erkenne, wie fest Blair die Hände aneinanderpresst. Immer wieder gleiten Schauder durch ihren Körper. Die Augen ihres Vaters ruhen auf ihr. Augen, die keinen Funken Reue zeigen, lediglich das Echo ihrer verdrehten Überzeugungen reflektieren.

»Mr. und Mrs. Wagner«, begrüßt Jenna sie mit einem Zittern in der Stimme. Jetzt meine ich, durchscheinen zu sehen, in welchem Team sie ist. Dem Schauer, der durch ihren Körper rieselt, nach zu urteilen, glaubt Jenna Blair. »Über Sie kursieren heftige Gerüchte.«

»Erstunken und erlogen«, zischt ihr Vater sofort. Er schnaubt hart. »Unsere Tochter hatte schon immer mit starken psychischen Problemen zu kämpfen. Sie konnte es nie sein lassen, Dinge zu erfinden, um ins Licht der Aufmerksamkeit zu geraten.«

»Auch unser Fehler«, seufzt ihre Mutter. »Durch unseren hohen Rang in der Gesellschaft war es schwierig. Blair war ein absolutes Wunschkind, wissen Sie? Aber wir hatten so viel Druck mit unserer Karriere, den wir auf ihr abgeladen und den sie natürlich mitbekommen hat, dass sie regelrecht nach Aufmerksamkeit geschrien hat.«

Der Präsidentschaftskandidat hebt abfällig die Schultern. »Irgendwann wurde sie wahnhaft, indem sie die Realität ausgeblendet und ihre eigene kreiert hat. Hat Dinge erzählt, die völlig realitätsfern waren.« Seine Worte sind wie eisige Dornen. Ich spüre ihren Luftzug bis zu mir, bevor sie sich in Blairs Herz bohren. »Wir haben so viel versucht, professionelle Hilfe gesucht, aber Blair wurde immer wütender.«

»Keins dieser sonderbaren Dinge, die sie von sich gibt, stimmt.« Die Augen ihrer Mutter sind leer und kalt wie die ihres Vaters. »Ich war entsetzt, als ich davon gehört habe. Und, ehrlich gesagt, tun mir die armen Eltern der kleinen Leticia leid, die nun fälschlicherweise glauben, ihre Tochter wiederkriegen zu können.«

Jenna schluckt hart. »Was ist mit der fehlenden Geburtsurkunde und der Tatsache, dass es in keinem der Krankenhäuser in Chicago eine Akte von Blair gibt?«

»Sie hat uns die Geburtsurkunde geklaut«, sagt ihr Vater. »Genau wie viel, viel Geld, bevor sie geflüchtet ist. Und das mit dem Krankenhaus liegt daran, dass wir alle unsere Privatangelegenheiten vertraulich behandeln. Das Personal ist diesbezüglich angewiesen. Wir haben einen hohen Rang, verstehen Sie? Solche Dinge müssen geregelt sein.«

»Verstehe«, entgegnet Jenna, aber ihre Stimme klingt erstickt.

»Schade«, sagt Blairs Vater plötzlich. »Und natürlich macht es uns unfassbar traurig, ja, aber was sollen wir tun? Dieses Mädchen will nicht mit uns reden.«

In diesem Moment gewinne ich gegen den Tod. Faszinierend, dass es mir nicht gelingt, als es um mich selbst geht, dafür aber, als es Blair betrifft. »Du widerlicher, geistesgestörter Wichser!« Ich springe auf die Beine. Überall wird kollektiv nach Luft geschnappt.

»Edward«, höre ich Charles sagen, aber da bin ich bereits vorgestürmt.

»Natürlich will sie nicht mit euch reden. Ihr kommt her und macht auf heilige Samariter, um allen was vorzuheucheln.« Ich drücke Jenna beiseite, bis ich vor Blairs Vater stehe. »Wenn ich könnte, würde ich dir den Schädel einschlagen«, zische ich. Er will etwas entgegnen, aber ich will es nicht hören. Mit einer Wucht, wie ich sie noch nie zuvor gespürt habe, haue ich ihm in die Fresse. Seine Nase knackt. Blairs Mutter kreischt. Aber es genügt nicht. Es genügt niemals. Ich spucke diesem Penner ins Gesicht. »Das ist für achtzehn Jahre, die du ihr genommen hast, du dreckiger Bastard!«

»Edward«, ruft meine Mutter, »Edward, Liebling, es gilt die Unschuldsvermutung!«

»Halt den Mund, Zara!« Plötzlich brüllt mein Vater durch den Saal. »Hör auf, mit ihm zu reden, als wärst du eine liebende Mutter gewesen!«

»Geht offline!«, brüllt der Regisseur. »Abbrechen, Kameras off, Cut, Cut!«

Blairs Vater hat sich wieder gesammelt. Erst vergewissert er sich, dass die Kameras sich abgewendet haben – *natürlich, dieser heuchlerische wanna-be-president* – dann springt er auf die Beine und reißt mich am Kragen zu sich hoch. »Du denkst, du kleiner Pisser könntest mich zerstören?«, zischt er. »Was glaubst du, wer du bist?«

»Mein Sohn, von dem du deine Finger lassen solltest.« Mein Vater reißt mich am Arm zurück. Er ist nicht wie ich. Jake Blackwell löst Probleme nicht mit Gewalt, außer im Knochenring. Jake Blackwell löst Probleme mit Macht. »Und ihr verschwindet aus meinem Hotel. Sofort.«

Blairs Vater schnaubt. »Haben Sie eine Ahnung, mit wem Sie hier reden?«

»Mit einem Kindesentführer.« Sein Ton ist eiskalt. Er zieht mich beiseite, nickt mit dem Kinn in Richtung von Leon, unserem persönlichen Security. »Sorgt dafür, dass die Wagners auf der Stelle aus dem Blackwell Palace verschwinden.«

Leon nickt. »Wird gemacht.«

Jenna sinkt auf einen Stuhl und reibt sich über das Gesicht. »Ich habe die ganze Zeit gesagt, dass diese Reunion die beschissenste Idee des Jahrhunderts ist, aber der verdammte Sender wollte nicht auf mich hören.«

Ich werde mit Laxon reden, bevor ich weiß, ob ich ihn zerfleische. Wenn mein bester Freund hiervon gewusst hat, bringe ich ihn um.

Mein Vater sieht auf. »Leon!«

Unser Sicherheitsmann dreht sich um. »Ja?«

Mein Vater nickt in Zaras Richtung. »Sorg dafür, dass auch sie geht.«

Leon nickt. »Verstanden.«

»Edward.« Charles kommt an meine Seite. Ich bebe immer noch. In mir lebt ein Stier, der nur noch rot sieht. »Bist du okay?«

natürlich bin ich nicht okay meine mutter ist gerade einfach in mein leben spaziert als wäre nie etwas gewesen und hat mich liebling genannt wie früher und dann habe ich dem amerikanischen präsidenten in spe eine reingehauen und jetzt suche ich blair und finde sie nirgendwo

»Wo ist Blair?«

»Paola ist mit ihr rausgegangen.«

»Wohin?«

»Weiß ich nicht.«

»Sie wird bedroht. Sie ist nicht sicher. Ich muss wissen, wo –«

»Meine Sicherheitsmänner sind bei ihnen.« Charles legt mir eine Hand auf den Rücken. »Lass sie, Edward.«

Alles in mir will protestieren, aber als ich merke, wie fest seine Hand auf meinem Rücken liegt, wie viel fester noch sein Blick ist, der sich warnend in meinen bohrt.

Meine Schultern sacken kapitulierend hinab.

THE DARKNESS THEY HAVE SOWN IN ME WILL NOT BE MY DESTINY

Blair

Die Wände des Hotels kommen auf mich zu. Mit jedem Atemzug näher. Alles wird eng. Meine Kehle, der Raum, meine Brust. Ein Wirbelsturm aus Erinnerungen prügelt auf mich ein, prügelt mir die ganze verfickte Scheiße aus dem Leib, und wenn ich den Mund öffnen würde, käme nur Blut heraus. Ein unaufhaltsamer, reißender Strom.

Paola bedeckt mich mit ihrem Körper, während die Schaulustigen in der Lobby versuchen, zwischen den massiven Körpern der Securitys einen Blick auf uns zu erhaschen. Die Luft um uns herum steht. Sie ist dick, dennoch kann ich nicht anders, als tief einzuatmen, als wollte ich all meinen verlorenen Jahren den Hauch des Lebens zurückgeben.

ich atme ein ein ein ich atme aus aus aus ich frage mich wo ist das blut blut

»Schon gut«, murmelt Paola. Immer wieder reibt sie über meine Arme. »Alles gut, Blair. Du bist da raus. Du bist hier. In Sicherheit, okay?«

Mir entkommt nur ein Röcheln.

»Sie ist bei mir«, höre ich Angus in seinen Knopf im Ohr sprechen. »Ja, wir bringen sie hoch. Natürlich. Nein, keine Schichtlücke. Okay, richte ich ihr aus. Ja.« Er sieht zu mir. »Deine Schwester ist da.«

Zum ersten Mal, seit ich meine Eltern in diesem luxuriösen Raum gesehen habe, spüre ich etwas anderes als einen Abgrund und modrige Wände um mich herum. Der Gedanke an Pen ist wie ein Seil, das mir in die Tiefe geworfen wird, damit ich mich ins Licht ziehen kann.

»Wo?«, krächze ich.

»Sie wartet im Zimmer deiner Suite.«

Der Damm in mir bricht. Tränen verschleiern mir die Sicht, als ich nicke. »Ich will zu ihr.«

»Bist du sicher?« Paolas Stimme ist dicht an meinem Ohr, weil gerade eine Horde Fans versucht, Fotos von uns zu machen. »Du könntest bei uns schlafen. Das wäre kein Problem. Ich sage den anderen Bescheid und wir machen einen Sleepover, damit du nicht allein sein musst, bis –«

»Alles gut.« Meine Stimme klingt erstickt. Ich versuche mich an einem Lächeln, während ich daran arbeite, den Schmerz in meinem Inneren zu zähmen. »Wenn Pen da ist, ist alles gut, Pao.«

Kurz mustert sie mich zögerlich, aber schließlich streicht sie mir weiter über den Rücken und sagt: »Okay.«

Ich weiß nicht, wie es meinem weichen Körper gelingt, die Stufen der majestätischen Treppe zu nehmen. Schritt für Schritt. Die Absätze meiner Louboutins klackern auf dem weißen Marmor. Makellos gemeißelt, glatt und strahlend. Im sanften Schein der funkelnden Kronleuchter schimmern die Stufen wie flüssiges Silber. Ich verunreinige es. Ich bin dieser Schönheit nicht würdig. Ich bin ein Stück Dreck, so wenig wert, dass es sein ganzes Leben lang in einen Keller gesperrt worden ist.

Ein Wimmern entfährt mir. Schwindel hüllt mich ein. Ich muss die Hand ausstrecken und mich an dem filigranen Geländer aus geschmiedetem Gold festhalten. Um mich abzulenken, betrachte ich die edlen Verzierungen der kunstvollen Muster von Ranken und Blumen, die im Licht der Kristallleuchter in einem Meer von Sternen schwimmen.

Meine Hände zittern. Ich balle die Finger, als ob ich die unsichtbaren Fesseln noch immer spüren kann. Mit jedem Schritt auf dieser Treppe, mit meinem langen schwarzen Kleid, auf das der Kristalllüster seine schimmernden Reflexionen wirft, fühle ich mich mehr wie ein verletzter Vogel. Ein Rabe mit gebrochenen Flügeln, gefangen zwischen brennender Wut und verzweifelter Sehnsucht nach einem Hauch von Verständnis.

Der Weg bis in die höchste Etage des Blackwell Palace ist ein Kampf durch den Monsun eines Hagelsturms. Die vielen Hassnachrichten, Kommentare, in denen sich über mich lustig gemacht, in denen ich wie eine Wahnsinnige dargestellt bin, prasseln auf mich nieder. Als wir vor der Tür ankommen, fühle ich mich durchnässt und aufgeweicht. Die letzten Jahre habe ich gedacht, ich wäre stark. Aber nur ein Blick in die Augen meiner Eltern und ich bin wieder das kleine Mädchen, das sich in der Ecke des Kellers wiegt und ein und dasselbe Lied singt, um sich eine andere Welt zu malen.

doh wah diddy diddy doh diddy dum

»Melde dich, wenn du mich brauchst.« Paola küsst mich auf beide Wangen. »Egal, welche Uhrzeit. Ich bin da. Und die anderen auch. Okay?«

»Danke.«

»Immer, Blair. Dafür sind Freunde da.« Sie lächelt, streicht mir die Strähnen aus dem Gesicht. »Nur einen Anruf entfernt, hörst du?«

Ich nicke.

Paola verlässt mich nur zögerlich. Immer wieder dreht sie sich besorgt zu mir um, dann begleitet Angus mich ins Appartement und die anderen Securitys ziehen von außen die Tür hinter sich zu. Hinter meiner Brust hämmert mein Herz, während ich auf mein Zimmer zugehe. Langsam, als könne sie zerbrechen, öffne ich die Tür. Es ist alles wie immer. So, wie ich es verlassen habe. Die Wände mit Seide und Samt verkleidet, ihre Farbe ein sattes Burgunderrot, das im warmen Licht wie Wein schimmert. Goldene Verzierungen ranken sich an der Decke, als ob sie in diesem Moment die Grenzen zwischen Mensch und Himmel verwischen wollen – denn da steht sie. Am Fenster, den Blick hinaus ins funkelnde Tal gerichtet, eingerahmt von majestätischen Bergen. Sanfte Schatten umgeben meine Schwester. Ich erkenne nur ihr Profil. Aber ich weiß: Sommersprossen überall in ihrem Gesicht, durchbrochen von zwei großen grünen Augen. Meine Schwester ist das absolute Gegenteil von mir.

Langsam gehe ich in den Raum hinein, meine Schritte gedämpft von dem dicken Teppich auf dem Boden. Der Baldachin des Betts wiegt sanft im Wind, der durchscheinende Stoff ein Schleier meiner Träume, die ich Nacht für Nacht manifestiere.

ich werde frei glücklich verliebt wild wunderbar friedlich sein
ich werde frei glücklich verliebt wild wunderbar friedlich sein
ich werde frei glücklich verliebt wild wunderbar friedlich sein

»Pen«, flüstere ich.

Meine Schwester dreht sich um. In ihren Augen spiegelt sich eine Mischung aus Freude, Unglaube und Staunen. Und noch etwas anderes, das ich nicht deuten kann. Es ist ein Jahr her, seit sie mich hier im Hotel besucht hat, aber als unsere Blicke sich treffen, ist es, als wären wir nie getrennt gewesen.

»Blair«, haucht sie, mein Name wie ein zartes Lied, das im Raum schwebt. Auch ihre Stimme gehört zu dem Echo meiner Vergangenheit, das ich niemals vergessen würde. Aber es ist ein gutes Echo. Eines, das mich beruhigt, nicht aufwühlt.

Es vergeht ein Blinzeln. Nur ein einziges, dann stürzen wir aufeinander zu. Ich reiße sie in meine Arme, spüre ihr schnell pochendes Herz an meiner Brust.

Sie gibt einen erstickten Laut von sich. »Unsere Eltern sind hier.«

»Ich weiß.« Tränen rennen mir über das Gesicht. Ich lasse Pen nicht los. »Sie waren da. In der Show.«

Entsetzt drückt Pen mich von sich. »Was?«

»Es war eine Reunion-Folge.«

Ihr klappt der Mund auf. »Das wusste ich nicht. Sie ... also Spiderflix, sie haben mich nur gefragt, ob ich dich besuchen möchte. Und als ich hier war, habe ich sie gesehen. In der Lobby.«

»Pen.« Ich schlucke. Mein Kinn zittert. »Pen, ich dachte, ich wäre stark, aber als ich sie«, ich schnappe nach Luft, »als sie vor mir standen, da bin ich, ich bin ... einfach weggebrochen.«

»Oh, Blair!« Wieder zieht Pen mich in ihre Arme, streicht über meinen Rücken. »Ich bin bei dir. Ich lasse nicht zu, dass sie noch einmal in deine Nähe kommen.« Sie löst sich von mir, ein sanftes Lächeln auf dem Gesicht, und wischt mir eine Träne fort. »Ich bin deine Ritterin, schon vergessen? Wie damals in der Schule, als niemand an mir vorbeigekommen ist.«

Erstickt nicke ich. »Es tut so gut, dich zu sehen.« Ich drücke ihre Hände, während die Tränen wie ein unaufhaltsamer Strom über mein Gesicht rennen. Mein Körper wird geschüttelt von Schluchzern. »Jahre der Dunkelheit«, flüstere ich, meine Stimme ein Hauch von Zorn und Trauer, Hass und Sehnsucht. »Sie haben mich weggesperrt, meine Träume erstickt und meine Seele in Ketten gelegt.« Schluchzend schnappe ich nach Luft. »Warum, Pen? Was für eine

Grausamkeit muss in diesen Menschen leben, dass sie einer anderen Familie das Kind nehmen, nur um es zu quälen?«

»Ich weiß es nicht«, flüstert meine Schwester. Sie nimmt meine Hand und führt mich zum Bett. Mein schillerndes Rabenkleid ergießt sich auf der teuren Seide wie ein totes Tier, das von einer Wolke davongetragen wird. »Also gibt es Neuigkeiten? Weißt du jetzt mit Sicherheit, dass es stimmt?«

Ich schüttle den Kopf. »Die DNA-Ergebnisse sind noch nicht da.«

»Verstehe.«

Ich liege in Pens Armen, während sie mir über den Kopf streicht. Meine Lider werden schwer. »Kannst du bleiben?«

»Wenn du das willst.«

Ich nicke. »Bitte.«

»Natürlich.«

Ein schwerer Mantel der Erschöpfung deckt mich zu. Die Anspannung während der Show, die Begegnung mit meinen Eltern, die enorme Anstrengung, ihnen in die toten Augen zu blicken, die vielen Tränen, das Wiedersehen mit meiner Schwester … es ist so viel.

»Pen?«

»Ja?«

»Sie haben mich gebrochen«, murmle ich, meine Stimme dünn, aber entschlossen, »aber ich werde nicht länger ihre Gefangene sein. Nie wieder. Die Dunkelheit, die sie in mir gesät haben, wird *nicht* meine Bestimmung.«

Kurz verharren Pens Finger an meinem Kopf. Ihre Nägel graben sich in meine Haut, bevor sie es merkt und die Berührung lockert. »Natürlich nicht.«

»Ich bin stark«, nuschle ich schlaftrunken.

»Natürlich bist du das, Blair.«

Im nächsten Augenblick dämmere ich weg.

Als mich mitten in der Nacht das Geräusch zischender Stimmen weckt, weiß ich noch nicht, dass das wütende Wiegen des Baldachins, in dem meine Träume schweben, eine Warnung sein sollte.

EVERY CRACK OF MY PAST FEELS LIKE A SCAR IN MY FUTURE

Blair

lippe auf lippe zugenäht nein zugeklebt meiner stimme beraubt mein protest weggesperrt wie die gefangene seele eines mädchens zwischen modrigen kalten wänden weit unter der erde

Von jetzt auf gleich bin ich wach. Draußen ist es stockfinster. Neben mir herrscht gähnende Leere. Es weht keine Brise. *Die Fenster*, denke ich. *Ich habe vergessen, sie zu öffnen.* Deshalb bin ich wach geworden. Ich strecke die Hand aus, streiche mit den Fingern über die andere Seite. Sie ist kalt.

Wo ist Pen?

Meine Hand fliegt zu dem seltsamen Gefühl auf meinem Mund.

Sofort bebt mein Herz. Ich liege immer noch in meinem schwarzen Kleid und den Louboutins auf der Bettdecke. Ich schalte das Nachttischlicht ein und gehe ins Badezimmer. Vor dem Spiegel zucke ich zusammen.

Die aufwendige Frisur ist zerzaust, meine Haut blass, unter den Augen tiefe Schatten. Aber das ist es nicht, was mich erschaudern lässt. Sondern der breite silbrige Streifen über meinen Lippen. Die Drohung des dicken Eddings auf dem Tape.

VERSTUMM ENDLICH, BITCH!

Die Warnung reicht vom Ende meines Kiefers zum anderen. Und ich weiß, was sie meint. Nicht nur meine Beichte im Internet darüber, wer ich bin, über die Tat meiner angeblichen Eltern, sondern auch … auch wegen dem, was Edward und mich entzweit hat.

Ich reiße das Tape von meinem Gesicht wie die Vergangenheit aus meinem Leben. Der Schmerz weckt Tränen in meinen Augen, aber ich blinzle sie weg. Wer auch immer diese Person ist, die es auf mich abgesehen hat, ich werde sie kriegen. Nur wie ist sie hier reingekommen?

Vor der Tür stehen Sicherheitskräfte.

Vor *meiner* Tür steht eine Sicherheitskraft.

Eine verrückte, wahnwitzige Sekunde kommt mir der Gedanke, es könnte Pen sein. Nur sie war mit mir im Zimmer. Aber dann, im nächsten Moment, kommt die Ernüchterung zeitgleich mit der Erleichterung: Wenn sie es wäre, wie soll sie mich das ganze letzte Jahr über bedroht haben? Sie war nicht hier, sondern in den USA. Meilenweit entfernt. Sie kann es nicht sein. Aber wer schafft es dann in mein Zimmer?

Ich bin schon zurück im Raum und suche jeden Zentimeter nach einem versteckten Schacht ab, als ich plötzlich wie von der Tarantel gestochen innehalte.

Die Einzigen, die ständig um mich herum waren, sind die Securitys. Der, der mir am nächsten ist, ist Angus. Könnte es sein, dass sie ihre Position ausgenutzt haben, um mir das anzutun?

Aber nein, das passt nicht. Die Person, die mich angegriffen hat, war eine Frau. Vielleicht eine weibliche Sicherheitskraft?

»Fuck«, zische ich, schiebe die Finger zwischen die Strähnen, kratze mir mit den Fingern über die Kopfhaut. Ich schleudere die Louboutins von meinen Füßen in die Ecke, setze mich aufs Bett und schlage mit den Fäusten auf die Decke ein. »Fuck, fuck, fuck!«

In dem Moment leuchtet mein iPhone auf. Ich habe seit gestern vor der Show nicht mehr aufs Handy geschaut. Auf dem Bildschirm leuchtet unser Gruppenchat.

Lis: ich hab's gerade von Sofia erfahren

Lis: wisst ihr es schon?

Emma: Ja, von Anneli. Sie ist bei Edward.
Er soll fix und fertig sein.

Emma: Pao, wie geht es Blair?

Paola: Es war schlimm. Charles ist
durchgedreht, als er wieder da war. Ich habe
ihn nur ein einziges Mal so aufgelöst gesehen

Giu: Hä? Was ist passiert????

Lis: Spiderflix hat die Eltern der Prinzessinnen für eine überraschende Reunion in die Show geholt

Giu: WAS?!?!?!

Giu: DIE HABEN NICHT ERNSTHAFT DIESE KRANKEN KINDESENTFÜHRER INS HOTEL GEHOLTßßßßßßßßß

Giu: ???????????* (sry, bin whatapp web)

Lis: Sofia ist mit Ambre befreundet. Die Tochter der CEOs von Spiderflix. Und sie meinte, ihre Eltern hätten nie davon Kenntnis gehabt. Die Produzenten haben ihr Ding durchgezogen, weil sie meinten, die Einschaltquote würde alles sprengen

Emma: Das ist widerlich.

Emma: So widerlich, dass ich grammatikalisch vernünftig schreibe.

Emma: Scheiße, ist das ekelhaft. Ich will zu Blair. Sofort. Wo ist sie?

Paola: Ihre Schwester ist bei ihr. Geben wir ihr etwas Zeit mit ihr.

Lis: Morgen müssen wir sie sehen. Ich drehe durch, wirklich. Sofia versucht mich die ganze Zeit mit süßen Katzenvideos abzulenken. Sie meinte sogar, morgen gehen wir los und retten zwei aus dem Tierheim. Aber ich bin so aufgewühlt, ich kann mich nicht mal freuen, solange ich nicht weiß, wie es Blair geht.

Giu: Wenn ich ihre Eltern vom Berg stürze, deckt ihr mich dann?

Emma: Ja

Paola: Ja

Lis: Ja

Die letzte Nachricht, wegen der mein Handy aufgeleuchtet hat, kommt vom Emma.

Emma: ok pao & ich hatten eine krisensitzung und da hat sie mir erzählt dass edward zu ihr meinte ignotus wäre unschuldig und jetzt kriege ich wirklich gleich keine luft mehr ich meine was geht hier gerade alles ab??????????

Ich muss ihre Nachricht dreimal lesen, um mich zu vergewissern, dass mein Hirn das nicht falsch aufgefasst hat. Es steht da tatsächlich.

dass edward zu ihr meinte ignotus wäre unschuldig

Das Handy beginnt in meiner Hand zu zittern. Ich gehe auf alle Chats, und da sehe ich seinen Namen mit einer kleinen Eins daneben.

Edward hat mir eine Nachricht geschrieben. Gestern Abend noch. Ich klicke sie an.

Ignotus war es nicht.

Meine Kinnlade sackt hinab. Wie in Trance starre ich auf die Nachricht, bis im hinteren Winkel meines Hirns etwas anklopft. Die vage Erinnerung, noch einen wichtigen Namen in der Chatliste gesehen zu haben.

Meine Gedanken kreisen um einen meiner besten Freunde, während ich zurückgehe. Unter Edwards Namen steht der meines Detektivs. Nolan. Die Nachricht kam gestern, kurz nach Beginn der Show, um halb neun.

Ich öffne sie.

2
4
5
8
9
18
wörter nur
13
29
45
62
76
buchstaben nur
1
2
5
zeichen nur
3
4
7
128
sekunden nur
in der
meine ganze welt
ins wanken gerät
einfach so

Das Ergebnis ist da. Eure DNA stimmt nicht überein. Ich schicke dir ein Foto. Tut mir leid, Blair.

Ich bin nicht Leticia. Leticia ist nicht ich. Alles, was ich hatte, alles, woran ich mich festgeklammert habe, zerfällt ins Nichts, wird zu Staub, unbedeutend im großen Ganzen.

Und plötzlich denke ich: Was, wenn es stimmt? Was, wenn sie

recht haben? Wenn ich wahnhaft und geisteskrank bin? Schon zu paranoid, um überhaupt zu merken, dass alles, was ich von mir gebe, völliger Schwachsinn ist?

Ich denke an Edward. An das Nimmerland. Meine Füße zappeln. Plötzlich springe ich auf, gehe zum Schreibtisch, werfe den Stiftbehälter um, wühle Blätter zusammen.

ich schreibe schreibe schreibe minen brechen ab schreibe schreibe schreibe atme atme atme keuche keuche keuche ich nehme jedes blatt reiße tesa von dem roller schneide mir mit seinen zähnen in die haut aua aua aua blut auf das ich gewartet habe das eigentlich aus meinem mund kommen sollte stunden zuvor es brennt aber ich kümmere mich nicht drum ich klebe klebe klebe denn ich bin nicht

leticia
bin nicht
leticia
bin nicht
blair
oder doch
oder wer
blairoderwer
nicht
leticia
wer
bin
ich
und ich
klebe klebe klebe
baue mir mein
eigenes nimmerland
kreuz
und
quer
meine sorgen
auf blutrotem
samt
WAS

WENN
SIE
DIE
GANZE
ZEIT
RECHT
HABEN
WAS
WENN
NICHT
SIE
DIEJENIGEN
SIND
MIT
DENEN
WAS
NICHT
STIMMT
SONDERN
ICH
WAS
WENN
SIE
EINEN
GRUND
GEHABT
HABEN
MICH
WEGZUSPERREN
WAS
WAS
WAS
WENN

Das letzte Wort hämmere ich gegen die Wand, haue immer wieder mit der Faust dagegen, bis meine Knöchel aufplatzen. »FUCK!« Ich sinke auf die Knie, kratze mir über die Kopfhaut. Mein langes Haar fällt wie ein weißer Schleier vor mein Gesicht und verbirgt die Tränen vor dem Baldachin, in dem meine Träume von Glück begraben werden.

Jemand klopft gegen die Tür. Es vergeht eine Sekunde, bevor Angus hereinstürzt. »Was ist hier los?«

Ich hebe den Kopf, wobei meine Haare zurückfallen. Entsetzt sieht er mich an. Ich sehe sicher furchtbar aus mit der schwarzen Schminke von gestern, die jetzt überall in meinem Gesicht verschmiert sein muss. Sein Blick gleitet von mir zu den Wänden. Schock wächst in seinen Zügen. Langsam sieht er wieder zu mir. Er reicht mir eine Hand. »Komm, ich helfe dir.«

Schwach ergreife ich sie. Meine Beine zittern, als er mich auf die Beine zieht. »Wo ist meine Schwester?«, frage ich.

»Sie ist vor etwa einer Stunde gegangen.«

Verwirrt blinzle ich. »Wohin?«

»Sie sagte, sie könne nicht schlafen und wolle spazieren gehen.«

»Ja, das klingt nach ihr.« Mit dem Handrücken wische ich mir über die Nase. »Sie leidet unter Schlafstörungen, seit …«

seit sie alt genug war um zu verstehen was unsere eltern mir angetan haben

Ich unterbreche mich, weil es Angus nichts angeht.

Er mustert mich besorgt. »Möchtest du einen Tee?«

Ich nicke. Er verlässt das Schlafzimmer und ich begleite ihn, weil ich es keine Sekunde länger zwischen diesen grausamen Gedanken auf Papier aushalte.

Im Wohnzimmer stocke ich. Lena sitzt in ihrem weißen Seidenpyjama auf dem großen Sofa, ein Kissen in der Kuhle ihres Schneidersitzes, die schwarzen geflochtenen Zöpfe wild durcheinander vom Schlafen.

»Es ist drei Uhr nachts«, murmle ich. »Warum bist du auf?«

Sie sieht mich an, ohne einmal zu blinzeln. »Ich habe dich schreien gehört.«

»Oh.« Scham zieht durch meine Adern. »Tut mir leid. Ich wollte dich nicht wecken.«

Lena atmet ganz ruhig. Sie hört nicht auf, mich anzusehen. »Das ist völlig abgefuckt«, sagt sie plötzlich. »Was hier in diesem Hotel passiert, ist abgefuckt. Schon immer. Und es hört nie auf.« Sie macht eine kurze Pause. »Diese ganze Elite ist ein Fluch.«

Ich setze mich zu ihr, während Angus in der Küchenzeile den Wasserkocher einschaltet. »Ich glaube, auf der ganzen Welt versteckt sich Fluch und Segen. Es kommt nur darauf an, auf welchem Weg man sich befindet.« Kurz denke ich nach. »Edward sagt immer, das Leben ist ein Spiel. Es geht immer weiter. Verschiedene Herausforderungen, gesprungene Level, Glück und Katastrophen, jeder Tag eine neue Welt. Und irgendwie hat er recht.« Mein Blick gleitet über ihre Schulter hinweg aus dem Fenster. Der Nachthimmel funkelt im Glanz der unzähligen Sterne. »Und die Lichter da oben, die sind der Bildschirm für die Mächte, die uns beobachten. In ihnen spiegelt sich die ganze Welt. Je heller sie leuchten, desto tiefer verbirgt sich die Dunkelheit in den Schatten.« Ich schlucke. »Und es ist unsere Aufgabe in diesem Spiel des Lebens, stark genug zu sein, um da wieder rauszufinden.«

»Wie ein verfluchtes Märchen.« Lena rupft am Kissen. »Und das Märchen der Elite ist von Reichtum, Macht und Ruhm geprägt. Alle wollen dazugehören.« Ihr Blick huscht zu mir. »So wie du früher. Das Problem ist nur, dass ihr alle nicht seht, was sich unter der Oberfläche verbirgt.« Ihre Miene wird bitter. »Ein undurchdringliches Labyrinth aus Erwartungen, Intrigen und gebrochenen Träumen.« Zum ersten Mal, seit ich Lena kenne, schimmern Tränen in ihren dunklen Augen. Ihr Kinn zittert, als die erste herunterrollt. »Und die hier«, sie deutet auf die Träne, gibt ein freudloses Lachen von sich, »die werden von unseren teuren Stoffen verschluckt.« Sie schluckt. »Und unsere Sorgen, unsere Ängste, alles, was wir fühlen, aber nicht zeigen dürfen, wird von den Klängen der Champagnergläser übertönt, Blair.« Jetzt sieht sie mich an. Ich erkenne so viel Schmerz in ihrem wunderschönen Gesicht, dass es mich gleich dreifach bricht. »Wenn alles so ist, sind wir Marionetten in einem Spiel, das wir nicht gewählt haben. Ein endloser Tanz, in dem unsere Schritte von Erwartungen choreografiert werden.«

Angus tritt zu uns heran. Er sagt kein Wort, als er mir den Beruhigungstee überreicht und sich anschließend wieder an die Wand stellt. Kurz frage ich mich, ob es normal ist für jemanden wie Lena, solche Themen in Anwesenheit von Personal zu besprechen. Ich frage mich, ob sie diese Personen überhaupt noch als Menschen betrachten kann, in dem Umfeld, in dem sie groß geworden ist.

»Es ist nie zu spät, Fesseln zu durchschneiden«, entgegne ich leise. Ich nippe an meinem Tee, der die Eiseskälte in meinem Inneren angreift.

»Und wenn man in einem Käfig steckt?«, fragt Lena. Sie schnaubt freudlos. »In einem goldenen Käfig, hinter dessen Gittern man in erster Reihe zusehen darf, wie der eigene Freund eine andere schwängert?«

»Dann startest du eine Rebellion gegen den Käfig, bis die Gitter brechen.«

»Ist es das, was du gemacht hast, nachdem dir deine Eltern das angetan haben?«

Ich nicke.

»Und es hat funktioniert?« Ihre Tränen rennen immer noch. Ich frage mich, wann sie das zuletzt tun durften. Als sie erneut spricht, bricht ihre Stimme. »Wie hast du es geschafft, stark zu bleiben?«

»Oft gar nicht. Ich zittere immer noch, weil ich sie gestern wiedergesehen habe. Ich bin ein Wrack, weil ich nicht weiß, was meine Wahrheit ist.« Die Hitze des Tees brennt sich in meine Handflächen, aber ich genieße das schreiende Gefühl meiner Nerven, die mich am Leben halten. »Aber ich glaube daran, die eigene Bedeutung zu finden. Eines Tages meine eigenen Sterne am Himmel entzünden zu können.« Ich nehme einen großen Schluck, sehe wieder nach draußen. Nebel wabert um die Dächer des entfernten Tals. »Ich will stark genug sein, den Fluch meiner Vergangenheit zu brechen und in diesem Spiel meine eigene Geschichte zu schreiben.«

Lena umschlingt ihren dürren Körper mit den Armen. »Ich bewundere dich, Blair.«

Meine Lippen formen ein leises Lächeln. »Für mich war es immer andersrum.«

Beinahe verzweifelt sieht Lena mich an. »Ich bin nur ein schönes Mädchen, das sie sich gerne ansehen, wenn es mit seinen langen Beinen über einen Laufsteg stolziert.«

»Du bist so viel mehr als das.«

Kurz schließt Lena die Augen, der Hauch eines traurigen Lächelns im Gesicht. Ihr Kinn zittert, aber dann nickt sie. Als sie die Augen wieder öffnet, erkenne ich Entschlossenheit darin. »Ich werde diese Show abbrechen. Sobald die Sonne aufgegangen ist, teile ich Jenna meine Entscheidung mit.«

»Ich kann nicht behaupten, dass es mich überrascht«, murmle ich. Abwesend kratze ich an dem Blackwell-Palace-Logo der Teetasse. »Ehrlich gesagt habe ich auf den Moment gewartet, in dem du deinen Wert erkennst und ihn hinter dir lässt.«

»Du meinst Edward?«

»Nein, Max.« Ich lächle. »Diese Show war doch nur ein Versteck für dich, Lena. Oder, lass es mich in pokémonetanisch sagen«, ich stütze einen Ellbogen auf die Sofalehne und das Kinn auf meine Faust, »du bist ein wunderschönes Evoli, getroffen von dem bösen Drachengeist Giratina. Du musstest dich zurückziehen, um deine EP wieder aufzufüllen, und plötzlich entwickelst du dich zu Flamara, edel und tödlich, und bist bereit, die Welt in Flammen zu stecken.«

Lena lacht. »Gott, ich liebe dich, Blair.«

In dem Moment blinkt etwas hinter Lena auf. Ich nicke mit dem Kinn in die Richtung. »Wer schreibt dir um halb vier nachts?«

»Niemand.« Stirnrunzelnd hebt sie ihr Handy in die Höhe, das zwischen ihren Beinen auf dem Sofa gelegen hat. »Ist nicht meins.«

Ich beuge mich über sie, um zu schauen, ob es Pens iPhone sein könnte. Wenn sie ohne Handy mitten in der Nacht losspaziert ist, würde ich mir Sorgen machen. Aber es ist eine Kokoshülle. »Koras.« Ich will mich gerade zurückziehen, als ich innehalte. Etwas auf dem Display lässt mich starr werden. »Oh mein Gott.«

»Was?«, fragt Lena.

»Meine Schwester.« Die Wärme des Tees ist erloschen. »Sie hat Kora eine Nachricht geschrieben.«

»Bitte?« Lena greift nach dem Handy. »Was hat Kokos-Kora mit deiner Schwester zu tun?«

»Keine Ahnung.«

Das Display ist wieder dunkel geworden. Sie drückt auf den Knopf an der Seite. Das Grauen leuchtet wieder auf.

Penelopé Wagner: nächste nacht

»Nächste Nacht?« Perplex starrt Lena das Display an. »Was soll nächste Nacht sein?«

»Hat sie einen Code drin?« Hinter meiner Brust stürzt mein Herz in eine Schleudermaschine. »Kannst du WhatsApp öffnen?«

Lena streicht über den Bildschirm, aber ein Zeichencode erscheint. »Scheiße«, murmelt sie.

»Wo ist Kora?« Meine Glieder zittern. Es ist unmöglich, dass ich das hier vergesse oder als nichts abtue. Der Zufall wäre zu krass. Pen hat niemals erwähnt, dass sie und Kora schreiben, ja, sich überhaupt kennen. Nicht einmal in meinen etlichen Erzählungen über die anderen Prinzessinnen. »Hier stimmt was nicht.«

»Schläft, glaube ich. Sie muss ihr Handy gestern hier vergessen haben. Ich erinnere mich, dass sie es vor der Show gesucht hat.«

Ich ziehe ihr das iPhone aus der Hand und springe vom Sofa.

»Blair«, zischt Lena. »Was hast du vor?«

»Ich brauche ihr Gesicht.«

»Bist du irre?« Lena schleicht mir hinterher durch das Appartement. »Was, wenn sie wach wird?«

»Kriss hat mir beigebracht, wie der Elbow Drop geht.«

»Aber –«

»Angus«, flüstere ich, »kannst du mir bitte schnell mein Handy aus dem Zimmer geben?«

Verwirrt sieht der Sicherheitsmann mich an. »Ich weiß nicht, ob das –«

»Bitte«, dränge ich.

Seufzend verschwindet er hinter meiner Tür und kommt mit meinem iPhone zurück. Ich entsperre es und drücke es Lena in die Hand. »Schalte AirDrop ein. Ich will mir alle Screenshots der Unterhaltung schicken.«

»Was, wenn sie nur eine Liebesbeziehung haben oder so und du voll das intime Zeug liest?«

»Wir werden sehen.«

»Scheiße, Blair, ich fühle mich unwohl dabei.«

»Und ich will wissen, was da abgeht.«

Die Entschlossenheit hat noch nie so sehr in mir gebrodelt wie jetzt. Beinahe lautlos öffne ich das Zimmer von Kora, in dem sie anfangs mit Greta gewohnt hat. Es ist dunkel, nur die Sterne und der Mond werfen einen schimmernden Lichtstreif auf das Bett. Kora liegt auf dem Rücken, das Seidenlaken bis zum Hals gezogen, die Lippen leicht geöffnet.

Lena steht in der Tür und wartet, während ich über den Boden schleiche. Ich war noch nie erleichterter über diesen dicken Teppich in unseren Zimmern.

Ich beiße mir auf die Unterlippe, als ich das erleuchtete Display vor ihr Gesicht halte. Mein Herz donnert wie wild.

Ich rechne schon damit, dass Kora die Augen aufschlägt und ich meinen Ellbogen auf sie niederschlagen muss, um die Wahrheit zu erkämpfen, aber sie regt sich nicht. Das Display erkennt ihr Gesicht und entsperrt sich. In mir jubelt Triumph, begleitet von schauriger Angst davor, was ich zu sehen bekommen werde. Doch plötzlich gibt Kora ein Stöhnen von sich. Ihre Stirn runzelt sich. Starr verharre ich in meiner Position. Das Herz klopft mir bis zum Hals.

»Mhhmmm«, macht sie, und ich glaube, ich ersticke.

Kora bewegt sich. Ich reiße die Augen auf, ihr Handy wie ein Schild vor mich, aber dann dreht sie sich nur auf die Seite.

Lautlos stoße ich die angehaltene Luft aus und schleiche zurück ins Wohnzimmer. Lena schließt die Tür hinter uns. Gemeinsam beugen wir uns über das Display, während ich Pens Chat öffne.

Ich scrolle bis ganz nach oben. Die erste Nachricht ist von meiner Schwester. Sie kam letztes Jahr, zwei Tage vor Silvester.

Neben mir erstarrt Lena. »*What the fuck*?«

Ich bin mir nicht sicher, ob mein Herz noch schlägt. Jede Faser meiner Haut wird zerfressen von Säure, während ich Wörter über Wörter über Wörter lese.

Ich mache von allem einen Screenshot und schicke sie mir via AirDrop. Ich schaue mir das Video nicht an, das Pen Kora geschickt hat. Ich sehe genug, um zu erahnen, was es ist, und ich habe genug gelesen, um zu wissen, dass meine Ahnung richtig ist. Ich schicke mir das Video trotzdem. Ich schicke mir alles, was ich finden kann. Dann lösche ich die von mir geöffneten Bildschirme auf ihrem Handy, sperre es und lege es auf den Beistelltisch neben dem Sofa.

Ich drehe mich zu Lena um. Sie steht da wie ein Geist, krallt sich mit einer Hand an der Kochinsel aus Granit fest. Jegliches Blut ist aus ihrem Gesicht gewichen. »Wie ich sagte«, flüstert sie, »die Elite ist ein Fluch, und diejenigen von uns, die verlieren, diejenigen von uns, die zu der Marionette dieses Spiels werden … entfremdet von«, ihre Augen huschen umher, als würden sie etwas suchen, irgendetwas, das ihr mehr Halt gibt als Granit, »von der Essenz unseres Menschseins.«

Erst, als ihre Worte durch den wirren Nebel zu mir durchdringen, gewinnt mein Körper gegen das Adrenalin, das mich gerade noch am Leben gehalten hat.

Meine Schwester war für mich da.

Mein ganzes Leben.

Die ganze Zeit, in der ich bedroht worden bin.

Sie hat mich getröstet.

Sie hat ihre Rolle *so gut* gespielt.

So überzeugend.

Aber dann kommt mir ein Gedanke.

»Nach dem Angriff«, hauche ich. »In der Suite.«

»Ja?«

»Meine Schwester wollte die Polizei anrufen.«

»Und?«

Ich sehe zu Lena. »Sie kam nie.« Abwesend blinzle ich ins Leere. »Die Polizei war nie bei mir. Sie ... sie hat sie nie gerufen.«

Und Kora ...

So verdammt echt. So hinterhältig.

Blair, wir müssen das melden.

Kora, die Erste, die bei mir war, nachdem sie selbst mich in der Suite gewürgt hat.

Kora, die Letzte, die von den Securitys gefunden wurde, nach dem Schuss beim Valentinsball. Die, die mir die Drohung in meiner Tasche gezeigt hat. Kora, von der die Mädels meinten, sie wäre nicht mit ihnen zusammen vom Old Henri Mansion zurückgekehrt. Kora, die neben mir eingeschlafen ist, nachdem wir alle unser Bettzeug geholt und im Wohnzimmer aufgeschlagen haben; die Worte, von denen ich dachte, der Schlaf und die Angst hätten sie in meine Träume gewebt. Aber *sie* war es.

Angus, der mir gesagt hat, meine Schwester sei bei meinen Eltern gewesen.

Ich stürze auf die Knie und erbreche mich.

@XOXOGOSSIPGIRL

Im Bildschirm meines Handys spiegelt sich der Schnee, der wild gegen die alten Turmfenster klopft. Noch einmal gleitet mein Blick über das Stativ hinweg zur massiven Eichentür, die mit kunstvollen Schnitzereien versehen ist, Geschichten von Helden, Schlachten und vergangenen Zeitaltern erzählt. Lis hat mir den Schlüssel zur VIP-Lounge im höchsten Turm gegeben, in dem wir uns manchmal alle heimlich treffen. Regale aus Mahagoni erstrecken sich bis zur Decke, beladen mit gebundenen Werken aus Leinen und Gold. Ich drücke den Countdown, setze mich auf den massiven Schreibtisch unter dem Fenster und lausche meinem donnernden Herzen. Meine Oberschenkel werden eingebettet in sanftes Sonnenlicht, das durch die filigranen Gardinen fällt. Der Federkiel, mit dem Paola manchmal Poesie in ihr Notizbuch schreibt, ruht neben der Tintenflasche aus feinstem Kristall.

Ich atme tief durch, während ich dem Countdown lausche.

Der letzte Schlag, und es geht los.

Bereit für die Wahrheit und nichts als die Wahrheit.

»Hey, ich bin Blair von @blairoderwer. Und was ihr seht, ist kein Prank.« Ich spreche Englisch, damit die ganze Welt mich verstehen kann. »Was ihr seht, ist die blanke Realität. Ich bin @xoxogossipgirl und das hier wird das letzte Video dieses Kanals, bevor ich ihn für immer lösche.« Die Personen in den Gemälden beobachten mich mit einer Mischung aus Stolz und Melancholie. Aus irgendeinem Grund geben sie mir Kraft, das hier durchzuziehen. »Wie ich es geschafft habe, meine Identität all die Jahre vor euch zu verbergen? Das war leicht. Ein professionelles Programm, das die Stimme verändert, ein verdammt guter Detektiv, der alles Wichtige für mich rausfindet, und fertig.« Meine Finger krallen sich um das alte Holz des Schreibtischs. »Warum ich es getan habe? Weil ich nicht normal bin. Weil ich nicht normal sein kann, nach allem, was ich durchgemacht habe. Ich behaupte nicht, dass es richtig war. Und ich möchte mich entschuldigen bei all den Menschen, die ich exposed habe. Ich bin mit der Intention an dieses Projekt gegangen, Wahrheiten zu bringen, die das Licht sehen sollten. Von denen ich glaubte, dass jemand sie der Welt präsentieren muss, um Gutes zu bewirken. Es war nie mein Wille, grundlos für Intrigen und Gossip zu sorgen, sondern Karma auszugleichen. Aber mir ist bewusst, dass es aus dem Ruder gelaufen ist. Mir ist bewusst, dass ich zahlreiche Menschen verletzt habe, und es tut mir leid. Ich wurde viele Jahre in einen Keller gesperrt, und ich glaube, es wäre Magie, wenn mit mir alles in Ordnung wäre. Wie lange genau? Weiß ich nicht. Aber ich erinnere mich an keine Kindheit außerhalb dieser morschen Wände.

Der Account ist in Rekordzeit gewachsen, mehrere Millionen Follower, und plötzlich bezahlte der TikTok Creator Fond mich für Beiträge. Geld, das ich brauchte, um meinen Detektiv zu bezahlen. Den Menschen, der in den letzten Jahren mit mir auf die Suche gegangen ist nach meiner wahren Identität. Den Menschen, der mich darüber in Kenntnis gesetzt hat, was meine Entführer tun, ob sie nach mir suchen, mir auf den Fersen sind. Er hat mir Material für diesen Kanal besorgt, wenn ich etwas brauchte, was ich nicht filmen konnte, weil ich hier bin. Celebrity Trash zum Beispiel. Aber für all die Videos, die hier im Hotel passiert sind, bin ich verantwortlich. Was die Clips der Show angeht: er hat seine Kontakte spielen lassen und sie sich im Vorfeld besorgt.

Und ja, um noch einmal auf den Punkt zu kommen, der euch am meisten beschäftigt: Ich bin der *festen* Überzeugung, dass meine so genannten ›Eltern‹ mich entführt haben. Die Beweise hierfür findet ihr auf @blairoderwer – Fotos, die zeigen, wie unähnlich ich ihnen sehe, Berichte aller Krankenhäuser Kaliforniens, und nur in einem einzigen habe ich eine Akte, die beginnt, als ich drei Jahre alt war. Die Geburtsurkunde muss also gefälscht sein. Ich habe Sicherheitsleute dafür bezahlt, in meiner unmittelbaren Nähe zu bleiben, während ich auf der Flucht war. Also war ich angewiesen auf dieses Geld, und irgendwann entstand diese kranke Abhängigkeit, eine Mischung aus Gerechtigkeitswille und finanziellem Druck. Es entschuldigt nicht, was ich vielen Menschen angetan habe, und wie gesagt, mein Verstand ist nicht in einer gesunden Umgebung aufgewachsen, handelt mit Sicherheit nicht rational. Wie ihr wisst, werde ich seit über einem Jahr bedroht. Und jetzt weiß ich, von wem. Ich habe Beweise. Aber lasst es euch, noch ein einziges, letztes Mal, von @xoxogossipgirl erzählen. Diesmal in meiner eigenen Stimme.«

Ich stehe auf und stoppe den Clip, stelle den Greenscreen-Hintergrund an und füge alle Screenshots der Nachrichten zwischen Kora und Pen in einem Video ein. Mein Gesicht erscheint im unteren Rand. Ich drücke auf Play.

»Küsschen an die Elite, hier bin ich, und ich gehe nicht ohne würdigen Abgang. Bereitet euch darauf vor, eure makellosen Leben durchzurütteln, denn @xoxogossipgirl hat wieder einmal brisante Neuigkeiten enthüllt, die eure schillernde Fassade in den Schatten taucht. Ich hoffe, ihr habt eure Champagnergläser in der Hand, während ihr Zeugen dieser Nachrichten zwischen Kokos-Kora und meiner Schwester, Penelopé Wagner, werdet, denn der neuste Klatsch ist ein wahres Feuerwerk der Skandale!«

Die Tränen in meinen Augen passen nicht zu meiner Stimme.

Ich blende das erste Bild des Screenshots im Greenscreen ein. »Ihr erinnert euch an den tragischen Tod von April Sanders, der die Elite dieser Stadt in Unruhe versetzte? Ignotus Han sitzt derzeit seine Gefängnisstrafe ab, nachdem er gebeichtet hat, ihr Mörder zu sein. Jetzt haltet besser eure funkelnden Diamanten fest, denn hier kommt die Wahrheit: Ignotus ist nicht ihr Mörder.« Ich zoome an die erste Nachricht meiner Schwester an Kora heran. »Die wahre Mörderin, meine Damen und Herren, trägt den Namen Kokos-Kora. Hier steht es schwarz auf weiß. Vier Tage nach Aprils Verschwinden schreibt Pen: ›Du kennst mich nicht, aber ich kenne dein größtes Geheimnis. Ich war dabei, als du das Mädchen die Berge runtergestürzt hast. Ich habe ein Video gemacht, denn *ich* bin @didntyouhearthat, und wenn du nicht willst, dass das öffentlich gemacht wird, tust du, was ich dir sage.‹« Ich lächle bitterböse in die Kamera. »Ja, meine Lieben, ihr habt richtig gehört. Die liebe, unschuldige Kokos-Kora, die mit ihrem Lächeln so süß wie Zuckerwatte und Skurrilität einer einzigartigen Persönlichkeit die High Society betörte, hat April Sanders getötet. Und ja, meine Schwester ist meine größte Konkurrentin. Ob ich es gewusst habe? Nein. Ob ich es hätte ahnen können? Vielleicht, nachdem Pens krankhafte Abhängigkeit von Justin Bieber anfing und sie seine Beziehung mit Selena bis aufs Blut in ihrem Blog auseinandergenommen hat. Meine eigene Schwester hat mich unter dem Deckmantel von @didntyouhearthat *erpresst*, Edward und Paola damals zu filmen und es über meinen echten Account zu posten, weil sie wollte, dass ich leide. Dass ich niemanden mehr habe. Sie hat mir gedroht, sie würde wissen, dass ich hinter @xoxogossipgirl stecke, und mich zu exposen, würde ich es nicht tun. Sie ist mitten in der Nacht abgehauen, keine Ahnung, wohin. Meine Schwester, die mich tot sehen will, irrt hier irgendwo rum und wartet nur darauf, mir ein Messer in den Rücken zu rammen. Wie auch immer, seht euch den Chat an, meine Lieben.« Ich füge einen Screenshot nach dem anderen ein.

Kora: wer bist du?

Pen: Entweder dein schlimmster Albtraum
oder deine beste Freundin. Liegt ganz bei dir.

Kora: Und was willst du von mir?

Pen: Kennst du Blair Wagner?

Pen: @blairoderwer auf TikTok

Kora: Ja, sie arbeitet im Blackwell Palace
im Service

Pen: Kommst du an sie ran?

Kora: Inwiefern?

Pen: Ich will, dass du ihr Drohbriefe zusteckst,
mit Nachrichten, die ich dir sage

Kora: Was?!

Pen: wenn nicht, verrate ich allen dein
zuckersüßes Geheimnis

Pen: falls du mir nicht glaubst, hier ist das Video von deiner Tat

»Für alle, die wissen oder glauben, dass sie das folgende Video in irgendeiner Form triggern oder es zu viel sein könnte, bitte ich, jetzt abzuschalten.« Ich sehe in die Kamera. »Edward, das hier geht direkt an dich: Ich bitte dich inständig, dir das nicht anzusehen. Alles, was du wissen willst, kann ich dir persönlich sagen. Aber, bitte, schau nicht weiter.«

Ich drücke auf Stopp und füge das Video ein, in dem Kokos-Kora April von dem Berg stürzt. Es ist weit entfernt, etwas verwackelt und vom Schnee verzerrt, aber es besteht kein Zweifel, dass es sich bei ihnen um Kora und April handelt. Absolut kein Zweifel. Man sieht, wie die beiden sich erst unterhalten, dann wild gestikulieren. Kora zeigt ihr den Mittelfinger, woraufhin April nur lacht. Anschließend stößt Kora sie gegen die Brust. Ihre Cousine strauchelt, fängt sich aber und reißt Kora an den Haaren, die dabei in einem schmerzhaft aussehenden Winkel beiseitegerissen wird. Sie hüpft auf einem Bein und droht, abzustürzen, doch im letzten Moment packt sie April an der Hüfte, wirbelt sie herum und rammt ihr das Knie in den Magen. Aprils Augen reißen auf. Es ist das Letzte, das man von ihr sieht, bevor sie den Berg runterstürzt. Dabei hält sie beide Arme von sich gestreckt. Wie ein Todesengel.

Schließlich blicke ich wieder in die Kamera. »Wie ironisch, dass die Technologie, die unser aller Leben bestimmt, die uns über die ganze Welt hinweg verbindet, auch grausame Wahrheiten enthüllt, die alles in Ungnade stürzen können, nicht wahr? Jetzt ergibt alles Sinn. Kora konnte mich an dem Abend im Appartement angreifen, weil sie ein Teil von uns war. Sie konnte mir diese Schürfwunden verpassen«, ich ziehe den Ärmel meines Pullovers nach oben und zeige die drei blassen Striemen auf meiner Haut, »weil sie nur einen Raum und ein paar Herzschläge entfernt war. Sie konnte mir Zettel im Old Henri Mansion zustecken, weil sie den Arm um mich gelegt hat. Sie konnte mich danach angreifen, weil sie Zugang zur WG hatte. Sie konnte mir Dinge ins Ohr flüstern, kurz bevor ich an diesen Abend eingeschlafen bin, weil sie neben mir lag und vorgab, mich beruhigen zu wollen – und ich dachte, ich hätte mir das eingebildet. Sie konnte mir einen Zettel während des Valentinsballs zustecken, weil sie dort war. Sie konnte auf mich schießen, als sie sich verzogen hat, um auf die Toilette zu gehen. Die einzige Frage, die sich mir stellt, ist: warum? Warum wollte meine Schwester, die sich so viel Mühe gegeben hat, mir vorzutäuschen, mich zu lieben, mich psychisch fertigmachen?« Ich füge den letzten Screenshot ein, mit ihrer letzten Nachricht an Kora.

Pen: bring sie um

Pen: nächste nacht

Pen: sonst enthülle ich dein geheimnis

»Warum wollte meine Schwester, dass ich sterbe?« Ich streiche mit der Hand über meine Brust, weil ich fürchte, jeden Moment zu ersticken. »Die Person, die all die Jahre an meiner Seite war, die schlimmsten Momente meines Lebens hat heller werden lassen, die dafür gesorgt hat, dass ich die Finsternis überlebt habe, hat alles darangesetzt, mich zu zerstören.« Stumme Tränen laufen mir über die Wange. »Es tut mir leid, Pen, aber ich sagte es dir gestern, und ich sage es dir heute: Ich werde nicht länger eine Gefangene sein. Nie wieder. Die Dunkelheit, die ihr in mir gesät habt, wird *nicht* meine Bestimmung. Ich bin stärker als das, und wenn du, Kora, auch nur ansatzweise Stärke zeigen willst, dann reagiere auf dieses Video. Verrate der Welt, warum ein unschuldiger Mensch, ein loyaler, reinherziger Freund und lustiger Mann in eben dieser Sekunde wegen deiner Taten hinter Gittern sitzt und seine Lebenslust verliert. Verrate mir, warum meine eigene Schwester *mich tot sehen* wollte. Verrate es mir, und vielleicht kann ich verzeihen.«

Ich stoppe den Clip, zeige das Foto von dem negativen DNA-Test. »Hier habt ihr das Ergebnis, auf das ihr alle sehnsüchtig gewartet habt. Ich bin nicht Leticia. Obwohl so viele Ähnlichkeiten bestehen, stimmt es nicht. Aber bevor ihr euch jetzt alle das Maul zerreißt, ich hätte ein Aufmerksamkeitsproblem und das wäre von Anfang an Bullshit gewesen: Nein, ich bin auch nicht Blair. Ich bin kein Teil dieser kranken, mörderischen Familie Wagner. Und ich werde nicht ruhen, bevor ich nicht herausgefunden habe, wer ich bin. Solltet ihr diesen Weg mitverfolgen wollen, folgt mir auf @blairoderwer.« Ich atme tief durch, dann starte ich den letzten Clip. »Ihr könnt euch sicher sein, dass die Glanzlichter von St. Moritz Elite' in dieser Nacht erzittern, die Intrigen und Geheimnisse, das Getuschel und die Stille Post eskalieren werden.« Ich grinse schief. »Wie aufregend es all die Jahre war, das Maskenspiel der Macht und der Täuschung zu beobachten, ja, sogar in allererster Reihe zu sitzen. Denkt immer daran, meine Lieben«, ich beuge mich geheimnisvoll vor, »in dieser Welt kann niemand seinen dunkelsten Geheimnissen entkommen – nicht einmal diejenigen, die in Diamanten gehüllt sind. Denkt an mich, wenn die nächsten Skandale eure Welt erschüttern. Denkt an mich, denn ich werde nie wieder zurückkehren. Xoxo, Gossip Girl.«

In dem Moment, in dem ich das Video beende, höre ich Schritte über mir. Mein Kopf zuckt hoch. Inmitten dieser königlichen Gemälde und dem jahrhundertealten Interieur erwarte ich schon fast, dass etwas Schlimmes passieren wird. Ich erwarte das Gesicht meiner Schwester, die ein Messer auf mich fallen lässt, das mich spalten wird.

Aber dann sehe ich Edward.

der blonde, goldene engel mit narbe in der augenbraue mit lippen wie ein gott mit zügen wie ein von schmerz verzerrtes kunstwerk der antike eine seele die für diesen turm geboren worden ist

Seine Finger krallen sich um das eisenverzierte Geländer der Galerie. Das Licht des Kronleuchters hüllt ihn ein, während hinter ihm alles in tiefe Schatten getaucht wird.

Ich erstarre.

Eine Weile sieht er mich an, dann kommt er die Treppe herunter. Er nimmt mein Handy in die Hand, betrachtet den Entwurf meines Videos. »Wegen dieser Sache war ich angepisst auf dich.«

»Ich weiß.«

»Nicht, weil du Gossip Girl warst, die alles Mögliche gepostet hat. Auch über mich. Aber das wäre mir egal gewesen. Ich steh auf Skandale.« Er macht eine Pause. Als ich schlucke, fährt er fort. »Ich bin angepisst, weil du es mir verheimlicht hast. Weil du mir nach allem nicht vertrauen kannst.«

In meinen Augen schimmern Tränen. »Ich weiß.«

»Wie soll eine Beziehung funktionieren, wenn ich immer glauben muss, da könnte nächste Woche die nächste Überraschung um die Ecke kommen, die mich glauben lässt, ich kenne meine Freundin nicht?«

Mein Kinn beginnt zu zittern. Als ich spreche, bricht meine Stimme. »Ich weiß nicht.«

Er sieht mich lange an, ohne ein Wort zu sagen. Doch plötzlich: »Nimm ihnen die verdammten Masken ab, Blair.« Er veröffentlicht das Video. »Zeig der Welt, mit wem sie es zu tun haben.«

Und dann, ohne ein weiteres Wort, dreht er sich um und geht.

IF I COULD, I'D BEAR YOUR PAIN, JUST TO SEE YOU SMILE AGAIN

Edward

»Nur noch eine Karte, Hanna.« Grinsend wedele ich mit meinem Herz in der Hand. »Wenn ich gewinne, werden wir das nächste Date nicht im Theater verbringen.«

Hanna schiebt die Zungenspitze zwischen die Lippen, ein freches Grinsen im Gesicht. »Wir werden sehen.« Ich beobachte ihre Bewegungen aufmerksam, während sie sich vorbeugt. Wäre sie Blair, würde das Organ hinter meiner Brust jetzt einen Salto hinlegen aus Angst und Hoffnung und Hoffnung und Angst, ihr Haar könnte mein Bein streifen.

Hannas Haar streift mein Bein. Es passiert nichts.

Sie legt eine Karo-Karte.

Mit ruhiger Präzision lege ich mein Herz-Ass. Die höchste Trumpfkarte im Pikett.

»Verdammt.« Hanna wirft die Hände in die Luft und lehnt sich in ihrem Sessel zurück. »Wie kann das sein, dass du jeden Stich gewinnst?«

»Jahrelange Übung an etlichen langweiligen Abenden mit alten Säcken.« Lächelnd schiebe ich die Karten zusammen, ehe ich auf ihre leere Tasse deute. »Möchtest du noch etwas trinken?«

»Nein, danke.« Seufzend wirft sie einen Blick auf die Uhr. »Ich bin zu diesem Onlinemeeting mit den anderen Yale Freshmen verabredet.«

»Viel Spaß.«

»Danke.« Sie lächelt, knetet die Hände im Schoß ihrer gelben Schlaghose und scheint unschlüssig, wie sie sich verabschieden soll.

»Leon«, ich winke meinen Sicherheitsmann heran, »könntest du Hanna zurück ins Hotel –«

Bevor ich den Satz beenden kann, beugt Hanna sich vor und küsst mich auf die Wange. Halb Grübchen, halb Mundwinkel.

Ich erstarre. Automatisch gleitet mein Blick über ihre Schulter hinweg zu der Gruppe in der Sitznische des Coffee o' Clock. Die gemütlichen Sitzkissen werden verdeckt von Angus und zwei anderen Securitys, aber ich erkenne deutlich, wie Blair abrupt den Blick abwendet, als sie mich bemerkt. Schnell nippt sie an ihrem Getränk und deutet lächelnd auf das Schwein in Gius Arm. Gius Gesichtsausdruck nach zu schließen hat er keine Ahnung, was sie meint. Kein Wunder. Es kam aus dem Nichts, wegen mir, wegen Hanna, wegen uns, mein Freund.

»Entschuldige«, murmelt Hanna. »Das war ... zum ersten Mal in der Öffentlichkeit und vermutlich hätte ich dich fragen sollen, ob das ...« Sie kneift die Augen zusammen. Als sie sie wieder öffnet, wirkt sie verzweifelt. »Ich bin echt nicht gut in so was.«

»Alles okay.« Ich räuspere mich. Plötzlich habe ich das dringende Bedürfnis, etwas klarzustellen. »Hanna, hör zu ... ich mag dich. Du bist süß. Wirklich. Ich will nur, dass du weißt, dass Blair und ich, also, auch wenn ich mich gegen sie entschieden habe, habe ich Gefühle für sie, und das mit uns, also dir und mir«, ich hole tief Luft, »ich fürchte, das muss sich bei mir erst entwickeln, verstehst du?«

Sie nickt. »Das ist verständlich.«

»Gott.« Ich verdecke mein Gesicht mit den Händen, linse lächelnd durch die Finger zu ihr hindurch. »Du bist viel zu gut für mich. Es wäre so egoistisch von mir, dich einem besseren Typen wegzunehmen.«

Sie lacht. »Es ist egoistisch von mir, in einer Datingshow andere Frauen auszustechen.«

»Das ist der Sinn einer Datingshow.«

Sie seufzt. »Ja. Na ja, ich muss los.«

»Leon bringt dich.«

»Danke.« Sie erhebt sich und wirft mir ein schelmisches Grinsen zu. »Nächstes Mal mache ich dich fertig im Pikett.«

Ich presse mir eine Hand an die Brust. »Ah, das hat getroffen.«

Kichernd wendet sie sich ab und lässt sich schützend von Leon aus dem Coffee o' Clock führen. Ich habe keine Ahnung, wie viele

Fotos und Videos in der letzten Stunde von uns und Hanna gemacht worden sind. Ich schätze, einige.

»Hey, Bro.« Laxon lässt sich in den Sessel mir gegenüber fallen. Die Flammen im Kamin werfen einen warmen Schein auf sein Profil. Er deutet auf die Karten. »Meintest du nicht mit fünfzehn zu mir, du wirst erst dann wieder Pikett spielen, wenn jemand dir eine nackte Frau als Belohnung auf den Schoß setzt?«

»Irgendwann werden wir alle erwachsen.« Ich zucke die Achseln. »Jetzt ist es keine nackte Frau auf meinem Schoß, sondern ein intelligentes Mädchen an meiner Seite.«

»Hanna?« Er runzelt die Stirn. »Du wirst echt Hanna wählen?«

»Ich denke schon.«

Er lacht trocken auf. »Das ist verrückt.«

»Warum?«

»Weil du –«

»Hey, Babe.« Emma erscheint neben uns, ein Tablett in der Hand. Sie reicht Laxon einen Cappuccino. »Mit Sojamilch, weil ich will, dass du alt und grau wirst und mich pflegst, wenn ich nicht mehr laufen kann.«

Er lacht. »Und das wird passieren, wenn ich Sojamilch trinke?«

»Es wird passieren, wenn du deinen Darm gesund hältst.«

Jetzt ist Lax derjenige, der tut, als hätte sie ihn angeschossen. Verzweifelt sieht er mich an. »Hilf mir! Sie hat eine Wir-werden-150-Jahre-Phase und nimmt mir all meine Nidelzältli weg!«

»Nach einer jahrzehntelangen Überdosis dieses Zucker-Rahm-Gemischs schadet ein Detoxprogramm nicht.« Ich proste Emma mit meinem Schümli zu. »Ich bin auf deiner Seite, Wyss. Kein Mensch braucht klebrige Karamellbonbons.«

Sie runzelt die Stirn. »Ich weiß nicht, ob ich das teilen kann.«

Ich lehne mich im Sessel zurück. »Ich muss sagen, mein Bruder und ich haben keine gute Wirkung auf dich.«

»Nein, habt ihr nicht.« Sie verschränkt die Arme vor der Brust, wobei das Tablett an ihrer Hüfte hängt. »Wie auch, wenn ihr erst wie zwei kaputte Löwen um meine beste Freundin kämpft, es dann heißt, ihr wärt Geschwister, dann plötzlich meine andere beste Freundin in deiner Datingshow landet, aus Hass Liebe und aus Liebe wieder Hass wird, sie dir ihr Herz ausschüttet und du, statt es aufzufangen, einfach abhaust und aus der Ferne zusiehst, wie es auf heißem Asphalt verdampft?«

»Okay, das war deep.« Ich reibe mir über die Brust. »Aber ich verstehe deinen Punkt.«

»Sehr schön.« Das Lächeln, das sie mir schenkt, hat etwas von Jigsaw. Ich denke, es würde noch breiter werden, könnte sie zusehen, wie ich durch eine Kettensäge renne. »Da ich mit deinem besten Freund zusammen bin, sollten wir unsere besten Schauspielkünste rauskramen und so tun, als wäre alles bestens zwischen uns, während ich dich in Wahrheit bestens gern zerfleischen würde, ginge das?«

»Sicher.« Ich rühre mit dem Löffel in meinem Milchschaum und schiebe ihn mir in den Mund. »Ich frage Paola, ob sie uns Voodoo-Puppen häkelt.«

»Hervorragend.«

Damit rauscht Emma ab.

Laxon hebt eine Braue. »Könntest du aufhören, meine Liebste wütend zu machen? Ich muss das heute Abend ausbaden.«

»Ich sage Paola, es ist ein Eilauftrag, damit sie es an der Edward-Puppe auslassen kann.«

Laxon seufzt. »Ed, bleib ernst.«

»Ich bin ernst.« Ich trinke einen großen Schluck. »Ich bin so ernst, mein Nachname ist Ernst, und mein Vorname auch, ich bin Ernst Ernst, und ich bin ernst.«

»Was soll das?«

»Was soll was?«

Er beugt sich vor, senkt die Stimme. »Du liebst Blair.«

Ein fester Hieb in meinen Magen. Wer je gesagt hat, die Wahrheit wäre befreiend, war ein Heuchler. Die Wahrheit ist, dass die Wahrheit wehtut.

»Blair ist ein Risiko«, entgegne ich.

»Nur, weil deine Mutter scheiße war und du glaubst, jede andere Frau fällt dir genauso in den Rücken?« Ich erstarre. »Ja, ich weiß, du willst nicht, dass ich davon anfange. Niemand darf das. Aber, ganz ehrlich, Ed? Ich sehe nicht zu, wie mein bester Freund in sein Unglück rennt, nur weil seine Mutter abgehauen ist und er denkt, das würde ihm seine Freundin genauso antun. Du glaubst, du machst alles besser, indem du dich von Blair fernhältst, weil du sie nicht einordnen kannst, nicht vorhersehen kannst, aber indem du wegläufst, ist nicht sie das Problem, sondern du, ist nicht sie wie deine Mutter, sondern du. Du bist ganz genau wie deine Mutter, wenn du das tust, Ed.«

Würde ich nicht gerade an seinen Worten verbluten, hätte ich ihm eine reingehauen.

»Ja, was guckst du mich so an?« Er wischt die Hand über seine Hose. »Ich bin nicht dein bester Freund, um dir Honig ums Maul zu schmieren. Ich habe dich nicht durch jede einzelne beschissene Phase deines Lebens begleitet, um dich darin zu bestärken, falsche Entscheidungen zu treffen. Du hast Angst, Blair könnte dich zerstören wie April?« Er beugt sich vor, deutet mit einer Hand in die hintere Ecke. »Komm schon, sieh sie dir an! Diese Frau ist mutig, Mann. Sieh dir an, was sie getan hat. Sich der ganzen Welt gestellt. Gebeichtet, dass die ganze Zeit *sie* hinter Gossip Girl gesteckt hat, im vollen Wissen darüber, wie sie online zerrissen werden wird. Sie hat zugegeben, was sie damals mit dir und Paola abgezogen hat, sie hat die Stärke zu reflektieren, dass mit ihr irgendwas natürlich nicht richtig sein kann, nachdem sie jahrelang in einem verfickten Keller eingesperrt war, ihre eigene Schwester sie umbringen wollte und dafür Blairs Freundin benutzt hat. Aber sie arbeitet an sich, sie trifft richtige Entscheidungen, nachdem sie falsche gewählt hat.« Er macht eine kurze Pause, lässt seine Worte wirken. »Blair ist keine Frau, die dich betrügen und genießen würde, wie du daran kaputtgehst. Sie ist keine Frau, die dich leiden sehen will, um sich selbst auf einen Höhenflieg zu katapultieren. Sie ist nicht April, Ed.«

Abwesend blicke ich in meinen Kaffee. Langsam hebe ich den Blick und sehe zu Blair, die gerade ihr Handy aus der schwarzen Jeans zieht. Sie trägt noch immer ihr schwarzes Diadem, also ist sie nicht ausgestiegen wie Lena. Es fehlt nur noch ein einziger Diamant in der Mitte. Der größte. Die letzte Entscheidung.

Paola sagt irgendetwas zu Lis, die daraufhin in meine Richtung blickt und nickt.

Ich wende mich ab. In dem Moment vibriert Lax' und mein iPhone. Beide leuchten gleichzeitig auf dem Tisch auf.

»Sag mir, ob es sich lohnt, meine gemütliche Position aufzugeben«, murmle ich.

»Ja, ich denke schon.« Laxon runzelt die Stirn. »Ein Video von @korathecoco.«

Ich strecke die Hand aus, und er wirft mir das Handy zu. Wir öffnen das Video gleichzeitig.

Kora sitzt in einem Bett. Ich glaube, es ist das Bett im Appartement. Der Baldachin und die Samttapete kommen mir vage bekannt vor. Ihr grüner Vokuhila ist nicht gestylt wie sonst, sondern wild durcheinander. Sie trägt ein langes T-Shirt mit einer ausgeblichenen Goa-Sonne als Motiv. Es ist so ungewöhnlich, sie ohne ihre Kokos-Schalen zu sehen, dass ich das Gefühl habe, es ist nicht sie.

»Ja, hallo erst mal, also ...« Ihre Stimme klingt rau. Sie blickt auf die Matratze, zupft an der Decke. Ich habe Kora noch nie so unsicher erlebt. »Dieses Video ist meine Reaktion auf deins, @xoxogossipgirl. Oder Blair. Oder schwarze Prinzessin. Was auch immer.« Sie stößt ein schweres Seufzen aus. »Ich könnte jetzt alles von mir schmettern. Ich könnte behaupten, sie hätte den Chat gefälscht, das Video gefälscht, und mein Handy verbrennen. Ich hätte die Mittel und die Macht meiner Eltern, um all das als Irrsinn dastehen zu lassen. Blairs Video ist vor wenigen Stunden online gegangen, heute ist der nächste Morgen, und meine Familie konnte dafür sorgen, dass die Bullen die Füße stillhalten, weil, wie meine Eltern es nennen, ›das alles haarsträubender Müll ist, den sich ein verwirrtes Mädchen ausdenkt‹. Aber ganz ehrlich? Ich kann nicht mehr. Ich will nicht mehr. Ich habe so lange gegen das hier angekämpft, habe versucht, alles zu verdrängen, normal weiterzuleben, aber es geht nicht, es ...« Ihre Stimme bricht, und sie verdeckt ihr Gesicht mit einer zittrigen Hand. Der grüne Lack ihrer Fingernägel ist abgesplittert, als hätte sie nervös daran herumgekratzt. Kora schluckt. Tränen schwimmen in ihren Augen. Sie schüttelt den Kopf und lässt die Hand sinken. »Es stimmt. Ich habe April Sanders getötet. Ich bin ihre Mörderin, nicht Ignotus Han. Und ich will erklären, wie es zu alldem gekommen ist.« Sie atmet tief durch, schiebt den Ring mit der Schlange an ihrem Mittelfinger hoch und runter. »Die meisten, die mich kennen, wissen, dass meine kleine Schwester vor ... sieben Jahren gestorben ist. Im See, als wir einen Ausflug mit unserer Tante und ihrer Tochter gemacht haben. Meine Tante ... meine Tante ist Kinsley Sanders, und ihre Tochter, meine Cousine ... meine Cousine ist, ich meine, *war* April.«

Das wusste ich. Laxon auch. Aber ich glaube, kaum sonst jemand hatte eine Ahnung davon. April hat ein Geheimnis draus gemacht. Sie hat Kora bis aufs Blut gehasst und gemeint, wenn ich es irgendwem verrate, würde sie mich sofort verlassen und allen erzählen, ich schlafe mit einem Winnie-Puuh-Bären.

»Meine Schwester war Kinsleys Liebling«, erklärt Kora. »Ich weiß nicht, wieso, aber meine Tante war so liebevoll und fürsorglich zu …, dass alle immer gedacht haben, sie wäre ihre eigene Tochter. Und April hat das angepisst. Natürlich hat es das. Ich meine, die eigene Mutter, die dich so gut wie nie beachtet und anherrscht, still zu sein, sobald du den Mund aufmachst, wirbelt die Nichte im Arm herum und bedeckt sie mit unzähligen Küssen, spielt Kitzelmonster mit ihr und liest ihr im Bett Geschichten vor? Klar war April angepisst. Und es gab eine Zeit, in der ich Mitgefühl mit meiner Cousine hatte, aber …« Kora schließt kurz die Augen und schluckt. Als sie sie wieder öffnet, blickt sie direkt in die Kamera. »Aber das hat sich geändert, als April meine kleine Schwester im See ertränkt hat.«

Mein Herz bleibt stehen. Es ist nur ein Moment, eine kurze Sekunde, aber es fühlt sich an, als würde sich eine Klinge in mich bohren und jede Sehne durchtrennen.

»Ach du Scheiße«, haucht Laxon. Er sieht zu mir auf. »Hast du das gewusst, Mann?«

Ich schüttle den Kopf. April hat nie etwas davon gesagt. Der Gedanke, zwei Jahre mit einer Mörderin zusammen gewesen zu sein, einer Person, die eiskalt und ohne Gewissen ihre eigene kleine Cousine getötet hat, fühlt sich an, als würde jemand mir das Rückgrat zertrümmern.

»April war böse«, schluchzt Kora. »Ein Monster. Es muss eins in ihr gelebt haben, wenn sie mit dreizehn ein unschuldiges Kind untertaucht, oder?« Sie unterbricht sich, weil die Tränen sie überwältigen. Als sie sich gesammelt hat, fährt sie fort. »Und ich habe es gesehen, aber ich war so weit weg, auf der anderen Seite auf einer Klippe und wollte runterspringen. April wusste nicht, dass ich sie sehe. Erst dachte ich, die beiden spielen zusammen. Ich bin ins Wasser gesprungen, aber als ich wieder aufgetaucht bin und mich nach ihnen umgesehen habe, hat April sie immer noch runtergedrückt und das … das Wasser … da waren so viele Ringe, weil … gestrampelt hat, aber sie war so klein und April viel stärker, und ich bin geschwommen, so schnell ich konnte, ich habe geschrien, aber meine Eltern dachten, ich rufe April etwas zu, sie dachten, wir spielen, haben uns nicht beachtet, und plötzlich … plötzlich hat April gebrüllt, … würde nicht mehr auftauchen. Sie ist zur Bucht gerannt, hat geheult, sich auf den Boden gestürzt, während ich immer schneller geschwommen bin, um zu meiner kleinen Schwester zu kommen, aber sie war … sie trieb einfach da, und … und auf einmal war da Kinsley, die sie aus dem Wasser gezogen hat, mein Vater, der versucht hat, sie wiederzubeleben, meine hysterische Mutter, und April hat immer wieder geschrien wie eine Wahnsinnige. Ich habe sie angestarrt, ich weiß es noch ganz genau, und ich habe, also, ich habe einfach nur gedacht, wie krass ist das, wie überzeugend spielt dieses Mädchen so eine Show, kurz nachdem sie jemanden umgebracht hat, wie kann sie das? Ich war wie in Schockstarre. Ich habe nichts mehr gefühlt. Meine Glieder waren taub. Und dann, von der einen auf der anderen Sekunde, habe ich mich auf April gestürzt, sie gekratzt, auf sie eingeprügelt und habe geschrien, dass sie eine Mörderin ist, dass sie es war, aber niemand … niemand wollte mir glauben.« Erstickt holt Kora Luft. »Meine Eltern meinten, ich hätte ein Trauma, das ich nicht verarbeiten konnte. Sie haben mich zum Therapeuten geschickt. Am Ende hieß es, Kinder neigen dazu, schlimme Erlebnisse verdreht wahrzunehmen. Einfach niemand hat mir geglaubt.« Sie schluckt. »Ich glaube, Kinsley hat geahnt, dass es stimmte. Sie hat nie was gesagt, aber nach diesem Tag ging ihre Beziehung zu April immer mehr den Bach runter. Und ich kann verstehen, dass sie ihre Tochter gehasst hat. April war eine Psychopathin.« Abwesend kratzt Kora sich über den Arm. »Am Abend der Tat war ich in den Bergen. Ich bin auf April getroffen. Und ich dachte, das sei meine Chance. Diese Möglichkeit würde ich nie wieder kriegen.« Kora zuckt die Achseln. »Also habe ich meine kleine Schwester gerächt.«

Das ganze Coffee o' Clock hält den Atem an. Alle sehen auf ihr Handy.

»Zu dem Zeitpunkt hat Penelopé Wagner ihre Schwester Blair besucht. Sie war in den Bergen spazieren und hat die Tat aus der Ferne gesehen und gefilmt. Sie brauchte jemanden im Hotel, der ihre

Schwester tyrannisiert. Ich habe nie herausgefunden, warum. Aber sie hat mich erpresst, und ich, keine Ahnung, ich wollte nicht in den Knast. Ich dachte, es wäre nicht fair, oder?« Mit dem Handrücken wischt sie sich über die Nase. »Ich habe meine Schwester gerächt, und ich glaube immer noch, es war eine Tat der Gerechtigkeit. Ich war der Meinung, ich verdiene es, ganz normal weiterzuleben. Ich bin kein böser Mensch. April war es. Ich habe nicht gedacht, dass ich weggesperrt gehöre. April hätte in den Knast gehen sollen. Aber ich denke, jetzt ist der Zeitpunkt gekommen, an dem ich die Waffen niederlegen muss. Blair, es tut mir von Herzen leid, dass ich dir das angetan habe. Und Ignotus«, Kora schlingt die Arme um den Körper, als wolle sie sich schützen, »ich habe deine Gefühle für mich ausgenutzt, deine Überzeugungen für das viktorianische Zeitalter als meinen Trumpf gesehen, dich wie eine Spielfigur vor mir herzuschieben. Denn die Wahrheit, die ihr alle hören wollt, ist: Ignotus Han hat die Tat auf sich genommen, um mich zu schützen. Er war verliebt in mich. Ein bisschen ungesund verliebt, würde ich sagen. Sein Hackerfreund hat sich in mein Handy gehackt, weil Ignotus wissen wollte, ob ich noch mit anderen Typen schreibe. Und da, na ja, da hat er alles rausgefunden. Er meinte, er würde mich schützen, es wäre eine Sache der Ehre, vor seinem Mädchen zu stehen, und, o Gott.« Kora bedeckt das Gesicht mit den Händen und schüttelt den Kopf. »Scheiße, ich habe einfach zugestimmt. Es tut mir so leid. Alles tut mir leid.« Sie zögert. »Alles, außer April getötet zu haben. Bitte, lasst Ignotus gehen. Er verdient es, ein freier Mann zu sein. Und ich werde hier warten, bis ihr mich holt. Ich akzeptiere mein Schicksal.« Sie vergießt keine einzige Träne, ihre Stimme klingt tonlos. Ohne eine Miene zu verziehen, beugt sie sich vor und beendet das Video.

Stille beherrscht das Café. Bis sie von Lis unterbrochen wird. »Was für eine verdammte Scheiße von einer Frau, verdammt.« Sie haut auf den Tisch. »Girl, why?«

»Mein Gott«, haucht Paola. »Ignotus.«

Die Luft ist dick. Man könnte eine Stecknadel fallen hören. Ich kenne diese Ruhe vor dem Sturm. Es kann eigentlich nur wenige Sekunden dauern, bis das Chaos losbricht – aber es wird aufgehalten.

Die Tür des Coffee o' Clock wird aufgerissen. Ein rothaariges Mädchen mit etlichen Sommersprossen und einem beigen Mantel stürzt herein.

»Wer ist das?«, fragt Laxon.

Ich zucke die Achseln.

Hektisch bewegt sie den Kopf, bis sie findet, wen sie gesucht hat.

»Du!« Mit ausgestrecktem Finger rennt sie zur Sitznische am Fenster. »Du durchgeknallte, gestörtes Stück Scheiße!«

Es dauert eine Sekunde, bis mir bewusst wird, dass sie Blair meint. Und mir augenblicklich klar wird, wer sie sein muss.

Erstarrt sitzt Blair auf ihrem Sitzkissen, die Augen riesig, und scheint nicht in der Lage, ihrer Schwester etwas entgegenzubringen. Ich kann nur erahnen, was für ein Film voller Erinnerungen in ihrem Kopf vorbeizieht und ihren Blick auf die Realität trübt.

Pen rennt gegen die Wand der Securitys, die sie aufhalten. Aber es kümmert sie nichts. Wie ein eingesperrtes Nashorn stürzt sie sich immer wieder auf sie. »Du hast mir alles genommen!«, brüllt sie. »Meine Jugend, meine Eltern, den Erfolg von @didntyouhearthat mit deiner beschissenen Gossip-Kacke, meine Freiheiten! Ständig musste ich deine Babysitterin sein, mit dir in diesem verdreckten Keller lungern, weil sie meinten, du würdest sonst zu einer Wahnsinnigen werden und es könnte auffallen!«

»Du …« Blair holt rasselnd Luft. »Du warst auf ihrer Seite?«

»Natürlich!« Pen kratzt über die Leiber der Sicherheitsmänner, die sie in Schach halten. Sie gibt nicht auf. »Ich bin ihre *leibliche* Tochter. Ich bin diejenige, von der sie dachten, sie niemals kriegen zu können. Ich sollte all die Aufmerksamkeit bekommen, aber wer stand immer im Mittelpunkt? Die Göre, die sie im Keller eingesperrt haben! *Es darf nicht auffallen, oh, jetzt haben wir eine richtige Tochter, was machen wir nur mit der geklauten, so ein Dreck, wir wollen sie nicht, aber wir werden sie auch nicht mehr los, Pen, du musst auf sie achten, Pen, behalte sie im Auge, Pen, erzähl uns, was sie denkt, was sie in der Schule tut, Pen, überrede sie zum Essen, damit es nicht auffällt, Pen, guck mit ihr Fernsehen, Pen, mach dies, mach jenes, aber hab bloß kein eigenes Leben.*« Kreischend holt sie aus in dem Moment, in dem Angus sich vorbeugt, um sie festzuhalten. Ihre Fingernägel schneiden über sein Gesicht.

»Fuck!«, brüllt er.

»Dann bist du endlich weg, Gott sei Dank, und dann? Was machst du Problemkind dann?« Hysterisch lacht sie auf. »Du erstellst diesen Gossip-Account, nur zwei Wochen, nachdem ich @didntyouhearthat ins Leben gerufen habe!«

»@didntyouhearthat war böse, Pen! Du hast alle grundlos auseinandergenommen, ohne Sinn und Verstand, weil dir deine kranke Justin-Bieber-Obsession zu Kopf gestiegen ist und –«

»IMMER HAST DU MIR ALLES GENOMMEN!«

»ICH WAR IN EINEM VERDAMMTEN KELLER EINGESPERRT!« Blair ist aufgesprungen. Sie spuckt Feuer. »ICH HABE DIR GAR NICHTS GENOMMEN, WEIL ICH DIR NICHTS NEHMEN KONNTE, KAPIERST DU DAS NICHT?!«

»Heilige Scheiße«, flucht Giu.

»Du solltest leiden für alles, was du mir genommen hast«, zischt Pen. »Mom, Dad und ich haben diesen brillanten Coup geplant, damit dieser Wahnsinn endlich ein Ende hat.« Sie zittert am ganzen Körper, als würde sie jeden Augenblick zusammenbrechen. »Und es ist mir egal, dass jetzt alle davon wissen. Das Einzige, was mich daran stört, ist, dass Kora es nicht geschafft hat, dich vorher zu beseitigen.«

»Das reicht!« Ich bin aufgesprungen und um den Tisch herum, bevor Blair überhaupt Luft holen konnte.

»Oh, du!« Penelopé lacht freudlos auf. »Der armselige Scheißkerl, wegen dem sie mir wochenlang die Ohren vollgeheult hat.« Sie verdreht die Augen. »Ganz ehrlich? Ihr passt *perfekt* zusammen.«

»Und ich fürchte, ich habe noch eine Rechnung mit dir offen.«

»Fick dich.«

»Nah, stehe ich nicht so drauf.« Ich nähere mich ihr wie ein Jaguar kurz vor seinem Angriff. »Fast genauso wenig wie auf Menschen, die mit Messern nach mir werfen.« Und jetzt dämmert mir auch, warum. »Du hast Xenia für Blair gehalten, nicht wahr? Aus der Ferne hast du nur die Ähnlichkeit ihrer Haare gesehen und gedacht, weil sie mir so nahe war, dass es sich um deine Schwester handeln muss.«

Sie funkelt mich an. »Verreck doch, Bastard.«

»Heute nicht.« In einer schnellen Bewegung schlage ich den Arm vor, presse ihn um ihre Hüfte und drücke ihren Körper an mich.

Dann beuge ich mich vor, bis meine Lippen dicht an ihrem Ohr sind. »Du hast dich geirrt, Süße. Nicht dir ist alles genommen worden, sondern Blair. Und trotzdem ist sie diejenige, die ihre eigene Hölle niedergewalzt und ein blühendes Paradies geschaffen hat.« Ich drücke sie noch fester, bis ihr Atem stockt. »Während du in deinem Paradies Neid gepflanzt hast, dessen Blumen jedes Glück erstickt haben. Du hast dir diesen Weg selbst ausgesucht, und jetzt wirst du in deiner persönlichen Hölle verrotten.« Ich stoße sie von mir. »Du wirst das Leben leben, das ihr für Blair vorgesehen habt. Sie konnte entkommen.« Ich verenge die Augen. »Und du wirst es nicht.«

Pens Gesicht wird dunkelrot. »Du dreckiger –«

»Spar dir deine Worte für die Polizei.« Angus packt ihre Hände, verdreht sie hinter ihrem Rücken und stößt sie vorwärts. »Ich bin mir sicher, es wird sie *brennend* interessieren, was du zu sagen hast.«

Ich spüre die Handykameras wie Blicke, die mir die Haut zerfressen. Pen beginnt zu kreischen und sich mit Händen und Füßen zu wehren, aber sie hat keine Chance gegen Angus. »Sie hat mein Leben zerstört!«, kreischt sie immer wieder. »Mein verficktes Leben, okay?«

Ich wende den Kopf und sehe zu Blair. Sie sitzt da, starr wie eine Salzsäule, die Lippen geteilt, die Augen riesig. Ich schiebe mich an Leon vorbei, lege meine Hände auf den Tisch und gehe in die Hocke, um ihr in die Augen zu sehen. »Bist du okay?« Ihre Augen huschen wild umher, als wäre sie nicht in der Lage, die Apathie zu vertreiben. »Blair.« Ich lege meine Hände auf ihre. Sie zuckt zusammen, und jetzt endlich sieht sie mich an. Ich halte ihren Blick fest, drücke ihre Finger sanft. »Soll ich dich hier wegbringen?«

Stumm formen ihre Lippen meine Worte, als müsste sie sie wiederholen, damit sie bei ihr ankommen. *Soll ich dich hier …*

Plötzlich schüttelt sie den Kopf und entzieht mir ihre Hände. Entschieden dreht sie sich weg, starrt die Zimtschnecke auf ihrem Teller an.

»Blair …« Ich klinge verzweifelt. »Bitte.«

»Wir kümmern uns um sie.« Hinter ihrem Rücken streckt Paola die Hand aus und legt sie mir auf den Arm. »Charles ist auf dem Weg.«

Aber ich will nicht gehen. Ich will sie nicht allein lassen.

Charles ist auf dem Weg.

Ich will nicht, dass er es ist, der sich um Blair kümmert, wenn unter ihr die Welt zusammenbricht. Aber ein Blick auf Blair, ein Blick auf ihren vorgeschobenen Kiefer, die zusammengepressten Lippen, und ich weiß, sie lässt mich nicht an sich ran. Natürlich nicht, nachdem ich sie von mir gestoßen habe.

In ihren Augen sammeln sich Tränen. Dieses kleine glitzernde Meer besitzt die außergewöhnliche Macht, mir ins Herz zu treten.

»Edward«, drängt Paola. »Geh. Bitte.«

Ich stehe immer noch da und kann mich nicht regen. Als würde ein Magnet meine Füße an den Boden heften.

Plötzlich schließen sich kräftige Finger um mein Handgelenk. »Komm, Bro.« Laxon schiebt sich in mein Sichtfeld. »Lass sie allein.«

Ich erkenne Emma im Augenwinkel, die uns mit eisernem Blick beobachtet, und ich weiß sofort, *sofort*, sie hat Laxon geschickt. Diese Mädchen stehen wie Löwinnen vor ihrer Freundin und beschützen sie. Aber nicht nur vor Pen und ihrer Vergangenheit. Auch vor mir. Und obwohl ich mächtiger und stärker als dieses ganze Rudel bin, obwohl ich ein Sibirischer Tiger bin, ein beeindruckender Einzelgänger und besonders geschickter Jäger, der sie locker beiseitestoßen und zu seiner Beute gelangen könnte, trete ich den Rückzug an.

Zum ersten Mal in meinem Leben wähle ich den Schatten der Stille für die Harmonie in ihrer Wildnis.

tmz

Der mysteriöse Fall um Blair Karlotta Wagner, die prominente ›Prinzessin mit der schwarzen Tiara‹ aus der Reality-Datingshow A Royal Romance *hat endlich Klarheit gefunden. Nach einer Reihe von präsentierten Beweisen von Blair, unter anderem eine Gesichtsanalyse einer bekannten Softwarefirma, die Blairs Konturen mit denen der Wagners verglichen und keine Übereinstimmung gefunden hat, Krankenhausberichte, dass nie eine Akte über sie angelegt worden ist, obwohl sie in einem dieser Krankenhäuser laut Geburtsurkunde sogar geboren worden sein sollte, zusätzlich fehlende Kinderfotos und Bilder von Christina Wagner, die im eigentlichen Jahr von Blairs Geburt eindeutig nicht schwanger aussah, ist die Welt in Aufruhr. Nachdem Blair unter dem berühmten TikTok-Pseudonym @xoxogossipgirl auftrat und alles offenlegte, hat Kora Flinsch, auch als ›grüne Prinzessin‹ derselben Datingshow bekannt, ein Geständnis abgelegt. Sie beichtete, April Sanders ermordet zu haben, nachdem Sanders angeblich vor Jahren Koras kleine Schwester getötet hatte. Beweisvideos dokumentieren den Versuch von Penelopé Wagner, Blair in einem Café anzugreifen. In ihrem Zorn offenbarte die jüngste Tochter der angesehenen Wagner-Familie, dass der Präsidentschaftskandidat Leander und seine Frau Christina Wagner Blair tatsächlich ›geklaut‹ und gefangen gehalten haben. DNA-Analysen ergaben jedoch, dass Blair keine genetische Verbindung zu Leticia Wolf aufweist, die vor achtzehn Jahren in Deutschland verschwand.*

Christina und Leander Wagner sitzen derzeit in Untersuchungshaft im California State Prison. Kora und Penelopé erwarten ihren Prozess im Justizvollzugszentrum Hindelbank. Wagners Anwalt hat angekündigt, dass eine Untersuchung hinsichtlich einer multiplen

Persönlichkeitsstörung bei Penelopé Wagner im Gange ist.
Eine positive Auswertung könnte ihre Strafe mildern,
da die Frage der Schuld aufgrund von potenzieller
Unzurechnungsfähigkeit beeinflusst werden könnte.
Es besteht die Möglichkeit, dass Penelopé Wagner aufgrund
früher Traumata, insbesondere dem Erleben der gewaltsamen
Isolierung ihrer Schwester, eine dissoziative Identitätsstörung
entwickelt haben könnte.
Ignotus Han wurde für unschuldig erklärt und aus dem
Zentralgefängnis Lenzburg entlassen.
Die einzige Frage, die sich noch stellt: Welche Tiara wird
kommenden Sonntag mit dem letzten Diamanten
vervollständigt?
Gelb oder Schwarz?

ONLY ME AND CHARISMACHAMÄLEON

Blair

»Dieses Zimmer ist wesentlich geiler als die der Angestellten.« Emma beißt von ihrer sauren Gummischlange ab, während sie meine Suite inspiziert. Beeindruckt streicht sie über die Wand. »Ist das Samt?«

»Ich werde Charles nerven, dass wir unser Schlafzimmer besamten.«

»Besamten?« Giu blinzelt. Er sitzt im Schneidersitz auf Kriss' alter Seite der Matratze, Son Gohan im Schoß, und streichelt seinem Schwein über das Fell, während es an seiner Flasche nuckelt. »Du weißt, wie das klingt, oder?«

»Wir besamten unter Schlafzimmer«, wiederholt Paola. »Es klingt grammatikalisch korrekt.«

»Es klingt, als würde er dich besamen«, sagt Lis.

Paola verzieht das Gesicht. »Leute, das ist eklig.«

»Du hast angefangen, darüber zu … ah, fuck, er muss!«

»Was?« Emma wirbelt herum. »Was muss dein Schwein?«

»Kacken!«

»Was?« Ich schleudere den Nintendo Switch Controller aus der Hand und springe auf. »Jetzt?«

»Natürlich jetzt! Guck dir an, wie er im Kreis rennt!«

»Aber nicht auf die Bettdecke!«

»Dann hol was!«

Ich renne aus dem Zimmer, schnappe mir wahllos ein paar Zeitschriften von der Sammlung der ehemaligen Mädels und renne zurück. Schnell werfe ich sie auf den Boden, Giu packt sein Schwein, hält es von sich wie Rafiki den König der Löwen und will es gerade auf die Zeitschriften setzen, als Son Gohan platzt.

Ein Teil landet auf den Zeitschriften.

Ein anderer Teil auf Gius Hose.

Es läuft runter.

Emma schlägt sich die Hand vor den Mund. Lis starrt Schwein und Herrchen an, als hätte sie nie etwas Verstörenderes gesehen. Paola kichert.

»Was für eine Seltenheit«, murmle ich. »Ein braunes Ka-Me-Ha-Me-Ha.«

Mit einer tödlichen Präzision wandert Gius Blick in meine Richtung. »Wenn du nicht gerade die beschissensten vier Tage deines Lebens hinter dir hättest, würde ich mich jetzt auf dich stürzen und dein El-Patron-Shirt mit Fäkalien beschmieren, Wagner.«

»Bah, Leute, das stinkt!« Lis hält sich die Nase zu, während sie zum Fenster geht und es komplett öffnet. »Scheiße.«

»Buchstäblich«, entgegnet Emma.

»Gib mir das Schwein und geh dich umziehen.« Paola schiebt sich vom Bett und übernimmt Son Gohan. Sie rümpft die Nase. »Und duschen.«

Giu schiebt die Zeitschriften zusammen. Auf einer ist Lenas Gesicht zu sehen. An ihrem Ohr klebt Scheiße. Die Arme.

Er verschwindet. Wir verbringen die nächsten Minuten damit, vorsichtshalber den Teppich zu untersuchen und zu schrubben, als Emma mir plötzlich auf die Schulter tippt. »Hey Blair, da fordert dich jemand zu einem Kampf heraus.«

Ich sehe zum Fernsehbildschirm und erkenne den Pokémontrainer mit der umgedrehten Cap, der mir vor ein paar Tagen eine Freundschaftsanfrage gesendet hat und seitdem in meiner World rumrennt. Er hat ein Oldschool Glurak in den 7 Sterne Raids gefangen, es auf Lvl 88 trainiert und ich hasse ihn ein bisschen sehr dafür.

Ich schiebe mich wieder ins Bett und nehme den Controller in die Hand.

»Blair.« Lis setzt sich neben mich und legt mir eine Hand auf den Oberschenkel. »In drei Stunden beginnt das Finale.«

»Und?«

»Und du hast seit vier Tagen nicht geduscht, geschweige denn dich umgezogen«, sagt Emma. »Gott, was ist das?«

Ich werfe ihr einen schnellen Seitenblick zu. »Kriss' Gummipuppe.«

»Ich weiß nicht, ob ich wissen will, was *beautyfull tradgedy* mit dieser Gummipuppe angestellt hat«, murmelt Paola.

»Trainiert. Ah, WAS?! Jetzt ist dein verdammtes Glurak auf 91? Willst du mich verarschen, CharismaChamäleon?!«

»Der Typ hat sich CharismaChamäleon genannt?« Neben mir runzelt Lis die Stirn. »Chamäleon? Ernsthaft?«

»Hallo?« Emma wedelt mit der Hand durch die Luft. »Antwortet mir noch jemand wegen dieser überaus hässlichen, verstörenden Gummipuppe mit Lippenstift und Manga-Augen?«

»Habe ich doch.« Ich ziehe scharf die Luft ein, als der Typ mein Wampitz mit einer Feuerwelle angreift. »Fick dich, CharismaChamäleon, fick dich!«

»Dieses Spiel weckt ungeahnte Aggressionen in dir, Blair.« Paola lehnt sich mit der Schulter gegen den Bettpfosten und sieht mir bei meinem Kampf zu. Sie runzelt die Stirn. »Du lässt dich von einem Typen mit Hosenträgern fertigmachen?«

»So habe ich sie nicht erzogen«, seufzt Lis.

»Die Gummipuppe hat ein Tattoo.« Mit todernstem Blick dreht Emma die Frau herum und deutet auf ihr Kreuz. Mit Edding steht dort MANEATER geschrieben. »Bitte sag mir, warum diese Gummipuppe ein Maneater-Arschgeweih hat.«

»Ihre Flamme heißt so.«

»Die Gummipuppe hat eine Flamme?«, fragt Paola.

»Nein, Kriss.«

»Kriss hat eine Flamme?« Lis sieht mich an. »Als Tattoo?«

»Nein, sie hat … dein Ernst, CharismaChamäleon?! Du hast ein verdammtes Koraidon? DEIN ERNST?«

»Bitte erklärt mir die Maneater-Sache, bevor ich sterbe.«

»Kriss steht auf diese Wrestlerin«, sage ich, während meine Finger über die Knöpfe des Controllers huschen. »Maneater. Und die Gummipuppe war ihre Trainingspartnerin.«

»Und sie hat sich vorgestellt, es wäre Maneater?«

»Ja.«

»Sicher, dass dieses Ding nur ihre Trainingspartnerin war?«, fragt Lis.

»Na ja, sie hat ihr regelmäßig den Ellbogen in den Bauch gerammt.«

Kichernd legt Emma Maneater beiseite. »Und sich vielleicht abends mit ihr vergnügt, wenn du geschlafen hast?«

»Glaubt mir.« Frustriert lege ich den Controller beiseite, weil ich den Kampf verloren habe. »Diese Trainingswürfe waren Befriedigung genug für Kriss. Manchmal hatte ich das Gefühl, ihre Kampfschreie waren eher ein Stöhnen.«

Paola lacht.

»Hey, Blair, die Echse will irgendwas von dir.« Mit dem Finger deutet Lis auf den Bildschirm. »Sie rennt gegen dich.«

Emma hebt sich auf den Schreibtisch unter dem Fenster, beißt von ihrer Gummischlange ab und wackelt mit den Beinen. »Entweder er will dich stürzen oder fragen, ob du sein Maneater wirst.«

Ich runzle die Stirn. »Er will ein Pokémon tauschen.«

»Welches gibst du ihm?«, fragt Paola.

»Kommt drauf an, welches er mir anbietet.« Ich rümpfe die Nase. »Bestimmt sein nutzloses Karpador.«

»Aber gib ihm nicht das süße Eichhörnchen!«

»Raffel?«

»Ja. Er sieht aus wie Norbert Nacktmull.«

»In keinem Leben sieht er aus wie mein Baby!« Emma stemmt die Fäuste in die Hüfte. »Niemand sieht aus wie meine Ratte auf Meth!«

»Es ist *meine* Ratte auf Meth«, protestiert Paola.

»Sie schläft in meinem Bett.«

»Weil du sie mir geklaut hast.«

»Raffel sieht nicht aus wie Norbert«, protestiert Lis. »Niemand sieht aus wie dieses missgestaltete Häkeltier.«

»Oh mein Gott«, hauche ich.

»Was?«

Emma schiebt sich gleich zwei saure Schlangen auf einmal in den Mund. »Hat CharismaChamäleon dir einen Gifttrank gegeben?«

»Er will mir ein Glurak schenken.«

»Was?« Paola fällt die Kinnlade herunter. »Das auf Level 91?«

»Nein, ein frisch gefangenes.«

»Oh, wie süß!« Emma drückt sich die Hände auf die Brust. »Was für eine Liebeserklärung.«

»Blair sollte keine Liebeserklärungen von Menschen annehmen, die sich CharismaChamäleon nennen«, murmelt Lis.

»Was gibst du ihm für eins?«

Ich klicke auf mein Raffel. Paola schnappt nach Luft. »Bist du irre?!«

»Es ist das am wenigsten trainierte.«

»Mein süßes Raffel?!«

»Erst Norbert Nacktmull, jetzt dein Pokémon. Alles will diese Frau an sich reißen.« Emma deutet mit einer Schlange auf Paola. »Sie ist eine Gaunerin.«

Ich nehme das Glurak an und mein iPhone in die Hand, um nachzuschauen, ob CharismaChamäleon ein Insta-Profil hat, als es an der Tür klopft. Angus steckt seinen Kopf ins Zimmer. »Verzeihung, aber hier ist jemand, der euch gern sehen würde.«

»Uns?« Emma runzelt die Stirn. »Oder nur die schwarze Prinzessin?«

»Euch alle.«

»Wer ist es?«, fragt Paola.

Angus öffnet die Tür noch ein Stück weiter, und mein Herz stürzt in eine tiefe, tiefe Schlucht. Das iPhone rutscht mir aus der Hand. Als es auf die Bettdecke fällt, weiß ich nicht, ob das dumpfe Geräusch vom Handy oder von meinem Herz stammt.

Inmitten der gedämpften Beleuchtung des opulenten Wohnzimmers steht ein Mann in prunkvollen Gewändern des viktorianischen Adels.

»Ignotus«, flüstert Paola.

Der Frack aus tiefem Samt in dunklem Burgunderrot schmiegt sich an seine schlanke Silhouette. Die Jacke ist mit kunstvoll verarbeiteten Knöpfen verziert, die im fahlen Licht des Kronleuchters glitzern. Seinen Hals umschmeichelt ein zierlicher Rüschenkragen aus Spitze. Das Haar fällt ihm bis in die Stirn und legt sich wie ein schwarzes Meer auf seine weiße Haut.

»In der Tat eine Ehre, euch zu sehen.« Sein rechter Mundwinkel hebt sich. Seine Finger umklammern das tiefschwarze Holz seines Gehstocks. Seine Augen, tief und unergründlich wie immer, glitzern hinter einem feuchten Glanz, in dem sich das goldene Licht reflektiert. »Eure Abwesenheit war die größte Leere meines Daseins.«

»O Gott, Ignotus!« Emma schluchzt auf. Die Tüte mit den Gummischlangen fällt zu Boden, als sie vom Schreibtisch hüpft und sich auf ihn stürzt. Paola und Lis folgen ihr. Ich werfe mich als Letzte auf sie. Der Schwung lässt uns als ein merkwürdiges Knäuel aus viktorianischen Rüschen, schmutzigem El-Patron-Shirt, Lis' Flatterrock, Paolas Oversize-Hoodie und Emmas Seidenbluse zu Boden fallen.

wir liegen einfach da und lachen wir liegen einfach da und weinen wir liegen einfach da und vergessen wir liegen einfach da und leben wir liegen einfach da und lieben wir liegen einfach da und lassen

1

2

3

4

5

herzen werden zu

0,2

0,5

0,6

0,9

1 ganzem

Irgendwann liegen wir verstreut und atemlos auf dem Boden. Ignotus' silbern verzierter Gehstock sticht mir ins Auge. Mein Zeh hängt in Emmas Ohr.

»Hör auf, nach meinem Schmalz zu geiern«, sagt sie.

»Ich geiere nicht nach deinem Schmalz.«

»Du geierst immer danach«, lacht Lis.

»Eine unrühmliche Lüge«, sage ich. »Ignotus, sag's ihnen.«

»Leider muss ich ihnen zustimmen.« Er dreht den Kopf zu mir. »Du hast eine gruselige Obsession mit der Reinigung von Ohren.«

Ich verdrehe die Augen. »Hey, Iggy!« Ich drehe mich auf den Bauch, stütze mich auf die Ellbogen und die Wangen auf meine Fäuste. »Wie würdest du Norbert Nacktmulls Identität beschreiben?«

»Das ist leicht.« Ignotus' Mundwinkel heben sich. »Norbert ist ein dezidiert unappetitliches Monster, das uns eines Tages alle auffressen wird.«

»Ha!« Lis klatscht in die Hände. »Ich hatte recht!«

Wir lachen wieder alle, als sich plötzlich die Türen zum Appartement öffnen. »Alles klar, alles klar, es ist soweit!« Jorge klatscht aufgeregt in die Hände, während er ins Wohnzimmer tritt, als wäre es ein Catwalk. »Das Finale, meine Prinzessinnen, das –« Er hält inne, als er das Knäuel auf dem Boden entdeckt, und blinzelt. »Was ist hier los?«

Ich rapple mich auf. »Ich habe Freunde zu Besuch.«

Perplex sieht Jorge sich um. »Barbs? Barbara, wo bist du?«

»Hier!«, ruft sie aus der Ferne. Dann erscheint sie in der Tür, in der Hand einen riesigen Kleidersack, hinter dem ihr zierlicher Körper halb verschwindet. »Was ist los?«

Jorge deutet mit dem Finger auf mich. »Blair steckt in dem fleckigen T-Shirt eines Drogendealers!«

»Was?« Barbara lugt hinter dem Kleidersack hervor. Als sie mich sieht, weiten sich ihre Augen. »Blair, warst du noch nicht duschen?«

»Ihre Haare sind ein Vogelnest!« Jorges Stimme klingen drei Oktaven höher. »Wir haben nur noch zwei Stunden bis zum Finale!«

»Dann los!« Jetzt ist es Barbara, die in die Hände klatscht. Aufgeregt legt sie den Kleidersack auf das Sofa, tritt neben mich und zieht mich auf die Beine. »Ab in die Dusche, Prinzessin! Heute ist der große Tag!«

In dem Moment öffnet sich eine Tür und Hanna schlüpft aus ihrem Zimmer. Ihre Haare sind frisch gewaschen und geföhnt. Die Hitze der Dusche hat ihr eine leichte Röte ins Gesicht gezaubert.

Nicht der *große Tag*, denke ich, während ich sie ansehe. Ihr *großer Tag*. Für mich ist das heute ein Abschied. Der letzte Tag einer langen Reise, bevor die nächste für mich losgeht.

allein allein

nur ich und charismachamäleon

I MUST LET GO AND EMBRACE THE NIGHT

Blair

»Augen geschlossen halten, weiter geschlossen halten, weiter –« Ein letzter Pinselstrich auf meinem Wangenknochen. »Gut, nimm meine Hand und steh auf, warte, Vorsicht, der Stuhl, und, okay, jetzt hier lang, zum Spiegel, und … jetzt! Augen öffnen, Kätzchen.«

Ich hebe die Lider. Zwinkere. Und erkenne mich nicht wieder. Ich sehe eine hochgewachsene Frau mit langen Korkenziehern, hell wie das Mondlicht auf frisch gefallenem Schnee. Die Locken glänzen wie flüssiges Silber und verleihen mir eine reine Aura, die so falsch ist, dass ich laut auflachen würde, wäre dieser Moment nicht so einnehmend.

Jorge hat meinen Kätzchenaugen einen glamourösen Smokey-Eyes-Look verpasst, und in dem tiefen Braun meiner Iriden tanzt eine seltsame Mischung aus Anmut und Wildheit. Auf meinen blassrot geschminkten Lippen liegt ein Hauch von Dunkelheit, der eine faszinierende Kontrastwirkung auf meiner hellen Haut erzeugt. Sie wispern ein Versprechen von Geheimnis und Leidenschaft, bereit, von nun an nur noch Wahrheiten zu flüstern für diejenigen, die sich in meine Nähe wagen.

Kein @xoxogossipgirl mehr. Nie wieder.

Die Tiara, eine majestätische Krone von faszinierendem Schwarz, glitzert bei jeder kleinsten Bewegung. Die Diamanten funkeln wie Sterne am schwarzen Nachthimmel.

Und das Kleid, oh mein Gott, das Kleid! So etwas habe ich noch nie gesehen. Tiefschwarz, als würde es die Schönheit der Dunkelheit in sich willkommen heißen, umhüllt mich in sanften Wellen. Jede Bewegung lässt den paillettenverzierten Stoff in einem Ballett aus Schatten und Licht spielen. Wie geheimnisvolles Gewässer fließt es über meinen Körper, flüstert Geheimnisse von einer anderen Welt, von einem anderen Lebens, weil das hier nicht ich bin.

Ich bin keine Prinzessin. Ich bin eine entführte Tochter, ihren Eltern beraubt, isoliert in der Finsternis. Ich strahle nicht. Ich versinke in Dunkelheit.

Jorge und Barbara kommen an meine Seiten. Im Spiegel sehen wir uns in die Augen.

»Du bist atemberaubend«, flüstert Jorge. Er drückt meine Schulter. »Ein funkelnder Engel, Blair.«

»Ich hatte recht.« Barbara strahlt. »Dieses Kleid lebt nur für dich.«

»Wie eine Elster«, sage ich. Mein Blick gleitet durch den Spiegel zu Hanna, die in einem ausladenden gelben Cinderella-Ballkleid und mit langen Extensions an ihrem Frisiertisch sitzt. Sie umklammert ihr Buch wie eine Bibel. »Eine diebische Elster.«

diebische elster im raubflug und einer anderen wegnehmen wollte was für sie bestimmt war weil sie dachte es würde sich so schön in ihrem leben machen es würde ihr leben so viel schöner machen es würde ihr leben lebenswert machen

kristallscherben die glitzern wenn die sonne auf sie scheint
und hinter ihnen wenn man durchblickt
eine wunderschöne weite
welt

»O nein, kein Elster.« Barbara wischt sich eine Träne aus dem Gesicht. »Ein majestätischer Rabe. Intelligent, anziehend, geheimnisvoll. Und wenn du gleich die Flügel ausstreckst«, sie zupft an meinem Rock, »gleitest du über den Himmel und versprühst deine einzigartige Eleganz.«

Tief durchatmend wende ich mich von Hanna ab und sehe meinem Spiegelbild entgegen.

Nur noch diese Show.

Ein Finale.

Dann ist es vorbei.

Und ich werde Edward nie wiedersehen.

»Okay«, zittrig atme ich aus. »Dann los.«

MY HEART FOR WHICH TIARA TIARA, OOOH-NA-NA

Blair

Der Prunksaal zeigt sich in seiner glamourösesten Pracht. Während die runden Decken, die von kunstvollen Gemälden geschmückt werden, Geschichten aus längst vergessenen Zeiten erzählen, pumpt mein Herz in dieser Gegenwart, als würde es in dreifacher Geschwindigkeit in die Zukunft rennen wollen.

»Hey, Blair?«, flüstert Hanna neben mir. Wir stehen ganz oben auf der imposanten Marmortreppe, deren Stufen unter den Kristallleuchtern glitzern wie flüssiges Silber.

Mein Hals ist rau wie Schmirgelpapier. »Ja?«

»Alles wird gut, okay?«

»Natürlich.«

Leicht neigt sie den Kopf in meine Richtung, schenkt mir ein Lächeln. »Wir bleiben Freunde?«

»Wir bleiben Freunde.«

Sie nickt.

Die Kameras, geschickt und unauffällig platziert, sind wie stille Beobachter. Links und rechts entlang der stuckverzierten Wände erstrecken sich Plätze, auf denen ausgewähltes Publikum sitzt.

Und in der Mitte des Saals, auf beiden Seiten von seiner Familie eingerahmt, sitzt Edward auf seinem goldenen Thron. Die vielen Details und reichen Verzierungen funkeln wie das Gold, das ich zwischen uns glaubte, gefunden zu haben.

Edwards Präsenz ist überwältigend. Er trägt einen maßgeschneiderten dunkelgrünen Anzug, der seine edle Haltung betont. Sein Kragen wird zusammengehalten von einer goldenen Krawattennadel. Das gebrochene Eis in Edwards Augen wirkt unergründlich, während er zu Hanna und mir aufsieht.

Die ganze Szenerie ist ein Kunstwerk, der Saal umwölbt von einer himmlischen Pracht, die darauf wartet, dass ich meine Flügel ausstrecke und die Wolken durchbreche.

Und dann, in diesem merkwürdigen Moment der Magie, beginnt das Finale. Der Saal pulsiert vor Aufregung, als die Band den berühmten Titelsong anstimmt.

Tiara, ooh na-na
Half of my heart for which tiara, ooh na-na
Find love here in blackwell palace, na-na-na
Oh, but my heart for which tiara
my heart for which tiara
tiara, ooh-na-na

Synchron zum ersten Klang setzen Hanna und ich uns in Bewegung und schreiten in unseren opulenten Kleidern die Treppe herunter. Die Kameras wuseln umher, geben sich größte Mühe, jeden Blick, jede Geste, jede Emotion einzufangen. Besonders die von Edward und uns.

Ganz egal, wohin mich der Weg nach diesen Abend führt, denke ich. *Das hier ist ein Augenblick, der für immer im Glanz dieses unvergesslichen Prunksaals eingefangen sein wird. Ich werde irgendwann meinen Kindern von diesem Moment erzählen. Ganz sicher.*

Es ist mein ganz persönliches, wahr gewordenes Märchen. Nur ohne Happy End.

»Was für ein Auftritt!«, begrüßt Jenna uns, als die Band aufgehört hat zu spielen, und der Applaus des Publikums verebbt. Jenna sieht atemberaubend aus. Sie trägt einen goldenen Jumpsuit, veredelt mit hunderten Vendergaard-Diamanten. Ich weiß, dass es Vendergaards sind, weil auf ihrer Brust Sofias Marke glitzert: ein reich verziertes V, eingefangen von Vendergaard-Strass in Form einer Blume. Das neu eingeführte Symbol des Unternehmens für Stärke und Macht des weiblichen Geschlechts.

Jenna breitet die Arme aus, als wolle sie den ganzen Saal umarmen. »Hanna, Blair, ihr seid die betörendsten Prinzessinnen, die die Welt je gesehen hat.«

Hanna lächelt. »Lass das nicht Meghan Markle hören.«

»Oder meinen Freund Ignotus.« Mein Mundwinkel zuckt. »Der Meghan *vergöttert.*«

Der Saal lacht. Auch Edward. Aus dem Publikum höre ich Ignotus »wenn ich arf'arf'arf bin, füge ich sie in meinem Skype-Hintergrundbild ein und stelle mir vor, wir tanzen«, sagen. Arf'arf'arf ist ein viktorianisches Slangwort für betrunken. So viel habe ich inzwischen von Ignotus gelernt.

»Wer hätte gedacht, dass dieses Finale so schnell kommen würde?« Jenna läuft auf uns zu. »Einige Wochen früher als geplant?«

Gott sei Dank, denke ich. Länger hätte ich diese Qual, in seiner Nähe zu sein, nicht ausgehalten.

»Es gab einige heftige Ereignisse«, sagt Hanna. »Viele Intrigen. Schockierende Enthüllungen. Niemand hätte damit gerechnet, aber wenn ich eines in dieser luxuriösen Welt zwischen Tüll und Diamanten gelernt habe, dann, dass man mit allem rechnen sollte. Jeden Tag.«

Jenna nickt. Mitfühlend wendet sie sich mir zu. »Wie geht es dir nach diesem Chaos, durch das du hast gehen müssen, Principessa Schwarz?«

»Ich würde jetzt antworten, dass es schon geht, aber«, meine Lippen formen sich zu einem traurigen Lächeln, »dann würden meine Freundinnen dazwischenrufen und verraten, dass ich vier Tage lang ein T-Shirt von Pablo Escobar getragen, nicht geduscht und im Bett Pokémon-Kämpfe ausgetragen habe. Also, ja, ich denke, es wird seine Zeit brauchen.«

Jenna nickt. »War es wenigstens ein gemütliches T-Shirt?«

Ich lache. »Es war ein sehr gemütliches T-Shirt.« Mein Lachen erstirbt, als ich Edwards Blick auffange. Seine Züge wirken nachdenklich, beinahe nostalgisch, und einen Hauch … wehmütig? »Ein T-Shirt, das mich zufällig mit Edward verbindet.«

»Ja?« Neugier blitzt in Jennas Augen auf. »Erzähl uns mehr. Die Welt ist brennend interessiert an *allem*, was euch verbindet.« Sie zwinkert. »Online explodieren die Plattformen, so viele Kommentare, so viele Shipping-Nachrichten, ein wahrer Wettkampf der Herzen. Also belohnen wir sie doch mit Insiderwissen!«

Ich öffne den Mund, zögere. Schließlich seufze ich. »Edward und ich teilen die Liebe zum Casino. Wir sind beide ehrgeiziger, als uns guttut, und, na ja, bei einem Spiel haben wir um mein, also, mein …« Meine Wangen werden rot.

Edward lacht. »Sag ihnen, wie's ist, Prinzessin.«

»Wollt ihr es wissen?«, ruft Jenna dem Publikum zu. »Wollt ihr es alle wissen?«

Die Menge grölt.

Meine Wangen werden noch heißer. »Wir haben um mein letztes Hemd gewettet.«

Alle lachen.

»Buchstäblich?«, fragt Jenna, und ich nicke. Sie vergräbt das Gesicht in der Hand, ehe sie fragt: »Und du hast verloren?«

»Richtig.« Ich presse die Lippen zusammen. »Das Spiel, das Geld und mein Top.«

»Du verschweigst das Wichtigste.« In Edwards Augen funkelt der Schalk. »Verrate ihnen, wie es weiterging.«

»Wir brennen darauf«, sagt Jenna.

»Oh, ich erkenne das Feuer in deinen Augen, kein Zweifel.« Ich grinse. »Also gut, ich wollte weiterspielen.«

»Ohne Top?«

»Ja. In BH.«

»Und dann?«

»Das Casino hat ihr das Pablo-Shirt aus dem Fundbüro gegeben und sie rausgeschmissen!«, ruft Edward.

Alle lachen.

»Ich schätze, dieses Shirt wird jetzt legendär. Aber was mich und vermutlich alle viel mehr interessiert«, Jenna wirbelt zu Edward herum, »was hast du mit Blairs Top angestellt?«

Edward schiebt die Zungenspitze zwischen die Lippen und legt sich die Finger an das Kinn. Einen Augenblick reibt er über die Stoppeln seines Dreitagebarts, das Grinsen eines Raubtiers auf dem Gesicht.

Gott, denke ich. Er ist ein verdammt guter Schauspieler.

»Ich hab's behalten«, entgegnet er.

Mein Herz sackt in die Kniekehlen.

Der Saal hält den Atem an.

Vor allem Hanna neben mir.

»Ich hab's behalten«, wiederholt Edward. »Und nie gewaschen.«

Jenna hebt eine Braue. »Du schnüffelst an ihrem Top?«

Sein Grinsen wird breiter. »Wie andere an Unterwäsche.«

»Oh, Edward!«

Alle lachen.

Aber ich stimme nur mit ein, um die aufgewühlte Meute Schmetterlinge abzuwürgen, die denken, hinter meiner Brust eine Party feiern zu können.

»Was sagst du, wenn du die Mädchen heute siehst?« Jenna deutet auf mich. »Top oder Kleid?«

»Hmm.« Er neigt den Kopf. »Stehen nur diese beiden Kleidungsstücke zur Wahl?«

»Welches hättest du denn sonst noch gern?«

»Ein Hauch von«, er tut, als würde er überlegen, »Nichts?«

Wieder Gelächter. Hanna läuft rot an. Ich sehe zu Boden, damit mein Blick meine Sehnsucht nicht verrät.

»Mir wurde soeben geflüstert, welche Frage die Onlinewelt in diesem Moment am meisten umtreibt«, sagt Jenna. »Willst du sie hören?«

»Ich habe mein Leben lang nie sehnlicher auf eine Frage gewartet«, scherzt Edward.

Er ist das Sinnbild eines Klassenclowns. Eines heißen Klassenclowns. Die Sorte von Typ, dem das Selbstbewusstsein aus allen Poren kriecht und von dem jedes Mädchen hofft, einen Blick zu erhaschen.

»Also gut.« Jenna sieht bedeutungsvoll in die Kameras. »Die Welt will wissen, was deine ersten Gedanken waren, als Hanna und Blair den Prunksaal betreten haben.«

Die Kameras richten sich auf Edward.

»Hanna habe ich angesehen und gedacht, dass ich der erste Mensch bin, der je in den Genuss gekommen ist, dieser personifizierten Form von Reinheit zu begegnen. Sie ist wunderschön, ohne es zu wissen. Sie ist so gut, dass keine einzige Bösartigkeit je in ihre Nähe kommen könnte, weil die Sonne in ihr pulsiert. Wisst ihr, was ich meine?« Mit den Händen formt Edward einen Ball, der wohl die Sonne darstellen soll. Entweder das oder mein Herz, das er gerade mit seinen Worten zerquetscht. »Da ist also diese Sonne, die völlig durchdreht, wenn irgendein Schatten in der Nähe ist, und einfach alles niederbrennt. Das habe ich gedacht, als ich Hanna in dem gelben Kleid gesehen habe.«

»Und Blair?«

Das Lächeln auf seinem Gesicht fällt langsam in sich zusammen. Als seine Brust sich stark hebt, weiß ich, wie schwer ihm das hier fallen muss. Ich bin sicher, ihm wäre es lieber, wenn ich gar nicht erst aufgetaucht wäre.

Aber dann sieht er mich an. Sieht mir direkt in die Augen. »Ich habe gedacht, dass ...« Er räuspert sich. Ich habe noch nie erlebt, dass es Edward schwergefallen ist, etwas auszusprechen. Im Augenwinkel erkenne ich, wie Charles und Paola einen Blick tauschen. »Ich habe gedacht, dass sie aussieht, wie ein ...« Er schluckt. »Wie ein Gemälde der Kontraste, eine ... eine Mischung aus Licht und Dunkelheit, Schönheit und ... und Geheimnis.« Seine Finger krallen sich um die Lehnen des Throns. »Ich habe gedacht, dass du aussiehst wie ein Echo vergangener Ären.«

Du. Dass du aussiehst, wie. Er spricht nicht über mich. Er spricht mich direkt an.

»Dass du aussiehst wie ein Versprechen für die Zukunft, eine Erscheinung, die jeden in seinen Bann ziehen wird.«

Ein Versprechen für die Zukunft. Aber nicht deine Zukunft. Die, eines anderen.

Eine Erscheinung, die jeden in den Bann ziehen wird. Aber nicht ihn. Einen anderen.

Ich zwinge meine Lippen zu einem Lächeln, während hinter meinen Lidern eine Schlacht ausbricht, damit das Meer der Tränen nicht über den Deich brechen kann.

»Ich bin sicher, online brechen gerade einige Herzen«, sagt Jenna, während sie schwärmerisch mit den Wimpern blinzelt. »So etwas Schönes aus dem Mund unseres rebellischen Kings. Hach ja.«

Edward lacht. »Vergiss nicht, dass dein Ehemann zusieht, Jenna.«

»Sorry, Fab.« Sie verzieht den Mund. »Schalte besser ab.«

Wieder Gelächter.

»Bevor es zu unserer Entscheidung kommt, hat das wundervolle Team im Hintergrund dieser Show etwas vorbereitet.« Jenna deutet auf die zwei mit Samt bezogenen Stühle links von uns. »Wenn ich bitten dürfte, meine Damen.«

Hanna und ich setzen uns. Die Kameras verfolgen jede einzelne Bewegung. Die Lichter werden gedimmt. Und plötzlich wechselt der Hintergrund des riesigen Bildschirms, auf dem bisher das animierte *A Royal Romance* geprangt hat, zu einem Rückblick.

Es sind Zusammenschnitte der letzten Wochen zwischen Hanna, Edward und mir. Von ihren Dates, unseren Dates.

Es ist *so* viel.

emotionen

herzschmerz

gefühle

old henri mansion

edding auf meinem hintern

unsere hände verschränkt nach dem knochenring

wir auf dem fluss

wir beide in der bobbahn

wir beide vor der bobbahn

er küsst mich

er klettert die hotelwand zu mir hoch woher haben die das wer hat das gefilmt oh mein gott wir steigen auf das motorrad die haben so viel gesehen von dem wir nie wussten dass sie es sehen

so viel lachen

so viele heimliche blicke

so viel eifersucht in den augen

er mit finn

ich mit allen

ich bin ein rabe getragen von einem flügelschlag und webe anmutige muster in das ölgemälde dieses himmels über uns ein flüchtiger schatten im leben eines king aber jetzt gerade in diesem moement erhoben zu einem tanz unserer gemeinsamen geschichte meine schillernden federn gehüllt in tiefes schwarz reflektieren das licht der kristalllüster erzeugen ein irisierendes farbenspiel mein gefieder wie ein samtkleid singt die melodie der luft die zwischen uns pulsiert und ich schwöre er fühlt es auch so wie er auf den bildschirm starrt so wie er seinen ganzen körper anspannt er kann nie nie niemals behaupten dass es nichts mit ihm macht diese bilder von uns zu sehen egal was für ein genialer schauspieler er ist

der herzen bricht

der knochen bricht
der alles bricht
im bruchteil
von sekunden

Irgendwann kann ich nicht mehr. Ich sehe zur Decke und starre zu einem Engel aus Ölfarben empor, um die Schlacht gegen das schwarze Meer zu gewinnen, das hinter meinen Augen tobt. Ich lasse den Kopf erst wieder sinken, als der Rückblick endet.

Neben mir wischt sich Hanna Tränen aus dem Gesicht. Sie hat die Schlacht verloren. Ich kann es verstehen. Es war ein brutaler Kampf.

Edward starrt auf den Bildschirm, auf dem nun wieder der Titel der Show prangt. Er sieht aus, als hätte ihn ein Dämon hypnotisiert.

Der restliche Abend vergeht mit Fragen aus dem Publikum, Interviews, Äußerungen zu verschiedenen Momenten der Show und ein paar Trophäen, für die online abgestimmt werden konnte.

Kriss' bekommt den Pokal für the most awkward one.

Victoria den Schönheitspreis.

Ambre kriegt die Trophäe für women empowerment.

Hanna für most cutie.

Königin der Eifersucht geht an Selma.

Und ich kriege auch einen. Die Trophäe für das größte Kämpferherz. Offiziell ist es ein Preis für den Kampf um Edward, aber jeder weiß, dass er für etwas anderes steht. Und als ich ihn entgegennehme, heule ich tatsächlich.

»Also gut«, sagt Jenna nach fast anderthalb Stunden. »Jetzt ist es Zeit für deine allerletzte Entscheidung, Edward.«

Die Band spielt eine Spannungssequenz, und Jenna tritt in den Schatten. Nur noch Edward, Hanna und ich sind beleuchtet. Wir stehen direkt vor ihm und müssen ihn ansehen.

Es ist, wie in einen abstürzenden Kometen zu blicken und darauf zu warten, dass er einen zerschmettern wird. Eine brutale, tödliche Kollision.

Edward schließt die Augen. Im ersten Moment sieht es aus, als würde er in seinem Thron schlafen. Doch schließlich atmet er tief ein, öffnet die Augen und erhebt sich. Vor ihm steht ein feiner Tisch mit zwei Kristallschalen. In jeder von ihnen funkelt ein Diamant.

Gelb.

Schwarz.

Mein Herz donnert im Takt der bebenden Moleküle um uns herum. Das Publikum hält den Atem an, während Edward den Blick auf die Diamanten gesenkt hat.

Neben mir krallt Hanna die Finger in den Stoff ihres Kleides.

Meine Beine zittern wir Espenlaub, dabei weiß ich, dass er sie wählen wird. Er hat es mir schon gesagt.

Aber ich bin ein Rabe. Die haben ihren eigenen Kopf.

Edwards Hand schießt vor.

Alle schnappen nach Luft.

Er hält inne.

Alle atmen aus.

Ich sehe, dass er zittert.

Edward Blackwell zittert.

Ein Jaguar sprintet durch mein Herz.

Mein Kopf ist ein Stück Autobahn. Tausende Räder, die mich niederwalzen. Tonnenschwere Last auf meiner Brust.

Seine Hand bewegt sich.

Seine Hand nimmt einen Stein.

Ich weiß nicht, welchen.

Ich kann nichts mehr sehen.

Überall Wolken, weil ich der Rabe bin, der Rabe im Sturzflug.

Es regnet.

Es regnet Pailletten.

Es schneit.

Es schneit Strass.

Der Mond spricht.

Der Mond spricht, indem die Lichterketten seine Neumondfarbe annehmen.

Der Regen ist schwarz.

Der Schnee ist schwarz.

Die Lichterketten sind schwarz.

Der Prunksaal ist schwarz.

Alles ist schwarz, weil es mein Regen ist, mein Schnee, mein Mond.

Der Rabe durchbricht die Wolken und als er auf dem Boden landet, küssen seine Klauen eine schwarze Decke. Eine schwarze Decke vom regen vom schnee vom mond

Ich sehe auf. In Edwards Händen liegt der schwarze Diamant.

Seine Nervosität küsst meine Seele. Sein Lächeln ist der Komet.

Er schlägt direkt in mich ein.

Ich verschlucke mein Herz.

Plötzlich drückt Hanna meinen Arm. »Geh zu ihm.«

Meine Züge sind erfüllt von Entsetzen und Schock, als ich sie ansehe. »Hanna«, krächze ich.

Sie lächelt. »Ich wusste es. Er hat mit mir geredet. Es ist alles gut. Geh zu ihm.«

Wie erstarrt blicke ich sie an, dann zu ihm. Er steht noch immer da, nervös, atmet, rutscht auf seinen Atemzügen aus, versucht es erneut.

Der Wind trägt den Raben weiter. Sein Gefieder bewegt sich.

Ich bewege mich.

Der Saum meines Kleides streicht über den Boden.

schwarze federn in schwarzem regen in schwarzem schnee in schwarzen lichterketten

Als ich vor ihm stehe, wird mir schwindlig. Kein Wunder, ich habe mein Herz verschluckt. Gleich muss ich sterben.

»Hey«, raunt er.

»Hey«, flüstere ich, und dann, als ich sicher bin, nicht zu ersticken: »Es ist der Deal, oder?«

»Der Deal?«

»Du wählst mich, damit du frei bist. Damit du reisen kannst.«

»Ah, *der* Deal.« Sein rechter Mundwinkel hebt sich. »Ja. Stimmt.«

Ein Elefant tritt mir in den Magen.

»Ich will um die Welt reisen. Wohltätigkeitsarbeit leisten. Aber«, eindringlich sieht er mich an, »nicht allein.«

Der Elefant macht einen Schritt zurück. »Nicht?«

Er schüttelt den Kopf. »Dr. Hoover muss mitkommen.«

Der Elefant tritt wieder zu.

»Und du.«

Ich schlucke. Meine Kehle ist ein Schmirgelparadies. »Ich?«

»Du.« Er umfasst mit einer Hand meine Wange, mit der anderen meine Tiara. Dann drückt er den letzten Stein in die leere Stelle. »Blair Karlotta Wagner. An meiner Seite.«

»An deiner Seite?«

Er lacht. »Ich liebe es, wenn ich dich so aus dem Konzept bringe, dass du mich nur noch wiederholen kannst.«

Ich blinzle. »Edward. Was … was wird das hier?«

»Ich wähle dich an meiner Seite.«

»Aber du wolltest mich nicht. Du –«

»Jetzt hat sich etwas geändert.«

»Und was?«

»Jetzt«, sagt er und seine Stimme vibriert im ganzen Raum, in jeder Zelle meines Körpers, »jetzt meine ich, dich zu verstehen.«

»Ach ja?«

»Ja.« Er neigt den Kopf. »Menschen machen Fehler. Menschen handeln eigen. Besonders Menschen, deren Seele die Freiheit geraubt worden ist. Menschen, deren Fingernägel an rußigen Backsteinen gebrochen sind, während sie einen Kaminschacht hinaufklettern mussten, um sich mit allem, was es braucht, der Sonne zu nähern. Es gibt zu viel Dunkelheit in deinem Kopf an Orten, die der Verstand braucht, um rational zu handeln.« Er neigt den Kopf. »Und ich glaube, ich will verdammt viel Licht da reinbringen, wenn du mich lässt. In meinem auch. Deshalb brauchen wir Dr. Hoover, wenn wir gemeinsam verreisen.«

Ich bin wie erstarrt. »Verarschst du mich?«

Er lacht. »Nein. Aber ich habe etwas für dich.«

»Was?«

Seine Hand verschwindet in der Innentasche seines Anzugs. Er zieht ein Stück gefaltetes Papier heraus und gibt es mir. Mir ist bewusst, dass jede einzelne Kamera und jedes verdammte Spotlicht auf uns gerichtet ist. Zittrig öffne ich das Papier.

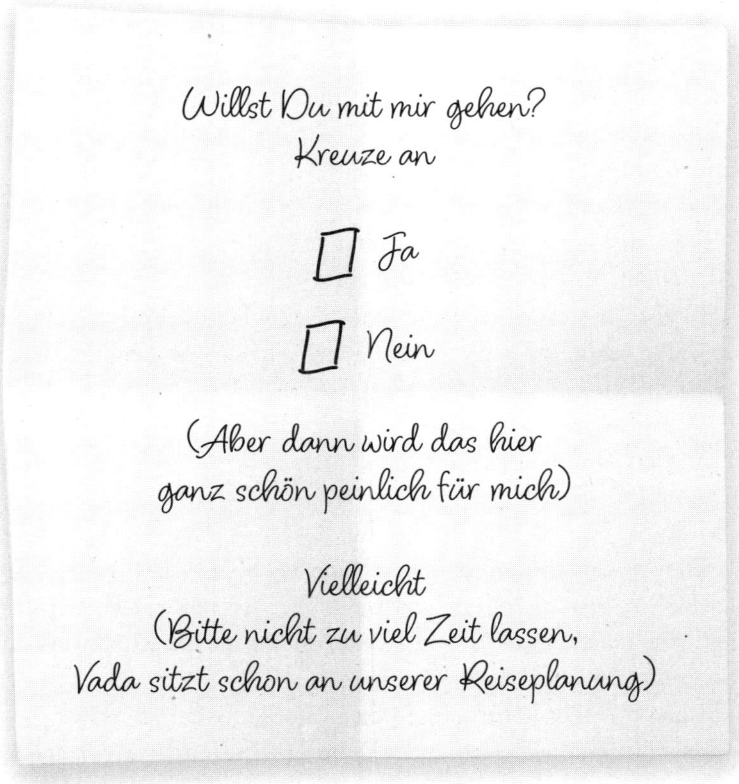

»Gott, Edward.« Meine Hand ist ein Zitteraal. Fahrig wische ich mir über das Gesicht. »Scheiße, du machst mich fertig.«

»Du mich auch. Kreuz an.«

»Ich habe keinen Stift.«

Mit den Händen formt er ein Sprachrohr. »Man bringe meiner Königin einen Stift!«

Alle lachen. Es dauert nur ein paar Sekunden, bis Jenna in einer beinahe festlichen Übergabe einen Stift in meine Hände legt.

»Dreh dich um«, sage ich.

Edward dreht mir den Rücken zu. Ich lege das Papier darauf.

»Bist du sicher, dass es die richtige Antwort ist?«, fragt er, als ich den Stift sinken lasse. »Es wirkt so tief, und tief heißt Nein.«

»Pscht.«

»War das ein Ja?«

»Du redest zu viel.«

»Gib mir ein Brause-Ufo, um mich zum Schweigen zu zwingen.«

Ich lache. Dann kreuze ich das Papier an und gebe es ihm zurück.

Er wirft einen Blick drauf. »Es …« Er sieht bestürzt aus. Als wäre seine Welt untergegangen. »Es ist ein …«

Das Publikum hält den Atem an.

Edwards Maske fällt, und er strahlt. »JA!«

Tosender Applaus brandet auf.

Plötzlich nimmt er mein Gesicht in seine Hände und streicht mir das Haar zurück, bis die Innenflächen an meinen Schläfen liegen »Lässt du mich?«

»Was lasse ich dich?«

Mit dem Daumen tippt er gegen meinen Kopf. »Ein paar Kerzen anzünden?«

»Kerzen?«

»Damit es dadrin ein bisschen heller wird.«

Ein Kloß setzt sich in meiner Kehle fest. Tränen verschleiern mir die Sicht, machen aus Edward ein wunderschönes Kunstwerk aus Wasserfarben. »Sind es Duftkerzen?«

Er lacht. »Aber natürlich. Yankee Candles, wenn du willst.«

Unter Tränen lache ich auf. »Dann ja. Und darf ich es auch bei dir?«

Er küsst mich auf die Stirn. »Nimm das Glühbirnen-Pokémon.«

»Wattzapf?«

»Ja.« Er lächelt mich an. »Ich will, dass du ein Wattzapf in mir großziehst, bis es ein Tectass wird, dieser riesige Elektro-Helikopter, und jeder einzelne Millimeter meines Körpers von Licht überflutet wird.«

»Challenge accepted, Blackwell.«

Wir zünden die Kerzen an. Wie funkelnde Sterne in unserer eigenen Nacht. Unserer eigenen Geschichte in diesem Spiel des Lebens.

»Soll ich dir ein Geheimnis verraten?«

»Kann ich es verkraften?«

»Ich glaube nicht.«

»Nicht?«

»Es wird dich erschüttern.«

»Wieso?«

»Weil du niemals ein Glurak auf Level 91 kriegen wirst.«

Meine Augen weiten sich. »Du bist CharismaChamäleon?«

»Du hast mich nicht an der Cap erkannt?« Er grinst. »Ich bin enttäuscht.«

»Du hattest Hosenträger!«

Er lacht. Dann hebt er das Stück Papier wieder zwischen uns, gehalten zwischen Mittel- und Zeigefinger. »Du weißt«, raunt Edward, »dass ich mir diesen Zettel auf den Hintern tätowieren lasse?«

Ich verziehe den Mund. »Muss ich mir dann deine Worte auch auf meinen Allerwertesten stechen lassen?«

Er grinst. »Genau dorthin, wo ich sie hinterlassen habe.«

»Sie sind weg.«

»Dann schreibe ich sie neu.«

»Edward«, unterbricht Jenna uns. »Wir wollen es *alle* wissen. Was stand denn nun auf ihrem Hintern?«

Er sieht nur mich an, als er antwortet. »I broke my rules for you.«

@gossipgirl2.0

Girls & Boys, hold your breath: Das hier ist keine Illusion. Ich bin zurück, aber nein, ich bin nicht Blair, falls ihr das denkt. ;-)
Die Upper East Side mag ihren Glanz und Glamour haben, aber wer hätte gedacht, dass sich die Funken all dieser süchtig machenden Schlagzeilen bis ins verschneite St. Moritz erstrecken würden?
Na ja, fast. Denn wie ihr wisst, haben Edward Blackwell und seine Freundin Blair Wagner diesen Ort bereits vor einigen Wochen verlassen. Nach ihrem tränenreichen Abschied aus Somalia haben sie die Globetrotterkarte erneut ausgespielt und befinden sich nun an ihrem dritten Reiseziel. In diesem Clip seht ihr sie in Tansania ankommen. Was sie dort vorhaben? Nun, ihre digitalen Tagebücher mit dem Namen @edair auf allen bekannten Plattformen zeigen nicht nur romantische Selfies im Sonnenuntergang, sondern auch noblen Einsatz für Bildung, Gesundheit und Umweltschutz. Hier habt ihr ein paar Screenshots. Wer hätte gedacht, dass der rebellische Herzensbrecher und Blackwell-Palace-Erbe und seine stilsichere Freundin jemals erwachsen werden und Verantwortung so ernst nehmen?
Ich auf jeden Fall nicht ;)
Aber festhalten, ma boys, ma girls, denn das war längst nicht alles! Auf ihrem eigenen Account @blairoderwer hat Blair vor Kurzem die Bombe platzen lassen: eine Skandinavierin ist in ihre DMs geslided. Hier habt ihr ein Bild von ihr. Na, wer von euch ist ein Oldie und erkennt diese Schönheit, hm? ;)
Richtig, es ist keine Geringere als der berühmte Popstar Vilma Isakson, die in den 90er-Jahren die Charts – und vor allem die Herzen unserer Väter – im Sturm eroberte. Seht ihr diese

Schlagzeile? Und hier, ein Zusammenschnitt ihrer verzweifelten Interviews, nachdem der tragische Fall ihrer entführten Tochter im Jahre 2002 die Schlagzeilen beherrschte. Damals war das Kind vier Monate alt.

Es verschwand während Isaksons Sommeraufenthalt in den Hamptons. Ihr ALLE habt den Atem angehalten bei den vielen Parallelen der von Blair geposteten Kinderfotos und den Babybildern von Isaksons Tochter. Ehrlich, ihr habt mir Nächte geraubt mit euren Vergleichsvideos und Softwarezusammenführungen, wisst ihr das?

Aber genug davon. Ich bin nicht hier, um euch von meinen Schlafgewohnheiten zu berichten. Ihr wollt die Wahrheit? Ihr kriegt die Wahrheit. Die DNA-Analysen liegen dem Labor seit heute vor. Blair hat das Ergebnis noch nicht verkündet. Dafür bin ich ja da, nicht wahr? ;)

Überraschung: Der Test ergab eine positive Übereinstimmung zwischen Blair Wagner und Vilma Isakson! Sie ist ihre leibliche Tochter.

Laut meinen Recherchen – und die sind verlässlich, glaubt mir – befindet sich Isakson auf direktem Wege nach Tansania, um nach nun einundzwanzig Jahren ihre verlorene Maja Karlotta Isakson in die Arme zu nehmen.

Ja, ihr lest richtig. Der zweite Name stimmt überein.

Würden Leander & Christina Wagner nicht gerade in U-Haft in diesem *Gefängnis hier sitzen, um ihren Prozess zu erwarten, bin ich sicher, dass wir alle ihnen liebend gern die Ärsche aufreißen wollen würden.*

Vögelchen haben mir außerdem gezwitschert, dass ihr es kaum aushaltet, endlich zu erfahren, wie es zwischen diesen *beiden Personen gerade aussieht – nein, das ist kein Prank, ja, ihr seht richtig, nein, kein Photoshop: Das sind Isabella Olsen und Max Cordelair, Händchen haltend auf der Yacht seiner Eltern. Er scheint sich für Isabella entschieden zu haben – hold your breath: Anscheinend hat er sich sogar bei ihr für sein Verhalten entschuldigt! Und, oh la la, ihr seht richtig, der Babybauch ist real. Viele von euch haben gemutmaßt, ob das alles ein Streich von Isabella war, um sein Herz zu gewinnen, aber ich kann euch versichern, Blair war ein äußerst gründliches und verlässliches Gossip Girl ;)*

Hier habe ich einen Clip für euch, in dem Max seinen Freunden erzählt, dass er zu seiner Tochter – ja, es wird ein Mädchen, Überraschung! – stehen und ein guter Vater werden will. Und ja, in diesem Clip stolpert er über seine eigenen Füße. Hoffen wir, dass er in Zukunft die Finger von dem Gift der High Society lässt.

Last but not least – die weiße Prinzessin unserer aller Herzen hat sich in diesem Clip zu den aufregenden Neuigkeiten über ihren Ex-Freund und seine ehemalige Affäre geäußert: »Isabella und ich haben uns ausgesprochen. Es tut ihr leid, was sie mir angetan hat, und sie hat wahre Reue gezeigt, dass sie in einer instabilen emotionalen Verfassung der Versuchung nicht widerstehen konnte, auf die Flirtereien einzugehen. Sie hat sich bestätigt gefühlt, und ich verstehe das. Was Max angeht: Sein Verhalten war nur das Ende einer langen Reihe Streitereien, Diskussionen und die Folge einer viel zu früh begonnenen Teenagerbeziehung, die in dieser Hölle der Elite keine Chance auf ein gesundes Überleben hatte. Wir waren zu jung, zu unerfahren, zu neugierig, um einander festzuhalten. Die Art und Weise, wie er mich hintergangen hat, war schmerzhaft, aber vorhersehbar. Wir haben darüber geredet, und, ehrlich, es ist alles gut, mir geht's gut, ich bin cool damit. Ich freue mich für beide und wünsche ihnen mit ihrer Tochter das größte Glück.«

Ob sie es ernst meint, fragt ihr euch? Who knows? Zwar ist Lena Gerbensteyn ein berühmtes Model, doch vor allem in der Reality-Datingshow hat sie mehr als einmal ihre Schauspielkünste unter Beweis gestellt – und die waren herausragend!

Was die Gewinnerin unserer aller Herzen macht?

Nun, in diesem Video seht ihr die süße Hanna Montgomery in Yale eintreffen. Und ja, wenn ihr gerade aufmerksam wart, müsste euch der Typ rechts hinter ihr bekannt vorkommen, nicht wahr? ;)

Bitte enttäuscht mich nicht. Diese Ralph-Lauren-Polos

mit dem Teddybären trägt nur eine einzige Person, und das ist Leopold Van Dyk. Gerüchten zufolge wurden sie in der letzten Woche Händchen haltend vor ihrem Wohnheim gesichtet.

Einige von euch haben schon mitbekommen, dass der süße Gabriel Cortessa anfängt, gar nicht mehr süß sein zu wollen. Er soll rebellieren, erste Partys besucht haben und seine berühmte Schwester Paola Cortessa in die Verzweiflung treiben. Wird Gabriel etwa der nächste Blackwell, der in die Fußstapfen der Brüder tritt und die Herzen aller Mädchen bricht? Macht das Plus weg, wenn ihr in Zukunft nicht verpassen wollt, wie es hier weitergeht!
Tja, Zuckerschnecken – das Leben in der High Society bleibt spannend, wild und unberechenbar. Wer weiß, was als Nächstes auf unserem Luxustablett serviert wird?
Bis dahin, haltet die Augen offen – Gossip Girl ist immer da, um die Wahrheit zu enthüllen.
Küsschen mit glitzernden Skandalen
@gossipgirl2.0

TRIGGERWARNUNG

(ACHTUNG: SPOILER!)

Dieses Buch enthält potenziell triggernde Inhalte zu folgenden Themen:

Kindstod, Verlust, Entführung, Freiheitsberaubung.

DANKSAGUNG

hallöle das hier wird jetzt genauso chaotisch wie blairs und edwards gedanken weil ich gerade ein bisschen sehr durch den wind bin weil das war der letzte band einer reihe die mir wirklich alles bedeutet und auf die ich so so so stolz bin ohne worte so viele seiten so viele wörter und das alles in rekordgeschwindigkeit dass ich manchmal vor stress hätte heulen können und dann wieder vor glück weil ich trotzdem mit allem so zufrieden bin und das wäre nicht möglich gewesen ohne hilfe deshalb möchte ich meine letzte seite nutzen um ein paar leuten zu danken

auf jeden fall meiner swiftie agentin kathrin nehm von der agentur schlück weil ohne dich wäre all das hier nur luft und gedanken und niemand würde diese zeilen gerade lesen und erfahren dass du dir regen und sturm wünschst wenn ich sonne am himmel will und du mit mir schimpfst weil ich nie sonnencreme benutze und dass ich dich aber trotzdem lieb habe

meiner verlagslektorin laura die aus mir einen kleinen pinguin gemacht hat als ich noch gar nicht wusste dass es meine bestimmung ist ein kleiner pinguin zu sein während sie von anfang an wusste dass dieser pinguin bei ihnen sehr schnell sehr wachsen würde und das hat mein leben verändert weil jetzt kann ich dinge sehen die mir da unten nie aufgefallen sind

meiner außenlektorin steffi weil sie etwas von ovomaltine und siebträgern und palü und schümli pflümli versteht obwohl das für einen kaffee sehr komisch klingt und mir erklärt dass engadin kein berg ist und nicht müde wird mir immer wieder aufzuzählen wie viele prinzessinnen noch im game sind weil plötzlich waren immer mal wieder ein paar lost und so viel arbeit in diese reihe gesteckt hat und meinen stil versteht und für immer einfach danke

allen (autoren)freunden die mich auf diesem weg unterstützen und immer unterstützt haben jane ada antonio lara jenny nadine maxi josi lilly hannah johanna emily sofia (danke für deine begeisterung, für meine bücher so geile booktrailer zu erschaffen) meiner familie ich liebe euch bis zum mond und zurück (ja steffi der mond den du jeden abend mit deinem handy fotografierst und in die gruppe schickst) vor allem meinem sohn valerio der mich jeden tag mit so unendlich viel glück erfüllt dass ich heulen könnte wenn ich ihn nur ansehe

danke an alle die meinen humor verstehen

danke an alle die meinen schreibstil verstehen

vor allem danke an euch an jede person die meine wörter liest und liebt und mir nachrichten schickt und zu meinen lesungen kommt an alle die mir von der ersten sekunde an bis heute treu geblieben sind an alle die in meiner winter dreams eingestiegen sind an alle die mit blackwell palace angefangen haben an alle die es mit kommenden büchern tun werden und hinterher diese zeilen lesen ich drücke euch wie ein knudeluff schon klar oder